本书由人文在线出版基金资助出版

兰香

吴蔚宗庆 著

天津出版传媒集团
天津人民出版社

图书在版编目（CIP）数据

兰香 / 吴蔚宗庆著. 一天津：天津人民出版社，2020.7

ISBN 978-7-201-16198-3

Ⅰ. ①兰… Ⅱ. ①吴… Ⅲ. ①长篇小说－中国－当代 Ⅳ. ① I247.5

中国版本图书馆 CIP 数据核字 (2020) 第 120253号

兰香

LANXIANG

吴蔚宗庆 著

出　　版　天津人民出版社
出 版 人　刘　庆
地　　址　天津市和平区西康路 35 号康岳大厦
邮政编码　300051
邮购电话　（022）23332469
网　　址　http://www.tjrmcbs.com
电子信箱　reader@tjrmcbs.com

责任编辑　谢仁林
装帧设计　彭明军

制版印刷　天津雅泽印刷有限公司
经　　销　新华书店
开　　本　710 毫米 ×1000 毫米　1/16
印　　张　27
字　　数　471千字
版次印次　2020 年 7 月第 1 版　2020 年 7 月第 1 次印刷
定　　价　78.00 元

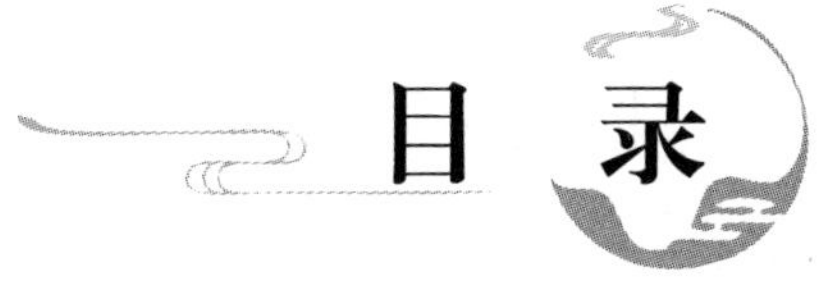

目录

上部

下　部

上　部

shang bu

楔　　子

记忆中，童年最美好的时光，是我坐在一个红色的小木板凳上，听妈妈讲过去的事情。仿佛总是在黄昏，天色在窗外慢慢地暗去，爸爸栽种的苦楝子树默然伫立，住宅楼外不时传来小伙伴们叽叽喳喳的嬉闹声，我们母女的两人世界却显得十分安静。

妈妈的脸上总是带着笑容，她一边讲一边回忆，那温柔的眼神令我十分着迷。她给我讲她童年的小伙伴，胖乎乎的罗小梅、机灵的余三，她们在庙堡堡坐滑车，在刺巴笼里逮猫猫，还有满山遍野采红籽、桑泡、刺梨儿、栽秧泡。她讲到因为说自己是日本人而被姐姐打耳光的时候，难得地严肃起来，殷殷切切对我说："那时候我就是个懵虫虫[①]，姐姐那一巴掌把我打醒了，我记了一辈子。莽妹仔，你也一定要记住，愚昧是最可怕的事情！"

有时候，妈妈也给我念一些老家的童谣："月亮走我也走，我给月亮打烧酒……""人怕老来穷，稻怕午时风，高粱怕月亮，豆子怕秋风。"我觉得很有趣，跟着她一起念几遍也会了。

妈妈最得意的事情是她读书的时候成绩总是名列前茅，能歌善舞，她给我唱《秋水伊人》，那是电影《古塔奇案》的插曲。

望穿秋水，
不见伊人的倩影，
更残漏尽，
孤雁两三声。
往日的温情，
只换得眼前的凄清。

---

① 稀里糊涂的孩子。

梦魂无所依，空有泪满襟……

歌声忧伤而温婉，看着她泪光盈盈的双眸，一种美丽的哀愁悄悄漫过我的心田。

妈妈说有些故事得等我长大了才能给我讲，于是我就盼着长大。我想知道她怎么从大山里来到重庆，为什么会嫁给我憨厚的爸爸，为什么她那么漂亮、那么聪明能干，却没有工作，为什么不串门，为什么经常去派出所。我从来不敢问她。我们之间保持着你说我听，绝不刨根问底的默契，一如闺蜜般的友情。

1964 年，爸爸被要求退党，悲痛无助的他拉着我跑到农民坡上，告诉了我一个惊天的秘密：妈妈是一个国民党少校！我半信半疑。在我的印象中，“国民党女少校”应该是一个模样漂亮，却阴险狡猾，心狠手辣的女人。那一段时间，我努力想象她的狡猾和狠毒，脑袋里却老是浮现出她穿着国民党军官服装的俊俏模样。

那一年我 8 岁，阴云从此笼罩着我们的家。镜框里父母的合影从中间剪破，只剩下一个爸爸，小板凳上的红漆快掉完了。妈妈似乎预见到一场更大的风暴即将来临，她剪掉了那头乌黑浓密的长发。从我记事起，她总是把头发束在脑后，用几颗大发夹别住，绾成一个漂亮的发髻。邻居们背后叫她“大毛转”①。妈妈总是与众不同，发髻是她的美丽和风度的标志，无论走在哪里，人们总是用一种别样的眼光追随她。

看着她的短发，我暗自心痛，不知道她的心会痛成什么样。凤凰和鸡的区别不在于个头大小，就在于羽毛。

很快，她又剪掉了我齐腰的独辫子，我伤心的眼泪只能往肚子里流。

转眼到了 1968 年，妈妈的国民党少校身份被揭出。她被批斗，在打防空洞劳动改造时，她竟然和别人有了婚外情，这是拿生命在冒险啊！我撞见过他们的暧昧，但最终决定为她守住秘密。我怕她走上绝路，怕我和弟弟成为没妈的娃娃。

1978 年我考上大学，随后，两个弟弟先后考上美术学院和科技大学。1982 年，爸爸恢复党籍，1984 年，妈妈的冤案平反。那是在初冬的一个小阳春，妈妈异常平静地说，后阳沟的瓦片终于翻身了。人们赞扬妈妈的坚强，为她嫁给我没有文化的爸爸而遗憾。妈妈笑着说：“总算苦尽甘来。我这一辈子阴差阳错，那些事编都编不出来，我要写一本书！”

---

① 毛转，发髻。

那几年妈妈活得星光灿烂，她做旗袍名闻遐迩，穿衣服引领时尚，爱上交谊舞，迷上迪斯科。1987年拉上我参加重庆市迪斯科大赛，竟然获得三等奖。后来，她又和那些霹雳男孩一起练习太空步、机器人，从这种无拘无束的舞蹈中，享受从肉体到心灵彻底解放的快感。

一段惊世骇俗的张扬之后，妈妈渐渐沉静下来，她要完成她的夙愿，写书。

2004年，妈妈因脑溢血去世。在清理妈妈的遗物时，我在床底下的一个纸箱里发现了妈妈的手稿，满满一箱。稿纸五花八门，有我们给她的稿笺纸、备课纸，有劳动服务公司的便签，还有侄儿的小学生作业本。我能想象得出她写作时的样子：戴着老花镜坐在写字台前，桌上放着那本褐色字典，灰绿的台灯照亮她美丽的面庞。她神情专注，像个认真完成作业的小学生。

翻阅妈妈的手稿，她显然没有来得及整理，时间次序有些混乱，但很多故事都相对完整，有的还写得十分细致。手稿的内容并没有我想象中的沉重，让我震惊的是，她写得相当大胆。比如，她把自己洗得干干净净，以处女之身祭献注定要失去的初恋。比如，她和几个男人之间的感情纠葛。当然，我最想知道的，她怎样成为国民党少校的事也在手稿里。她写出了她的无奈，她的无知，她的虚荣。她相信爱情，但却从一个坑掉进另一个坑，形形色色的男人给她留下形形色色的伤痛。

也许，如果在她生前，小说能够发表，我不会看到这些隐私。也许，她真的不再隐瞒自己，因为那是她卸下人生苦难的唯一方式。

她走了，把苦难、屈辱、悲愤和欢乐都还给这个世界，就像她赤条条来一样，又赤条条走了。我无法判断。我想，她能留给我的，我也应该无所顾忌地留给这个世界。

第一章 >>>

龙　山

蔺兰香出生的地方叫龙山镇，是川黔之间的一个交通要道。小镇依山而建，因走势像条龙而得名。

那是四川盆地的边缘，与贵州相邻，云贵高原倾泻而下，层峦叠嶂，云遮雾罩。小镇群山环抱，一条小路翻越崇山峻岭通往古蔺县城。

镇上只有一条小街，从龙山街口一直往山上伸延。中街稍平，上下街都是陡坡。街道宽约一丈，泥土地面，稍平的地方铺了几块石板。

上街有个东皇庙，庙里有几个残损的小菩萨，空荡荡的大殿里住了一个跛脚的更夫，民国年间征为学堂。下街有个万寿宫，宫里有两个道姑，孤灯伴青衣，据说都是地主家看破红尘的老姑娘。

春天，罂粟花漫山遍野地开，红黄粉紫，十分妖艳。夏秋之交，地主家阁楼上和庭院中便晒了大罐小罐的鸦片，黑黑的，亮亮的，一家几罐到几十罐不等。街上的烟馆，大大小小十几家，昏黄的马灯沿街照过去，通宵达旦。

兰香的父亲蔺绍六出生在泸州，幼时父母双亡，十二岁便随他舅舅到山区跑生意。二十岁时，绍六在龙山镇遇见李妹仔。李妹仔生在古蔺，亲爹死后，母亲带着她改嫁到了龙山。母亲姓李，镇上人就叫她李妹仔。李妹仔那年十六岁，长得娇小玲珑，皮肤白净，在绍六住的那家客栈打杂。绍六甥舅在龙山住了三天，货收齐了，绍六却被李妹仔一对乌溜溜的大眼睛勾住了魂，不肯走了。舅舅无奈，跟绍六分了账，甩给他一沓钱，自己走了。绍六在龙山中街购置一处房产，开了一个洋布店，风风光光地把李妹仔娶过门来。

龙山镇以前没有洋布卖，有钱人想穿洋布，要到古蔺、永宁，甚至泸州去买。绍六这一着算准了，不但生意好，在街上还很有面子。与土布相比，洋布最明显的特征是幅面宽，镇上人就叫绍六“蔺宽布”，有的干脆就叫“宽布”。

李妹仔过门后称蔺李氏，她手脚麻利，脑筋活络，不但操持家务，还帮丈夫打点生意。见过往的山客多，她又在楼上腾出几间房，开个客栈，还雇了两个帮工，生意做得蒸蒸日上。绍六乐得当甩手掌柜，除了进货，他整天在街上这个门进那个门出，又掷骰子又打会，吃喝嫖赌，忙得不亦乐乎。

蔺李氏头胎生了个男娃子，绍六咧着嘴在街上到处转，有人问他笑什么，他敞着嗓子说："婆娘给我生了个儿!"那天阳光灿烂，他给娃娃取名阳子。后来蔺李氏一连生四个女儿，蔺绍六只站在门口问："生个啥子?"接生婆答："看甑脚水的。"绍六转身就走。三个女儿病死，只剩下一个命大的秀蓉。绍六灰了心，不敢再碰蔺李氏。

阳子十五岁时，蔺绍六便把传宗接代的任务交给了儿子。女娃子叫刘二妹，比阳子大三岁，皮白肉嫩，圆脸大屁股，人称锅厂坝一枝花，镇上的人叫她白泡粑。蔺绍六听说大屁股会生儿，赶紧托媒提亲，把白泡粑娶过门来。

白泡粑生性风骚，每天必涂胭抹粉，用梳子蘸了菜油梳头，抹得一头青丝亮铮铮的，苍蝇站上去都要打滑。阳子懵懵懂懂的，白泡粑支使他像支使儿一样。她过门大半年，肚子没有动静，却不知从哪里学会了抽鸦片，还把阳子也带上了瘾。在龙山，抽鸦片不稀奇，怕的是上了瘾费不起那个钱。绍六迁就儿子，不久自己也染上了。

1931 年开春，绍六去永宁进货。在一个饭馆吃饭的时候，对面来了个衣着讲究的中年男人。他散一支香烟给绍六，两人边喝酒边闲聊起来。听说绍六想儿，他讲了一个生儿的秘方，绍六听得心怦怦直跳，眼睛闪闪发光。那人说自己是湖北汉口人，姓皮，当过团长，带过千把号兵，绍六便以皮大哥相称。

两人推杯换盏，称兄道弟，很快到了无话不谈的地步。皮大哥问："龙山出产鸦片，六老弟为啥不做鸦片生意?"

绍六说："政府禁止的生意，哪个敢做?"

皮大哥呵呵一笑，说："六老弟傻了，那是只许州官放火，不许百姓点灯。鸦片生意当官的都在做，个个腰包胀圆了，置田买地，妻妾成群。刘湘的兵号称'双枪兵'，那杆烟枪的子弹是从哪里来的，还不就是由皮大哥我在供嘛。"

他怂恿绍六说："六老弟就把货交给我，其他你不用管，只管数钱，大哥我包你发财。做生意就得走旁门左道，你卖布能赚几个钱?"他叫绍六回去好好想想，想好了给他回个话，每年收鸦片的时节，他都住在永宁宾馆。

从永宁回来，太阳已经落坡。吃过晚饭，阳子和刘二妹回屋，秀蓉去了同学家。绍六从墙上扯下几匹叶子烟，在堂屋的火炉边坐下。蔺李氏问：“不去打牌啦?”绍六说：“不去。”想了想又说，“我陪一下你嘛。”蔺李氏说：“哟，太阳从西边出来了，”边说边端了碗筷去洗刷。

绍六把裹好的烟卷装进烟斗，用火钳夹起一块煤炭，吧嗒吧嗒吸几口，点燃叶子烟。

蔺李氏收拾完家务，端来针线萝儿，坐在绍六对面缝鞋垫。她低着头飞针走线，不时把针尖放到头皮上当一下，炉火在她的脸庞上飞起两片红霞。蔺李氏虽然生了五个娃娃，年纪却不过三十过半，正在兴旺时期，更加风韵动人。

绍六望着蔺李氏，嘿嘿地笑出了声，蔺李氏问：“你笑啥子?”绍六把烟锅巴磕进炉子，对蔺李氏说：“走，进屋去。”

蔺李氏瞟他一眼，小声说：“你不怕又弄个女娃子出来呀?”

绍六说：“这回肯定是个儿。”

蔺李氏说：“观音菩萨给你带过话？哼，说得轻巧，吃根灯草。”

绍六说：“我得到个秘方，信不信由你。你去打盆热水，拿块洋碱进屋。”

蔺李氏放下手中的活儿，拿着肥皂端着水盆进了房里。绍六要她用肥皂抹下身，“用水洗两下就是，不要揩得太干净了。”

蔺李氏说：“你搞啥子名堂哦？稀龌龊。”

绍六说：“嘿，要的就是那点儿龌龊！人家六个儿都是这样弄出来的。”

“哪个人家哦?”

“我这回在永宁结交的一个朋友，这是他家的家传秘方。”

绍六也洗了家伙，挂着肥皂泡子上了。

没过多久，蔺李氏发现自己怀上了，她问绍六：“这回我咋个喜欢吃酸的呢?”

绍六问：“你怀阳子的时候喜欢吃啥子?”

蔺李氏想一阵，说：“好像也是喜欢酸的吔？未必硬是个儿啦?”

“这就对了噻!”绍六在她脸上拧一把，“哈婆娘，酸儿辣女都不晓得!”

蔺李氏问：“唉，刘二妹咋个还没得响动呢?”

绍六说：“你着啥子急嘛，阳子还是个嫩崽崽，我们各人先弄两个出来再说。”

话才落地，白泡粑也害喜了，也喜欢吃酸的。

绍六那个高兴啊，心想，莫非皮大哥是我的贵人？看来我蔺绍六的运气来了!

太阳热热辣辣地照耀龙山，罂粟花一朵朵地谢了，青格格的果子雄赳赳地立在枝头，挠得绍六心痒痒的。“六老弟就把货交给我，其他你不用管，只管数钱，大哥我包你发财!”皮大哥的话在绍六耳边嗡嗡作响，他手上那枚硕大的金戒指也在他眼前晃来晃去。绍六想了几个晚上，终于下定决心掷一把大骰子。有皮大哥撑起，凭着多年跑山货对山路的熟悉，躲过关卡的检查不成问题，这趟生意应该是十拿九稳。

七月下旬，绍六去了永宁。皮大哥果然住在永宁宾馆，还带着一帮手下。皮大哥见了绍六格外亲热，寒暄一番后，打发手下回了隔壁房间。绍六小心翼翼地说了做鸦片的想法，皮大哥拍着绍六的肩膀说：“六老弟，大哥就知道你是个明白人，能成大事!”皮大哥开了个价，绍六的心一阵狂跳，翻倍的利呀！这次真的要发财了！

两人盘算一阵，约定下月某日在平上街兴隆客栈相见，一手交钱一手交货。平上街是永宁城边上的一条小街，是通往贵州的必经之路。街上有许多客栈，往来的马帮盐帮都在那里住宿。

回到龙山，绍六瞒着蔺李氏请了个会。

所谓打会，是一种民间自发的集资，有人急需筹款，且有一定偿还能力，便邀约一批人集资，叫作请会。还款的期限、次序和红利自行约定，第一个收钱的人称为会首。比如，张三请会，入会者另有 10 人，会期为十一个月，每人每月会款为 10 元，红利 1 元。张三第一个月实收 90 元，往下的十个月，每月还款 10 元。以后收款的人呢，收款前付 9 元，收款后付 10 元。最后一个收款的人最实惠，实付 90 元，得到 100 元。

这是流行于生意人之间的规矩，解决燃眉之急。当然，前提是有闲钱，还得是互帮互助的哥们。以前打会，绍六都是坐在后面，图个红利。这次绍六谎称要去泸州进一批丝绸，请了个大会，扣除红利筹措了 180 个大洋，全部买了鸦片。

绍六背着背篼走了两天山路，赶到了兴隆客栈。他进了约定的房间，闩上门，一颗悬着的心这才放下来。货物重山路险自不必说，一路的担惊受怕，太折磨人了。他把背篼塞到床下，用汗帕子胡乱擦了一下身上的汗水，一头倒在床上。

绍六被敲门声惊醒时，天已经黑了。绍六压低嗓子说：“这屋住人了。”门外人说：“都是盐帮的，凑合搭个铺。”对上暗号，绍六翻身起床，点亮床头柜上的菜油灯，赶紧过去开门。

刚拉开门栓，门被猛地推开，几个当兵的闯进来，两把手电筒直射到绍六脸上。后面进来一个挎盒子炮的，反手把门关上，说："搜！"

绍六惊慌失措，"长……长官，你们搜……"

话没说完，一个当兵的从床下拖出背篼，把上面盖的药材扔了一地，下面都是草纸包着的圆饼。他拿起一块饼撕开草纸，递到绍六面前，问："这是啥子？"

绍六低下头，两腿发软，浑身直冒冷汗。

一个兵从后面一枪托砸在绍六背上，绍六一个趔趄，跪在地上。"龟儿子好大的狗胆，敢贩运鸦片！"枪就抵住绍六的后脑勺。

盒子炮叫当兵的把货收了，对绍六说："给老子就在这儿跪到，动一下就毙了你！张班长，你们几个把他看好，等会郭副官来把他带去审讯。"说完，几个人走出门去，哐当一声关上门。

绍六浑身筛糠，尿都差点吓出来。过了一阵，他的脑子才开始转起来，心想，财是蚀了，命还是要保住，看看外面的情况，不能就这样跪着等死。

他屏住呼吸爬到门前，从门缝下面往外看，好像没有人。他又站起来，贴着门听外面的动静，没有一点声响。他咳嗽一声，外面也没有反应。绍六试着开门，门轻轻一拉就开了，外面空荡荡的，没有一个人影。

绍六回过神来，急得双脚直跳，连呼："闯了鬼了！闯了鬼了！"

绍六自知中了圈套，不敢报案，一路哭着回家。他变卖了房子，存货和所有值钱的东西，偿还欠债。

一眨眼工夫，蔺家就败落了，绍六从老板变成佃户，给人当了脚夫，可怜的蔺李氏挺着大肚子，做了洗衣妇。秀蓉正读小学二年级，躺在地上双脚蹬地哇哇大哭，死活不肯退学。为了挣学费，她放学后就去客栈帮蔺李氏收要洗的衣服，晚上端个小簸箕沿街叫卖糖果："桂花——焦的——新板栗！""杂糖——麻糖——芝麻杆！"

稚嫩的童声穿过夜空，穿过屋瓦，落到镇上人的床头上，有人忍不住叹气："唉，那蔺宽布，一火色①就栽了水，婆娘儿女都跟着遭罪哟！"

第二年四月，蔺李氏生下一个女儿，叫六妹仔。

五月，白泡粑也生了，是个女婴，脐带缠颈死了。白泡粑满月不久，跟一个塑菩萨的山客跑了。阳子断了烟，无精打采地混了一段日子，找了一份抬滑竿的活路。

六妹仔四岁那年，被房东罗三娘家的狗咬伤了腿，蔺李氏带着她去镇上

---

① 突然一下。

老中医余老爹那里治伤。余老爹问娃娃叫什么名字，蔺李氏说：“还没得名字，就叫六妹仔。”余老爹嗔怪道：“猫猫狗狗都有个名字，哪有像你们这样当爹当妈的?”此时，门前的几株兰花开得正茂，阵阵幽香沁人心脾，余老爹随口就送了她一个名字：兰香。

第二章

一巴掌打醒懵虫虫

蔺家生活是一天两顿苞谷羹，绍六夫妇挣钱买回苞谷，蔺李氏把苞谷磨成粉，和水拌成糊糊，倒进加了酸菜的锅里，再把汤圆大的一坨盐放到瓢里，伸进锅里涮两圈拿起来。一边煮一边搅，煮熟后一人一碗，不用筷子，稀稀呼呼地喝完，各自把碗舔得干干净净。

蔺李氏几乎总是天不亮就起床，蔺绍六帮东家背货赶场，天发白就要动身。周围几个场镇的赶场天是错开的，一四七、二五八、三六九，要赶场天天都有。蔺绍六人高腿长，面相忠厚，很多雇主都愿意写他的生意。蔺李氏看路程远近，先烙一两个苞谷粑，让蔺绍六带在路上打腰站①，然后又煮苞谷羹。苞谷羹煮好，天就麻麻亮了。

绍六出门后，一家人慢吞吞起床，吃完早饭，秀蓉背书包去上学，蔺李氏到罗三娘家做工。阳子抬滑竿的生意是三天打鱼两天晒网，一会儿是没有雇主，一会又是腰酸腿痛。看在蔺家香火的份上，绍六夫妇仍然迁就他，就是挣点钱，也由他自己随便交几个回家。兰香呢，就是一张吃食的嘴，锅里多掺一瓢水，就带她一起活了。那是个冬日，阳子吃过早饭，又回床上蜷缩着。兰香也想上床偎着，但她不甘心，倚在门口仰望天空。云层正在淡开，一抹橙红露出天际，兰香心中一片灿烂，对阳子说："哥，天晴了。"

阳子"嗯"一声。

"哥，我出去耍哈。"

阳子还是"嗯。"

兰香光着脚，顺着街道往中街走。太阳懒洋洋地出来了，风还是很冷，石板路冰凉，偶尔踩到一颗煤渣，脚硌得生痛。

余三家卖砂锅和草纸。天不下雨的时候，一大早，余三妈在街沿上用两

① 两餐之间的加餐。

根长板凳架起一张大木板，先把砂锅砂罐盘盘碗碗摆出来，空出地方摆上大叠小叠的草纸。草纸是谷草做的，有谷草的颜色和气味。

余三正在帮她妈摆砂锅，看见兰香，余三笑嘻嘻地说："太阳出来了。"兰香晃一下手里的沙包，说："庙堡堡。"余三进屋拿个鸡毛毽子出来，两人就往庙堡堡走。

东皇庙旁边的崖壁上斜撑出一棵巨大的黄桷树，树下有一个平坦的石堡坎，镇上人叫它庙堡堡。那是镇上最大的一块平地。女娃娃在那里抓沙包，弹杏核，跳房子，男娃娃斗鸡，摔跤，打皇帝。"坐滑车"则是男女娃娃都喜欢玩的游戏。

庙堡堡坎下是镇上的垃圾场，全镇的垃圾都呼啦啦地往下倒，垃圾都堆到了庙堡堡边上。长年累月堆积起来的垃圾给坎下那一片长长的陡坡铺上了一层厚厚的垫子，娃娃们把捡来的草帘子、烂席子垫在屁股下面，并排着顺坡而下，一直滑落到坡底。那种玩法通常在黄昏，学生们放学之后，那时的庙堡堡简直是乌烟瘴气，尘土飞扬。

此时的庙堡堡很安静，黄桷树在地上投下一大片阴影，一阵山风吹过，树叶哗哗地响，东皇庙里传来朗朗的读书声。

兰香和余三在庙门外的石狮子旁边抓沙包，罗小梅大摇大摆走过来，满脸得意地说："有好事来了！好事来了！"

"啥子好事？"兰香和余三抢着问。

罗小梅说："中街蒋七老爷家要娶媳妇，请柬都送到我们老爷家了。"

"关我们啥子事？"兰香说。

罗小梅四下一望，鬼鬼地说："我们可以去吃混食嘛！"

"吃混食？"兰香满脸疑惑。

罗小梅说："这个都不懂！就是跟着别人混进去一起吃席嘛。"

"哦，对对，吃混食，"余三说，"我们一起去。"

兰香说："好意思？人家又没有请你。"

罗小梅说："有啥不好意思嘛？实话跟你们讲，我都吃过好几回了。"

余三说："怪不得你长得恁个肥溜溜的，原来是吃混食吃的。"

罗小梅说："放屁！我生来就是恁个胖。"

兰香说："我们穿得这副样子，哪像坐席的嘛？遭人家逮到了好丢人啰。"

罗小梅说："瓜娃子[1]！你又不跟有钱人坐一桌，那些乡坝头来的佃户也跟我们差不多，来的人那么多，哪个认得出你嘛！蒋七老爷家是大户，席肯

① 傻瓜。

定办得旺实得很呢！一桌席九大碗：蒸的，炒的，煮的，啥子都有。那个肉哇，大块大块的，黄桑桑的，肥实得很……”

兰香说：“不说了不说了，我口水都要流出来了！”

余三说：“说说说，吃不到听一下都舒服。”

罗小梅吞一泡口水，连比带画地说：“一桌席坐八个人，每碗肉有八块，一人一块，不吃的还可以包扎包[①]。哦，还有，饭是尽吃饱哦！没有掺苞谷的净白干饭！”

余三问：“那——蒋七老爷好久娶媳妇呢？”

罗小梅说：“腊月初六。”

兰香说：“我不去，不好意思。”

罗小梅说：“你就厚一回脸皮，吃一顿饱饭，哪点儿不好嘛？死要面子活受罪！”

余三说：“去！去！我们都去，哪个不去我们二天就不跟她耍了！”

兰香撅起嘴巴要走，却见汪贵琼飞着两条小辫子冲过来，“打仗了！打仗了！”

“在哪里？”姑娘们围过去，就要去看热闹。

“不是在这里，听说是啥子台儿庄，还有卢沟桥，好像很远。”

“哪个和哪个打？”

“我也弄不清楚，乱七八糟的，那些大人说，有啥子中央军、日本人、川军，好像是中央军和川军两伙人打日本人，死了好多人。”

“哪个打赢了？”余三问。

“不晓得。听说日本人矮墩墩的，打仗凶得很。”

“日本人是啥子人哟？”

“不晓得，他们没说。恐怕长得矮的就叫日本人嘛。”

“那我们是啥子人呢？”兰香问。

姑娘们你看我，我看你，又都转过头看罗小梅。罗小梅胖乎乎的，看起来矮墩墩的。

罗小梅翻着白眼说：“看我干啥子？哪个高哪个矮比了才晓得。”说完一昂头挑战似地站直了身体。

余三窜过去转身和罗小梅背抵背站直了，汪贵琼举起右手比画着说：“罗小梅高一点点儿。”

---

① 扎包：动词，打包；名词，礼物。

余三沮丧地转过身，退几步看看罗小梅，突然跳起来说：“哦！我是日本人！”

兰香站过去和罗小梅比，汪贵琼说：“罗小梅矮些。”

罗小梅也跳一下说：“我也是日本人！”

轮到兰香和汪贵琼比，还没靠拢，余三和罗小梅就说：“不比了，兰香矮些，兰香也是日本人！”

三个“日本人”站在一边，挥着手对着汪贵琼起哄：“哦——日本人打得赢！日本人打得赢！”随后，又变成啦啦队一样，跺着脚喊：“日本人——打得赢，日本人——打得赢，日本人——打得赢……”

姑娘们正闹得高兴，东皇庙的大门訇然大开，一个高大的人影从门里冲出来，是秀蓉，怒气冲天！姑娘些不知发生了什么事，都愣住了。秀蓉几步跨到兰香跟前，啪地扇了兰香一个耳光，粗声呵斥道：“你们这些瓜娃子！喊些啥子？学堂的人都听到了！”

紧接着，一群学生涌出大门，兰香偷眼看，秀蓉的好朋友李玉莲也在里面。

秀蓉双手叉腰，喘息一阵，“龟儿几个死女娃子！你们是不是想当汉奸？日本人侵略我们中国！那么坏！你们想他们打赢啊？想当亡国奴吗！”兰香脸火辣辣的痛，她双手捂着脸，不敢吭声。

一个男生拍着手高呼：“哈哈，阚秀蓉的妹儿是汉奸！”

“滚一边去！”秀蓉呵斥道，又对学生们说：“有啥好看的？进教室去！”

李玉莲帮着招呼学生们进去。罗小梅怯生生地问：“秀蓉姐姐，啥子是亡国奴？”

“说了你们也不懂，就是给日本人当牛做马，他们想打就打想杀就杀。”

“日本人是啥人嘛？”

“东洋人、日本鬼子、比坏人还坏，不是人，是禽兽！”

“啥子是汉奸呢？”

“就是帮日本人做事的。你们帮日本人说话，就是汉奸！”

汪贵琼说：“我不是汉奸，我没有帮日本人说话！”

“愚昧！”秀蓉乜她一眼，甩着手走了，几个姑娘傻乎乎地你望我我望你，都懵了。

秀蓉一走，兰香哭出声来。

秀蓉比兰香大八岁，高出兰香一大头。家道中落后，她靠卖小吃断断续续地读到了高小，已是一个十六岁的大姑娘了。她平时跟兰香很少话说，但谁要是欺负兰香，秀蓉就会站出来保护她。她从来没有打过兰香，今天这一巴掌可是使足了劲，打得兰香眼冒金花，脸上火辣辣的痛，更难受的是梗在心里的委屈。为什么要打我？我又没有骂人？我们说错了吗？未必说错一句话比偷东西还厉害？兰香想告诉妈妈，又想秀蓉那样子打得理直气壮，说不定妈不但不会责备秀蓉，还会骂我。兰香止住哭泣，试图弄懂秀蓉那些话的意思。

什么是愚昧？是不是就是瓜娃子？日本人是什么人？为什么长得矮的打得赢长得高的？“侵略”“汉奸”“愚昧”……秀蓉为什么懂得这么多？我长到她那么大也会懂那么多吗？从来没有听人说过这些，爹妈没有说过、茶馆里面说书的也没有说过，戏里也没有这样唱过。

晚上，等秀蓉上了床，兰香上街溜了一圈，估计秀蓉睡着了，才轻手轻脚摸上床。兰香蜷着身体，不想碰到她。不想头刚落枕，秀蓉就拉她脚，示意兰香睡到她那头去。兰香憋了一肚子委屈，不理她。秀蓉又拉着兰香的手，硬把她从被子底下拽过去，兰香心里害怕，不知道秀蓉要干什么，又不敢反抗。秀蓉一只手搂着兰香，一只手摸着兰香的脸问：“还痛不痛?”兰香说“不痛”，眼泪却悄悄地流出来。秀蓉用手擦着兰香的眼泪，“不要记恨姐，姐打在你身上，痛在我心上。你晓得不，你们喊那些话，砍脑壳都够资格了。愚昧！愚昧！唉，也不能怪你，这个山旮旯太穷了，这些人太愚昧了。”

“愚昧是不是就是瓜娃子?”

“差不多吧，不过瓜娃子是脑壳有问题，愚昧是没得文化。”

“啥子叫文化?”

“说不清楚，就是读书吧，书就是文化。阳子有书不读，一天游手好闲的，连个婆娘都守不住。他是无可救药了，我们蔺家要出头也不想指望他了。唉，爹妈是不会让你读书的。你晓得我是哪个读的书?”

“哪个读的?”

“爹嫌我是个女娃儿，不要我读书，我倒在地上哭，又哭又蹬，一双脚活生生把地上蹬出两个坑。”

兰香笑了，秀蓉是龙山出了名的泼辣妹儿，一般人都不敢招惹她，没想到她从小就横。兰香说：“我也想读书，我也睡到地上横。”

秀蓉说：“没得用了，家里供我读书都够费力了。等我出息了，我供你读书。”

兰香又流出泪来，堵在心里的委屈化解了。她靠着秀蓉的肩膀，不知不觉睡着了。睡梦中，姐姐的话烙进心里。

第三章 >>>

吃混食

腊月初六，唢呐吹得满街响，蒋七老太爷娶媳妇轰动了龙山镇。早晨出了太阳，人们都说蒋七老太爷日子选得好。

兰香到庙堡堡时，余三她们早已候在那里。几个姑娘约定分散混进去，进去以后彼此不打招呼，然后就开始行动了。

蒋七老太爷曾在县城当过民团团长，是镇上的大户。他家在中街，从庙堡堡看得见他家的一大片屋顶。院子里有上下两个天井，大大小小的房屋有好几十间。吹鼓手来了两套班子，一队在大门口，一队在上天井。男男女女的佣人们，里里外外跑得脚都飞起来了。

下街场口外面专门劈了两块地，左边停轿子，右边拴马。兰香从来没见过那么多漂亮的轿子，那么多油光水滑的高头大马。

客人中，有钱人多，佃户也多。大门口设了两个收礼处，贵客走的正门一处，佃户走的侧门一处。佃户们没有钱，就送些杂粮、土产之类东西。

贺喜的人烟烟络络从街上走过，兰香避开大门，远远地站在街边看热闹。她不时盯一下罗小梅，想看看她怎样混进去。过一会儿，她发现汪贵琼和余三不见了，回头再找罗小梅，罗小梅也不见了。兰香慌神了，她们肯定都混进去了。她下狠心闯一下，吃不成混食不要紧，没本事混进去就太丢脸了！

一拨农户从下街上来，几个男人各自背着一个口袋，后面几个女人嘻嘻哈哈地说笑着。其中一个年轻女人抱着娃娃，面目和善。兰香一壮胆子，走到她面前，说："大嫂，我跟我妈在街上走散了，她可能进去了，你带我进去要不要得？"

旁边一个女人说："扯把子！一看你就是街上的娃儿，是不是想吃混食？"

大嫂顶她一句："又不是吃你的！不是饿了饭，哪个吃这个混食哦？让她进去，我们正好凑一桌。"又问兰香："妹儿，会不会抱娃娃？"

兰香赶紧说："会。"

大嫂把娃娃递给兰香，说："跟着走。"

说话间，那拨人围拢来，一位年长者说："我们龙贞哪，硬是一副菩萨心肠。好，好，好事做了好事在。"

兰香说："谢谢大爷！谢谢大嫂！"

进了蒋家院子，兰香直咽口水。上菜的人端着筲箕簸箕走马灯似的满院子跑，到处是叮叮哐哐的响声。天井中间放着一个大木甑子，甑盖上热气蒸腾，一张张桌子横竖排开，老老少少围坐一起，米饭和肉的香气弥漫着整个院子。那拨人找了张桌子坐下，兰香坐在大嫂旁边，眼睛搜寻三个伙伴。

"拜天地——"上天井传来主婚人的吆喝声，拜堂开始了。院子里突然安静下来，人们拥挤着往上天井凑，都想看看热闹。大嫂的娃娃却突然大哭起来，大嫂哄不住，啪啪在他屁股上打两巴掌，娃娃哭得更厉害了。

兰香说："我抱他走一下。"心里有个小九九，想找到余三她们。

刚走几步，忽然听见一个女人大声呵斥："哪个放些叫花子进来？给我打出去！"几个丘二[①]拿着棍棒，像撵耗子一样，赶得一群娃娃飞起跑。兰香吓得差点扔了娃娃，一眼瞥见罗小梅抱头鼠窜，屁股差点挨了一棍。余三遭两面夹攻，脑壳上挨了一扫把，摔个跟斗跑出去了。

那个喊话的女管家风一样冲到兰香面前，气势汹汹问："你是哪个村哪个寨的，还抱个娃娃来？"

大嫂站起来说："我们是陶家村的。我都认得你，前年秋收，你到我们村来收过租子，我还给你端水洗手……"

"哦，哦！我记起来了……她是……"

"我妹子。"

管家说："哦，把娃娃哄好，哪个兴在这里哭嘛！冲了少爷的喜气！"说罢转身走了。

过一会儿，上天井传来一个男人的声音："开——席——"，天井里又骚动起来，刹那间，碗筷乒乓，杯盘叮当。

兰香抱着娃娃，让大嫂先吃。大嫂接过孩子，悄悄在兰香耳边说："傻姑娘，你好不容易混进来，等会儿都吃光了，你还吃个屁呀。"

那个年长的叫李幺叔，伸出筷子四面点一下，"大家请，请，不客气哟。"七双筷子急不可耐齐刷刷地伸向桌子中间的回锅肉。兰香见筷子把碗都遮完

---

① 帮工。

了，捏着筷子不敢动，大嫂用胳膊肘使劲碰一下兰香，说“吃啊!”兰香等筷子们都收回去才慢慢伸出筷子，她眼睛飞快地扫一眼，不挑大的，不要小的，直端端夹回一块不大不小的。席上的人嘴里各自嚼着，眼睛都盯着下一个目标。

李幺叔笑着说：“这女娃子还懂事。”边说边把筷子伸向最大的一块肉。兰香把肉塞进嘴里，顿时觉得浑身都舒展了。好香啊！香喷喷的、辣嘘嘘的、油腻腻的，这恐怕就是神仙过的日子了！男人们吃一块肉，转一轮酒，顷刻间回锅肉就被扫荡一光，筷子的目标分散了。大嫂把自己的碗递给兰香说，妹子，帮我舀碗饭。兰香赶紧接过碗，又拿上自己的碗往大甑子走去。

甑子边已经围了两三层的人，兰香猫着腰从人缝中挤进去，见几把饭勺转来转去都轮不到她，就把两个碗伸到甑子中间。拿着饭勺的人这个一勺那个一勺，几下就把两个碗盛满了。兰香从人群中钻出来，把一只碗凑近鼻子使劲吸，又用舌头舔一下：嗯，好香啊！兰香长这么大，从来没有吃过白米饭。就是过年的时候，也只能吃一顿掺了一点米的苞谷干饭。

兰香回到席上，看见黄澄澄的一碗烧白只剩下一块躺在黑乎乎的咸菜上。兰香想起罗小梅的话：“一人一份”，那块烧白该是她的，但她不敢造次，只夹了一撮咸菜，埋头扒饭。那白米饭嚼在嘴巴里香喷喷的，吞进喉咙里糯滋滋的，落到肠胃里踏踏实实的。大嫂又用胳膊肘碰一下兰香，朝桌上努努嘴说：“烧白，你的。”兰香夹起烧白送到嘴边，小小地咬了一口，又放到碗上。她早就想好了扎包给姐姐包回去。随后，蒸肘子、糯米丸子、油炸果子，凡有数的，都按人头分了。兰香的碗堆不下了，她心里暗暗着急，左顾右盼，不知怎么办。大嫂弯腰从背娃娃的背篼里拿出两张青菜叶子放到兰香面前。兰香忙说：“谢谢大嫂!”

酒只有一碗，三个男人几轮就喝完了。一阵狼吞虎咽之后，饱嗝声此伏彼起。李幺叔从裤腰带上的烟荷包掏出卷好的叶子烟，一个男人甩一支。男人们抽着烟，七嘴八舌地埋怨起来：

“这个蒋老七也太抠了，就这点儿酒，不过瘾。”

“都说越有越抠哇，这话不假。”

一个女人笑着说：“喝多点让你们好发酒疯啊。”

李幺叔撇着嘴说：“发酒疯？解渴都不够。”

大嫂说：“吃顿饱饭都不错了，我饿得奶都没得了。这下好了，又发得出点奶了。”

"吃顿饱饭？我们给他送的礼信[①]哪里换不到一顿饱饭？"

"见鬼，我们一家一个月的口粮这一顿就吃了！"

李幺叔站起身说："不说了不说了，有本事当着蒋老七说，这里说还不是自己呕自己的气。"他在桌子边磕掉烟屁股，说声"走！"大家就一起站起来往外走了。

兰香收好桌上的扎包，小心翼翼地揣在衣兜里，跟在后面走出去。她打一个长长的饱嗝，终于松了一口气。

一大群叫花子拥在大门口，像一群饥饿的狼，绿眉绿眼地看着从门里走出来的人。几个姑娘正冷得发抖，饿得蔫奄奄的，见到兰香便一拥而上。

汪贵琼说："兰香，你吃舒服了哈！"

兰香说："不舒服，太吓人了！"说着打了个寒战。

罗小梅问："包扎包没有？"边说边把手伸过来摸兰香的衣服口袋。

兰香急忙用双手捂紧口袋，说"我都没有舍得吃，给姐姐带回去，他们从来……"

罗小梅说："少说废话！莫忘了，是我喊你出来的，也是我教你的，东西拿出来！"

"给我姐姐留两块……"

"不行，今天你运气好，我们还挨了打。"余三说。

"是呀，我们几个都挨了打。"汪贵琼和罗小梅说。

"你不是说你得行吗？"兰香问罗小梅。

"得行个屁！人家七八个狗儿满院子转，手里都拿了棍棍棒棒的，凡是去混席的，统统打出来，那个胖子婆娘最凶！"

"要不是有个大嫂帮我说话，我也被撵出来了。"

"莫光说话，快把扎包摸出来。"汪贵琼急了。

兰香说："给我姐姐留两块嘛。"

"不得行！"

"我都没有舍得吃呀！"

"活该！"

"你要是都吃了我们就不跟你要了！"

"留一块！"

"少说废话！快拿出来，我们都要饿死了！"

---

① 礼物。

见好说不行，兰香转身就跑，几个姑娘一拥而上，逮住兰香，从她兜里抢出扎包来，跑到一边去分赃。

兰香跳着脚大哭："棒老二！没得良心！没得良心！"

汪贵琼舔着手上的油走回来，咧开嘴笑着说："嘻嘻，下回我也给你留几块哈！"

第四章 >>>

绍六出逃

小镇一连下了几天大雪，连水缸里都结了一层凌冰。街上很少见人，偶尔听见屋外有拐扒子[①]杵在石板上的声音，那是背煤炭的男人女人结伴而行。他们衣不蔽体，有的大腿屁股都露在外面，背上的煤却是上等的，大块，黑得发亮，烧着火旺，又少有煤烟。

听见拐扒子响，蔺李氏就起床了。绍六今天是朝贵州那面走，背的是罗良成老板的两坛酒，路途远，又是一路的上坡，她得给他烙两个苞谷粑，让他早点动身。蔺绍六跟在蔺李氏后面慢慢起床，坐在灶膛前，一边烤火，一边抽叶子烟。苞谷粑已经烙好，放在灶台上凉着。

蔺李氏看一眼靠在墙上的背夹，问："酒捆好没有？"

绍六说："捆好了。"

"打不得闪失哦！"

"你这婆娘，啰唆。"

"小心驶得万年船。"

蔺绍六不说话了。

蔺李氏又说："背一坛嘛，这个天路滑。"

"背一坛一份钱，背两坛是两份钱，反正都是走一趟，不划算。我背煤要背两百斤，这两坛酒才一百二十斤……"

"酒不比得煤，煤打倒了捡得起来，酒打倒了……"

"见鬼！好的不说，你咒我呀！"蔺绍六腾地站起身，"饭好没有？天都亮了！"

---

① 与背夹（背篓）配套的T形物，歇息时，将尖头插在地上，横杠支在背夹底部，与两只脚形成三角形，以便负重的身体歇息一下。

“好了好了”，蔺李氏赶紧搅两下，把苞谷羹舀到碗里。蔺李氏给绍六开的是小灶，羹要稠些，盐放得多一点，盐长力气。她和娃娃是上午九十点钟一顿，下午擦黑一顿，跟贵州山人一样。

绍六稀里呼噜喝完苞谷羹，背起背夹大步出了门。

蔺李氏追到门外，“脚码子……”

“带了。”

脚马子是山区苦力的装备，生铁铸造，下面有四颗尖钉，下雪天绑在脚上防滑的。

一家人正吃早饭，“爹——”秀蓉突然一声惊叫，仿佛天塌下来了！

蔺绍六站在门口，一身酒味。紫黑的血遮了半个脸，身上到处是血迹和泥巴。他手扶着门框，腿抬一下，又落在门槛外面，牙齿嗑得咯咯地响。

“绍六！你咋个了？”蔺李氏急忙扶住绍六。

“唉！”绍六懊丧地说，“踩到块石板——翘了，摔了个倒栽葱……”

蔺李氏和秀蓉把绍六扶到桌子边板凳上坐下，让他背靠着桌子。秀蓉回身关上门。

“伤到哪里了？”蔺李氏摸着绍六的脸问。

“不晓得。莫得事，我都自己走回来了。”

“酒呢？”

“坛坛都烂了。”

“我说——唉！不说了！秀蓉、六妹仔，赶紧烧点水，给爹把脸上擦干净。”蔺李氏给绍六找衣服，“阳子，你去请余老爹过来看一下，快点！”

兰香赶紧跑到灶台边，见煮了苞谷羹的锅还没洗，便搭个矮竹凳站上去，趴在灶台上用竹刷把洗锅。她去水缸舀一瓢水，正抬起手往锅里倒，“咚”的一声，门被踢开，兰香吓得水瓢掉到地上。

“蔺绍六！”罗老板站在门口粗声忤气地喊。他穿着洋布棉袍戴个瓜皮帽，身后还站着两个丘二。

“罗老板……”蔺绍六赶紧站起来，一瘸一拐走到门前，“罗老板！对不起你！我踩到块翘翘石板，摔了几个滚……你看……你看我屋头有啥值钱的，都拿去嘛。”

“哼！我那两坛酒值好多钱？你屋头有个啥？有几个无底洞！你要想办法赔我，赔不起老子要你坐班房！”

“不！罗老板！要不得！我一家大小都靠我吃饭……”蔺绍六说，“莫恁个①，我求你了！”说着就要跪下去。

“爹！起来！”秀蓉拉起绍六。她不正眼看罗老板，冲着他说：“你把他拖去坐班房嘛，他死在班房里头，你还要陪副棺材钱！”

“住嘴！大人的事你不要管，滚远些去！”蔺李氏挥手要打秀蓉，秀蓉一窜跑出十几步远。

蔺李氏给老板说好话，“罗老板，对不起！等会儿回来我打她。罗老板你做点好事，等他伤好些，我们就挣钱还你。”

“那要我等好久？”

“这个——我们狠个心，挣个一两年嘛……”

“放屁！一两年？算不算利息？连本带利，利滚利，你更赔不起！”

“你明明晓得我们赔不起，你还逼啥子？还不如舀碗水把我们吞了！”秀蓉远远地顶撞他。

“哼！老子没见过你这种小母狗儿，乳臭未干，比大人还嘴硬！你是茅厕头的石板，又臭又硬！”他一步步逼过去，想打秀蓉。

“你妈才是母狗儿！你屋姐姐妹妹才是母狗儿！”秀蓉怒目圆睁，一副拼命的样子，“你来！有本事你打死我！”

“老子马上把你老汉抓去关起！”

“你敢！你关了他我们几个娃娃就天天来找你要饭吃，我们是几根干灯草，你是一碗灯油！”

“你吃屎的还把屙屎的盅到了？”

“死妹仔！老子打死你！”蔺李氏气急败坏地在门后面抓起一根叉棍，朝秀蓉掷过去，秀蓉躲开，蔺李氏捡起叉棍追。秀蓉边跑边大喊大叫：“打死人啦……救命啊！”

余老爹跟在阳子后面赶过来，见罗老板脸红筋胀的，瞪着秀蓉眼珠子都要暴出来了。余老爹一手挽住罗老板，“罗幺哥，干啥子干啥子？咋个跟娃娃一般见识哦。”

罗老板说：“这死女娃子！他老汉把我两坛酒打倒了，这死女娃子还又泼又闹的！”

余老爹笑呵呵地说：“哎，娃娃家，不跟她一般见识。不过两坛酒嘛，你糟房见天都在出，你多兑点水都要兑出两坛来。”

---

① 这样，这么。

罗老板身子一挺："你老人家开玩笑哦！"

余老爹说："开玩笑，开玩笑，罗幺哥的酒那是没得说的，我天天都要喝一台，比贵州茅台都安逸。走走走，外头冷，屋头坐着慢慢说。"

罗老板说："我才不进去，一屋的霉气。"他扯着嗓子朝屋里喊："蔺绍六，你要不早点把酒钱赔给我，老子要你晓得锅儿是铁倒的！"

罗老板踹一脚门，在门上留下一个泥脚印，气呼呼走了。

余老爹进屋，把蔺绍六的手拉起来甩几下，脚扳起来弯几下，"还好，都是些表皮伤。"他对阳子说，"走，跟我回去抓两服药。"

蔺李氏说："余先生，等一下！"她跑进里屋，一阵唏嗦又跑出来，拿出一张钞票递给余老爹。余老爹把她的手推回去，说："一点草药，不值钱。"急忙走了。

几天后，钟保长来到蔺家。"宽布，你的伤好些没有？"

"钟保长，好点了，谢谢你！"

"你跟我到镇公所去一趟，罗幺哥把你告了。"

蔺绍六说："好是好点了，还是起不来床哦。唉，我这脑壳——说话大声点都痛。"

钟保长说："算了嘛，起得来床了你自己到镇公所去。嗯，你屋那个秀蓉，好好收拾一下！无法无天的，损失了人家的东西，给人家说点好话说不定还放你一马，她娃娃还去火上浇油。那两坛酒值十多块洋钱，你赔不赔得起？吔，罗幺哥要是不松口，你恐怕要坐两三年班房哦！"

蔺绍六说："钟保长！请你帮我说点好话嘛，求你了！"

"我管不了，我管不了。"钟保长一摆手，走了。

听钟保长走远了，蔺绍六咬牙切齿地骂道："那该死的罗幺娃，心硬是黑得很嘞！"

晚上，蔺李氏蒸了几个苞谷粑，兰香以为每人都有一个，没想蔺李氏却早早打发他们睡了。半夜里，兰香迷迷糊糊地听见蔺李氏低声地哭泣。

"你个老东西，你个老杂种……老娘年轻时就劝你：时来莫把时待外，时去时不来[①]……古人说，生意买卖眼前花，锄头落地是庄稼。我劝你把我的钱买点田土给娃娃们留条后路，你一句都听不进去！有几个钱你就不得了了，吃鸦片掷骰子嫖婆娘你五毒俱全！生意做得好好的，你要翻筋，去整啥子鸦

① 时，机会。机会来了不要怠慢它，机会错过就再也没有了。

片，你个败家子！找钱犹如针挑土，用钱犹如水推沙呀……发财要不到几桡片，背时要不到几潦窜①，你一家伙就搞成这个样子，弄得婆娘儿女都跟你遭殃……你要是听我的一半，我们也不会落得这般下场……”

蔺绍六说：“不说了不说了，都这个时候了，你说这些有啥子用哦。”

“不说不说，家败了还有个人在，现在你人又要走了，我们一家人咋个办?”

“不走等着坐班房啊？坐了班房这个家又咋个办？唉，你就多担待点了，我挣到点钱就找人带回来。”

蔺李氏抹一把眼泪鼻涕，抽泣一声：“找个老实点的。”

“我晓得。”

“小心驶得万年船。”

“晓得了。”

“你伤都还没有好?”

“莫来头②……

一阵窸窸窣窣后，屋里安静下来。兰香迷迷糊糊地蜷着。她睡不踏实，以为蔺李氏送一段就回来，就在黑暗中迷糊着等。再睁开眼睛，天都麻麻亮了，兰香问：“妈，爹呢?”

蔺李氏说：“娃娃家，莫问。”

---

① 桡，桨。几桡片，形容很快。潦（lǎo）窜，趔趄，行路不稳的样子。都是形容在短时间内发生重大变故。

② 没关系。

第五章 >>>

阳子找爹，秀蓉辍学

那个年过得特别冷清，满街听见杀猪叫，屋里却不沾一点荤腥。有人带信说，蔺绍六出去后进了盐帮，在永宁一带背盐。年一过完，蔺李氏叫阳子到永宁去找他爹，阳子胆怯，不肯去。蔺李氏心中烦躁，看见阳子嘴里就唠叨："和尚吃了都要念消灾经，蚂蚁吃了都要去嗅条路，二十几岁的人出个门都害怕！你有啥用？你吃淘米水都要掺沙，吃屎都要遭雷打！泥鳅黄鳝没脚没手都要自己找吃，你有手有脚的，还是个男人，还要老娘来把你供起？老娘养不活你！"

阳子听得耳朵起老茧，终于松了口，"妈，永宁在哪一方我都不晓得，咋个找嘛？"

"脚是江湖嘴是路，遇到岔路，你就坐在路口上，看见背盐的就问：'大爷、大哥，你们里头有没有个叫蔺绍六的？他是我爹'。这几句话你都不会说？嘴巴甜点你不会呀？亏你还读过几年书，还不如你两个妹妹。"

"你又不给盘缠，没得盘缠我出门吃啥子？恁个天寒地冻的，我死在哪里都不晓得。"

"盘缠老娘会给你准备，只要你肯去。"

蔺李氏东借一合，西借一碗，烙了六个苞谷粑，又在家里找出六个大点的生红苕洗了，用麻线两个两个地间隔着串起来，装进一个布口袋。临行时，蔺李氏把口袋交给阳子，满眼含泪地说："阳子，不是妈狠心，你是看见的，恁个下去，一家人都要拖死。你走了，秀蓉的书也不要读了……"秀蓉在旁边叫起来，"书我要读完！我自己吃的自己找！"蔺李氏瞪她一眼，继续对阳子说："这是三天的口粮，你岔起[1]吃，一顿吃两个。记到，只准吃两个，不

---

① 错开。

然你走不拢永宁！还有，记到，永宁的平上——马帮盐帮晚上都歇平上，你就在那里死等！”

“要是等不到，我就等死咩？”

“没出息！你手脚是长来做啥子的？有钱你就带点钱回来，没得钱你就跟你爹一起讨生活。”

阳子没话说，把口袋往肩上一搭，垂头走出家门。

兰香一直在旁边看着，阳子出门的那一刻，眼泪从脸颊滴落下来，第一次领略什么叫伤心。

蔺绍六跑出龙山后就进了盐帮。

那些年，四川自流井的锅巴盐运销云贵川藏、两湖两广。滇黔一带靠骡马运输，川南这方，出境全靠人力。骡马队叫马帮，领头的叫马哥头。人力队叫盐帮，领头的叫领帮。盐帮二十或三十人一队，有一个或两个领帮，有歌唱道：“男有男帮唉，女有女帮，叫花子有个岩筐，背盐巴有个领帮。”

盐帮的运输工具是背夹，由两根稍微弯曲的木头和几块木板做成。锅巴盐一块一块地叠在夹板上，用绳子捆得扎扎实实。每人随身带个拐扒子。拐扒子呈丁字形，横约半尺，竖齐腰高，底下套个铁锥。想歇气了，把拐扒子插到地上，把几百斤重的背夹放上去，两手撑稳，双腿叉开，找好了平衡点，拿过吊在肩上的汗刮刮，刮掉脸上的汗珠，抽一杆烟。

盐帮经过泸州、永宁、古蔺等县，进入贵州云南。那连绵不断的大山，重重叠叠，峭岩如斧，尖石如剑，苦力们一边走，一边哼哼呵呵：

“鸡鸣三省云贵川，苞谷吃了打窜窜，要喝凉水一碗水，要吃麻糖半边山，磨骨头来养肠子，管他脚杆闪不闪……”

阳子走了三天，走到永宁的平上街。这里挨家挨户都是栈房，堂屋两侧有两排厚实的木凳。盐帮进屋，先把盐巴稳稳当当地放在上面，再洗把脸，吃碗苞谷饭，泡个热水脚后钻进被窝。接待马帮的栈房里设了马厩，备有饲料。阳子找到一个管马厩的伙计，说了些好话，晚上就在谷草堆里过夜，白天沿街打探绍六的消息。

还好，才过一天，阳子就看见了绍六的身影。绍六一帮人哼哼吭吭进了平上一家小店，刚把盐巴卸下，就看见阳子在门口张望。

绍六出来把阳子拉到一边，小声问：“你来干啥子？”

“妈叫我来找你，家里一天吃一顿，有时候一顿都没得吃。”

“我不是托人带了钱回去吗？”

“你托哪个？”

“锅厂坝来的，叫杨春山。”

“没得人带过钱回去，妈想起就哭……”

“那该死的不讲良心！”

绍六闷着头抽完一杆烟，对阳子说：“背盐巴是最苦最累的活路，磨骨头养肠子，找点吃点。我没得啥子钱给你拿回去，我看，你就和我一起背盐巴算了。你二十几岁了，背个百把斤不成问题，你看呢？”

“要得。爹，我饿了。”

绍六把阳子带回客栈，给伙计说好加一个人的食宿，先带阳子去吃饭。

背了三天盐巴，阳子腿迈不动，腰伸不直，肩膀又红又肿，双脚被草鞋打起了血泡。他先咬紧牙关只是呻吟，后来就哭了，再后来他一路走一路哭。

“爹，我背不动了。”

“你问下这些大伯大哥，刚来哪个不是这样？背两趟就好了，下力嘛，就是磨皮肉……”

“爹，我们这辈子就恁个呀？”

“娃娃家想这么多干啥？熬一天算一天。”

“那妈妈和两个妹妹咋个办？”

“听天由命嘛！”

秀蓉又惹祸了。开学第一天，她就被训导主任带到校长办公室。

上学期的期末考试，秀蓉考了第一，学校张榜出来的时候，她却被排到第三，秀蓉不服气，找根竹竿绑块破布，把前面两个名字抹花了。这两个学生是学校的财神，家里每年都给学校捐钱，秀蓉如此较劲，校长非常生气。

“蔺秀蓉，你胆大包天是不是？学校每期都减免你的学费，你还不知时务不识抬举！人家王茂远、李家兴毕业后还要升初中、升高中、考大学，你读不读得起？学校在成绩方面关照他们一下，有啥子想不通的？你何必如此争强好胜！”

秀蓉拧着脖子说：“没得钱就低人一等咩？”

“没有人捐钱，学校都办不成了，你还读个哪样书！”

“不读就不读，不读不受气。”

“蔺秀蓉，你还嘴犟！上回你用墨水瓶砸罗元盛，学校都放了你一马，只给你记了一个小过！”

“那是他先打我！你只晓得帮有钱人！”

“你……我开除你！”

“开除就开除，有啥了不起？这个书我还不想读了吔！”

“跟你说，蔺秀蓉，你不要到处惹是生非，你们家只能吃补药，吃不起泻药了！”

“我吃啥子药关你屁事！”秀蓉一甩手，转身出了校长办公室。

第六章 >>>

小镇来了缉毒队

中秋过后，龙山镇上来了一群人，身穿短衫，头戴礼帽，腰上挎着手枪，威风凛凛地穿街而过，让人望而生畏。听人说，他们是古蔺县城来的缉毒队。

缉毒队前脚住进客栈，蔺秀蓉后脚就背个背篼跟进去了。

“先生，你们洗衣服不？我妈用的是皂角、洋碱，洗得嘿[①]干净哦，再脏的衣服都洗得出来。有颜色的，我们各泡各，各洗各，不像别个用白泥巴洗，白的黑的泡在一起，结果白的染成黑的，黑的洗成了花的，不信，你们问这里的老板，我妈洗了十几年的衣服……”

“不说了。这个天洗了得干吗？”队长问。

“你要是急的话，我们用火烤。”

“烤得一身煤烟臭，还能穿？”

“我们烧的无烟煤，挂在火盆周围边边上，熏不到的。”

队长拿出几件衣服扔到背篼里，其他人也找些出来，一人扔几件，把秀蓉的背篼装得满满的。

“洗干净点啊！”

“保证让你们满意！”

“哼，这小姑娘嘴巴蛮会说的，读过书的？”有人问。

“高小毕业。”

队长问：“妹儿，你们街上有好多烟馆？”

“这个……”秀蓉眨巴眨巴眼睛，“有十几家吧！”

“他们都姓啥子？在哪里？你晓得不？”

“我……不晓得。”秀蓉摇摇头，把背篼里的衣服使劲按了按，背起来，

---

① 很的意思。

一溜烟跑了。其实，镇上有多少家烟馆，是谁开的，秀蓉全都知道。她每天卖糖果，满街转得溜熟。

缉毒队来了没几天，抓了几家烟馆的老板，抄了几家地主的鸦片，小镇上的气氛突然变得紧张起来。人们看见挎枪的人，远远地就关上门，躲的躲藏的藏，就连爱哭爱闹的娃娃，只要听见大人说背枪的来了，都会立即停止哭闹，瞪着眼睛四下张望。

秀蓉收衣服回来，把街上的所见所闻告诉了蔺李氏，蔺李氏眉头一皱，“难怪，老罐儿把……”她看看外面，关上门，压低嗓子说：“老罐儿把中午把两饼鸦片悄悄拿来放到我们楼上了，”她指指头上只有四块木板的阁楼，“说是等一段时间再来拿。看来她是怕遭抄家。”“老罐儿把”是房东罗三娘的绰号。

秀蓉说：“鸦片是毒品，政府不准种不准卖不准吸，街上的烟馆都关了，下街的几个地主还遭抄了家，现在正在风头上，窝藏毒品要惹祸哟！”

蔺李氏说：“抄也抄不到我们家来。”

秀蓉说：“我上楼去看看。”

蔺李氏说：“看啥子看？又不是没见过。她喊我千万不要跟任何人说。她一天上上下下过几次……”

正说着，门开了，罗三娘站在门口，她观察了一下屋里的动静，温和地问：“你们兰香呢？”

“她在外面，”蔺李氏赶紧迎上去，“有啥子事吗，罗三娘？”

“今晚上我要烫脚，喊她早些来！”说完一甩辫子，踩着莲花步走了。住了她家的房子，罗三娘经常拉兰香的差，帮她洗脚，煮鸦片，半夜到上街端汤圆。

夜深人静的时候，秀蓉搭着板凳爬上楼，从烂箩筐的谷草里，翻出两饼鸦片。她掂了掂，沉甸甸的，一饼起码有十几两，黑得发亮。她把它们放回原处，仔细用谷草盖好。

从楼上下来，秀蓉走到蔺李氏跟前，“妈！”

“嗯？”

“我们……我们拿一饼去卖来做盘缠，到永宁去找我爹和哥。”

“这……你这不是偷吗？我们人穷志不短，受人之托，忠人之事，那种事干不得。”

“妈，忠不忠也要看人。老罐儿把是个黑心萝卜，啥时候把我们放在眼里头的？石栏杆上挂几个挨刀的人脑壳，深更半夜男人都不敢走，她还喊兰香去给她端汤圆，害得兰香手脚都摔烂，这种人你还要讲信用？她家十几口人吃的米，你垒子拉碓窝舂，簸了筛了蒸好摆上桌子，累死累活的，她碎米都舍不得给我们一撮撮儿！你还‘忠人之事’，完全是叫花子怜悯相公。”

“你话是有道理……嗯，还是要不得！要是遭她逮到，不把我们打死才怪！”

“要是逮不到，我们不就远走高飞了吗？哼！一不做二不休，干脆都拿了！我们卖一饼，拿一饼，找到爹和哥，把它卖了钱来做点小生意。妈，肩挑背磨好苦啊，爹和你累死累活，还养不活我们……我好想读书啊！他们有钱人的娃儿，成绩恁个差，还读初中升高中，骑马坐轿地到县城到省城，我们呢……我越想越输不下这口气！”

秀蓉一席话，让蔺李氏有些动心，“到永宁倒是还有条小路，你爹年轻时候做山货生意走过的，少有人晓得……”

“咋个走？”

事关重大，蔺李氏一时拿不定主意，秀蓉催道：“妈你说呀！”

“记得是从锅厂坝到海螺铺、营盘山，走半边山、一碗水……听说都是些苗子的山寨，沿途没得栈房，连幺店子都没有一个，尽是弯弯拐拐稀泥烂窖的①山路。”

“好噻！路越烂越安全。”

“他们家嘿多亲戚都在县城，万一……”

“哎呀，他们家几兄妹都抽鸦片，年年卖田卖地卖房子的，人家听说她家已经坐吃山空，不一定会帮她！你看，她们家亲戚原来还有走动，这哈儿呢？古蔺县城那一方的，好几年都没来了。何况我们是走小路，又不过县城。”

“嗯，听说那些山上豺狗多，还有豹子老虎，我们要带些家什做防备。”

母女俩又仔细商量一番，各自分头悄悄做准备。

秀蓉端着糖果簸箕来到开烟馆的李才能家，看见没外人，悄悄对李才能说：“李老板，你要的东西我带来了。”

“啊？你这个妹仔，我还以为你是跟我开玩笑呢。”李老板放下烟枪，从床上爬起来，“拿出来我看一下。”他朝他女人打个手势，女人把门关上。

秀蓉看看簸箕，“李老板，我们先把价钱讲好再看。”

李老板一双眼睛滴溜溜地转，“你要个啥子价钱？”

---

① 泥泞，坑坑洼洼。

“市面上卖好多，我就要好多，一文不少。”

“哟！你还像个行家。好多?”

秀蓉比了个手势。

“哪里那么贵哟!”

“我天天在烟馆转，啥子价还不清楚?”秀蓉端着簸箕要走。

“要得要得！货呢？我看看货色。”他站起来，走到秀蓉跟前。

秀蓉不慌不忙地把簸箕里的瓜子花生糖果拨开，一饼鸦片露了出来，李老板拿起来，在手里掂了掂，走到油灯前，把灯芯拨得亮亮的，一边看一边咕噜道：“蔺秀蓉，你们家哪来这个东西，嗯?”

“你不要算了！还给我！还给我!”

李老板把鸦片藏到身后，嘿嘿地笑了：“哼！你们家那副样子，街上哪个不晓得？这个烟肯定是偷的，是不是?”

“乱说！是我家一个亲戚喊我帮他卖的，这几天风声紧。”

“亲戚？嘿嘿，你屋有啥子亲戚？你爹小时候跟他舅舅从泸州来龙山做生意，你外婆带着你妈从古蔺改嫁到龙山，都是外来人，你们在这里有啥亲戚？几十年的老街坊，哪个不晓得哪个的底细？你还来骗我。你要不说老实话，哼！我就要把这烟拿到……拿到缉毒队去!”

“嘻嘻，你吓我？你们家卖鸦片我还没有去告你呢。缉毒队的人我认得，他们的衣服都是我妈在洗。”

李老板的女人笑嘻嘻地过来拍拍秀蓉的肩，“不说了，妹儿，我们也不管你是咋个来的，好处一人一半，要不要得?”

秀蓉默一下，说：“一半就一半，把钱给我!”

李老板和他女人对个眼色，女人进里屋拿出几个洋钱递给秀蓉。秀蓉数一下，一只手捏着钱，伸出另一只手，说：“还差两块。”

李老板的女人垮下脸，气呼呼从腰里掏出一块洋钱，塞到秀蓉手里。秀蓉不再计较，把钱藏到糖果底下，临走说：“李老板，你屋的东西藏好点，遭缉毒队查到，东西没收不说，人还要坐班房哦!”

“去去去！人小鬼大!”李老板瞪着眼说。

秀蓉出门后，蔺李氏生起一盆火。兰香觉得奇怪：这个天咋个烧火盆？蔺李氏坐在火盆边，叫兰香，“幺儿，过来。”兰香走到妈妈身边。

蔺李氏凑在兰香耳边说：“你只听我说，千万莫吭声!”兰香点点头，这两天妈妈和秀蓉老是避着她说悄悄话，她猜想可能出了什么大事情。蔺李氏说："你听着，妈妈和姐姐去找爹和哥哥，找到以后，我们再悄悄回来接你。老罐儿把问我们到哪里去了，你就说不晓得。千万不要说我们找你爹去了，听见没有？"

"嗯！"兰香点点头。

蔺李氏亲一下兰香的脸，摸着兰香的头，眼里噙着泪水，"幺儿，妈也想带你一起走，无奈你太小了，那些路又烂，又要走那么远，你肯定走不动。我都安排好了，你先暂时跟着嫂子过，嫂子喊你做啥你就做啥，勤快点……"

"白泡粑都跟人家过了？"

"嘿！白泡粑是你喊的呀！你娃娃家就莫管那么多，好歹她也跟我们在一个锅里吃了几年饭，总比外人强嘛。她明天就来接你，你懂事点儿就是了。等找到你爹他们，安顿下来，我就喊哥哥回来接你。好了，其他就不说了，记住，不要给任何人说我们到哪里去了。来，妈给你掐一下虱子。"

兰香脱光了衣服，在火盆边坐下。蔺李氏把衣服摊开，一手捏着两个袖口，一手把下摆敞开搭在手臂上，对着火盆烘烤。"你看，"蔺李氏一边做一边教兰香。"两个袖口一定要捏紧，虱子遇到热就会往袖子里面钻，不捏紧它就会跑了。等会热得遭不住了，虱子自己就爬出来找死了。"

龙山缺水，娃娃们一年洗一次澡。那是在端午节，蔺李氏扯些陈艾、苦蒿草，烧一大锅草药水倒进木盆，娃娃从小到大轮流洗，洗到最后，木盆里的水都变成了污泥浆。

蔺李氏烤一阵，说声"差不多了，"抓住衣领和下摆上下猛抖，虱子便掉进火塘，炒芝麻似的噼噼啪啪炸开。兰香嘻嘻地笑，说："可以吃就好了。"

兰香觉得那些小虫子是与生俱来的，她还发现，头上的虱子是黑的，身上的虱子是白的，她想，会不会因为头发是黑的肉是白的，虱子就吃啥色长啥色呢？

打整完衣服上的虱子，蔺李氏搂过兰香，双腿一绞，把她紧紧夹着，再把她的头按在大腿上，用长长的指甲给她掐虱子和虱蛋。

虱子躲在发根里，见了光便到处逃窜。孵出了虱子的壳儿瘪了，贴着肉，新鲜的虱蛋晶莹透明，一串串紧粘着发根。兰香不喜欢掐虱子，掐不掐好像都一样多，一样痒，倒是妈妈的尖指甲常常掐得头皮钻心地痛。

蔺李氏一边掐一边"啧啧啧！你看！你看！"兰香痛得龇牙咧嘴，抹着眼泪叫唤："哎哟——好痛哟！"蔺李氏说："乖乖，忍着点，妈给你唱歌。"蔺李氏嗯呜嗯呜地清一下嗓子，唱道：

胡萝卜，

蜜蜜甜，
看到看到要过年。
过年又好耍，
胡萝卜，
炒嘎嘎。

人家有年我无年，
割个刀头要现钱，
有朝一日时运转，
朝朝日日都过年……

蔺李氏边唱边掐，手上更是不知轻重。兰香实在忍不住了，说："妈，我要屙尿。"

蔺李氏一松腿，兰香窜起身就跑，"妈，我不要你掐了！"

"不掐？虱子会把你脑壳上的血吃完！"

"我恁大个脑壳，它们吃不完。"

兰香一觉醒来，秀蓉不在床上。她起床到处看，屋里空无一人。她这才回过神来：妈和秀蓉真的走了！

她们还会回来吗？爹一去不回，阳子也一去不回，妈妈和秀蓉也不会回来了。他们好狠心哪，丢下我一个娃娃跑了！兰香无助又无望，心里说不出是酸还是痛，只觉得一阵空洞洞的恐慌。她喉咙梗得发痛，却不敢哭出来，怕惊动了街坊，惊动了老罐儿把。

嫂子什么时候来呢？那一刻，兰香从心里叫白泡粑嫂子，那是她唯一的稻草！兰香又冷又饿，想找点吃的，她揭开坛子，坛底的一撮苞谷面还不够粘锅底。兰香泄了气，一头倒在秀蓉的枕头上。秀蓉的枕头硬邦邦的，硫得头痛，掀开枕头一看，下面放着一摞课本。兰香坐起来，把书一股脑搬到被子上。

秀蓉从来不许兰香碰她的书，怕兰香给她弄坏了弄脏了。现在秀蓉走了，兰香可以随心所欲了。她拿一本书，兴致勃勃地翻看书上的插图。

有人推门，兰香欣喜地叫一声"嫂子！"跳下床去开门。门被从外面推开，罗三娘叉着腰站在门口，"你在喊哪个？"

兰香说："喊嫂子。"

"嫂子？你妈呢？"

“出去了。”

“秀蓉呢？”

“出去了。”

“出哪里去了？”

“不晓得。”

“不晓得！”话音未落，罗三娘一巴掌打在兰香脸上。

兰香哇一声哭出来。

罗三娘说：“老娘在外头过了三趟，这屋头清嘶哑静的，你看你屋灶头，冷湫湫的，哪里还像有人的样子？哼！你等着！”

罗三娘转身出去，一会儿回来，身后跟了一个男人，还扛着一架楼梯。男人噔噔地爬上楼，翻来覆去找了一阵，说：“啥都莫得！”

罗三娘说：“哼！果然她两母女偷了我的东西跑了！该死的！快去给我追回来！我要宰她们的爪子，抽她们的脚筋！”她气得脸色铁青，“先把这小母狗儿给我带回去，好好收拾她一顿！”

男人来拉兰香，兰香急忙抱着桌子脚。男人劈头盖脸几巴掌，兰香被打得两眼金花四溅，鼻血也流出来了，她还是不松手。男人用力一拽，像拖麻布口袋一样把她拖走了。

罗家院子的天井中间有棵很粗的茶花树，兰香被紧紧扎扎地捆在茶花树上。罗三娘抱着水烟杆，坐在藤椅上。

“小母狗儿，你今天老老实实说，把你妈妈姐姐找回来，我就不打死她们，你要是不说，等到我把她们找回来，先把她们弄死，再弄死你！听见没有？”

“我真的不晓得呀，三娘！”

“好嘛，你不说！去给我找把火麻来！”

罗三娘站起来，用点烟的纸捻子在兰香眼前晃动，热气都烤到了兰香的脸上。“你说不说？”

“三娘！我真的不晓得！”

“真的不晓得吗？我晓得！”说着，纸捻子戳到兰香脖子上。兰香痛得大哭大叫。

“哼哼，”罗三娘冷笑几声，“痛啊？说不说？不说好戏还在后头。老娘要把你脸上烫开花，烫得满脸的麻子，要你这个母狗儿长大了人都嫁不脱！”

火麻拿来了，罗三娘说：“把衣服给她脱光，给我使劲打！”

男人说：“三娘，她一个女娃子？”

三娘说："咋个？你还想留着她做小婆娘呀！"

男人说："哪里——好！好！我脱！"

兰香九岁，已经懂得羞耻了，她双脚乱踢，声嘶力竭地哭喊着："不！不！……"

男人三扒五抓就把兰香剥得只剩下一条内裤。罗三娘说："最后问你一句，说不说？"

兰香哀求："三娘，你放了我嘛！我真的不晓得！"

"给我打！"罗三娘一声怒吼，男人抡起火麻就打。

火麻是一种毒草，茎和叶上长了许多有毒的毛刺，抓到小偷，或者是偷男人的女人，就把他们吊在树上用火麻抽打。那火麻抽下去，无数的毛刺粘在皮肤上，火辣辣的痛，挠心挠肝地痒。兰香惨叫着："我不晓得呀！我不晓得！你们打死我我也不晓得呀……"

哭声惊动了邻近的街坊，其中有个孔二娘，三十多岁，男人是个屠夫，赶场天兰香经常帮他们背娃娃，她也经常给兰香些零食吃。还有卖粑粑的唐幺娘，余三的妈，她们隔着大门，纷纷向罗三娘求情。

孔二娘说："三娘，算了嘛！大人们做的事，咋个会跟娃娃说呢？你看她爹妈好狠心哪，前前后后都跑了，丢下她一个几岁的娃儿，她不等于成了个孤儿吗？三娘！你老人家就饶了她吧！"

"三娘！你做个好事，看在我们街坊的份上，不要打她了。"唐幺娘说。

余三妈说："三娘，这娃儿命苦得很，你老人家可怜可怜她，老天保佑你老人家长命百岁！"

罗三娘十分懊恼，她本来是想吓唬一下兰香，让她说出蔺李氏母女的去向，追回她的鸦片，那是她一年的收成啊！但是她不敢做过分，出了人命她也担待不起，还怕惊动了缉毒队。见众人求情，她便借坡下驴："这个小贱人不说，算了！"示意开门，又悄悄对男人说："你跟着古蔺那条大路给我追！逮到了老娘重赏！"

孔二娘几个跑进门来，赶紧给兰香松了绑，披上衣服，扶到孔二娘家。兰香全身又红又肿，痛痒难熬，嗓子都哭哑了。大家七手八脚地烧热水，拈火麻刺，用洋碱给兰香擦洗身体。兰香的衣服都粘了火麻刺，不能穿了，余三的妈回家拿了些余三的衣服给她换上，余三跟着过来，看见兰香那副惨象，嘴一瘪就掉下泪来。

孔二娘见缸钵里还剩了些苞谷稀饭，便热了放在桌上，招呼兰香："来，幺妹儿，来吃。"兰香坐到桌边，孔二娘又把桌上的一碗吃剩的泡菜推到她面前，挨着兰香坐下。

她盯着兰香低声问："你当真不晓得你妈她们到哪里去了？"

"她们说去找我爹和哥哥。"

"走的是哪条路？"

"听妈妈和姐姐讲悄悄话，好像是……走稀泥烂窖的路。"

"啊……那她追不到她们。罗三娘再要问你，打死都不要说，听到没得？"

"嗯。"

"你以后唧个办？"

"妈喊我跟嫂子过，她们找到爹就来接我。"

"嫂子？白泡粑早就跟你家没得关系了，她会收留你？"

唐幺娘说："白泡粑那个德行，你跟她……"

余三妈说："呃，兰香妹长得乖桑桑的，干脆给她找个婆家，去当个小抱媳妇。"

余三说："妈，你说些啥子哟！"

唐幺娘说："亏你想得出来！"

正说着，白泡粑找来了，"哎呀！兰香，你咋个在这里呢？"

孔二娘说："你这哈儿才来，你们兰香都差点遭人家打死了！"

"哎哟，我咋个晓得呢？你看，我刚把屋头收拾好就来接她了。来，兰香，谢过各位老辈子。"

兰香跪在地上，给三个长辈磕了个头，跟着白泡粑走了。

第七章 >>>

秀蓉跟易朗走了

蔺李氏和秀蓉一路紧赶，第三天到了云盘山，她们在街上找了一家不起眼的客栈住下，守株待兔，等候蔺绍六和阳子。没想那天突然来了一群团丁，他们穿着便衣背着长枪，耀武扬威，到处盘查，蔺李氏和秀蓉躲在房里，生怕是罗家派来抓人的。

擦黑时分，秀蓉听见拐扒子响，开门出来探看，刚一露头，几个团丁就围上来。

“小妹，你是从啥子地方来的？”

“小妹，你们几个人？”

“看样子你不是乡下人，家里是干啥子的？”

秀蓉扫他们一眼，“你们问了这么多，我先应答哪一个呢？我是中学毕业，我是古蔺人，家头开了一个绸缎铺，两个丘二把我家的东西偷光了，我爹和哥哥出来找他们，不晓得找到没有。他们出来半年都没有回家，我和妈妈又出来找他们，哎，人找人，找死人。”

“要不要我们帮忙呀？”

“不要！”秀蓉自顾朝大门走去。

老板娘是个年轻寡妇，打扮得妖妖艳艳的，她悄悄对一个肥胖的团丁说：“哼！她们肯定不是两娘母！那个老婆娘穿得又烂又脏，满手的茧疤，哪像绸缎铺的老板娘？”

“哦，等会那老婆娘出来我们看一下。”

“那婆娘很少出来。”

“晚上我们去查号！三句话一问，是驴是马就晓得了。”

秀蓉到门外看一趟回来，胖团丁嬉皮笑脸地哼着：“正呐月呀十五闹元宵，哥哥哟看见妹妹眼睛在瞟，我要把你膀子吊噻好妹子，你知道不知道呀，哥哥的小娇娇?”秀蓉厌恶地乜他一眼，胖子朝秀蓉咧嘴一笑，露出两瓣金牙，秀蓉知道麻烦来了。她要进房，胖子挡在中间，不让她进去。秀蓉拿眼瞪他，他摇头晃脑地哼起川戏：“出门人未带家眷，睡得半夜好不等闲①，小妹你与我行个方便，我与你几个胭脂银钱。”

秀蓉忍住火气，往他左边绕，他伸出右腿挡路，走右边，他又伸出左腿。秀蓉甩他一巴掌，推开他跑进屋，砰的一声关上门。几个人大笑：“吔吔吔，这个妹儿不得了，还敢打我们民团?”胖子嘿嘿一笑，“打是心疼骂是爱哟，妹子你越打哥哥我越自在。”他貌似舒服地摸摸脸，提起嗓子喊一声：“老板娘——泡茶!”

天黑尽了，见屋里没有动静，老板娘去敲门：“喂，蔺小妹，天都黑了，咋个还不出来吃饭?”又咚咚敲了一阵，仍没动静，她急了，喊道：“哪个劲大? 把门给我撞开!”胖子噔噔噔跑过来，两脚踹开门，发现屋里已不见人影。

“哎呀!”老板娘急了，“她们房钱饭钱都还没给，你们快去帮我追呀!”

团丁们拿着电筒冲出大门。他们在街道两边的住家户和客栈逐一搜查，都说没看到两个女人，只好骂骂咧咧地回去了。

沿公路朝永宁方向再往前，一家路边客栈门口停了一辆大货车，后厢板上写着“川滇东路”，车上装了几桶汽油。天刚发白，几个搭黄鱼②的客人把担子弄上车，各自找地方坐稳。

客栈里走出一位年轻司机，大高个头，脑门宽阔，皮肤黑里透红，身着黄色皮夹克，皮带上挂了副墨镜。他操着北方话喊道：“上面的客人坐好了，我开车了!”

车门砰一声关上，司机发动汽车，马达轰轰着响，货车向永宁驶去。不一会儿，车上有人急促地拍打车厢板，“师傅!快停车!快停车!”司机一脚踩住刹车，厉声问：“叫什么叫?”

“师傅，车上……有……有鬼!”

几个客人惊慌失措，急急忙忙地跳下车。

“青天白日的，哪来的鬼?”司机从驾驶室出来，抓住厢板，一脚蹬上车厢，绕过担子往里走。蔺李氏和秀蓉蓬头垢面，慢慢从油桶旮旯里站起来。

“你们是干什么的? 出来!”司机火了，“是小偷还是叫花子? 为什么爬我

① 不等闲，无聊。

② 付钱的顺风车。

的车？”

蔺李氏和秀蓉从油桶中挤出来，蔺李氏踉踉跄跄，腿都站不直了。秀蓉见司机面善，镇静地说，“先生，对不起，昨天晚上有人追我们，没得去处，我们只好躲在你的车上，实在对不起！”

“是昨晚拿电筒那些民团吗？”

“嗯。”

“为什么追你们？你们偷人家东西了？”

“不不！先生，不是恁个的，”蔺李氏结结巴巴地说，“他们……他们想欺负我姑娘……”

“那——快下车，把脸洗干净！成什么话？把我的客人都吓着了！”

蔺李氏和秀蓉下了车，在路边水沟里浇水洗了脸，又转进一个树林里去，匆匆打理一下，赶紧回到公路上来。司机在公路上抽着烟来回踱步，转身看见秀蓉，眼睛一下亮了：一身脏兮兮的补疤衣服掩不住曲线分明的身段，鹅蛋脸白里透红，乌黑的双眸透着机警。

司机朝秀蓉咧嘴一笑，露出整齐雪白的牙齿，“喂！丫头，坐到前边驾驶室去！”

蔺李氏跟着秀蓉过去，司机说：“你到上面去。”

秀蓉帮着蔺李氏爬上车厢，蔺李氏偷偷给秀蓉使眼色：司机可能不怀好意！秀蓉回个眼色：不怕。

马达轰鸣，汽车颠簸着继续前行。秀蓉右手紧抓着车门，显得有些紧张。

“丫头，没坐过车吗？”

秀蓉点点头。

“怎么样？比上面好多了吧？”

秀蓉点点头。

“丫头，你要说话，我开车眼睛要看着前方，你点头我看不见。”

“看不见你咋个晓得我在点头？”

“呵呵，好厉害的嘴！家里是干什么的？”

“我们是古蔺县人，我爹是开绸缎铺的，我家的两个丘二把货偷走了，我爹哥哥出来找他们，一两年都没回去，我和妈出来找他们。”

“读过书吗？”

“初中毕业。师傅，你呢？”

“我叫赵易朗，老家在山东，刚要读高中，小日本鬼子就打进来了，我和几个同学跑了出来。我们到过南京、上海，后来学开车，跑了大半个中国……”

“没有回去过？”

“没有。听家乡的人说，我爹已经去世了，还剩下两个娘。”

“你有两个娘？”

“我大娘没生孩子，我爹又娶了我娘。大娘对我也很好，哎，这些年，家里没有一个男人，不知道她们是怎么过的……你叫什么名字？”

“蔺秀蓉。”

“什么蔺？”

“就是……一个草头……你知道蔺相如吗？”

“怎么不知道？就是‘将相和’里那个宰相嘛。”

“我就是蔺相如那个蔺。”

“嘀，原来你是蔺相如的后人啊！难怪，伶牙俐齿的，得理不饶人呐！”

“是啊，”秀蓉学着川戏腔，“本姑娘乃是相门之后，现如今落难在此，承蒙相公相救，日后定当重谢。”秀蓉平时和镇上几位要好的姐妹喜欢学唱川剧，此时恰好应景。

赵易朗乐了，操着京戏腔：“罢了罢了，谢就免了。娘子，腹中可曾饥饿？我这里有饼干，还有水……”

“好哇，你占我便宜！”秀蓉嗔怒，擂赵易朗一拳。赵易朗哈哈大笑，从驾驶箱摸出水壶和饼干塞给秀蓉。

秀蓉吃饱喝足，一路上和赵易朗打情骂俏，好不快活。车到永宁，蔺李氏去找蔺绍六和阳子，秀蓉跟赵易朗走了。

第八章 >>>

嫂　　子

白泡粑嫁到蔺家时，阳子稀里糊涂的，什么都不懂。白泡粑经常到客栈去勾引客人，蔺家人也只好对她睁只眼闭只眼。蔺家败落后，她搭上一个塑菩萨的山客，就跟他私奔了。白泡粑的娘家不依不饶，找上门来向蔺家要人，说活要见人死要见尸，她锅厂坝无人不知的一枝花不能说没了就没了。蔺李氏跋山涉水，辗转几个乡，才在一个小乡场上把她找回来，算是给了她娘家一个交代。那年头不兴离婚，白泡粑虽然各打米另烧锅，名分上还是蔺家媳妇。

白泡粑在上街租了两间屋，楼上作卧室，楼下开烟馆。虽然只有两盏灯，可以接待四个人，但白泡粑的客人川流不息，生意格外好。兰香进屋，白泡粑等于白捡了个丫头，扫地抹屋、煮饭洗衣，从早到晚就给她铺排满了。隔三岔五的，白泡粑要煮一次鸦片，兰香就坐在小凳子上帮她添煤煽火。有天晚上，兰香困极了，煽着煽着就睡着了。白泡粑劈头盖脸给她几棍子，骂道："死母狗儿！早死三年，你要睡好多瞌睡！"

一个躺在烟床上的男人说："算了嘛，蔺大嫂，你打她干啥。都二更天了，她一个娃娃家，早就该睡了。"

兰香认识这个男人，他叫邓光禄，经常来烟馆，瘦高个儿，看上去斯斯文文的。见他帮自己说话，兰香对他满怀感激。

隔壁有个孤寡老人，街坊叫她袁师娘，靠帮人做针线活维持生计，听见兰香挨打，也跑过来劝阻："蔺大嫂，莫打了。你看那些娃娃，一天跑进跑出，嘻哈打笑的，这妹仔大门不出二门不迈，把你屋里搞得戛戛利利①的，你还打她啥子嘛。"

---

① 干净整洁。

白泡粑一出门，袁师娘就悄悄推门进来，“嘿，妹仔，把烟灰倒点给我嘛。”兰香就偷偷倒些烟灰给她。那烟灰是从烟斗子里面挖出来的，和水吞了也能杀杀瘾。

楼上只有一张床，晚上，兰香和白泡粑同睡一床，各盖被子各睡一头。

一天半夜，兰香被床那头的动静弄醒，迷糊中听见白泡粑在呻吟，好像得了什么病，很痛苦的样子。她想过去问一声，突然又听见另一个声音，压着嗓子，像是个男人。接着，床上的动静越来越大，兰香有点明白了，好像是男女之事。第二天，兰香看清了那个男人，是邓光禄。

自那以后，半夜里的动静越来越多，腿脚还经常蹬到兰香身上，弄得兰香一到晚上就惶恐不安。一晚，兰香迷迷糊糊地觉得腿痒，醒过来，发现有一只脚在自己腿上蹭。她仔细听，白泡粑轻声地打着鼾，那脚肯定是邓光禄的！兰香心里一阵嫌恶，把腿蜷缩起来，躲开它。过了一会儿，那只脚又伸过来，蹬到她的屁股上。她再一蜷身子，那脚不知趣地跟过来，紧紧地抵着她。兰香心里窝火，伸手去抠那脚板心，脚缩回去了，兰香赶紧把被子裹起来，死死地压在身体底下，睁大眼睛，再也不敢睡着。不知过了多久，见天色有些亮了，兰香干脆起床，到楼下去干活。

半上午时，有人从楼上下来。兰香一眼瞥见是邓光禄，便远远地躲开楼梯不敢看他。邓光禄偏偏走到她身边，说：“兰香，好勤快，这么早就把屋都收拾好了。”兰香不搭理他。他拉过兰香的手，塞给她一张钞票，悄悄说：“拿去买点香香。”兰香不接，钞票掉到地上。邓光禄也不管，转身出门去了。

兰香朝地上看一眼，那是一张壹圆的钞票。她感觉这钱来路不对，又怕白泡粑看见说不清楚，扔也不是，藏也不是，她灵机一动，用火钳把它夹起来扔进灶膛里。兰香看着钞票被点燃，飘起来，在灶膛里转一个圈，缩成一团灰烬，心里生出一种快意。她还从来没有用过一分钱，她知道这些钱能买好多好吃的东西，一碗面、一包糖，或者一包瓜子花生，但她抵御住这种包藏歹心的诱惑。

邓光禄再来怎么办呢？这种事不好对白泡粑说，兰香只好跟袁师娘讲。

袁师娘说：“你不要跟他们睡在一起，你年纪虽然小，毕竟是姑娘家，就怕男人起坏心。”

袁师娘给兰香一床棉絮，兰香在楼梯下面铺些谷草，一个人和衣裹着被子睡。白泡粑见了，虽然有些犯疑，也不说什么，乐得床上宽敞。

不久，白泡粑把挑水的事也铺排给兰香。镇上只有一口大水井，在山下很远的水田中央。到了夏天，取水的轮子要排好几十个人。去时是下坡，回来是上坡，不论天晴落雨，路总是又湿又滑。一开始，兰香只挑得动半桶水，她弓着腰耸着肩，两手抓住桶绳，双腿直打战，过一段时间，她能摇摇晃晃地挑个大半桶了。见兰香的力气长了，白泡粑就要她去野猫洞背煤。

野猫洞离龙山十几里路，兰香从来没有去过。她背着背篼一边问一边走，走到一个岔路口，好半天都没有见到一个人，兰香就蹲在地上等。

举目望去，荒山野岭一片苍凉，冷风吹过，路边的芭茅草唰唰地响。兰香想起自己的处境，不禁心生悲凉。突然，山那边有人大声地吆喝："豺狗来啦……坡上的人注意呀……豺狗来啦……"兰香听见了，吓得转身就往回跑。

白泡粑见兰香空手回来，不问三七二十一，抓起棍子就要打人，兰香见来势凶猛，拔腿就往外跑。白泡粑提着棍子在后面紧追。

兰香顺着街跑，水果摊的牟云霞见状，急忙站起来，指着水果摊说："快，躲到底下去！"兰香一头钻到牟云霞的水果摊下。

一会儿，白泡粑追过来，问牟云霞："看见兰香没有？"牟云霞顺手一指："往下街跑了。"白泡粑往下街追去。牟云霞说："兰香，快出来！藏到我家头去！"

在牟家，街坊们七嘴八舌给兰香找出路，嫁人太小，帮人又抵不上一个大人，说了半天都不落靠，这事真把大家难住了。

牟云霞缠着她爹想办法。她爹四十多岁，是镇上有名的裁缝，经常给有钱人家上门做工。牟裁缝抽完一袋叶子烟，不紧不慢地说："我倒是听说平坝的曾家三少爷想找个丫头，不晓得找到没有，明天早上我带她去看看。云霞，晚上你帮她洗一下，收拾一下，把你的衣服找一件给她，这么大个姑娘，还打个光脚板……哦，头发也帮她收拾一下，人家有钱人家讲究个体面。"

牟云霞一边打理一边教兰香："妹儿，到了曾家，主人喊做啥就做啥，勤快点，嘴甜点。莫哭了，老辈子说啊，'十磨九难成好人'，'吃得苦中苦，方为人上人'。忍着点，等你爹妈他们来接你就好了。"

第九章 >>>

瑞　莲

从龙山下坡，就可看到远处的一块平坝中央，有一座黑色高墙围着的白色大院，院子后面有一片果树林，那就是曾家院子。

牟裁缝说，曾家是龙山镇出名的大户，在龙山到处都有田地。曾家老院子在山那边苍头的半山腰，比这个院子大得多，围墙又高又厚实，还有碉楼，有兵有枪。有年红军路过龙山，还攻打过曾家老院子，枪声在街上都听得见。他还说，三少爷和少奶奶都在省城读过书，知书达理的，待人还不错。

下了山，沿着小路走一段，他们顺着河边走。河不宽，水也浅，枯水天的时候好多地方都走得过去。曾家院子的大门正对着一座石板桥，两个桥墩架着三块石板。过了桥，走过两根田埂，走过几片菜地，就到曾家院子了。

一个中等身材的姑娘开了门，她剪一头齐耳短发，圆脸上一双黑闪闪的大眼睛，穿一身浅蓝色洋布衣裳，打理得干净利索。兰香以为她是曾家太太，牟裁缝一开口，兰香才知道她想错了。

“瑞莲姑娘，听说你们家想找个丫头，我带个人过来给少爷看一下。”

瑞莲把牟裁缝和兰香让进门，兰香听见一阵咆哮，循声望去，厢房屋檐下两条大狗蹦着要扑过来，铁链子扯得铮铮响。兰香吓得不好，慌忙抓住牟裁缝的手臂躲到他身后。瑞莲厉声喝道：“黑虎！花豹！站住！不要叫！”又笑着对兰香说：“妹儿，不怕，有我招呼，它们不会咬人。”

兰香被罗三娘家的狗咬过，心有余悸，抓着牟裁缝的手臂，战战兢兢跟着瑞莲走进堂屋。堂屋很大，正中墙上供着神龛，两边挂着黑底描金的大木牌。兰香正四处打量，侧门进来一个人，大约三十出头，高高的个子，穿灰色长衫，脸上带着微笑，“牟师傅来了。”

牟裁缝赶紧上前弯腰鞠躬，兰香跟着弯下腰，头没敢再抬起来。牟裁缝说：“听说三少爷想找个丫头，我带个妹仔来你看一下。”

三少爷说："哦，是的是的，看过几个都不中意。"他走到兰香面前，伸手托起兰香的下巴，"这个嘛……叫啥名字？"

"兰香。"

三少爷说："这姑娘还顺眼。瑞莲，你请少奶奶过来看一下。"

瑞莲从侧门出去，过一会，从那道门款步进来一个女人，兰香一看，顿时觉得屋里亮堂了：她穿一身白底蓝花旗袍，白皙水嫩的脸上，一双沉静的眸子如幽深的潭水，乌黑的头发在脑后松松地绾一个发髻，上面插根银簪子，簪子上吊着个玉坠。她双手握在胸前，一脸浅笑。兰香暗自惊叹：这种漂亮女人在龙山是没有见过的！

少奶奶在朱漆雕花木椅上坐下，上下打量一下兰香，轻言细语地开口说："云安，你看呢？"

三少爷说："我看了，你看。"

少奶奶问："妹子，叫啥名字？"

"兰香。"

"兰香，嗯。好大了？"

"九岁，"兰香想留在这个家，赶紧补一句，"吃十岁的饭了。"

"嗯，看样子还机灵，留下来试一下嘛。"

兰香转一下身，对着少奶奶鞠一个躬："谢谢少奶奶！"兰香直起身，突然想起还有少爷，又对三少爷鞠个躬，"谢谢少爷！"

牟裁缝说："那，少爷少奶奶，我就走了。"

三少爷说："要得，谢谢牟师傅了！年底做新衣，我差人来请你。"

牟裁缝出了门。三少爷对兰香说："你的事听少奶奶安排，我去看着金宝，那娃娃又翻筋了。"三少爷说着就出去了。

少奶奶说："屋里的事都不要你做，你就专门带小少爷。你要早点起床，他早上醒得早，闹得我们睡不好觉。你早点带他到外面去耍。"

"嗯！"兰香使劲点头。

"你懂清洁卫生不？"

"不懂。"兰香摇摇头。

"不干不净的东西不要给小少爷吃，要随时给他洗手洗脸，不要让他坐地下。每天早上起来，里里外外的衣服都给他换干净的，换下来的马上给瑞莲洗了。小少爷的衣服以后你要学着洗，我们大人的是瑞莲洗。不懂的地方，向瑞莲请教，听懂我的意思了吗？"

"听懂了。"

正说着，跌跌撞撞进来一个小娃娃，直扑到少奶奶腿上，一双眼睛滴溜溜看着兰香。他穿一身洋布黄马褂，套一件朱红小坎肩，头发剪得像年画上的招财童子。兰香想，这就是小少爷了。

少奶奶搂着小少爷说，“这是金宝，以后你就带他。”

兰香蹲下身，向金宝伸出双手。金宝跨一步，一脚朝兰香踢来。兰香一躲，跌坐在地上。

少奶奶拉住金宝，突然警觉地问：“哦！你身上有没得虱子？”

兰香心里一紧，下意识地扭着身体，不知道该怎么回答。

少奶奶皱一下眉头，唤来瑞莲。“你先带她去厨房，把她身上彻彻底底洗干净，她穿过的衣服都给她烧了，找点合适的给她换。快去。”

瑞莲把兰香带到厨房后面的小天井，那里堆放着煤炭、木柴、墙上挂着筲箕簸箕蓑衣斗笠之类的杂物，靠墙立着一个大木盆。瑞莲让兰香站在院坝中间，说：“你不要动，虱子很容易过的。”兰香原地站定，连脚都不敢挪一下，只用眼睛看着瑞莲进进出出。

瑞莲从厨房提来一桶热水，腰间系了一条花布围裙。她把木盆放平了倒水进去，对兰香说：“妹子，把衣服脱在那里，过来。”说完转身又进了厨房。

兰香把衣服脱完，站在木盆旁边。瑞莲又转回来了，一手拿着火钳，一手拿着柴火。她用火钳挑起衣服，用柴火点燃。兰香见瑞莲手伸得老远，小心翼翼的样子，心里觉得好笑：那些小虫虫儿又不会把人啃掉一块肉，有那么可怕吗？

烧完衣服，瑞莲过来给兰香洗澡。她叫兰香坐在澡盆里，舀一瓢水从兰香头上淋下，在头上抹洋碱。兰香说：“瑞莲姐，这个洋碱味道好香哦。”

瑞莲说：“这是从古蔺县城带回来的。少奶奶是古蔺城的人，回一趟娘家就大包小包的带回些吃的用的。”瑞莲说话的声音像她的脸，圆润润的，不像龙山人有些重涩音①。

兰香说：“瑞莲姐，你说话声音多好听的，好像不是我们龙山的人？”

瑞莲说，她是永宁城里的人，七岁时，她妈难产死了。十二岁那年，她爹带她到古蔺来做山货生意，不料生了场大病，住在客栈一个多月，本钱被耗得一干二净，还欠客栈十多块大洋。她爹没法还债，二十三块大洋就把她卖给三少爷了。

---

①　涩音，在某些方言中，某些字的发音不清晰。

“永宁”两个字勾起了兰香的伤心，她忍不住抽泣起来。

瑞莲问：“你咋个了？”

兰香说：“听我妈说，我爹就在永宁，她叫我哥去找爹，一去就不回来。后来我妈和姐姐也去找爹，说找到就来接我，都恁个久了，还没来接我。她们说我等于是个孤儿。”

瑞莲一边用手给兰香擦眼泪，一边说：“莫哭了，家家都有本难念的经。你就当他们死了恁个想。”兰香觉得，她像是在咒她爹。

洗完澡，瑞莲找出她前些年穿的衣服给兰香换了，也是洋布，虽然大了点，穿着也舒服。鞋也大了，拖在地上啪哒啪哒响，迈不开脚步，还不如打赤脚舒服。

瑞莲说：“你先将就一下，过两天我给你做一双鞋。”

瑞莲到少奶奶房里帮金宝穿好衣服，抱到天井喂羊奶，完了帮金宝收拾一番，叫兰香背到院子外面去玩，叮嘱她不要给金宝吃野果子，不要把他摔伤了。金宝两岁多，认生，哇哇叫着对兰香又踢又打。兰香背他，他就使劲扯她的头发，兰香只好把他放下来，望着他哭。金宝看见兰香哭，不叫唤了，嘿嘿地笑，兰香也跟着笑起来。

乡下没有街道，没有店铺，兰香只能带着金宝到田野上去转。她不敢靠近农户的院子，大大小小的狗老远就向他们示威，扒着地汪汪地狂叫，兰香随时都提防着它们。

那是夏天，山上的树木郁郁葱葱，水稻泛黄了，田边地头到处开着野花，大大小小的蜻蜓、花花绿绿的蝴蝶在他们身边飞来飞去。兰香想起了小伙伴们，每到这个季节，兰香和她们满山遍野地转，找好吃的野果子，采野花，藏猫猫。

田埂边栽了些桑树，树上结了桑葚，大串大串的，红的好看，黑的好吃。兰香摘下一串乌黑的桑葚，咬一口在嘴里嚼着，好甜！金宝在背上双脚乱踢，哇哇急叫着伸手要。兰香赶紧把剩下的桑葚扔掉，嘴上呸呸地往外吐，“哎呀，好苦！好苦！”金宝咯咯大笑，不要了。

兰香找个干净的地方把金宝放下，“宝，要不要丁丁猫①？”

“要。”

“我给你逮哈。”

① 蜻蜓。

"嗯，还要飞蛾儿[1]。"

兰香不敢远离金宝放开了追，逮了半天，蜻蜓和蝴蝶都没逮着，只在草丛里捉了两只蚱蜢。她用丝草编了个笼子，把它们装进去。金宝抖着笼子，高兴得不得了。

金宝没起床或者主人跟金宝玩的时候，兰香就帮瑞莲做事，择菜、扫地抹屋，见啥做啥。少奶奶房里是些老式家具，上面雕龙刻凤，描竹画梅，书案上摆满花瓶、帽筒、罗汉、观音。兰香搭着凳子爬到书案、桌子上，把抹布缠在指头上，把一个个小洞眼、小缝缝擦得干干净净。

主人吃饭的时候，兰香站在旁边伺候，照顾金宝吃饭，轮流给他们添饭，等主人吃完，兰香再把剩下的汤菜端到厨房，跟瑞莲和两个长工一起吃。长得黑莽莽的叫黑猪，负责砍柴背煤挑水打扫院子；田二瘦些，负责种菜、喂猪喂羊喂一群鸡鸭。饭分两锅煮，主人吃的是净白米饭，佣人吃掺了点米的苞谷饭。除了在蒋七老爷家吃混食，这是兰香有生以来吃过的最好的饭了，她晕乎乎的，咋个突然就掉进福窝里了？

日子一久，兰香发现瑞莲对黑猪特别好。她悄悄地把主人吃的大米饭荤菜给他铲些起来，面上再盖些苞谷饭或残汤剩水，给他留着，还给他洗衣服，纳鞋底，缝缝补补。黑猪家里有什么好吃的，也给瑞莲带点来，兰香也跟着沾光。

兰香害怕黑虎和花豹。两条狗舌头吊得老长，眼神令人发怵，兰香总是远远地躲开它们。瑞莲看着好笑，煮好了狗食就叫兰香去喂，兰香还没靠拢狗槽就倒转跑。瑞莲说："不要跑，让它们好好生生看你，认熟了它们就不会咬你了，这些畜生很通人性的。"兰香照瑞莲的话做，不久，黑虎花豹见了兰香就摇尾巴，眼神也仿佛温和了。

兰香和瑞莲同住灶房旁边的一间小屋，临睡前，两个人都要说一阵子闲话。瑞莲话不多，兰香常常是没话找话。

"瑞莲姐，你听过苗子吹芦笙没有？"

"赶场的时候看到过。"

"听过唱花鼓戏没有呢？"

"没有。"

"街上来过几回唱花鼓戏的，说是湖南那边来的，穿得嘿妖艳，唱《孟姜

---

① 蝴蝶。

女》《卖油郎独占花魁》，好看得很，好听得很。你给少爷说一下，我们哪天上街去赶个场嘛。”

“你还想得安逸嘢，我到这里来六七年了，总共就去过龙山两回，都是少奶奶生病，我去给她请先生、抓药。都是急急忙忙逛一下就回来了。”

兰香“哦——”一声，心里有些失望。过一会，兰香又问：

“瑞莲姐，永宁城头有没得西洋镜？”

“西洋镜？啥子东西？”

“龙山来过放西洋镜的，”兰香把西洋镜描述一番，说：“我差一点点就看到了。有次，余三给放西洋镜的老板说，让我们看一回西洋镜，散了场就帮他搬箱子。余三先看，放西洋镜的老板站在凳子上，放一张唱一句：‘这张镜片就是好看，看北平城的玉石牌坊看得欢——这张镜片多么好看，看北平城的四美女打麻将看得欢——这张镜片更好看，看洋娃娃洗澡看得欢——’余三还没看到洋娃娃洗澡，她妈就来了，抓起余三的辫子边打边骂：‘死不要脸！一个姑娘家居然敢看光屁股，羞死你屋先人了！’”

两个人捂着嘴哧哧笑，笑声像老鼠啃花生一样。

黄昏，兰香背金宝回家，看见一个背着背夹的男人，一边匆匆赶路一边喊：“路边的大娘大爷——可不可以借宿一下？我是到永宁城背盐巴的！”见没人应答，他又提高了嗓门：“大娘大爷——搭个铺，要不要得？我是到永宁背盐巴的。”男人沿着石板路边走边喊，很快消失在暮色中。

兰香一下就定在那里了。永宁两个字刺痛了她，父亲，哥哥，妈妈和姐姐不管她的死活，前前后后全奔了那里，丢下她一个小娃儿，他们好狠心哪！兰香朝着男人走过的石板路失声痛哭。

“兰香——”瑞莲一路喊着找来了。

兰香说：“瑞莲姐，我好想跟那个背盐巴的……去永宁……我想我妈了……呜呜……”

瑞莲安慰道：“他们会来接你的，莫急，啊？你看金宝都睡着了，我来抱他，你快去吃饭吧！”

转眼一年过去。

一天上午，少奶奶娘家来了客人，打发佣人抬着滑竿来接他们夫妇去陪客，三少爷说他近来腰杆痛，坐不得滑竿。少奶奶乜他一眼，也不多说，对下人叮嘱一番，自己回娘家去了。

兰香带金宝出去玩了一阵，金宝流了尿，兰香赶紧背他回去换裤子。兰香推开主人的房门，一抬头，眼前的景象令她惊呆了：三少爷光着身子压在一个女人身上。女人尖叫一声，像是瑞莲。没错，就是瑞莲，榻柜上搭着她的裤子。兰香手足无措，心都要跳出来了！

“滚开！你来干啥子？”三少爷恼羞成怒，一把扯下蚊帐。

兰香低下头转到一边，“小少爷……小少爷流了尿，我拿裤子……”

“快点拿起滚！”

兰香慌慌张张打开衣柜拿起东西就走，出来一看，是件衣服，她不敢再进去了。她把金宝擦洗干净后，放在自己的床上，盖上被子，轻轻地把他诓睡着了。她惴惴不安，心里慌一阵紧一阵的，刚才床上那一幕转来转去地在脑子里浮现，三少爷恼怒的吼声在耳边回响。她看见了不该看见的事，不知有什么祸事要落到自己身上。她想，真是知人知面不知心哪，瑞莲看起来老实，少奶奶前脚走，她后脚就偷人家男人。

听见瑞莲回来，兰香赶紧挨着金宝躺下，背对着门。瑞莲在门口站一会，没说话，到厨房去了。兰香犹豫好一阵，鼓起勇气又去了主人房。她怕去那里，但是金宝起来不能打光屁股。

门敞开着，三少爷垫着枕头躺在长椅上。

“又来干啥子？”

“我……拿错了，刚才拿成衣服了。”

“你刚才看到啥子了？”

“我……啥子都没有看到。”

“不准给少奶奶讲，听见没有？”

“我本来就没看到。”兰香转身要走。

“回来！”

兰香站住。

三少爷站起身，改了一副笑脸走过来，“嗯，你到我家头来好久了？都长高了，也长胖了。”他伸手摸兰香的脸。兰香痉挛一下，想起第一次见到三少爷时，觉得他脸上那种笑似曾相识，现在想起来了，像邓光禄。

“这么乖个女娃儿，咋个就没见你笑过？”

“我……不会笑。”

“岂有此理！未必你只会哭？来，笑个给我看看。”兰香挤挤脸，哭了。

“嗨，你还真哭了！难怪你命苦！”兰香忍住眼泪。

“读过书没有？”

兰香摇头。

“想不想读?”

兰香点头。

“说话!”

“想。”

“嗯，好，这么乖的姑娘不读点儿书是可惜了。等金宝大一点儿，我就送你到县城去读书。哦，那时候金宝也该读书了，你就跟金宝一起读，要不要得?”

兰香点头，只觉得背脊发凉，气都要喘不过来。三少爷最后又叮嘱一句：“记住！不许给少奶奶说!”拍拍兰香的背，让她走了。

晚上，兰香吹灯睡觉，瑞莲不让吹。

“妹儿，今天的事你千万不要说出去！那个死鬼，少奶奶前脚走，他后脚就跑到厨房，硬把我拉到他屋头……每次都是恁个，少奶奶一走，他就要我过去。”

兰香没想到瑞莲会跟她说那个事，一时不知作何反应，憋了半天，问一句：“你咋个不喊呢?”

“嗨，你还小，啥子都不懂。这里单家独户一个院子，围墙又高，喊破喉咙都没得人听得到。再说，周围都是他曾家的佃户，就算听到了，哪个敢来过问？莫说这种事，就是杀个人都没有人晓得。就算晓得了，一个镇公所，敢把曾老爷的儿子咋个样？他说你是我花洋钱买来的，我高兴咋个用就咋个用。我都打过一个娃娃了……”

“咋个打？痛不痛?”

“唉，你个傻妹儿呐，身上撕块肉下来，咋个会不痛呢？那个痛啊，你才晓得啥子叫死去活来！唉，说实话，他既然要我，我给他当个小都心甘，好歹有个名分，也少受点罪，他又说他婆娘不干。”

“少奶奶晓得?”

“睁只眼闭只眼。我打娃娃呜嘘呐喊的，叫得跟杀猪一样，她还会听不到?”

“黑猪哥呢？他晓不晓得?”

“咋个不晓得？我打娃娃都是三少爷喊黑猪喊他妈来的。”

“那……”

“他有啥办法？他跟我一样，也是个下人，主人不松口，他敢做个啥?”

两人一直说到油尽灯灭。

少奶奶不在家那段时间，瑞莲三天两头地在三少爷那边过夜。黑猪到厨房来，脸更黑了，咕哝说：“该死的想那个你就那个，哪个时候才放你嘛？我想，你挨都不要我挨一下！”

瑞莲说：“你以为我真是像你们龙山人骂的母狗儿，哪个都可以爬呀？”

“我是真心喜欢你。”

“喜欢我就等到我。喊你爹妈想办法，我要明媒正娶。”

“说个铲铲①……”

兰香为他们感到难过，尽量躲开他们。她到主人屋里拿什么东西，也总要事先弄清楚瑞莲不在那里，拿了赶紧走，好像那屋里有一条咬人的狗。

大约过了半个月，少奶奶回家了，生活又恢复原状，只是曾家院子的天不再那么明亮了。

兰香看见瑞莲在厨房后阳沟边呕吐，问她是不是生病了。瑞莲说：“那死鬼造的孽！”

黑猪背煤回来，瑞莲把饭递给他，悄悄说：“喊你妈给我弄点药来！”

“你又……”黑猪两眼喷出火来，咚地把饭碗笃在灶头上，“老子去找他算账！”

瑞莲瞪他一眼，叹口气，“喊你妈过来。”

黑猪攥着拳头，气冲冲走了。

第二天一早，黑猪端来一大碗汤药，瑞莲让他放在灶头上。做好早饭，瑞莲狠狠地对兰香说：“你去给主人家说一声！说我生病了，做不得事！”她看着碗发一阵呆，一狠心仰起脖子把药喝下。兰香打个寒战，肚子抽搐一下，好像药苦到她的心里头去了。

兰香在饭厅摆好饭菜，到主人房门外请过主人，又回饭厅守候着。等到主人吃完饭，兰香低了头小声说：“瑞莲姐说她生病了，做不得事。”

少奶奶怔一下，扭着头起身走了。三少爷瞪一眼兰香，跟着离去。三少爷到田二门口说了几句话，田二出了院子。没过多久，田二带回来两抬滑竿，三少爷夫妇带着金宝走了。兰香问田二，田二说他们回老爷家去了。

瑞莲接连喝了两天汤药，吐得厉害，第三天，瑞莲在床上痛得滚来滚去，脸上又是汗水又是泪，湿淋淋的。她喘息着对兰香说：“好——好痛！我……我恐怕过不了这个关了！”

① 废话。

兰香急得直掉眼泪，“瑞莲姐！你……我帮得到你啥子?”

“喊黑猪，喊他妈过来……”

黑猪妈来时，瑞莲平静些了。黑猪妈叫兰香出去，兰香出门，看见黑猪抱着头蹲在外面。黑猪妈揭开被子，殷红的血从瑞莲的裤裆渗出来，床上垫了很多纸，都被血浸透了。她帮瑞莲脱掉裤子，从里面抓出一块血糊糊的东西，说：“唉！又是一条命！可惜了！可惜了！你要是跟我们黑猪啊，就是两个孙儿满屋跑啰!”她用一块破布把那东西包上，“好了，没得事了。我给你把它埋了。吃点东西补一下，这比坐月还亏身子。唉！造孽！造孽……”

她捧着那东西出门，对兰香说：“丫头，化碗红糖开水端去!”又对黑猪喊：“你木在那里干啥？还不抓只鸡杀了煨汤!”她摇摇头，一路嘟哝着走了。

瑞莲睡着了。兰香眼泪汪汪地望着她，给她擦脸，换纸，洗裤子，心里缠绕着一种兔死狐悲的哀伤。

黄昏时分，瑞莲醒了。

“兰香，你过来。”她拉着兰香的手，眼睛望着屋顶的亮瓦，“妹儿，我想好了，再这样下去，我早晚要死在那个冤家手里……过一阵，等我身体好点，我带你离开这里。”

“真的?”兰香又惊又喜。

两天后，曾家人回到家中，仿佛一切依旧。

夜，院子里安静了，瑞莲附在兰香耳边说：“明天下午，我多煮点饭，我们带在路上吃。再多煮点狗食，晚上睡觉前，把两条狗使劲喂饱，悄悄锁到后花园空屋里去。还有，悄悄给大门的门斗上点油，不然开门时叽叽嘎嘎的被人听见。哦，我说了几件事了?”

兰香掰着指头说，“我想一下，煮饭，喂狗、关狗，给大门上油，四件事。”

“还有一件事，很重要：睡觉前，我们把巷道、厨房中间那些东西都顺在墙边上，免得碰出声响，听懂了吗?”

“晓得了！瑞莲姐，我们明天就走?”

“嗯！明天晚上鸡叫头道我们就动身。我只是担心你，走得动不？两百多里路，最快都要走两天。那死鬼肯定会派人来追我们，万一被他们逮到了，还不晓得会咋个处置我们。唉，不管它，我是想横了，那畜生不把我糟蹋死他是不会丢手的。”

“我们走快点，要不就跑!”

瑞莲哑然失笑，“你说戏文咩？走都走不动，咋个跑得动呢？管它的，快睡，不然明天没得力气。”

第二天特别漫长，兰香心里揣着紧张和兴奋，做事特别小心，生怕有什么闪失误了大事。

晚饭后，兰香晾了衣服，把金宝的玩具聚到一处，把屋檐下的家什理顺，凳子、簸箕啥的放到墙边。门斗已经上油，这是今天做的第一件事。天刚蒙蒙亮，两人就起床，趁少爷一家还在酣睡，两个长工下地干活的时候，兰香用抹布沾了菜油浸到门轴里，瑞莲呢，借着到地头扯菜，进出院门时把门多转了几下，木门活络了，只有一点儿轻微的声音。

收拾停当，兰香回到屋里。过了一阵，瑞莲轻轻推门进来，从衣兜里拿出几个苞谷粑，装进布口袋。两人像平日一样，熄了灯躺在床上，竖着耳朵听四下的动静。黑猪和田二的鼾声从对面厢房里传过来了，后院不再有任何响动，屋外叽叽啾啾的虫鸣歇了，远远近近的狗吠停止了，第一声公鸡的啼鸣终于响了！兰香见瑞莲坐起来，也跟着起床。瑞莲从床垫下拿出一捆麻绳，先把自己的鞋缠好，又帮兰香把鞋缠紧。

“走！”瑞莲夹了一个小包，先摸了出去。兰香紧随其后，心咚咚直跳。薄云遮住了月亮，两个人猫着腰，穿过院坝，瑞莲轻轻地抽开门闩，兰香轻轻地拉开门，侧身闪出门外。她们踮起脚尖走过曾家院子的围墙，耐着性子走过石桥，随后撒开腿飞跑。

瑞莲领着兰香走走跑跑，远远望得见古蔺县城了，后面追上来一个男人，是田二。

“你们跑得快吔！还两个人邀邀约约地跑！少爷少奶奶喊你们回去，不然……”

她们停下来，用乞求的眼光看着他。瑞莲说：“田二哥，你放我们走嘛！我在曾家当了这么多年丫头，现在都十八岁了，少爷还不放我……”

“这个我晓得，”田二为难地说，“可我回去咋个交代呢？”

瑞莲从兜里拿出一块银圆递给田二，“二哥，谢谢你！你回去就说没有追到我们就是了。”

“只有恁个说了。”田二把钱揣进包里，转身回去了。

瑞莲和兰香匆匆从古蔺县城穿过。她们不敢东张西望，不敢讨水喝，低着头一路疾走。

当晚，她们在德跃关小镇住宿。

瑞莲说，“今天走了一百多里路，明天下午，我们就可以到永宁了。听说永宁现在修了马路，还有汽车，我要看看汽车是啥子样子。”她们松了口气，这才觉得肚子又饿了。

一人吃了一碗“帽儿头”后，瑞莲叫兰香去屙屎屙尿，完了早点睡，第二天好赶路。兰香钻进栈房旁边的茅厕，蹲在茅厕板上撒了泡尿，发现自己站不起来了，她膝盖疼痛，两腿酸胀，像被抽了脚筋似的。

兰香哭喊道：“瑞莲姐！瑞莲姐！快来拉我呀！我要摔进茅坑了！”

“咋个了？”瑞莲跑过来。

“我脚痛……”

瑞莲把兰香扶到床上，仔细检查她的脚：“没得啥子！你从来没有走过这么远的路，当然要痛。我的脚也有些痛，不过没得你厉害。我去找老板要点热水给你烫一下就好了。”

“我明天还走不走得动哦？”

“要走！走得动要走，走不动也要走，万一还有人追上来就惨了。”

第二天下午，在离永宁城还有二十多里路的时候，追兵又到了。这次来的是黑猪，他腰上缠着一圈绳子，跑得大汗淋漓。

“跑了恁个久，你们还在这里呀！三少爷喊我无论如何都要把你们弄回去，看，还要我带了绳子……”他把绳子从腰上解下来。

瑞莲满眼哀怨，“黑猪哥，你……你就忍得下心哪？”

黑猪无奈地说：“要走你一个人走嘛，咋个把兰香也带走？你们两个都走了，少奶奶三少爷连饭都吃不成了，还有娃娃，哪个来带？你一个人走嘛，我把兰香带回去，不然不好交差。”他拿着绳子走向兰香。

兰香躲到瑞莲身后，吓得发抖。

瑞莲瞪着眼喝道：“黑猪！未必你硬是做得出来？”

“你走咋个都不给我说一声？你太绝情了！晓不晓我心里好难过……”

“我哪里舍得你嘛？我就怕你舍不得我，跟你说了你守不住嘴，我咋个跑得脱呢？你晓得三少爷缠着我像鬼魂一样，逮到机会就要那个。不跑，我早晚要死在他手头……”瑞莲泣不成声。

黑猪捶胸顿足，“怪我没出息！怪我……”

“黑猪哥，你莫难过！如果你不嫌弃，等我找到我爹，我给你带个信，你到永宁来，我们一起过生活。”

“你一个人走！兰香不能走！少奶奶又哭又闹，把兰香弄来，就是打算以后接替你的，你不该把她也带走！”

“她一个人孤孤单单在龙山，好可怜哦！她不走，早晚也要遭那死鬼糟踢！你就忍心吗？”

“不行！非要弄她回去！三少爷说，你们不回去，他就到古蔺县政府打电话给永宁县政府，派兵来抓你们！兰香回去了，也可以消一下他们的怒气！”

“不！不！我不回去！死也不回去！”兰香号啕大哭。

“兰香，你随我转去，我不捆你，要是你不听话，我就要……”

“不！我不回去！”兰香松开瑞莲的手。大路边上，是一个几十米深的悬崖，她跑到崖壁边，声嘶力竭地喊道：“爹——妈妈——你们在哪儿？我再也见不到你们了……”

瑞莲上去死死抱住她：“不！兰香！我们马上就到永宁了！”

“不要拉我！我不回去！死也不回去！”兰香叫喊着。

“好好好！你不回去就算了！那你们就赶快走！”黑猪红着眼睛，泪眼汪汪地挥挥手。

“黑猪哥，你干脆跟我们一起走嘛，”瑞莲说。

“不行，我走了，他们会拿我一家人出气。你家住在永宁哪里？”

“就在永宁大桥附近。”瑞莲走到黑猪跟前，“你找机会出来，我等着你！”

两个人流着泪，紧紧抱在一起。

脚下的石板路走到尽头，就到永宁城了。

兰香不知道，进城这条小街就叫平上。小街有几步宽，中间石板铺路，两边是木板平房。这里客栈很多，也很简陋。两人正在东张西望地往前走，忽然听见有人喊：“兰香！”兰香转头一看，坡坎下，一个女人在叫她，是妈妈。蔺李氏放下大木盆，三步两步爬上坡。“六妹仔！真是你！”

“妈——”兰香大叫一声，扑在蔺李氏怀里。母女俩抱着站在街中间呜呜大哭。

过一会，兰香想起瑞莲还在旁边，抹把眼泪看，瑞莲早已不知去向。

第十章 >>>

永　宁

蔺李氏把兰香带回家。兰香打量着黑乎乎的屋子，“兰香——”屋角传来阳子微弱的声音。兰香走到床边，“哥，你咋个了？”

阳子脸色煞白，头发乱糟糟的。他撑着床慢慢坐起来，木然地看着兰香，不再说话。

“妈，哥哥咋个了？”

“害病，说是伤寒。”

“爹和姐姐呢？”

“你爹到杉包树背煤去了，你姐跟一个司机走了。我和你姐跑出来，在营盘山遇到一个司机，你姐就跟他走了。她喊我们就住在这条街上，说等她找到钱再来孝敬我们，也不晓得她现在咋个样。管她的，嫁鸡随鸡，嫁狗随狗，嫁给叫花子就跟着去讨口。”蔺李氏拿一个碗，从缸子里舀一碗水，递给兰香。

兰香接过碗喝一口水，突然发现肚子饿得火烧火燎的痛，腿又胀又软，她靠着床脚瘫坐到地上。

蔺李氏赶紧过来，扶着兰香的肩膀问：“六妹仔，你咋个了？”

“饿。”

蔺李氏把兰香扶到床上躺下，“你歇下，妈给你弄点吃的。”

蔺李氏一边生火，一边说：“唉，我这当妈的对不起你呀，一直想去接你，你看这种情况……我原先打算找到你爹他们后，把卖鸦片的钱用来做点小生意，唉，老天爷硬是见不得我们手头有几个钱。你爹和哥哥接二连三地害病。你爹倒是好了，又背煤去了。哥哥还起不来床，都好几个月了。唉，我这个命啊，不晓得前世作了啥子孽……”

擦黑的时候，蔺绍六回家了，见到兰香，愣一下，“六妹仔？”随后把拐扒子一扔，双手抱住兰香，“幺儿，呜——呜——你还活起在呀!”兰香靠在爹身上，那一刻，她心里暖暖的，爹虽说想要儿，心里还是有她！

团圆的喜悦一夜就过去了，接下来的现实是：兰香来了，家里添了一张嘴，苞谷羹要匀稀点了。兰香心里开始沉重，眼下这家境，好像并不比在龙山好些。

吃过早饭，绍六去山上背煤，蔺李氏端着木盆出门，她仍干老本行，帮客栈客人洗衣服。兰香打开房门，把屋里打理一番。太阳从云层里出来，照在门前的石板路上，阳子从床上撑起身子说，“兰香，给我舀碗水来。”

兰香舀半碗水端到阳子面前。

阳子瞥一眼，说：“舀满。”

兰香把水添满，又递给阳子。阳子接过碗，放到地上，趴在床上对着碗照自己的脸，“兰香，你看，我这个样子，要是去讨饭，会有人打发我吗?”

“哥，你不要去要饭，我还是去当丫头……”

“看来，我这身体……”阳子喘着气说，“还是要吃点干饭，沾点油荤才得好，光喝苞谷羹不得行。你把背夹、拐扒子给我拿来……”

兰香去拿背夹，背夹很重，拐扒子也重。“哥，不背这个了嘛，好重哟。”

“要。背着背夹，拿着拐扒子，人家看见我是下力的，生了病，背不动，才来讨饭。不是好吃懒做……拿个碗给我，要到点油汤油水的，我才好接着。”

兰香送阳子出门，看着他佝偻着腰，背夹在他瘦长的身体上晃动，渐渐消失在街的那头。

当天晚上，兰香要求跟着蔺绍六去背煤。

第二天早上五点过，兰香跟着蔺绍六出门。到了杉包树，父女俩往山上走。狭窄的山路上，背煤的人匆匆赶路，噼里啪啦的脚步声惊动了树林里的飞禽走兽，让人不觉得寂寞。

山上有好几个煤窑，窑子前面，大块大块的无烟煤堆得像小山。兰香跟着绍六排队，装煤，过称，蔺绍六背两百斤，兰香背五十斤。背篼沉得直不起腰，兰香摇摇晃晃，咬着牙跟在绍六后面，硬是一声不吭。日复一日，她先是肩膀磨破，后来双肩都磨起了厚厚的茧疤。

深秋，寒风夹着细雨，无休无止。兰香跟着父亲去了山顶上一家煤窑。开票的时候，一个五十多岁模样斯文的人取下眼镜打量兰香。

“妹仔，你恁小就来背煤呀?”

“不背，就没得饭吃得嘛。”

“呵，说话像个大人。几岁了？”

“十岁，吃十一岁的饭了。”

“以前咋个没见过你？”

“以前我在龙山跟我嫂子过。”

“哦。那个高汉是你爹？”

“嗯。”

“来，来，进来烤下火。我帮你找条出路要得不？”

工棚里有一个大炉子，火烧得旺旺的。斯文人把板凳移到炉子边，让兰香在他身边坐下，轻言细语地说：“我姓严，是这里管事的，你叫我严伯就是。我想做个好事，把你介绍给我们老爷家二小姐当丫头，你干不干？”

“你们二小姐是做啥子的？”

“我们家老爷姓洪，他有一儿一女，大少爷在成都读高中，小姐叫文姝，今年十五岁，从小体质弱，现在身体有病休学在家，想找一个人陪她。我看你人还精灵，不晓得会不会做家务？”

“会，”兰香果断地一点头，“我当过丫头。”

“那跟我去看一下要不要得。”

“我先跟我爹说一声。”

严伯笑着点下头，“要得。”

路上，严伯给兰香介绍了洪家的情况：洪家在本地是个大户，田土山林都有，三兄弟都开了煤窑，几面山上都有。洪大老爷在成都读过大学，很有学问。严伯说：“姝姝小姐像他爹，读书读得，就是脾气有点怪，管她的，你听她话就是。”

兰香跟在严伯后面，心中忐忑，洪家有钱，小姐又怪，不知该怎样服侍她。

第十一章 >>>

姝姝小姐

洪太太跟一群太太在房里搓麻将，她四十出头，椭圆脸，后脑挽个发髻，横插着一支金簪子。“严伯，有事吗?”她打出一块麻将，扭头问严伯，双眼不怒自威。

“太太，我又给二小姐找了个丫头，你看……”

她瞥一眼兰香，“带她到姝姝那里去，她的人她说了算。”

严伯带着兰香走到小姐屋外，隔着门帘说：“小姐，请你出来一下。”

“严伯，啥子事？进来嘛。”小姐在屋里说。兰香感觉她中气不足，但腔调并不怪。

严伯掀开门帘，带着兰香进屋，都站在门口。

小姐的闺房很宽敞，房间中央有个火炉。小姐正坐在床头看书，膝上搭了一床毛皮毯子。她梳着一对小辫子，鼻梁挺直，丹凤眼漫不经心。

严伯说：“小姐，我又给你找个人来了。兰香，这就是姝姝小姐。小姐，我在山上看见她，看她人蛮精灵的，带来给你看一下。”

姝姝起身下床，走到炉边坐进躺椅，把脚放到旁边的木架上，慢条斯理地说：

“兰香，名字多好听的。你好大?”

“翻年满十一岁了。”

“你不是永宁人?”

“我们是古蔺龙山那边的。”

“咋个到我们永宁来了?”

“我爹打倒了老板的两坛酒，赔不起，就跑出来背盐巴，我们也跟着出来了。”

“读过书没有?”

“没有，”兰香摇摇头，心里发虚。

“哦，严伯，你有事先忙去嘛。”

严伯说：“那好，我先到那边办点事。”

严伯出门后，姝姝对兰香说：“你把那个小凳子端过来坐，烤下火。”

兰香在火盆边坐下，伸出双手烤火。

“哎呀！你咋个手都开冰口了？还打个光脚板！冷不冷？”

兰香收起手脚，说：“不冷。外面有点冷，进屋就不冷了。”

“你先到厨房去，那个老太婆叫陈嫂——你就喊她陈妈吧。以后你就跟她住一间屋，吃也一起。你先到厨房洗把热水脸再过来。”

兰香去厨房找陈妈，姝姝去了她母亲房里。

“妈，你们又在打麻将！”

“嘿？你爸爸都不管我，你还来管？喂，这个丫头要不要得？不要挑过分了哟！”

“看样子还可以，试一下嘛。我可不可以给她些穿的？她穿恁个少，还打个光脚板。”

“你的人，自己看着办。”

“哟，我们家二小姐都发慈悲啰。”二叔娘开玩笑。

姝姝正往外走，回身凑在二叔娘耳边说：“二叔娘，看好自家的牌，小心放炮！”

“我们二小姐心肠倒是蛮好的，就是嘴巴太厉害了，脚下的弟弟妹妹都跟了她的样。”三叔娘跟着搭话，她指的是姝姝的堂弟妹们。

姝姝说：“妈，两位老辈子伙起来涮我，你就看得惯呀？”

洪太太说：“她们今天输了钱，你是撞到枪口上了。”

“哈哈！”二叔娘推倒牌，“自摸！满贯！二小姐，你把手气给我带来了！”

兰香到厨房，还是曾家那套规矩，洗个澡，衣服烧了，全身换上姝姝穿过的衣服。姝姝还给了兰香一双棉鞋，一个毛线帽子，都是她前几年用的，兰香穿着刚合适，心想，越往山外走，人越富贵。

兰香每天的事情不多。姝姝小姐起床后，帮她把床整理好。小姐的房间本来是陈妈打扫，现在都归兰香。经过瑞莲的调教，兰香把事情都做得巴巴适适的，姝姝小姐很高兴，又赏给她两件衣裳。兰香穿在身上，姝姝说：“要是把头发打理一下，还像个学生了。”

姝姝每天要吃药，陈妈把熬好的汤药端过来，兰香就守着药碗，摸到温热的时候端给小姐喝。兰香悄悄问陈妈小姐得的啥病。陈妈板着脸说：“娃娃家，莫问!”

姝姝在学堂读新学，回家念的是古文，家里还请了个先生。白天，兰香陪姝姝上课，晚上，陪姝姝坐在火炉边聊天。

姝姝问：“你们那边山区好不好?”

“不好，”兰香使劲摇头，“山又高又陡，庄稼都种不出来。农民在那些石头缝窝窝里撒点苞谷种，长得稀稀落落的。肥料是背上去的，满山跑，一年累到头，也没得好多收成。我们山里头都是背，挑担子上不到山。你们这里是用肩挑，累了可以放下歇气，背起就难了，要遇到合适的坎坎才歇得下来。”

“山上野果子多不多?”

“多得很。”兰香来精神了，“春夏天，我们满山转着摘果子吃，有红子、刺梨、螳螂果、酸苹果，有的好吃，有的不好吃。有时候，我们也到田边地角，吃人家的生胡豆，生豌豆，青菜脑壳。”

“没得人制止你们?”

“没得。”

“那是偷人家的农作物哟。”

“我们小，不懂事，饿起来啥都吃。爹妈又不在家，晚上才兜点苞谷回来。”

“那倒情有可原。听说山里头野兽多?”

“嗯，多。有野猪、野兔、獾子，野鸡、豺狗，听说还有豹子。嘿多外河人到我们那里来收野物、皮子、药材……”

“慢点！外河人是啥子人?”

“是……好像是泸州，壁山，荣昌隆昌的人……反正不是我们龙山人。”

“哈哈哈，这些都是我们四川人。云南、贵州、湖南、广东、广西的叫外省人，日本、朝鲜、美国、英国的是外国人。我还从来没有听说过啥子外河人，书上也没有看到过。”

“我也是听大人说的，我们爹妈都认不得字，我们娃儿都是些憨包。”

“我看你倒是不憨，会不会唱山歌?”

“会一点。”

“唱个给我听一下。”

兰香扭捏着，“我不好意思，怕小姐笑我。”

“不笑不笑。”姝姝正襟危坐，一副洗耳恭听的样子。

想了一会，兰香唱道：

“月亮走，我也走，

我给月亮打烧酒。

干胡豆，下杯酒，

打开朝门看杨柳。

杨柳树，点点绿，

石榴树，开红花，

有钱是亲戚，

无钱是冤家。”

“你唱得蛮好的嘛，”姝姝含笑点头，“又唱。”

“人怕老来穷，稻怕午时风，高粱怕月亮，豆子怕秋风。”

“为啥子‘高粱怕月亮，豆子怕秋风’呢？”

“我也不晓得。有些是我妈教的，有些是听那些娃儿唱的，听着好听，就学过来了。”

姝姝说：“是好听。等一下，帮我拿个笔记本拿支笔来。”

兰香拿过笔和本子，问：“小姐要做啥子？”

“我把它们记下来。我们先生说，好记性不如烂笔头，你要不把它白纸黑字地记下来，这个耳朵进，那个耳朵出，风一吹，想找就找不回来了。”

“你记下来做啥子呢？”

“收集素材呀，等收够了，我就把这些东西写成书。说不定我的书上还会写到你呢。”

“我有啥子好写的？”

“你不懂，又唱。”

“韩婆婆，会烧茶，三妹哥，会当家，后面三匹大花马，两个童儿打一打，牵个娃娃出来屙菝菝①。”

“点点窝窝，核桃开花，先吃胡豆，后吃琵琶。”

“金芋草，银芋草，你莫刺伤我的小爪爪。”

“七姐妹，七花园，想留你们要两年，风吹灯草各人散，姐妹一去不团圆。”

姝姝把兰香唱的一一记下。

姝姝说：“陈妈唱的我也记下的。陈妈最会唱了！前两年，她的男人死了，陈妈边哭边唱，凄凄惨惨的。我当时跟着她哭，后来一想又觉得嘿有意

① 拉屎。

思，等过了一段时间，我喊她再唱一回，她唱着唱着又哭了。我也哭了，一边记一边流眼泪水。我都记得了：‘我的夫——郎呀！’”

姝姝学着陈妈的腔调：“‘人家丢儿丢女有银钱，你丢下四个娃娃，啥子都莫得呀。从今后啊，我自打鼓，自猜拳，自喝酒，自找钱，我前无杀手，后无援兵，单枪匹马行步难……宁愿隔千重山，不愿隔一层土啊！呼天唤地喊不应，你在阴曹路上等着我，妹妹哥哥一同行……’”姝姝眼泪汪汪的，兰香跟着哭了。

第二天，姝姝用毛笔把前一晚记的东西誊到一个硬壳本子上。她凝神定气，身体坐得端端的，嘴唇也一抿一抿地跟着使劲。兰香在一旁看得出神，啧啧地赞叹。

姝姝问：“你啧啧个啥子？”

兰香说：“小姐，你字写得嘿好看，你写字的样子也好看！”

姝姝转过头来，“你又没有读过书，咋个晓得我写的字好看？”

“我姐姐秀蓉读过书，我觉得她写的字好看，你写的字更好看。”

“你想不想读书？”

“想！有时候我拿姐姐的书看，她不给我看，也不准我到学堂去耍。”

“我来教你。”

“不，不，哪好劳累小姐呢！”

“算不得劳累，教书育才，传播文明，也是一种乐趣。”

“那就谢谢小姐了，”兰香咚地跪地，给姝姝磕了个头。

此后每晚，她们都坐在火炉边，姝姝教兰香识字、写字。姝姝说，多认识一个字，就离愚昧远一步，离文明近一步。

愚昧比傻儿、瓜娃子还可悲，比讨口要饭还要惨，兰香记得秀蓉那一巴掌。兰香想，姝姝要是一辈子不走就好了，我就一辈子跟着她，把她肚子里的墨水都倒过来。

兰香正睡得香，忽然被咚咚的敲门声惊醒，陈妈说：“是姝姝！”赶紧下床。

姝姝推开门，惊慌地说：“兰香！快！你快起来！”

兰香一骨碌翻身起床，“啥子事，小姐？”

姝姝带着哭腔说：“耗子都跑到我床上来了！”

兰香披上衣服跑进姝姝房里，拿着鸡毛掸子，手电筒，爬到床角去吆喝，耗子早已不见踪影。

“兰香，你过来跟我睡，睡那头。”

“小姐，我睡榻凳就是。”

“不，在床上睡。我睡里面，你睡外面，耗子再来，你起来方便。”

兰香说：“我去把铺盖抱过来。”

“要得。”

兰香刚出门，姝姝又把兰香叫回来，说：“你不过去了，柜子里头有铺盖，你拿一床出来就是了。”

兰香拿出被子，睡到姝姝脚那头。被子很松软，被单是洋布，很细很服帖，盖在身上很舒服。兰香怕打扰姝姝，尽量蜷着身体。

刚睡着，耗子又来捣乱，兰香起床找，它又不知躲到哪儿去了。几番折腾下来，天都亮了。

姝姝一天精神都不好。兰香说：“小姐，今天晚上我去抱只猫儿来。”

姝姝说：“好哇！把大白猫抱来。不过它一会就跑出去了。二十几间屋子，两只猫管不过来。”

“我们把门关了，窗子也关好，它就跑不出去了。”

“嗯，要得。你还会动脑筋。”

晚上，兰香到厨房抱来大白猫，关上门窗，堵住墙洞，一夜平安无事。

早上，姝姝和兰香吃了饭回房。一进屋，姝姝就皱起眉头，取出手帕捂住鼻子，“唔，好臭啊！好像是猫儿屎！在哪里耶？你赶快找一下！唔——兰香，你看我床上……”

枕头边的几本书、笔记本、几团毛线，全被弄得乱七八糟的。

“快把它撵出去！耗子没咬到，倒把屋里搞得臭熏熏的。我到妈那边去，你弄干净了过来喊我。”

兰香把床头的东西擦干净，整理好，见毯子上到处是脚印，又把毯子换了。她发现臭味来自床下，便搬开榻凳，拿着电筒往床下照，果然，猫儿在床底下拉了一堆屎，一股酸腥的臭味，冲得人想吐。她到厨房弄来煤炭灰，憋着气爬到床下，用炭灰盖住猫屎，将扫帚伸过去，扫进撮箕。突然，她看见靠墙壁的地方有一个小东西在发光，捡起来一看，是只金戒指，冰凉冰凉的。

她到厨房把戒指洗干净，放到书案抽屉里，用抹布把床下地面擦干净，还洒了些香水。

事情做完，兰香到了太太的房里。

“姝姝小姐。”

"弄干净了?"

"嗯。我还捡到一个东西。"

"啥子?"

兰香摊开手。

"啊!戒指!是我的!我还以为……"姝姝拿过去擦了擦,带在手指上。

"哪儿找到的?"

"床底下。"

"去年夏天就不见了,咋会掉到床底下呢?"

洪太太说:"你看,自己不小心,还怪别个蔡家妹仔,硬说人家拿了。这不,除了秋收送租子,人家大人娃娃都不到我家来了。"

"不来算了!吃屎的还把屙屎的盅到了?把土地收回来,租给别人家种。"

"说得轻巧,吃根灯草,山那边的地又高又陡,哪个去种?不说了。如果湾沟那边有佃户来,捎个口信给人家,就说戒指找到了,代我们向她家道个歉……"

"道歉?不至于吧。我的屋都是她在收拾,这个戒指自己又不会走路,肯定是她弄下去的噻!毛手毛脚的,东西丢了也没仔细找,咋个怪我呢?"

"哎,那女娃子是有点笨,但是人家手脚也还干净噻!"

"好了,好了,妈妈说得在理。不过这次呢,我想该给兰香发点奖赏。"

"赏啥子呢?给几升苞谷嘛,让她拿回去给家里过个年。"

兰香说:"不不不!小姐,我该的,不要!"

"憨包!讨都讨不到,给你还不要?你爹妈背一天煤挣得到几颗苞谷?去拿!"

姝姝让陈妈撮了一背篼苞谷,让兰香背回家。兰香背着苞谷回去,一家人都很高兴。蔺李氏抓了一把看看,又拣一颗放进嘴里嚼,"唔,今年过年不成问题了!兰香,那个姝姝小姐还是个讲情讲义的人哪。"

蔺绍六说:"屁个讲情讲义。一个金戒指要值好多钱?拿回来卖了,还止几升苞谷?"

"爹,人家的东西哪能随便要?妈不是说'一个鸡蛋吃不饱,一个贼名背到老'咩?"

"捡的,又不算偷。"

"人家的东西,落也是落在自家屋头,咋个不算偷?"

"好了好了,"蔺李氏说,"你爹呀,就是贪心不足蛇吞象,一辈子都栽在这个上头。呃,幺女儿,今天都腊月十七了,回家过年不?"

蔺绍六说："在洪家喝点残汤剩水的，也比我们家喝苞谷羹强，你喊她回来啥子嘛？"

"管他苞谷羹八谷羹，儿不嫌母丑，狗不嫌家贫，过年好歹总要团个年噻……"

兰香说："看情况嘛，我还是想回来。如果小姐硬要留我呢，我就不回来了。她简直离不得我了。"

绍六瘪一下嘴："哼哼，该歪哟，你才不得了了嘞！"嘴上这么说，脸上却笑开了。

兰香说："妈，你看是不是拿点苞谷换点酒，让爹跟哥喝一下？"

蔺李氏说："那是自然，你爹累了一年到头，是该让他享受一下。"

"王宝钏，我的三姑娘……"绍六情不自禁，哼起川剧来。

蔺李氏嗔道："老不死的，穷作乐！"

一到腊月，洪家院子里就热闹起来。

洪家专门腾出几间房，请来裁缝师傅和帮工，又叫来湾头坝上的佃户，帮着准备年货。熬糖，做醪糟，打糍粑，蒸黄粑，炒干货。女人们洗被子毯子，粉刷院墙，装饰大门，到山上砍来柏树枝，熏香肠腊肉。严伯写得一手好字，忙着给几房人写对联。小辈们扎灯笼，贴财神，帮着准备供品。

院子前面的晒坝上，石头垒起两个柴灶，两口大铁锅里水烧得热气腾腾。几个杀猪的男人，棕绳系在腰上，叶子烟杆插在腰间，他们两个人拽耳朵，一个人提尾巴，铆足劲把一条大肥猪往杀墩上拖，猪儿拼命地挣扎，嗷嗷地叫，腿往后蹬。操刀的杀猪匠一脚踏着杀猪墩，尖刀横在脚前，扯着嗓子吼道：

白毛猪儿不要犟，
一把拉你到杀墩上，
前面给你一尖刀，
后面给你一挺杖。
吹的吹，
烫的烫，
打的打，
把你千刀又万剐，
再把你的坐墩肉，
塞到老爷的嘴头。

最后一句，逗得围观的人哈哈大笑。

那段时间，大院里飘散着诱人的腊肉香味，还有熬糖熬猪油的香味、米酒的香味。少爷太太们试穿袍子马褂，大红对襟衣裳，丝绸旗袍，姝姝帮着写请柬，帮严管家把给小辈们的压岁钱，用红纸包一个一个封好……

腊月二十八深夜，兰香被砰砰的枪声惊醒，紧接着，外面传来“咚咚咚”的撞门声，有人破门而入。

兰香和姝姝从床上坐起来。“棒老二！”姝姝声音发颤，牙齿磕得格格响，“快……快……穿衣服！”

“站住！不准动！”有人在院子里奔跑，大喊大叫，火把电筒到处晃。

“各房各门的把门打开！老实点！不开门老子就烧房子了……”接着是一阵骚动，有女人的尖叫声和娃娃的哭声。

黑暗中，兰香浑身哆嗦，手脚都不听使唤了，她胡乱穿起衣服，点上灯，一看，小姐不见了。兰香惊慌失措，大声喊：“小姐！小姐！”

几个男人闯进屋来，他们穿着黑衣服，脸上抹了锅烟煤，手里举着砍刀。为首的大汉用电筒照兰香的脸，凶巴巴地问：“你就是洪家小姐？快！把珠宝首饰拿出来！”

兰香用手挡住脸，“不……不不！我不是……”

“穿绸挂缎的，你不是小姐是啥子？”

兰香低头一看，慌乱中，她穿成小姐的衣服了。“衣服穿错了……我……我是丫头……”

“放屁！不老实，弄你到外面背火背篼！”

兰香听说过火背篼：把人衣服扒光，背篼里放上柴火烧。兰香急中生智，扯开衣领让他看肩膀上的茧疤，“你看，我在山上背煤背的！”

土匪把电筒朝兰香的肩上晃一下，问：“你们小姐呢？”

“听见你们打门，她就跑了。”

“跑了？前门后门都堵死了，她往哪里跑？”大汉一掀被子，把床头的东西撂到地上。“你们先把这几口箱子拿走！搜一下这屋头，看还有没得值钱的东西！”见兰香在一旁哆嗦，他吆喝道：“还不赶快逃命？等死啊？”

兰香这才清醒过来，从床上抓起自己的衣服，躲到衣柜后面换了，连夜逃回家去。

第二天，洪家被打劫的事在平上街传开了。有人说，洪家的金银细软，被几十个棒老二洗劫一空，腊肉香肠猪油糖酒统统都被拿走。人们说，这下棒老二安逸了，洪家帮他们准备了那么多年货，他们有吃有喝的，该过个快活年了。又说，洪家该背时，哪个喊他们恁个发财呢。人家早就打探好了的，那些杀猪匠中就有个棒老二……

兰香吓得两天没敢出门，又很担心姝姝。她不知道自己走后还发生了些什么事，传闻中没有姝姝的消息。

蔺李氏问："兰香，你不去洪家了？"

兰香说："我想去，但是好吓人哦！"

蔺李氏说："瓜女子，那些棒老二抢一趟就跑了，你以为他们大白天还敢来呀。"

兰香壮着胆子去了洪家。大门敞开着，院坝里有好些背枪的人。兰香站在门口，不知该不该进去。一个人冲着她凶神恶煞地喊："你在这儿看啥子？"

兰香看他们像是民团的人，就说："我是小姐的丫头。"

一个人朝屋里喊："陈妈，你出来一下。"

陈妈从厨房出来，说："哦，是兰香啊，你回来啦？"

那个人问："她是哪个？"

陈妈说："是小姐的丫头。"

兰香问："小姐呢？"

陈妈说："小姐没得事，就是被吓到了，昨天洪老爷派人把洪太太和小姐都送到泸州去了。"

"哦！"兰香为小姐感到庆幸，又觉得心里空落落的，她知道洪家不再需要她了。她问陈妈："我想到小姐屋里看一下，可不可以？"

陈妈说："去嘛。"

屋里仍是一片狼藉，让兰香又想起那个可怕的夜晚。姝姝小姐是怎么逃出去的呢？难道这屋里有地洞？兰香动了好奇心，却不好察看。地下有一个本子，是姝姝的素材笔记本，上面踩了个鞋印。兰香捡起来，拍两下，放在书案上。姝姝送给她的几件衣服到处散着，她捡起来抖干净，叠好放在床上。没有洪家人开口，她不好意思拿走。

唉！也许以后再也见不到姝姝了！她想了想，拿起那个笔记本揣在怀里，出了洪家。

第十二章 >>>

逃　　婚

一位摩登太太出现在蔺家门口，她烫着卷发，身穿绿底黄花旗袍，嘴上抹了口红，手里拎个小巧玲珑的玻璃布皮包。

“秀蓉?”兰香不敢相信自己的眼睛。

“妈，兰香。”

果真是秀蓉！脚上还穿了高跟鞋！

蔺李氏和兰香迎到门前，蔺李氏说：“啊！秀蓉！快进屋坐！”

秀蓉站在门口，“不坐了，我说几句就走，易朗的车在河对面等着的。他想跟我来看你们，我坚决不准！哥呢?”不等回答，秀蓉接着说，“易朗给他在道班找了个工作，等我们从曲靖回来，就带他去上班。妈，我拿点钱给你，”她在玻璃皮包里抽出几张票子，“你把哥照顾好，给他吃点干饭，让他吃饱点儿。最多十来天，我们回来就带他去见林监工。”

她扶着兰香的肩头，“你也来了！你长高了。好，我们一家人终于团聚了！我和妈逃出来好难啊！淋了一夜的雨……算了，不说这些了！好，我走了！你们不要送我！不要让易朗看见你们。”

过一阵，兰香追出门，看见秀蓉匆匆走过镇南桥，上了桥头食店门前那辆大卡车。兰香听见卡车轰鸣，掉头卷起一路尘土迅速远去，翻过垭口，消失了。秀蓉从来到走，前后十来分钟，兰香觉得像是做了一场梦。

秀蓉再来时，带来一包易朗穿过的衣物，说是给阳子穿。阳子抓起衣服就往身上套。秀蓉说：“莫慌。妈，你先帮哥把头发打整一下。”蔺李氏把阳子按在板凳上，拿起剪刀给阳子理发。蔺李氏能干，她不光做家务，还像男人一样干粗活，会磨剪刀，给全家人理发。

秀蓉站在旁边，不停地说话：“哥，你要精神一点，道班吃的是大米，每个月还有点工钱，你要好好干！镇南桥过去两三公里就是道班房，监工叫林宾，福建人，是易朗的好朋友，他会关照你的。”

她撩起兰香的头发，“你看你看，耳朵背后那么多黑锅巴！这里出门就是河，你自己去挑点水，洗头洗澡洗勤点。我专门给你带了块洋碱，还有牙膏、牙刷，你要把自己打整干净，这么大个姑娘了，要晓得爱个好。以后我还是要想办法让你读点书，不读书不得行，人家会瞧不起我们。”

一会儿工夫，蔺李氏已把阳子的头发修剪好。阳子换上行头，魔术似的变了个人，一家人围着他，脸上笑呵呵的。秀蓉不便久留，领着阳子走了，易朗的车还是停在老地方。

兰香远远地看着，卡车旁边有个男人转来转去，好像在抽烟。她从来没见过姐夫，想象不出他的样子。那个神秘的男人开着大卡车改变了秀蓉的命运，改变了阳子的命运，他还会改变自己的命运？改变蔺家的命运？

兰香看见姐夫上了车，轰鸣声隔着河飘过来。秀蓉和阳子上了车，卡车启动了，一眨眼消失在垭口。兰香知道了，那条路通往贵州。

保长来查户口。他穿阴丹蓝长衫，戴黑色礼帽，鼻子上架一副墨镜，手里拿根文明棍，后面跟着两个背枪的兵。他拿腔作势地问绍六：“你姓啥子？叫啥子名字？从哪里来？在本保住了好久？”绍六不知他说些什么，张口结舌地愣在那里，保长两棍子捅在绍六腿上，绍六双脚直跳，急忙说：“长官，我听不懂你的话……”

“我是本保的保长！你是哪来的乡巴佬？”

兰香听见响动，撩开帘子出来。保长看见兰香，换了一副笑脸，“这是你姑娘吗？”

“嗯——是。”绍六回答。

保长往前几步，摘下墨镜盯着兰香看。兰香躲开他的眼光，转身回到屋里。

隔天，一个叫莫嬢嬢的女人找上门来。她说，前日来的保长叫郑德山，二十八岁，家里在街上开了个油蜡铺，在乡下还有个糟房。“他一看你家姑娘就喜欢了，特地请我来说媒，如果你们答应，他会帮你家找个店铺，再拿些钱给你们做生意。这样都好了，你姑娘有个好婆家，你们也不用再费力巴筋地背煤，过这种找一顿吃一顿的日子。再说，你们年纪大了背不动了咋个办？生疮害病咋个办？”

莫嬢嬢说话不打重台①，句句戳到绍六和蔺李氏心尖上。蔺李氏说："只是我妹仔还小，才满十一岁，等她长大点再说要不要得，莫嬢嬢?"

"先小抱过门，等满了十六岁再拜堂成亲嘛。他们家还说，先要送她读几年书。大嫂，女娃娃现在正是长身体的关键时候，让她去吃点饱饭，哪点不好呢?"

蔺李氏和绍六对一下眼色，说："莫嬢嬢说得在理。恁个，我们两个老的没得意见，只是这事还是要问一下娃娃，明天回你的话好不好?"

蔺李氏和颜悦色，跟兰香说起郑保长提亲的事，话没说完，兰香就给她顶回去，"昨天来打了人，今天就来提亲，他还好意思！他来查户口，爹又没惹他，平白无故就打人！我不干!"

兰香心想，那根棍子可以打任何人，我要是成了他的人，他还不想打就打？我年纪小，家里没钱没势，没有三亲六戚，打死了喊冤的人都没得一个。她心里不爽，跑到河边，坐在卵石滩上伤心地哭。

爹妈不是把我丢了就是把我卖了，从来不关心我心疼我，用我的痛苦来换他们的安逸。兰香心里一阵阵酸楚，真的宁愿自己是个孤儿，是个孤儿倒不会这样伤心。她想起被罗三娘用火麻抽打的情景，那种火辣辣的痛和钻心的恶痒让她打了个寒战。那时候，她想爹妈，想秀蓉、阳子，盼望他们突然出现，把自己解救出来。现在，她连盼头都没有了。妈妈苦口婆心的劝说和爹那又期盼又怨恨的眼光，好像火麻抽打在心上。

兰香知道什么是小抱媳妇。龙山有个女孩叫银珍，十岁就当了小抱媳妇。第一年回家过年，兰香去叫她玩，她摇摇头，苦着脸不说话。又过了一年，她手上抱了个娃娃回来，那娃娃跟小猫儿一样大。兰香觉得好奇怪，自己都还是个娃娃，怎么还生个娃娃？她脸上涂了层白粉，眉毛用木炭画过，头发上插根银簪子，打扮得像个妇女，怪模怪样的。看她手臂上有伤痕，兰香问她怎么回事，她只是苦着脸摇头。

后来听余三讲，那是她石匠男人和婆子妈打的。余三说小抱媳妇就是伺候婆子妈和男人，比丫头还惨，婆子妈凶神恶煞，想打就打，抓起啥子打啥子，男人一般顾妈，打死了都没人管……兰香听得汗毛都立起来了。

兰香哭累了，站起身，朝着河水走去。浑黄的河水泛着波浪静静地流淌，潮湿的河风吹在脸上，冷冰冰的。我就这样一直走到河里去，让他们连尸体都找不到，让他们去伤心！后悔！我是你们亲自逼死的！你们杀死了你们女

---

① 说话不重复。

儿！她想象爹妈看着自己的尸体呼天抢地痛哭的样子，心里生出一种报复的快意。

突然，在她影子晃过的地方，一个东西闪了一下。移步过去，见一个小水洼有一条搁浅的鱼儿，只有小指头那么大。头朝着河水的方向，偏着身子一拱一翘地挣扎，月色下泛起一点微弱的闪光。兰香心里一阵疼痛，仿佛那鱼儿就是自己。她不知道鱼儿是怎样游到水洼里去的，但她知道明天太阳出来，不等水洼里的水晒干，鱼儿就会死掉。

她伸出两个指尖，鱼儿将身一窜，躲进水里。她趴在地上找，终于看见一个小小的黑影。

她双手伸进水里，慢慢地合拢，把鱼儿捧起来。鱼儿在手心扑腾，兰香感到它挣扎的力量，心不禁一颤，一条小小的鱼儿都要挣扎，我咋个说死就死了呢？她把手放进河里，鱼儿一闪身就消失在水里。兰香的思绪又转回到自己身上：我救了它，哪个又来救我呢？

她突然明白，在这个世上，她虽然弱小，但不能总是任人摆布，总要挣扎，自己保护自己。

兰香长了心眼，开始注意观察父母的动静。莫嬢嬢到她家来过两次，蔺李氏到莫嬢嬢家去过好几次，每次回来，蔺李氏都喜笑颜开。那段时间，蔺李氏对兰香特别关心，不再让她背煤，说压多了长不高，跟她说郑家这好那好，跟她说姑娘家是菜籽命。兰香不懂啥叫“菜籽命”，只觉得蔺李氏的笑脸越多，她的心就越沉重。

不知什么时候，蔺家吃上了挂面，吃上了水果糖、猪肉，绍六还不时喝杯酒。兰香怀疑这些东西是郑家送的，这些变化预示着灾难即将临头，她整日心神不宁。

不久，蔺李氏给兰香做了双花布鞋，买了两双袜子，又拿出一套红花衣服，叫她试试合不合身。兰香穿上新衣，蔺李氏眉飞色舞，围着她转来转去地看，“哎哟！我姑娘像个大姑娘了！你皮肤白，适合穿红衣服，衬得面带桃花色，好漂亮哦！都说人是桩桩，全靠衣裳，你这一打扮啊，比那些地主家的小姐还漂亮……”蔺李氏越说，兰香心里越发毛，她脱了衣服，闷着头坐在床上，欲哭无泪。

“你这姑娘咋个这么犟呢？我们家这个样子，这街上哪个人瞧得起我们？人家郑保长家里又有店铺又开糟房，自己又是保长，有钱有势的，看得起我们就算抬举我们了！再说人家人才也还可以，伸伸展展的，不跛不瞎，不歪不麻，你凭啥子又看不起人家？只怕过了这个村还没得那个店了！当妈的是想把你小抱出去，吃碗饱饭，免得跟着我们遭罪……”

“妈，讨口要饭，我都跟着你们！我才十一岁，你们让我长大点……再……”“嫁”字说不出口，兰香终于忍不住哭出来了。

“幺女儿，你现在只是去当小抱媳妇，等到满十六岁才圆房，等于是先给你找碗饭吃。莫孃孃说人家还要先让你去读书……”蔺李氏也眼泪汪汪的。

“我不信那些！不去！”

“你说不去就不去？跟着我们饿饭哪点好？”软说不行，蔺李氏变脸了。

“我当丫头自己找吃的，没有拖累你们。我情愿再去当丫头！你们在龙山就把我甩了，现在又要把我卖出去当小抱媳妇……”

“你说啥子呢？呵！你还记老娘的仇呢？卖？哪个在卖你？我看你是不识好歹！”

“就是卖！你们贪图自己吃肉吃糖吃好的，就不管我的死活……”

“你这打短命的……”蔺李氏气得脸色铁青，跑到墙角去拿扁担。兰香拔腿就跑。

从此，兰香对蔺李氏视若寇仇，不管她怎样温言软语，兰香始终对她横眉冷眼。

早上起床，兰香感觉天气有些闷热。天阴沉沉的，间或有几声闷雷在远处滚过。兰香走出门口，站在屋檐下看天色。杉包树那边，乌云盖住了山头。视野中，沿河的大路上一点红色往这边移动。兰香渐渐看清楚了，是一队人马。红色的是一顶花轿，旁边走着穿得花花绿绿的是莫孃孃，郑保长骑在一匹马上，后边跟了几个背长枪的。

来接我的？兰香心里一惊！说，是说不脱了！躲，往哪里躲？眼前的办法只有一个，跑！去找阳子！身后的屋里，蔺李氏正在准备早饭。兰香强作镇静，装着若无其事地走过屋门口。她觉得两腿发软，一个趔趄，她顺势撒开腿跑起来。蔺李氏追到门口，“兰香！哪里去？”随即又朝屋里喊：“绍六！兰香跑了！”

兰香抢在郑保长的人马之前，跑过镇南桥，跑上通往贵州的公路。刚过垭口，雨点打下来了，一道闪电划过，一声霹雳炸响，跟着下起了瓢泼大雨。被雨水打湿的布鞋又重又滑，兰香甩掉鞋子，光着脚在石子铺的公路上拼命地跑。她边跑边哭，雨水泪水在脸上哗哗地流。她不知道阳子能不能救她，如果阳子救不了她，她就继续跑。她横了心，不管跑到哪里，就是跑断腿都不能落到郑保长手上！

公路旁边有一排干打垒房子，土墙围着，墙上写着“打倒日本帝国主义!”“修路保交通，抗日救家国!”透过铁栅栏门，兰香看见一些男人站在屋檐下看雨，她猜这就是道班房。“哥哥！哥哥！阳子哥哥!”兰香一边哭喊，一边扑向栅栏门。门没有锁，兰香一头扑倒在地上。阳子正在放工具，听见喊声，赶紧跑过来扶起兰香。兰香一把抱住阳子，“哥哥，救我！妈要我嫁给那个坏蛋!”

“哪个坏蛋?”一个男人冒雨走过来。

阳子说：“林监工，这是我妹妹。”

兰香扑通跪在地上：“林监工！救我救我呀！我妈要把我嫁给郑保长！他们追我来了！求求你救我……”林监工扶起兰香，操着下江话说：“起来起来！这么大的雨，进屋里说。”

绍六紧追而来，怒气冲天闯进道班房，看见兰香，一把拉住就往外拖。兰香甩开他的手，扑到地上死命抱住一只桌子脚。绍六毫不手软，抓住兰香使劲拖，连人带桌子吭哧吭哧地拖到门口，被门框卡住。

“放肆!”林监工一声怒喝，绍六停下了。

阳子过来说：“爹，这是林监工。林监工，这是我爹。”

绍六说：“林监工，这是我自家屋的事，你不要管。”说着又去拖兰香。

“啪!”林监工上前狠狠地扇了绍六一记耳光，厉声说：“我就要管！这姑娘还是个孩子，你们就要把她嫁了？你这当父亲的还有没有点人性?”

绍六松了手，“林监工，我们也是没办法，人家保长要娶我姑娘，我们还敢不答应吗？人家的花轿都来了，现在抬在院子门口了……”

“呵，这么厉害？光天化日之下，他还敢抢?”

“也不是抢……我们收了人家的礼信：挂面、糖，还有……还有……”

“还有什么?”

“十块钱。”

“十块钱几把挂面就把女儿卖了？你们好糊涂啊!”

绍六无话可说。

雨不知啥时停了，林监工到院坝中间，吹响了口哨，“集合！带上工具!”

十几个道班工人站到院坝里，手里拿着铁镐、洋铲和钢钎。

“兄弟们！外面公路上，有个保长带了人要抢蔺阳子的妹妹，可她还是个孩子！你们看，这就是阳子的妹妹!”林监工把兰香拉到他面前。

“龟儿子保长要霸道!”

“林监工，你发话，打死他该死的!”

"好，大家不要冲动，听我的！"林监工领头出了院门。

不远的公路上，一群淋得落汤鸡似的人正朝道班房张望，见院子里一下涌出一大群人，手里的家伙叮当作响，顿时傻了眼。

林监工大步流星走过去，操着官腔大声喝问："谁是郑保长？"

郑保长慢慢从马屁股后面转出来，"鄙人就是。"

"你要娶这小姑娘？"

郑保长扭头看一下身后，那几杆枪给他壮了胆，"是，又怎么样？"

"她还是个小孩子。"

"听口音，你是外乡人吧。听我跟你说，我们这里的风俗……"

林监工打断他，"别跟我讲什么风俗，你问问那姑娘，她要是愿意，我不管。她要说不愿意，请你们回去。"

"我要是不回去呢？"

"那就别怪我不客气！"

"我的家伙也不是吃素的！"郑保长攥起拳头，拇指朝着身后翘几下。

"该死的！"林监工大跨两步，抢到郑保长跟前，一把抓住他的衣领，把他拧了起来，"你要抢人，你还敢杀人了？"

工人们一拥而上，各自的家伙逼住那几个拿枪的。那些拿枪的赶紧说："不关我们的事！不关我们的事！"纷纷扔了枪。

郑保长软了："这位先生，你……放手，你请放手，有话好说。"

林监工扔开他，"你们当保长甲长的，理当维护管区的社会治安。现在国难当头，全国民众都在抗日。你们在后方倚仗权势，强抢民女，抢我们道班兄弟的姐妹，不让我们道班工人安心修路，为打小日本出力。哼！我要是到你们庞县长那里告你一状，你知不知道该当何罪？"

"不不不，先生，我没有抢，是她家自愿的。"保长看看绍六，绍六低下头。

"不管她父母怎么说，既然蔺姑娘不愿意，你就不要勉强她了。好吧，我把这两位老人家用的钱还给你，送的礼算十元钱，我拿二十元够了吧？"

"够了够了！"保长连连点头。

"好，你跟我去拿钱。"林监工转身朝道班房走去，郑保长战战兢兢跟在后面。

林监工边走边说："你听好，这事我要管到底！你要保证蔺家人的安全，不许找茬，让他们好好谋生。如果有什么差错，我就知会你们庞县长。顺便说一句，敏之是我的朋友。""敏之"是庞县长的表字。

“是，鄙人晓得了。”

郑保长走后，林监工叫阳子把绍六父女送回家。兰香心有余悸，不敢回去，林监工就让她暂时留下。阳子刚走，林监工又叫住他，叮嘱他记住给兰香带点换洗衣服回来。

林监工把兰香带回他的房间。他在屋里来回踱步，一时不知如何安置兰香。他自言自语地说：“你浑身都湿透了，拿什么给你换呢？衣服……这样吧，”他从床下拖出一个黑皮箱，从里面拿出一件衬衣扔到床上，对兰香说：“这里没有适合你穿的衣服，你换上这件衣服，裤子只好等阳子回来了。我出去，你关上门把衣服换了。吃过饭了吗？”

“我……不想吃……”

林监工走出房间，随手带上门，边走边喊：“梁师傅，阳子他妹妹还没吃饭，你给她炒碗松花饭，搞个什么汤。呃，多放点猪油。”

“是饭里还是汤里？”梁师傅在那边问。

“废话！都放！”

兰香脱下淋湿的短褂，换上林监工的短袖衬衣，像穿了件长袍。

天色放晴了，林监工哨子嘟嘟一吹，吆喝道：“弟兄们，天晴了，该干活儿了。”他走到屋门口，对兰香说：“先穿着床下那双拖鞋。我们出工去了，有什么事你可以找梁师傅。别怕，这里很安全的。”

林监工刚走，梁师傅就端着两个碗进来了。松花饭原来就是蛋炒饭，猪油鸡蛋白米饭的混合香味扑鼻而来。兰香狼吞虎咽扒完一大碗饭，把一碗粉条汤也喝得干干净净。

第十三章 >>>

英　　雄

吃完饭，兰香身上暖烘烘的，心里也暖烘烘的，几十个日子的担惊受怕像头上的天空，风吹云散了。兰香在院坝里转一转，又到屋里站一站，没事做的时间好难挨。她到厨房问梁师傅有没有事可以帮忙的，梁师傅说："没事没事，你耍。"兰香又转回房间，东张西望，看见床头地上放着一只大木箱子，一只衣袖从箱盖缝中露出一个角。兰香走近一看，锁挂在搭扣上，没有锁。她打开箱盖，一股男人身上的汗臭味扑面而来，原来是些没有洗的衣物。兰香喜上心头，这下有事做了！她找梁师傅要了一块肥皂，一个木盆，把自己的褂子和林监工的衣服、裤子、袜子，都拿出来洗了。

兰香在屋檐下晾衣服的时候，阳子回来了，肩上挎一个包袱，他比以前壮实多了。兰香跟阳子一起进屋，阳子把包袱放到桌上，说："都给你拿来了。"兰香打开包袱，看见郑保长送的红花衣服、鞋子袜子都在里面，气得一把抓起来扔在地上。阳子把它们捡起来，说："妈说既然林监工给了郑保长钱，这些东西就不需要退了，她叫我都给你带来。"

兰香说："不要！"

阳子把东西放在桌上，"好好的东西，丢了也太可惜了，不要白不要。"

"不要！"兰香把东西掀到地下。

阳子说："事情都过去了，那个保长再也不敢来找麻烦了。妈也哭了，说是有些对不起你。还叫我带话，叫你不要记恨她。"

"我恨她！恨死她！恨死她一辈子！"

"幺妹，你要原谅他们。他们是穷怕了，穷慌了……"

"我不原谅！不原谅！哥，我被他们丢一次，卖一次，我一辈子都不原谅！"

"好了好了，原不原谅是你的事，凡事想开点就好。这些东西……"

“不要！”

“林监工给了钱的，你就当是林监工给你买的嘛。我走了，到工地去。”阳子把东西捡起来放回桌上，转身出了门。

兰香趴在桌子上，眼泪顺着脸颊默默地流淌，滴落到红花衣服上。

天黑了，厨房灶头上一盏马灯，照着一老一少两个剪影。梁师傅坐在长板凳上抽叶子烟，兰香坐在小板凳上看星星。梁师傅看见公路上有手电光晃动，说“他们回来了，”赶紧进厨房炒菜。兰香站起来靠在门框上，看着工人们鱼贯入门。

林监工径直走到厨房门口，他拍拍兰香的肩膀，对梁师傅说：“老梁，今天加几个菜，有肉没有？”

“只够你吃，多的没得。肉都是每天现割的，这个天……”

“那就炒一大盘鸡蛋……”

“蛋也没得几个……”

“都炒了！还有什么可以吃的都拿出来，今天我要请弟兄们喝一杯。”

“酒也好像只有半瓶了，是掺泡菜坛的。”

一个工人说：“林监工，我那里还有半瓶。”

“好，去拿来吧。阳子，我屋里还有一瓶酒，你去拿过来。”

林监工走进厨房，点燃餐桌上的马灯，调到最亮，然后站在板凳上，把马灯挂在屋梁上的铁丝钩上。

梁师傅手忙脚乱地在橱柜里找东西，兰香给他打下手，把他找出的酒、生花生、大大小小的碗，摆在桌上。

林监工请客的话，工人们都听见了，他们放了工具，洗了手脸，三三两两来到厨房。梁师傅菜上桌，工人们也坐齐了，阳子挨个给大家倒酒。林监工坐上席，叫兰香坐他旁边。

林监工举起酒杯，“弟兄们，今天我林宾让弟兄们冒了个险，帮我收拾了那个恶人。大家都知道，我平时不喝酒，今天我敬大家一杯，你们随意，慢慢喝。”林监工仰起脸，一饮而尽。

工人们都喝了一口。一个工人说：“林监工，其实你不用感谢我们，你也是帮阳子的妹妹。”

“阳子妹妹的事就是我林宾的事，他姐夫姐姐是我的朋友，我能坐视不管吗？”

“林监工，你够义气，是条好汉。”

“好汉？哈哈——过奖！过奖！”林监工双手抱拳。

“林监工，我们今天都为你捏一把汗，那些人要是开枪咋个办？”

“我林宾可不是个莽汉。我分析了一下形势，第一，他要是真有胆量，早就闯进我们道班了，不会缩头缩脑地在外面观望；其二，那保长说话是嘴硬气不硬，不是一条汉子；第三，那些背枪的一看就不是当兵的，平时也就是背杆枪跟在后面吓唬吓唬老百姓，派不上用场的；俗话说，擒贼擒王，我把为首的擒在手里，他们怎么也得投鼠忌器；再说，万一有人枪要走火，他那都是老杆子，打一枪换一颗子弹，我们这十几个兄弟扑上去，还不把他打个稀巴烂？最重要的，有各位兄弟们站在我身边，我林宾就是只病猫，也长了老虎胆了！哈哈……”

林宾一席话，兰香听得云里雾里，一个工人说：“林监工，你简直就是诸葛亮再世！”诸葛亮兰香知道，自古以来世上最聪明的人，这话说到她心里去了！

林监工招呼大家，“吃吃，累了一天，都饿了。蔺姑娘，你也吃，别——哦，闹了半天，我还不知道你的名字？”

“我叫兰香。谢谢哥哥叔叔！”兰香站起身，给大家鞠一躬。她心里感动，嗓子一哽，眼泪流出来了。

“吃吃。”

一个工人问：“林监工，那个啥子——庞县长，真的是你的朋友哇？”

林监工一愣，说：“那当然，不是我敢乱说吗？”

看兰香吃完，林监工问：“吃饱没有？”

兰香说：“吃饱了。”

“走。”林监工起身便走，兰香紧随其后。

工友们吃得正欢畅，纷纷说“林监工，慢慢走……”

兰香跟着林监工走进他的房间。

林监工让兰香坐下，说：“兰香姑娘，我想了一整天，都替你安排好了。你先到我朋友蒋先生那里住一段时间，然后让你姐夫去接你父母到摩尼，那里也有我的一个朋友，他有一个黄粑店，我请他让给你们，这样你们生活就有着落了。你父母安顿好之后，你姐夫再接你到那边去。”

兰香听林监工说得转来转去的，不知自己到底将身归何处。有一点她听明白了，她还要和父母住在一起。兰香怨恨未消，又不知如何表达，心情又沉重起来。林监工好像看透了兰香的心思，说：“你好像不高兴？不想回到你父母身边去？不要怨恨你的爹娘，他们也是困苦无奈，一时糊涂。相信我，今后这种事再不会发生了。”

“林先生，我可不可以留在这里？我可以给你们洗衣服，扫地抹屋，随便做啥子都可以。”

“呵呵，我的预算里可没有这份工钱。”

“我不要工钱……”

“我跟你开玩笑的，工钱不是问题。问题是，我们这里都是男人，没有一个女眷，你在这里不方便。”

“我随便睡哪里都可以，厨房也可以，两根板凳拼在一起……”

“呵呵，看来你都打好主意了？但是不行，万一有个三长两短的，我怎么跟你姐夫交代？”

“会有啥子三长两短？”

“你认为庞县长真是我的朋友吗？”

“不是。”

“不是我敢乱说吗？”

“要是……你就不问我了。”

林监工愣一下，“你是个聪明的姑娘！”他站起身，“所以呢，你必须走，那个郑保长今天丢了面子，不会善罢甘休的。谁知道他有些什么三亲六戚狐朋狗友的关系。万一他知道庞县长跟我没有关系，要来报复，你就很危险了！你父母也必须走！”

“那你呢？”

“你就别担心了，我自有办法。刚才没听我说吗？我可不是个莽汉。”

林监工不说了，兰香也不知道说什么。

“阳子把衣服都带来了吗？”

“带来了，”兰香指给他看。

“这么点？够吗？让我看看。”

兰香打开包袱。

“那红衣服好漂亮！”

兰香眼泪涌出来，“是郑保长送的，我恨死了！今天哥把它拿来，我甩在地下，哥又捡起来，说是林监工给了钱，就当是林监工给我买的了……”

“说得对！说得对！这个阳子，平时都不怎么说话，他还真会说话！”林监工说，“那狗……保长，他还有点眼力啊。漂亮！穿给我看看。”

兰香犹豫。

“你就穿在外面，不用换。”

兰香躲到床角的蚊帐后面换了衣服。

“哎哟，蔺姑娘，你真是漂亮！你们四川人说，人是桩桩，全靠衣裳，我信了。你看你看，就换一件衣裳，你就变了一个人，美女一个！哈哈，我今天一不小心，可就演了一出英雄救美呀！”

兰香听不懂他南腔北调的官话，问：“林先生，为啥子‘烟熏就霉’?”

林监工比画着拳脚，作英雄状，“英雄——救美女。”

兰香懂了，女子遭难，有男子救她，然后女子“以身相许。”龙山茶馆听说书人说过。兰香喜欢听说书，看唱戏，有一次，她在茶馆听说书，听着听着就在地上睡着了。兰香正想弄清楚“英雄救美”，听见林监工说，“可惜美女太小了!”

兰香抢答：“你等我长大……”她声音越说越小，不觉脸热心跳。

林监工说：“好了，时候不早了，你该睡了。”

“我睡哪里?”

“就在这里，床上，”林监工指着床说。

兰香怦然心动。她虽然心甘情愿，但这就……

林监工接着说：“我去阳子他们那边住房。”

“不，我到厨房去睡，或者就睡这个椅子上。”

“客听主安排，懂吗?”

“懂。我还晓得‘客随主便’。”

“这就对了!”

“咋个对了?”

“客随主便就是客人听主人安排呀!”

“我说错了!”

“你没说错，你说对了。”

“我说错了!”

林监工逗趣地说：“不许耍赖!”走出门去，随手带上门。

第二天醒来，天早已亮了，院子很安静，只有鸟儿叫得欢。兰香翻身起床，小心地检查床有没有弄脏，又仔细地把凉席、被子整理好。林监工和工人们都上班了，桌子上有一碗稀饭两个馒头，一碟咸菜。兰香知道那是给她准备的，稀稀呼呼地吃了，到厨房把碗洗干净。

闲着没事，兰香把院坝墙脚的垃圾污泥青苔铲去倒了，又用水把阳沟冲干净，直到闻不到腐臭味。

中午，道班房门前来了一辆工程车，“咚咚咚咚”的震动声老远就能听见，林监工跳下车，对兰香挥手：“兰香姑娘，拿着你的包袱，到这边来。这是孙叔叔！路上他会照顾你。”

兰香提着包袱磨磨蹭蹭走过去，泪花盈盈模糊了双眼。她围着车子转了一圈，不知从哪里上去。

“你没坐过汽车？”林监工问。

“嗯，好高哦，我爬不上去，”兰香抽泣着说。

“坐前面驾驶室去。听好，你要去的这家姓蒋，他家里有一个小女孩，你就帮他带带孩子。有什么事先忍着点儿，这只是暂时的。你前脚一走，父母后脚就来，听见没有？”

兰香抹着眼泪点点头。林监工给她捋捋头发，说：“你是个聪明、漂亮的女孩儿，将来会好起来的。这些钱你拿去，买点穿的。”他拉过兰香的手，把钱塞在她掌心里。

兰香一把抱住他的腰，哭出了声。

“上车吧，”林监工拉开兰香的手，把她抱上驾驶台。

工程车咚咚咚一阵震动，喷着黑色的浓烟开走了。林监工向她挥手，兰香头伸出车窗，咬住嘴唇，眼泪决堤似地流淌。

第十四章 >>>

读　　书

摩尼属于古蔺的辖区，有两条街。修川滇公路的时候，设计的公路本是穿街而过，街上的居民不允许，只好改道从街道外面绕过。公路修通以后，围绕着小镇的公路就成了新街，并且很快形成气候。老街的人看见新街生意比老街好，便自发组织起来把石板路改成公路。因未经专业技术人员勘察设计，公路坡度过大，汽车行驶困难，司机不愿进去，结果徒劳无功。

林监工的朋友姓黄，是个工段长，他的黄粑店在新街。因为上面调他去昆明工作，他便把黄粑店转让给蔺家，还资助二十块大洋作本钱。蔺家接过黄粑店后，尽心打点，生意很快有了起色。

家安定了，有事做有饭吃，秀蓉就送兰香到摩尼小学读书。

报名那天，兰香穿了一件秀蓉的旧衣服，一双自己做的绣花布鞋，牙齿使劲刷过，刘海剪齐眉毛，头发梳得顺顺溜溜的。

摩尼小学在老街和新街之间，从一个窄巷子进去，再走过一片菜地就到了。学校围着一道土筑围墙，墙上的白石灰到处剥落。校门口挂着一块木牌，上面写着“摩尼小学校”几个隶书大字。

兰香跟着秀蓉走过操场，走进一年级教室，见学生们正在教室里追追打打。兰香发现自己比那些娃娃高出一个脑袋，脸一下子红到耳根。她把秀蓉拖到教室外面的土坝子，噘着嘴说：“姐，我不读一年级。”

“不读一年级读啥？”

“我们到三年级去看一下嘛。”

“哪有没学爬就学跑的？”

“我都认得好多字了，我多使点劲就行了，跟得上去。”

“真的？你啥时候学的？”

“姝姝小姐教我的。每天都要教我好几个字。”

秀蓉半信半疑。兰香找来一根树枝，蹲在地上写：蔺兰香、文明、愚昧、小姐、姝……

秀蓉说：“好了好了。嗯，还写得像模像样的。”

“我还会背书：人之初，性本善，性相近，习相远……”

“不背了。算术呢？”

“会做加减法。”

“几位数？”

兰香伸出两个手指头。

“那好，我帮你去说一下看。”

兰香被插班到三年级，秀蓉又给她买了一二年级的课本，对她说：“你跟着三年级走，但是要抓紧把前面的功课补上。你虽然认得些字，都是东一下西一下的，不成体系。”

兰香一只手抱着书，一只手吊着秀蓉的胳膊，“姐，你想得好周到，你放心，我补得起，少睡点点儿觉就是。”

书是崭新的，还散发着油墨味。兰香双手捧着，吸着鼻子闻，笑眯了眼，“姐姐，怪不得人家说书香、书香，真的好香哦！”

秀蓉笑骂道：“瓜娃子！人家说的书香不是这个意思。”

“那是啥意思？”

“是——跟你说不清楚……”

兰香嘟哝道：“看来你也是个半罐水。”

“你说啥？”

“没说啥。”

秀蓉嗔道：“哼！你敢乱说我！学堂的门槛还没有跨进去，你就打翻天印了？”

“哪里敢嘛！姐，你一辈子都是我的好姐姐！”兰香摇着秀蓉的胳膊撒娇。

读书一直是兰香梦寐以求的事。她屡次被人问到读过书没有，越问她越心虚，好像没读书就低人一等。在她的直觉中，这种等级好像跟贫富没有关系。她相信读书能改变人的命运，让她变得像秀蓉那样聪明伶俐，像姝姝小姐那样优雅、高贵。现在，秀蓉帮她实现了这个梦想，她对秀蓉充满感激。

上学的第二天，算术老师找她谈话，夸她反应快、记性好，说只要把九九表背熟，完全跟得上。班主任把她叫到办公室，教她怎样查字典，还给她讲了些学习方法，兰香牢记在心里，恭恭敬敬地一一照办。

黄粑生意是头天早上泡米，下午做，晚上蒸，第二天早上卖。每天早上，兰香赶在蔺李氏前面起床。她捅开灶膛，一阵猛煽，等火燃起来了，就坐在灶膛前，就着火光读书。吃过晚饭，蔺李氏去灶头上蒸黄粑，兰香点上煤油灯在桌上做作业、背书、预习新课。老师们晚上三三两两地出来散步，路过蔺家，看到兰香刻苦用功的劲头，常在班上表扬她。

三年级开国文、算术、音乐、体育四门课，兰香最喜欢国文。

国文老师姓钟，个子不高，胖乎乎的，平时走在路上，喜欢背着手，低着头，总像是在想什么的样子。到了课堂上他就好像变了个人，神采飞扬，妙趣横生，额头都在发亮。兰香喜欢把他讲的好词好句子记在本子上，她记得姝姝的话：好记性不如烂笔头。姝姝的素材本给了她启发，平时也留心观察，看到的想到的，感觉有点意思的都赶紧记下来。

钟老师不仅教识字、作文，还常给学生读些课本之外的名家名篇，给他们讲历史、讲时事。《在雪夜的战场上》讲热血男儿为保卫国土、抵抗侵略者而血染沙场的事，《匆匆》讲时光眨眼之间就溜走，珍惜时光就要珍惜点滴。在那间窄小破旧的教室，兰香的眼界日渐扩大，心智逐渐开启。

兰香最期盼的事就是写作文，每次布置了作文题目，她就莫名兴奋。她生活经历比别的同学多，加之感情丰富细腻，写出来的东西总是有过人之处，老师经常把兰香的作文当作范文在班上读，甚至高年级的老师也把她的作文借去作范文。

期末考试，兰香的语文算术都得了满分，蔺李氏咧嘴笑了，说："我们家六妹仔还得行呢！没想到我们蔺家两个女儿都是读书的料呃！"

绍六说："你们要是男娃子就好了，读出个秀才来，弄个一官半职的，也给我们蔺家门上长脸了。"

兰香说："女娃子又哪点不好嘛，要不是姐姐，我们家哪能像今天这样？像哥哥那样，还不是跟着你下力……"

蔺李氏说："不提那些伤心事了，自己没有那个命，还怨这怨那的。兰香，来，吃饭！"

"你们吃，我先给姐姐写封信！"

蔺李氏说："急个啥？饭一会儿就冷了，信放一会儿写未必也冷了吗？"

"哎呀，给姐姐姐夫报个信，道个谢，让他们也高兴一下嘛。"

适应了学习，兰香成了学校的活跃分子。摩尼小学的老师来自四面八方，年轻人多，爱蹦爱跳的像些孩子王。课外，兰香和老师们打篮球、打乒乓球，一起参加街上的篮球比赛、踢毽比赛。教音乐的丁老师特别喜欢兰香，说她扮相好，嗓音条件不错，又有灵气，闲下来对她进行专门辅导，说等她毕业后就推荐到省城成都去学唱戏。

兰香像久旱的田地，贪婪地汲取着知识的甘露，五彩斑斓的梦想在希望的田野上恣意疯长。

三月中旬，摩尼连着下了几场雨，教室门前的一树桃花被雨水冲得七零八落。兰香望见零落一地的花瓣，心中不免有些伤感。

中午放学回家，远远看见家门口停了一辆大卡车，兰香心中一喜：姐姐姐夫来了？她拢拢头发，整理一下衣服，走到大卡车前，绕着卡车转一圈，总共有十个轮胎，这是不是就叫十轮卡呢？兰香偏着脑袋想一会，轻手轻脚走近家门。

屋里烟雾缭绕，一个陌生人背对着门，和绍六坐在桌子边抽烟。他肩宽背厚，穿一件深色风衣，不像是本地人。兰香探头往屋里看，没看见秀蓉。她猜想，这不是姐夫。

兰香跨进门槛，脆生生地说："爹——妈——，我回来了！"蔺李氏在灶头上切菜，她看一眼兰香，又低下头，手上变了节奏。绍六低着头没答话。陌生人听见声音，转过身，随即站起来，低头问道："你是兰香妹妹吧？"他说的是北方话，相貌英俊，嘴角还有两个小酒窝。

兰香点点头，迟疑地看着他，拿不准该不该叫他姐夫。以前秀蓉总让姐夫把车停在老远的地方，从没让他进过蔺家的门，兰香只远远地见过他一次，觉得似曾相识。

蔺李氏说："还不叫人？这是你姐夫。"

"姐夫！"兰香羞怯地叫一声，又鞠一个躬，说，"姐夫好！"

易朗咧一下嘴，欲言又止。他吸一口烟，定睛看着兰香，又努努嘴，开口说："妹妹，你阳子哥走了。"

"走了？到哪儿去了？"兰香问。

"死了！"

"啊？"兰香张着嘴，一时没反应过来。她看一眼绍六，又看一眼蔺李氏，他们阴沉着脸，肿泡泡的眼睛黯淡无光。兰香懵了，我哥！死了？猛然想起阳子在道班上班，在林监工手下修路，怎么会死呢？她急切地问："姐夫，我哥咋个死的？好久死的？"

"前天，听带信的人说，他们修公路的时候遇上塌方，几块大石头砸到阳子身上，说是当场就……就没气了。"蔺李氏呜的一声哭出来。

"林监工还跑过去拉了他一把，结果自己也受了伤。"

兰香脑袋里嗡一声。“林监工？他伤到哪儿了？重不……重？”话没说完，就哭出了声。

“听说一根大腿骨被打折了。”

“那……他现在在哪儿呢？”兰香抹着眼泪问。

易朗摇摇头说：“不知道。去了才知道。”

吃饭时，兰香知道了姐夫此行的目的，阳子还没入土，姐夫接二老去永宁安葬阳子。秀蓉怀孕数月，不方便做事，送过阳子，蔺李氏跟姐夫到毕节去照顾秀蓉，绍六搭姐夫同事的车回摩尼。

兰香心里纠结一番，说也想去送阳子。易朗说，走一趟至少要五六天，多则十来天，会耽误了她读书。再说，家里总得留个人看守。见兰香难过的样子，姐夫体贴地说，这是秀蓉安排的，秀蓉行动不便，也不去送阳子，他会代两姐妹给阳子送最后一程。

这顿饭，一家人都没有胃口。兰香低着头，不时拿眼睛瞟绍六。她注意到，从她放学回来后，绍六自始至终没说一句话，扒了两口饭就放下碗，各自坐到一边抽闷烟。兰香幽幽地想，爹一直重男轻女，想儿如命，可现在他仅有的一个儿子也死了，蔺家断了根，绝了后，此刻，他心里不知道有多么的悲痛。爹好可怜啊！

临行时，易朗拿了些钱给兰香，叮嘱她安排好这几天的生活，好好读书。蔺李氏收拾好行李，和绍六搭易朗的车走了。

兰香站在门口，看着卡车在卷起的尘土中消失，脑子里慢慢浮现出阳子的身影。

阳子样子长得像绍六，个子高高的，却天生胆小，性格懦弱，所以，兰香从小遇到难事都是姐姐帮着撑腰。尽管如此，兰香从不抱怨阳子，他们是兄妹，在同一口锅里舀苞谷羹，在同一个屋檐下长大。哥哥从没说过兰香一句重话，家境不好，嫂子跑了，他从一个啥事都不会做的闲人变成苦力，抬滑竿、背盐巴、背煤，自己养活自己。原以为去了道班，哥哥会慢慢好起来，找个贤惠的女人，成个家，万万没想到他就……

此时，望着通往永宁的公路，兰香想起初到永宁时，身患伤寒的哥哥叫她舀碗水给他照脸的情景。他对着那碗水照啊照啊，随后抬起头来问，我这个样子去讨饭，有没有人会打发我？看着他浮肿的脸和烂谷草一样的乱发，兰香当时就泪流不止。

她想起他佝偻着腰，背着背夹摇摇晃晃消失在小街尽头，想起那个雨天，在道班房，她把郑保长送的红花衣裳扔到地上，哥哥两次捡起来，把它放到桌上……她意识到，她这一辈子再也看不到哥哥了，他也再看不见她，看不见爹妈和姐姐姐夫，他将埋进冰冷的泥土里……

兰香踉跄着扑倒在床上，放声痛哭。

上课时间到了，兰香站起身，搭着凳子上好柜台的窗板。她从作业本上撕下两张纸，用毛笔写了“暂停营业”四个大字，把它贴在窗板正中。

绍六从永宁回来，人瘦了一大圈。兰香只字不提阳子的事，只细声地问林监工怎么样了，绍六说他没有见到林监工，只听说他一条腿骨头断成好几截，黄段长派人把他送到重庆治疗去了。

妻离子丧，蔺绍六散了劲，又不耐烦那种细磨活路，黄粑生意日渐衰落。有人看中了黄粑店的位置，给绍六一笔钱，绍六就把铺面让出去了，把黄粑店迁到老街上的一个小铺面。

老街的店铺对面住着两姐妹，姐姐叫金兰儿，妹妹叫银兰儿。兰香跟她们低头不见抬头见，渐渐就熟悉了。她们年龄相近，金兰儿十五岁，银兰儿和兰香同龄，都十三岁，加之她们的名字中都有一个“兰”字，三个人之间油然而生一种亲切感。

金兰儿椭圆脸，大眼睛，体型丰满，胸部挺得高耸耸的。她不大出门，整天系着围腰在厨房打转。银兰儿聪明伶俐，相貌比姐姐漂亮，一口牙齿又白又整齐。她们都没有进过学堂，父母去世后寄居在这里幺爸家。幺爸姓陈，是个生意人，在当地也有点身份。姐妹俩在幺爸家的待遇是等而下之。幺爸全家吃白米饭，她们吃掺点儿米的苞谷饭。幺爸全家穿洋布，她们只能穿土布。幺爸一家四口住了七八间屋，两姐妹住在后院拐角的一间小屋子里。姐妹俩名义上是寄养在幺爸家，实际上是他家的使唤丫头。兰香喜欢跟她们玩，常常趁陈幺爸不在家时偷偷溜进她们房里。

陈幺爸的后花园里有木槿花，杜鹃花，山茶花，核桃树。葡萄藤紧紧缠在核桃树上，到了夏天，紫色的葡萄大串大串挂在藤蔓上，馋得人直流口水。金兰儿把镰刀绑在长竹竿上，看准成熟的葡萄，就把杆子伸过去，兰香和银兰儿牵开衣裳，对准目标。“嚓”，“嚓”，葡萄掉到衣服里，她们抓起来就往嘴里塞，一直吃到肚子发胀，呃呃地直打酸嗝。

夏天，夜深人静的时候，姐妹几个在厨房后面的水沟边洗澡，两棵树之间牵一根棕绳，搭几块布帘子，隔出一片隐秘的空间。几个姑娘脱得精光，用丝瓜瓤互相擦背。兰香给银兰儿擦，金兰儿给兰香擦。月光从头顶的树梢上洒下来，兰香瞥见树影中金兰儿的两个乳房活蹦乱跳。“嘻嘻，”兰香忍俊不禁，“金兰，你看地下！”

金兰儿看了一会，问：“有啥子嘛？”

“嘻嘻，”兰香转身托住她一只乳房摇晃，“你看你看……”

“死丫头！”金兰儿在兰香屁股上啪啪几巴掌。

兰香闪身跳开，问：“你吃些啥子哟，咪咪长这么大？像两个瓜瓢。”

“吃啥子？还不是跟银兰儿一样吃。”

银兰儿说：“这两个瓜瓢把我姐害惨了，人都不好意思见。有人到我们家来，端茶送水的事尽喊我去。”

金兰儿说：“这两个坨坨好讨厌，好想用裹脚布裹起来。哎，咋个没得裹咪咪布呢？”

“你就用裹脚布裹嘛！”

“那不臭得熏人！”

“嘻嘻嘻……”兰香和银兰儿压着嗓子笑。

兰香说：“我有办法。”

金兰儿急忙问：“啥办法？”

“这么大个咪咪，装的啥子？”

“啥子？”

“肯定是奶噻。”

“放屁！”金兰儿双手捂住乳房，踢兰香一脚。

“她又没生娃娃，”银兰儿说。

兰香说：“哪个说一定要生了娃娃才有奶呢？”

银兰儿说：“哪个说？母猪都是下了崽崽才有奶。”

金兰儿踢银兰儿一脚，“你才是母猪！”

兰香说：“没得奶咋个会恁个大呢？”

金兰儿双手把乳房挤一阵，托起一个乳房递给兰香，说：“你挤呢，肯定没得奶。”

兰香两手抓住一个乳房，一阵乱捏乱挤。

金兰儿低着头看，“我说嘛，没得没得。”

银兰儿说：“人家说奶是娃娃吃出来的。”

兰香说：“我来吃一下？”

金兰儿说：“羞死人！你又不是奶娃娃。”

“让我吃一下嘛，万一帮你吃出来，你的咪咪就小点了，我也可以不吃饭了。”

“我又不是你的奶妈。”金兰儿拍一下兰香的头，把乳房挺到兰香面前。

兰香低下头，一口叼住奶头，像奶娃娃一样吮吸。

金兰儿说：“哎呀……好痒啊。”兰香一边吃一边用手使劲地捏，捏得奇形怪状的。“哎哟……哎哟……”金兰儿闭着眼睛靠在树上，很享受的样子。过一会儿，她托起另一个乳房，说：“这个……吃这个……哎哟……好痒……”

突然，金兰痉挛起来，把手伸到两腿之间，绞着腿皱着眉哼哼地呻吟。兰香吓了一跳，赶紧放开嘴。过一会儿，金兰儿松开手，自言自语地说：“好舒服哦！”

兰香和银兰儿怔怔地看着她，问：“啥子好舒服？”

金兰儿说：“我说不出……你来试一下就晓得了。”她把手伸向兰香，兰香捂着胸后退，“不！不！”赶紧推开她。

当晚回家，兰香睡在床上，莫名地兴奋。她翻来覆去睡不着，身上发热，下身有点异样的感觉。她闭上眼睛，感觉到有一张嘴在吮吸着她的乳房，乳房胀鼓鼓的。她想赶走那种念头，可是，那面孔却越来越清晰，络腮胡子骚得她痒痒的。那是林监工的脸，他看着兰香，眼里带着渴望，挥之不去。兰香把手放到两腿中间，任随幻觉驰骋……

第十五章

逼　婚

四年级结束后，兰香一下跳到六年级。

六年级下期，学校举办了一场庆祝端午节的文艺表演，演出还设了奖，最高奖励是免全年学杂费。为了扩大影响，吸引捐资助学，学校特地邀请了当地的乡绅政要。兰香是学校的文体活跃分子，自然要登台献艺。丁老师根据兰香的音色和特点，替她选了电影《古塔奇案》的插曲《秋水伊人》。排练前，她给兰香讲了电影的故事情节，兰香听得热泪盈眶，亲人离散的哀怨与无奈激起了兰香的共鸣，她很快进入了角色。

端午节那天，全校师生聚集在操场上，台上拉了横幅，上面写着："摩尼小学度端午暨谢忱捐赠助学文娱演出"，台下前排布置了贵宾席，椅子上坐着乡长，乡绅，陈幺爸，还有与摩尼相邻的石箱子乡的黄乡长。操场上人头攒动，仿佛乡场上的人全都来了。

兰香穿一身阴丹蓝学生装，梳两条短辫子，在舞台中央亭亭玉立。化过淡妆的她，眼睛乌溜溜扑闪闪，唇红齿白，面若桃花。第一次登台表演，看着黑压压的人群，兰香有些胆怯，眼睛不知该往哪里看，丁老师用脚踏风琴奏起过门，兰香的心就静下来了。

望穿秋水，
不见伊人的倩影，
更残漏尽，
孤雁两三声。
往日的温情，
只换得眼前的凄清。
梦魂无所依，空有泪满襟……

这是一首饱含着爱情、亲情的歌，那种亲人离散的哀怨、伤痛与无奈，兰香非常熟悉，被爹妈抛弃，被嫂子打骂凌辱，雨中逃婚，和恩人分离……往日的情景历历在目，兰香眼里闪烁着薄薄的泪花。

“几时回来哟，妈妈哟？几时你会回到故乡的家园？这篱边的雏菊，空阶的落叶，依旧是当年的情景……只有你背弃的女儿哟，在忍受无尽的摧残……”

歌声如泣如诉，凄婉动人，台下的人听得如痴如醉。

兰香得了头等奖，颁奖的人是黄乡长。他把奖状递给兰香的时候，色眯眯的眼神吓得兰香的心跳乱了节奏，那眼睛仿佛伸出一双爪子，扑面而来。

兰香读书后，就有媒人陆续上蔺家提亲，有的也是有钱人家托的。绍六跟兰香说了两次，兰香只回答三个字：“你不管！”绍六再也不提了，对来人一概回绝。

端午演出的第二天，黄乡长的媒人上门了。绍六不敢硬顶，推口说：“我跟我姑娘说一声嘛。”绍六跟兰香说，兰香也犯难了，“爹，你想个办法帮我推脱了嘛。”

绍六说：“人家财大势大的，怕是不好推哟！”

兰香说：“咋个办呢？”

“咋个办？走到哪个坡，就唱哪个歌嘛。”绍六抽一口烟，呛得眼泪都咳出来了。

晚上，陈幺爸两口子出了门，兰香满腹心事地走进陈家。

银兰儿问：“听说你要嫁给黄乡长？”

兰香说：“莫得那回事，已经回绝了。咿——你们咋个晓得的呢？”

金兰儿说：“嘿！满街都嘈转了！”

银兰儿说：“他都四十好几了，娃娃都比你大了。哼，死不要脸，都娶了两房了，还老牛想吃嫩草！”

兰香说：“我就怕他扭到费，听说他财大势大的……”

金兰儿说：“是哦，方圆几十里，哪个敢惹黄乡长？”

银兰儿说：“呃，兰香，你先找个人嫁了，断了他的念想！”

“我不想嫁人，我还这么小，读完高小，我还想读中学，只是……”兰香打住。

“只是啥子？”银兰儿问。

“恐怕没得希望了。我妈走了以后，生意越来越差。我爹一天到晚无精打采的，只晓得喝酒抽烟，好像都没得心思做生意了……”

金兰儿说："你哥死是个原因。主要是你姐把你爹和你妈分开，两口子东一个西一个，他哪里还有精神嘛？人家都说：'男人无妻财无主，女人无夫身无主。'所以呀，你还是趁早找个主儿。"

"你都没有嫁，我着个啥急？"

"我嘛，不像你长得乖，早嫁晚嫁都不怕。你呀，哪个男人不盯着你？你不嫁人就会惹麻烦。嗯，你想嫁个啥样的男人？有钱的？当官的？"

"有钱的不想，当官的也不想，我们贫贱出身，嫁过去也受气。我倒是有个心事，一直都没有跟人说过……"

"给我们说！"两个兰儿眼睛都绿了。

兰香叹一口气，"唉，不说了，都过去了。"想了想，说："以后再给你们说。"

想起林监工，兰香心里沉甸甸的。不知道他的腿好没好，现在身在何处。她不敢想能再见到他，只愿他早日养好伤，能娶个好太太。

黄乡长又托人来提亲，这个媒人的来头非比寻常，是摩尼的袍哥舵把子大爷杨萧中的太太。杨太太没有上蔺家来，而是打发一个婆子来叫兰香去她家。兰香不想去，又不敢不去。

杨太太徐娘半老，风韵犹存，一副居高临下的派头。她坐在太师椅上，一只手拿着水烟杆，一只手捏根纸捻子。见兰香进屋，身体纹丝不动，脸上绽开一朵花。

"哦哟哟！我说那个黄大爷咋个跟猫抓了一样，心慌慌的，蔺家姑娘果然长得乖乖巧巧的呢！来来来，过来，到我跟前来。"

兰香迟疑地挪到她面前。杨太太放下手里的烟具，拉过兰香的手摩挲着，"你看你看，细皮嫩肉的，眼睛水汪汪的，女人家都想咬你几口。要是收拾一下，穿几件漂亮衣裳，还不鲜得跟花儿一样！"

杨太太越夸，兰香心里越慌，她低下头，下巴抵到胸口，恨不得把脸藏到衣服里去。

"蔺姑娘，听说黄乡长找了几拨人去你们家提亲，你老汉都应承了，你都不答应？你硬是算得上有性格了，要是换个人，恐怕……不过话说回来，我说黄乡长咋个这么有耐心，原来是英雄难过美人关。黄大爷怕强扭的瓜不甜，所以请我来开导开导你。蔺姑娘，黄乡长有钱有势，在这方圆几十里都算得是个大户，又是一方袍哥舵把子大爷，他看上你是你的福气，保管你一辈子穿金戴银，吃香的喝辣的，你家里面都跟着你沾光哦。你回去跟你爹商量一下，要好大个礼信，开个口，马上就可以兑现，咋个样？”

“杨太太，我们家穷是穷，但是从来不要别个的钱……”

“哈哈哈……不要嘴巴子硬。丫头，这个世道没得钱哪个得行呢？有钱就是上等人，没钱就是下等人，有钱能使鬼推磨，推得不好还推过。人为财死，鸟为食亡，那些偷人抢人，挨刀砍的，当妓女的，不都是图个钱吗？你还小，很多事情还没经历过，不明白。可惜我们家二妹长得丑，人家黄乡长看不起，要是长得像你呀，我还想跟他攀这门亲呢……”

兰香心里骂“不要脸”，嘴上却说：“我还在读书，还想读中学……”

“哎呀，读书读你的嘛，莫说读中学，就是读大学他都要供你。他前头两个太太都是睁眼瞎，他就是想找个知书识礼的，上得台面，又解风情的姑娘。男人嘛……哈哈哈……人不风流只为贫，皇帝还有三宫六院七十二妃呢，你给我一个话，我差人去答复他，免得……”

“这事要等我姐姐来决定，我还小，不会考虑终身大事。”

“你姐姐啥子时候回家？”

“说不准。”

“那还是说个烟杆不走气[①]哦！依我说呀，你自己拿个主意就要得了。你爹都没得意见，何必一定要等你姐姐。就恁个嘛，你晓得杨大爷在摩尼还是很体面的人物哟，希望你们蔺家给我们一个面子，要不然，我们咋个好相处呢？”

杨太太讲的一番话，听得兰香坐立不安。那口气，好像这事就由她做主，铁板钉钉了。兰香怎么会对那个和她爹差不多大的男人感兴趣呢？每次看见他，都骑着匹枣红马，戴个瓜皮帽或者博士帽，长衫马褂，后面还跟几个背枪的，一副盛气凌人的派头。兰香这个丫头，躲他都还来不及呢！从糠箩兜跳到米箩兜，是许多女儿家梦寐以求的事，但那种呼奴使婢的生活，兰香不敢想也不愿意想。

兰香从杨太太家出来，心中惶惑不安，不知道黄乡长和杨太太他们又会使些什么手段。她回到家里，赶紧给秀蓉写信，请她想办法。

下午放学回家，兰香看见陈幺爸家门前的洋槐树下拴着两匹马，一匹枣红马，一匹黑马。

兰香问：“爹，那是哪个的马？”

---

① 说个烟杆不走气，说了没用，白说。

绍六说："不晓得，总是哪个大爷的嘛。"

兰香和绍六吃晚饭的时候，金兰儿闪进屋来。她把兰香拉到屋角，悄悄说："糟了！你的祸事来了！"

"啥子事？"兰香心悬起来。

"今天下午，黄乡长带了好多东西来，还有鸦片，送了杨家，李乡长家，还送了我幺爸。听说你已经答应嫁给他做三太太了，是不是？"

"哪个说的？我咋个会答应？"

"那就是你爹答应了？杨大爷屋里婆娘说，明天早上就要把你接到石箱子去，后天就要办酒。跟你说，黄乡长拿钱把我们摩尼乡说得起话的都买通了，现在他们在李乡长屋头吃饭，我幺爸也去了，我才悄悄跑出来给你说。"

"那我该咋个办？"

"咋个办，跑噻！"金兰儿说，"你和你爹赶快离开摩尼，到你姐姐那里去。"

"我还差几天就要毕业了……"

"我看你是糊涂了！毕不毕业有啥子嘛，到那边去读不是一样吗？明天把你弄到石箱子，就生米煮成熟饭了。"

"那你帮我到马路上看一下，有没得到毕节的车，我们搭黄鱼走。"

金兰儿走后，兰香马上收拾东西，她问绍六，"爹，你是不是答应那个黄乡长了？"

"没有哇。"

"咋个有人说你答应了？"

"黄乡长说给我们家二百块大洋，我还没有答应，我说要跟你商量……"

"有啥可商量的？不要以为我还像原先一样，一点小东西、十块钱就把我卖了！哼哼……"兰香冷笑一声，"保长二十块钱，乡长两百块，要是嫁给县大老爷，我就可以卖到两千块钱了！爹，你等到嘛！赶紧收拾东西！我们今天晚上就走，离开这个鬼地方！"

"等你姐姐回了信再说嘛。"绍六拿起烟杆，准备抽烟。

"他们都在商量抢人了！要等你等，我一个人走！"

"有没得到毕节的车嘛？"绍六点燃烟。

"我让金兰儿看去了。"

"那……我们这些东西呢？"

"唉！锅啊碗儿的管他个啥？就把钱带走，把衣服、铺盖带走就是。"

一会儿，金兰儿回来了，说没有到毕节的车，有部车到永宁。

兰香说："不管了，先离开这儿再说！嗯，街上有人没得？"

金兰儿说："人倒是不多，就怕撞到多事的，这事嘈得满街上的人都晓得了。"

绍六说："等晚一点，等人都睡了再走嘛。"

兰香说："要不得！夜长梦多！"

金兰说："嘿，我有个主意，你们从我们家过，往厨房走，跟着水沟到河边，再挨着河边走，过了街就不怕了。"

兰香说："嗯，是个好主意。"

兰香请金兰儿银兰儿先把东西拿到车上去，"给司机说，我们多给他点钱，请他马上开车！"

她和绍六空着手出了门。临出门前，绍六要吹灯，兰香说："不要吹，要让人觉得屋里头有人在。"

公路上，有几辆车在摩尼过夜，兰香叫绍六把钱给司机，爬上了去永宁的车。兰香隔着车窗拉着金兰儿银兰儿的手，三个人都眼泪汪汪的，说不出话。金兰儿甩开手说："快走！"催司机开车。

车子启动，金兰儿银兰儿又追着车喊：

"到那边带个信过来！"

"得空来看我们哈！"

兰香哽咽着，朝她们使劲挥手，热泪滚滚地流。

第十六章 >>>

脱胎换骨

兰香父女几经辗转，终于到达贵州毕节。

毕节和四川古蔺接壤，两边隔着一条赤水河。“过了赤水河，姑娘叫大婆，老奶叫老来（一声），草鞋叫草嗨。”毕节是川滇东路的交通要道，抗日战争爆发后，从上海、武汉、南京、天津、济南等地迁入很多机构，有工厂、医院、银行、商铺、典当行，还有美国人办的福音堂。戏园子里可以看京戏，听山东大鼓、苏州评弹，县政府广场还有露天电影。县城虽小，却是十分热闹。

兰香按照信封上的地址找到秀蓉的家。

秀蓉正和太太们在堂屋打麻将，见父亲和兰香到了，便打发了客人。

秀蓉说信收到了，正等易朗回来再做安排。听兰香说完事情的经过，她愤愤地骂道：“那些小地方天高皇帝远，保长、乡长都成了土皇帝！我们两姐妹走到哪里都有人眼红，尽打我们的主意！”

“我们丢了好多东西，”绍六说，“蒸笼是才买的，我们那口大铁锅用了好几年都没烂，还有几个盆子，大罐子……”

“哎呀，说那些坛坛罐罐干啥子？丢就丢了嘛。”秀蓉关上门，让绍六和兰香坐好。

“爹、兰香，有些事我必须马上给你们交代清楚。记住：不要给任何人讲我们的过去，人家问起，就说我们是古蔺县城的人。爹做绸缎生意，遭土匪抢了，我们一家人才出来另谋生路。我是初中毕业，兰香是高小毕业，记住，千万千万不要说过去，不要提兰香当丫头的事，更不要说我们偷过人家的鸦片……人家要是晓得这些，会瞧不起我们！人爱有钱人，狗爱夹屎汉，有钱有势的，永远是上等人。”

绍六和兰香恭恭敬敬地听着，不住地点头。

“兰香，说句实在话，跟了你姐夫，我才体会到，我们不能嫁给本地人。本地人都有公公婆婆，兄弟姐妹的。有的公婆厉害得很，男人找的钱都归父母管，有好吃的好穿的要先孝敬他们，当他们的媳妇就等于给他们当丫头。唉，亏得我们出来了，不然憋死在那山旮旯头，冤枉一辈子!”

秀蓉从柜子里找出几件穿的，拿了双高跟鞋，叫兰香试。穿的还行，兰香不愿穿高跟鞋，说触脚，站不稳。

秀蓉说：“学着穿！不穿不行！我现在只是叫你试一下，以后慢慢学。”

说话间，蔺李氏抱着外孙女琳琳回来了。兰香迎上去，“哎呀！我侄女都恁个大了哇?”蔺李氏说：“是啊，你当姨妈了吔！琳琳——你看，这是哪个?”

琳琳转着眼睛看一阵兰香，咧开嘴笑了。兰香说：“琳琳好乖！来，我抱一下。”伸手就要去抱侄女。

秀蓉说：“慢点！我刚才正要说——现在，你和爹先跟我去洗澡堂，把身上彻底打整干净!”

出门前，秀蓉吩咐蔺李氏把阁楼上收拾一下，打个地铺。

澡堂离秀蓉家不远，秀蓉付了钱，叫绍六洗完自己回家，她带兰香进了女澡堂。

澡堂里，大大小小的木盆摆了一地，到处热气蒸腾。女人们有的泡在盆里，有的光着身子走动，没有遮掩，像走在大街上。兰香不敢看别人，更怕别人看自己。秀蓉三下五除二脱了衣服，泡进澡盆。兰香也跟着脱。

兰香伸手试一下水，感觉有点烫，慢慢跨进澡盆。一个胖嫂走过来，一把将兰香按进去。“哎哟，好烫哦!”兰香跳起来，胖嫂又把她按下去。“你们太太都没说烫！你是乡下来的哈?”

兰香弓着身子，慢慢坐进澡盆。胖嫂说：“啧！啧！啧！你这一身老锅巴呀，要泡好一阵才搓得脱哟!”她扔下一块肥皂，抖着一身肥肉往别处去了。

过一会儿，胖嫂叫兰香趴到一张木头案板上，她手上缠一条丝瓜瓤，边搓边念：“哎呀，锅巴都起层了，搓你一个当搓好几个人了……你看你看，水都黑了，还要换盆水才得行。”又朝着秀蓉说：“太太，恐怕要加点力钱哦!”

秀蓉闭着眼，慢条斯理地说：“力气使了力气在嘛。要加钱？你找老板来说。”

胖嫂讨了个没趣，把气往兰香身上出，不当人似的使劲在她身上搓。兰香被她搓得晃一晃的，皮肤火辣辣的像脱了一层皮，她龇牙咧嘴地忍着，不敢叫。

搓完背，胖嫂把兰香扳转身搓前面，兰香害羞，两只手捂住胸，两条腿紧紧绞着。

胖嫂嚷道："哎哟哟！你这个样子叫我咋个搓嘛！我又不是男人，还怕把你……"

秀蓉走过来在兰香手臂上狠狠掐一爪，"松开！搓就搓嘛，话多！"后面一句是冲胖嫂说的。

走出澡堂，兰香觉得浑身舒服极了，说："姐，刚才搓的时候好痛，现在身上好舒服哦，轻飘飘的。"

秀蓉问："你手上拿些啥子？"

兰香说："换下的衣服。"

秀蓉一跺脚，"还拿着干啥子？赶快丢了！等会儿虱子过到身上来了！"

兰香吓一大跳，一甩手把衣服扔到地上。

晚上，兰香爬上阁楼，心中暗喜，长这么大，她第一次有了一个自己的房间。阁楼是个半边斜的屋顶，一面墙只有两尺多高，开了个小风窗。兰香靠墙坐在楼板上，头刚好搁在窗台上，心想，这倒是个看书的好地方。她进屋就看到堂屋有个小书柜，里面放了好多书。

第二天，秀蓉把兰香带到一家理发店。一进门，老板就迎上来，"赵太太，又来做头发？"听口音，像是外省人。

秀蓉说："我今天不做，她做，"她指指兰香。

老板问："这是……"

"我家里人，找个好师傅，好好给她打整一下。"

"家里人，"兰香心里嘀咕，"含糊其词的，就说是你妹妹又脏到你哪里了？"

理发师走过来，问："烫个啥子花式？"

秀蓉说："不烫不烫，就剪个学生头吧。"

听到好不容易蓄成的辫子又要剪成短发，兰香有些心痛。

理发师转了几圈，不知从何下手，老板说："来，赵太太，我亲自给她剪。"他琢磨一阵，刷刷地给兰香剪出个别致的学生头。

兰香听天由命地对着镜子看，镜子里竟魔术般地变出一个美人：前面一排齐眉的刘海，两鬓和脑后内斜到发际，露出雪白的颈脖，似男非男的，却别样的妩媚。

老板撤了围脖布，给兰香掸干净。秀蓉走过来，扳着兰香转过去转过来地看，连说："漂亮！剪得好，漂亮！"

老板说："谢谢赵太太夸奖！这姑娘脸相蛮好的，颈脖也好美的，我就故意把它露出来的。这样子好不好？赵太太，我出钱，你们到那边去照张相，送我一张做个样本，你看好不好？"

秀蓉说："算了算了，又不是电影明星，摆在那里丢人现眼的。"

走出理发店，秀蓉问兰香："你恐怕没有下过馆子哈？"

"没有，吃馆子好贵哟！那时候我们一个人一碗苞谷羹，连盐都没得多的放，碗都是各人舔干净的，比洗得还干净。我们到刺巴林头吃野果子，吃人家地头的胡豆豌豆……"

"算了算了，不说那些，我们已经脱离那种生活，该过好日子了。以后，我帮你好好选个司机，他们都是从外省来的，没得公公婆婆管，自由自在，还可以跟着车子到处耍，打下麻将，看下京戏，曲靖和泸州还有电影院。"

说话间，秀蓉带着兰香走到"怡和饭庄"门前。兰香朝门里望一眼，店面不大，却很雅致，朱红的桌子，椅子是高靠背，都漆得亮铮铮的，她怯怯地说："姐，还是回家吃嘛，肯定好贵的。"

秀蓉说："又不要你给钱，要你心痛？现在不见识一下，哪天进了馆子还不丢人现眼的。"

一进门，秀蓉跟换了个人似的，操着南腔北调的官话，派头十足，让店小二鞍前马后地服侍。

兰香问："他们说话跟我们差不多，你咋个说北方话呢？"

秀蓉说："说官话才镇得住台，他们听你南腔北调，晓得你是见过世面的，就不敢怠慢你，你莫看这个店小，达官贵人都来过的。"秀蓉一边说，一边点菜。

不一会儿，小二一溜小跑，喊着"水煮肉片——"端来一钵菜放在桌上，"两位请慢用。"

兰香看见满钵辣椒浮在冒泡的油面上，问："贵州人也吃辣的呀？"

秀蓉说："云贵川都吃辣椒，还有湖南人。四川人是不怕辣，贵州人是辣不怕，湖南人是怕不辣。"

"那云南人又是啥子呢？"

秀蓉想了想说："跟贵州人差不多，有时候我都分不清云南人和贵州人。"她扬扬筷子，说："吃。"

兰香问："没得饭哪？咋个吃？"

秀蓉说："先吃菜。一上桌就吃饭，人家看你像饿了饭一样。"

兰香夹一片肉放进嘴里，噗地一下又吐出来，张开嘴用手直扇。

秀蓉乜她一眼，笑道："真是个乡巴佬。"

兰香被烫了一下，想舀点汤喝，用调羹撇了几下，发现上上下下都是油，便问："姐，我好像听见小二喊：'水煮肉片'，咋个尽是油呢?"

秀蓉说："这个——我都说不清楚，说是水煮，其实都是用油煮出来的，所以看着不出气，其实烫死人。俗话说：'油汤不出气，烫死傻女婿'噻。"

菜上齐了，店小二给兰香端来饭，兰香站起身双手去接，秀蓉小声喝道："坐下！不要像个乡巴佬!"

接二连三地出丑，让兰香感到紧张，外面的世界好可怕，下个馆子，比在蒋七老太爷家吃席还讲究。

她边吃边听秀蓉调教：

"碗不能恁个端！一看就晓得是个乡巴佬！要用手指拇尖尖抠住碗底。慢点！男人吃饭如虎，女子吃饭如数，再饿都要装出一副斯文的样子，才像个大家闺秀。如果跟客人一起吃，先夹自己面前的菜，从面上吃到下面，不能东挑西拣的，听到没有？你少吃些饭多吃点菜，不然剩下可惜了。老实说，我们是饿够了饿怕了……"

这最后一句说到了兰香的心里，秀蓉还是秀蓉，是和她一起饿过饭的姐姐。

两个人把三菜一汤吃得干干净净，还吃了两碗饭。放下碗，兰香舒舒服服打出一个饱嗝。

秀蓉说："嗨！女娃子家，饭桌子上不兴打嗝!"

兰香鼓着眼睛，把后面的嗝使劲憋回去。

到了大街上，秀蓉一路敲打兰香，"背伸直！胸部挺起！不准勾腰驼背的!"她越是训斥，兰香就越不到位，东不成西不就的，连路都不会走了，秀蓉索性走在后面监督。"脑壳抬起来！两眼看前方，表情要自然，嘴巴不要翘起！不准哭兮兮的！这是城里头！你以为还是龙山？那些山旮旯地图上都找不到的!"

"脚不要叉开，这是大马路，又不是走田坎。要走一字步！脚尖朝前！哎呀，笨死了！看，这样……"

秀蓉在人行道上示范，"以后，还要学会化妆，穿高跟鞋夹皮包都有讲究，还要学会招呼应酬，易朗的同事来了，要泡茶递烟……"

过往行人的眼光不时从两姐妹身上扫过，兰香羞得无地自容。

秀蓉跟着易朗四处游玩，已是十足的城里人做派，口音五湖四海，比城里人还跩。她烫了头，穿花旗袍高跟鞋，打了胭脂抹了口红，手里拎着美国进口的小巧玲珑的玻璃布皮包，已习惯人家叫她赵太太。跑长途的驾驶员都“搭黄鱼”“车子一响，黄金万两，车子一停，钞票点明”，省下的汽油还可以卖给别人。太太们一起搓麻将时，手上的金戒指光芒闪耀，金手镯碰得叮叮当当的响。

秀蓉比兰香大八岁，出生时家境正蒸蒸日上，她骨子里有着大家闺秀优越感，高高在上。她能迅速地融入新环境，与其说是转换角色，不如说是回归本色。兰香不同，谁都能看出她是个乡巴佬。她从小听人使唤，自卑心虚，端不起架子，这些与生俱来的东西不是说丢就丢得掉的，在短时间内要她改头换面，从里到外彻头彻尾地脱胎换骨，确实是为难她了，她感到委屈和压抑。

秀蓉觉得兰香让她很没面子，所以十分恼怒。兰香呢，她从摩尼小学获得的自信和自尊顷刻之间被摧毁得干干净净。

第十七章 >>>

姐　　夫

易朗是个戏迷，每次跑车回来，要带秀蓉兰香去看场京戏。他的同事来自全国各地，都是些年轻人，性格开朗，吹拉弹唱各有特长。有时易朗高兴了，说“今天玩一票”，秀蓉就买些糖果瓜子回家，叫兰香泡一大盅茶。到易朗家来的同事们都带着行头，有的揣只口琴，有的提把胡琴，有的拿根笛子，一进屋就开始捣鼓，咿咿哑哑的，唱京戏、电影歌曲、扬州小调。

易朗的京戏唱得好，一张口就像换了个人似的，拿腔拿调，做派十足。秀蓉是主妇，堂前一板一眼地跟着学，都热心教她，已得了几分工夫。兰香躲在人后，站在屋角，悄悄把唱腔作派往心里记，等姐姐跟着姐夫出车，才放开嗓子唱几句。久而久之，也会了《玉堂春》里的几段戏，会唱《贺后骂店》《借东风》《萧何月下追韩信》。

秀蓉每天十点后起床，吃过早饭，看看书，如果有约，下午便出门去打麻将，有时候跟易朗的车去泸州、曲靖逛一圈。尽管表面风光，秀蓉平时的开支也相当节俭，只有易朗在家的时候桌面上的菜才稍微丰盛一点。毕竟，易朗一个人挣钱要养活全家六口人也不容易。

家务活由蔺李氏操持，兰香负责带侄女。琳琳一岁多，女随父相，嘴角边两个小酒窝，十分讨人喜欢。

到毕节不久，易朗给岳父找了个活路，帮一家五金店守夜。说是守，其实就是在店铺里睡觉。绍六心里高兴，白天逛街，坐茶馆，晚上吃过饭就去了店里。一个人在那里比在女儿家自在，还能顺便找几个零花钱。

易朗对两位老人十分孝敬。早在龙山的时候，蔺李氏背上长了一个疮，很毒，余老爹都无可奈何。脓水流到哪里就烂到哪里，满背都烂遍了，搞得她痛苦不堪。蔺家夫妇曾想尽办法，算八字、看相、观水碗，请阴阳先生到阴曹地府去请判官小鬼查看蔺李氏的前世。阴阳先生说，她前世打死过一条狗，那条狗现在要来讨债。道士说她前世是个男人，糟蹋过良家妇女，于是又在家里驱邪赶妖，烧了很多纸人纸马，可毒疮仍不见好。

蔺李氏到毕节后，易朗把她带到上海迁来的“红十字医院”去看。医生给蔺李氏注射了两盒盘尼西林，不到一个月，毒疮就痊愈了，脱痂处长出一片新肉。不料，蔺李氏反倒开始吃斋念佛，说观音菩萨一年生三次，每次都要吃二十天的斋。兰香弄不懂，妈妈吃了半辈子苞谷羹，盐巴都没有吃够，到了姐姐家，吃白米饭，油汤油水有得喝，她倒吃起素来了。

有次去县政府广场看露天电影，易朗买了几包牛肉干，拿一包给蔺李氏。蔺李氏问：“这是啥子？”

兰香说：“吃嘛，好吃。”

黑暗中，蔺李氏把牛肉干慢慢嚼完。电影结束后，广场上亮起灯光，蔺李氏发现开了荤，把兰香臭骂一顿。回到家里，她跪在床上念起佛歌：

西岸山上来一条牛嘛，
罗也罗也，
口含青草来眼泪流呀，
阿弥陀佛，
问你牛儿哭啥子嘛，
罗也罗也
还有钢刀菜墩在后头呀，
阿弥陀佛。

西岸山上来一窝鸡嘛，
罗也罗也
口含白米来哭兮兮呀，
阿弥陀佛，
问你鸡儿哭啥子嘛，
罗也罗也
一瓢开水烫毛衣呀
阿弥陀佛。

兰香躺在阁楼上听着好笑，隔着楼板说：“妈，你不是常说，‘世间是大虫吃小虫，闭起眼睛吃毛毛虫’吗？你可怜那牛儿鸡儿，哪个来可怜我们呢？你十多年的冤孽疮东整西整都整不好，姐夫带你去医院打几针就好了，你还要相信泥塑的菩萨？”

“你懂个屁!”蔺李氏说，“这还不是观音菩萨保佑！观音菩萨让我生了秀蓉，又让秀蓉遇到了易朗，所以才有易朗带我去打针，这叫因果报应。哼！你不敬菩萨，难怪你命苦！你呀，以后还不晓得是个啥子光景呢!”

兰香语塞，心里却不以为然。

易朗站在窗前，一边抽烟，一边逗八哥玩。

“八哥儿，说——您好——您好!”八哥乌黑一身，瞪着眼睛，扑打着翅膀，在笼子里跳上跳下。

兰香看得有趣，插嘴问：“姐夫，它学得会吗?”

易朗说：“当然了！不过教八哥儿说话得有耐心，小时候我家里养过一只，会说好多话呢!”易朗把洗干净的食缸放到笼子里，“它会叫我的名字，会说‘易朗——起床，’会说‘您好!’‘再见!’可机灵了。我纳闷的是，没人教它，它会无缘无故地说‘滚!’‘滚!’嘿嘿，畜生也跟人一样，好的教都教不会，坏的一学就会……”

“嘻嘻……”兰香打心眼里喜欢姐夫，他蓄着摩登大背头，举止气派，很有电影明星的风度。

“这只八哥儿半岁，教说话就要选这种幼鸟儿，”易朗俨然一位驯鸟高手，“早上起床就教，早上鸟儿兴奋。”

他伸出一只手，比画着往上抬，“八哥儿，上去！上去!”八哥歪着脑袋愣一会儿，从下面的杠子跳到上面的杠子。易朗掌心向下比画，“下来!”“下来!”“下来!”八哥真的听话，从上面的杠子跳下来。“好样的！八哥儿乖!”易朗掰一点香蕉在手上，伸进笼子里让它啄。

兰香满心崇拜，赞道：“姐夫好得行!”

易朗不在家时，兰香每天打扫鸟笼，清洗笼底，饮水罐，鸟食缸。完了，也学着姐夫的样子，教八哥说话。姐夫一个人挣钱养活全家，还让她读了书，实在是恩重如山，兰香教会了八哥说“谢谢!”

不久，易朗带回一只雪白的小巴狗。因为是未经商量的计划外开支，秀蓉和易朗吵了一架。

“我给你表过态，不要再弄些猫啊狗的进屋，这下好了，天上飞的地下跑的都齐全了!”

“这小狗儿多漂亮，你叽叽喳喳叨个啥!”

“买狗花钱，喂狗更花钱，你想过没有，这等于又添了一张嘴巴?”

“人吃剩的喂它一点点就够了，能花几个钱？你叨个球啊!”

“你叨个球！说得轻巧，吃根灯草。你不在家里的时候，我们都是省了又省的。”

“汪汪！汪汪！”狗儿蹲在易朗脚边，示威的样子。

秀蓉说：“叫啥子？你这个狗东西！”

“汪汪——汪！”狗儿又冲秀蓉叫。

“闭嘴！”秀蓉跺一脚，吓唬它，狗儿躲在易朗后面去了。秀容指着狗儿说：“你莫得意，等你老子前脚一走，老娘后脚就把你拿去卖了！”

易朗怒了，“你敢！”

“看我敢不敢！”

“蔺秀蓉，我先把话说在前头，你敢动它一根毛，老子就揍扁你！”

兰香悄悄从阁楼上溜下来，和蔺李氏在隔壁竖起耳朵听，两颗心扑通扑通直跳。她们害怕他们吵架，更怕他们打架——如果惹火了易朗，两口子闹崩了，蔺家人无依无靠，一跟斗就栽回原形了。

第十八章 >>>

初　恋

易朗的朋友中，兰香特别注意一个叫陶鸿飞的。他身材魁梧，腰板笔挺，穿一件美式黄呢子军装，走起路来皮鞋咔嚓咔嚓地响，有一股卓尔不群的英武之气。他不会唱京戏，玩票的时候，他从裤兜里掏出一只大口琴，吹一段扬州小调，有时也清唱几句。兰香觉得曲调很好听，歌词大部分听不懂，只听得出"……芦菜化花""乖乖隆地咚，韭菜炒大葱"。兰香觉得很有趣，他咋个尽唱些菜呢？

陶鸿飞称秀蓉赵嫂子，蔺家人称他陶先生。易朗说，他是江苏扬州人，参加过青年远征军，刚从缅甸回来，住在威宁路。他经常搭易朗他们的车云南贵州到处跑，说是考察什么生意。司机们都乐意让他搭车，因为他见多识广，还会开车，经常是出了城他就坐到驾驶台上去了。有时易朗不在家，陶鸿飞也来秀蓉家坐坐，和两姐妹闲聊，讲一些有趣的事。

"缅甸人喜欢养蛇，蛇在家里满地爬。街上有很多玩蛇的人，他们有一种笛子，很像云南的葫芦丝，咿咿呜呜一吹，蛇脑袋就冲一冲的，立起身子扭来扭去，像跳舞一样……有的蟒蛇比人的手臂还粗，横在公路中间，不知道躲车，汽车只好从它们身上碾过去。摩托车开过去才惊险，'轰'的一声跳起来，乖乖隆地咚，像压在弹簧上……"

"缅甸人吃饭不用筷子，用手抓，三个指头撮起来往嘴里送，一只手抓饭，一只手抓牛粪……"

"哎呀！好脏，咋个吃得下去哟？"秀蓉皱着眉头说。

"一方一俗嘛。其实他们很讲究的，左右手分得很清。右手吃饭、拿东西、送礼，左手抓牛粪、洗屁股……你们别笑，缅甸人拉屎不用手纸，浇起水来用手擦。你要是用左手跟他握手或者拿东西给他，他们会认为你不尊重他……"

陶鸿飞轻言慢语，一点不像上过战场的人。说话的时候，他一般面对着秀蓉，偶尔看一眼兰香。兰香碰到他的眼光，总是垂下眼帘。那种眼神十分陌生，却有些撩人。

渐渐地，兰香有些牵挂他了。有时久不见他来，她就悄悄到威宁路逛逛，希望能在街上碰到他。她从来没碰到过陶鸿飞，有一天却碰到了秀蓉。兰香正往回走，秀蓉诧异地问："你到哪里去了来？"

兰香说："没去哪里，随便逛一下。姐，你到哪里去？"

"打牌，李太太那里。"

"李太太住这条街上啊？"

"嗯。"

"祝你手性好，多赢点啰。"兰香说着，挥手和秀蓉告别。

秀蓉说："慢点，你陪我走一下。"

兰香便转身陪着秀蓉朝李太太家走。

"陶先生也住在这条街上，"秀蓉指着远处一幢两层楼房，"那里，隔李太太家不远。"

"哦。"

"你觉得他这个人怎么样？"

兰香感到很突然，以为被秀蓉看破了心思，一时语塞，"你说啥子——怎么样？"

"陶先生噻。我觉得他多好的，不抽烟，不喝酒，不打牌，摩托汽车都会开，看他的言谈举止，像是有钱人家出身，人才也好，比你姐夫还好些。你如果愿意，找个机会我给你们说合一下。"

兰香低下头，脸热心跳，"姐，他要是不愿意呢？"

"他不愿意？"秀蓉乜她一眼，笑道："哼，你姐是过来人，男人屁股一翘，我就晓得他屙屎屙尿。你来了之后，他到我们家都来得勤些了。还有，他看你一眼，你脸就红一下。你咋个会脸红呢，还不是撞到他的秋波了。"

"秋波？"兰香愣一下，说："姐，秋波好像是说女人的哟？"

"管他男人女人，眉目传情就是秋波。其实我问你也是多余的，你的心思都写在脸上了，我就是在看找个啥子机会跟他说一下。"

"姐，人家提亲都是男方，哪有女方去提的呢？要是人家不愿意，好羞人哦。"

"没出息！"秀蓉骂道，"我去说，羞人又不羞到你。何况我们又不是一厢情愿，我看你们是郎有情来女有意，我当姐姐的呢，不过是把那层纸捅破而已。”

兰香心里颤悠悠涌起一种感动：姐姐真是太好了！

过了几天，秀蓉到戏园子听戏回来，见楼上灯还亮着，便叫兰香到她卧室去。秀蓉在梳妆台前卸妆，听见兰香进屋，也不看她，冷着脸说：“那个事，我跟陶鸿飞说了，算了，黄了！”

兰香顿时心凉了半截，咕哝道：“黄了就算了，我对他又没得啥子意思。”

“嗯，那就好，怪我多事。嘿，我居然看走眼了！”

“我喊你不要去说嘛。”

“不过他也没有说死。男人哪，都是口是心非的，万一他又想通了呢？”

“他想不想得通不关我的事。”

“算你稳得起。”秀蓉转过身，望着兰香得意地说，“跟你说，他高兴得很，一拍即合！哈哈哈哈……”

兰香转忧为喜，“你好久跟他说的，这几天都没见他来呢？”

“你看你看，刚才还嘴硬，这下就现原形了。今天下午我碰到他了。那个三脚猫，走了一趟曲靖，才回来。”

兰香“哦——”一声，心想，你就在大街上跟他说呀？

“哦个屁！都不晓得谢谢我！”

“谢谢姐姐！”兰香双脚并拢，毕恭毕敬地给秀蓉行了个礼。

秀蓉受用一回，老到地说：“说嘛是说，这不过黄瓜才起蒂蒂儿，大意不得。你看陶鸿飞那个派头，完全是大户人家出身，真要结上这门子亲，恐怕还不是他一个人说了算。‘故人西辞黄鹤楼，烟花三月下扬州’，你晓不晓得这句诗？”

“晓得，那是李白的诗。‘孤帆……”

“不背了，”秀蓉打断兰香，“那个扬州，自古以来就是个花花世界，所以我必须再提醒你，千万千万不要跟他说我们家的根底。你听过京戏《萧何月下追韩信》没得？萧何向刘邦举荐韩信，刘邦就嫌韩信出生低贱，不肯重用。同样，人家要是晓得我们在龙山、永宁那些事，还看得起我们吗？兰香，记住，一定要隐瞒自己的身世。陶鸿飞问起，就说我们家在古蔺城里头开过绸缎铺，我们都读过书，受过教育，跟随父亲收账到这里来的，懂了没有？”

兰香点点头。

“唉，天呀！我们总算活出来了！如果还在龙山那旮旯头，我们还不晓得过的是啥日子！记住，那些事千万不能给陶鸿飞说哈！”

“姐，我晓得!”

“好了，去睡嘛。他明天过来，你好好收拾一下。”秀蓉在衣柜里找一阵，扔给兰香一件旗袍，“明天你就穿这个。”她双手搓一下脸，长叹一口气，“嗨——我嫁个司机，你嫁个有钱人家的少爷，我们蔺家转运结果全靠我们两个女儿!”

第二天，兰香收拾停当，在阁楼上看张恨水的《啼笑因缘》。那段时间，她和秀蓉都成了“张迷”，一本小说轮着看，人空书不空。这种书只能躲在没人的地方看，书中人物的悲欢离合常常感动得她热泪盈眶。她不想让人看见，尤其怕秀蓉看见。突然，她听见陶鸿飞咔嚓咔嚓的皮鞋声，由远而近，兰香一阵心跳，赶紧放下书，拿起镜子，用手帕仔细擦干脸上的泪痕，梳理一下头发，屏住呼吸听楼下的动静。

“哎呀！鸿飞，你恁个客气!”听上去秀蓉满心欢喜。

陶鸿飞说：“赵嫂子，一点小意思，不成敬意。”

秀蓉说：“你赵大哥是个酒罐，我不会喝酒也会认了。嗯，糖也是好糖。”又提高声音朝楼上喊：“兰香，下来，鸿飞来了。”

兰香又一阵心跳，再照一遍镜子，尽量平静地走下楼。她看见客厅饭桌上放着陶鸿飞带来的礼物：两瓶茅台酒，一包水果糖。

秀蓉拿着杯子去厨房。

陶鸿飞跟兰香打个招呼，眼神里仿佛有种默契。

兰香说一声“陶先生好”，低下头，不知该站还是该坐。“你坐。”陶鸿飞指着身旁的椅子。

兰香犹豫片刻，坐到桌子边的板凳上。

陶鸿飞说：“这旗袍挺合身的。”

“是吗，没觉得呢。”

秀蓉往杯子里放茶叶，瞄一眼兰香，说：“去看看灶头上的水开没有，赶紧给鸿飞泡茶!”

陶鸿飞说：“嫂子，这样好不好，我先请兰香到我那边去坐一坐，您看可以吗?”

“有啥不可以的，你们自己的事就该自己去说嘛，等会过来吃饭就是。”秀蓉痛快地说。

兰香跟着陶鸿飞去他的家。广惠路到威宁路是毕节最热闹的街区，一路上，兰香低着头，瞥见路人好奇的目光，局促不安地走在陶鸿飞身后，好像身上藏着一件偷来的东西。

陶鸿飞住的地方有两间房，一间卧室，一间厨房。卧室的陈设很简单，几件东拼西凑的旧家具看样子是房东的，两只皮箱放在墙角，上面重叠着几个旅行包。床上很整洁，被子叠得有棱有角的。陶鸿飞把书桌前的椅子转个方向，对兰香说："请坐！"

兰香在椅子上坐下，陶鸿飞指着桌子说："吃糖。"随后，拿起一个铁盒子，一边去了。

桌子上摊开一份报纸，报纸上放着一堆瓜子、花生和糖果。那些糖果花花绿绿的，十分精美。兰香不好意思吃，低着头拿了一颗糖在手上把玩。

陶鸿飞在屋角叮叮当当捣鼓一阵，递一个杯子给兰香。兰香一看，黑乎乎的，问："这是啥子茶？"

"咖啡。哦，你没喝过，是吗？"

兰香抿一口，"苦的？好像还有股煳味。我喝不惯，你喝嘛。"她把杯子递过去。

"那——你喝白开水？"

"不，就喝冷水。"

他惊讶地望着兰香，"你们是哪里人？怎么喝凉水？"

"四川古蔺的，赤水河过去就是我们家。"

陶鸿飞从热水瓶倒杯水递给兰香，"喝凉水不好，容易生病。家里就只有父母和你们两姐妹？"

"嗯，原先父亲做生意……"

"什么生意？"

"开……绸缎铺，后来遭土匪抢了，爹先是到永宁做生意……后来就到这里来了……"兰香说得结结巴巴的，心跳得厉害。她不会说谎，尤其是在陶鸿飞面前说谎，她感到十分羞愧。

"哎哎，你怎么不吃糖？"陶鸿飞对兰香家里的事似乎并不感兴趣，他剥好一颗糖送到兰香嘴边。兰香红了脸，急忙一偏头，伸手接住。

陶鸿飞端过一个凳子，坐在兰香对面，两人膝盖抵着膝盖。他看着兰香说："嗯，我们还没有单独说过话吧？"语气像一位兄长。

兰香松口气，抿嘴一笑，问："这是不是就叫'促膝谈心'？"

"促膝谈心？哈哈，看来你是读过书的？"

"嗯。"

"文化还不低？"

“陶先生笑话我。”

“陶先生？”陶鸿飞夸张地皱起眉头，“叫我鸿飞吧。”

“我……不习惯。”

“会习惯的，阿香。”

“阿香！”兰香心尖儿一颤，吴侬软语从这个高大的男人嘴里吐出来好温馨！

“你姐姐跟我说了我们的事，我真是很高兴！其实我早就喜欢你了，只是我现在漂泊不定，不便考虑成家的事。昨天你姐姐跟我一说，还真让我为难了。说实话，要是换个其他姑娘，我不想考虑这事，但是现在是你，我就得认真考虑一下了。”

陶鸿飞说得七弯八拐的，兰香低着头，心里冷一阵热一阵，听他不说了，她松了一口气，调侃地说：“你慢慢考虑嘛，我等你。”

“等？等什么？今天请你过来，就是想和你商量一下，我们选个日子订婚，你看怎么样？”

昨天才说起，今天就说订婚，兰香一阵心慌，“嗯……我没得嫁妆，我们一家人都住在姐姐家头。”

“嫁妆？哈哈哈……美丽就是你的嫁妆！”陶鸿飞温情地看着兰香，“知道吗？你很漂亮。都说扬州出美女，就是放在扬州，你也算得上个美女，真是鼻子是鼻子眼是眼的！”

兰香低下头，噗地一笑，“哪个不是鼻子是鼻子眼是眼？猪八戒都是。”

“呵，你的嘴也厉害！”

“也？”

“你姐姐也厉害呀。”

“你不……喜欢？”

“不不！喜欢喜欢！你这个厉害不一样，不叫厉害，应该叫灵气——情趣。用你们四川话说，就是‘好耍’。”

“嘻嘻——情趣，”兰香心里念一遍，她喜欢这种文绉绉地说话。

“你笑什么？”

“你说话很好耍。”

“是吗？哈哈……”

“嘻嘻……”兰香风铃似地一串笑，心情完全放松了。

“嗯！”陶鸿飞突然收住笑，“你笑起来很好听！从来没见你这样笑过。你会唱歌吗？”

兰香点点头，“会一点。”

“会唱什么？我给你伴奏。”陶鸿飞顺手拉开写字桌的抽屉，拿出口琴。

“《秋水伊人》，你会不会？”

“会呀，我很喜欢这支歌！”陶鸿飞用手帕擦一下口琴，放到嘴上“呜——”地滑一遍，向兰香递个眼神，吹起了过门“嗦—啦哆来咪……”

兰香站起来，转身朝着窗外，透过黄桷树的枝叶，望着城外的连绵起伏的青山。

望穿秋水，不见伊人的倩影，

更残漏尽，孤雁两三声……

一曲唱罢，兰香不觉泪眼迷蒙。

陶鸿飞探身到她面前，扮个鬼脸，“乖乖隆地咚！简直声情并茂啊！”

兰香羞涩一笑，赶紧掏出手帕擦掉眼泪，转过身说：

“你也唱一个嘛。”

“我唱？我唱得不好。”

“‘乖乖隆地咚’是啥子意思？”

“要说，还说不太清楚，表示感叹的吧，意思很多：不得了，了不起，太好了……有点像你们四川人说的‘我的天呀！’”

“你就唱这个嘛。”

“嗯，好。”陶鸿飞就用他的家乡话唱了个《扬州小调》，他给兰香翻译了一遍，又吹起电影《马路天使》里的《四季歌》。

兰香随口唱道：

春季到来绿满窗，

大姑娘窗下绣鸳鸯，

忽然一阵无情棒，

打得鸳鸯各一方……

“你很有天分呢！”陶鸿飞把口琴放在桌上，拉起兰香的手，柔声说：“阿香，你真是可爱。”

兰香低了头，泪花在眼里转。

“你怎么哭了？”

“没哭。我……没有人这样对过我。”她擦擦眼角，问陶鸿飞：“几点钟了？”

陶鸿飞抬手看看表：“哦，都要一点了。”

“该回家吃饭了。”

从陶鸿飞家里出来，兰香像从梦里走出来，这桩好事要不是秀蓉说破，她想都不敢想。她觉得浑身浸了蜜似的，一整天都在心里唱：

乖乖隆地咚，韭菜炒大葱……

趁易朗回家的时候，陶鸿飞在怡和饭庄摆了两桌订婚酒，请了易朗的几个同事和秀蓉的几个朋友。那是一间包房，装饰得十分华丽。想起秀蓉说过“达官贵人都来过的”，兰香轻飘飘的，脚好像没有踩在地上。她觉得很奇妙，去年刚到毕节时，秀蓉带她到这里来长见识，自己诚惶诚恐，不知道未来怎样，没想到转眼间，秀蓉的话就应验了。兰香端端坐着，有秀蓉的调教垫底，有陶鸿飞撑腰，她心里放松多了，举手投足竟有了几分大家闺秀的味道。

陶鸿飞身着青灰色长衫马褂，玉树临风，温文尔雅。兰香穿着水红的印度绸旗袍，含羞带笑，艳若桃花。秀蓉穿着翠绿印度绸旗袍坐在兰香旁边，“我今天当绿叶，哈哈哈……”她那边坐着易朗，兰香这边坐着陶鸿飞。两个老人坐在上席乐呵呵地笑：一对如花似玉，乖巧伶俐的姐妹，两个英俊潇洒，有钱有势的女婿，蔺家人真是意气风发，幸福美满。

秀蓉是一家之主，她招呼客人，安排座位，谈笑风生。菜陆续上桌，她让陶鸿飞先讲几句话，可以开饭了。

陶鸿飞从座位上站起身，拱手致礼，“各位，我陶鸿飞漂泊异乡，承蒙伯父伯母和赵嫂子厚爱，把兰香姑娘许配给我，今天略备薄酒，请大家分享我们的幸福，也借此机会感谢大家平日对我的关照。”

他从胸前衣袋里拿出一只戒指。戒指在灯光下熠熠闪光，兰香一瞥，女人们的眼睛闪烁着羡慕。

陶鸿飞给她戴上戒指，“阿香，戴上这个戒指，你就是我们陶家的媳妇了。来，我们一起敬大家一杯。”

兰香站起身，看着满满一杯酒，有些为难，小声对陶鸿飞说：“我不会喝酒!”

陶鸿飞凑在她耳边说，“你意思一下，剩下的我喝。”

兰香喝了一大口，喉咙火辣辣的，心里暖烘烘的，她不知陶鸿飞的酒量，想替他担当一点。

陶鸿飞给兰香父母敬酒，蔺李氏拉着他的手，满眼慈爱，殷切地说：“都说婿当半子，鸿飞，我们蔺家现在就两个女儿，今后就全靠你们两个女婿了哟!”

陶鸿飞说：“伯父伯母放心，等我事业有了起色，我会好好孝敬两位老人家的。”

李玉莲抱着琳琳，挨蔺李氏坐着。李玉莲说：“蔺妈你们好有福气哟，生这么乖两个女儿，又找这么好两个女婿！”李玉莲是秀蓉的闺蜜，读了师范，在毕节城关小学教书。她比秀蓉小三岁，人长得不算漂亮，心性却很高，秀蓉给她牵过几回线，总是高不成低不就的。

蔺李氏嗔怪地说：“玉莲，你兰香妹子都要出嫁了，你也该着个急了！”

李玉莲红了脸，绞着辫子笑道：“蔺妈，急不来的嘛，缘分没有到。”

敬过兰香父母，陶鸿飞过去敬秀蓉夫妇。

干完一杯酒，易朗说：“鸿飞，你跟我可得喝三大杯！”秀蓉平时不许他多喝酒，易朗总是找理由喝。

“没问题，赵大哥，待会我再和你喝三杯！”陶鸿飞爽快地说。

秀蓉扯一下易朗的衣袖，“凭啥子他跟你要喝三杯？”

“谢媒呀！”

“媒是我做的，关你啥子事？”

易朗“嘿嘿”一笑，“话是你说的，人可是我领进门的……”

陶鸿飞说：“对对对！要不是我搭车认识了赵大哥，哪会有这个缘分？来赵大哥，再干一杯！”他又给易朗斟满酒。

秀蓉笑道：“鸿飞，拍你赵哥的马屁哈！你两个一唱一和地，这个屋头二天怕要热闹了。”

一个叫张建刚的司机说：“赵大哥，你那车带喜呀。你看，嫂子搭你的车成了你太太，鸿飞搭你的车成了你妹夫。什么时候把车换给我开开，我也搭个老婆回家。”

姓孙的师傅接嘴说：“还是让给我吧，老张，你的运气不在车上，在饭馆里……”

“哈哈……”桌上的人哄堂大笑。

兰香不知道他们为什么笑，却也抿着嘴笑。她憧憬着，从今以后，生活就是这样一片欢声笑语。

吃完饭，秀蓉带着兰香和陶鸿飞去“美人像馆”照订婚相。

兰香从来没有照过相，当着那么多人的面和陶鸿飞并排站着，心里十分紧张。秀蓉站在对面，见兰香硬着脖子板着脸，便对她打手势做示范，“笑，笑，微笑。脑壳，左边偏一点……”

兰香模仿秀蓉偏头，微笑。

“哎呀，左边，你咋个左右都分不清了！”

兰香又把头向另一边。

“哎，只偏一点点儿，你咋个偏得像个歪歪一样！”

好不容易校正了头，秀蓉又叫道：“笑，咋个不笑呢？”

兰香再一笑，脸上却不由自主地抽搐起来。

“哎呀！”秀蓉急得跺脚，“你这哪里是笑？简直比哭还难看！”

“姐，我笑不出来。”

“笑人！”秀蓉指着侧面墙上一张大幅明星像说，“你看你看，人家周曼华，你学都学不来吗？”

兰香顾此失彼，急得眼泪哗哗掉。秀蓉发火了：“又哭又哭！从小就哭流洒涕的，这个时候笑都不会笑了！”

陶鸿飞说：“嫂子，我们就随便照一张吧，啊？”他给摄影师递个眼色，从旁边的花瓶里抽出一枝花递给兰香，凑在她耳边悄悄说：“阿香，照了这张相，我们就可以天天‘促膝谈心了’。”兰香会心地抿嘴一笑。

“咔嚓”，摄影师抢下了这个镜头。

休整了两天，易朗又要走了，这一趟车是去昆明，秀蓉也要跟着去。秀蓉重新做了头发，浓妆艳抹，穿一件水蓝素花缎面旗袍，足蹬高跟鞋，一副阔少妇的派头。她磨磨蹭蹭折腾了半天，等得易朗不耐烦。陶鸿飞过来送行，秀蓉对他说：“鸿飞，我们这一趟可能要走个十天半月的，家里有啥子事就拜托你关照一下。”

陶鸿飞说：“嫂子，我不是外人了，你还这么客气。”

秀蓉笑道：“既然不是外人，你恐怕该改个口哦。”

“改什么口？”陶鸿飞瞪着眼一脸茫然。

“兰香咋个称呼我的？”

陶鸿飞啪的一个立正，“姐！你放心去玩，家里的事就是我的事！”

“调皮！”秀蓉嗔到。

陶鸿飞和兰香一起把秀蓉送到巷子口。易朗的车已经发动了。陶鸿飞帮秀蓉打开车门，扶着她上了车。易朗嘟一声喇叭，大卡车喷出一股黑烟，轰隆轰隆地开走了。

陶鸿飞问兰香，“我们是去街上走走还是到我那边坐坐？”

“你今天没得事了哇？”

陶鸿飞笑着说：“有啊。”

“那你忙你的事嘛。”

“你就是我的头等大事啊！”

兰香心头一热，说：“你想咋个就咋个嘛。”

“走走？”

“不，还是到你那边去吧，街上也没得啥子好看的。”

一进门，兰香看见烟叶摆了一地，满屋刺鼻的烟草味。她想，他又不抽烟，买这么多叶子烟干啥？却不好问。陶鸿飞把椅子挪到兰香面前，请她坐下。他迅速地把烟叶收起来，用报纸包好，装进旅行包里。兰香看见地上有些烟叶渣，就问：“扫把在哪儿？”

陶鸿飞说：“你别动，我来。你先到门外去，烟叶灰很呛人的。”

兰香站门口，看陶鸿飞把地打扫干净进了厨房，她又回屋坐在凳子上，想把椅子留给陶鸿飞。陶鸿飞洗了手出来，拍着椅背说：“这是你的，那是我的。”看他那不容争辩的语气，兰香只好又挪到椅子上。陶鸿飞挪过凳子在兰香对面坐下，“好了，现在我们来促膝谈心。”

兰香嗤地笑了，说：“陶先生，你又取笑我！”

“哎哎！你现在是我未婚妻了，怎么还叫我‘陶先生’？”

兰香笑道：“你取笑我，我就叫你‘陶先生’！”

“好吧，随你怎么叫啦，我就喜欢逗你开心，你笑起来真是漂亮。”

这句话让兰香想起照相的事，脸上不觉阴了下来。陶鸿飞问：“怎么了？”

兰香像是自言自语地说：“那天我咋个硬是笑不出来呢？”

陶鸿飞想了一下，说：“不习惯照相的人，对着照相机都紧张。其实我也紧张，只不过没人管我罢了。不过，你姐姐也真是太厉害了！当着那么多人的面训你，像训个小孩子似的，一点都不给你留面子，连我的脸面都挂不住。”

听他这么一说，兰香的眼泪终于忍不住了，抽泣着说：“我想不通，那天是我们的喜事，也是我们蔺家的喜事，姐姐咋个会为那点事情发那么大的脾气呢？”

陶鸿飞搂着她的肩膀说：“哭吧，我不怕你好哭，心里那么多委屈，不哭出来会憋出病来的。看得出，你跟你姐不好相处，结了婚我就把你带走。”

“到哪儿？”兰香掏出手帕擦了眼泪。

“先回扬州，让我父母看看儿媳妇，然后我们到昆明去。我想做生意，新加坡、马来西亚、印度尼西亚有很多华侨在那儿做生意，很多发了财。云南、贵州不是盛产烟叶吗，你刚才看见的那些烟叶就是我收集的样品。我想找几个战友合伙，要么收购烟叶卖到南洋去，要么就在这里开个卷烟厂什么的。哦，我说这些你懂吗？”

“我不懂做生意，也不晓得啥子‘印度……’”

“印度尼西亚。没关系，生意上的事你不用帮我，我只要每天回家跟你……”

兰香眼巴巴地等他说下去。陶鸿飞顿一下，用手指对着兰香点了四下。

兰香一脸茫然。陶鸿飞又朝她的腿点了四下。

兰香忍俊不禁，“陶先生，你又取笑我！”抬手作势打他，手在空中虚晃一下，“淘气先生！”

陶鸿飞接住她的手，“哈哈！你真聪明！”声调从开心变成柔情，“阿香，能娶你为妻，我陶某真是三生有幸啊！”他俯身亲吻一下兰香的手，起身走到墙角。他把上面的旅行包挪开，打开皮箱，取出一个绣花小布袋。他把袋子递给兰香，说：“你先别看，摸一下是什么。”

兰香接过袋子掂一下，沉甸甸的，手一捏就明白了，“手表？”

陶鸿飞点点头，说：“拿出来看看。”

兰香小心取出手表，手表银光闪耀，表带也是银色，比金手镯还漂亮。陶鸿飞把手表给兰香戴在手腕上，“阿香，这是英纳格，听说过吗？瑞士的，世界名牌哦。我本来想昨天一起给你的，后来想，还是别那么招摇吧。”

手表小巧精致，玻璃面晶莹剔透，戴在手上冰凉冰凉的，很舒服。兰香见过曾家三少奶的表，见过姝姝的母亲洪太太的表和袍哥舵爷家杨太太的表，这只手表比那些表都漂亮。一种富贵袭来的感觉让她有些透不过气来。

她解开表带，说：“我不要这个。”

陶鸿飞握住她的手问：“为什么？”

“我……不敢戴这样贵重的东西。”

陶鸿飞帮她把手表重新戴好，“东西再贵重也是为人所用的，还有什么东西比我的阿香更贵重呢？你小心一点就是了。”

他搂过兰香，一只手握着她的手，把手表贴近她耳朵。

“有声音！”兰香惊讶地说。

“嗯。好听吗？”

“好听。”

兰香一只耳朵听着手表特儿特儿地响，另一只耳朵却听见了另一种声音，一个男人的心跳！那声音仿佛来自很远的地方，震撼着贴近胸膛的耳膜，兰香心里一颤，闭上眼睛。

鸿飞的嘴唇擦过兰香耳边，擦过脸颊，吻到她的嘴唇。她紧闭着嘴唇，浓烈的男人气息让她眩晕，她浑身发软。

鸿飞把兰香抱起来，转一个圈，放到床上。他抱着兰香，亲吻她的脸颊、嘴唇、耳朵、颈窝。鸿飞的一只手慢慢移到她胸部，隔着衣服抚摸她的双乳。兰香脸热心燥，浑身颤抖。鸿飞附在她耳边说："阿香，你太美了，太美了!"说着，就想解开她的衣服。兰香抓住他的手，双眸迷蒙地看着他，恳求说："不！你不嘛!"

"为什么?"

"我怕!"

"我想看你!"鸿飞的声音有些颤抖。

"等到结婚嘛?"兰香双手抱在胸前，可怜巴巴地说。她知道，如果他坚持，她就坚持不住了。

鸿飞站起身，长出一口气，又俯身轻吻一下兰香的嘴唇，"嗯，好，我等!"他的眼神又变得温柔，"等你姐姐他们回来，我们就商量结婚，好不好?"

"嗯，"兰香闭上眼睛。她不敢看鸿飞眼里燃烧的激情，她也渴望燃烧，但是洞房花烛夜才会完美。

那几天，两个人天天腻在一起，唱歌，看电影，吃羊杂米线，逛街逛到城边边上。那段时间，毕节很乱，街上不时有满载大兵的军车开过，城里到处游荡着三五成群的散兵。身边有一个威武的男人，兰香有恃无恐。

那段时间也很难熬，每次见面都亲热一番，情到深处却戛然而止，每次都兴奋一回又虚脱一回。她怕自己坚守不住，心神不宁地盼着秀蓉回来。

看着两个人亲亲热热地来来往往，蔺李氏觉得有些扎眼，却也不好多说什么，眼见两个女儿嫁的男人一个比一个强，日子越过越有盼头，她心里更多的是高兴。

第十九章 >>>

棒打鸳鸯

十多天后，秀蓉带着大包小包的东西回家了。她把一个大提包放在桌子上，对兰香说："这些是你的。"

"我的?"兰香惊讶地问，赶紧打开提包，把东西拿出来摆在桌子上。一双高跟鞋，两双丝袜子，一只小巧的牛皮提包，一串红玛瑙项链，一套胭脂口红眉笔，总之，一个摩登太太的全套装备。

兰香感动得要哭，说："姐，你又为我花这么多钱！这些东西等我自己以后有钱了慢慢买嘛。"

"慢慢买？人家鸿飞是有身份的人，我们娘家不能把你灰不溜秋地嫁过去噻。你试一下，都是在昆明买的。"

兰香正要试高跟鞋，秀蓉说："先把衣服换了，穿你那件旗袍。"

兰香上楼换了旗袍下来，穿上高跟鞋，戴上项链。

秀蓉说："走两步。"

兰香走了几步一字步。秀蓉说："对了，会走路了。鞋子合不合脚?"

"合适。"

"把包包背起噻。"

兰香又把小皮包挎在肩上。

秀蓉满意地说："嗯，看起有点踟了。记住，穿这身行头出门一定要化妆，不要弄得洋不洋土不土的。哎，你们有没有商量一下结婚的事?"

"这么快就要结婚哪?"兰香心中窃喜，欲擒故纵。

"快？你晓不晓得我好快？当年易朗喊我坐到司机台去，我就晓得我们两个有戏。我几句话就把他摸准了，才坐一天的车，我就跟他走了。怎么样？全靠他，我们一家就翻身了。"秀蓉意气风发，"再加上一个陶鸿飞，我们蔺家就发达了!"

“他是说要等你回来商量。”

“你呢？对鸿飞还满意噻？”

“嗯，”兰香感激地望着秀蓉，羞涩地点点头。

“我看男人没得错，鸿飞一出手就送你个那么大个金戒指，那天把那几个女人都镇倒了！哦，老实，我都没有好生看一下。”

“你看嘛，”兰香走到秀蓉面前，把手伸过去。

秀蓉拉过她的手说：“嗯，旺实！做工也好，花样也好看。来，让我试一下。”

兰香把戒指取下来，秀蓉戴在手上左看右看，把手伸给兰香，说：“你看，我的手又白又胖，还有酒窝儿，戴起相配。你那个手指拇太细了，戴个小点的才合适。”她把自己那个细一点的递给兰香，“你试一下我这个。”

兰香心里一惊，她不敢接，她怕秀蓉那个戒指就像唐僧给孙悟空的紧箍咒，戴上就取不下来了。她期艾艾地说：“姐，那……那是他给我的订婚礼物……”

“我晓得！订婚归订婚，结婚呢？就一个戒指吗？”秀蓉不屑地把戒指还给兰香。

“还有一块手表，瑞士的。”

“在哪儿？我看一下。”

兰香跑上楼，从枕头下的床垫下面把手表拿出来。突然穿金戴银，她感到很不习惯，怕弄丢了，怕被抢了，怕人说她显摆，她平时总把它藏在那里，只有去陶鸿飞那里才拿出来戴一下。她不知道手表和戒指哪样更值钱，不过更喜欢手表，它似乎有种灵性。兰香喜欢盯着它看指针一下一下地走动，喜欢把它放到枕边，听它特儿特儿的声音。但是如果秀蓉想要，手表就只好给她了。

秀蓉拿着手表翻来覆去地看一阵，还给兰香，“嗯，你比我有福气，一下子戒指手表啥子都有了。我跟了易朗五六年，就只有这么两个小圈圈。唉，我们负担重，要养这么大个家，还要供你读书……你看，我现在还打个光膀子……”

兰香听出秀蓉话里有话，想说“手表就送给你嘛”，见她没有明要，又心存侥幸，话到嘴边转个弯， “姐，二天等我们有了钱，也晓得照顾家里头……”

秀蓉打断她，“二天？哼哼！二天的事哪个说得准？你们结了婚，未必就在毕节安家吗？有些事情恐怕在结婚之前就要考虑好。他在你身上倒舍得花钱，恁个久了就送给家头两瓶酒，一包糖，话都没给我递一个。但是我跟你说：你是我们蔺家的人，结婚不是你一个人的事！有些事，他想不到的，你该想得到！”

兰香听得胆战心惊！秀蓉要狮子大开口吗？听她的口气，她好像要把蔺家发达的事一天就兑现！如果是那样，鸿飞肯不肯呢？兰香像六月天遭了一场暴风雪，一下从头凉到脚。她虽然心里想得厉害，但不敢天天往鸿飞那边跑了。

过了几天，鸿飞找秀蓉谈筹办婚礼的事，秀蓉打着哈哈说：“哎哟！你们刚刚才订婚，你着个啥急哟！”

鸿飞尴尬地坐一会儿，怏怏地走了。

见了鸿飞，兰香不知该怎么说，心里有事，话也少了。鸿飞觉察出她的变化，但不好问她。

秀蓉问兰香，“我跟你说的事你跟他说没有？”

“我不好开口……”

“你不好开口我好开口吗？哼！光说结婚，想得简单！”

兰香上楼把手表拿下来，递给秀蓉，“姐，这个手表给你嘛。”

秀蓉瞥一眼，“我不稀罕！尽是些鸡脚爪，看不懂！哪个晓得是真是假？还给他，换对金镯子！”

兰香说：“姐，送礼是人家自愿，咋个好自己要呢？”

“自愿？自愿也要讲个规矩！”

“我不晓得啥规矩，你有啥意见，你自己跟他说嘛。”

秀蓉说：“我说？我才不说呢，看他自己懂不懂事！我再跟你说一遍：结婚不是你一个人的事，你是我们蔺家的人！”

“姐，你就要手表嘛！”兰香恳求道。

“人家给你的东西，我要算个啥子？君子爱财，取之有道，我们娘屋人要的是聘礼。”

“姐……”

“把东西还给他！”秀蓉脸色乍变。

“姐……”

“我喊你还你就去还，必须！”

兰香心里一紧，眼泪忍不住流出来。

秀蓉不耐烦地说：“哭！你就晓得哭！”

她阴沉一阵，又说："我可能看走眼了，这个人不那么简单呢！你晓不晓得？'上有天堂，下有苏杭，'苏杭二州出美女，他不过在这老山旮旯里头钻久了，看到你觉得新鲜。老实说，我看他是想捡个便宜。不是我贪图他那点儿东西，他闭口不提聘礼的事，根本就是没有把我们娘屋人放在眼里头！这个面子我输不起！"

"姐……"

"你不要说！我也在为你着想。你一个土包子，猾得过他吗？花言巧语地把你骗了，说不定玩够了还把你卖了！你见过啥世面？到时候你人生地不熟，待也待不住，回也回不来，只有去讨饭！我看他城府深得很，把你卖了还让你帮他数钱！"

"姐，他是个好人！"

"好人？哼，装疯迷窍的！我好心成全他，他眼睛里就只有你一个人！父母养你白养了？我供你白供了？他光把东西给你，到时候你人都是他的了，等于啥子都没有给。你年幼无知，懂个屁？你不要再到他那边去了，他要是再恁个稳起，哪天你把东西还给他！你姐夫那么多同事，万也夫、李成瑞、宋培春都是单身汉，随便找一个都不比他差。"

兰香感到万分委屈，她本以为姐姐成全自己的婚事是一番美意，没想到她暗中打着自己的小算盘。她发觉自己被秀蓉利用了，她事先不说聘礼的事，让兰香去当诱饵，等到两个人坠入情网，她又开始收线……那根线勒紧了她的心，她感到一阵阵尖锐的刺痛，脑子一片混乱，除了哭，她一筹莫展。

兰香在楼上睡了两天。

一个哭，一个阴沉着脸，绍六和蔺李氏看在眼里，却不好过问。

吃过晚饭，绍六去五金店守夜，蔺李氏带着琳琳逛街。临出门前，蔺李氏上楼蹲在兰香床边，小声说："饭菜都给你留起的，在桌子上，等哈儿起来吃了。"秀蓉打扮一番，出门去了。

屋里一片寂静，楼下巷道里不时传来踢踢踏踏的脚步声，兰香躺在床上，看着月亮在杂物堆上投下朦胧的光影，渐渐恢复了意识。那天被秀蓉顶回去，鸿飞几天没来了，他在做些啥想些啥？是不是已经觉察到秀蓉的心思？秀蓉是个要强的人，鸿飞也是个血性男人，他跟秀蓉说僵了，这个弯咋个转得过来？

兰香翻个身，千不该万不该！不该舍不得那块手表！当时要是痛痛快快地把它给了秀蓉，她心里高兴，鸿飞来就好说话了。她要聘礼涨价，也可能是赌气，故意跟我为难。秀蓉那边是说不通了，鸿飞呢？我去跟他说，他会唧个看我，会不会觉得是我跟秀蓉合起来套他……不，他该了解我，晓得我和秀蓉不一样。

这几天他想我没有啊？难道从此再也见不到他了？

兰香纠结在这个念头上，满脑子都是陶鸿飞的样子，他的脸，他的声音，他的亲吻和拥抱。“阿香！”她仿佛听到鸿飞在呼唤她，那声音带着温暖的气息在全身扩散，她看到他的眼睛，那眼睛里燃烧着灼人的火焰，烧得她小腹热烘烘的。强烈的相思之情在兰香心中燃烧，热流奔涌，胸胀得满满的，胀得她快要喘不过气来，此时，她渴望被他抱在怀里，渴望在熊熊的欲火中化成灰烬……

她一狠心，翻身起床，披着衣服下楼，跑到厨房。

灶头上常年温着一鼎锅热水，兰香伸手试了一下水温，滚烫。她闩上厨房门，先用搪瓷洗脸盆兑了一盆水，用香皂洗了头。她擦干头发，把头发梳理成型。随后，她把剩下的热水全部倒进洗澡盆。她坐在澡盆里，抚摸着自己光滑洁白的胴体，心里满是悲哀。她期待了那么久的圆满，等来的却是悲壮的诀别。以前爹妈卖她，现在秀蓉也在卖她，她始终逃不出买卖婚姻的噩梦。对于爱情，她不敢再有奢望，她要用自己的身体祭奠爱情的梦想。

陶鸿飞家的灯亮着，兰香正要敲门，门开了，陶鸿飞站在门口。

“阿香……你这是……”他看着兰香，很是吃惊。

化妆之后的兰香真是美艳动人！白皙的鹅蛋脸上泛着桃色红晕，淡淡的咖啡色勾出弯弯的眉毛，褐色的眼影描出一双水汪汪的大眼睛，玫红的嘴唇娇嫩欲滴。她身着订婚时穿的水红印度绸旗袍，颈上戴着红玛瑙项链，足蹬黑色高跟鞋，手里拎着褐色小皮包，比电影里的人儿还漂亮。

兰香径直走进屋里，把包放在桌上，转过身来，含情脉脉地望着鸿飞。

“阿香！”鸿飞两眼放光，“你怎么来了？”

“我想你！”兰香扑倒在鸿飞怀里，双手紧紧地抱着他的腰。

鸿飞搂着她，“阿香，你怎么了？”

“我想和你结婚！”

“嗯，我也想。”

“今天晚上就结！”

“今晚？你……你姐姐知道吗？”

“不，不管她。”

“这样……恐怕不好吧？”

“你不想要我？”兰香抬起头，幽怨的双眸燃烧着情欲的火焰。

“想！”

“那就不管她！”兰香贴紧他。

“阿香，”鸿飞柔声呼唤。

“嗯，”兰香轻轻回应。

她仰起头，两张嘴吻在一起。

鸿飞抱起兰香，轻轻放在床上。兰香闭着眼睛，身体微微颤抖。

鸿飞问：“你冷？”

“不……我……害怕。”

“别怕，乖乖，让我好好爱你。”鸿飞帮她解开旗袍。

激情过后，兰香依偎在鸿飞怀里，感觉下面一阵火辣辣的痛。心愿已了，心事却上来了。她呆呆地望着窗外。树枝在夜风中摇摆，月光在树叶上闪闪烁烁，街道上传来路人的脚步，伴随着低沉的话语。兰香瞟一眼手表，快十一点了。

她吻一下鸿飞的胸膛，翻身起床。鸿飞问：“你要干什么？”

“我走了，”说着，兰香穿上衣服。

鸿飞也起床穿衣服。

兰香取下戒指和手表，放到写字桌上。

鸿飞惊讶地问：“你这是……”

兰香鼓足勇气，悲戚地说：“鸿飞，姐姐可能要翻脸。”

“至于吗？那天我看她是有些不高兴，不可能就翻脸吧？”

“她一丝眉毛就遮脸①，做得出。”

“为什么？”

兰香含着眼泪，把秀蓉跟她说的话和盘托出，她望一眼写字桌上的戒指和手表，说：“那些东西，你明天亲自交给姐姐。”

鸿飞沉默一会，说：“我没料到你姐姐是这样！那只表换不了一对金手镯，我也另外买不起。如果把手表和戒指都给她，你舍得吗？”

“舍得，只要可以跟你在一起，我啥子都舍得。”

“那好，明天我过去跟你姐姐谈谈，只要她同意我们结婚，手表戒指都可

① 为一点小事就会翻脸不认人。

以给她。结了婚我马上带你走。”

“要是谈不好呢？”

“她不至于……你就悄悄跟我走，我们回扬州去结婚。”

扬州？兰香想起秀蓉说鸿飞的那些坏话，她虽然不相信，心里却有了顾虑。鸿飞见她不说话，问：“怎么样？你敢不敢？”

兰香问：“到扬州要走好久？”

“说不准，现在政府在打仗，听说战局不利。”

兰香心里紧一下，说：“你跟姐姐谈了再说嘛。”

“那好。明天我九点钟到，你先回避一下……”

“她要睡懒觉。”

“哦，那你说，几点？”

兰香一边算一边说：“她一般十点多钟起床，然后洗脸……”

“你说，几点？”鸿飞急切地打断她。

兰香慌了神，说：“你——十一点半来嘛。”

“好，十一点半，我准时到你家！”

“那我走了。”

鸿飞把兰香送到秀蓉家的巷子口，看着兰香走进家门。

第二天，兰香带着琳琳上街玩耍，蔺李氏气急败坏地跑来说：“兰香，快！快回去，你姐姐喊你回去！他们吵起来了！”

兰香惶恐不安地进屋，秀蓉怒气冲天地问：“陶鸿飞说你心甘情愿嫁给他，是不是？”

“嗯。”兰香莫名其妙，事情还是你秀蓉撮合的，现在咋个问这个问题呢？

“好嘛！还没过门就跟他穿连裆裤了。那就这样——我们两姐妹，一个养一个老人，妈一直都住在我这里的，今天你们就把爹一起带走！”

兰香无话可说，只好躲进里屋。

陶鸿飞说：“嫂子，这婚事是你做的主，当初你为什么不提父母的事？今天却突然给我们出难题，你说得过去吗？”

“到哪个坡唱哪个歌嘛。当初没到这一步，我跟你说这么多有啥用？现在要谈婚论嫁了，事情当然要说清楚。如果你们不带走爹，就拿一千块大洋来做他的赡养费！”

“一千块大洋？嫂子，我姓陶的什么地方得罪你了？”

“你晓不晓得，父母生养个孩子好难？再说，我供了兰香这么多年，读书、生活，也不是一笔小数嘛。你那点小东西，蒙得住兰香的眼睛，蒙不住我。再说，她人都是你的了，你给的东西也没有外流啊。姓陶的，你也太聪明了。”

“赵嫂子！这是爱情，我们双方自愿的，光明磊落的，不是做买卖。赵大哥都支持我们，你为人怎么会这样——翻手为云覆手为雨?”

“赡养父母的问题很现实，易朗一个人养不活这么多张嘴。”

沉默片刻，陶鸿飞无可奈何地说：“嫂子，一千大洋，我一时实在拿不出。”

“你家里呢？你写封信回去，让他们给你寄钱来噻。”

“嫂子，我父亲就一个中学的教书先生，哪里拿得出这么多钱?”

“那这个事情就先搁一下，等你拿得出来的时候再说。”

“我们退伍的时候政府没给啥钱，再说，现在时局这么乱，我都是一副坐吃山空的境地，什么时候能挣到那么大笔钱，我真没把握。”

“自已都坐吃山空，还讨啥婆娘噻，那不是害人啰。”

“唉！嫂子，这事可是你提起的！说实话，我跟兰香都说过，我本想先立业，再成家，可你既然提出来了，我实在舍不得错过这个缘分。再艰难，我有一口，分她一半。”

“嘀，说得好听，那把我爹带起走，你那一口分三份。”

“嫂子，我不是不想赡养老人，这么大个事，我总得有所安排吧。要不等赵大哥回来，我们商量一下?”

“没啥好商量的，蔺家的事情他管不着!”

“等我们把家安好，再来接他老人家，你看怎么样?”

“不行！你们一走，鬼晓得到哪儿去了？天南地北的，连个人影儿都看不见，到时候还不是啥子事都我一个人兜着。”

陶鸿飞火了，“你这不是把我们往绝路上逼吗？不看在赵大哥份上，我真想……”他举起拳头。

“你敢!”秀蓉哗地拉开书案抽屉，操起一把剪刀。

陶鸿飞冷笑道：“嫂子，别忘了我是当兵的，你一把剪刀挡得住我吗?”

秀蓉抖着剪刀，“我不管挡不挡得住，你敢动手，老娘就跟你拼了!”

蔺李氏见状，急忙上前劝阻，“陶先生！莫动气莫动气！慢慢说！慢慢说!”先前蔺李氏叫回兰香后，在一个茶馆里找到绍六，把外孙女塞给他，紧跟着冲回屋。

双方收了手，怒目相向。

陶鸿飞冲进里屋，一把抓住兰香的手："阿香！你出去说句话！我马上带你走！离开这个鬼地方！"

兰香不搭话，埋着头嘤嘤地哭。

"唉！你太胆小！太懦弱！你不能让她就这样毁了我们的幸福！"

"算了算了，"秀蓉跟到门口，"你不要挑拨我们姐妹关系！"

"赵嫂子，我恨你！她也会恨你的！"陶鸿飞转身出去。

"鸿飞……鸿飞……等一下！"兰香突然冲出里屋，去追鸿飞。

秀蓉堵在门口，"啷个？想跟他私奔吗？"

"妈——"兰香哭倒在母亲怀里。

蔺李氏抱着兰香，陪着她流泪。她能说什么呢？自己都是寄人篱下，秀蓉要强才要出了一家人现在的安定，秀蓉总是有理。

"妈，你把她看着点儿，不要她到姓陶的那边去！也不准他再踏进我们家门！"

秀蓉从抽屉里取出兰香和陶鸿飞的订婚照，撕成碎片。

两天后，李太太过来打麻将，说陶先生走了。秀蓉垮着脸说："不提他，那是个骗子！"

兰香在楼上听见，顿时瘫倒在床上，心，像被掏空了。

隔壁那个卖豆腐的杨五姐，天天在巷子里唱：

荷花枯凋，
在水上漂流，
荷花朵朵，
含笑啊在枝头。
夕阳刚下山，
月上柳梢头，
黄昏时候，
旧地又重游，
记得当初离别我的知心友。
我的朋友，
我怎么能够舍得让你走，
如今剩下孤单单的一个我……
我的心像枯萎的荷花，在水上幽幽地漂流……

第二十章 >>>

包办婚姻

1948年春，四川省公路运输公司成立，易朗调到省运司第五汽车运输队。秀蓉拖家带口，浩浩荡荡从贵州毕节迁居重庆，住进新桥街背后的吴家院子。

秀蓉租了三间屋，屋外是一个三合土院坝，围了一道竹篱笆。兰香有了一间自己的小屋，窗外有一棵老杨槐树，新枝浓绿，吊着一串串的白花。

街上没有公共厕所，老远的水田中央，有个楠竹和篾席捆绑搭成的茅厕，男女公用。蔺家姐妹总是结伴而去，轮流站岗放哨。后来发现，重庆人每家有个尿罐，土陶做成，形似腰鼓，上面有两个耳朵。每天下午有农村妇女挑着粪桶，一路吆喝“倒罐子——”。主人把罐子提到家门口，农妇把粪便倒进桶里，还帮忙把罐子涮洗干净。蔺家人入乡随俗，也买了几个尿罐，学着坐在尿罐上解便，很久才习惯。

重庆人称结婚的女人叫“堂客”，他们很久才弄懂。兰香发现，这样叫的多半是些粗人。

龙山人和贵州人都是一日两餐，重庆人起床就吃早饭，一日三餐毫不含糊，蔺家人也是很久才习惯。

房东马老太五十多岁，长得富富态态的，有一对双胞胎外孙女刚满一岁，叫大珠儿小珠儿。闲暇时，马老太会抱着其中的一个珠儿，坐在蔺家门口摆龙门阵，给蔺家姐妹讲重庆大轰炸的情景。

“哇呀，你们没看到那个阵仗，那警报拉起‘呜——呜——’，声音那个骇人啊！一听到警报，老的少的你拉我扯地往防空洞跑，娃儿哭得呜喧喧的，女人叫得哇爪爪的。头一天，炸死了嘿多人，第二天，憋死了嘿多人。被炸死的人血肉横飞，电线杆上都吊着死人的脚脚爪爪，遭憋死的，重起摞起堆在防空洞里头，大都是些老人和娃娃……”珠儿吓得哭起来，兰香听得满身的鸡皮疙瘩，好长一段时间，看见电线杆上吊个风筝啥的都要打个激灵。

夏天的晚上，兰香在院坝里乘凉，秀蓉也端把椅子出来坐。秀蓉说：“你姐夫有个同事叫张友福，山东临沂人，二十四岁，没得好多文化，人嘿老实，不嫖不赌的。他老实你也老实，倒还相配，哪天我喊你姐夫带他来看一下。”

兰香说：“我不想看。”她在等陶鸿飞。离开毕节前，她悄悄给房东白大嫂留下纸条，说如果有人找她，就请他到重庆的四川省第五运输队去。虽然至今杳无音信，兰香总有理由替陶鸿飞着想：扬州隔重庆几千里，走一趟怕要几个月；他的生意可能开张了，刚开张他走不开；白大嫂说不定把通信地址弄丢了，或者白大嫂又把房子佃出去了……还有些想法，一冒头兰香就把它掐断了，她不愿意想，不敢想。

易朗回家的时候把张友福带来了。

陶鸿飞离开后，秀蓉对易朗说，陶鸿飞在家定过娃娃亲，怕以后纠缠起来麻烦，她便把婚退了，易朗也没多问。

张友福推个大圆头，体型敦实，脸上有一股北方汉子的憨劲。他人很闷，秀蓉指哪里他就坐哪里，问什么他答什么，没有一句多余的话。兰香不搭理他，他也不跟兰香说话。

张友福每次出车回来，都来一趟蔺家，秀蓉对他很热情，还留他吃饭。兰香常常借故躲开，吃饭的时候，她各自埋头刨饭，菜都不夹。

两个多月后，有天，兰香坐在门口屋檐下看书，秀蓉走到门口，对兰香说：“哎哟！你看得懂《红楼梦》了？”

兰香说：“听说是名著，想看一下，好多字都认不到。”又指指旁边的字典。

秀蓉说：“你倒是用功，我现在都没得这份闲心了。昨天妈和我跟张友福商量好了，下个礼拜五是中秋节，你跟张友福把喜事办了。”

兰香大吃一惊，心想，你们商量好了？也不问我一下？把妈抬出来，其实就是你一个人的主意。她不好顶撞秀蓉，憋了半天，说：“我不想结婚。”

“不想结婚？要我养你一辈子啊？”秀蓉跨过门槛，站到院坝边，展开双臂伸个懒腰。

“我自己出去找事做。”

秀蓉转过身，“说得轻巧，吃根灯草！兵荒马乱的，好多人到处流浪，你到哪里找事做？”

“我试一下嘛，明天就出去找。”兰香低下头，躲开秀蓉逼人的目光。

秀蓉说：“好！好！你去找，不拦你。你有本事找得到个好差事我不羡慕你，不忌妒你，不沾你不碰你，但是——你走出这个门就不要回来！我输不起这个面子！”

“姐，你让我想一下嘛。”

“想，你咋个想，说出来我听一下！”秀蓉拖过一把椅子，一屁股坐在兰香面前。

兰香说不出话。

“你是不是还在想陶鸿飞？不要做梦了，都要一年了，姓陶的信都没得一个。我早就看出那个人很奸狡，我都服不住，你还服得住吗？嫁个男人，你要是服不住他，他就要摔摆你。”

“我没想陶鸿飞，我只是对姓张的没得感情。”兰香低声说。

“说啥子感情？我看你是看小说看痴呆了！书上那些事，都是看着耍的，我都不信，你还信进去了。嫁汉嫁汉，穿衣吃饭。我早就给你说，这年头找个司机，不愁生活。”

兰香咕哝道：“又不是只有他一个。”心想，你为啥不介绍姐夫那些活跃聪明的同事，偏要我嫁给这个粗俗的闷生呢？

“你以为你是啥子人，随你挑随你拣哪？各人要晓得各人的斤两。”秀蓉连珠炮似地说，“跟你说，我是过来人。看你跟陶鸿飞两个那种神态，你敢说你们之间没得点事？幸好没有揣起①哟，要是有了娃娃，你还不把蔺家的脸都丢干净了。懵懵懂懂的，你晓不晓得男人把女人的贞操看得好重要？除了张友福，哪个还要你？”

这句话戳到了兰香的痛处，两个人之间的事，原以为神不知鬼不觉，没想到秀蓉什么都看穿了。陶鸿飞一去无音讯，难道他对我就没得一点牵挂？难道他真是回到老家，见了苏杭美女，就把我这个山旮旯的姑娘忘记了？

见兰香不说话，秀蓉缓和了语气说：“兰香，听我说，要不是我嫁了你姐夫，我们一家人哪有今天。你好生想一下，我们在龙山过的是啥日子，你们在永宁过的啥子日子？肩挑背磨的，连苞谷羹都吃不饱。要不是你姐夫，你哪有条件读书？”

秀蓉把椅子挪到兰香身边，把手搭在兰香手上，“唉，说句良心话，我要是不管这个家，金戒指金项圈都添了一大堆了。这个年头，七十二行，车夫为王。你也嫁个司机，家里的事稍微分担一点，你姐夫也可以松口气，大家日子都好过点。”

说到姐夫，兰香的心就软了。一家人像虱子一样附在他身上，吸他的血，

---

①　怀孕。

吃他的肉，这种日子何时是尽头？

“我都了解清楚了，张友福是个独儿，爹妈都过世了，两个姐姐也早就嫁了人，以后没得公公婆婆的来管你。易朗那些同事，长得伸抖[1]点的、精灵点的，走一路找一路的野婆娘。那些人，我敢把你嫁给他们吗？张友福人本分，你把他哄好点，管紧点，让他把钱往屋头拿。嗯，有些事我以后慢慢教你。你要相信姐姐，都是为了你好，不会把你往火坑里头推。他张友福要是敢做啥子对不起你的事，我有办法收拾他。”

兰香不吭声，她知道，她说一句，秀蓉有十句还她。她木然地望着院坝边的竹篱笆，心一阵阵发冷，嫁不成陶鸿飞，她就当是一具行尸走肉，嫁哪个都无所谓了。她想哭，只觉得眼睛干涩，鼻子酸胀，喉咙梗得发痛，就是哭不出来。不怪陶鸿飞跟秀蓉赌气，也怪自己不争气。当时要是跟陶鸿飞走了，哪怕被他玩弄了甩了，那也心甘情愿。她恨自己懦弱，学不来秀蓉的敢作敢为。转念一想，结了婚，自立门户，不再吃秀蓉的受气饭，也好。姓张的没得意思，我自己找意思。我不图穿金戴银，就叫他拿点钱来我买书。只要有书看，啥子日子都好过了。

见兰香不说话，秀蓉喊道：“妈，把张友福送的那些东西拿来。”又说：“走，进屋去。”

蔺李氏抱来一叠布料、一卷丝棉和一个纸盒。秀蓉在桌上摊开布料，一段印花布，一段阴丹蓝布，一段红底黄花绸缎。秀蓉说：“这些都是我亲自跟张友福一起去买的，都是洋布。嗯，好看嘛？”

兰香瞥一眼，看是好看，但是东西再好，人跟陶鸿飞没法比。唉，算了，水过三秋了。事情做到这一步，不答应秀蓉，她是不会善罢甘休的。

秀蓉带兰香到裁缝铺比量尺寸，给兰香做了两件旗袍，两条裤子，一件棉袄。她又请人给兰香开脸、拔眉、梳妆。兰香坐在镜子面前，看着自己一步步从姑娘变成妇人的模样，对秀蓉满怀怨恨：蔺秀蓉！我欠你的，还你！

张友福在新桥石壁坡租了一幢草房，那曾经是抗战时期一个国民党军官的临时住所，虽然远离街上，却安了电灯。房子宽敞亮堂，正中一间堂屋，两边一间卧室，一间厨房。屋前栽了一排万年青，两棵海棠树。

中秋节过后，张友福出钱，在秀蓉家办了两桌酒席，请了车队的一些同事。席间，同事们说了些祝福的话，开了些无伤大雅的玩笑，兰香始终笑不出来。她觉得脸上好像沾满了糨糊，紧绷绷的。易朗年长，他让兰香给他斟

---

① 帅气。

满一杯酒，举着酒杯站起来说：“各位，从今以后，友福就是我的连襟了，有什么事，还请兄弟们多多关照！我敬大家一杯！”易朗一口干了酒，对张友福说：“友福，今天是你大喜的日子，你得挨个儿敬兄弟们一杯。”张友福便提着酒瓶，挨个敬酒。

蔺李氏把兰香叫到厨房，给她一个金灵丹药瓶，说：“里面装的鸡血，你跟他同房的时候，悄悄把血糊到下身，弄点在床上。”兰香打开瓶盖闻一下，一股血腥味扑鼻而来，她差点呕吐。

张友福很快喝醉了，脸红筋胀的，坐都坐不稳。两个同事把他扶回家，直接放到床上。同事刚走，张友福翻身起来，哇哇地吐了一地，又倒在床上。兰香捂着鼻子给张友福擦了脸，帮他脱掉皮鞋，盖上被子。屋里没有开伙，没有煤灰，兰香拿着撮箕到屋外刨了些沙土，把张友福的呕吐物清扫干净。她看一眼床上那个男人，觉得好陌生，好遥远。兰香也喝了一点酒，头晕乎乎的，但她不愿睡到床上去。

兰香关了灯，拿个小板凳坐到门外屋檐下。四周一片寂静，清冷的月光照着海棠树，随风摇曳的树影勾起阵阵悲凉。兰香努力地回想跟陶鸿飞在一起的情景，可什么都抓不住，就像掠过草屋顶的风。胸口空荡荡的，心像被什么东西掏走了。兰香坐到浑身发冷，她回到屋里，关上门，摸索着走到饭桌前，坐到长板凳上，趴在桌子上，不知不觉睡着了。

屋里亮起了灯，兰香惊醒过来。张友福站在面前，一只手搭在兰香肩膀上，“床上睡。”他两眼通红，呼吸带着浓烈的酒气。兰香埋头趴在桌子上，不开腔。“你这娘们儿!”张友福大吼一声，拉起她朝卧室走，身下的板凳呼的一声倒在地上。张友福手劲很大，捏得兰香手腕生痛。兰香忍着痛，眼泪一下涌出来。张友福把兰香按在床上，喝道：“睡觉!”

兰香怕他动粗，踢掉皮鞋，爬到床里头蜷着身体躺下。张友福挨着兰香躺下，抱着她，凑在她耳边说：“把衣服脱掉。”兰香知道躲不脱，哭着说：“你把灯关了嘛。”张友福关了灯。兰香意识到，这个男人不仅木讷，而且粗鲁，她不敢对抗，哆嗦着脱下旗袍。张友福在兰香身上心慌慌地乱摸几下，脱掉她的内裤，爬到她身上。他呼哧呼哧捣鼓半天，兰香流着泪，闭着眼睛，没有半点应合。完事后，张友福喘着粗气躺在床上，兰香侧过身，在黑暗中摸索着找草纸。

“慢点!”张友福惊叫一声，啪地拉开电灯。

兰香吓一大跳，不知发生了什么事。张友福推开兰香的屁股，趴在床上，凑近床单找什么东西。突然，他扳过兰香，不由分说地掰开她的腿。兰香本能地蜷着腿夹紧。张友福狠狠地在她腿上打一巴掌，又把腿掰开。过一会儿，张友福把兰香的腿摔在床上，关了灯，转身躺下。

接下来的日子，兰香做一个女人该做的事，洗衣、做饭、收拾屋子，任张友福折腾。有一天完事后，张友福牙缝里挤出一句话："见鬼，老子人财两空！"

不久，第五运输队裁员，部分司机调往西北，不愿去的自行找工作。张友福独自去了兰州石油公司。

张友福一去无音讯，也没寄回一分钱。家里米吃完了，钱没有了，兰香只好到秀蓉家去蹭饭。

兰香帮着蔺李氏干点杂活，完了，就拿一本秀蓉的书走，看完后再换一本。石壁坡上独丁丁一栋草屋，兰香和两棵海棠树为伴，她把竹椅子放在树下，天凉的时候在腿上搭一床薄毯。书中的世界是现实的写照，她每天跟着主人公穿越生死，经历爱与背叛，悲伤着自己的悲伤，幸福着别人的高雅、坚贞和幸福。

那段日子孤独无比，却提高了她的阅读能力，养成了看书的爱好。

年底，张友福回到重庆，没给兰香带一丁点儿礼物，除了日常生活必须说的，没有一句多余的话，夫妻之事更是直接粗暴。兰香忍无可忍，对秀蓉控诉了张友福的种种劣迹，最后斩钉截铁地说："我要和他离婚！"兰香说完，自己都感到奇怪，自始至终，她居然没有一滴眼泪。

秀蓉耐心地听兰香讲完，不急不躁地说："其实，他这次专门请假回来，是想接你去兰州的，他那边房子都租好了。他只是没得文化，老实了点，再加上北方人的大男子主义，不一定像你说的恁个坏。再说，我晓得你心头还有那个人，对人家张友福一概冷冰冰的，他再傻还是懂点感情噻，你这个样子，他心头肯定不舒服。人嘛，都是礼尚往来，所以，那些事情不能都怪他。你说呢？这次回来，他要接你到那边去，说明他并没有嫌弃你，或者嫉恨你。你们结婚……"

秀蓉扳着手指算了一下，"还没得三个月。我看你还是到那边去，跟他再处一段时间，实在处不下去，再离也不迟。不过我要提醒你，不要再想到那个人，我越想越觉得我真的是看走眼了。他要是心头真的有你，哪个会说走就走？一点儿都不顾及你。唉，这个事情就不说了，你看不到事情背后去。你要是这哈儿就跟张友福离婚，这个圈圈头的人对我们两口子咋个看？对你咋个看？张友福那边，我会去开导他，让他懂事点儿。"

秀蓉一席话，让兰香的决心顿时土崩瓦解。毕竟，她才十六岁。

凭着在运输公司的关系，张友福带着兰香辗转搭车，风急火燎地赶回兰州，连过成都都没有逗留一下。

到兰州的时候已是日落时分，张有福叫了一辆马车，马车颠簸着载他们驶向郊外。

张友福租下的一间土墙房，坐落在公路边的一个山丘脚下，四周没有人家，也没有一棵树，满坡的枯草铺展出一片悲怆的荒凉。兰香十分纳闷，他怎么总是在郊外租房呢？同样是司机，秀蓉住那么好的房子，还轻松养活一家六口人，张友福啷个就这个样子呢？她百思不得其解。

屋里的情况更让她寒心，一张大炕上，底层垫些高粱小米秸秆，上面垫一床棉絮，现铺上重庆家里带来的棉布毯子。屋里有一个土灶，旁边堆放着一些秸秆。屋子中间有一张桌子，桌上放了几副碗筷，一盏马灯。兰香心颤一下，想起林监工，想起“烟熏就霉”，冥冥中，她感觉一场灾难正在逼近，林监工会突然出现吗，那个诸葛亮一样的男人会将她救出苦海吗？

夜幕降临，兰香点燃马灯。

张友福的声音传来，“你发什么愣？还不做饭！”兰香回过神来，问：“你——想吃啥子？”

“拉面。”

“啥子拉面？我不会做。”

“你随便弄点什么吧，”张友福不耐烦地说，“你得学着和面，擀面，我们北方人都爱吃面食的。”

靠墙的木凳上放了两个布口袋，一个装了几斤大米，一个装了面粉，还有几颗大白菜，一捆大葱。兰香做了一锅手扯面块，加几块大白菜。张友福稀里呼噜嚼着大葱吃了两碗，倒头睡觉。

第二天，张友福就出车了，也没说去哪里，何时回家。

隆冬时节的兰州，就一个冷字。兰香把所有的衣服都穿上，把两条被子裹在身上，好几天，脚都是冷冰冰的。手端着碗冻得生痛，清鼻涕直流，擦都擦不干净。呼啸的寒风把门窗撞得哐当作响，像狂怒的野兽一样撕扯着兰香的意志，她蜷缩着身子在床上哆嗦。终于，兰香开始咳嗽，头痛，耳朵也嗡嗡直响。她想喝水，想吃药，可身边没有一个人，窗外也看不见人影，漫天雪花飞舞，进城的路被大雪覆盖了……兰香意识到她遭到了张友福的报复，报复她，报复秀蓉。报复得如此阴毒，如此冷酷。

兰香觉得自己快要死了，无边无际的寒冷正把她身上的热气一点点吸走，她被人遗弃在这荒山野岭，即将变成一具硬邦邦的僵尸。她非常恐惧，再这样下去，自己肯定会死掉的。在举目无亲寒冷荒凉的西北，和一个报复心重的男人在一起，唯有死路一条。兰香冥思苦想，怎样才能摆脱困境，回到重庆。

回忆中，她脑海里闪出一个人，张友福的同事，也曾是易朗的同事——孙国雄，他也离开第五运输队到了兰州石油公司。有次他给易朗捎东西来，兰香见过他，他说过车队的驻地。

兰香挣扎着下山，找一辆黄包车坐到石油公司汽车修理厂，孙国雄老远就看见她，“张嫂子，找谁?”

“我……就找你。”

“找我？张友福呢?”

“出车了。我在这儿不习惯，吃不下睡不着，头昏眼花不舒服，我要回重庆……”

“哦——难怪你瘦了，脸色也不好。等张友福回来我们商量一下吧?”

“不！孙师傅，我一天都等不得了！我脑壳痛，像被箍住了一样，耳朵也嗡嗡响……”

“我看看。”孙国雄脱掉一只手套摸兰香额头，“哎呀，发烧！我带你去看医生!”

“谢谢孙师傅，请你一定带我回去!”

“先看了病再说吧。”

汽车底盘下两个工人听见兰香的口音，爬出来帮着她说话，“孙师傅，你就带她回去吧，就当做好事!”

“是呀，都是我们四川老乡，你看她脸都青了。”

孙国雄说：“你怎么就穿这点衣服？张友福他……算了，跟我走。”

孙国雄带兰香去看急诊。医生叫住院观察，孙国雄给兰香办了住院手续，还让人每天给她送饭。

出院后，孙国雄背着个大挎包，带兰香去洗澡堂。临到门口，孙国雄把挎包递给她。兰香疑惑地望着他。孙国雄温和地一笑，“你需要加一点衣服。”兰香感激地看他一眼，抱着包进了澡堂。兰香洗完澡，穿上孙国雄给她买的东西：一套厚厚的棉衣裤、毛线袜子、棉鞋，还有一条鲜红的羊毛围巾。兰香装备齐全地走出澡堂，身上和心里都感到暖和。孙国雄打量她一阵说：“你这身打扮，是像西北大姑娘呢还是西北大嫂呀?”

兰香问：“孙师傅，住院和这些穿的，一共用了多少钱?”

“别问钱。张友福也太粗心了，这里和重庆不一样，现在是零下十几度，都穿皮大衣戴皮帽，睡觉要烧炕，他没跟你讲过？”

“没有。”

“就这样把你带来了？”

“是啊。”

“你们怎样认识的？”

“以前不认识，是我姐姐包办的。”

“包办……真的吗？”孙国雄一副惊讶的样子。停顿片刻，他问兰香：“知道他出车去哪里吗？”

“不知道。”

“哈密。”

“有好远？”

“比这儿到重庆远得多，差不多1500公里，走一趟得十来天。嗨，你要没找到我怎么办？”

“我……恐怕就是死路一条了。”

“你不到二十岁吧？就这样死了，你不觉得可惜？”

“我不想死，所以才厚着脸皮来找你……”

“如果带你回去，张友福会怪我的，”孙国雄为难地说。

“他没有理由怪你！他到兰州这么久，没给我写过一封信，没寄过一分钱，我要离婚，我姐姐劝我，我才和他一起来的。现在我明白了，他是在报复我，报复我姐姐！”兰香把和陶鸿飞的恋情，跟张友福结婚的经过，和盘托出。凭着孙国雄这几天来对她的照顾，她直觉他是个值得信赖的人。

沉默一会，孙国雄问，“那你这次回去，打算怎么办？”

“不晓得……但是肯定要跟他离婚！”

孙国雄掏出手帕，给兰香擦眼泪。

第二十一章 >>>

风雪归途

漫天风雪，天地白茫茫一片，满载油桶的十轮卡轰隆隆地驶向南方。兰香坐在副驾驶座上，看大大小小的雪花从车窗外掠过，看陌生土地上白雪覆盖的房屋。直到汽车启动，她才相信终于死里逃生了。兰香偷偷打量正在开车的孙国雄：粗黑浓密的头发，宽大的脸庞，高鼻梁透着刚毅，浓眉下，一双大眼睛炯炯有神。她在感激之中悄悄生出了另一种情愫。

兰香身体虚弱，加之穿着厚重，上下车很困难。孙国雄把她抱上抱下，到有人家的地方，又停车帮她要开水吃药。在举目无亲的异乡，这个无微不至的男人让兰香心动。

汽车出了甘肃，进入陕西境界，雪停了，兰香的心情也开朗了一些。车过张良庙时，孙国雄停下车，带兰香去看张良的塑像。他说他很崇敬张良，张良是汉朝皇帝刘邦的谋士，足智多谋。他讲张良怎样帮刘邦物色人才，出谋划策，帮助刘邦打败西楚霸王。

“当年萧何月下追韩信就是在这条路上。韩信出身卑微，又受过胯下之辱，到哪里都得不到重用，只有萧何看出韩信是个人才，刘邦相信萧何的话，拜韩信为大将军。后来，韩信想造反，也是萧何用计杀了韩信，所以叫‘成也萧何，败也萧何’。”

兰香说：“我姐姐也是‘成也萧何，败也萧何’。”

孙国雄问：“什么意思？”

“我给你说过呀！在张友福之前我和陶鸿飞是姐姐撮合的，后来棒打鸳鸯也是她，这叫不叫‘成也萧何，败也萧何’？”

兰香说着流下眼泪，“当时我人小，不敢表态，眼睁睁看着她把陶鸿飞气走，从此再没见过。”

孙国雄笑着问：“你现在长大了？”

“我都死过一回了，不怕她了！”

“嗯，你是个聪明的姑娘。”

“我都结过婚了，还是姑娘？”

孙国雄瞟一眼兰香，“我怎么看你都是个姑娘。”

兰香心中一热，羞涩地说：“嗯，我心头没有结婚。”

孙国雄没接话。过一会，他笑笑，“你说话有意思。”

“我说错了？”

“没错没错，说得对。”孙国雄应一句，若有所思。

沉默一阵，孙国雄话匣子又打开了。一路上，他讲完楚汉相争，又讲唐太宗李世民：他文武双全，善用人才，和周边国家通商，扩大疆土，使唐朝成为历史上的鼎盛时期，外国人都称之为“东土大唐”。李世民说，水能载舟，也能覆舟。以铜为镜，可以正衣冠，以史为鉴，可以知兴衰，他是历史上最英明的皇帝。

兰香似懂非懂。但她喜欢听，想记住张良韩信李世民，想了解历史，弄懂这个世界。她走出龙山，像秀蓉一下学会了城里人的架势，她也急于填补乡下人的无知。她意识到，要做个城里人，除了挺胸抬头走一字步，还要有知识有见识，她还年轻，前面的路还很长，外面好大一片天。

孙国雄没想到兰香会喜欢听这些，见她听得专注，更来了兴致，背了诸葛亮《前出师表》《后出师表》，又讲诗人李白，王维，孟浩然……

“孙师傅，你读过很多书？”

“嗯。我爷爷在清朝中过举人，当过官，我父母都进过学堂。要不是小日本打来，我们还没有机会认识呢。”

汽车轰鸣，盘山公路起起伏伏，弯弯曲曲，驾驶室里暖融融的。旅途就像课堂，孙国雄是兰香敬佩的老师。家越来越近，兰香的心越来越慌。

到了广元，孙国雄说：“广元有很多古迹，本想带你去看看……”

“不去看了？”

“那是个大码头，熟人多，人家看我带着你这位二八佳人，会有闲话。你姐夫有些同事可能认识你。前面有个小村，村东头有个客栈，进去是个大院子，房子后面有古松、柏杨，哦，梅花已经开了。院子里还有个鱼塘，客人要吃鱼，老板就给你弄新鲜的，要尝野味，老板就叫儿孙带你到后山去打猎，除了大象老虎，什么野兽都有。”

“那儿安全吗？难怪你不住广元，偏要把我带到那个有狼的地方去。”

“怕什么？我们公司有人专门去那里冒险。明天，我们跟胡老板的儿子上山打猎，敢吗？”

“我又不会打猎，去干啥子？”

“你扛上猎枪，我逮两只耗子吊在你腰上，别人肯定会说你是打猎的，哈哈哈……”

“好哇，你欺负我！还笑！呃，等会儿老板看见我，你咋个说？”

“我就说你是我媳妇，可以吗？”

一路上，孙国雄都单独给她写一个房间，今天突然说是媳妇……兰香怦然心动，这是个可以托付终身的男人，但我一个残花败柳，他还看得上吗？她瞟一眼孙国雄，悠悠地说：“我无依无靠，随你啦。”

孙国雄缓缓停下车，摘下手套，转身对着兰香，问：“你真要和张友福离婚？”

“嗯！”兰香直视着他，坚定地点点头。

孙国雄点燃一支烟，一字一句慢慢地说：“后天就到重庆了。本来呢，我不该对你动心，可是你让我不能不动心。嫁给我！行吗？”

“嗯！”兰香抿着嘴笑了，眼泪跟着流出来。

孙国雄搂过兰香，亲吻她的脸，“我会好好待你！”

“嗯！”兰香把头埋在他胸前。

后面轰隆隆驶来一辆卡车，司机见有车停在路边，猛地一脚刹住车：“喂！师兄！”兰香急忙缩回身体，低下头。司机探出头来：“怎么样？需要帮忙吗？”

“没事，”孙国雄说，“抽支烟，谢谢！”

大卡车前面去了，兰香抬起头。

孙国雄瞄她一眼，嘿嘿地笑了，“见过杂耍班的小丑吗？”

兰香摸出镜子照，额头和鼻子有两块油污，原来刚才她碰到擦车的毛巾了。她赶紧用手帕擦，却擦得满脸都花了。

“这下变成舞台上的曹操了，哈哈哈。”

“还幸灾乐祸的！咋个办嘛？”

“用酒精才洗得掉，傻瓜，来，我给你擦。”他在车厢翻出酒精，把酒精倒在手帕上。

“哎哟，轻点，皮都擦破了！”

“哦，对不起，我轻点。”

给兰香擦干净脸，孙国雄轰下油门，卡车缓缓启动。孙国雄继续神侃。

“别动！”孙国雄突然大喝一声，一脚急刹车。

兰香惊恐地看着他。

孙国雄双手紧握方向盘，镇静地说："别动！听我说，你过来，慢慢地从方向盘上爬过去，从这边下车。"

兰香下了车，绕到右边一看：天！右前轮半边悬吊在山崖边上！

孙国雄定一下神，身手敏捷地把车往后倒。"上车吧，马上就到了！"

爬上车，兰香身子还在发抖，"刚才……"

"差点同归于尽？哈哈哈哈……我走神了。"

转过一道弯，汽车到了胡家客栈。

听见响动，一群男女跑出来迎客。胡老板摸着山羊胡子，老远就笑开了："孙师傅，快来洗个热水脸，这是……"

"我媳妇。"

"哦，你媳妇好漂亮！辛苦了，从玉门来吧？"他又朝后面吆喝："站着干什么？快把孙师傅的行李搬进去！找个靠梅花那边房间，把火盆烧起来，泡两杯好茶！"又问："想吃点什么？弄个鲜鱼，再弄个老腊肉、蘑菇烧野兔……"

"还有去年的腊肉？好，就这样，再来个素菜汤。"

"酒？"胡老板问。

孙国雄问兰香："你喝不喝？"

兰香轻轻一摇头，孙国雄对胡老板说："老规矩，四两白干。"

胡老板六十来岁，蓄着山羊胡子，瘦得只剩一副骨头架子，看上去却很精神。他有四个儿子三个女儿，祖孙三辈共有三十几口人。女人做家务、下厨房、伺候客人，男人种庄稼，砍柴，骑着自行车到小镇上采购物品。

胡家前后两个庭院有几十间屋子，养了四条狗，四头牛，十几条猪和一大群鸡鸭。方圆几里的土地和山林都是他家的，平时他们自己干活，农忙时才请几个零工。

兰香吃完饭，坐在桌边陪着孙国雄。他形象粗犷，吃相却不粗鲁。兰香静静地看着他，突然发现看一个男人吃饭竟然也是一种享受。孙国雄喝完酒，又吃了三碗饭，三菜一汤所剩无几。

那天是腊月十四，天刚黑月亮就出来了，圆圆的，淡淡的，寒风中夹着花香。两人慢慢走到梅花林边，夜很静，天边有几颗小星星，一眨一眨的，兰香不由哼起来：

天边一颗星，

照着我的心，

我的心也映着一个人，

干枯时给我滋润，

迷惘时给我指引，

用无限的热情，

温暖了我的心。

他的一颗心，

就是天边星，

照着我的心，

我俩心心相印。

这样的夜撩人心魄，孙国雄跟在后面，接着唱起来：

“看——双星一年一度重逢，似这般天长地久。愿彼此恩爱相同，栉风沐雨，尽力耕种。要麦黄稻熟庆丰年，大家有饭吃，民生第一功。”

兰香停住脚，靠在他身上，不料坎上屋檐下一群人拍起手来，孩子们喊道：“孙师母，再来一个！再来一个！”

兰香脸热心跳，小声说：“进去吧，有点冷了。”

“等会儿，”孙国雄掀开大衣，把兰香揽进怀里。“再唱一首，我喜欢听你唱歌。”

一股热浪带着男人的气息扑面而来，兰香顿时感到晕眩，她镇定一下，让自己站稳脚跟。胡家的儿孙们跑过来，把两人团团围住。

孙国雄说：“听说你还会唱京戏？今天就露一手，让大家高兴高兴，好吗？”

“我都是乱哼哼的，想听什么？”兰香不自觉地说了北方话，她想取悦于这个男人，却心是口非。

“随便吧，你唱的都好听。”

兰香振作精神，唱起《借东风》：

“学天书，习兵法，犹如反掌。设坛台借东风，相助周郎。曹孟德占天时，兵多将广，领人马下江南，兵扎在长江。孙仲谋无计策，难以抵挡。东吴的臣，武官要战，文官要降。鲁子敬下江南，把虚实来探，搬请我诸葛亮过长江，同心破曹共主商量。料定了甲子日东风必降。叹只叹，东风起，火烧战船，曹营的兵将，无处躲藏……”

孙国雄激动了，鼓着掌说：“好！好！好！看不出，一个四川姑娘会唱京戏，还唱得这么好！”他学着京剧腔，“孙某有幸，孙某有——幸——啊！”

“再来一段——”

胡家儿孙和他一齐鼓掌，孙国雄孩子般快乐的神情令兰香陶醉。

“嗯，我再唱个《玉堂春》。”

受到鼓励，兰香完全放开，表演升级了。她划着“8”字走一趟碎步，摆出个亮相，“苏三离了洪洞县，将身来在大街前，未曾开言心好惨，过往君子听我言，哪一位去把南京转，替我那三郎把言传，言者苏三把命断，来者变犬马我当报还。”

“哦——好！再来一个！”孩子们又一阵喝彩。

胡老板过来解围，“好了好了，孙师傅跑了一天车，该休息了，明天他们还要跟着去打猎，大家都早点睡吧！”

洗了脚，孙国雄轻轻闩上门。他把兰香抱起来，轻放在床上：“坐在床上暖和些。我们谈谈未来，怎么样？我想问你，回到重庆，你还是住你姐姐家？”

“不想去那里，但是又无处可去。”

“我倒有个主意：我有个师傅，叫许茂林，住在歌乐山，他因为生病，失业几年了，生活困难，我们几个徒弟凑钱给他修了幢房子。二楼有两间房是用来出租的，不知租出去没有。回去我先去看一下，如果还空着，我就请他把那两间房租给我们住，怎么样？”

“有没有厨房？”

“没有。师母是农村人，很勤快，你就在他们家搭伙，另算一笔伙食费。暂时对付一下，我们结婚以后，再找个好房子，你看怎么样？”

兰香妩媚一笑，“嗯，都听你安排。”

孙国雄脸色依然沉着，“要是你姐姐反对，你怎么办？”

兰香坚定地说：“我不会再听她摆布了。回去我就和张友福离婚，登个报就行了。”

一切水到渠成，那一夜，他们如胶似漆，几番云雨。兰香第一次享受到性的快乐。

第二十二章 >>>

走投无路

回到重庆，兰香把去兰州的情况告诉秀蓉。秀蓉勃然大怒："张友福硬是个憨包！也不把那边的情况给你说清楚，就这样喊你过去了。他为啥不给你买棉衣棉裤？为啥不教你烧炕？他究竟安的啥心？易朗，给他写封信，离婚！"

"离什么婚？我看张友福是太年轻了，想不到那么些事儿，"易朗说。

"想不到？我看他是装猪吃象。"

"怪谁呢？当初不是你让兰香嫁给他的吗？"

"屁话，当初是当初，现在是现在！"

见秀蓉火了，易朗躲到一边去。

易朗托人带话，训了张友福一通。张友福从兰州赶来，和兰香到报馆登了个启示，结束了这段婚姻。

兰香写信给孙国雄，告诉他离婚的事。孙国雄回信说，房子已安排好，让她去歌乐山他师傅家暂住一段时间，等他安排好工作，回家给父母报个信，就来重庆结婚。

易朗出车回来，兰香当着秀蓉和姐夫的面，把准备和孙国雄结婚的事摊牌了。

易朗勃然大怒："不行！我就知道那小子没安好心！"

兰香没想到姐夫会发难，一时懵了。

易朗说："你跟什么人结婚都行，就是不能和孙国雄那龟孙子结婚！"

兰香问："为啥子呢？"

"朋友妻不可欺！在川滇东路的时候，他们是同事，现在到了兰州，他们也是同事。他孙国雄乘人之危，不仗义！"

兰香说："姐夫，他不是'乘人之危'，他是在我危难的关头拯救了我。要不是他，你这个妹妹就要死在西北的冰天雪地中了。"

“他救了你是不假，我们怎么感谢他都行。但要是你跟他结婚，事情就变了。谁都知道他是张友福的同事，我们要是同意了，这个这个——嗯，怎么说得清楚？唉，兰香啊，你也得顾顾我的面子吧！”

“姐夫，不是我不顾你的面子，你不了解孙国雄，他真的是个好人。不是他对我起了啥子歹心，是我求他帮助的。我们是在患难之中产生的感情。”

“说这些没用！不行就不行！”

“姐夫，你和姐姐不是自由恋爱的吗？没有人强迫你们，干涉你们，看着你们恩恩爱爱的样子，我这个当妹妹的好羡慕，未必你们就不希望我有一个幸福的家庭吗？”

“谁不希望你幸福？难道除了那小子，这世上就没有男人了？”

“你们第一次出尔反尔，把陶鸿飞撵走，第二次又把我推入火坑，我现在这种处境是哪个造成的？我不管世上的男人千千万，我就是要嫁给孙国雄！”兰香豁出去了。

秀蓉也觉得有些愧对兰香，对易朗说：“我看这事也没那么严重，兰香不是已经和张友福离婚了吗？就算孙国雄跟张友福是朋友，兰香也不是朋友妻了。”

“别人会认为她跟张友福离婚就是因为孙国雄。”

“别人咋个说就不管他了，这事就让兰香自己拿主意嘛。”秀蓉对兰香使个眼色，兰香回自己屋里去了。

易朗还在嚷嚷：“我不管，我不管，把老子惹毛了，老子还要揍人！她要是和他结婚，今后就别进这个门！要是再敢进来，看我不打断她的狗腿！”

兰香只身来到歌乐山，按着孙国雄写的地址找到许茂林。许茂林的家在歌乐山正街，是一幢两层楼的土坯房，一面朝街，出租给人家做门面，背后是一片农田。住家走后门，门前有一块晒坝，围了一道半人高的竹篱笆。

许茂林带着兰香上了二楼。他指着屋子说：“你看，两间屋都不大，只有将就住。”兰香进屋去，把行李放在桌子上，快速地审视了一下房间。这是两间连着的屋子，外面一间有桌子凳子，里面卧室摆了一张床，一个衣柜，一个写字台。看得出，家具是现添置的，虽是旧货，样式比楼下的东西讲究。兰香说：“这屋嘿好，谢谢许师傅了！”“差啥子就说一声，我马上买。哦，桌子下面那个木箱里是书，是国雄托人送来的。你先安顿一下，吃饭我喊声你。”

许师傅边说边下楼去。

兰香迫不及待地打开木箱，不禁喜出望外，里面竟然还有一双黑色的高筒皮靴！真是个体贴的男人！她正想试穿一下，听见楼梯上又响起脚步声，急忙盖上箱子。许师母抱着儿子上来了，兰香说："师母进来坐！"赶紧从桌子底下拖出凳子。

许师母靠在门框上，说："屋小，我们两娘母进来都不好打转身了。"

"弟弟好乖！"兰香伸出双手，"来，我抱一下。"

娃娃笑了，伸手扑向兰香。许师母没松手，噘着嘴说："吔——看到嬢嬢长得乖，妈都不要了？"

兰香笑笑，把床上的衣服拣到柜子里。"师母，忙的时候把弟弟交给我，有啥事就喊我一声，我在姐姐家也做家务。"

许师母说："不麻烦蔺小姐。还需不需要啥子？我下去了。"

兰香说："都齐了，谢谢师母！不好意思，给你们添麻烦了！"

"麻烦说不上，就看你习惯不。"许师母抱着孩子下楼去。

兰香把二楼的两个房间收拾一番，安顿下来，一心一意等着孙国雄回来结婚。

转眼数月过去。一天，兰香正在屋里看书，听见一个声音问："许师傅在这儿住吗？"

是秀蓉？兰香赶紧跑下楼。一见兰香，秀蓉就抱怨："这一趟好远！"

兰香问："姐，你咋个来了？"

秀蓉说："我跟你说，孙国雄可能回不来了。"

兰香心里一沉，急切地问："为啥子呢？"

"嗨，你躲在这个山旮旯里，啥都不晓得。现在西安、秦安、兰州正在打仗，从那边到重庆几千里路，一路都在打，那边的车好久都没过来了。"

"有没得国雄的消息？"

"有个屁。我来就是想跟你说，免得你在这里死等。你想，两边打得你死我活的，不决出个雌雄停得下来吗？几百万军队打仗啊，要打到哪年哪月？你那个婚恐怕是结不成了。"

兰香心慌意乱，低头不语。

"你好生想一下，想好了就回家来。"

"饿死我都不去你们家。"

"咿咿咿，还嘴巴子硬。傻妹仔！啥子你家我家的？我的家就是你的家。不要想着你姐夫那些话了，都是气头上说的，你莫放在心头。唉，兰香，这么多兄弟姊妹，家里就剩下我两姊妹了，你的事我能不管吗？好了，我走了。

车还在街上等我，还是你姐夫帮我找的车。”

兰香把秀蓉送到车上，回到屋里，满腹的期盼化作苦水，眼泪止不住地流淌。她像一只断线的风筝，心无所依，身无所傍。但她不甘心，她还要等，这是他们的家，她要在这里死等，至少要等到个国雄的音讯。

好在孙国雄那一大箱子书，多少可以排遣寂寞。

1949年秋天，歌乐山两拨人打架，许茂林出面，请当地有威望的刘力民来调解。刘力民四十多岁，当过国民党的军官，抗日战争期间被打残了腿，退伍后在歌乐山定居。

两边来了二三十号人，许家院坝坐得满满当当的。兰香待在屋里，不敢下楼。傍晚，楼下没有了响动，憋闷了一天的兰香松下来。她一边搓衣服一边哼起歌来：

我的年轻郎，
离家去南洋，
我们两离别，
顶多不过二春光。
望情郎不要悲哀，
总要辛苦去求财，
胡闹花天无正业，
等到老来苦难挨。

我的年轻妹，
娇柔又美慧，
我们两离别，
两春不到可再回……

兰香搓完衣服，端着盆子下楼清洗。走过厨房，这才看见许茂林还在堂屋里跟刘力民讲话。见了兰香，刘力民吃了一惊，他紧盯着兰香，脸上露出坏笑，“嘿嘿，老许，你金屋藏娇啊！”

许茂林正色说：“莫开玩笑哦！她是我徒弟孙国雄的未婚妻。”

兰香赶紧出门，到院坝晾衣服。

一会儿，许茂林走到院坝，对兰香说：“蔺小姐！刘先生说要帮忙给你找份工作，你快进来谢谢他！”

“谢谢刘先生！”兰香跟着进屋，笑着道声谢，急忙上楼去。

许师傅为啥把我的情况跟他说？一个陌生人要给我找工作，哪有这等好事？兰香心里嘀咕：我与他非亲非故，人家恐怕只是说句顺口话，逢场作戏罢了，何必当真。她不再深想。

几天后，许茂林交给兰香一封信。兰香拆开一看，一张纸上面用毛笔写着：

委任状

兹委任蔺兰香为国民党第六编练司令部第二支队政工少校干事。

此令

第二支队队长谢衡刚

民国三十八（1949）年十一月五日

突如其来的一张纸让兰香懵了。那些字兰香都认识，但是编练司令部是个什么部，支队长是什么官，政工少校又是什么东西，要干什么事，兰香一概不知。兰香想去问刘力民，又觉得不妥，便拿着那张纸去问楼下的张先生。张先生租了许茂林的门面，卖点香烟糖果，像是个有见识的人。

张先生说："支队长相当于团长，政工嘛，是管理文书的，少校嘛，是个军衔，相当于营长。"

"营长？要带好多兵？还要打仗？我哪里得行啰！"

"我是说相当于营长。这个政工是个文职，不带兵、不打仗，就是管一下文书之类的差事。"

"我文化也不高啊。"

"你年轻，可以学嘛！有工作比寄人篱下好。你未婚夫现目前杳无音讯，许家就靠这点房租生活，顿顿都是烂盐菜，你吞得下去哟？"

"就是不打仗，天天跟当兵的在一起，也怪不舒服……我还是做点别的算了。"

"你说得轻松，现在男人找份工作都艰难得很，更何况你一个姑娘家！"

"我都认不得这个刘团长，他为啥子要给我找工作？"

"嗨呀，你跟他不熟，人家许师傅跟他关系好嘛！他刘瘸子要去哪里，不管远处近处，还不尽是许师傅帮忙找车。"

张先生嘴里的营长，勾起了兰香的一段回忆。

在摩尼时，有个假期，一支过路的部队进驻摩尼小学，班上两个调皮的男生跑去骚扰人家。领兵的是一个长得粗壮的营长，见娃娃天性顽劣，不听劝告，一怒之下，他往天上“乒乒”两枪，接着就举着手枪追两个男生……

此时，兰香把自己换做那个营长，想象自己在台上训话，在操场指挥士兵们操练，兰香觉得这个工作太不实际，离自己太遥远了。

兰香把委任状放到桌子上，把这事搁下了。

这之后，兰香的处境变得尴尬起来。每次打照面，许师母就给兰香脸色看，锅碗瓢盆摔得噼里啪啦响，楼下经常传出喋喋不休的抱怨和粗声武气的争吵。有一天，许茂林两口子在楼下吵起来，许师母的声音特别大。许师母说：“找到工作她不去，你徒弟一辈子不回来，我们就养她一辈子啊？”

“哪个说国雄不回来？你现在把她逼走，以后国雄回来，我们唧个跟他交代？”

“你晓得不？我们屋头只有几把米了，吃完了喝西北风啊？明天老娘背起娃儿回娘屋，你一个人在这里服侍她嘛！”

“你敢！老子捶死你……”

“你打！你打！今天晚上你就把我们两娘母打死算了……”

兰香咚咚跑下楼，推开门，说：

“许师傅，你们不要吵了，我明天就走。”

“走？到哪里去？”

“刘先生介绍的地方呀。”

“蔺小姐！哎，我老许实在是对不起你……以后国雄回来，你就是到天涯海角，我也要把你找回来交给他……实在是对不起你……”许师傅哭了。

其实，从到许家第一天，兰香就觉察出许师母的抵触，意识到自己处境尴尬。女人的心思，兰香懂。一个年轻女人突然插到两口子中间，女人都会提防，何况兰香相貌出众。当时，只说是暂住，孙国雄给的生活费、房租费都比较宽裕，看在钱的分上，许师母可以忍让一步。不料这一住竟然大半年，费用已成欠账，国雄又音讯杳无，时局动荡，生活窘迫，想必她早已忍无可忍。

那一夜，兰香没有合眼。她已没有选择，她想到妈妈常说的话：到哪个山头唱哪个歌，啥子将军打啥旗号，塑啥子菩萨用啥颜料。兰香收拾衣物，她把国雄给的三段旗袍料子，两斤半毛线塞进小皮箱。那是准备结婚用的，还没来得及做。可惜那箱书带不走了，那是孙国雄专门从老家托人带过来的。

第二十三章 》》

羊落虎口

第二天一早，许茂林带兰香到刘力民家。

刘力民打开门，披了件衣服站在门里边，“我还以为你不去了呢！嘿，你再不来谢队长就走了。他住在城里头瓷器街一个亲戚家头，你自己去找他。”

“哪个才找得到呢?”

“走下山去，坐车到牛角沱，再找部黄包车，直接拉到市中区瓷器街 154 号，那家姓罗。你们慢走，我不送了。记住：瓷器街 154 号。”

“谢谢刘先生。”

为了得到那份工作，兰香动用了她最精良的装备。她里面穿一件白衬衣，外面罩了件灰色开衫毛衣，穿一条米黄色的裤子，最后，她穿上了孙国雄送给她的黑色高筒皮靴。

瓷器街 154 号是个商铺，车夫把兰香的箱子和两个包卸到门口，兰香付了钱。一个学徒模样的年轻人迎上来，问：“小姐，你找哪个?”

“请问谢衡刚队长住这儿吗?”

“哦，他在楼上。”他仰头朝楼上喊：“谢团长——有人找你！小姐，请进屋吧，东西我帮你提进来。”

楼上响起脚步声，一个身穿黄布军装的男人从楼梯下来。他大约四十岁，身材魁梧，大脸浓眉，略显突出的眼睛里有一种权贵的威严。他眼睛分明闪亮一下，彬彬有礼地问：“你是蔺兰香?”

“嗯。”兰香两手攥紧放在腹前，低下头，避开他的眼睛。

“我是谢衡刚。”他伸出手来。

兰香跟着伸出手，表面镇定，心里发怵。

“请到楼上坐。罗三，把行李给蔺干事搬上去。”

兰香跟着上楼。

"还好，你算是赶上了。本来都该去泸州了，临时有事又延后了几天。"

"谢队长，我第一次出来做事，还请你多指教。"兰香把背挺得直直的。

"呵呵，只要脑瓜子灵光，不管学做啥子事都不难。今天晚上你就住在这里，明天上午，我先带你去打理一下，晚上，我朋友陈志刚请吃饭，你也去长一下见识。罗三，帮蔺干事把床铺收拾一下。"

谢衡刚和几个人上楼时，已经很晚，兰香听着他们走到另外两间屋，窸窸窣窣一阵，安静了。

吃过早饭，谢衡刚把兰香带到较场口一家高级理发室，叮嘱理发师把她打扮洋气一点。理发师咔嚓咔嚓把兰香的两根辫子剪掉，然后敷上药水，裹上杠子，把头发烫成一棱一棱的波浪。兰香对着镜子前后看，那个纯朴无知的女娃儿不见了，镜中的自己突然有了一种成熟的韵味，仿佛有点明星相。她暗自欢喜，感慨妆容变化的妙不可言。她想，要工作了，还是成熟一些好，不会被人小看，还有，举手投足要端庄，要像三少奶奶和洪太太那样不紧不慢。想起秀蓉第一次带她进理发店的情景，兰香笑了，心想，这头发比秀蓉的烫得好，以后带秀蓉到这里来烫。

谢衡刚出去一趟回来，到柜台付了钱，对兰香满意地一笑，"嗯，漂亮！"

随后，谢衡刚又让罗三带着兰香去附近商店添置了一些生活用品。

晚上，谢衡刚把兰香带到校场口的中兴酒楼。他们进了一间包房，见桌上已围坐了七八个人。陈志刚五十来岁，黑黑瘦瘦的，披了件黑色的斗篷，还带了夫人。夫人徐娘半老，风韵犹存。她招呼谢衡刚坐下，对着门外喊一声："伙计，上菜！"嗓音粗哑，像只母牛。

谢衡刚让兰香坐在他身旁，清清嗓子，郑重其事地介绍："诸位，介绍一下，这位是蔺兰香干事。"众人就把目光转向兰香。

兰香定一定神，慢慢起身，脸上挤出一个浅笑，微微鞠个躬。她心里咚咚乱跳，生怕别人问起什么。突然就有了一个头衔，她弄不懂自己该扮演一个什么角色。陈志刚依次介绍席上的客人，刘局长、李委员、张主任、贾会长，兰香弄不懂那些称呼的含义，只觉得那些人个个身份尊贵，有头有脸。大家互相寒暄一阵，菜就差不多上齐了。一个伙计挨个斟酒，轮到兰香，她捂住酒杯，乞求似地悄悄对谢衡刚说："我不会喝酒。"谢衡刚轻轻拿开她的手，体贴地说："意思一下，我帮你喝。"

陈志刚端着酒杯站起身来，"各位：值此国家危难之际，衡刚兄弟以不惑之年，卸政从戎，担当戡乱救国之大任。今日，陈某略备薄酒，诚邀各位兄弟，为衡刚兄弟壮行。祝衡刚兄弟大展英才，马到成功！"酒杯齐响，陈志刚一仰头先干了。

众人干杯之际，谢衡刚一口干了自己的杯，把酒杯放到兰香面前，顺手拿过兰香的杯子，一口干了。

第二巡酒斟满，谢衡刚举杯致辞：“承蒙各位兄台厚爱！谢某不才，唯以国家之急务为己任，虽赴汤蹈火，定当一往直前，万死不辞！”一口干了杯中酒。

兰香仰视谢衡刚，暗想：这就是传说中的英雄气概？

接下来，大家互相敬酒，觥筹交错，侃侃而谈。兰香换了杯茶跟着起起落落。有人喊：“蔺干事也来一杯酒！”谢衡刚说：“蔺干事不会喝酒。”大家也不多劝，只说：“蔺干事莫客气！”“蔺干事多吃菜！”

耀眼的灯光下，酒香四溢，高朋满座，宾客们左一声“蔺干事”，右一声“蔺干事”，唤得兰香晕乎乎的，仿佛背后有个无形的大手撑着，她挺直腰杆，笑意盈盈，心中悠悠然升起一种感觉，仿佛自己真是一名有身份的人，一个上等人。

第二天，谢衡刚带领兰香等人赶到璧山汽车站。抗战后的重庆，经济萧条，交通极其不便，璧山车站是当时重庆唯一的大型车站，开设的线路多，南来北往的人也多。

他们在车站旁边的一家旅馆住了一夜，天色微明，一行人上了去泸州的长途客车。谢衡刚安排随行的罗三和另外几个人远远坐在后面，自己则和兰香坐在前排。

一路上，谢衡刚对兰香十分殷勤，先是把水果糖剥了纸递给兰香，一会又削苹果，规规整整地切一块，剔除果核，递过去，等兰香嚼完，再递一块。

兰香觉出些端倪，“你自己吃，谢队长！我不要了！”僵着身子，偏着脑袋推辞。谢衡刚不管不顾，硬是把东西送到兰香嘴里。兰香吃得痛苦，却不好直接对抗。她心里有一丝不祥的感觉，转念又想，一个堂堂的支队长，总得讲点规矩，他不过是借着乘车的机会揩点油罢了。这样一想，心里稍微轻松了些。

在车上颠簸一阵，谢衡刚打起瞌睡来，大脑袋一歪，倒在兰香肩上。兰香绷紧了身体，大气都不敢出。车上的人不知他俩的关系，老拿眼睛瞟他们，兰香十分尴尬，如芒刺在背。

到泸州已是晚上，谢衡刚一行到了桃源旅馆，他让其他人住一间大屋，另外开了一个单间。

兰香问：“我住哪里呢？”

谢衡刚把嘴凑在兰香耳边，轻声说："跟我一起住。"

"不！"兰香坚决地说。

谢衡刚厉声说："听话！"

"不！"兰香提起行李，对老板说，"先生，请给我开一间房！"

老板看看谢衡刚，谢衡刚沉着脸，不说话。

老板给兰香开了门，帮她把东西提进去。兰香和谢衡刚的房间中间，隔着一个天井。

连续几天的车马劳顿，担惊受怕，兰香累了，她草草洗漱一番，倒头就睡。半夜，兰香被窗边咔咔的声音惊醒，以为是小偷，吓得用被子蒙住头，过了一会，响声似乎没有了，她颤抖着掀开被子，"啊——"一个黑影正站在床前！是谢衡刚！他把腰间的枪卸下来，放在枕头上，然后用手电筒照着兰香。

兰香用手挡电光，"谢队长，你……"她想爬起来，谢衡刚按住她："宝贝儿，莫紧张。"

他脱下军装，掀开被子上了床。

"谢队长，不要这样！我是来做事的！"兰香裹着被子往床角躲。

"做事？我让你来就是做这个事。听我说……"

"你们骗我！"兰香气愤地说。

"骗你？你硬是恁个天真哪？你有啥本事？一来就给你委派个少校，还不是都靠我。"说着，谢衡刚把手伸向兰香。

见兰香双手死死撑着他，他坐起来，披上衣服。

"好，好，我不强迫你，我要让你心服口服，心甘情愿。刘力民把你的事都给我讲了。你未婚夫在西北，他回不来了，你等他有啥子用。他师傅托刘力民给你找工作，唉，女人家，找啥子工作？宝贝儿，你就跟着我吧，我不会亏待你。"

"你家里没得太太呀？"

"有是有，我结婚十几年，堂客一直不生儿子，不孝有三，无后为大，实不相瞒，我托刘力民，就是想让他帮我找个小，给我生几个娃娃！"

"我们前两天才见面，就讲生儿养女的。"

"这年头，兵荒马乱，哪有时间花前月下的？再说，你虽然年纪不大，也算是过来人了，还用得着那些讲究？你放心，我一定给你个名分！人往高处走，水往低处流，一个车夫有啥前途？我呢，家庭收租吃饭，当过县长，现在是个支队长，未必还配不上你？你跟着我，保准有好日子过。"

“我不求荣华富贵……”

“荣华富贵哪里不好？肩挑背磨才好吗？宝贝儿，我也是个很挑剔的人，我是真心喜欢你，那天看到你第一眼我就认定你了。”

“你喜欢我就不该强迫我。”兰香顺水推舟，想用个缓兵之计。

“好，好，我不强迫你，我就天天守着你，等你哪天想通了，我再……实话跟你说，这两晚上我觉都没有睡好，本来该在重庆多待两天的，看到你我就改主意了！”

“我要是不答应呢？”

“没关系，我等你。明天我喊汤副官来脚跟脚地伺候你，有啥子事你就招呼他。他叫汤云剑，是我从壁山带来的。”

谢衡刚的话绵里藏针，兰香欲哭无泪。麻雀有个窝，耗子有个洞，偌大个重庆城，竟没有自己的立足之地，阴差阳错，竟然把自己送入虎口。

谢衡刚招兵的地方在兰田坝，他早出晚归。回到城里，他带着兰香逛街，看戏，下馆子，遇到好看的小玩意儿，顺手买了给她。他脚蹬皮靴身披斗篷，腰上挎着驳壳枪，要兰香挽着他的手，满面春风招摇过市。可怜的小女子只有委曲求全。

汤云剑名为副官，实际就是个听差，成天蔫耷耷的，像抽大烟的。他每天守在兰香屋外，按时带她到兄妹饭馆吃饭，一日三餐都在同一个地方。兰香说：“汤副官，我们换个地方吃嘛，天天都吃这些，都吃伤了。”兰香起了个心眼，想换个地方找机会逃跑。

“蔺干事，老实说，我也吃伤了，但是这是队长的命令，我不敢违抗。”

兰香问：“汤副官，招兵站在哪里？带我去看一下要得不？”

“最好不去，现如今局势嘿乱，那些人从四面八方来，复杂得很。”

“招了兵又去哪里呢？”

“招齐了带到贵州毕节，昆明那边会派车来接。”

毕节！兰香想起陶鸿飞。她问汤副官：“到昆明那边去干啥子？”

“何司令在那里。他说招到一个排就可以当排长，招到一个连就当连长，我们要尽量多招。”

“人越多官就越大？”

“那当然啰。”

“一个排是好多人？”

“三十来个人。”

“一个连呢？”

“百把人。”

“一个营呢?”

“三个连就是一个营。”

兰香想知道一个营长可以管多少人。

闲得无聊，兰香想着把箱子里的毛线拿出来织件毛衣，主意才打定，汤副官通知兰香，谢衡刚要她马上搬进军营。兰香收拾行李去兰田坝。

兰田坝招兵站，来了四面八方的青年，虽然没有枪，却都穿上了军装，有饭吃，有地铺睡，个个欢天喜地。

第二天，部队往毕节开拔。

第二十四章

兵荒马乱

从四川泸州到贵州毕节，沿着川滇东路，途经几个县，要走好几天。兰香穿着高筒皮靴，跟着部队行进，脚被打得生痛。到了叙永前面的后山铺，看见三三五五的人往叙永方向逃，才知道解放军要来了。

当晚，他们住在一个地主家，地主家的人已跑完，只剩个看院子的中年妇女。屋后面是一道高大的围墙，围墙里面是县政府。兰香和那个妇女睡在一起。睡前她想脱鞋，试了几次脱不下来，知道脚肿了，只好穿着鞋睡，心想，睡一觉也许就消肿了，明天换双当兵的穿的胶鞋。

半夜，围墙那边传来枪声，随后是追赶的脚步声："站住！站住！不要跑！"砰！砰！兰香赶紧下床穿好衣服，去了堂屋。谢衡刚已经穿好衣服，惶恐地站在堂屋中间。一个小勤务兵带着几个解放军进来，小勤务兵说，"这就是我们队长。"谢衡刚把腰间的手枪取下来，交给解放军。

领头的解放军对谢衡刚说，他们要送他到军区接受教育和训练，过一段时间，如果他愿意回家，保证予以放行。

交代完政策，两个解放军留下看守，其他的又出去了。小勤务兵把火盆挑燃，又加些木炭进去。一屋子人围在火塘边，坐到天亮。

第二天，几百号俘虏被带到一块空地上集合，一个军官模样的解放军站在高地上宣布："中华人民共和国成立了！你们愿意当解放军的，我们欢迎。愿意回家的，可以回家，我们发给路费……"

身旁几个青年小声对兰香说："当解放军苦惨了，女娃儿都要打仗！"

"听说他们一天要走一百多里，还穿的是草鞋，男兵女兵都一样。"

接下来，全体俘虏被分成几块，一个一个到指定的地点接受询问。兰香和谢衡刚等一批人被带到县政府。部队中女人本来就稀罕，兰香更是引人注目，所以首批过堂。

在一间清理干净的办公室，一个三十来岁军官模样的人端坐在书案后面，靠里边的案头坐着一个作记录的年轻人。军官打量兰香一会儿，抬手示意兰香在书案对面的椅子上坐下，先问了姓名、年龄、从哪儿来，家庭情况等一些基本问题。他说的是北方话，态度也温和。

“你干什么工作，担任什么职务？”军官的态度突然严肃起来。

“我是……政工少校干事，不晓得干啥子。”兰香低头看鞋。

“少校？你怎么到这个部队来的？”

“我是被骗来的。听人说，他们招兵招得越多，官就当得越大。”

兰香把寄居许茂林家，和未婚夫失去联系，生活艰难，想找工作等情况都据实交代，只是隐瞒了谢衡刚的诱奸。那是奇耻大辱，她早已想好了对策，从汤副官那里套出的情况派上了用场。

兰香的话让军官转变了态度，“哦，原来也是穷苦人呐。你好像读过书？”

“初中毕业。”

“愿意不愿意参加解放军？”

兰香摇头，“我怕打仗。”

“你可以做文化教员，或者去文工队。”

兰香还是摇头，“我想回家，我的脚都磨烂了！”此刻，兰香唯一的心愿就是回家，秀蓉的家也是家！

军官从书案后面走出来，“哦，还穿着皮靴呢。”

“是我未婚夫送给我的。”

“把鞋脱了！”

兰香犹豫着，那语气像是命令，又像关切。

“快脱开我看！”兰香明白了，他是关心。

兰香忍着钻心的疼痛，咬紧牙关把高筒皮靴弄下来，她看着血淋淋的脚呜呜地哭起来。军官叫来一个卫生员。卫生员一边用酒精消毒一边“啧啧啧，你们部队没有医生？”兰香摇头。“没有卫生员？”“不晓得。”他给兰香敷上药包扎好，走了。

军官说：“你这靴子不能穿了。”

“那我穿啥子呢？”

他想了想说：“我有一双军用鞋，你穿当然大了些，不过，你这脚也只能穿大鞋了。你再想想，是参加解放军？还是回重庆？”

“我想回重庆。”

“你回去干什么？”

“等我未婚夫。”

“嗯，中华人民共和国已经成立了，仗马上就要打完了。你的未婚夫很快就可以过来了。”

军官对记录员说：“发给她遣散证和路费吧。”

兰香走出办公楼，谢衡刚迎上来问：“你打算唧个办？”

“我要回姐姐家。”

“不，你跟着我！我谢衡刚当和尚也要把你带在一起！”

兰香看一眼他身后的解放军，拎起铺盖卷和皮箱急忙走出县政府。

满城都是人。逃跑的难民，被遣散的官兵，身着便衣的特务，无业游民，趁火打劫的匪徒，大街上人头攒动，包包箱箱一片狼藉，就是不见汽车影子。

兰香就近在一家客栈找了个房间，放好行李，出来站在大门口观察情况。

兰香站了一阵，在石台阶上坐下，心情沮丧，一筹莫展。

三个年轻人向她走来，前面一个黑黢黢的，像招呼熟人一样问：“蔺小姐，你家在哪里？”

“重庆。”

“那我们同路，跟我们一起走吧。你的行李呢，拿出来我们帮你背。”

看他们心急火燎的样子，兰香心生警惕，“我没得行李……我在这里等几个老乡。”

“我看见你有口皮箱，放在哪里？走，到你房间看看……老板，这位小姐住哪个房间？我们来帮她拿行李。”

在混乱的人流中，有四个穿黄军服的，兰香认出其中有个是谢衡刚部队的人，刚从学校出来当兵的，她大声叫喊：“抢人哪！抢人哪……”

那几个人听见喊声跑上来问：“谁在抢你？”兰香指着旅馆里面说：“那里，他们要抢我的行李！”四人放下行李，咋呼着冲进去。

“把东西放下！”

“光天化日之下抢人，老子打死你！”冲在前边的壮小伙子，劈头就给提箱子的人一拳。

“关你球事！老子不但要抢东西，还要抢人！”那人气势汹汹，一只手抵挡，一只手抱着皮箱死不放手。四个人一起挥拳扑上去，那三人见势不妙，丢下行李跑了。

“蔺小姐，你是重庆的，还在等什么？”

“等车，我脚痛，想坐车回去。”

"天哪，你还想坐车？你看这里乱七八糟的，哪里还会有车！跟我们一起走吧！"

"你们到哪儿？"

"我回武汉，我叫王少文。"壮小伙子说。

"我叫戚怀松，泸州的。"

"张仁杰，南充人。"

"我回汉口，我叫蒙汉雨。"

"谢谢你们救我，我跟你们一起走嘛。我自己背铺盖，你们帮我提下箱子。"

张仁杰提了箱子，急切地说："赶快离开这里，那几个家伙可能会来报复。"

见兰香走路一拐一瘸的，王少文说："等会给你找根棍子拄着。"

两天后，他们走到泸州，戚怀松道别回家。

在旅馆，他们遇到合川的徐世云和江津的两兄弟。他们说，这里可以坐船到重庆，但是他们没有钱了。兰香打开小箱子，翻出三段闪光的旗袍料子，两斤半绒线。那是孙国雄买的结婚礼物，绒线刚好织两件毛衣。兰香只有忍痛割爱。

"你怎么把这些东西都带出来了？该留在家里的。"王少文说。

"我没得家。"

"开玩笑吧？怎么会……"

"哎，不说那些了。"

兰香请旅馆老板帮她卖毛线和料子。一会儿，老板乐呵呵地回来了，把手里的银圆碰得叮当响。"这 10 块给你，给我留两块跑路钱？"

"你拿去吧。谢谢了。"

"女人出门怎么喜欢带这些东西呢？"张仁杰说。

兰香笑道："幸好带了这些东西，不然我们哪个回家呢？"

一行人匆匆来到泸州水码头，码头上人山人海。他们找到一条到江津的小船，跟老板讲好价，包船直达重庆朝天门。

船老板是个二十几岁的年轻人，瘦高个，单眼皮，一双眼睛贼溜溜地转。"吆哦吆哦耶哦——"船老板摇动锚杆长声吆喝，准备开船。

"等一下！"一高一矮两个人从岸上跑过来，腰上插着刀，一人挎一个黑色绣花口袋。

船老板说："这船是他们包了的。"

两个人置若罔闻，蹭蹭跳上船来。矮个子说："嘿嘿，都是出门人，这船还能装几个人嘛。"他又转身对兰香一行人咧嘴一笑，说："对不起，我们还有两个人，先等一下。"他从口袋里掏出一个银圆朝船老板一扔，哐当一声把口袋撂到船板上，打个盘腿在船板上坐下，叽里呱啦对高个子说了一句话。

高个子从口袋里摸出一张红绸方巾，摊在船板上，把三颗骰子装进碗里。他用手捂住碗摇几下，在空中画一个圈，把碗扣在方巾上。矮个子下注，定了数目，高个子把碗揭开……几个青年人好奇，把他们团团围住，几个回合下来，矮个子就赢了好几块银圆。

张仁杰看得心痒，摸出一张解放军发的钞票押上，一摇，赢了！再来，又赢，再来，又赢了，于是，蒙汉雨、王少文一拥而上，纷纷下注，只见几粒骰子在青花碗里滚来滚去，顷刻间，几个人把遣散费输得干干净净。

矮个子朝岸上望一望，对高个子说："他们怎么还不来，就不耽搁人家了，我们下船。"两个收拾好赌具，迅速跳上岸去。

"吆哦耶哦吆哦——"船老板一声吆喝，用力一篙把船撑离岸边。

两个人咧开嘴笑，挥着红花翻边帽向船上的人告别："谢谢小兄弟配合，道谢了！"

"该死，原来他们是一伙的！"张仁杰他们在船上骂开了。

王少文说："我看他们不是好人。"

蒙汉雨说："是骗子，我们上当了。"

小船顺流而下，两岸青山缓缓退去。回家的喜悦冲淡了输钱的不快，几人在船尾观山望景，闲聊，兰香不言不语，独自坐在船舱中间。

走了一段路，船老板在船头扯开嗓子唱起来："幺妹稳稳船中坐，半天不把话来说。有啥子事儿不高兴？快给哥哥悄悄说。"

他不时瞟一眼兰香，趁人不注意，还朝她挤眉弄眼。

"幺妹幺妹你今年几？两根辫儿浪吊起。娇娇滴滴惹人爱，晓不晓得哥子喜欢你？"

兰香十分恼怒，扭头瞪他一眼。船老板扮个鬼脸，嬉皮笑脸地唱：

"好个重庆城，山高路不平，口吃两江水，笑贫不笑淫。"

兰香窝火地想：我要是打得赢，非把你龟儿揍得鼻青脸肿，用大针缝上你的烂嘴巴！

船到江津，天色已暗，船在码头下游水湾靠岸。江津两兄弟下船，与大家挥手告别。

吃了饭，大家摆铺睡觉。几个男子汉睡在船板上，兰香睡船舱中间。各自把铺盖垫半边盖半边，棉衣盖在上面。

半夜，兰香发现有一只手伸进被窝，吓得翻身爬起来，惊叫道："有坏蛋！流氓！"大家都被惊醒，原来是船老板欲行不轨。

王少文骂道："你不长眼！她是谢团长的二姨太，我们一起走几百里，谁都不敢动她一下，你是什么东西？"

蒙汉雨说："她是国民党少校！你知道吗？也不撒泡尿照照自己长啥样子！"

张仁杰说："你个龟孙子，白天你唱那些下流调调，以为我们听不懂？老子是在察言观色，注意你的行动！"

船老板竟敢在他们眼皮下耍流氓，几个男人觉得很丢面子，联想到被人欺骗的事，他们气不打一处来。张仁杰说："你龟儿子跟那两个该死的勾结，把我们的盘缠都搞光了，太黑心了，上！打他该死的！"

几个人一拥而上，船老板挨了几拳，跑到船头拿过篙竿对准他们，"哪个敢上来，老子戳死他！惹毛了老子把船弄翻，让你龟儿几个到河头喂王八！"

王少文说："不等你龟儿子动手，老子几个就弄死你！"

船老板晃动着篙竿，"嘿嘿，老子死了，看你们哪个回去？"

双方僵持不下，兰香赶紧打圆场，说："算了算了！他一个撑船的，不跟他一般见识。"

"完全是强盗！"王少文收了架势，愤怒地说。

"真不该坐这贼船！"

"算了，回去睡觉。"

船老板说得对，解放军所到之处，首先是接管交通工具，禁止车辆出入。江上的船不多，都是满实满载，如果鱼死网破，对谁都没好处。

几个男人回到船舱，要兰香睡在中间。兰香多了个心眼，说："你们睡吧，我不睡了，我就坐在铺上监视他……"

"是啊，万一他真弄翻了船，我们就当水打棒了。"

"哈哈哈哈……"

他们都不敢睡了，围坐在一起闲聊。兰香恍恍惚惚听着他们说话，心里想着自己的事：明天就到重庆了，父母姐姐姐夫如何？姐夫不准进屋哪个办？泸州之行哪个跟他们交代？孙国雄怎么样了……

"蔺小姐，你都晓得我们的情况了，你也说一下你呀。"王少文打断兰香的思绪。

兰香说："我没得啥子好说的。"

张仁杰说："明天到朝天门就要分手了，能一起共患难也是缘分，你一点感想都没得？"

"谢谢一路上你们照顾！"

王少文说："他们说你是少校，可是你又没有穿军装，又没和我们共事，整天闷闷不乐的，我们都很奇怪呢。"

蒙汉雨说："我想冒昧问一句，你为什么要跟谢衡刚？他都那么大把年纪了！"

"我被骗了！这二十多天，我像做了个噩梦……"话一出口，兰香的眼泪就流出来，她克制着，将她的泸州之行讲了个大概。

"原来是这样啊。"

"难怪谢衡刚把你关在桃园旅馆，他是怕你跑了。这个老贼！"

"哎呀不要焦不要愁，有步好运在后头。"张仁杰说，"这仗马上就要打完了，回去好好等你未婚夫，他会给你带来幸福的。"说完，他拿出口琴，吹起《五月的风》《相见不恨晚》。大家跟着口琴哼起来。

在朝天门码头，兰香把剩下的五块银圆送给他们做路费，由他们自己去分。他们归家心切，匆匆分手，彼此都忘了留下个地址。

第二十五章 >>>

解放区的天

重庆城里，到处飘着五星红旗，电线杆上安装了大喇叭，轮番播放着“解放区的天是晴朗的天……”“冒着敌人的炮火，前进……”一队队解放军在街上走过，队列整齐，秋毫无犯。街上的行人驻足观望，有的交头接耳，兰香依稀听到一些只言片语：换朝代了、蒋介石、新天子、毛泽东、天下太平……她对这些都不感兴趣，一门心思赶着回家。

新桥的情况和城里差不多，也是五星红旗，也是高音喇叭。不过，一家人生活依旧，唯一的变化是，四川省公路运输公司进行整编，易朗被调去成都。

兰香下船后换上筒靴，扔了不便带回家的东西，秀蓉不知道兰香去过泸州，只以为她想通了，不再待在许家死等孙国雄。她安慰兰香，等易朗在成都安顿好，她带着母亲先过去，然后全家都去成都生活。秀蓉告诫兰香：“孙国雄那边，你不要死脑筋，千万不要在一棵树子上吊死，车队的司机一抓一大把。”她又对兰香说，公安局的来开过会，谁家来人来客，都要去派出所登记。

兰香找到登记处，负责登记的是一个二十多岁的年轻公安。兰香递过遣散证和委任状。年轻公安上下打量她一阵，随后，一边问话一边在簿子上记录。他的问题和叙永那个军官问得差不多，兰香的回答也大同小异，但此时此刻，兰香的心情却大不一样：叙永离重庆天远地远的，派出所就在家门口，万一谢衡刚的事被传出去，还哪个活人？登记完毕，兰香转身要走，年轻人抬起头，“呃，那个——兰州人，他还会来吗？”

兰香摇摇头说：“不晓得。”

“回家等着吧，政府会给你安排工作。我叫陈庆生，是你们那地段的户籍，有事你可以找我。”

兰香将信将疑地点点头，走出派出所。

1950年是中华人民共和国成立后的第一个年头，新中国，新气象，春节前夕，凤鸣山汽修厂要排演一台文艺节目，易朗所属的运输公司和汽修厂，号召家属踊跃参加，兰香和秀蓉被军代表钦定入选，二十多名职工和家属组成了一个文工队。

两天工夫，文工队的人就彼此熟悉了。负责组织工作的是厂文教委员刘顺涛，二十来岁，举止言谈温文尔雅，据说读过私塾，还读过洋学堂，人称“刘老师”。沈三里三十多岁，个子不高，大大咧咧不修边幅，人称“沈文学”，是独幕话剧《悲惨的工人家庭》的编剧。高占勇是个修理工，比兰香小一岁，会吹口琴拉二胡，人长得敦实，缺了半颗门牙，厂里人叫他“高莽娃”。

《悲惨的工人家庭》讲述旧社会，在深秋时节，一个工人家庭三代老小卖了衣服裤子才能买米下锅的悲惨故事。这是个重头戏，角色没有多余人选，秀蓉演婆婆，兰香演病卧在床的媳妇，琳琳出演小孙女。

兰香除了话剧，还有一个独唱《南泥湾》和群舞《扭向新中国》。军代表亲临现场督战，给兰香讲陕甘宁边区的“大生产运动”，又让刘顺涛找了一只花篮，让兰香“体验生活”。

时间紧，任务急，文工队的排练夜以继日。排练结束后，为了保护兰香姐妹的安全，刘顺涛和高占勇轮流护送她们回家。从汽修厂到兰香的家，有一段很长的乡间小路，石板蜿蜒，小桥流水。桥头有一棵老黄桷树，树下有家幺店子，卖汤圆、小面、凉粉、老荫茶。他们偶尔在树下歇息，吃一碗麻辣小面或者醪糟汤圆。

兰香累并快乐着，她喜欢这种忙碌而富有挑战性的生活，体会到“解放”的滋味。

春节的演出非常成功，《悲惨的工人家庭》与兰香一家在龙山的景况十分相似，兰香自然融入了角色。戏里戏外都是一家的三个人配合默契，把话剧演得活灵活现，观众看得眼泪汪汪的。

《南泥湾》更是获得满堂掌声。军代表说：“哎呀，妈也——赶郭兰英不差哪儿去！”原来，《南泥湾》是军代表指定的节目，他亲自看过郭兰英到部队的慰问演出，从此念念不忘。后来，文工队的人就叫兰香郭兰香。

元宵节晚上，刘顺涛、沈三里、高占勇几个单身汉邀约到秀蓉家去玩。

见来了人，绍六对秀蓉说：“你们好生耍，我打牌去了。”各自拿着烟杆出门。

天气很好，月白树静，大家嫌屋里拥挤，就搬了椅子板凳到外面院坝坐。秀蓉吩咐兰香摆点糖果、炒货出去。兰香用针线箩儿装了，放到长板凳上。琳琳跟几个人早已熟稔，跟着跑进跑出的，欢喜得很。秀蓉又安排蔺李氏煮块腊肉，请大家喝杯酒。三人都说：不喝！不喝！

秀蓉说："过年过节的，不招待你们一下哪个要得呢？"

沈三里说："那就下一钵面来嘛。"

秀蓉就朝屋里叫道："妈，腊肉不煮了，下一大钵鸡蛋挂面。"

沈三里说："不要鸡蛋，下点青叶子菜就要得了！"那个年头，肉、蛋都算稀罕物，他们不愿过分打扰主人家。

片刻，琳琳站在门口传话："妈——外婆说，屋头没得菜叶子了。"

秀蓉说："没得就算了，将就点吧。"

高占勇说："那边山坡上种了些豌豆，我和兰香去掐点豌豆尖。"说完拉着兰香出门。刘顺涛说："等一下，我们一起！"招呼沈三里跟出去。琳琳说："妈，我也去！"秀蓉说："黑灯瞎火的，你就在家里待着。"招呼蔺李氏看着，也跟了出去。

到了菜地，他们分散开来，像一群蝗虫落到地里，到处响起嘁嘁嚓嚓的声音，不一会儿，每人手里都攒了一大把豌豆尖。往回走的时候，附近院子里突然冲出一条大狗，他们撒腿就跑。高占勇一脚踩虚，从坡上滚到了坡下面，豌豆尖撒了一地，一只鞋都滚丢了，看到他那副狼狈的样子，一群人哈哈大笑。

刘顺涛说："奇怪，刚才我们经过的时候哪个没得狗叫？"

沈三里说："它刚才是谈恋爱去了，春天来了嘛。"

大家帮高占勇找到鞋，一路笑着回家。

琳琳睡觉了，锅里的水开着。兰香帮着淘菜，秀蓉招呼大家把桌子抬到院坝中去。桌子安放好，蔺李氏端一缸钵面就过来了。

一桌人正要开吃，刘顺涛说："慢点！"他舀一瓢面汤，端起碗说，"诸位，今天过大年，还是该祝个酒噻。"

大家会意，各自舀了面汤端起碗，相互碰杯，彼此说些感谢和祝福的话。

突然，沈三里一拍脑袋，问秀蓉："有没得纸和笔？"

秀蓉问："做啥子？"

高占勇说："沈文学肯定是诗兴大发了噻。"

兰香跑进屋里，拿出钢笔和纸。沈三里把凳子移到树影外面，蹲下来，就着月光刷刷地写：

元宵佳节去偷青，
二蔺刘高我五人，
今朝于此同欢乐，
不知相逢又几春。

“好哇！好哇！果然不愧‘沈文学’！”大家拍着手欢呼，传看沈三里的诗作，都称赞诗好，字也好。沈文学笑道：“有感而发，有感而发。”

高占勇说：“我也试一下。”

今日元宵节，
提笔欲写诗，
胸中无点墨，
冒充假斯文。
春光无限好，
面汤敬知音，
但愿人长久，
不怕诗献丑。

沈三里说：“你这只能算打油诗。”

秀蓉说：“打油诗也是诗嘛，”带头鼓起掌来。大家附和秀蓉，跟着鼓掌。

兰香一直在心里构思，此时起身说：“我也来献个丑。”

高朋满座无佳肴，
以水代酒也逍遥，
明月门前高高挂，
诗歌伴舞度良宵。

“好哇！好哇！”又是一阵掌声。

高占勇说：“不对头呃！这里没得哪个跳舞噻！”

兰香听罢，一时语塞，沈三里瞪高占勇一眼，“你个高莽子，戳锅漏！”

刘顺涛不慌不忙，朝天上一指，“举杯邀明月，对影成三人。嫦娥在给我们伴舞噻。”

掌声再次响起，更加热烈持久。兰香感激地瞟一眼刘顺涛，心底涌起一腔敬佩。

沈三里说：“哎呀呀！郭兰香，你又会演戏，又会唱歌，想不到还会写诗！还说献丑，文学家这个头衔该让给你了！”回头又问高占勇，“晓不晓得

‘举杯邀明月，对影成三人’是哪个的诗?”

“不晓得。”

“你个莽娃儿，等哈儿回去请教刘老师。”

“该刘老师了，”秀蓉岔开话题。

刘顺涛说：“我嘛，以前也试过写诗，脑壳太机械了，写出来始终干巴巴的，连打油诗都写不出来。恁个嘛，我讲个笑话。”

高占勇说：“逗不笑我们不算数哦，你就要再讲一个，一直到全部都笑为止。”

“同意!”大家一起鼓掌。

刘顺涛一字一句地说：“听好哦！英语老师家头来了个农村表妹。有一天，老师正在屋里头改作业，有个人来找他，表妹在外面喊，‘表哥，有人找你。’老师问：‘是谁呀?’表妹说：‘我也没看到，不晓得是男 Miss 还是女 Miss’”。

“哈——哈——哈——”大家都笑起来，高占勇说：“兰香没有笑!”

兰香迷惑地问：“那个——‘没时’是啥子意思?”

刘顺涛说：“Miss 是英文，就是小姐的意思。”

“英国人喊男的也喊小姐呀?”

大家又一阵哄笑，兰香幡然醒悟，羞红了脸，跟着笑了。

秀蓉说：“我不会写诗，我唱个歌好不好?”

大家说：“好，好！只要高兴就好!”

高占勇摸出口琴给秀蓉伴奏，秀蓉唱了《少年的我》：

春天的花是多么的香，
秋天的月是多么的亮，
少年的我是多么的快乐，
美丽的她不知怎么样?
春天的花会逢春开放，
秋天的月会逢秋明亮，
少年的我只有今天快乐，
美丽的她不知怎么样?
……

那个元宵夜，月亮格外地圆，格外地亮。几个年轻人像书中的才子佳人，花前月下，吟诗说文，谈笑风生……兰香兴奋得睡不着觉，她细细回味每一个细节，把每个人的诗都记在本子上。美好的夜晚，浪漫的情调，让兰香深深地陶醉了。

四月初，易朗把秀蓉母女和蔺李氏接去成都。临走时，秀蓉留下些钱，对兰香说："妈妈由我负担，爹就拜托你照顾了，记到，找对象一定要先把爹的事情讲清楚，这是个先决条件，一点都不能含糊！"

秀蓉走以后，绍六重操旧业，帮街上的饭馆和居民挑水，兰香操持家务，等待政府安排工作。

一个雨天的下午，高占勇给兰香家里扛来一个口袋，他一声不吭，放在桌子上就打倒转。兰香追出去。高占勇大步流星，头也不回，像是逃跑。"这个高莽娃！"兰香不用打开看，就知道口袋里装的是什么，但这种不明不白的东西，她是一颗米也不会动！

晚上，刘顺涛到兰香家，见面就问："那些米够吃好久？"

兰香很诧异，问："你哪个晓得高占勇送了米给我呢？"

刘顺涛说："我请他送来的呀。听你爹说坛子里没米了，我就叫伙食团把我剩的米退了。我今天下班要开会，就请高占勇先送过来。"

兰香说："他啥子都没有说，搁了米就跑。我还以为是他送给我的，正在为难。"

"现在晓得了是我送给你的，你还为不为难呢？"刘顺涛话外有音。

兰香感激地说："谢谢你！等我有了钱，我会还你的……"

"你们家有困难，帮助你是理所当然的。中华人民共和国成立前，我们当学工的都是自带伙食，我存了几十斤米在伙食团。现在，我们都是供给制，国家包吃包住，每个月还有零花钱，我一个人完全够了。以后有啥子困难，跟我说一声。"

刘顺涛说得顺理成章，就像是自己的分内工作，兰香感到十分温暖。

吃过晚饭，绍六出门去了。兰香点亮油灯，给绍六补衣服。她把一件洗得发白的蓝布衣服铺在桌子上，找几块旧布，铺在破洞上，先大针地串起来定好位，再坐下来，一针一针细细地扣缝。

天气变暖，空气中飘散着莫名的芳香。兰香手里穿针引线，嘴里轻轻地哼着歌："花篮的花儿香，听我来唱一唱，唱一呀唱，来到了南泥……"

"砰砰"，有人敲门。兰香放下手中的活儿去开门。

来人是派出所户籍陈庆生，先前在派出所给兰香登记的那个公安。他五官清瘦，身材细长，穿一身黄色军装，右边臂章上写着"公安"字样，兰香估计他二十三四岁。

陈户籍进屋在门边板凳上坐下，问："你老汉哪里去啰？"

兰香注意到他重浊的乡下口音，心梗一下，给他倒碗水，说："出去要去了。陈户籍找他有事吗?"

"没得事，"他接过兰香递来的水，喝一口。"我到隔壁院子办事路过这里，顺便过来看一下。"他语气轻松，和颜悦色。

陈户籍放下碗，问："你老汉在帮馆子挑水?"

"嗯。"

"这段时间雨水多，你喊他要多加小心。"

"嗯。谢谢你。"

"我到汽修厂去看过你们的文艺表演，你演得嘿不错。"

兰香莞尔一笑，"谢谢陈户籍夸奖。"

"你有这方面的才能，嘿好。今后有机会，我可以帮你推荐一下。"陈户籍垂眼扫视一下房间，从衣兜里掏出一沓钱递给兰香，"这个——你先拿去补贴一下生活。"

"不不，我不要!"兰香急忙把手藏到身后，"谢谢你，陈户籍……你把它收到！你们的纪律严。不要恁个……"兰香经历过男人，知道这意味着什么。

陈户籍脸红了，把钱放回衣兜，"恁个嘛，你们今后有啥子困难可以跟我说，能帮的我尽量帮。另外，"他从另一边衣兜里，拿出兰香交给他的那张委任状。"这张委任状，是不是那个谢队长私下写给你的?"

"我不晓得……是另外的人给我的。"兰香又紧张起来。

"这是假的，"陈户籍说，"正规的委任状是油印的，上面有国民党的党旗或者党徽，纸张厚实得多，你这个完全是手写的。"

"我也不晓得，我从来没见过委任状是啥样子。"

"我当时觉得奇怪，看你又正正经经把它交给我，就在想，这究竟是唧个回事?"

兰香红着脸，不吭声。

"谢队长是哄你的?"

兰香咬着嘴唇点头。

陈户籍说："你没有当过少校?"

兰香说："陈户籍，我至今都搞不清楚少校是干啥子的。"

"嗯——凭你的家庭，你的年龄都和少校身份完全不对头，我们都觉得蹊跷。我调查过，你应该没得问题。"他把委任状递给兰香，"我们已经登过记了，这个还给你。"

陈户籍走后，兰香把那张纸撕得粉碎，扔进灶膛。

第二十六章 >>>

十字路口

四月中旬，刘顺涛和沈三里一同来到兰香家。刘顺涛说，厂领导想在“七一”搞个演出，工会张主席叫沈三里再写一个剧本，沈三里磨了十几天脑袋，才刚开了个头，上级又调他去革大学习。

沈三里说：“我倒没得啥子，我们刘委员为难了，想来想去，只有来找你想办法。”

兰香诧异：“我有啥子办法哟?”

刘顺涛说：“想喊你接到写。”

兰香说：“你写嘛，你文化高。”

刘顺涛说：“我不得行，脑筋瓸。”

兰香说：“那就找高占勇嘛，他恁个活跃。”

沈三里摇摇头，“他不得行，恍的。我们都商量过了，非你莫属!”沈三里说得一本正经。

“我只读了个……初中。”

沈三里说：“文学创作不一定要文化高，关键是想象力。很多作家都没有读过好多书，高尔基只读过两年书，还写了几个大部头。”

“我怕写错别字，再说……”

刘顺涛说：“干起来再说。错别字不要紧，我负责帮你清理干净。”

兰香动心了，排演《悲惨的工人家庭》的时候，她经常觉得这里该改一下，那里该改一下，当时因为时间紧，人也不太熟，没好提。

见兰香不说话，沈三里从提包里拿出一叠稿纸，递给兰香。兰香推回去，说：“嘿，沈老师，你把稿子带起，到那里边学习边写嘛。”

沈三里再推过去，说：“不得行，到那里读不完的书，做不完的作业，心都不在这上面了。”

刘顺涛接过稿纸放到桌子上，意味深长地对兰香说："这个事我向工会张主席都汇报过了，他对你也有信心，你就接了嘛。"

兰香不好再推托，认了。私下想，假如写出来了，说不定可以在厂里找份工作。

沈三里和刘顺涛走后，兰香赶紧看稿子。稿子划得乱七八糟的，有的地方一句带过，不知所云。兰香看了几遍，理不出个头绪，不觉暗暗叫苦。毕竟，她只读过三年书，底气虚得很。

第二天中午，刘顺涛气喘吁吁来到兰香家。他把一大摞稿笺纸交给兰香，笑着问："怎么样，有点头绪没得？"

兰香苦着脸说："我昨天看了一夜，现在脑壳里头还是一团糨糊。唉！都怪你，也不跟我商量就赶鸭子上架，要是我写不出来，那就丢死人了！"

刘顺涛说："没得恁严重。你写不出来也不丢人，写出来可就吓人了。"

"此话怎讲?"

"你想啊，你名不见经传，写不出来很正常啊。我们这些号称文化比你高的人都写不出来，那也丢人了哦?"刘顺涛翻了一下稿纸，说："你不要急，我给你建个议。你先把这些稿子誊清一遍，可能就把老沈的思路理清楚了。"

兰香觉得刘顺涛说得在理，便说："我试一下嘛。"

刘顺涛下午要上班，他从衣兜里掏出几把炒干胡豆放到桌上，一摆手，匆匆走了。

兰香抄写着沈三里的手稿，突然有了灵感，她决定抛开沈三里的构思，另起炉灶。当晚，她写出了构思和故事梗概。

第二天晚上，刘顺涛一进屋，兰香就埋怨说："哎呀！我都等了你一天了！"

刘顺涛急忙问："啥子事?"

"我接不下去，沈老师写的都是工厂的事，我又没有进过厂，啥子都不晓得，唧个写嘛?"

"你就到厂里头看一下嘛。"

"等我把厂头看懂了，恐怕都水过三秋了。"

"那唧个办呢?"

兰香从桌子上抓起几张稿纸递到刘顺涛面前，"你看恁个要不要得?"

刘顺涛看一遍，说："你等一下，我马上去找张主席!"话音未落，脚已跨出门槛。

将近半夜的时候，刘顺涛回来了。他扬着手里的稿纸说：“哈哈，通过!”兰香松一口气，递过一块毛巾。

刘顺涛喝了水，坐到凳子上，挺起腰板。“你听，他是这样说的，”他学着张主席的河南腔说：“中！只要主题是控诉旧社会，歌颂新社会的，写哪疙瘩都中。那妞脑子还行，弄成了我请她吃肉馅饺子!”

兰香粲然一笑，抓一把胡豆放到刘顺涛面前，“我先请你吃干胡豆!”

“这是给你醒瞌睡的，我寝室还有。”

兰香嗔道：“我还以为你是好心，原来是想整我熬夜呀！不干!”

刘顺涛说：“冤枉！虽然我们接触的时间不长，我应该是了解你的性格了。你这个人哪，做事认真，舍得拼。不是我想你熬夜，是你自己非熬不可。我说得对不对?”

兰香脸红了，这个男人对她好用心！她不置可否，说：“来嘛，一起吃香些。”语气中不觉有了几分柔情。

夜很静，两个人嘎嘣嘎嘣嚼胡豆的声音格外响亮。刘顺涛突然停了口，探过身小声问：“会不会把你爹吵到了?”

兰香摇摇头，“他睡得死得很，雷都打不醒他。”

刘顺涛站起身，“我该走了，明天还要上班，修车的事，打不得瞌睡。你也该睡了。”

兰香送到院坝边，一直看着他的身影消失在夜幕中。

兰香废寝忘食，起早贪黑地赶，每天要写好几页稿纸。刘顺涛三天两头往兰香家跑，买点水果，带两个煮鸡蛋，同事老婆给的核桃也留着，剥了壳递到兰香手上。兰香暖在心里，嘴上却说：“不要不要。”

刘顺涛说：“核桃是补脑的，你用脑过度，不补一下，小心跟沈师傅一样哦!”他向上拈着自己的头发，趁势探过头去，想看看兰香写些什么。

兰香双手捂住稿纸，说：“不许看！看了我就写不出来了!”

熬了二十多天，兰香终于拖出一个四幕话剧的初稿，剧中的原型是瑞莲、黑猪、三少爷。兰香写得很动情，她不仅是瑞莲命运的旁观者，如果她不逃离龙山，那也是她的命运。与现实不同的是，剧中的瑞莲流产大出血死了，兰香当时就怕她会死，那血淋淋的一幕至今让她心惊肉跳。

兰香把稿子交给刘顺涛，悬着一颗心到外面院坝去等候宣判。

刘顺涛一口气看完，来到院坝。他盯着兰香看了好一阵，神情严肃地问：“你啷个编得出这种故事来?”

兰香的心提了起来："啷个？要不得呀？"

"唉——要得！太要得了！比沈文学还写得好！"

"嗨，你吓死我了！"兰香挥拳一顿乱捶，"以后不许吓我！"

"不了不了！"刘顺涛做投降状。

"真的写得好吗？你是不是为了鼓励我才恁个说的哟？"

"我是实话实说，真的写得好，简直像真的一样！"

"本来就是真的，不需要啷个编。现在交给你了，你好好改哟，必须把错别字都改干净，莫让人笑话。"

"遵命，Miss！"刘顺涛一个立正。

"好啊！你取笑我！"兰香举拳又打。

角色转换了，刘顺涛改稿子，兰香在一旁照顾他。她给他端水打扇，夜深了给他熬点稀饭，切一碟咸菜。闲下来，兰香的眼睛落在刘顺涛的脸上。他的眼窝有些凹陷，双目炯炯有神，闭着的嘴唇特别令人心动，好像一切都在掌握之中，好像没有事情能难得倒他。

刘顺涛逐字逐句地看，改正错别字，理顺句子，又工工整整把稿子誊写一遍，一手字秀气得像女人。兰香看得心痒，恨不得把那些字像胡豆一样嚼来吃了。

剧本取名为《银莲》，厂里经过审查，同意排演这个剧本，还请来了沙区文化馆的老师当导演。主要角色有三个，女主角银莲由兰香扮演，银莲的恋人大虎在刘顺涛和高占勇之间选择。导演一锤定音：刘顺涛的模样斯文了一点，不像苦大仇深的农民。结果，高占勇扮大虎，刘顺涛演地主高恶霸。兰香有点失望，她本想刘顺涛演大虎，不想却成了她的仇人。

陈户籍到院子里找马老太，临走时转到兰香家，交给她一封信。兰香拆开信封，竟然是一封情书。

兰香：

你好！

看到这封信，你一定很诧异吧，请原谅我的冒昧！

从第一次看见你，我就对你有了好感。幸运的是，我被分配到新桥派出所当户籍，管理你们家这一片的工作，有机会经常看到你。

上次去你家，主要是想帮帮你和你父亲。有天下大雨，我看见他挑着一桶水差点摔倒，当时我就为他捏了一把汗。国民党丢下一个烂摊子，工厂关闭，百废待兴，找工作不容易。现目前你们家单靠你父亲担水挣钱，生活可能比较困难。我离家的时候，婆婆给了我一对缅玉手镯，她说，你喜欢了哪个姑娘，就把这副镯子送她，她就是我的孙媳妇了。我想把它送给你，又怕你拒绝，就把它拿到当铺换成钱，帮助你解决一下实际困难。你拒绝我，是因为我们接触太少。现在时局很复杂、很艰难，我希望能够帮助你。

盼复！

陈庆生

1950 年 6 月 12 日

信封里还有一张照片。陈庆生穿着白衬衣，目光坦然倔强。兰香有些感动，但她已心有所属，戏叹一声“恨不相逢未嫁时啊”，她把信收起来，放进枕套里。

汽修厂的春节文艺演出，在当地引起很大反响，这一次，《银莲》的海报一贴出去，便吸引了大批的观众。七一那天，当地驻军部队的官兵来了，附近的居民、农民来了，连新桥和高滩岩医院的人都端着板凳，提前去占位子。

《银莲》的效果出人预料地好。台上台下的人都入了戏。台下的观众激动地挥臂高呼：“打倒地主高恶霸！”“为银莲讨还血债！”事后，应周边群众的呼声，厂里又加演了一场。

九月，为庆祝国庆节，《银莲》被选去参加沙坪坝区的文艺调演，拔得头筹。军代表、厂长和张主席高兴得合不拢嘴，请大家热热闹闹地吃了顿肉馅饺子，张主席还叫刘顺涛让厨房给蔺绍六留了一盘。

兰香大受鼓舞，对刘顺涛心怀感激，如果没有他的信任，如果不是他赶鸭子上架，也许她一辈子都不敢动这个心。

调演过后，刘顺涛成了兰香家的常客，不时送一双厂里发的棉线手套，或者带一本书来，再或者，拿件工作服让兰香帮他补。两个人一起去地里采摘耳根，到河边洗衣服。

一天下午，兰香正在炒菜，刘顺涛背个工具包，急匆匆地赶来，他凑在兰香耳边说：“走，我们到松林坡去吃野餐。”

“啥子事恁个高兴？”

“等会儿跟你说。”

兰香炒好菜，到街口土坝子叫绍六。闲下来，绍六喜欢去那里看人家打纸牌。兰香回来的时候，见桌子上多了一堆花生，菜盘里放了一块豆腐干，心里热一下：他跟爹会处得好的。绍六看见刘顺涛，招呼道：“小刘，来吃饭。”

刘顺涛说：“蔺伯伯，谢谢了！我跟兰香出去吃。”

兰香换了一件衣服，临出门，拿了陈庆生的信揣进衣兜。

松林坡在新桥街背后，从街上就能望见，苍翠的树林从山麓爬到山顶，兰香没有去过，不知道是些什么树。他们从街头出去，走上高低不平的石板路，穿过农民的菜地。天气凉爽，太阳落到歌乐山背后去了，红彤彤的彩霞在山峰上淡开。

树林的边缘有一大片草地，他们找个平坦的地方坐下。刘顺涛打开工具包，从里面拿出一大堆好吃的：花生、豆腐干、鸭脚爪、馒头，还有一个军用水壶，满满地装了一壶水。

兰香问：“又过年啦?”

刘顺涛说：“比过年还好，我被批准入团了!”

“祝贺你!”

“这是中华人民共和国成立后的第一批团员，我只给你讲了，你不要告诉任何人！可能组织上要把我调到团委去。”

“当干部了？好了不起哟！祝贺你!”

“不一定是好事。一脱产，我就修不成车了，我本来想搞技术的。”

“嗯——你家里是不是嘿有钱?”

“你……哪个问这个?”

“他们说你喝过洋墨水，所以我想你家里一定很有钱。”

“为啥子呢?”

“读洋学堂肯定很贵呀。我认得一个小姐，她就是读洋学堂的，她家里开煤矿，嘿有钱。”

“我读的是教会学校，不交学费。不说家里的事了，来，吃这个!”刘顺涛拿一个鸭脚爪给兰香。

兰香问：“入团有啥子好处呢?”

“追求进步啊。一个人要发展，不依靠组织不行。我想，我现在修车，把技术学好，把汽车的机械原理弄清楚，将来当个工程师，造汽车。我们中国现在很落后，汽车都是进口的，如果我以后能设计汽车就好了……”

他们一边聊一边吃，兰香听得心潮起伏。刘顺涛说，前不久，有一辆货车翻到汽修厂附近的河沟里，他跑去砸了窗玻璃，把驾驶员救出来，又喊人把车上的东西卸到安全的地方，军代表在全厂大会上表扬了他。

兰香对刘顺涛的敬仰一点点加深，眼前这个男人貌不惊人，却是个有志气、有追求、有担当的血性男儿，和她以前遇到过的男人都不一样。

“喏，”兰香递给刘顺涛一把剥好的花生米。她很想送到他嘴里，又怕难为情。

天渐渐黑了，起风了，风钻进树林，发出一阵阵令人恐怖的呼啸。兰香打了个冷战。

“你冷吗？”

“不冷。你听，像鬼叫一样，我有点害怕。”

“不怕，是风吹在树林里的声音。”

“我晓得，还是怕。”

刘顺涛伸出手臂揽过兰香。兰香挪一挪，把头靠在他肩上，他的呼吸拂过她的脸颊，温暖而湿润，兰香闭上眼睛。

过了一会儿，刘顺涛松开手臂，说：“我们回去嘛。”

走在路上，两个人都不说话。兰香闷闷不乐：带我去个浪漫的地方，啷个就没有点浪漫的事呢？你既然是金刚不坏之身，为何又向我撒下爱情的罗网？

兰香决定试他一下，投石问路。

“有件事，你想不想听？”

“随便。”

“那就是不想听了。看来我对你并不重要。”

“既然如此，我就洗耳恭听。”

“我们段有个户籍叫陈庆生，有天晚上他来我家，先是问长问短的，晓得我们生活困难，就拿些钱给我，叫我补贴家用，我没有要。”

兰香看看刘顺涛，他在认真地听。

“他问起我去泸州的事……在汽修厂搞演出之前，我去过泸州，在一个招兵站工作了几天，解放军遣散回来后，他给我登的记。”

刘顺涛没搭话。

“后来——他给我写了一封信。”

停顿片刻，兰香从兜里摸出陈庆生的信，“你拿去看嘛，但是你要保密哟……”

“我晓得，”刘顺涛接过信，揣进衣兜，说：“天黑了，我还是回去再看吧。”

这之后，两人的关系并没像兰香期望的那样有所进展。兰香对自己的举动产生了怀疑：去泸州的事是否不该给他讲？把陈庆生的信给他看是否弄巧成拙？她想把信要回来，又恐怕错上加错。几番纠结，转眼到了冬天。

一天，许茂林突然闯进屋，“蔺小姐，国雄来信了！”

看到许师傅那一瞬，兰香愣了，他嘴里的国雄，竟然那样陌生。许师傅把信塞到兰香手里，“听说你回来了，我就放心了。我走了。”

孙国雄刚劲有力的方块字展现在眼前。信中，孙国雄说，他回去后，遇上解放军接管政府部门，接管车队，车过不来，又不能通音讯，但他时时刻刻都在思念着她……

就像一个失忆的人突然接通记忆，往日的情景在脑海中浮现，冰雪归途中的温暖在心中蔓延。孙国雄要兰香到兰州去。他已是汽车队队长，工资也提升了不少。“亲爱的，见信即发电报，我即给你寄路费！”

兰香哭了，原以为两人缘分已尽，原以为今生今世再也不能相见，却原来，这个有情有义的男人一直在千里之外苦苦守候，等待和自己重逢的一天。可是，他知道他走之后，我经历了怎样的灾难，他知道此时的兰香已不是彼时的兰香了吗？

此刻，兰香心里很矛盾，她站在爱情的十字路口，不知道如何来选定终身。孙国雄是一个成熟的男人，有文化，会体贴人，在患难之中拯救了她，和她有过同床共枕的美好时光，他现在的能力能撑起一个家，于情于理都该和他破镜重圆。

刘顺涛近在眼前，她忘不了令人陶醉的元宵之夜，忘不了只开花不结果的浪漫黄昏，忘不了共同写作的点点滴滴。刘顺涛年轻有为，积极向上，沉稳踏实，是个前所未见的新式男人。但是他是供给制，怎么赡养父亲？关键是，我一个女人，都这么主动了，他的态度却至今不明朗。

但是，兰香想，自己上当受骗被人糟蹋的事，孙国雄能接受吗？

思前想后，兰香决定去兰州，至于泸州的事，管他的，去了再说。

兰香给孙国雄发了电报。

孙国雄很快寄来路费，同时寄来一封信，将沿途的行程食宿一一安排妥帖，走到哪里都有他的同事接待、关照。他知道兰香年轻，见识不多，需要他的呵护。

周末的晚上，刘顺涛来了。月色朦胧，兰香和刘顺涛坐在门前的洋槐树下。就要分手了，兰香百感交集，矛盾重重。不告诉他吧，不论是相爱、相知或者相识，毕竟相交一场，话都不留一句就消失了，于情于理都说不过去。告诉他吧，虽然他没有向自己表明心迹，却又分明感受到他的爱意，只是

——兰香猜想，他也许有自己的难言之隐……唉！真是剪不断，理还乱。

心神不定地闲聊一阵，兰香终于叫刘顺涛进屋，拿出了孙国雄的信。刘顺涛看完信，一声不吭地放回桌上。

昏暗的屋里，两人都不说话。

“兰香，我想向军代表推荐你到厂里工作，”刘顺涛打破沉默。

“你只是在想！他路费都寄来了！”兰香生气地说。

很长时间里，兰香盼着刘顺涛有个明确表态，此刻，兰香想听他说，你别走，我爱你之类的话。可刘顺涛仍是在绕圈子：“其实，你完全有能力独立生活，可以不依靠任何人。”

“事实上我现在是靠我爹下力生活！我不想让他再下力了！结婚后，我就把他接去兰州。”

刘顺涛低下头，“既然你已经决定了，你就去吧！”

“好，我明天就去办通行证，办好就到山洞坐石油公司的车到成都。”本来，兰香还未定行期，但此情此景使她不想再拖延下去了。

刘顺涛送兰香去山洞。从新桥到山洞，曲曲弯弯好几里路，一路上，两人都沉默不语。兰香低着头走路，心里酸酸楚楚的：艺术的舞台让我们相聚，人生的舞台却把我们分开，这一走，不知道何时才能相见？

兰香停下脚步，拿出一张字条。“这是我姐姐家的地址，我要在她家住几天。我放心不下爹，还请你帮着照看一下。”她下了决心：如果这时他向我求婚，我就留下来。可是，刘顺涛接过字条仍是向前走，闷着头一言不发。

山洞到了，兰香的心彻底凉了。

第二十七章 >>>

再赴兰州

秀蓉的家在安顺桥附近。她交了新朋友，说话带了成都口音。“到了这儿才觉得这儿好，这儿是川西平原，出门都骑自行车，好轻松哦。”“你看，菜市场就在那儿，前面拐两个弯弯就到了，好方便哦。”

蔺李氏精神不错，出门不用爬坡上坎，对老人家是最大的福利。琳琳无需大人照看，运输公司家属院儿的娃娃多，每天各自出门找小伙伴儿玩。

在秀蓉家，有人推荐兰香去一家话剧团当演员。剧团由陈氏姐妹组织，有规模有排场，在驻场演出的剧院墙上还挂着他们的大幅剧照。剧团准备排《风雪夜归人》，叫兰香挑个角色。兰香说要耽误行程，婉言谢绝。

秀蓉也不想兰香去剧团，朋友明显是给她面子，可凭妹妹那点水平，当专业演员还是有差距的。至于兰香和孙国雄的婚事，易朗和她也想通了，结婚后把绍六接去兰州，家里的事就算搁平了。

秀蓉尽地主之谊，带着兰香去看望江楼、青羊宫，易朗又找车捎带两姐妹去了一趟乐山，看位于岷江、青衣江和大渡河三江汇流处的凌云大佛①。

其间，刘顺涛来信，说绍六一切正常，不用担心。末了，说兰香没有出息，是依赖男人生存的女人。

兰香非常生气，当着面他一声不吭，事成定局他又放马后炮，责怪兰香依靠男人。他又不是不知道，眼下男人找工作都难，更何况妇女！这样的羞辱、指责出自所爱之人的口，兰香十分伤心。

兰香写信回敬刘顺涛：罢了，我们两人到此为止，我不需要你的关心，我是“观音菩萨坐石岩——自愿成佛，”从今以后，你走你的阳关道，我走我的独木桥。

① 乐山大佛。

牵牵绊绊中，兰香到了兰州十里店。天色近黄昏，橙黄的霞光照着厚重的云层，仿佛黄河倒映天上。天空之下，仍是那片熟悉的白茫茫的冰天雪地。兰香心想，咿——我哪个总在这个时候来？

兰香找到车队驻地。国雄前两天带车队去了西安，他的一位同事把兰香带到国雄的住处。一个大院里住着好几户人家，邻居蒲大姐把钥匙交给兰香，热情地说："妹子，孙队长特地交代待我，让我把炕烧好，你先歇一会儿，我给你煮碗面条过来。"

国雄的屋子在院里一个角落上，一间十几平方米的卧室，一间小厨房。屋子粉刷一新，家具、被子枕头都是新的，炕烧得暖暖的。

兰香打水洗脸，擦洗身体，换了干净内衣，刚在炕头上坐下，听到门外有叽叽呱呱的声音，有人敲门。兰香打开门。蒲大姐端来一大碗热气腾腾的面条，后面跟了一群女人。

"看她，皮肤多白嫩!"

"孙队长眼光好，找这么漂亮一个姑娘!"

"跟她比，我们的脸皮就跟树皮似的!"

"真是的……"

女人们抄着手盯着兰香直勾勾地打量，像看一头牲口，直溜溜地夸也像是评论牲口，弄得兰香很不好意思。

蒲大姐说："妹子，你别见怪，听说孙队长找了个南方美女，她们都想来看看。好了，好了，让妹子歇着，我们走。"

面条里盖了两个煎荷包蛋，还放了辣椒，想必是国雄特地吩咐的，这个体贴的男人总叫兰香动心。吃过饭，天完全黑了。兰香和衣躺在炕上，听呼呼的风声。一别两年，恍若隔世。风雪归途中的点点滴滴，胡家客栈的浪漫之夜，又仿佛是在昨天。她不知道该不该跟国雄讲她去泸州的事。不讲，纸终究包不住火。讲了，他会怎么想？肯原谅我吗？如果国雄不原谅，她就只好打道回府，那样的话，刘顺涛不知道会怎么笑话她了。兰香打定主意，说，长痛不如短痛，听天由命。迷迷糊糊地，她睡着了。

一觉醒来，明晃晃的灯光下坐着一个人。"国雄!"兰香从床上坐起来。

"兰香，"国雄走到床边，满眼爱意。

"哪个不喊醒我?"

"我看你睡得好香。"

"你瘦了。"

"是吗?"国雄拉过兰香，轻轻拥入怀中。

兰香靠在国雄肩上，心中忐忑。他们默默地拥抱着，没有想象中的激情。两年不见，难道生疏了？或者，他听到什么风声？

兰香忍不住了，推开国雄，“国雄，你有心事？”

“对，有件事，不知道怎样对你开口。”

兰香心里咯噔一下。她硬着头皮说：“有事你说，天塌下来我受得住！”

“那你慢慢听我讲，不许激动，好吗？”

兰香看着他，等着他说下去。

国雄倒了杯水，回到椅子上。“兰香，我结过婚，家里还有个老婆……”

“啥子呢？”兰香心一沉，腾地一下蹦下炕，一副拔腿就跑的架势。

“你别急，先坐下，听我慢慢讲。”

国雄从口袋里掏出香烟，抽出一支点燃。兰香坐到炕沿上。

“那时我还小，16 岁，刚初中毕业，我爹娘就包办我和表姐结了婚。她比我大六岁，没有读过书，我一点都不喜欢她。后来我才知道，事情的背后很复杂。本来我父亲跟他的表妹，也就是我的表姑，两人是青梅竹马。可是表姑的父母硬让表姑和另外的人结了婚。表姑结婚不久生了个女儿，叫‘玉田’。后来父亲跟我母亲结了婚，生了我。照理，父亲和表姑各自都成了家，这事应该就了结了，可是他们两人却是旧情不断，心有不甘，也不知什么时候起了念头，让我们下一辈人来续他们的情缘。兰香，这事很荒唐，是吗？”

兰香不置可否。事情来得太突然，她整个人都是懵的。

“父债子还，说的都是钱债，还没听说有还情债的，这事偏巧就落到我身上了。玉田倒是满心欢喜，可是我一点都不喜欢她。我拗不过父亲，也不懂得男女之间的爱情是怎么回事，稀里糊涂就结了婚。结婚以后，我继续念高中，平时住学校里，礼拜天才回一趟家。后来，玉田生了个儿子……”

“你还有个儿子？”

国雄点点头，“玉田生了儿子，我父母高兴得不得了。我再也不跟她同房了。儿子长到一岁多还不会说话，眼神也很呆滞。父母他们着急了，带他去看医生。医生说，那孩子是遗传性痴呆症，是近亲结婚造成的，还劝我们以后别再生了。”

虽然心里抵触，兰香还是挺同情国雄的。

“兰香，还记得那天你从山上下来，让我带你回重庆的情景吗？”

“嗯。”

“你对我说，你是姐姐包办结婚的，我当时就为你心痛，把两个不喜欢的人绑在一起，那种滋味……”

"'坛子里栽花冤屈死，活人抬进死人坑。'生不如死。"

国雄眼里泛起泪光。"想到要守着一个我不喜欢的女人、一个痴呆儿子过一辈子，我心里难过。一气之下，我离家出走。先是想去当兵，战死沙场算了。后来我到了重庆，一个朋友把我介绍给许师傅，我学了开车，当了司机。再后来，我就遇见了你。"

兰香没想到一个堂堂七尺男儿居然也有这么大的委屈和伤心，她听得泪花花转，却又忍不住一腔怨恨：这么大的事你以前不透半点风声，还叫我千里迢迢过来结婚！

"你以前怎么不说？半点口风都不透？"兰香压住火气，语气异常平静。

"兰香，虽然我结过婚，但是感情上的事，我还是不会处理。记得你说过，你的婚姻不算婚姻，你只是背负了结婚之名，你的心头没结婚。其实，我的心头也没结婚。真的，你是我的初恋。你来得猝不及防，我一时不知道该怎么办。"

"一时？都两年了，还是一时吗？"

"对，你说得对。可是我们今天才第二次见面。"

"你不可以在信上说吗？"

"我不敢，我怕说不清楚，我们连见面的机会都没有了！"

"现在怎么样？"

"我想和你结婚。"

"我是问你跟玉田离婚没有？"

"还没有。"

"没有？没有我们怎么结婚？国雄，你知道，现在是人民政府，不允许三妻四妾的！"

"我知道。兰香，你听我说。你去许师傅家后，我就回了趟老家，给父亲说了离婚的事，父亲不同意，当时打仗又回不了重庆，这事就搁下了。这次和你联系上，我又回了老家，父亲说等看过你以后再做决定。"

"他要是对我不满意呢？"

"他会满意的。兰香，像你这样又漂亮又聪慧的姑娘打着灯笼也难找啊！其实，我父亲也知道自己错了，他只是可怜玉田，更不忍心伤害她的母亲。"

"你呢？想哪个办？"

"跟我一起回老家，去见父亲。我老家在天水。"话说完了，国雄仿佛卸下了一个巨大的包袱，他走到兰香身旁，看着兰香。

兰香避开他的目光，慢慢低下头，说："我也有事要跟你说，如果你能接受，我就跟你去老家。”

“只要你肯嫁给我，什么条件我都能接受。”

“不是条件，是……”

“是什么？”

接下来，兰香把这两年的期盼、委屈和去泸州的遭遇全部倾倒出来，她哭着说：“国雄，我对不起你……可是，我没得办法……姐夫不准我回家，许师娘赶我走，我真的是走投无路了……”兰香泣不成声。

国雄把兰香拥入怀中，紧紧抱住。“香，你受苦了！都怪我没把你安排好！”

“不怪你，国雄，是命，哪个晓得我们会分别那么久呢？这件事是我一辈子的奇耻大辱，我回重庆都没敢给姐姐说，我怕姐姐嘲笑，笑我第一次离开他们就遭人骗……国雄，你能原谅我吗？”

“不，该请求原谅的是我，我如果能想到你如此艰难，我就是走路，也该走到你身边来。”

“国雄！”兰香紧紧地抱住国雄，淤积两年的泪水决堤般地喷涌而出。这个坚实的男人的身体和胸襟让兰香紧绷着的身体瘫软下来。

那一夜，兰香体验到了久违的情爱。他们不知疲倦地翻云覆雨，直到天色泛白。国雄说：“香，你先睡一小会儿。我去请几天假，我们尽快回家，好吗？”

兰香说：“我的事，你父亲能接受吗？”

“没问题。”

“我是说我去泸州的事。”

“傻丫头，这件事不用跟父亲讲，跟任何人都不再说，明白吗？”

“嗯。还有一件事——也算是一个条件嘛。”

“你说。”

“我要赡养我爹。”

“没问题，多少钱，你说，我每个月按时给他寄去。”

“不光是钱，我要爹跟我们一起住，他老了，需要人照顾。”

“也没问题，我们家有房子。”

“有吗？”

“有。对了，香，我一直没有告诉你，我们家有一个大院子，父亲开了一个铜丝箩底厂，雇了几十个工人……”

“等一下，‘铜丝箩底’是啥子东西？”

“哦，是筛面粉用的工具，就像你们四川人的箩筛。不过四川人用的箩筛底部是铁丝，我们用的是铜丝。北方人以面食为主，家家户户都用得上。父亲本来想我学做生意，继承家业，没想到我这个不肖之子离家出走了。好了，天都亮了，我赶紧到队上请假去，有什么事等我回来慢慢说。”

第二十八章 >>>

情定天水

两人搭一辆嘎斯卡车到了天水，国雄安排兰香在他家附近一个旅馆住下，自己先回家去。

堂屋放着火炉，孙父坐在椅子上，边抽香烟边翻看桌上的账簿，母亲在卧室的炕上做针线活儿，见国雄回来，赶忙穿鞋，来到堂屋。国雄问候过父母，便直奔主题。“爹，那个蔺兰香，我把她带回来了。”

孙父憋了半天，闷声闷气地问：“在哪儿?”

“在仙桥旅馆。我先回来跟您说一声。”

“什么样儿?”

“四川的，挺漂亮，又有文化，我想教她做生意，将来替我做个帮手。”

“这么说，浪子要回头了?”

“爹，我不是浪子。我只是……”

“别说了，玉田怎么办?”

“我想过，离了婚，还让她住在我们家。”

“那姑娘愿意吗?”

“她很善良，我想她会愿意的……”

“你想?先让她见见玉田，看她什么态度。如果要赶玉田走，你们还是回你的兰州。听着，和生，我不许任何人伤害玉田。”“和生”是国雄的小名，和气生财的意思。

“爹，我知道，做不了夫妻，玉田也还是我的表姐，我怎么会伤害她呢?”

孙父手指头在茶几上磕了一阵，说：“和生他娘，你赶紧收拾一下，我们现在就去看那姑娘。要合适呢，和生明天带她回家，要不合适，就不用进这个门了。”

国雄带父母去旅馆。他走在前面，进门就介绍，“兰香，这是我爹，我娘。爹，娘，这是蔺兰香。”

“伯父伯母，请坐!”兰香端椅子给他们坐，又去泡茶。

孙父五十来岁，身着黑色缎面棉袍，平头，身体壮实，黑里透红的脸像北方的庄稼人，略带花白的胡须显出几分儒雅。孙母也穿一套黑衣服，脑后盘了个发髻，模样贤淑，看得出年轻时也算个美人。

孙父端起茶杯闻一下，吹口气又放下，不紧不慢地问：“姑娘，今年多大?”

“十八。”兰香用北方话说。

“读过书吗?”

兰香犹豫了一下，本想说“初中”，想到孙家是书香门第，日后难免露馅，便说：“小学毕业。”

孙父看一眼孙母，笑道：“哦，姑娘家，读个小学毕业也就不错了。能写会算吗?”

“能写。算——不知道算些什么，我可以学。”

孙父端起茶杯，“到我们孙家来，既要出得厅堂，还要下得厨房。会做包子馒头、面条吗?”

“这……”兰香看一眼国雄。

孙母一旁插话，说：“他爹，你这话就问得不妥了！人家南方人吃的是大米，她怎么会做面食呢？以后慢慢学吧。”

国雄说：“我娘说得对。以后慢慢学。”

“姑娘细皮嫩肉的，过得惯我们北方生活吗？我去过四川，你们四川人吃得讲究，每餐都是几个菜，味道也好。我们这里一碗面条，一个馒头一根大葱，站着坐着都能吃，你行吗?”

“伯父，我们家是从山区出来的，小时候，我们都吃苞谷，我不挑嘴，只要能吃饱就行。”

“以后，你要多关照我家玉田，怪可怜的！还有运儿，帮忙教一下，不要让他废了。表亲通婚的事历朝历代都有，偏偏我们家运儿得个什么遗传病。不过，”他摸摸胡须，“你要能与和生好好过日子，给我孙家添几个娃儿，我和他娘死也瞑目了。”

兰香低下头，抿着嘴笑。

孙家的四合院坐落在城西的一处巷道里。兰香跟着国雄进了一扇黑色大门，院子里有一排房子，再往里走，是一扇雅致的垂花门。国雄指着垂花门说："这叫二道门，书上说的'大门不出，二门不迈'，说的就是这个门。"进了二道门，就到了后院。"看，这是我和爹娘住的地方。"

那是一个清爽整洁的庭院。院子左边有一棵大枣树，右边有两棵石榴树，青石板铺就的路面呈十字形，往北的通道旁放着一口大石水缸。

国雄的父母住正房。正房坐北朝南，有三间，中间是堂屋，两边是卧室和书房，堂屋挂着"花开富贵"四幅条屏挂匾，黑色的紫檀木家具古色古香。这古朴雅致的房子，这大大的院子，完全超出了兰香的想象。

兰香问："你爹妈呢？"

"苏嫂说他们一大早就出门了，"国雄拉着兰香到厢房。

东西厢房各有三间，结构相同，国雄住东边，屋里清一色紫红色家具，墙上挂着四美图，气派不亚于龙山的曾三少爷家。虽然国雄多年不在家，屋里却收拾得整洁亮堂，就像他从未出门似的。想到即将做豪门媳妇，兰香禁不住百感交集：她将从此衣食无忧，父亲不再肩挑背磨，秀蓉不会再对她颐指气使……想起曾家三少奶，兰香把两手握在腹前，步履款款。

国雄给兰香端茶，笑道："这屋里是五美，地上的比墙上的美。"

兰香说："我哪能跟她们比嘛？这些美人不光是貌美，脑袋也聪明，琴棋书画样样精通。"她指着画中题词，说："国雄，'貂蝉拜月''西施浣纱''贵妃赏花''昭君出塞'，说的是什么故事？快讲来给我听听。"

国雄拉兰香坐在火炉旁，给她讲沉鱼落雁、羞花闭月的故事。

国雄说："天水也有很多名胜古迹，有很多故事。"

"真的？"

"天水是丝绸之路的必经之路，是兵家的必争之地。我们经常说'三皇五帝'，又说'三皇之首是伏羲'，伏羲就出生在天水，天水的伏羲庙又叫'人宗庙'，去祭拜的人很多。还有女娲庙，女娲是伏羲的妹妹。"

"'女娲补天'就是说的她吗？"

"对，以后我带你去看。天水是秦的发祥地，自三国以来，以秦命名的地方很多，比如，秦州，秦安……"

"秦岭！"

"呃——也对，至少对了一半。"

"你带来的那些书我看了一些，一边查字典一边看，看得慢。"

"那些书都是你的，不着急，慢慢看。"国雄说："香，你先坐会儿，我去厨房看看。"

"嗯，"兰香点头。国雄穿过院子，去了厨房。

兰香正在四处打量，一个妇女走进屋来。她穿一件阴丹蓝布衣服，相貌端正，皮肤略显粗糙，眼神畏畏缩缩的。不用说，她就是国雄的妻子玉田。

玉田低着头，怯生生地说："妹子，昨晚和生都跟我说了，你来吧。只要不赶我们娘儿俩走，我什么都答应。我们好好过日子，亲亲热热的，不吵不闹。你与和生只要不嫌弃我们娘儿俩就行了……"

兰香一时手足无措。大致算来，她不过三十出头，头上却有了许多白发，悲戚的脸上爬满细密的皱纹。

"他从来都不喜欢我，什么都没给我买过，没有过笑脸……"玉田眼泪鼻涕往下掉，"呜呜——呜呜——好几年了，他从来不进我的屋子……我也不怨他，谁叫我生个傻儿子呢？"

兰香说："玉田姐，你别难过，这不是你的错，怪只怪包办婚姻。要说，你人也长得漂亮，你只是跟国雄不合适，要是换个人家，你也会过得很幸福的……"

"你是要赶我走？"玉田抬起头，惊恐的眼睛直勾勾地盯着兰香。

"不不不！我没有那个意思！玉田姐，你别误会，我只是劝你想开一点。我也是个女人，也吃过苦，我怎么会伤害你呢？你要是愿意留下，我会把你当亲姐姐，我们一起好好过日子。你教我发面、做面条馒头什么的，我教你认字，教你打扮。我要国雄转变对你的态度，时常到你房里来……"

玉田扑通一声跪在兰香面前，泪流满面，"谢谢你！妹子！以后，家里的活儿我来干，你照顾好国雄就行了。我们就当是姐妹，好不好？"

兰香赶紧扶起玉田，"好好！那我就叫你一声，姐姐！"

玉田破涕为笑，紧紧地抓住兰香的手，"好妹子，我们一定合得来！"

兰香也笑了，有几分宽慰，杂着一丝化不开的苦涩。她拉着玉田的手，"我们去看看运儿吧。"

玉田带着兰香去西厢房。门窗紧闭着，玉田打开门，一股浓烈的臊臭味儿扑面而来。运儿坐在一张小木椅上，五六岁，张着嘴，眼睛呆滞无神，裤子上有新鲜的尿渍。见来了生人，他嘴里咿咿哇哇地叫，显得烦躁。玉田说："这孩子，才一会儿工夫，又尿尿了！"

"我们给他换了吧，"兰香在运儿面前蹲下来。

"别别！"玉田赶紧拦住她，"妹子，你别动，我来。"她朝院子里喊道："汪婶，打盆热水来。"

兰香起身说："屋里生了火炉，我把窗户打开一点儿，透透空气。"

玉田说："妹子，我们都习惯了。你瞧这孩子，谁愿意看见他呢？我就自个儿守着他吧，不给爹娘添堵。再说，他也不喜欢见生人，挺讨人嫌的。”

兰香刚把窗户开一条缝，顿时感觉空气流通了。

汪婶端水进来。玉田抱起运儿，坐在凳子上，汪婶把盆子放到玉田脚下，兰香说：“我来！汪婶，你忙去吧！”边说边帮着把运儿的裤子扒拉下来。

玉田过意不去，说：“妹子，别把你身上弄脏了。”

“没事，”兰香从盆里拿起帕子，给运儿洗屁股。运儿开始还吭哧吭哧地吭，后来就住了嘴，傻傻地望着兰香。

兰香把娃娃擦干净，听见国雄在叫她，就说：“玉田姐，我过去了。”

玉田说：“谢谢妹子！”

在国雄房间，兰香说：“国雄，我想好了，我回去接父亲，回来就结婚，行吗？”

“要多久？”

“大概个把月吧，但有个条件。”

“你说。”

“你不能抛弃玉田姐，她好可怜啰。”

“哎呀，你好幼稚！老实告诉你，男女之间，要有爱才有感情。和一个不喜欢的女人睡在一起，怎么都提不起兴趣，我这是话丑理端。”

“你说哪里去了！我是说，玉田姐善良老实，你不要嫌弃她，以后对她好一点，行不行？”

国雄抚摸兰香的脸，温柔地说，“好吧，我听你的！你善良豁达，是个贤妻良母。”

“你要多关心运儿，他虽然是个傻子，也需要爹妈爱呀！你当爹的都不管他，还能指望他有啥好转？关在那个屋里头不声不响的，我看到都想哭了。运儿也是你的儿子，为什么要玉田一个人养他呢？”

国雄叹口气，说：“是啊，这些年，我都没正眼看过运儿，挺对不起他的。香，”国雄深情地看着兰香，“我听你的！我们好好过日子，生一大窝乖孩子……”

兰香打他一下，娇嗔道：“一大窝！又不是猪！”

国雄嘿嘿一笑，搂过兰香亲一下，说：“走，我们去帮苏嫂包饺子。”

两人来到前院。厨房里，苏嫂正在案板上擀面皮，一大盆白菜肉馅已经拌好，香喷喷的。桌子上放着一大袋面粉，大大小小的擀面杖，靠墙的筐子里放着大萝卜大白菜大葱大蒜，灶头上挂着各式各样的漏瓢。

兰香看苏嫂包了一会儿饺子后，也学着包。国雄跟着动手。

兰香才包几个，苏嫂对国雄夸她："哟！瞧这姑娘手巧得，像模像样的，比你还包得好。"

国雄说："苏嫂，她叫蔺兰香。"

"哟，这名字好听，人也长得好看。"

"嗬，好热闹啊！"随着话音，孙母笑盈盈走进厨房。

"我在夸蔺姑娘呢，"苏嫂指着案板上的饺子说，"太太你看，包得多好！都看不出是刚学的！"

孙母笑道："真还是的。皮边捏得紧，褶子匀，蔺姑娘学得快啊！"

兰香被夸红了脸。

苏嫂说："以后我教你包太阳花饺子，做柳叶包，团花卷。"

兰香点头说："嗯，谢谢苏嫂！"

国雄说："我最喜欢吃苏嫂做的拉面。"

兰香说："我看过馆子里师傅做，好有功夫。"

孙母说："以后跟着苏嫂学。"

"嗯。"兰香应道。

吃过饭，孙母提着一口皮箱来到国雄房间。她打开箱子，取出一件黑色毛皮短大衣，"蔺姑娘，来试试，看合不合适？"

兰香从没见过这么漂亮的大衣，毛又细又齐整，黑得发亮，她心里一热，说："伯母，这是什么皮子？这衣服肯定好贵的！"

孙母说："这是水貂皮，今天上午我跟和生他爹一块去买的。他爹说，姑娘第一次到我们孙家，总得有个见面礼嘛！"她边说便帮兰香穿上。

兰香穿上身，大小正合适。她的手触到皮毛，天哪！好柔软！

孙母高兴地说："我的估摸没错，像比着蔺姑娘做的一样！国雄，怎么样？"

国雄说："漂亮！娘，你和爹费心了！兰香穿上挺贵气的，真可谓宝马配金鞍啊！"

"这是上等的水貂皮，姑娘，你摸摸看。"孙母拉着兰香的手去摸衣服，"这皮毛还可以擦拭眼睛。"孙母掀起衣角，让兰香擦眼睛。果真是的，细细密密的皮毛轻轻拂过眼睛，好舒服！好温馨！

"谢谢伯父伯母！"兰香鞠个躬，脱下衣服。

国雄说："别脱了。"

"不，我怕弄脏了。"兰香小心地把衣服折叠好，放进箱子。

孙母说："这箱子也是给你买的，他爹说，你来去路途方便。"

"谢谢您和伯父想得这么周到！"

兰香回重庆时，国雄买了一大包土特产和小吃，交给兰香一沓钞票，做来去路费。国雄说："今后你要学着做生意，等我继承家业，你当我的贤内助，搞管理或者记账什么的。你爹如果嫌清闲，可以看看仓库或者守厂门，还给他开一份工资。"

随后，他拿出一块手表递给兰香，"这个你用得着。"兰香伸过手去。"这是劳力士，防水的，"孙国雄边说边给兰香戴上手表。

表带的长短正好。兰香突然想起，孙国雄给她买的衣服、鞋子，尺码都正好合适，真是个用心的男人！她心里踏实了，跟国雄在一起虽不完美，但她感觉到温暖和自尊。

回到重庆，兰香对绍六说了国雄的情况，叫他收拾东西跟她到天水。绍六怕客死异乡，死活不愿去。绍六振振有词地说："现在外面到处都在嘈，房子要交给农会重新分过，哪个住到的就归哪个，我一走，这几间瓦房就归别个了，好划不来！"

兰香拗不过绍六，只好为他做长期打算。她对绍六说："那我们每月把生活费给你寄来，你不要再担水了，少喝点酒。"

"不担水？那新桥几家馆子用啥子？"

"他们自己去想办法嘛。爹！你都五六十岁的人了，该歇得了，万一摔倒唧个办？"

"你放心，我身体硬扎得很，摔不倒。"

"爹吔，你一个人在这里，没得人给你煮饭，没得人给你缝缝补补，我哪里放得下心？"

"你放心去嘛，有空来看下我。"绍六一副油盐不进的样子，"我死了来给我收个尸，给我烧点纸钱……"

这话让兰香心酸，却奈何不了绍六。

兰香给国雄发电报，说父亲不肯去西北，她要把他安顿好，可能要多耽搁一些时间。国雄体贴，马上寄来了一笔安置费。兰香东奔西走，请人修缮年久失修的房子，又买了布料，请来裁缝，给自己和绍六做衣服，长长短短，薄的厚的，四季衣服都备置齐全。

这期间，兰香去派出所办理户口迁移。登记处户籍说，办理人口迁移要所长亲自签字，还要经市公安局审批，但是所长去市里开会去了，要等。兰香问："所长啥时候在？"

"下个礼拜。"

兰香第二次去派出所。户籍告诉她，白所长到外地搞调查，一时半会回不来，恐怕要等十来天。第三次，户籍说，白所长到局里学习去了，兰香就有些懵了。

元宵节前一天，兰香买菜回家，突然看见刘顺涛坐在屋里，很是诧异。心想，他来干啥子？刘顺涛见兰香进屋，没有打招呼，瞟一眼兰香，又掉头看别处，表情很不自然。兰香也不理他，把菜篮子放到灶头上，端个小板凳坐到杨槐树下择菜。蔺绍六没有察觉出两人的异常，像往常一样热情接待，给刘顺涛煮了一碗包心大汤圆。

刘顺涛闷着头吃完汤圆，跟绍六打个招呼，径直走了。听脚步声远去，兰香抬起头朝大门看。刘顺涛低着头，步履仓促地出了院门。

兰香想，不是说了各走各的路吗，还跑来我家干什么？如果是来看我爹，看到我，啷个话都不说一句就走了？细细想来，他脸上有一种说不出来的表情，那是兰香从来没有见过的，看她时像隔着一层雾，似笑非笑，像在掩饰什么，又像怀有什么不可告人的目的，他想打听啥子？想看啥子？我要结婚了心里不安逸？哼，脸皮厚，有啥可打探的，我何去何从，关你啥子事？

兰香越想越生气，忍不住给刘顺涛写了一封信：

“刘先生刘英雄刘好汉：

说了各走各，为什么还厚着脸皮到我家来？既然已经绝交，为什么还吃我家的汤圆？你一个堂堂的共青团员，乱吃别人家的东西，脸面何在？人格何在？”

至此，兰香对刘顺涛不再心存幻想。她要马上去兰州结婚，让他嫉妒去吧！

兰香又去了派出所。白所长仍然像个传说，只闻其名不见其身。

兰香想，以往登记、办通行证都很方便，这次啷个恁个弯酸[①]？这要拖到好久呢？她想起陈庆生，便想找他打听一下情况，兰香在派出所里兜兜转转，却没看见陈庆生的影子。她想起这几次来都没有看见陈户籍，便向值班室的人打听。值班的民警冷冰冰地说一句“他调走了！”便不再搭理她。

兰香生气了，给白所长留下一张字条：

“白所长，你到底什么时候在派出所，请给我个明确的答复吧！”

---

① 刁难。

第二十九章 >>>

镇压反革命

1951 年 3 月 12 日夜，歌乐山麓下的新桥街上一片漆黑，乍暖还寒，天上飘着细雨，家家户户门窗紧闭。

兰香裹着被子靠在床头，听雨点打在洋槐树上的声音，心里莫名地烦乱。此刻，远在千里之外的北方，孙国雄正眼巴巴地盼着她回去成婚，可这边却归期难定。她感觉到有些不对劲，又说不出哪里不对。

兰香趴下身子，掀起靠墙一角的棉絮，在稻草中摸索到那个硬硬的、凉凉的、用手巾包裹着的宝贝。她把它贴在耳朵上，隔着手巾，劳力士手表嘀嗒嘀嗒的声音清脆而平稳，仿佛那个西北汉子强壮的心跳。她长长地舒一口气，心里踏实了：我就要有一个自己的家，不会再像无根的浮萍到处漂流了。

兰香把手表放回原处，慢慢躺下。

窗外的雨还在淅淅沥沥，她想着那个栽着枣树、石榴树的北方四合院，想着那挂着四美图条屏的东厢房，慢慢进入梦乡……

“砰砰……砰砰砰——”一阵打门声把兰香惊醒。她翻身坐起来，警觉地叫道：“爹！爹！”

隔壁传来呼噜声。兰香提高了嗓门：“爹——爹，有人敲门！”绍六哼哼两声，醒了。敲门声愈发响亮。绍六问：“哪个？”门外答道：“派出所的！复查人口！”

“哦……来了。”绍六急忙穿上衣服，嘴里嘀咕道：“前几天才查人口，深更半夜又查人口，觉都睡不安生……”

窸窸窣窣一阵，绍六踏着鞋子，举着油灯去堂屋。“爹，慢点哦。”兰香重新躺下。不知为什么，她的心跳得厉害。

绍六刚拉开门栓，冷不防木门“哐当”一声爆开，绍六被掀在门后，一群人涌进屋来，直奔兰香的房间。

兰香还没反应过来，几把电筒一起射向她，一群人把床围得严严实实。兰香被强光刺激，下意识地用双手挡住眼睛，脑袋里一片空白。有人抓住她的胳膊，一把把她拽下床，兰香还没站稳，另一只手也被人死死钳住。两个人把她的手使劲往身后绞，绞得她肩膀一阵刺痛。

一个粗暴的声音问："你叫啥子名字？"兰香惊惶地回答："蔺兰香……""头抬起来！"兰香慢慢抬起头。前面几个人穿着公安服，后面的像是民兵，手里都端着枪。过一会，有个声音说："没错，是蔺兰香！"声音挺熟，像是前不久来查户口的户籍。

粗暴的声音说："蔺兰香，你被逮捕了！赶快穿上衣服，跟我们走！"随即压低了声音："老实点！如果想耍啥子花招，小心你的狗命！"

兰香吓得心惊肉跳！她赶紧抓起裤子，当着一群男人的面，哆哆嗦嗦地穿上。

绍六进来，连声问："啥子事？啥子事！"没人搭理他。他又问："兰香，啷个回事？"面对黑洞洞的枪口，兰香早已魂飞魄散，哪里敢搭话？再说，她哪里知道是怎么回事？

有人推开绍六，用绳子捆住兰香的左手。

领头的说："搜！"

屋里的人分散开来。把枕头、被子撂下床，掀开毯子棉絮，在稻草里搜查。

砰一声，皮箱被枪托砸到地上，翻了个底朝天，貂皮大衣滚到地上，钞票散落一地。他们捡起钱和貂皮大衣装进口袋，继续翻箱倒柜。绍六的房间，秀蓉一家住过的房间，厨房，一阵乒乒乓乓，稀里哗啦。

有人捡起地上的被子，裹成一团，塞到兰香手里。

"走！快点！"在推搡中，兰香挟着被子，被押着出了院子。院子外面，有几个和兰香一样被捆着的人，像蚂蚱一样穿成一串，兰香被拴到蚂蚱串上，朝着黑夜走去。

三月的小雨淋湿了衣衫，兰香心里满是恐惧。这是为啥子？我犯了哪一条？她偷眼看一下前头，一下子这么多人被抓来，我跟他们哪个有啥子关系吗？

天亮时，兰香和一群人被押送到红槽坊刘家大院。那原是一座地主的宅院，中华人民共和国成立前夕，地主带着家眷逃跑了，院子被军事委员会接管，设为一座监狱。

大院里警卫森严，高墙上贴满白纸黑字的大标语：

“严厉镇压反革命!”

“坦白从宽，抗拒从严!”

“首恶必办，胁从不问，立功者受奖!”

“镇压与宽大相结合。”

男女老少塞满了庭院，看样子都是昨天夜里抓来的人。解放军荷枪实弹，眼里迸发出仇恨的火焰，走廊上、屋顶上架着机关枪，黑洞洞的枪口直指惊恐不安的人群。到处是吆喝声、训斥声：

“男犯人往那边走！女犯人往这边走!”

“不准乱看，走快点!”

“犯人”两个字让兰香震惊！我不偷不抢，不杀人不放火，犯了啥子罪？兰香知道和国民党有沾染不好，但那是别人设下的圈套，自己从头到尾和国民党一点关系都没有，这是一说就明白的事。她还清楚地记得，在泸州时解放军问话，态度很温和，还给她治伤。在派出所登记，户籍陈庆生也没有对她另眼看待。陈庆生对她说过，他们都不相信她真是什么国民党少校，还给她送钱、写情书。前后思量一番，兰香宽慰自己，一定有什么误会，她有机会辩白清楚的。

兰香和十几个女犯被关押在二楼的一个房间，她们被命令坐在自己的铺盖卷上，两手放在大腿上，伸直腰，眼睛看地上。时间一长，兰香感觉腰酸背痛，比挨打还要难受。

看守提着棍子警告她们：

“只准规规矩矩，不许乱说乱动！违者从重处罚!”

“屙屎屙尿必须喊报告！未经同意原地不动，违者重罚!”

“越狱逃跑者，格杀勿论!”

“煽动谣言者，罪上加罪，格杀勿论!”

牢房里阴云密布，同室里有两个人才关几天就不见了，据说是罪大恶极被枪毙了。什么叫罪大恶极，谁也不知道。空气中散发着死亡的味道，犯人们人人自危，每日缩在铺盖卷上，等待着不可知的命运。

牢房里暗暗骚动起来。只要看守稍有松懈，女犯们就悄悄相互打探情况，从她们的交谈中，兰香才知道被抓来的几个老女犯是一贯道头目，纱厂来的几个是帮资本家搜身的伪组长，还有两个模样好看一点，年纪大的是妓院鸨母，小的是妓女，一个看上去有点文静的是逃亡地主婆。

兰香坐在角落里不开腔，独自郁闷着。她一天比一天沮丧。除了被枪毙的，牢房里的人只有进，不见出，照此推断，她恐怕没有辩白清楚的机会了。

一个星期后，兰香听到看守叫自己的名字，她站起身，战战兢兢地走出牢门。

一个解放军押着她到楼下的审讯室。在转角的时候，解放军小声说："哎，你自己有啥说啥，不要遭吓倒了就乱说哈。"这句带着善意的提醒，倒让兰香更加紧张了。她停下脚步，犹豫片刻，又才向前。

兰香穿着一件蓝色解放装，两条短辫子扎得规规矩矩，一副清纯学生的模样，难免让人生出恻隐之心。

审讯室不大，正对门的条桌后面坐着两个穿军装的人，一个在中间，另一个坐旁边，面前放着一本记录簿。门口站着一个穿便装的大汉，面目凶狠，提着一圈粗棕绳，像是个民兵。桌子对面放着一条白木板凳。大汉两步跨到板凳旁边，用绳子在板凳上叭地一敲，厉声喝道："坐下！"

兰香在板凳上坐下，低着头。

屋里一片寂静，兰香感觉几双眼睛都在看她，只觉得脊梁发麻。

"把头抬起来！"说话的是一个北方口音，声音不大，却够威严。

兰香抬起头。

"叫什么名字？"

"蔺兰香。"

"家住哪里？"

"新桥正街三十号附一号。"

"年龄？"

"十八岁。"

"文化程度？"

"……初中毕业。"

"家庭出身？"

"啥子叫家庭出身？我不晓得。"

"你父母是干什么的？爷爷是干什么的？"

"我没有见过爷爷。我爹是下力的，妈帮人做活路。"

"那你还有钱读书，还读到初中毕业？"

兰香慌了，"我乱说的，我只读了小学，只读了三年。"

"哼！你刚才还说是初中毕业，在派出所登记也是初中毕业。为什么要乱说？"

"我姐姐教我的，她说文化低了人家看不起我们。"

“你姐姐是干什么的?”

“她是家庭妇女，姐夫开车。”

“你是不是国民党员?”

“不是。”

“是不是三青团员?”

“我不晓得啥子三青团员。”

“是不是青年党员?”

“不是。”

“是不是民社党员?”

“不是。”

“家里还有什么三亲六戚在国民党里当官?”

“没得。”

“哼!”审讯人一拍桌子，“你这样不是那样不是，凭什么年纪轻轻就当了国民党少校?”

“说!”大汉把绳子往板凳上叭地一敲，扫到兰香屁股上。兰香“哇”的一声，差点从板凳上摔下来。

她哭着说:“我……我不晓得……”

“政工少校是干什么的?”

“不晓得。”

“不知道你还当少校?你以为装疯卖傻就可以蒙混过关?你要是不老实，小心你的脑袋!”

大汉啪的一声把绳子摔在她脚边。棕绳弹开，像一条蛇横在兰香眼前。

“我……”兰香浑身哆嗦，“我……我是遭骗去的……”

“被骗?以前怎么没说过?谁骗的?怎么骗的?什么时候?从头到尾地老实交代!”

此时此刻，兰香才意识到那张纸的严重性，她豁出去了，与保命相比，面子还有什么用呢?她一五一十地交代了离开秀蓉家后，寄居在未婚夫师傅许茂林家的艰难处境。刘力民为骗她给人做小，以介绍工作为名，给她一张“委任状”，去泸州后便被国民党支队长谢衡刚奸淫的全部经过。满腹屈辱，竟在这样的情境之下坦白出来，兰香情不自禁地声泪俱下。

审讯人似乎被兰香的讲述所感动，语气缓和了一点，“你说的是真的?”

“都是真的!没得半句假话!”

“我再给你交代一遍:如果撒了谎，你只有死路一条!”

“你们可以调查。如果我说的不是实话，我死都没得怨言。”

“你以前怎么没有说过？”

“这种事情，我一个女人家，哪个说得出口嘛？哪个说得清楚嘛？”

审讯人下意识地点点头，从桌子上拿起一盒烟，抽出一支扔给民兵大汉，又抽出一支，自己叼在嘴上。大汉走上前，擦燃洋火，给审讯人点燃烟，然后点燃自己的烟，退后到兰香身后。记录人拿起搪瓷水盅，喝一口水，拧腰耸肩扭颈脖。兰香深吸一口气，她总算为自己辩白清楚了！

审讯人一边吸烟，一边翻看桌子上的笔记本，突然皱起眉头，问：“你认识沈三里吗？”

“认识。”

“怎么认识的？”

“去年汽修厂演节目，我们演的话剧就是他编的。后来，他还教我编剧本。”

“你们单独接触过吗？”

“没有。”

“你为什么写信骂刘顺涛？”

“过去我们很好，后来我们断交了，他还来我家，不理我，又要在我们家吃汤圆。我想不通，就写了封信出口气。”兰香一边回答一边想，他们怎么连我给刘顺涛写信都晓得？

审讯人皱了皱眉头，停顿片刻：“你是怎样认识陈庆生的？”

“我从泸州回来是他给我登的记，后来他又到我们家查户口。”

“他到你家来干了些什么？”

一股寒气顺着脊梁冲上头顶，兰香心想，他们怎么会问陈庆生？我只给刘顺涛一个人讲过……

“回答问题！”审讯人敲着桌子说。

“没干什么。他看见我家困难，要帮补我点儿钱，我没有要。后来他又给我写了一封信。”

“什么信？”

“追求我的信。”

“信在哪里？”

“我给刘顺涛了。”

“那个支队长写给你的委任状呢？”

“登记过后，陈户籍来查户口，把委任状还给我，还说他们都认为那个东西是假的。他一走，我就把那个东西撕了。”

审讯人停顿片刻，换了话题。

“你那些钱是从哪里来的，还有貂皮大衣？”

“钱是孙国雄给我的，貂皮大衣是他父母买的。”

“就是你那个开车的未婚夫？”

“是的。他是兰州人，我们准备结婚，他给了我路费，还有安顿我爹的钱。他家是开厂的，经济条件好。”

“你怎么跟他认识的？”

兰香只好把她的第一次婚姻，她和孙国雄的交集、聚散分离以及兰州和天水之行说了一遍，她不再有隐私了。

第二次审讯换了个人，审讯人从兰香的供词里挑了很多问题出来，刨根问底，步步紧逼。

“你说谢衡刚那晚是翻窗进你房间的？”

“是。”

“他怎样威胁你？”

“他把枪放在枕头上。”

“你反抗没有？”

“反抗了。”

“怎样反抗的？”

兰香把那天晚上的事又说了一遍。

“他和你发生关系没有？”

“你想都想得到，一个男人上了床……”

“我想什么？我在问你！”

“发生了。”兰香感觉又被强奸了一次。

审讯人埋头翻了一会原先的记录，又问：

“你当政工少校是不是自愿的？”

“我不知道政工少校是干什么的，我只想找一份工作。”

“有没有人强迫你？”

“没有，我被骗了。”

“我只要你回答是或不是，不要你解释，我再问一遍：你当政工少校是不是自愿的？”

“是。”

审讯人示意书记员把记录给他看，他随意翻了翻，脸上闪过满意的表情。兰香心里直发毛。

“你在国民党军队里做过些什么事？”

“没有做事。”

“一点都没有做？好好想一下？”审讯人开导说：“你知道我们的政策是坦白从宽。我们一次次审你，其实就是在给你机会，能不能争取政府的宽大处理，要看你自己的态度。”

“有一件事，不晓得算不算？”

“老实交代，算不算不该你问。”

“有一次，汤副官拿了一张纸叫我帮他改一下，我不晓得啷个改，又放不下面子，就改了一个字。”

“那张纸上写的什么？”

“我记不清了，大概是写给啥子人的信，只有半篇字，跟他要钱要粮要服装。”

“为什么要？”

“我不清楚。”

“你改了什么字？”

“副官的副，他写成付出的付，哦，还有一个踊跃的踊，他写成勇敢的勇。”

“你把这几个字写给我看。”

记录员把纸、笔递给兰香。兰香工整地写下：付、副、勇跃、踊跃。

审讯人看了一眼，说：“这不像只读了三年书的人写的字。”

“没事的时候我喜欢练字，都说字是打门锤嘛。”

“你能把这几个字分得清楚，文化水平不低嘛。”

“我们老师专门讲过一些容易写错的字。”

“什么踊跃？”

“大概是说那些人参军踊跃。”

“国民党都要灭亡了，还会有人踊跃参军吗？”

“他们就为了有口饭吃。”

审讯结束，他们让兰香在记录本上盖了手印。

那一天是兰香十九岁生日。

当晚，兰香彻夜未眠。她蜷缩在牢房的地板上，竭力回想审讯人的每一句话，苦苦思索他提到的人和事，思索那些事与这些人之间的联系。

孙国雄、谢衡刚，刘顺涛，陈庆生，这两年出现在兰香生活中的几个人，阴错阳差地改变了她的命运。为什么一张纸就那么重要，那么要命！如今身陷囹圄，兰州去不成了，和孙国雄成家的事化为泡影。

兰香怀疑，是刘顺涛把自己推进了监狱。她后悔把陈庆生写给自己的信交给他，陈庆生很有可能被她连累。

风从门缝灌进来，兰香感觉浑身冰凉。她把头缩进被子里，眼泪止不住地流。她觉得十分迷惑，万般委屈，她怎么也弄不明白，她一个吃尽千般苦头的穷丫头，眼看就要过上安宁的生活，为什么在一夜之间，命运就拐进了死胡同？

第三十章 >>>

罪 犯

宣判那天，兰香被军车押送到一个大操场。

天阴沉沉的，开会的人乌泱泱一片。在令人绝望的窒息中，犯人们等候着命运的安排。

先宣判死刑犯。宣判人声音洪亮，义正词严，具有极强的威慑力。听到念自己的名字，领刑的人有的直接瘫倒在地上。

接下去宣布无期徒刑，二十年，十八年，十五年……

兰香咬着牙眼睛盯着地上，身体倏倏地抖。她终于听到自己的名字，念罪状时，她脑袋里嗡嗡嗡，像有几百只蚊子在飞，最后，断断续续听清几个字“……判处有期徒刑三年!”

她脑子里只闪过一个念头：哦！命还在!

判决书上，兰香有四条罪状：

一、担任伪政工少校。

二、勾结特务。

三、辱骂国家干部。

四、扰乱社会治安。

判决书上盖着鲜红的的方印。

兰香坚信是刘顺涛把她推进了监狱，他得不到她就要毁了她。辱骂国家干部？刘顺涛一个团员就是国家干部？感情上的事，说句气话就是犯罪？刘顺涛把兰香写给他的信交出去，把陈庆生写给兰香的信交出去，他还说了些什么？想到被自己所爱的人出卖，兰香悲哀中掺着蚀骨的心寒。

陈庆生去哪里了呢？他会不会像我一样坐牢？自己好糊涂，为了试探刘顺涛出卖了好心的陈户籍，兰香心如刀绞，哭得枕头湿了一片。

勾结特务？哪个是特务？问我认不认识沈三里，难道他是特务？我认识他就是勾结特务？那么多人认识他，为什么唯独我是勾结特务？我安分守己，哪个时候扰乱社会治安了……

三年——老天保佑，这是判得最轻的。

上部完

下　部

xia bu

第三十一章 >>>

劫后重生

兰香提着铺盖卷走出刘家大院。正午的阳光倾泻而下，她眯缝着眼，听厚重的铁门在身后关上。兰香迟疑片刻，打准方向，朝新桥走去。油菜花一片一片地开着，映着太阳金灿灿的，脚下的黄土路延伸向渺茫的前途。

新桥街上没有什么变化，路还是那条路，小桥流水静静地落寞。兰香走到蔺家院坝边，惊飞地上一群麻雀。杨槐树正抽着嫩绿的新叶，三合土院坝长满了苔藓。屋檐下靠门放着绍六的水桶，箍桶的铁丝已被水锈黑。

绍六靠在屋里一个角落的竹圈椅上打瞌睡，听到声响，他迷糊着抬起眼皮。兰香跨进门槛，转身关上门，把铺盖卷放在桌子上。绍六揉几下眼睛，从椅子上弹起来，"兰香！你——你回来了？"

兰香不敢开口，也不知道怎样开口。眼前的绍六老了一大截，乱蓬蓬的头发灰白了，胡子拉碴，背也佝偻了，一副糟老头模样。一阵酸楚涌上心头，兰香喑哑地喊一声"爹——"，一屁股坐下，伏在桌上，压着声音抽泣。

绍六抹一把泪，从水缸里舀一碗水，递给兰香。兰香喝一口，把碗放到桌上，拿起铺盖卷走进自己的房间。床上积满了灰尘，蚊帐里结了大大小小的蜘蛛网，一只肥硕的蜘蛛在中间摆了个八卦阵，见有大家伙来，慌忙躲到角落里去。兰香把铺盖放回桌上，转身收拾床铺。绍六不好意思地说："不晓得你要回来，没给你收拾。"

兰香说："没事，我自己收拾。"

绍六跟着走到门口，"你好瘦哦。那里面吃不饱吗？"

"没饿着。"

"都脱形了。"

"我没觉得。"

绍六捅开火，在灶上烧一大锅水，又在烟锅里装一根烟。他有好多话要问兰香，又没想好怎样问。他在屋里转了几圈，说："你先洗个澡，我走街上去一趟。等会儿你煮点儿饭，多煮点儿。"绍六打开衣柜，从抽屉里拿钱。"哦，这里有几封信。"他把一沓信递给兰香，提个酒瓶出门去了。

信有五封，两封是成都来的，三封是天水来的。

兰香先看国雄的信。看着熟悉刚劲的笔迹，国雄的身影如在眼前。她甚至嗅到了他身上的气息。从情意绵绵的思念、催促到焦急询问，信也越来越短。全国都在镇反，想必他猜到我出了什么事。嗯，公安局的人肯定去了天水调查，他应该知道我进了监狱。

兰香心里酸楚一阵，不敢深想。泸州之行，她失去的不仅仅是贞操，即便国雄情意不变，现实也不允许她再续前缘。她想划根火柴把信烧掉，从此断了尘缘，却下不了这个狠心：见信如见人，烧信如烧人。

秀蓉的两封信都很简短。一封是 1951 年 3 月，写给兰香的，说有人去成都调查，问泸州之行到底是怎么回事。一封是 12 月，写给绍六的，问兰香怎么回事，说本想接绍六去成都，又怕兰香回来找不到家。

在狱中，兰香左思右想，把自己不幸的根源归咎于秀蓉，如果没有她的横加干涉，野蛮包办，自己不至于落到如此境地。现在，她也不恨了，她想，明天给秀蓉写封信，免得牵挂。转念一想，罢了罢了，万一信被截查，又成新的犯罪证据。兰香打个寒噤，虽然出了监狱，她仍是公安局的管制人员，仍然什么都不敢想，什么都不能做。

兰香呆立一阵，把信放回衣柜抽屉，继续收拾屋子。屋里又脏又乱，可以想象这几年爹是怎么熬过来的：挑水、吃饭、睡觉，还有抽烟喝酒。她突然想起什么，急忙走到自己床前，掀开稻草，啊，劳力士手表还在！兰香心里掠过一丝惊喜，她打开长满霉斑的手巾，表已经停了。她用衣角擦拭手表，试着拧转发条旋钮，指针又开始嘚嘚地转动。兰香揣好手表，把屋子收拾得干干净净，然后洗澡做饭。

擦黑时，绍六买回一包卤猪头肉，一包盐水煮花生，又从衣兜里掏出几个鸡蛋，"幺女，煎两个蛋。"

爹叫"幺女"了，兰香心里一热，说："爹，这么多菜了，还煎啥子蛋。"话虽这么说，兰香早馋慌了。那年头，平常百姓生活都不富裕，何况服刑人员呢。

绍六说"煎!"声音里已带了几分酒味，看样子他是一路喝回来的。

上了桌子，绍六只管喝酒数花生米，肉和蛋都往兰香碗里夹。父女俩推来推去，绍六说，"幺女，你好好吃，不要推了。爹以前做了些对不起你的事，你也不要怪我。那天你遭弄走了，我才晓得心痛，不晓得你要遭啥子罪，不晓得你是死是活，不晓得我还等不等得到你回来……”

“唉——”绍六长叹一口气，狠狠地喝一大口酒。

兰香被抓走之后，绍六羞愤难当，天天去买酒，把自己喝得人事不省。酒馆的老板生了同情，悄悄告诉他，这段时间马家岩经常枪毙人，杀的都是国民党特务，土匪头子和会道门的人。听说他家姑娘当过国民党大官，不知道能不能逃脱死罪。

绍六买了一床草席，买了香烛和纸钱，一路哭到马家岩法场。法场上倒着一大堆死人，他在死人堆里翻来翻去，没有找到兰香。他蹲在地上哭一阵，点燃了香烛，烧了纸钱。他想，不管女儿死在哪里，我算是送过她了。

兰香说：“爹，我对不起你。”

绍六说：“莫说那些，那是命。”

兰香说：“我不信那个。”

绍六说：“你莫犟，人要信命，我都认了，”端起酒碗一饮而尽。

“你妈还没生你那阵，我在龙山开洋布店，街上人叫我蔺大爷，蔺宽布，那阵我好拽。那何二来给我打烟，拿一个盘子托上来，勾起身子跟我说，‘蔺大爷，烟打好了。’中街的龚二娘，经常到铺子勾引我，有一回，他屋龚苗子拿到我的青丝帕，诈了我五块大洋。你妈天天和我吵架……这是命，兰香！你爹年轻的时候风光，抛洒，吃喝嫖赌，啥子格都玩过，到老了，差点连个收尸的人都没得，你说这人哪，有个啥想头？”

兰香说：“爹，你醉了，不要喝了。”

“我没有醉，我欢喜，我幺女回来了！”绍六朝门口望一下，突然隔着桌子探过身，压低嗓问兰香：“幺女儿嘞，你到底干了啥子坏事嘛？他们说你是‘反革命’！”

兰香说：“爹，我没干坏事！”

绍六点点头，“你说没干就没干。我的姑娘我晓得，从小就是个老实人。”

绍六如释重负，坐直了身体。“哦，那个小刘，你走了就没来过了。去年吗前年，我记不清了，我在街上碰到他，他说汽修厂要撤了，他要到成都那边去了……”

“不要提他，那个人靠不住。”

“他咋个你了？”

“说不清楚，不说了。”兰香心中最痛恨的就是刘顺涛，那个她愿意托付终身的人，在她的伤口上永远地插上了一刀。动它，心就泣血。

“爹，我也喝点。”

“喝，你喝。幺女，喝，一醉解千愁。”绍六递酒给兰香。“喝，一根田埂三截烂，没得过不去的沟沟坎坎。”

第二天，兰香拿着释放证明和户口本到新桥派出所报到。登记的时候，值班户籍叫住一位路过户籍，说：“小廖，这个人是你那个片的，昨天才从院头出来。”

廖户籍看一眼兰香，转身进屋，拿起记录看一下，对兰香说：“跟我来。”兰香跟着他到门外的院坝。廖户籍是个年轻人，中等个，虽然板着脸，眼神却不严厉。

“出来之前都交代了吧，要守些啥子规矩？”

“嗯。”

“听我说，出来了就好。过去的就让它过去了，不要背思想包袱。从今以后，你要抬起头堂堂正正地做人，要尽快适应环境，听见没有？”

兰香低着头应一声：“听见了。”

“今后我负责你的帮教工作，有啥子事你找我，包括生活上有啥困难都可以说，”随后，他简短交代几句，诸如定期汇报思想，外出请假等等，“好了，就这些，你走吧。”

大概半月后，廖户籍上门了，跟他一起来的还有一个胖胖的中年妇女。兰香迎出门外。廖户籍说：“蔺兰香，这是杨委员。”

杨委员满脸堆笑，说：“他们都喊我杨胖子。”

兰香习惯了畏惧穿军装穿公安服的人，杨委员一开口，气氛变得轻松些了。她侧身让到门边，“廖户籍，杨委员，请进屋坐。”

杨委员站在门口，“没得几句话，就在这里说吧。恁个的，我们街道成立了一个宣传队，听说你能唱会跳，人又长得漂亮，哎哟，确实漂亮！你暂时没有工作，就到我们宣传队来吧。没得工资，有点生活补助，你看啷个样？”

兰香问：“我……要得呀？”

廖户籍说：“你不要背思想包袱。宣传队是干革命工作，对你继续改造也有好处。你就先去干，有机会再给你安排个正式工作。呃——你把脑壳抬起来！”

兰香抬起头。

“这就对了！这里不是刘家大院，听见了吗？”廖户籍语气温和。

兰香看一眼廖户籍，点点头说：“我服从政府安排，谢谢廖户籍，谢谢杨委员。”其实她心里十二万分不情愿，登台表演等于丢人现眼。如果有一份工作维持生计，又少与人交往，她就千恩万谢了。

宣传队有二三十个人，都是从各单位抽调的年轻干部和文艺积极分子，任务是到凤鸣山地区的工厂农村巡回演出，宣传社会主义建设、农业发展计划、互助组合作社，宣传苏联的集体农庄、颗粒肥料，宣传苏联的今天就是中国的明天。

“集体农庄有位可爱的老妈妈，谁都知道她的名字叫瓦尔瓦拉，命名日大小女儿都来看望她，姑娘们欢欢喜喜回娘家。这位老妈妈，福气真是大，来了五个亲生女儿五朵花……”

兰香载歌载舞，扮演一位苏联老妈妈，五个女儿簇拥着她，笑颜如花，女儿和老妈情同姐妹，那种社会主义的天伦之乐让台上台下的人都十分向往。

兰香排练和演出都十分投入，舞台让她暂时忘记自卑和伤痛，可下了舞台，她总是独自待在一旁，郁郁寡欢。

兰香演什么像什么，尤其是哭戏，几秒钟内，眼眶便蓄满泪水。加上她模样俊俏，嗓音柔美，自然成了宣传队的台柱子，宣传队里的年轻人都爱盯着她看。

那是个滋生爱情的地方，兰香的追求者接踵而至。

苏春雷在师范学院读过书，身材颀长，平日里穿一件长衫，围一条浅灰色围巾，十分儒雅。他是演员兼导演，近水楼台。在台上，他扮情哥哥，假戏真做，一往情深地看着兰香，拉手的时候握得很紧，时间长得超出了表演的需要。台下，苏春雷经常找兰香交换思想，兰香抿着嘴细细地听，虚心地学，就是不多搭一句话。

兰香的清冷和眉眼间淡淡的忧伤愈发让苏春雷痴迷。苏春雷找不到机会开口，便悄悄塞给兰香一封信。

捏着信，兰香心中泛起涟漪。苏春雷算得上个英俊小生，宣传队里围着他转的姑娘不少，他却对兰香情有独钟。她很想拆开那封信，看看大学生的情书会是哪般风情，但试了几次都下不了手，三年的牢狱之灾，使她对爱情不再抱有幻想。她不想连累别人，那些高中生、大学生前程远大，自己的污点会牵绊人家。再说，她也不想再受伤害。眼前这些男人，别看现在甜言蜜语、海誓山盟说得闹热，万一有个什么事，说不定又会像刘顺涛一样和她划清界限，把她给出卖了。

想起刘顺涛，兰香背脊发凉。第二天，她原封不动地把信退还给苏春雷。

苏春雷像遭霜打的茄子一般，蔫了。憋闷几天，他重新鼓起勇气，径直去了兰香的家。他穿一件白底蓝格短袖衬衫，蓝裤子，头发三七分开，显得朝气蓬勃。绍六已经睡了，兰香把他带到院坝边杨槐树下。槐花幽香，朦胧的月光投下一片树影。还没站定，苏春雷就迫不及待地问："兰香，我给你写的信你看没有？"

兰香想笑不敢，"拆都没有拆，唧个看？"

"唧个不看？"

"不看都晓得写的啥子。"

"你说是啥子？"

"唉！"兰香叹气，垂下眼帘，"苏老师，我配不上你。"

"恐怕是你嫌我配不上你哟？"

"不，真的，是我配不上你。"

"那——你是唧个看我的呢？"

"苏老师，你文化高、能力强，前程远大。"

"有话明说，你不要老师老师的要不要得？"

"我说的是真心话。"

"那我们的事——你表个态！"

兰香摇摇头，神情黯淡地说："苏老师，不可能。"

"为啥子？"

"你不了解我。"

"我们天天见面，够了解你了。"

"你去问廖户籍嘛。"

"我们的事为啥子要去问他？哦……怪不得廖户籍经常在你身边转来转去的，原来你和他……"

"你误会了，"兰香打断他："我是说廖户籍晓得我的事。"

"你的事？到底啥子事？你可不可以亲自对我说？"

兰香心生恼怒：你个白痴，非要我脱光吗！她转过身，扯一片树叶，含在嘴里。苏春雷走到兰香面前，默不作声，等她开口。兰香又转个身，吐出树叶，"苏老师，我坐过牢。"

"你……唧个可能？"苏春雷惊叫。

"真的。到宣传队之前，我刚从监牢出来。"

"真的？"

"真的。"

"为啥子？"

“唉！我都不晓得为啥子。苏老师，你不要问了好不好?”

沉默一阵，苏春雷叹口气，“好，我不问了。”他双手插进裤兜，围着兰香走来走去。

兰香心烦意乱，“苏老师，你不要走了嘛。”

苏春雷站住。

过了一阵，苏春雷开口说：“来之前，我就下定决心，非娶你不可。我想过了，如果允许私人社团存在，我们结婚后，可以自己搞个夫妻剧团。”

“以前在成都姐姐那里，有个私人话剧团留我，他们排《风雪夜归人》，让我挑个角色，我有些害怕，觉得自己没经过专业训练，就推辞了。”

“你年轻，漂亮，又有天赋，完全可以当专业演员。”

“这段时间你教了我很多东西，苏老师，谢谢你。”

苏春雷转身往回走，快到院门时，又停住脚步：“我想亲你一下，可不可以?”他声音有些颤抖，嗓子哽着。

冷冷的心有一丝暖流渗出，兰香板起脸，摇摇头，转身回屋。

排练快结束的时候，杨委员来了。她走到兰香身边，轻声地说：“等哈儿你跟我一起走，跟你说个事儿。”完了守在一旁。杨委员说得轻松，兰香的心却揪起来了，生怕又惹上了什么事。排练结束，兰香跟着杨委员，忐忑不安地出了文化站大门，走下门前的一坡梯坎。

走到新桥粮店的老黄桷树下，杨委员停下脚步，说：“呃，兰香，我看廖户籍好像对你有点意思。”

兰香想起苏春雷的话，暗自失笑。她缓一口气，又紧张起来，不知如何回答。

杨委员又问：“你觉得他怎么样?”

兰香说：“嗯，他人好。”她本想说“他对我嘿好”，想起陈庆生，话到嘴边转个弯，怕又害了一个户籍。

“那我给你们做个媒?”

“不不不！”兰香一迭声地说，“杨委员，我的事你是晓得的，人家是国家干部，我不想连累他。”

“唉，我说兰香啊，其实恁多人追你，我是老雀了，未必还看不出来?你到底想找个啥子样的人?你的个人问题就不想解决了?”

兰香说：“杨委员——”

杨委员打断她：“你就叫我杨大姐好了。”

“好嘛，杨大姐，我想过了，就找个一般的，老实点的人，平平安安过日子。”

“哦——也是，”杨委员说，“我想起来了，我有个小老乡，资阳来的，我是资阳人。他在棉纺织厂上班，人嘿老实，手也巧，做机修工的，一个月三十多块钱的工资，有个姐姐嫁到外地，老家没得人了。哪天有空我带他来你看一下。”

第三十二章 >>>

砍了皂角树免得老鸹叫

星期天早上，绍六帮人挑水去了，兰香独自在家料理家务。杨委员带来一个人，身材不高，五官清秀，穿一件崭新的蓝夹克工作服，两手插在裤兜里。他见了兰香，眼睛一亮，呆了。

杨委员介绍，“这是小丁，叫丁家云。”

丁家云朝兰香腼腆一笑，“你好。”他嘴唇有些哆嗦，双手从衣兜抽出来，在衣服上擦几下，又揣进衣兜里。

兰香请他们进屋，把家里唯一的竹圈椅端给杨委员坐。杨委员一屁股坐下去，马上站起来，笑着说：“哎呀，我不坐这个，我怕给你坐垮了。”

兰香说：“垮倒不会，就是有点摇。好多年了，是我姐姐在这儿的时候买的。”

丁家云跑到桌子旁边，拿过长板凳，在地上笃两下，“杨孃孃，这个扎实。”

杨委员说：“这娃娃懂事，会照顾人。家云，你以后要好好照顾兰香啊！”

丁家云憨憨一笑，说：“我晓得，杨孃孃。”

兰香心里好笑，她想起摩尼的杨太太，姓杨的说话都一个腔调，她们说了就定了？

杨委员没坐多久就要走，说家里堆了好多事，难得有个礼拜天。

丁家云说：“我也走。”

杨委员说：“你就留下来，跟兰香摆下龙门阵嘛。”

丁家云说：“我明天再来。”他怕单独跟兰香在一起紧张。

兰香也不留他。她算了一下，丁家云来了不到半小时，一共说了五句话。她弄不懂他为什么今天不留明天再来。

第二天，兰香问杨委员：“那个人是不是有残疾？”

杨委员问："哪个？"

兰香说："丁家云啊。"

杨委员说："没得呀。"

"他背好像有点驼？"

"哦，他十二岁就工作了，先是跟他大哥学做毛笔，大哥死后进了纺织厂，做的工作不是弯腰的就是趴在地上的，恁个多年，恐怕是习惯成自然了。"

当天晚上，兰香父女正在吃饭，丁家云来了，他穿了件旧工作服，背个工具袋，肩上挂了一圈铁丝。绍六招呼他："小伙子，来吃饭。"

丁家云说："我在厂里吃过了，你们吃，蔺伯伯，我来帮你把桶修一下。"他打开工具袋，铁丝铁皮钳子榔头摆了一地。

他去屋檐下把桶提进来，先刮掉外面的青苔，把箍桶的铁丝换了，又剪几块白铁皮把提梁和桶把的衔接处包上，用钉子加固。他挥着锤子敲得乒乒乓乓响，沉寂的屋里顿时有了些生气。

兰香闷着头吃饭，偶尔瞟丁家云一眼。

"好了，"丁家云提起桶对着绍六拍几下，憨笑中带着几分得意。他把桶放回原处，又拿起那个秀蓉留下的竹圈椅绑绑缠缠，捣鼓一阵后，他自己先坐在上面摇了摇，随后对兰香说："你来试一下。"

兰香坐上去，不晃了，也不叽叽嘎嘎响了。她挤出一点笑容，说："谢谢你。"

"说啥子谢哟。"丁家云把工具收回袋子里，指着剩下的铁丝钉子问："蔺伯伯，这些东西放在哪里？"

绍六说："你莫管，我来我来。"

丁家云说："那——，我就回去了，明天还要上班。"

兰香送到门口，说："天黑，走路小心点。"

"晓得。"丁家云回头笑一下，挠着脑袋走了。

绍六把水桶提起来看了一遍，笑着说："桶箍得巴巴适适的，这娃儿能干。"

星期天一早，丁家云又来了，邀兰香进城逛解放碑。他还是穿着那件新工作服。

兰香还是1949年前去过解放碑，掐指一算，已经五年多了。她感觉突然，没有多想，稍微收拾了一下，头发扎成两个扫把，穿一件浅灰衣服，深蓝色裤子，都是几年前的衣服。出门前，她悄悄把手表戴上。

逛解放碑必须去“三八商店”，那是重庆最大的最高档的百货商店。售货员见来了两个青年男女，眼睛一亮，忙指着一件女式米黄色咔叽布衣服，“同志，这是西式衣服，才到的货，你试一下。样式好看，料子好，做工也好。”兰香从试衣间出来，对着镜子顾盼一番，转身问丁家云：“好不好看？”丁家云说：“好看。”售货员夸道：“这位男同志欣赏水平还高吔！”丁家云笑笑，红了脸，转身往别处看。兰香见他一副生怕沾上的姿态，脱了衣服交给售货员。

回想丁家云刚才的表情，像是顺口打哇哇[①]，没过脑子。兰香转到另一个货柜上，挑了一件印花布的对襟衣服。按照她的标准，绝对俗气。她穿上衣服装模作样地对着镜子看一阵，笑着问丁家云：“这件好不好看？”

丁家云笑着说：“好看。”

一望而知，这件衣服便宜得多，丁家云仍然是君子动口不动手。兰香原以为丁家云约她进城，是想投女人所好，献一点殷勤，给她买点什么，没想到这家伙不但没有情趣，还是个铁公鸡，一毛不拔，心里顿时凉透了。

既然如此，啷个又约我进城呢？兰香猜测，肯定是杨孃孃出的主意。也无所谓，反正我还没看上这个人，不占好处倒落得干净。否则拿人手短，吃人嘴软，让他粘上了还怕推都推不脱。进趟城不容易，好歹饱个眼福吧。这样一想，兰香心闲下来，一路东张西望，这里停停，那里问问，倒也轻松自在。

丁家云没啥话说，兰香走哪里，他就跟到哪里，一副坚忍不拔的样子。兰香逛累了，肚子一阵阵咕咕叫，丁家云还不提吃饭的事。兰香偷偷看一下手表，已经下午两点过了。她对丁家云说：“哎呀，都两点过了。你饿没有？”

丁家云问：“你饿没有？”

兰香板着脸说：“不饿，都饿过了。”

丁家云说：“啷个不早说呢？走，我们到八一路去吃点东西。”

八一路是重庆有名的好吃街，大大小小的餐饮店鳞次栉比，有酸辣粉、吴抄手、过桥米线、山城小汤圆、王胖鸭、灯影牛肉，九圆包子……兰香左瞄右看，吸着空气中的香味，禁不住直吞口水。丁家云带着她穿过长长的街道，转进一条窄巷子，在巷道口的一家面摊坐下。

“老板，两碗小面！”丁家云喊道。

---

① 不过脑子的附和，敷衍。

老板问："清汤还是红汤？"

"红汤，"家云张口就答，然后扭头问兰香，"你吃小面咩炸酱面？"

兰香压住火气，"你都说了噻。"

丁家云说："哦，搞忘记问你了。以前我在瓷器街卖瓷器，经常来这里吃。"

兰香无语，扭头看老板打作料。老板意味深长地一笑，问："小妹，加不加海椒？"兰香说："加，多加点。"

吃完面，丁家云摸出两毛钱给老板，老板补了四分钱。家云悄悄对兰香说："比沙坪坝的贵一分钱，是要好吃些！"

兰香浑身燥热，心窝冰凉。

从此，丁家云每天下班就去兰香家。他进门后打个招呼，二话不说，挑起水桶就去街边桥下的水井挑水，直到把水缸灌满。他还帮兰香洗衣服，择菜，打扫院坝，见事做事，没事找事，从不吝惜力气。

绍六说："这娃儿是个实在人，好过日子。"

兰香说："爹，我晓得，可惜他没得文化，跟他没得话说。"

绍六说："空口说白话有啥子用，只要他挣得到钱，对你好就要得了。"

和丁家云交往不久，宣传队解散了，兰香被就业委员会调去做过一些事。去幻灯队给幻灯片配音，抬着铁皮箱子走村串户，后来，又去民校当老师，教扫盲班。工作不固定，钱也不多，家里的生活还是靠蔺绍六挑水来维持。

其间，兰香又收到两个人的来信。陈队长的第一封信兰香以为说什么公事，拆开一看，竟是情书，语句都不通，疙疙瘩瘩的肉麻，赶紧封了寄回去。陈队长又寄来几封信，兰香原封不动地退还。另一个写信的是邱二胡，邱二胡吹拉弹唱样样都来，二胡最好，但关键时刻要跑调。

一二三四，兰香掐指一算，不知道这种事还要让她烦心多久。她幡然醒悟，只要身无所属，这种事就会没完没了。

该下决心了。

砍了皂角树，免得老鸹叫。

不让外面的老鸹叫，也不让自己心里的老鸹叫。

狠下心来，丁家云来的时候，兰香对绍六说："爹，你到街上去转一下嘛。"绍六知趣，提了烟杆出门。

兰香把门关上，倒一杯水给丁家云，让他坐在竹圈椅子上。兰香挪一下桌边的长板凳，在家云对面正襟危坐。丁家云不敢看兰香，低着头，惶惑不安。兰香轻叹一口气，开口道："丁家云，我们虽然接触恁长时间了，有些事你还是不晓得，我必须跟你讲清楚。"

丁家云抬起头，"你说。"

兰香说："第一，我不是姑娘了，我结过婚。这一点，你要是计较，就不要来了。"

"我……不计较，"丁家云咕哝说。

"你要想清楚！"

"不计较，"丁家云摇着头大声说。

"还有，我坐过牢，但我是冤枉的，被人骗的。我没有当过国民党，更没有当过啥子少校，没有杀人放火，没有沾过血，就是被骗去给一个团长当了几天小老婆，连名分都没得。这是我这辈子最大的冤枉！"兰香鼻子发酸，她捏一下鼻子，说："我这是政治问题，会影响你的前途，你懂不懂？"

"我挣钱吃饭，我要啥前途哦。"

"这是大事！你要考虑清楚。自古以来就是这样，'一人获罪，株连九族'，你晓不晓得？我的污点会牵连你，影响你的前途。"

丁家云低下头，说："我……想和你结婚。你唧个说，我就唧个做。"

"那……不管将来再来个啥子运动，不管发生啥子事，你不准瞧不起我，不准跟着别人伤害我，你做不做得到？"

"做得到。"

"你今天说的都不作数，回去好好想清楚，想清楚了再答复我。"

"我啥都不想了，就想和你结婚，你唧个说我唧个做就是了。"

兰香想了两个晚上，哭了两个晚上，决定嫁给丁家云。

兰香和丁家云到沙坪坝区政府办了结婚证。

丁家云把一个存折交给兰香，说："这个家你当。"兰香接过存折一看，上面有 476 块 2 角 4 分钱。她有些眼热，这家伙分分钱地抠，又一分不留地交给她了。

丁家云在工厂附近租了两间房子，找来两桶石灰和一筒油漆，把墙刷白了，把窗户漆成枣红色。

丁家云又带着兰香到旧货市场去买家具，兰香挑了床、写字台、桌子、方凳、衣柜，又叫人搬过来一个竹书架。丁家云问："这是啥子？"

"书架呀。"

"我晓得，我是说要这个干啥子？"

“我喜欢看书，我箱子里头有很多书。”

“把箱子搬过来就要得了噻。”

兰香说：“唉，你不懂，书就该放在书架上，让人能天天看到它，伸手就能拿下来读。将来我们的子女也要读书，你没得文化，不能让我也没得文化，更不能让子女也没得文化。”

丁家云说：“好好，你莫说了，你想买你就买嘛，反正钱是你管。”

他们叫了辆板车把家具拉回家，又按兰香的意思把家具安放好。

下两碗面吃了，丁家云收拾屋，兰香收拾书。打开书箱，兰香的动作就慢下来，她翻翻看看的，半天放不下一本书。

屋子不大，家具也不多，丁家云三下五除二，很快就收拾完了。他坐在桌子边的凳子上，百无聊赖又心烦意乱地东张西望。一会看看兰香，一会看看钟。闹钟就放在桌子上，不慌不忙地咔嗒，终于走到十点。过了一分钟，丁家云说：“兰香，十点钟都过了。”

“你就守在那里看钟啊？”兰香说，“先去洗个澡嘛。”

洗澡是在厨房里，大木盆里放个小木凳，人坐在上面，旁边一个铁皮桶装满水，用一个大号搪瓷盅舀出来往身上浇水。丁家云进去一会儿就出来了，对兰香说：“水给你打好了。”

兰香问：“你就洗好了？”

丁家云说：“是啊。”

兰香说：“恁个快？”

丁家云说：“天天在厂里澡堂洗着的，有啥子洗头？”

兰香说：“你先睡。”

丁家云说：“我等你。”拉个小凳子坐在一边看着兰香。

兰香赶紧把书都放上架，丁家云把木箱挪到床下。兰香满屋看了一遍，长叹一口气：“唉！颠沛流离那么多年，总算有个自己的家了，有个立锥之地了！”转头问丁家云：“颠沛流离，晓得啥意思不？”丁家云摇头。“就是没得家，到处漂泊的意思，形容生活艰难。”“哦。”兰香脱下外衣放在椅子上，对丁家云说：“你上床，不许看！”

丁家云憨憨一笑，说：“我不看。”

兰香换上木板鞋，说声“把灯关了，”科科科地进厨房去了。丁家云乖乖地上床、关掉灯，瞪着眼睛听厨房的响动。

兰香脱了衣服，跨进木盆。她坐在小木凳上，用搪瓷盅在铁皮桶里舀水，往身上浇。屋子很静，水溅到木盆里发出噗噗的声音。兰香打住，一点点倒水，慢慢磨蹭，心里有种说不出的滋味。

她想起张有福，她看不起他木讷，嫌嫁了他委屈自己。陶鸿飞、刘顺涛、孙国雄，她喜欢的男人一个个阴差阳错，全都跟她无缘。兰香怨恨刘顺涛，却不知为什么总是想起他。眼前这个男人，仍是木讷无趣，唯一可取的是他老实，听话。唉，命中只有八合[①]米，走遍天涯不满升。兰香心中一阵酸楚，妈妈的那些预言、诅咒，似乎都在自己身上应验了。

丁家云仰面躺在床上，厨房里断断续续的水声刺激着他，他心跳加快，热血躁动，子弹早已上膛了。

兰香趿着木板鞋摸黑出来，丁家云问："开不开灯？"

"不开！"

"我怕你摔倒了。"

"不怕。"

兰香取了发夹，散开头发，摸索着上床，背对着丁家云侧身躺下，拉过床单盖上。女人的体香和茉莉花香皂味道弥漫枕边，丁家云喘着粗气慢慢挪过去，他试着触摸兰香，见没有反应，胆子大起来。

"轻点。"兰香说。

"啷个？"

"你手好粗。"

丁家云缩回手，憋了半天，满腹委屈地说："天天摸铁砣砣，啷个不粗嘛。"

兰香不说话，翻身躺平。丁家云僵着身体，没有动静。

兰香说："来嘛。"

"啥子？"

"你想做啥子就做啥子。"

---

① 合（gě），一升的十分之一。就是个倒霉的命，发达不起来。

第三十三章 >>>

相夫教子

那段时间，日子过得安宁，除了买菜，兰香闭门不出。两个人的家务事不多，她闲下来就看书。她坐在写字台前，天光从屋顶的亮瓦照下来，桌子上放着词典，笔记本和一支笔。书可以使她暂时离开现实，使她无所依附的心灵感到充实。兰香看书不只是为了排遣寂寞，内心深处有一种不甘，这辈子还早，不该就这样完了。

家云回到家里，饭菜已经做好了。吃完饭，家云收拾桌子，洗碗，完了倒在床上，一会就睡着了。他跟谁都没有话说，跟兰香也没有话说。

兰香看书看到很晚，一上床，家云又醒了，摸着兰香又想做那事。兰香说："你啷个就想这个？你就不能做点别的事啊？"家云说："我有工作，还想哪样别的事。"兰香说："我想睡觉。"家云不情愿地把手拿开，翻来覆去地故意弄出些响动，时不时地叹口气。兰香说："好好睡嘛，明天还要上班。"家云说："我睡不着。"兰香无语，把背一弓，任由他摆布。

这种没有感情的性事让兰香身心都不舒服，但是她可以忍受。这是她为生存和安宁不得不付出的代价。

家云上长白班，早上七点钟，床头的闹钟叮咛咛地响起来。家云翻身起床，匆匆地穿衣、洗漱，拿着饭盅出门。兰香跟着起床把门闩插上，回到被窝，没有事情需要她早起。一天之中，这是她最享受的时刻。屋顶的亮瓦泛着青白的光，家具在阴影里静立，空中弥漫着温润的气息。她用被子遮住脸，挡住屋顶的天光，放松了身体，也放松了心灵。她想那些和她好过的男人，回味和他们在一起的美好时光。她放任自己悄悄地流泪，也放纵幻想。青春的血液在身体里温暖地流动，她把手放到两腿之间，享受自我圆满的快乐。

兰香准备好晚饭，坐在厨房门口做针线活，等家云回家。听见开门声，兰香问："啷个恁个晚才回来？"

“开会。”家云的声音里有一种乐滋滋的味道。

“啥子会开到恁个晚？”兰香站起身，捅燃灶膛的煤炭火，准备炒菜。

家云走进厨房，憨憨地笑，双手把一张奖状和一个大号的白色搪瓷饭盅递到兰香面前。搪瓷盅是带盖的，上面烧着红字：“奖——六一□厂先进生产者”。

兰香满脸惊喜，“你？你还当先进了？”

“我就当不得先进哪？”家云气呼呼地说，“跟你说，我这个先进还是厂级的。”

兰香看着奖状，问：“厂级先进有好多人呢？”

家云说：“大概有十几个吧。车间的叫‘先进生产者’，科室的叫‘先进工作者’。厂级先进要上光荣亭哟，嘿嘿，过两天你去看嘛。”

“上光荣亭？你们还照了相哦？”

“嗯。今天报社的记者都来了，还给我照了相，还跟我说了话的。”

“记者？跟你说些啥子？”

“记不清楚，我脑壳都木了。周围恁多人，厂领导都在那里，吓得我腔都不敢开。”

兰香嗔道：“没得出息。”

家云看着兰香，挠着头皮嘿嘿地笑。

没过几天，兰香正在择菜，听见门被砰地推开，家云喊：“兰香！兰香！快来看哟！”

兰香在厨房应道：“你说话小声点，啥子事恁个大惊小怪的？”

家云冲进厨房，把一份报纸递到兰香眼皮底下。

那是一份《重庆日报》，报纸头版的下方，有一张家云的半身照，足有信封那么大。他穿着白衬衣、背带裤，胸前吊着一个口罩，三七分的瓦片头一丝不苟，腼腆的笑容带着几分傻气。

兰香笑了，说：“看不出来，你还很上相呃！平时看你哪个不像这个样子呢，五官轮是轮廓是廓的？”

家云嘿嘿一笑，指点道：“下面还有字。”

兰香把菜放进筲箕，在围腰上擦把手，拿过报纸走到门口去。太阳落坡了，天色有些暗，兰香一字一字地念道：“在轰轰烈烈的技术革新中，重庆六一纺织厂织布车间工人丁家云，敢想敢干，刻苦钻研，改进了织布机上的传动齿轮，提高了机器转速，大大提高了生产效率，被评为重庆市先进生产者……”

兰香说："市里面的先进生产者！天哪，我们丁家云出名了！"

家云红着脸说："小声点嘛。"

兰香拉着家云进屋，问："你啥时候搞的革新？唧个没听你说过呢？"

家云说："跟你说有啥子用嘛，你又不懂。你看我总是猪不是狗不是的。"

"是，我不懂，还是家云得行，好了噻？"

"嘿嘿，我还是晓得上进嘛。"

"上进好上进好！家云乖，一鸣惊人，嘿争气！"兰香高兴得口不择言。"这张像是在哪里照的？"

"厂俱乐部外面。"看见兰香激动，家云喜滋滋的："照相的时候围了嘿多人，我都不好意思了。"

"你这人就是出不得众。"

"嗯，是啊，本来我都没笑，那个记者说：'丁师傅，明天全市人民都认得你了，你还不高兴哪？'我就笑了。"

"你该经常笑，我说你平时唧个没得恁好看，平时你总板起个脸。"

"我没觉得，平时有啥子好笑的噻。"

"笑起让人看见舒服，觉得你这人开朗和善，好相处嘛。"兰香仔细把报纸折好，平平整整地放进衣柜的抽屉里。"这些东西很珍贵，我把它保存起来，以后给儿子儿孙看。"

"嘿嘿，你还想得远呢！"

"上报纸不容易，作个纪念嘛，很多年以后，这些东西就成历史资料了。你歇一下，我上街去切点烧腊，打二两酒，我们庆贺一下。"

"恁个晚了？"

"沙坪公寓应该还没关门，我走快点。"兰香说完，提起篮子出门。

兰香回来时，家云已在桌上摆好饭菜。

兰香给家云斟满一杯酒，自己也倒了点。她端起酒杯，笑逐颜开。

"唉！我们家总算有点喜事了，还是件大喜事！来，家云，祝贺你！"

家云跟兰香碰了杯，喝一口酒，憨憨笑，憋了话的样子。

兰香问："你想说啥子？"

"车间的人说，我讨了个美人，好事跟着就来了，说你是我的福星。"

"他们真是恁个说的？"

"未必我还编些来给你说。"

兰香抿嘴笑，说："家云，我始终没有想通，你又没得啥子文化，你那个革新是唧个搞出来的呢？"

"嘿嘿，瞎猫碰到死耗子噻。"

"哎，好生说话！"

"我也不晓得是啷个搞出来的。说了你莫笑哈。你晓得我不会说话，我在车间也不跟哪个说话，没得事就整那些铁砣砣。机器哪里出了毛病，基本上难不倒我，他们检查不出来的都来找我。"

"嗯，有本事，"兰香伸手和家云碰一个杯，抿一口，"接着说。"

"前段时间，厂里说搞啥子技术革新，我就提了个意见，说那个传动齿轮可以加几个齿。道理我也讲不清楚，我就在地上把那些零件摆给他们看。他们又把吴工程师叫来看，吴工程师说要得，就搞出来了。"

兰香听懂个大概，说："看不出，你是茶壶装汤圆，嘴头倒不出，肚子里头还是有货啊。"

"嘿嘿，你对我好点就是了。"

"我对你哪点不好？"

"好，哪点都好，就是那个不好。"

"哪个？"

"那个。"

"没得出息。"

"哦，今天车间书记还跟我说，要我向党组织靠拢。"

兰香一惊，"我说你没得出息嘛！恁个大个事这哈儿才说！你啷个说的？啷个想呢？"

"我啷个想，我又不想当官，挣钱吃饭，入不入党有啥子关系嘛。"

"你就恁个跟你们书记说的？"

"我啥子都没有说。我又不是哈儿，我恁个说他还说我思想落后……"

"你是落后！"兰香抢过话，"人家削尖了脑壳都要入党，书记劝你入党你还不入，你这脑壳是装的豆腐渣呀！"

家云低着头，喝一口酒，"你不晓得，入党要政审，还要调查你。本来你的事情厂里的人都不晓得，这一查不是……就那个了。"

这话把兰香噎住了，她端起酒杯，"来，喝酒。"兰香抿一口酒，杯子却不放下，脑子转过一个念头：我的事，他的党组织肯定晓得，不然啷个会来动员他？既然书记动员他入党，我的事应该不会影响他。

她放下酒杯，把自己的想法对家云说了。"不管啷个说，这个机会难得。你这叫'火线入党'。'火线入党'懂不懂？解放军打仗，在战场上立了功，马上就在战场上宣誓入党。你搞技术革新也算是立了功，趁热打铁把党入了。

等会吃完饭，我就帮你写入党申请书。”

家云说：“你说哪个就哪个。”

吃完饭，兰香觉得头有点晕乎乎的。她上了床，把被子垫在背上，和衣躺在床上。她想，如果家云真能入党，以后娃娃填成分，也算有个半边红了。管他成不成，死马当成活马医吧。这些话她装在心里，不好对家云明说。

家云收拾桌子洗了碗，过来坐在床边，“你脱了衣服睡嘛。”

兰香说：“不，我歇一下就起来给你写入党申请书。”

“明天写嘛，你都有点醉了。”

兰香想，也对，好事不在忙上。她坐起身，娇声说：“你给我脱嘛。”

家云愣一下，嘿嘿一笑，急忙跪上床给兰香脱衣服。脱到最后一件的时候，兰香一伸手，拉了绑在床头的电灯开关绳。

家云停了手，说：“不关灯嘛!”

“我不习惯。”

“看不见哪个脱嘛?”

“那我自己脱。”

“我想看你。”

“你不是天天看到的吗?”

黑暗中，家云咕噜：“我想看你没穿衣服的样子。”

兰香把头缩进被子里。她心软了，结婚这么久，她总是在黑暗中给他，好像身体一见光，灵魂也曝光了，她的心对这个男人一直是紧锁着的。

家云跪在床上，见兰香半天不回答，又问：“我把灯开了哦?”

兰香见他不懂女人的哑语，又好气又好笑，心想，我偏不开腔，你要开就开，不开就不开。

“啪”，家云开了灯。他停了一下，看兰香的反应，被窝里缩了一下，没有声音。家云怕兮兮地揭开被子，女人白嫩的身体蜷成一团。家云心跳骤然提速，血冲头顶，马达开了似的轰隆响。

家云俯下身，手和嘴一起忙乱，兰香扭动身体“嘻嘻，痒——痒——”

家云按捺不住，直奔主题。兰香啊一声，抱紧家云，呻吟起来。

完事后，兰香抚摸着家云的胸脯，柔情地说：“家云，男人有出息，女人就高兴，不过我要提醒你，千万不要松劲，不要骄傲，你要记住一句话——‘人怕出名猪怕壮’。”

“我晓得。”

“啥子意思?”

“我说不清楚。”

“我给你说清楚。意思是说，猪喂肥了就要遭拉去杀，人的名声大了，风头盖过了人家，人家就会嫉妒你，钻你的空子，找你的岔子，你的麻烦就来了。这些话，都是祖祖辈辈从生活中总结出来的经验。人心就是恁个，好妒忌，见不得别个比自己强。所以，你还是要跟过去一样，踏踏实实地工作，老老实实做人。”

家云从没见过兰香用这种语气跟他讲话，他迷迷糊糊地听，手不自觉地向女人下面摸去。

兰香说：“呔！好好说话，你啷个又来了。”

“你说嘛，我听到的。”家云说着，又顶过去了。

兰香说：“不了不了！明天你好生去上班。”

家云涎着脸说：“你就当发奖金嘛。”

“嘻嘻，你还会幽默了？”兰香推开他，“脸皮厚。”

家云听出兰香并不禁止，敏捷地一翻身，雄赳赳地挺进。

兰香从衣柜中拿出那块劳力士手表，郑重地交给家云，“这块表你拿去戴。”

家云知道兰香有这块表，从来都不敢问。他接过表，翻来覆去看了一遍，递还给兰香，“这么贵重的东西，我不敢戴，万一……”

兰香说，“你戴嘛，你现在是党员了，又是机修小组副组长，好歹也是个负责人，有个表方便些。”

“我怕影响做事。万一……”

“你小心点儿就是了，洗个手呀，去洗澡堂那些地方，注意收捡好。”

家云试着往手上戴，表带是金属的，小了。他又递给兰香，“我戴不得。”

“你先拿到，明天下班先去钟表行，配一根表带。”兰香打开衣柜，从抽屉里拿出五块钱递给家云。

家云接过钱，“恁个贵呀！还是你戴算了。”

“宽备窄用嘛，我也不晓得要好多钱。”

家云一手拿着表，一手拿着钱，感觉两只手沉甸甸的。他把表和钱一起递给兰香，“算了，还是你戴。万一……”

“还‘万一’啥子？没得出息！”兰香说惯了这句话，家云也听惯了这句话，便不再吱声。

家云花六角钱配了根最便宜的表带，高高兴兴地回家。他让兰香在工作裤的裤兜里缝根布条，修机器的时候，把手表拴在布条上，放进裤兜，出了澡堂再戴上。

家云洗漱完毕，正准备上床睡觉。兰香说："家云，你过来。"

"啥子事？"家云听兰香语气严肃，赶紧过来。

桌子上摆了一本书、一个小学生写字本和一支铅笔。

兰香让家云坐到桌子边，自己在侧边坐下，指着书名问："这几个字你认不认得？"

家云一个字一个字地指着念："增——，广——，……文——……这个认不得。"他扭头看看兰香，眼睛眨巴眨巴的，像个犯了错误的小学生。不料兰香却绽开了笑容，"我们家云得行嘞！才读几个月扫盲班，四个字就认得三个了！"

家云腼腆地笑道，"啥子事嘛，考我咩？"

"那你再说一下，这几个字是啥意思？"

"增——增加生产，广——广播，文嘛，文化噻。"

"对对对！"兰香又夸赞两句，翻开书本，"读来听一下。"

"昔时……文，……集……增广，多见多闻……"家云读得浑身冒汗，转过头愣眉愣眼地望着兰香，"你啥意思哦？"

兰香指着书问："晓不晓得是啥意思？"

"昔——是……过去的意思……"

"你不要一个字一个字地解释，我问的是这几句话是啥意思？"

家云直摇头。

兰香合上书，指着封面说，"这个字读贤。圣贤的贤，贤惠的贤。圣贤就是有学问的人。这本书就是古代有学问的人说的话，讲的都是为人处世的道理。所以让你学这本书，不光是认字，学文化，也学点为人处世的道理。"

兰香随意翻开一页。"你听一下：贫居闹市无人问，富在深山有远亲。谁人背后无人说，哪个人前不说人。你看看，这些话说得多好，简直把人心都摸透了。没得钱，住在再热闹的地方，都没得哪个搭理你，只要你有钱，住在深山老林里都有人来巴结……这就是人心，晓得不？你懂了人心，才晓得哪个为人处世。"

家云昏昏欲睡，苦着脸说："我扫盲班都毕了业的，还学啥子文化嘛。"

"要学！你现在好歹算个干部了，没得文化哪个得行！"

家云抓耳挠腮，兰香说："我哪个说，你哪个做。听着，你每天必须学会十个生字。会读、会写、会解释……”

“我脑壳都麻了。”

“先不要麻！听我说，你这一辈子不能就恁个样子……”

“我上班一天累到黑，哪里还有力气学啥子文化嘛。”

“嘻嘻，”兰香狡黠一笑，“你半夜三更做那些事就有力气了？好，你就把力气省点儿，晚上睡觉挨都不要挨我一下！”

“哪有这个道理哟？”家云抗议。

“我说话算话！”兰香正色道。

家云就范了，当晚就老老实实坐在桌前，完成学习任务。

兰香怀孕了。她去医院检查时，医生告诉她同房要小心。兰香如获尚方宝剑，回家向家云传达医生的话，把“小心”变成“禁止”。她叫家云调头睡，各盖一床被子。家云泄了气，吃过晚饭就无精打采。有几次写着写着，竟趴在桌上睡着了。兰香气得咬牙切齿，心里直骂：没出息的家伙！扶不起的阿斗！朽木不可雕也！改造帮扶家云的信心和热情随之熄灭。郁闷了几天，兰香又觉得自己好笑：本来就没有想嫁个才子佳人，现在倒指望他成龙成虎，不是明摆着自讨没趣吗？

兰香的心思转移到肚子里去了。腹中的生命像一个希望的种子静悄悄地长大，她的心情也一天天开朗起来。孩子是她生命的延续，也是希望的延续。兰香揣摩，历史是一段一段的，如果她这一辈子讨不到清白，生命的延续可以稀释历史的污渍，直到走出这段历史。

自从话剧《银莲》获得成功，兰香心里便埋下了一颗种子，在那些无处诉说的情感撞击胸膛之后，时常有种写作的冲动。她就把它们记下来。她不知道自己能不能成为作家，但她一定要把孩子培养成作家，不管是男是女。在兰香心目中，作家是最了不起的人。历史是写下来的，没有作家，就没有历史。

她想把自己的事写给世人看，让大家来评说，自己究竟有罪，还是无辜的。

兰香订了《人民文学》《儿童文学》，翻着字典，给生字生词注音释义。家云上班的时候，她躲在屋里写了些诗歌、散文，换着不同的笔名，悄悄寄给报社。

年底，厂里分给家云两间房子，小两口留出一间，把绍六从新桥接来同住，绍六告别他赖以生存的扁担水桶，从此结束下力生涯。

春暖花开的时候，兰香生下一个女儿，取名小葵。

兰香怕家云不知轻重，把家里的粗活分派给家云，女儿的吃喝拉撒由她亲自操持。绍六不会做家务，整天守着尿布洗。兰香过意不去，说："爹，放在那里，等家云回来洗嘛。"绍六乐呵呵地说："闲起也是闲起，搭把手个嘛，莫得事莫得事。"

家云下班就急匆匆往家里赶，做饭、洗衣、给兰香炖鸡汤、熬鱼汤。家云干完活儿，倒在床上就鼾声大作了。

兰香满月的第二天晚上，家云就把头调过去了。兰香用手肘顶他，"你干啥子？"

"那个。"家云喘着粗气。

"我还在坐月子！"兰香恼怒道。

"我算了的，你满月了。"家云就算给她听，算完，挺着枪挨过去。

"过去！把娃儿挤到了！"

"那你过来嘛。"家云往后挪一下身体。

"再歇几天嘛，我觉得还没有好。"兰香完全忘了这回事，一时没有思想准备，便使个缓兵计。

过两天，家云问："好没有？"满脸关切。

"没好。"兰香反感他一门心思只想那个事。

"你还娇气吔……"家云咕哝。

"没好"了几次，家云说："你到底好没好？我看一下嘛。"

"嗯？看啥子看？你还不相信我？"兰香眼光直逼家云。

家云被封死了。他知道兰香在敷衍他，却找不出话说，憋了一肚子气。他做事的时候弄得家什乒乒乓乓响，晚上睡在床上辗转反侧，长吁短叹，兰香看在眼里，却不想开这个禁。一旦开了，男人就会上瘾，天天烦她。

她习惯了跟这个男人同居一室，就像习惯一件旧家具，没有半点儿情欲。但是既为人妻，不尽义务哪里行，她不能硬顶，得有个托词。过了一段时间，兰香主动说，"我好像好了，但是我怕一那个又有了。你看，这个还是个奶娃儿，再有了啷个办？"

家云说："哪有恁个怪哟。"

"这种事哪个说得准呢？你还是忍着点儿嘛，等娃儿大点儿。"

第二天晚上，家云又挨过去了，兰香正要说话，家云拿出个东西来。黑暗中看不清楚，家云塞到兰香手上，让她摸。"啥子？"兰香吓了一跳，赶紧丢了。冷冰冰软不拉叽的，像条虫。

“嘿嘿嘿嘿……”家云笑得得意。

“那是啥子？”

“嘿嘿嘿，避孕套噻。”

“避孕——套？哪来的？”

“厂卫生所拿的。”

“我看一下。”兰香拉开灯，拿起避孕套翻来翻去看，突然一股火气从肚子里冒出来，“你啷个想起到卫生所去拿这个东西呢？”

“今天才想起的，车间那些人经常都去拿，还有女的，还在车间说。我都搞忘了，今天才想起来了。”

“你们这些人，啷个啥子都在车间说呢！你是不是把我们的事情也拿到车间去说呢？”

“没有！没有！我光是听，啥子都不说。”

“真的呀？”

“真的！”

兰香没辙了。

天气一天天热起来，兰香每天给女儿洗澡，小葵见风长似的，小手小脚变得像一节节的莲藕，小圆脸上，乌黑的眼睛滴溜溜地转。兰香看得心都酥了，对家云说：“这莽妹仔哪像工人的女儿，就像是地主家的娃儿。”

家云说：“你说些啥子哦！地主又不是啥子好东西。”

话不投机，兰香不开腔了。她对地主并没有好感，但在她的印象中，也只有在地主家才见得到这样胖乎乎的乖娃娃。

兰香喜欢一边做事，一边给小葵唱歌，小葵的眼睛就跟着歌声转。闲下来，兰香把小葵端在腿上，绘声绘色地给她讲故事，讲龙山的野花野果，她要把美好的东西植入女儿纯净的心灵。她一讲，往事就丝丝缕缕地牵扯出来了，余三、罗小梅、汪贵琼都该嫁人了，都有孩子了吧？瑞莲、金兰、银兰怎样了呢？妹妹也许成了地主婆，还不知她是啥子遭遇啊。

第三十四章 >>>

赤水避荒

兰香第二次怀孕时，灾荒年跟着大跃进，毫无征兆来了。生下儿子丁旲才三天，兰香就没有奶了，计划供应的半磅牛奶清得像水，兰香只好给他做米羹。

兰香把米椿成粉，装进一只小铝锅，守在灶边慢慢地熬。米是珍贵的东西，一丁点儿都不能抛洒。小旲还没有学会走路就学会自己吃饭了。他等不及一勺一勺地喂，从兰香手里抢过勺子，把米羹大口大口往嘴里扒，随后，把小铝锅刮得哐哐地响，把锅沿上的残渣舔得干干净净，完了闭上眼睛，张大嘴巴号哭：

“米羹羹——我还要——米羹羹……”

兰香紧抿着嘴唇，揪心地痛。

有时，隔壁贾婆婆瘸着腿进屋，塞给小旲一小块麦粑，嘴里哄着娃娃：“不哭，旲娃不哭。看我们小旲娃好造孽哟——米羹羹都不能多吃一口，看我们小旲娃这张脸哟——一点血色都没有！”

小葵不哭不闹，坐在门前蔫耷耷地。有个黄昏，小葵跌跌撞撞地冲进屋，张大嘴巴哦哦地叫，憋着泪说不出话。兰香弯腰看，小葵的牙齿和舌头上粘着黄色的东西，一大股刺鼻的肥皂味从嘴里冲出。兰香赶紧用手抠，勺子刮，手忙脚乱地清洗一阵，小葵才哇地哭出声来。兰香有些恼怒，说：“傻了哇，肥皂哪里能吃嘛！”

小葵抽抽搭搭地说：“妈妈，我以为那是一块馒头！”

兰香明白了，小葵饿昏了头，饿出幻觉来了。

每个月供应的那点粮食包含了大米、面粉和苞谷面，兰香必须精打细算，计划着吃，不然，后半个月只有忍饥挨饿，性命难保。

兰香一家五口人，靠家云三十多元工资生活，入不敷出。为节省开支，家云下班后到厂后门捡废布条，兰香把布条串成块，给孩子们做百衲衣。星期天，两口子提着篮子，从中渡口坐船到河对面大石坝扯野菜。每月 24 号发了工资，家云就挑着箩筐到白市驿的乡场上，高价买回些季节性农产品，诸如红苕、苞谷、洋芋、大头菜之类的东西，掺和着艰难度日。

没有油水，没有肉，饥饿和营养不良，威胁着每个人的生命。野菜煮稀饭、苞谷羹撑了些日子，家云天天咳嗽，直喊胸闷，心里堵得慌。蔺绍六全身浮肿，肿了消，消了又肿。

初冬的一个下午，绍六排了菜轮子回家，半路上昏倒在地，一个年轻人看见，扶着绍六回家。兰香把绍六扶上床，问："爹，你哪里不好？"

绍六说："我头晕……像喝醉了一样。"

兰香问："要不要到医院去看一下？"

"不，我想睡觉。"

兰香让绍六和衣躺在床上，问："爹，你想吃点啥子？"

"我——我想吃颗糖。"

兰香到柜子里拿出几颗水果糖，扶起绍六，剥一颗喂到他嘴里。

绍六嚼了几下，说："我还要……"

兰香又把剩下的两颗糖都喂给他。

绍六吃完糖，又躺下，很快打起了呼噜。兰香把两个孩子哄出去，用菜叶煮了半锅清稀饭，盛一碗端去床前，嘴里叫着："爹，起来吃饭。""爹，吃了再睡。"绍六闭着眼睛，纹丝不动。兰香觉得不对，急忙去隔壁喊贾婆婆。贾婆婆走到绍六床前，用手探了一下他的鼻息，说："妹儿，他死了。"兰香不信，"贾婆婆，我刚才还在跟他说话？"贾婆婆叹一口气，"唉，年纪大了，熬不过去了。"说完，瘸着腿走出门去。

想到父亲一辈子下苦力，和母亲分开多年，到死都没见上一面，兰香悲悲戚戚地哭了一场。随后，她给秀蓉写了封信，告知父亲去世的消息，她说她很担心，家云瘦得像根柴棍，背也更加佝偻，如果万一他也撑不住了，自己又该如何是好？

兰香夫妇买了一口薄板棺材，把蔺绍六安葬在离家不远的平顶山半坡上。山上的坟挤挤挨挨，大多没有墓碑。兰香请抬棺材的人找了块大石头放在坟前，做个标记。新垒的坟冢泥土湿润，四周是松树、桉树和灌木丛，落叶铺满山沟，无名的野草覆盖整个山坡。远处，嘉陵江在阳光下静静地流淌，烟囱喷出的黑烟被风吹散，洒落在灰色的厂房上……

绍六去世半个月后，家云被查出患肺结核住进医院，厂里准备送他去北温泉疗养院疗养。

兰香隔了一个多月才收到秀蓉回信。秀蓉对父亲的去世表示悲痛，说妈妈因为贫血和心衰住了几次院，估计也快不行了，人都缩了一大截。琳琳读高中，老二读小学，小儿子才五岁，家里完全离不开人。

“所以，我来不了重庆，父亲的后事就劳烦你们了……关于你说到的困难，我想到一个办法：我同学李玉莲在贵州赤水河乡下教书，你带着娃娃去她那里生活一段时间。贵州是少数民族地区，政策宽松一些，粮食可以自由买卖。我已经给李玉莲写了信，我们是好姐妹，我的事她不会不帮。她的地址是：贵州省赤水县厚和区双石桥乡小学校。随信寄来 20 元钱，作为路费补贴。”

兰香以家云生病为由，写了一份外出访友的申请书，揣着它去了土湾派出所。

派出所离兰香的家两三里路。兰香穿过农田，顺着纺织厂丙班宿舍院墙外面的小路往下，走过模范村散落的家属区，上了一坡长长的石梯坎，等爬到半山坡上的派出所，找到张户籍时，已经累得头晕眼花，脸青面黑。

张户籍问：“你打算年底才回来？”

兰香说：“我怕爱人的肺病传染给娃娃，想多住几个月，等他好完再回来。”

张户籍不再多问，在申请书上签了字。

家云党小组的唐组长听说兰香要去避荒，悄悄过来打商量，叫兰香把粮票卖给他，再拿钱到山区去生活。兰香卖了一部分粮票，揣着钱，带着小葵小昊去贵州。她跟家云说好，每月关了饷，家云寄二十五块钱过去。

汽车在崎岖的山路上颠簸着爬行，进入贵州的地界后，沿途峡谷幽深，林木茂盛。虽然已经开春，有些路段还结着薄冰。十年没出远门了，呼吸着清新凉爽的空气，兰香心情轻松了许多。一路上，她给两个娃娃说这说那，唱歌讲故事，娃娃笑声不断。

赤水河双石桥乡小学地处偏僻，兰香在公路边下了车，走了一个多小时山路，到达学校时大约下午五点钟。

围墙转角处立着一个门框。隔着门可以看到一棵大黄桷树，一块操场。兰香跨进校门，站在门口喊一声“玉莲姐！”见没人应，又喊：“李玉莲！”

黄桷树下一扇门开了，李玉莲迎出来。“稀客稀客！”她热情地招呼兰香。“你看，还是在毕节见过你，都十几年了！”

"玉莲姐，不好意思，来给你添麻烦。"

"说些啥哟！"李玉莲又压了嗓子说，"不是遇到这灾荒年，八抬大轿请你还怕不来呢。"李玉莲剪了齐耳短发，灰色双排扣衣服，蓝布裤子，显得干净利落。皮肤比在毕节的时候黑，笑起来眼角有了浅浅的皱纹。

"哟！这两个娃娃好乖！"李玉莲蹲下身拉娃娃的手，小葵把手伸给她，小昊把手往身后藏。

"快叫李孃孃！"

小葵叫了"李孃孃"，小昊愣愣地瞪着眼，咬着嘴唇。

"走，进屋去。"李玉莲提起地上的行李，一手拉着小葵，把他们领进屋里。

这是一间由教室改成的宽敞的单身宿舍，屋里一张大床，一张小床，一张长条课桌，屋角并排放了两个大木箱子。玉莲对兰香说："我睡小床，你们一家人就委屈点儿，挤一张床。"

"玉莲姐，挤着你了，真不好意思。"

小昊听说睡大床，扑到床上，两脚一蹬脱了鞋，翻身在床上打起滚来。兰香忙说："小昊！下来！"

"没事没事，小娃娃，活泼才好。来，兰香，我们去看一下厨房。"

玉莲打开一扇小门，这是一个简陋的棚屋，用作厨房。兰香闻到一股腊肉的香味，抬眼一瞥，灶头上方挂了一小块腊肉。厨房还有一道后门，打开就是农田了。

简单安顿下来，玉莲带兰香去看学校。校园像一个长方形的四合院，白墙青瓦，有些地方石灰剥落，露出泥巴和竹条。两边各三间教室，两头是教师宿舍、厨房和办公室，中间是篮球场。兰香从教室的木栅栏窗户往里望，只见里面的桌椅摆放得整整齐齐。每张椅子左边的扶手与桌子相连，形成一个C字形，教室后面堆着蓑衣、斗笠、扫把、撮箕。"玉莲姐，这个配成套的桌椅好特别，我还没见过呢！""嗯，虽然没上漆，但做工结实，而且都是上好的柏木哦。"

玉莲指指点点地向兰香介绍学校的情况。学校一共六个老师，一个厨师兼清洁工。全校从一年级到六年级就六个班。老师每人包一个班，从一年级教到六年级，完了再从一年级接手。这一轮，玉莲教到二年级。

"那……你们开几门课？"

"都开，语文、算术、音乐、体育、美术……"

"那你们这些老师不得了，样样都会？"

“那些都是假的，只考语文、算术，我们教得认真点的也就这两门课，其他课就当休息了。都认真，哪个得行？别的不说，嗓子就受不了。”李玉莲说。

“那倒是。”

“你姐姐晓得，我天生五音不全。不过我喜欢听，尤其喜欢听你姐姐唱。”玉莲看看表，说：“你看，就这么大一点儿，走一圈不到十分钟。走，回去煮饭。”

回到厨房，玉莲一一给兰香交代，这里是什么，那里是什么。玉莲一边说，一边拿出东西往灶台上搁。两个娃娃守在灶台边看。见玉莲打了米在缸钵里，小昊拉着兰香的衣襟悄悄说：“妈妈，我要吃米羹羹。”

兰香笑道：“好好，过去，那边屋去等着。”

小葵拉着小昊的手，悻悻走出去。

兰香把门关上，忍着眼泪对玉莲说：“玉莲姐，不好意思。”

“娃儿家……”

“他生下来三天就吃米羹羹，米羹羹都没有吃饱过……”

玉莲不知道说什么好，摇了摇头，拉起兰香的手轻轻地拍。

“唉——”兰香把眼泪哽进喉咙，叹口气，　“玉莲姐，我真是迫不得已……”“不说了，妹儿，不是外人。快煮饭，娃儿些饿了。”

兰香就动手煮苞谷米饭，玉莲搭个板凳，把灶头顶上的腊肉取下来。兰香说：“玉莲姐，省着点，日子还长。”

玉莲说：“今天是给你们接风，敞开吃一顿嘛。”

兰香推托不过，切一小块下来，把剩下的挂回去。她把腊肉切成碎颗粒煮进饭里。饭在厨房里吃，桌子仍是一张课桌，平时靠墙放着，吃饭时搬出来。那顿饭好丰盛：腊肉煮苞谷米干饭，糊辣壳炒莲花白，酸菜粉条汤，还有一碗两个鸡蛋蒸的芙蓉蛋。

饭一进口，小昊就发现了腊肉。他狠狠扒几口饭，稳了心，便在碗里挑肉粒吃。两个大人见了，把自己碗里大一点的肉粒挑出来，往两个娃娃碗里放。芙蓉蛋两个大人没动，也分给两个娃娃。

小昊先放了碗，玉莲问：“昊娃，吃饱没有？”

小昊咂着嘴，使劲拍着肚皮说：“饱了。”

兰香忙说：“轻点儿轻点儿！莫把肠子拍断了！”

收拾打理完灶头，兰香和玉莲坐在小床上拉家常。玉莲压低声音说：“听说四川死了好多人，是不是？”

“我爹就是饿死的。我姐说我妈现在也病恹恹的。”兰香凑在玉莲耳边说：“我好几个月没来月经了，开始还以为是怀孕了，去医院检查，医生说是气血干枯。好多女人都是这样。”

“气血干枯？天哪！”

“我和小葵坐船到河对面山上扯清明菜、鹅儿苌，山上好多人，老的少的，密密麻麻……”

“我把菜篮子打翻，妈妈还打我了……”小葵插嘴道。

兰香说：“清明菜倒在地上人家就来抢，妈妈着急了，才打了你两巴掌嘛，后来，不是连野菜都没得扯了吗？哎，大人讲话，你不要打岔。”小葵扮个鬼脸，玉莲笑了。

兰香继续讲：“现在，黑市粮票卖到三块钱一斤，一块手表在河边农民的粪船上只能换一只鹅，一架自行车也只能换一只鹅。”

“一百多块钱才买一只鹅？好亏哟！”

“救命要紧哪，手表自行车又不能填肚子。我们家原先还存了几百块钱，主要是家云结婚前存的，去年东贴一下西补一下，几下就搞光了。当工人一个月就那点工资，哪里有钱买黑市？生产工人三班倒，干的都是体力活路，那 26 斤粮食哪里够吃？”

“买点杂粮掺着吃。”

“是啊，哪样不掺啰，饭里头掺苞谷，红苕，馒头里头掺松毛，就是松树叶子，还有甘蔗皮。关了饷，家云就到白释驿买红苕、洋芋、大头菜，杂七杂八担一挑。几十里路，他天不亮就出门，回来就大半下午了。唉，给你说，为那张嘴呀，啥子稀奇古怪的事都出来了。”

兰香瞄一眼两个小的，放低了声音。

“有个女工，人长得多乖的，跟个炊事员睡，图个啥嘛，她男人还是个技术员。我们有个邻居，两口子各吃各的粮，各用各的钱，分得清得很，就跟外人一样。我们家云还好，不管哪个，始终还是顾这个家。有段时间，家云他们每天早上只吃二两胡豆，握在手里一把，家云的党小组长天天在门口数着吃……”

“妈妈，我来给李孃孃说！”小葵坐在那边大床上听，忍不住抢话。

兰香笑道：“大人说话，你听啥子？好嘛，你来说嘛。”

小葵跳下床，叉开腿往地上一蹲，说：“唐伯伯每天早上恁个蹲在门槛上，这只手拿胡豆，这只手拈胡豆，”小葵边说边模仿，“他拈一颗胡豆，嘴里大声说：‘一——’，然后放在嘴里嚼，嚼，嚼完后，又拈一颗，大声说：

‘二——’放在嘴里，又嚼，他吃一颗数一颗，吃一颗数一颗，一直数到没得胡豆了，就站起来，拍着手说：‘见鬼，今天……’”

兰香吼道：“你说啥子!”一巴掌就要打过去。

李玉莲拉住兰香的手，哈哈大笑，“娃儿家……”

清晨，鸟儿在树上啾啾地叫，唤醒兰香。兰香便起床做饭，熬点稀饭，蒸些苞谷粑，切一小碟咸菜，帮玉莲打好洗脸水，掐着钟点叫醒她。

九点过，学生们陆陆续续走进教室。他们有的给李玉莲带来一小包胡豆，有的带一把韭菜，几朵野生菌，两个鸡蛋什么的，都放在讲台上。这是当地的习惯，隔三岔五的，家长要让娃娃带些自家地头的东西或者山里特产孝敬老师。兰香感慨，山里的人好淳朴，把老师当成圣贤一样供着，这些东西看着不稀奇，可一个季节就出那么一点点儿，都是从自家嘴里抠出来的呀!

李玉莲叫小葵把讲台上的东西拿回家，完了给她找个空位，跟着学生一起上课。

赶场天，兰香背着背篼到街上赶场，买些苞谷、南瓜之类的杂粮。拿着重庆的钱到贵州过日子，钱就经用多了。贵州是少数民族聚居地，有苗族、土家族、回族、侗族，还有些兰香闻所未闻的民族。集市上很热闹，粮食蔬菜自由买卖，背篼箩筐摆在街两边，买家卖家敞着嗓子讨价还价，小菜几分钱一斤，大米一块钱一斤，苞谷只要几角钱。兰香心想，要是把这些东西运到重庆去卖就赚大钱了。但她也知道，这些东西只能就地消化，贩运叫作投机倒把。兰香暗暗佩服秀蓉，关键时刻她总有办法。

晚上，两个孩子睡了，兰香就帮着玉莲批改作业。

李玉莲说：“兰香，我觉得你很适合当老师。”

“何以见得?”

“你的评语比我写得还细，就是字有点潦草，有的学生怕看不懂。”

兰香“嘻嘻”一笑：“好好，我写规矩点儿。我这是自由体，像口字国字之类的框框，我就划个圆圈，走之呢，就在下面划一横，只图速度，鬼画桃符。”过一会，兰香抬起头对玉莲说：“哎，玉莲姐，你莫说，我还真当过老师。”

“真的呀?”

“临时的，在劳动就业委员会，教扫盲班。”

公开场合，玉莲称兰香表妹，不久，兰香跟学校那些老师也熟了，有时跟他们一起打打乒乓球和篮球。除了玉莲，都是些男老师，都在三十岁上下，婆娘儿女都在邻乡的农村，星期六中午一放学，都急急忙忙往家里赶，打整自留地。王主任年纪稍长，一副和事佬的样子。陈敦富矮小精干，乒乓球打得好，发球很刁。刘成生身材瘦长，嘴角上老是挂着嘲笑人的味道，打篮球有绝对优势。他老婆在威远城里，不可能每星期都回去。星期天他就扛根鱼竿，到溪沟里去钓鱼。有时候运气好，钓得多点儿或钓到一条大鱼，他就提着鱼篓子到玉莲这里搭伙。

兰香把鱼开肠剖肚洗干净，在泡菜坛里捞些泡菜、姜、海椒丢在锅里，一大钵酸菜鱼端上桌子，大大小小一桌人吃得热热闹闹。

放学以后，两个娃娃就去操场疯，那里是孩子们的乐园，那些少数民族娃娃的手上脚上戴着各种各样的银制饰品，跑起来叮叮当当地响。

第三十五章 >>>

成人之美

星期天，阳光在树影下摇曳，撩得人心痒痒的，想去哪里逛逛。正巧，吃过早饭，玉莲说："你们来这么久了，还没看过赤水河，今天我带你们去看好风景。"

兰香说："赤水河我看过，有啥好看的？"

两个娃娃欢跳着，"要去！要去！"

玉莲问："那你晓不晓得赤水河为啥子叫赤水河？"

"为啥子？"

"去看了就晓得了。"

出了街头，走到一座小石桥上，玉莲说："这地方叫双石桥。你们来的那边有座桥，这里有座桥。这条溪沟就流进赤水河。"

顺着溪沟，一路下坡。小路崎岖，间或铺了石板。小葵跳跃着，踩着石板走。树木渐渐地密了，到处滴滴答答地滴着昨夜的露水，路有些湿滑。玉莲在前面带路，小葵紧随其后，兰香牵着小昊走得小心。一路上，兰香指点着两个娃娃，这是什么树，那是什么花，也顺手摘两朵拿在手上。兰香看见一种树好奇怪，树干像棕榈树，巨大的树叶却像蕨菜，好看又有几分恐怖。兰香问玉莲。玉莲说，"这是桫椤，据说有好多亿年了，跟恐龙同时代的。"

"恐龙？"小葵拉着玉莲的衣袖问，"李孃孃，恐龙在哪里？"就想看的样子。

玉莲说："早就灭绝了，没得了。"

"那你们哪个晓得呢？"

兰香说："恐龙在书上。"

下了山就进了一个峡谷。兰香见地势平缓了，就放开小昊。两个娃娃就追追打打地疯。

峡谷像裂开一般，两边山崖笔直陡峭。河流或急或缓，清澈见底，可以看见一群群逆水的鱼儿。苍翠的山崖上，到处裸露出大片赭红的岩石，刀劈斧削一般，岩石被水渍浸染成不同的色调，凹凸错落的石缝间，点缀着草木、苔藓，俨然一幅幅大气磅礴的天然壁画。兰香看到这番景象，简直惊呆了。玉莲说："这叫丹霞地貌，方圆几百里都是这样。"

"真的？太漂亮了！"兰香正感叹大自然的造化之功，猛然醒悟，对玉莲说："玉莲姐，我明白了。黄河之所以叫黄河，是因为黄土高原的泥沙带进了河里。这丹也是红，赤也是红，赤水河叫赤水，自然因为这些红沙石风化成红沙土，带进河里，就满江红了。"

玉莲笑道："我正想考你，你倒抢答了。你们藺家的人都聪明。"

兰香心里得意，嘴上却说："你话都递到我嘴边了。"

"我递了啥话？"

"你说这方圆几百里都是丹霞地貌。"

两人都笑了。兰香脱而出口："红泥染赤水，绿树映丹霞。"

玉莲问："这是哪个的诗？"

兰香大笑："藺兰香的。"

玉莲也大笑。笑过，兰香问："玉莲姐，这算诗吗？"

"岂止'算诗'，简直是好诗！"

"不瞒你说，我的确试着写过些诗和散文，寄给报纸杂志社，一篇都没有发表。"

"你就在我这里发表嘛。可惜只有两句，再来几句嘛。"

"刚才是有感而发，我又不是曹植，哪能说来就来？嗯，你莫说，我想一哈！"兰香抬手指着桫椤树，作踱步状，"桫椤接……万古，玉莲……携兰香。"

玉莲说："你再念一遍。"

兰香又念一遍。玉莲拍起手来："才说不是曹植，你这不就是曹植了吗？兰香，看不出，还真有点诗才！"

兰香笑道："乱凑的，献丑。"

"桫椤接万古，好！不过'玉莲携兰香'是啥意思？"

"凑个数，装成四句。'携'是携带的携，就是玉莲姐带我来看这个风景……嗯，还有一层意思，'携'不是也有帮助的意思吗，玉莲姐帮我渡难关，真是恩重如山啊！"

玉莲说："你不要说恁个重句话，姐妹间互相照应一下是应该的。不过你这么一说呢，从诗的角度讲，倒还真有意味了。"

说话间，兰香隐约听见远处传来轰轰的响声，便停住脚听。玉莲说："是瀑布，就要到了。”

她们加紧脚步。轰轰声越来越大，如闷雷滚过心脏，让人有点紧张。

小葵在前面喊：“妈妈！李孃孃！快来看！”

兰香急忙招呼：“小葵！等一下。”

小葵就拉住小昊，等着。兰香紧赶几步，追上孩子们，前面果然是一道瀑布。

宽阔的瀑布从几十米高的悬崖上倾泻而下，势如万马奔腾。下面是一汪水凼，突立着大大小小乱石。水流跌落在岩石上，溅起高高的水花，泛成大片迷蒙的水雾。水漫出水凼，穿流于错落的乱石之间。

孩子们头一回看到瀑布，有点害怕，后来看见其他小孩玩水，兴奋不已，跃跃欲试。兰香找一个安全的水洼，伸手一探，冰凉得爽。时近正午，艳阳高挂，照得身上热烘烘的。兰香便给两个孩子脱了鞋，让他们去玩水。玉莲说：“你干脆把他裤子脱了，不然打湿了。”

兰香说：“也对，”便把小昊脱成光屁股，小葵只穿条内裤。小昊一屁股坐进水里，衣服也湿了。兰香又把他脱成光条条，把衣服放在石头上晒。看着小昊身上长了肉，兰香心里十分宽慰。

小葵捧起水往一块石头上浇，水一浸，灰红的石头就变得鲜亮了。小葵喊：“妈妈你看！”昊娃见了，也往石头上划水，有些就浇到小葵身上了。“讨厌！”小葵尖叫一声，扇一片水还过去。这下正中昊娃下怀，姐弟俩便打起水仗来。昊娃站不稳，跌倒在水里。兰香和玉莲一齐跨进水里，拉起昊娃。玉莲脚下一滑，也摔进水里。兰香“哎呀”一声，去拉玉莲。玉莲一翻身自己爬起来，甩几下手上的水，笑道：“莫得事。”兰香说：“你衣服裤子都打湿完了！哪个办？”

玉莲双手抱在胸前，浑身颤一下，仍笑着说：“莫得事，恁大的太阳，一会儿就晒干了。”

兰香干着急，她们都只穿了一件衬衣，分不出衣服来，就说：“我们赶紧回去！”

走了不久，小昊打起瞌睡来。兰香和玉莲只好轮着背他。回到家，两个大人都累得不行，玉莲换了衣服，瘫在床上就不想起来了。兰香给玉莲盖上被子，说：“你好好睡，饭做好我喊你。”玉莲也不客气，就睡了。

第二天早上，兰香做好饭叫玉莲起床。玉莲睁开眼，一开口却哑了嗓子，玉莲说：“我咋个恁不经事呢？”

兰香说：“是不是感冒了？”摸她的额头，不烫。

玉莲扭扭肩膀，说："怕是感冒了，周身酸痛。"她让兰香在书桌抽屉里找点药吃了，歪在床上，蹙着眉头喃喃自语，"唉，我这个样子，咋个上课呢？"

兰香正往厨房走，听了这话心里不是滋味，心想，玉莲生病都是为我，上不了课可不是小事。这里的老师都是一个萝卜一个坑，没人可代课。她在厨房站一会儿，回到卧室，玉莲已经起床了。兰香问："你上啥课，我帮你上要得不？"

玉莲眼睛一亮，笑着点点头。

玉莲拿出备课本、书，连比带画地给兰香交代上些什么内容。"如果你讲不下去了，就叫他们写生字或者抄课文。""嗯，"兰香点头。预备钟响了，兰香放下碗，对玉莲说："你好生休息，碗放在这里，等下课我来收拾。"又对小葵说："把弟弟带出去耍，不要吵着李孃孃。"

"嗯！"小葵使劲点头，一副保证完成任务的样子。

兰香摸一下小昊的头，拿着玉莲的书和备课本匆匆去教室。

兰香一进教室，闹哄哄的学生就安静了，几十双眼睛惊奇地望着她。学生们都知道兰香是李老师的表妹，重庆城来的，对她好奇，喜欢偷偷看她，有的女生还带些豆豆果果之类的东西给两个孩子。

兰香在讲台上站定，对学生说："同学们，今天李老师生病了，我来给你们上课。大家欢不欢迎？"

"欢迎！"学生异口同声地喊，有的拍手，有的敲桌子。一个戴银项圈的长得漂亮的女生喊道："老师，你唱那些歌好好听哦，教我们唱嘛。"许多学生就响应，"老师，唱歌！老师，唱歌！"

兰香有个习惯，她洗衣服的时候喜欢唱歌。有时候，她知道学生在上课，就小声哼，没想还是被学生听到了。兰香笑着问："你们喜欢唱歌？"

"喜欢——"

"喜欢唱歌，很好！不过，上课是有课程安排的，这节课是语文课。这样吧，如果你们上得好，我们就可以腾一点时间出来，要下课的时候我教你们唱歌。好不好？"

"好。"

"好，请翻开书……"

"老师！"一个男生高高举起手。

"啥子事？"

那个学生红了脸说："你还没有喊'上课'。"

银项圈说："他是班主席。"

"哦——"兰香笑了，"对不起。上课。"

"起立。"

"同学们好！"

"老师好！"

兰香觉得，这一声老师好比她平时听到的喊得更整齐，更响亮。

下课前几分钟，教室里响起了歌声：

牵牛花儿像喇叭，
喇叭吹起嗒嘀嗒嗒，
小琳琳写封信给解放军，
感谢他保卫祖国功呀劳大。

第二天，讲台上就堆了许多吃的，蔬菜、水果、鸡蛋，都说是给李老师的。兰香一声声道谢，心想，贵州的山民真是把老师捧在掌心上啊！

过了两天，刘成生在教室门口遇到兰香，一本正经地说："兰老师，我代表本班全体同学郑重聘请你——"他换一副嬉皮脸："嘿嘿，请你给他们上音乐课。"

兰香一愣，笑道："刘老师，对不起。我不姓兰，姓蔺，蔺相如的蔺。"

"对不起。"

"李老师病了，我临时帮她顶一下，滥竽充数，哪敢正南其北上课哟。"

一群女生跟在刘成生后面说："蔺老师，给我们上嘛。"

兰香对她们笑笑，把刘成生叫到一边，小声说："刘老师，李老师生病，我帮她顶两节课还情有可原，再给你们班上课恐怕不合适吧？"

刘成生大大咧咧一笑："没关系，有问题也找我刘成生，不关你的事。只看你愿不愿意。要说啊，这个事该你负责，是你惹的祸。你要不给他们班上课，我这个左喉咙还可以马马虎虎打发一下。你一唱，学生就晓得了啥子叫唱歌，嗨，你就把我饭碗敲了。"

兰香笑道："不敢不敢。不过，只要王主任同意我就帮你教。"其实，有点事干，兰香心里也高兴。

刘成生一拍胸脯，"这个我包了。"

刘成生一开头，学生的呼声就大了，兰香就把全校的音乐课代了一遍。

玉莲一个星期把感冒的各种症状都过了一遍，嗓子哑，咽喉痛、发烧……兰香陪她看医生，吃药，打针，尽心尽力地服侍她。

一晃到了十一月，家云来信，催兰香回家，说病好了，家里存了一百多斤米，杂粮也有百来斤，他都长了十几斤肉了。再不回家，米都放霉了。兰香想，是该回家了，金窝银窝不如自己的狗窝，这里再好也是寄人篱下，麻烦玉莲那么久，别人也该厌烦了。

兰香要走的消息传开，孩子们就三天两头地从家里捎些东西来，有的放在教室讲台上，有的直接拿到宿舍。苞谷、胡豆豌豆、干菜、晒干的野菌、鸡鸭鹅蛋。兰香怕蛋在路上碎了，让留在这儿。玉莲说有办法。她找个纸盒子，放一层米夹一层蛋，又用棕绳捆得结结实实的。米是玉莲的供应粮，兰香于心不忍，玉莲说："这灾荒不晓得啥时候能过去，你一大家人，多少补贴点儿。我一个人，咋个都能对付。"她又开玩笑，"实在不行，我多家访几次，都可以混几天饭吃，还连吃带包的。"

满满实实装了一大背篼，估计有五六十斤重。

刘成生说："蔺老师，你星期天走，我好送你。"那么多东西，确实需要打个帮手，兰香就定了星期天走。

星期六下午，刘成生又提了鱼来，说要亲自烧个麻辣鱼给他们吃。刘成生打整鱼，兰香帮着打下手。李玉莲在厨房门口洗衣服。

刘成生问："妹夫是做啥子的?"

兰香说："机修工人。"

"长得很英俊?"

兰香笑道："一般。"

李玉莲说："我妹夫是重庆市的先进人物，还上过《重庆日报》。"

刘成生说："郎才女貌，般配。"

"你呢?"兰香问刘成生。"你爱人做啥子?"

"卫生员。"

等李玉莲去黄桷树下晾衣服，刘成生小声说："我们离婚一年了。"

"为啥子?"

"两地分居。她和一个邮递员好了。"

兰香说："那你啷个不追我表姐呢?"

刘成生说："我不晓得她啷个想的。"

兰香说："你平时嘴巴恁会说，这种事你就不晓得啷个说了?"

刘成生说："她平时都不跟我们多说话，这都是你们来了，我才厚起脸皮来耍。再说，我是离过婚的人，人家李老师还是黄花闺女，不对称。万一挑明了又不成，天天看着多不好意思的。"

“那……我来帮你把这层纸捅破！”兰香狡黠一笑。

孩子们睡了，两姐妹坐在小床上。彼此都有些不舍。

玉莲先开口：“我一直不敢问你，秀蓉说你嘿冤，是啷个回事？”

兰香低下头。“姐姐包办我跟一个叫张有福的人结婚，我们结了又离了。后来，我喜欢张有福的一个同事，姐夫坚决反对，把我赶出家门，说跟他结婚就要打断我的腿……”

旧事重提，兰香眼眶热了，她闭了嘴。夜很静，蛐蛐在草丛中叫得响亮。李玉莲巴巴地望着兰香。“后来呢，你就去当国民党军官了？”

兰香苦笑道：“冤枉，我是哑巴吃黄连。”

听兰香讲完泸州之行的来龙去脉，李玉莲叫起来：“你好傻呀，兰香！人家解放军问你去泸州干啥子，你照实说就是嘛，为啥要隐瞒真相，只说去当了个少校，不说那个姓谢的骗你的事情呢？”

“玉莲姐，一个从龙山跑出来的丫头，哪里懂得啥子政治嘛？那个时候我才十七岁，不晓得当个国民党少校会有啥子后果，以为那也算是一份体面的工作。后来发生的那些事，我啷个说得出口？何况那个男的都四十多岁了！晓得了我上当受骗，被人糟蹋，哪个还瞧得起我？回重庆我啷个给家里人交代？”

“唉——”玉莲叹一口气，“你确实冤枉！”

“说实话，在那里面的时候，我对姐姐他们是有怨气的，我经常想，如果当初她不把陶鸿飞撵走，我可能早就成家了；如果她不包办我跟张有福，我也不会去兰州；如果姐夫不反对孙国雄，给一个安身之地，我可能就不会去泸州了……后来想通了，怨不得他们，只怪自己太天真太单纯，这也是没得文化，愚昧无知的结果。”

“你说起陶鸿飞，我想起个事，那年他应该去学校找过我。”

“真的吗？”

“嗯。那天我恰好被喊去开年级组长会，第二天听同事说，有个人在门口打听我，听描述，像是陶鸿飞。”

“那后来呢？”

“没得后来了。我当时没有在意。后来听秀蓉说你们闹僵了，这才想起他可能是有事找我，但是那阵他已经离开毕节了。”

兰香沉默。“我就是在想，他啷个会恁个绝情，说走就走了。”

“我猜，他可能是想给你带个口信，或者留个他老家的地址啥的。这事我没跟秀蓉说。兰香，你也该想得通。我听人家说，当过兵的，尤其是经历过生死的人跟我们普通人想得不一样，性子倔，不太会中庸，认准一个理就不转弯。你想，秀蓉不给他面子，你又不敢跟他走，他还能怎样？他一个从战场上下来的铁血男儿，未必还会跟你咿咿呜呜哭哭啼啼，跪下来求你姐把妹嫁给他？这不可能。所以，就快刀斩乱麻，也只有这样了，这是情理之中的事。”

“听你这么一说，我心里还平衡了。哎，就当他还想到过给我留个信啥的，我安心了。不过这事我本来也没怪过他。不说我了，玉莲姐，我也一直想问你，这辈子你就打算一个人过，不成家了？”

玉莲又叹口气，说：“我家在龙山有地，镇反的时候，我爹被判了五年，我也从毕节城关小学下调到这大山里。我这种成分，人家都怕沾着。所以，这些年来说媒的，我都拒绝了。”

“你这个态度好消极。”兰香说，“刘成生喜欢你，你没看出来？”

“你说些啥子哟！”

“他离婚了。是女方对不起他。”

李玉莲沉默一阵：“我对这种事都没得想法了。”

“为啥子呢？”

“三十多年都是单身，身边突然添个人，怕相处不好。”

“玉莲姐，你啷个前怕狼后怕虎的呢？结婚就是两个人一起过日子，有啥子好怕的。女人终归还是要嫁人、生孩子，人生才算完整，不然到老了，身边连个端茶送水的都没得。”

“如果晓得了我父亲的情况，他又不干了呢？”

“不干就算了嘛。照你恁个想，我这个有污点的人，根本就不该结婚生娃娃，只配去当尼姑了。”

玉莲说：“我不是那个意思。”

兰香望望孩子，说：“看到两个娃娃活蹦乱跳的样子，就好像自己重新活了一次，那些冤啊痛的就都忘了。人要给自己找点寄托，不然一辈子好难熬。”

两姐妹一直摆到深夜。

天还没亮，刘成生就敲门来了。李玉莲开了门，对刘成生说：“你来背背篼。”刘成生敬个队礼，说：“遵命，李老师。”兰香一只手拎起一个包，李玉莲一只手牵个孩子，一群人出了门。

鸟儿还没醒，黄桷树静静地屹立。兰香回头看学校，心里竟有些不舍。

第三十六章 >>>

唯有读书高

秀蓉发来电报，通知母亲蔺李氏去世。兰香和家云在房子后面的土坎下烧了香烛和纸钱，随后，搬运家具收拾细软，按厂里的住房调整通知，搬到了工人村。

工人村坐落在一片高地上，十几栋红砖楼房一模一样。那是苏联专家设计的，建成大约十个年头。在太阳升起的日子里，红色的楼群矗立在蓝天下，十分壮观，颇有工人阶级当家做主的气派。

每栋房子有四层楼，每层楼十六户人家，门对门，户对户，走廊长长的，两头是公用厨房和厕所，像一节长长的火车车厢。家云的房子分在一楼向阳一面，房间只有十四个平方米。

工人村旁边一片凹地上，是纺织厂第五子弟小学。上学放学的时候，孩子们闹闹嚷嚷地从窗前经过，兰香不觉得吵，倒觉得是一道文明的风景。有时候，她装作漫不经心的样子到学校的围墙外走两趟，听孩子们朗朗的读书声，莫名地兴奋。

秋季招生的时候，兰香远远地站在校门外，看着大人们牵着孩子烟烟络络去学校报名，心痒痒的。明年，明年，小葵就要进那里面读书了！读书是兰香心中的一个情结，她十一二岁才读书，总共加起来才读了三年。她虽然自己背了个冤枉，内心还是感叹新社会的好处：人人都能读书！她像一个输了棋不甘心的人，一个人的人生只有一盘棋，错过了就错过了，失去了就失去了，但有了后代，就有了复盘的机会。正像赌徒说的，不怕输得苦，只怕断了赌。赌博的机会是重新开局，人生的重新开局却只能是寄希望于下一代。

她要为后代把握好每一个机会，受到良好的教育，一步一步向期望的目标挺进：小学、初中、高中、大学，作家！她自己的希望荒芜着，对子女的期盼却在这片田野上疯长。

隔壁的甘五妹，巷道另一头的九九、徐万群报了名，几个孩子背着新书包，在巷道里欢天喜地。兰香心里掀起了波澜：我家小葵今年六岁半，要是明年读书，就是七岁半了，亏了半年！在赤水的时候，小葵跟着李玉莲的班级上课，会背好多课文，会写好多字了，她吐词清晰，反应比那些大点的娃儿还快，完全可以和她们一起上学了。

兰香到学校门口看了公告，报名时间还剩一天，要赶紧想个办法让小葵今年就上学。托人情，她没有关系。想来想去，只有一个办法：改户口。只需要改一个字，把 1956 年改成 1955 年。小葵肯长，比好多七岁的娃儿都长得高，看不出问题。问题是户口怎么个改法？兰香在床上辗转反侧，把家云弄醒了。

家云问："今天啷个的？"

"睡不着。"

"把我都弄醒了。"

"好好，我不动了，你睡。"

家云又转过身去睡。兰香身体不敢动，脑子却停不下来。家云假装不经意地转个身，在黑暗中偷看兰香。兰香还在眨眼睛。

家云小心翼翼地问："你有啥子事？"

兰香本不想让家云知道，听他一问，就说：

"明天我想去给小葵报名。"

"报得到个屁，她七岁都还没满。"家云冲口而出。

"屁屁屁！"兰香压着嗓子，语气严厉，"屡教不改！娃儿都大了，这个样子啷个教育娃儿？"

"我不会教育，你教育……"

"我教育？上梁不正下梁歪，你这个当爸爸的出口成脏，我啷个教都没得用。"

"我哪有那个本事哦……"

"我说的是脏东西的脏，脏话的脏哈，你以为是文章的章？不说了，睡觉。"

"好好好，我改。其实刚才你还不是说了个脏话……"

"我说了脏话？"

"嗯。你刚才说了三个屁。我只说了一个，你多说了两个。"

"狡辩。"兰香回想一下，笑道："我也错了，我们都改。你睡，我起来坐一会儿。"

“半夜三更的？”

“你不管。”

兰香撑着手臂从家云身上跨过，溜下床，摸索到衣柜抽屉里拿出户口本，轻轻拉开电灯开关。她转头看一眼小床，两个娃娃一人一头，睡得正香。

她在写字台前坐下，打开户口本，翻到小葵那一页。出生日期是钢笔填写的，字迹清晰。兰香左看右看，那些字迹仿佛铜浇铁铸，让人无从下手。

兰香下定决心，从抽屉里取出钢笔，又找出一些和户口纸页相近的纸张。她模仿户口本上“56”两个字的笔迹，一直练到可以乱真，然后拧开笔杆，轻轻挤出一滴墨水，刚好盖住“6”字和一点“年”字。让墨迹浸一小会，再用棉花笺轻轻擦一下，把“6”字弄模糊。等墨迹干透以后，她再在上面写上一个“5”字。

兰香正要在户口簿上动手，家云下了床，揉着眼睛走过来，边走边嘀咕：“半夜三更的，干啥子哦？”一眼看见户口本，压着嗓子惊叫：“你想改户口啊！”

兰香平静地说：“大惊小怪啥子？去睡你的！”

“你……”家云声音发颤，“你这样要遭哟……”

“遭啥子？莫恁个紧张，这又不是干坏事。我只是想让莽妹仔今年上学。”

“你着啥子急嘛，她明年就可以正南其北①上学了，你还干这种事？”

“你不懂，光阴似箭，日月如梭，明年上学她就虚度了半年。七岁读书都迟了，人家骆宾王七岁都可以写诗了。”

“骆——啥子是哪个的娃儿？”

“你不懂。不管，你只要不拿出去说就行了。”

“我说？又没有吃错药。”

“好好好，家云乖。”

“乖个……”兰香难得跟他开这种亲昵的玩笑，家云受宠若惊，屁字冲到嘴边还是没敢溜出来。

兰香暗笑：他把“屁”吞了，“去睡，去睡！你啥子都不晓得哈！”

家云看着兰香，欲言又止，无奈地回到床上。他这一打岔，让兰香的头脑清醒了几分：是啊，她给刘顺涛写信，不过是男女之间感情上的龃龉，竟构成一条罪状。万一又来个什么运动，改户口这件事，可小可大，鉴于自己的身份，真不能心存侥幸。她左思右想，决定退后一步，只盖墨迹，明天见

① 正儿八经。

机行事，但凭嘴说。哦，明天？天已经亮了，是今天了。

七点半钟，家云提着搪瓷饭盅上班，临出门，小声对兰香说："你小心点哈！"

"嗯，"兰香点点头，"我晓得。"语气间不觉掺了一分柔情。这个男人虽然不善言辞，但还真不糊涂。

天已经大亮了，阳光在树林中斑驳，上班的人陆续从窗外走过。兰香拿着户口簿凑到窗前，对着室外的光线，最后审视一下，墨渍下面的字迹若隐若现。兰香犹豫起来。这是一着险棋。如果小葵和她一起去报名，被当众戳穿，她自己丢了面子倒可以承受，但小葵的自尊心肯定会受到伤害。小葵如果不去，有点不合常规，那些娃娃都是爸爸妈妈带着一起去的。

兰香想，户口簿本来就有疑点，再多一个疑点，很可能就哑火[①]了。你还敢争辩吗？事情就闹大了。如果小葵一起去，不但少一个疑点，还会增加一份说服力。小葵的身高、模样，如果必要，再背几篇课文，老师喜欢都来不及，还怕不相信？她又想起秀蓉，如果不是秀蓉敢作敢当，蔺家人现在还在龙山那个山旮旯里愚昧无知地吃苞谷羹过日子。退一步想，做点小动作，也不过就是为了让娃儿早点上学，大不了尴尬一下，算不上什么丢人的事。兰香下定了决心。

兰香照一下镜子，脸上有些倦容。她把手按在眼睛上轻轻揉一会儿，走到厨房。她从灶上铝锅里舀两瓢热水到脸盆里，拧一把毛巾，在脸上捂一会。然后倒掉热水，从水龙头放进冷水，又做了几把冷敷。

洗完脸，兰香顿觉神清气爽。她热好稀饭，把馒头蒸在锅里，回到屋里梳妆打扮。兰香把头发盘到脑后，绾个大大的发髻。她结婚后就开始盘发髻，发髻是她的特色。兰香的头发浓密黑亮，街坊们背地里叫她"大毛转"。毛转是重庆土话，就是发髻。其实，梳发髻的人多的是，引人注目的不单是她发髻的大小，更因为她身上有一种区别于周围其他女人的风韵和气质。

兰香挑一件乳白色褂子，套一条浅蓝碎花裙子，收拾停当，便去叫醒小葵。

小葵问："妈，啥子事？"

兰香笑道："你唧个晓得有事呢？"

"没得事你喊我起床啥子嘛？"平时，兰香都让娃娃睡到自然醒。

兰香在她屁股上拍一下，"小葵聪明。先去洗脸漱口，吃饭。"

---

① 失败。

小葵从厨房回来，站在兰香面前。兰香在椅子上坐下，问：

“小葵，你想不想上学？”

“想！”小葵蹦一下，又疑惑地说：“要等到明年哒嘛[①]？”

“不等了，我们今天就去报名。”

“我还没有满七岁……”

“你满了！过来，看。”兰香翻开户口本。

小葵转过来看，压低嗓子说：“妈，你把户口弄花了？”

“不是妈妈弄花的，是上户口的时候，写的人钢笔漏墨水滴上去的。刚才我对着亮光仔细看了一下，你是1955年4月15号生的，以前记错了。”兰香肯定地看着小葵，指着户口本，“记着，你的出生年月就是这个。”

“嗯。”小葵点头，“记着了！”

“但是不要跟别人讲！”

小葵有些疑惑，还是“嗯”了一下。

“来，妈帮你收拾一下，等会儿我们就去报名。”

小葵拿来梳子和小板凳，把梳子递给兰香，转身背着兰香坐下。兰香边梳头边跟小葵说话，“小葵……”

“妈妈，你今天唧个尽喊我的名字，不喊莽妹仔了？”

“你要上学了，就该喊你名字，以后我都不喊你莽妹仔了。”

“那爸爸呢？”

“我跟他说，也不喊了。小葵。”

“嗯。”

“你在李嬢嬢那里学的课文，还记不记得？”

“有些记得有些记不得。嗯——黄鹂又名黄莺。杜鹃又名布谷鸟。黄鹂和杜鹃都是益鸟。山雀，画眉，白……白头翁，猫头鹰也是益鸟。嗯——蚕宝宝，真有趣，小时像蚂蚁，大了穿白衣。吐出丝来长又细，结成茧子真美丽。嗯，下雨啦，下雨啦，嘀嗒嘀嗒下雨啦，禾苗说：下吧下吧我要长大，麦子说：下吧下吧我要开花。”

“嘿你个莽妹仔，记性硬是好吔。”

“妈，你刚才不是说不喊我莽妹仔了吗？”

“哦——我记住，不喊了！”

“还听不听《小河流过我门前》，还有《铁棒磨成针》，还有《盲人摸

---

① 哒嘛，语气助词，表示强调。

象》?”

“不背了嘛。我问你，等会儿当着老师的面，你好不好意思背?”

“不好意思。”

“要好意思，出得众才好。以后你长大了去上班，人家不晓得你有才能，啷个会重用你呢?”

“妈妈，我这会儿还小，以后长大了就好意思了嘛。”

“人家说三岁看老，性格是从小慢慢养成的，现在不好意思，长大了还是不好意思。不跟你说大道理了，等会儿见了老师，我喊你背你就背哈。”

“嗯！嗯！嗯!”小葵把头点得像鸡啄米。

说着话，小葵的头梳好了。脑后用毛线扎个马尾，马尾再一分为二，编两个小辫子，束马尾的地方用一根粉红绸带扎个蝴蝶结。

兰香给小葵挑一件短袖白衬衫，一条红黄蓝三色格子短裙。小葵换了衣服，拿起小镜子上下照。

兰香问：“漂不漂亮?”

“漂亮!”小葵信心十足。

兰香说：“走，去报名。”

小葵指着床上的小昊说：“弟弟啷个办呢?”

“我让甘婆婆帮忙看着。”小葵就大摇大摆地出门了。

兰香把户口本装进提包里，拎了包出门。

兰香突然想起什么，停下脚步，唤一声小葵，对她招招手。小葵急忙倒回来。兰香说：“丁小葵!”

“嗯?”小葵迷惑地看着妈妈。

兰香问：“你几岁了?”

“六——”小葵一个急转弯，“七岁——半。”

兰香笑了，小葵也会心一笑。

报名处设在一间教室，开了三个窗口。兰香先去窗口观察。

报名的老师一男两女，兰香先把年轻女老师否定了，她二十多岁，正是做事认真的年龄。中年女老师瘦长脸，戴副眼镜，做事慢条斯理的。最边上是位男老师，他面相和善，挨边四十了。兰香牵着小葵排男老师的队。

孩子们不甘寂寞，站一会就离开家长，凑在一块闹闹嚷嚷，你摸我我挠你，追追打打。兰香心里虚，牵着小葵不放手。

“王老师，谢谢了!”兰香前面的家长跟男老师道别，缴费去了。

轮到兰香上前，她把户口本递进去。

“你好！王老师。”兰香嫣然一笑，端着双肩，挺胸立腰。

王老师抬头看一眼兰香，接过户口本，眼睛分明亮了一下。王老师翻一下户口本，迟疑一下。看看兰香，又微微欠起身看她身边的小葵。

兰香说：“这是我女儿，丁小葵。”

王老师问小葵：“小朋友，你几岁了？”

小葵伶牙俐齿地说：“我七岁半了。”

王老师对着兰香回个笑。

兰香惊出一身冷汗。

王老师在登记册上做了登记，填一张入学通知书，开一张缴款单，夹在户口本里递给兰香，又指指旁边，“隔壁教室交费。”

“谢谢王老师！”兰香接过户口本。

出了校门，兰香打开户口本，又看一眼入学通知书，心里得意：我真的可以当特务了。

从二年级开始，兰香规定小葵每天写一篇日记，每周写一篇周记，看了电影写观后感，每个月给秀蓉姨妈写一封信，作文要反复修改，草稿要经她过目。小葵不胜其烦。

“你看，‘阳光照耀着孩子们红苹果似的脸蛋’，”兰香坐在小葵旁边，循循善诱：“‘孩子们’是指很多孩子，哪个可能都是‘红苹果似的脸蛋’呢？”

小葵说：“是老师教的，形容娃娃脸圆圆的，红扑扑的，嘿健康的样子。”

“老师教的你也要自己动脑筋想一下嘛。看看你们班上同学的脸，长的、方的、圆的、尖的都有，哪里只有圆脸才健康呢？”

小葵想一下，说：“好像是哋。那该哪个写呢？老师说要表现人民的生活幸福。”

“幸福？”兰香心想，饿死那么多人还“生活幸福”？但她绝对不能对小葵讲。真话不能说，作文又要写好，还硬是考人啊！兰香急中生智，灵光一闪，对小葵说：“啥子叫幸福？幸福就是快乐，对不对？”

小葵点头。

“快乐就是高兴，对不对？”

“嗯，一样的。”

“高兴就要笑，是不是？”

“嗯。”

“现在你晓不晓得该哪个写了?”

“晓得了。”

“阳光前面可以形容一下，啥子样的阳光。”

小葵点头说：“晓得了。”

小葵改完拿给兰香看，兰香拿起铅笔，在小葵的草稿本上勾勾画画。小葵不时扭头看窗外玩耍的娃娃，一副眼巴巴的样子。

兰香边改边说：“妈妈给你订《儿童文学》《少年文艺》，就是想让你多学点东西。妈妈的《人民文学》你也可以看，妈妈记下的那些好句子好词汇，你都可以参考，人家那些作家一篇文章要修改几十次，一个字、一个标点符号都要反复推敲，仔细斟酌……”

“我又不是作家!”小葵嘀咕道。

“你说啥子呢?”

小葵咬着嘴唇低下头。

兰香凑近小葵，语重心长地说：“小葵，你晓得作家有好了不起吗?他们可以把自己的经历，把听到的、想象的都写进书里，像鲁迅、马识途、丁玲、赵树理、艾青……还有，文章写得好可以卖钱，你晓得不，好文章一个字三分钱呢！你写三个字就能买一斤李子，还加上一颗奶油糖哦。”

小葵最爱吃李子，从来没有吃够过。

“妈妈就是想你长大了当作家，把妈妈的故事写成小说。妈妈还没给你讲完，有的事等你长大了再讲……嗳嗳，你动来动去干啥子?”

“我……我要解手。”

“真是，懒牛懒马屎尿多，快点去!”

小葵起身噌噌地跑了。

兰香摇摇头，这莽妹仔，好久才能长大哟?

兰香看见小葵的书包鼓鼓囊囊的，心生疑窦，打开一看，里面装了一个棉线团和两根竹签子，顿时气不打一处来。她厉声对家云说：“把小葵给我喊回来!”

家云赶紧跑到楼前，扯着嗓子喊：“小葵——小葵——”小葵正在跟一群女孩疯玩，听见喊声立即飞奔回家。

“妈，你喊我?”小葵抹一把汗水。

兰香坐在床边，指着竹签和线团问：“这是哪来的?”

小葵说：“五妹给我的。”

兰香皱着眉头说："你拿它来干啥子？"

"学打毛线。"

"哪个让你打毛线的？"

"班上女生都在打。"

"都在打你就要打？"兰香冒火了，声音一下提高几度，小葵吓得低下头，不敢吭声。家云在一旁帮腔，粗着嗓子说：

"耳朵聋啦？你妈问你呢！"

"你不要插嘴！"兰香打断家云，"去，各人做各人的事。"家云瞪瞪眼，端起一摞碗去厨房。

兰香说："时间恁个宝贵，你啷个要浪费在这些婆婆妈妈的事情上？毛衣一针一针戳，一线一线地挽，打一件毛衣要一两个月，这些时间你可以看好多书了？"

兰香越说越生气，眼睛瞪得溜圆。小葵从没见妈妈发这样大的火，吓得愣一愣的。

"'光阴似箭，日月如梭，'听说过这句话没？"

"你说过的。"

"那啷个没听进去呢？恁个宝贵的时光拿来戳毛线，你不觉得可惜吗？"

小葵点点头，又摇摇头。

"你要穿毛衣我给你打，我还可以买，我最不喜欢女娃儿一天到晚花儿草儿鸟儿的！你看人家那些哥哥，打球、写黑板报、看小说，在一起谈古论今，关心的都是些大事，未必你不可以向他们学习吗？"

小葵很受启发似地点头说："可以。"

"今后，我再看见你干这些事，我就要打人了，听见没有？"

"晓得了。"

第三十七章 >>>

马大凤撞墙

负责地段工作的游户籍，见兰香有文化，守规矩，便让她给居民委员马大凤当助手，尽义务，没有钱。

马大凤也住一楼，和兰香家隔着几间屋，四十多岁，腰圆体胖，屁股特大。她认不了几个字，说话粗声武气，爱管闲事。

兰香当助手后，马大凤出去开会办事，也经常叫上兰香，让她拿着个包，跟在自己后面。有人支使的感觉很舒服，马大凤自我感觉是个人物。

兰香主要负责收水电费，每季度把钱交到区上，再帮助起草一些规章制度，做点文字工作，活儿简单，兰香很快就熟悉了。

端午节，楼上赵忠霞的堂弟来小住了几天，月底收水费的时候，马大凤吩咐兰香："你去赵忠霞家，收她半个月的钱。"

兰香不解，说："不是七天以上才收半个月吗？这啷个好呢？"按惯例，来人来客，住满七天以上，收半月水费，满十五天以上，收全月水费。

马大凤说："你不管，就照我说的做。"

兰香问："人家要质问我，我该啷个说？"

马大凤一挥手，"就说是我说的！"一副敢作敢当的样子。

兰香说："春节期间，贾世碧家亲戚来住了二十天，才收半个月的钱。"

马大凤不耐烦了："你脑壳啷个恁个死板？在你之前，都是贾世碧的男人帮我记账，她男人死了才轮到你，自己人，多点少点有啥子？"

整栋楼里的电费是每家平摊，水费按人头平摊。

兰香假装糊涂，对马大凤说："我搞不清楚这些关系……还是你去收嘛！"

马大凤瞪兰香一眼，扭着屁股上楼去了。不一会儿，楼上吵了起来，赵忠霞扯着嗓子骂："你以为老子男人是拉粪车的就好欺负？谁都晓得七天以上才算半个月，你为啥要多收老子的钱？"

马大凤的中气很足，理直气壮地说："你说只有五天就五天啊？你自己说了就算吗？蔺兰香去了解过的，人家说你屋堂弟前两天就来了，只是他没出门你没吭声罢了！"

兰香一下愣了，天呀！这不是嫁祸于人吗？

赵忠霞果然被惹怒了，她骂道："老子不出门？老子不吭声？老子一不是反革命，二不是现管分子，未必还怕出门还怕吭声哪？是哪个烂婆娘吃胀了乱翻嘴？老子晓得了要把她的嘴巴撕到后颈窝去！"

"好了好了，就算蔺兰香没有调查清楚好了，街坊邻居的，不要伤了和气。"马大凤见赵忠霞捏不动，又踩着兰香下台了。

兰香在楼下听得心惊胆战，又气又恨。她觉得这个人既阴险又残酷。她那么大声地说话，肯定知道兰香听得见，度死了兰香打不出喷嚏。兰香不敢当面抵马大凤的谎，她迅速地盘算一下，按马大凤的德行，如果她要当面揭穿马大凤的谎言，马大凤肯定咬死她说过那些话。两个人之间的事，就算有人相信兰香，也不好帮她说话。她满不在乎地在兰香心上踩了一脚，兰香一阵闷痛，忍气吞声把黑锅背了。

怕赵忠霞闹上门来，好长一段时间，兰香一听见楼梯上脚步声响就赶紧把门关上。

过段时间，马大凤把兰香叫到二楼贾世碧家里。原来，贾世碧的女儿满明英初中毕业升中专，按照国家规定，需要地段开一份有关家庭成分的证明。

马大凤让兰香帮贾世碧写了一张证明：

"兹有我段居民贾世碧，祖籍四川綦江，出生贫农。其女满明英为贫下中农后代，符合政府升学条件，特此证明。"

马大凤在上面盖了地段的公章。

短短几十个字，却让兰香忐忑不安，她帮贾世碧写过家信，知道一些贾家的事。贾世碧父亲开过煤窑，定性为富农，财产被乡政府没收，她父亲为此气得大病一场，差点死掉。

兰香对家云说："这个马大凤的胆子也太大了，改成分是政治原则问题，万一哪天上面追查下来，不光她马委员遭殃，我也要跟着受连累。马大凤是干部，顶多受个处分，像我这样有污点的人肯定会罪加一等，说不定又要坐牢。"

家云说："那唧个办呢？"

"我也不晓得。我唧个觉得跟着她像是上了贼船一样呢。"

兰香越想越害怕，好几个晚上都睡不着觉。从刘家大院出来后，兰香一直恪守规规矩矩做人的狱训，在家里，尽做母亲做老婆的本分，出了家门，尽量少和人说话，不串门不搬弄是非，外出探亲向户籍请假。她只求在这狭小的缝隙里安静生活，明哲保身，但求无过。

一波未平，一波又起。

马大凤走进公用厨房，冲兰香说：

“你马上上楼去给贺林清打招呼——不许养猪。给他讲，私建猪圈是违法的，是走资本主义道路！政府明文规定，城里人不许养猪，不许养鸡养鸭养鹅……如果他贺林清无法无天，我要他吃不了兜着走！”

兰香赶紧关了灶门，忐忑着上了四楼。贺家门开着，兰香站在门口，委婉地说：“贺师傅，马委员喊我给你说，国家有政策规定，城里不许养猪养家禽这些，所以，马委员说，你们家的猪圈不能修。”贺林清梗着脖子，两眼一瞪，说：“呸，她算啥东西！”兰香不敢多言，赶紧下楼。

贺林清是厂里的锅炉工，有两个儿子，老婆是农村户口，一家人日子过得紧巴巴的。空闲的时候，两口子到平顶山扯些陈艾、车前草、鱼秋草之类的草药，拿块包装布，到一个路口的电线杆下摆摊，难得有人问津。

贺林清在农民坡上挖了两天，挖出个粪坑，请人把条石、石板、油毛毡抬上坡。马大凤得到消息，怒气冲冲地走到兰香家门口，两手往腰杆上一叉，说：“蔺兰香，你去给我把贺家的猪圈拆了！”

兰香一听，脑袋轰的一声大了。她不敢推辞，转身出门。她爬上村子旁边的农民坡，手搭凉棚远远地看，只见白晃晃的太阳底下，贺林清和一个农民正光着上身夯猪圈的土墙，墙已筑了半人高。随着哼哼呦呦的声音，夯锤一下一下地砸在土墙上，发出通通的闷响。

兰香心想，跟他打了招呼不听，看这架势，贺林清是铁了心要干。兰香皱着眉头苦想一阵，实在无计可施，只好回到马大凤家门口。

“马委员，我看了一下，贺林清好像是要办蛮[①]了，我招呼不住，还是你去嘛。”

“切，”马大凤横眉瞪眼鄙视兰香，“你看你看！又来了！你这人做事尽是缩手缩脚的！贺家一哈儿[②]卖草药一哈儿喂猪，尽干投机倒把，摆明了要和国家政策对着干！啥子事都我去，你来干啥子？去去去！你去找朱师傅、向师傅他们帮忙，今天之内必须把猪圈给我拆了！”

哼！说得轻巧，吃根灯草，炭圆就往我身上甩，害得我两头受气不说，

---

① 豁出去。

② 一会儿。

一天到晚还担惊受怕的。兰香心里窝火，嘴上仍然委婉："马委员，既然是关系到国家政策恁个大的事，我觉得还是你亲自去为好。"

不等马大凤发作，兰香赶紧解释："马委员莫生气！你想嘛，像我这种身份的人，哪有权利去干涉别人？尤其是这样重大的事情，哪个出面恐怕都比我合适。"

兰香抬出特殊身份堵她的嘴，马大凤十分懊恼，"哼，不晓得游户籍唧个把你看上眼了哦？还说你文化高，知书达理，精灵能干，结果呢，啥子事都做不来，屁大点儿事情都要找我，你说你帮个啥子忙？"马大凤一脚踢开门边的小板凳，"哼，我看你是马屎皮面光，里面一包糠！"她转身出门，屁股带起一阵风。

兰香顿时松了一口气，虽然受了一顿奚落，毕竟不往刀尖上踩了。

马大凤找来几个大汉，趁贺林清他们回家吃午饭的时候，砸烂油毛毡，填平粪坑，把两块石板抬到公用厨房搭洗衣台。

贺林清听到消息，暴跳如雷，冲到坡上，指着马大凤破口大骂："你欺人太甚，老子咒你断子绝孙！"

马大凤说："你一天到晚想精想怪的，尽搞些歪门邪道，再不管你，你只怕要翻天了！"

"歪门邪道？老子一不偷二不抢三不参加国民党，靠下力挣点钱又把你哪点惹到了撩到了，嗯？"

"你一不偷二不抢，搞投机倒把就得行吗？你懂不懂政策？家有家规，国有国法，我们这个村的居民个个都老老实实规规矩矩，只有你贺林清胆大包天！"

邻居们围了一大片，七嘴八舌地劝，贺林清的老婆赖荷花劝不住她男人，在一旁咿咿呜呜地哭。

"老子婆娘是农村户口，一家人全靠老子烧锅炉这点钱，又吃不到补助，娃儿交学费都是我婆娘卖血的钱！你死胖子！一天到晚只晓得这不准那不准，你管过我们的死活没有？"

"该背时①！哪个喊你讨个农村婆娘？"

"你个死胖子！"贺林清举起锄头朝马大凤冲去："你不要老子活，老子今天先弄死你！"

马大凤见事不对，转身就跑，边跑边喊："打死人啰！打死人啰！"

---

① 倒霉。

几个男人拽住贺林清，和他扭来扭去的，费了好大的劲，才夺下他手中的锄头。围观的邻居好言相劝，赖荷花也跪在地上求她丈夫，一直闹到天黑，贺林清才勉强罢休。

猪圈风波过后，贺林清家发生了一连串的事。先是派出所的人用手铐把贺林清带走，随后邻居们陆续传言，说贺林清犯了强奸罪。被害人是住在二楼的杜泽秀，贺林清的小儿子贺福星的同班同学。

贺林清长得不讨人喜欢，又黑又瘦，眼窝深陷，络腮胡青乎乎的，一副倔驴模样。他和邻居没有来往，两个儿子也性格内向，难得有一个笑脸。人们都半信半疑，猜想如果有机会，贺林清有可能干出那种罪恶的勾当。

贺林清被抓捕不久，赖荷花就被遣散回武胜县农村。马大凤把贺家的房子退回厂里，带着几个人把家具卖了，一把锁锁了门。贺福星两兄弟无家可归，就睡在楼道上的公用杂物间，像两条无人照管的流浪狗。没过多久，贺福星得了肝炎，马大凤就叫朱师傅向师傅把两兄弟送回赖荷花的老家。不料，赖家娘屋人不肯接收两个娃娃，索性把赖荷花也一起赶了出来。

母子三人无处落脚，赖荷花便带着儿子每天在甲五栋楼门口伤伤心心地哭。

邻居们见到这般惨状，不免生了同情之心。有人端些剩菜剩饭给两个娃娃，有人塞几角钱给大人，也有打抱不平的，指点赖荷花去法院告状，赖荷花找人写了状子，带着儿子去了沙坪坝区法院。法院开庭审判，派人来调查后，认为强奸证据不足，让公安局放了人，还回住房，贺林清一家四口才重新有了家。

证据不足的强奸案和“猪圈风波”有没有关联呢？邻居们私下都议论纷纷，兰香也觉得这件事蹊跷。

晚上，等两个娃娃睡着，兰香贴着家云的耳朵说：

“哎，你不觉得贺家的事有太多巧合吗？”

“啥子巧合？说来听一下。”

“第一，那个杜泽秀，后妈带了一儿一女过来，加上她亲哥，有四个娃娃。杜泽秀没得人管，每天拖着两条鼻涕，见到哪个吃东西就守嘴，哪个给东西都接到。”

“你的意思是……杜泽秀可能扯把子？”

“她才九岁，啷个会想到诬陷人？可能是有人教她说谎。”

“嗯，给半边馒头就可以收买她。还有呢？”

“第二点，如果换个证人，我不敢乱猜测，但是，证人恰好是贾世碧，我就纳闷得很。”

“她写假证明隐瞒成分，品行不好。”

“你想想看，如果证人品行就有问题，她的话未必还可信吗？”

兰香把各种信息综合起来，最后得出结论，马大凤极有可能在杜泽秀身上做了手脚，又利用贾世碧做伪证，搞了一场恶毒的报复。身为地段干部，居然制造冤案，把一家四口往绝路上推，她马大凤未免太心狠手辣了！

这事让兰香不寒而栗！

兰香早就想辞掉助手的差事，但思前想后，不知该怎样行动。你不干吧，总得要说个理由，编个理由不相许，说真话又得罪人，真是左右为难。现在，她决心尽快找机会摆脱马大凤，且不说看不惯她那副阴险和蛮横的嘴脸，要是哪一天这婆娘冲着自己动手，还不知道会整出个啥子后果来。

月底的星期天上午，地段发出通知，每家出一个代表，在楼下开居民大会。

下午三点，人们端着竹椅木凳，陆陆续续来到楼前的土坝子上。场地中央摆了一张小桌子，桌前坐着一位衣着整洁的年轻人。马大凤坐在他旁边，桌上放着一沓红头公文纸。兰香在后排找了个地方坐下。

马大凤站起身，扯着嗓子说：“各位街坊同志们，今天我们在这里开个会，请大家给街道的干部提意见。大家不要客气，想说啥子就说啥子。哦，给大家介绍一下，这位是街道办事处的领导陈建军同志，大家欢迎！”

下面响起一阵掌声。陈建军站起身说：“谢谢！谢谢！我不是啥子干部，就是个普通办事员，大家喊我小陈就行了。上面要大家对地段干部的工作作风进行评议，我是来听意见的。”

他从衣兜里摸出一支钢笔，把公文纸挪到自己面前，接着说：“请大家有啥说啥，有意见尽管提，有则改之无则加勉嘛，我们的干部一定虚心倾听。我的话完了。”

会场顿时安静下来，大家你望我我望你，又伸长脖子望着主席台。兰香心里想，提意见，弄不好又整出事来。她打定主意光看热闹不开腔。“说啥子嘛？远的不熟悉，近的又不好说。”前面有人小声嘀咕。过了一会儿，相邻的人都把脑袋探到一起，窃窃私语起来。

马大凤说：“有话大声说，不要开小会。”

“我来说两句。”三楼的王秀芬站起来，“我们马委员呢，是个关心群众的好干部，去年十月，我家小岷发高烧，那晚上烧得吓人，我想送他到医院，一个人又背不动。大家都晓得我男人跑船，三天两头不在家。我找到马委员，想请她找个人帮忙。结果马委员亲自陪我到医院去，一直忙到半夜一点多钟才回家。我想……”

赵忠霞插话说：“今天是提意见，又不是评先进。”赵忠霞一开口，兰香的心就悬起来了。

赵忠霞斜眼瞥一下马大凤，说：“陈干部，我有意见。马委员关心群众也是看人说话，王秀芬的男人跑船，经常给她带点鸡呀蛋啦糖的，她当然关心她哟。像我们家这种又穷又臭的，她路过门口都绕着走，生怕臭到她了。除了收水电费，她跟我话都没得一句。我要说的就是收水电费的事情。我家亲戚来住了五天，她非要收我半个月的水费，这事我一想起来就冒火。”

马大凤说：“后来不是没有收嘛。”

赵忠霞说：“哼！没有收我也觉得冤枉！好像还是你送了我个人情？好像我赵忠霞人穷就贪公家的便宜。你说我亲戚住了七天只报了五天，藏了两天。你说蔺兰香调查了的，她到哪里调查的？她是啥子人？为啥子我的话你不相信，她的话你就相信？劳动人民的话你不相信，现管份子的话你倒相信？马大凤，你今天就当着大家的面，把话给我说清楚！”

马大凤说：“蔺兰香说的你家亲戚住了七天，我不是到你那儿问清楚了吗？”

“我想说几句。”兰香突然开口说话。这种场合，她不能再沉默了，否则大家就会把她看成一个无中生有搬弄是非的人，一个真正的坏人。在场的人听见声音，转过头看兰香。

马大凤心虚，语气强硬地说：“你不用说了，今天的事情很多。”

陈建军问：“这是——”

马大凤说：“蔺兰香，是个反革命。”

兰香站起身，说：“反革命也有申辩的权利，这个黑锅我背了好久了，今天我要把它说清楚。”

陈建军见兰香一脸的坚定，便说：“你说嘛。”

兰香捋一下耳边鬓发，转向赵忠霞，“赵大姐，我没有去调查过你亲戚来住的事，也没有对哪个说过你家亲戚住七天的话。当时，马委员叫我去收你家半个月的水费，我就提出这不符合规定，结果马委员就自己去收。没想到她把这事推到我身上。当时，我听见你们在楼上吵，心里就觉得很委屈，心想如果你来质问我，我就给你解释清楚。后来你没来问，我也就没说。我想多一事不如少一事，不说清楚得罪赵大姐，说清楚了又得罪马委员，就把这个黑锅自己背了。”

马大凤气急败坏，喊道：“蔺兰香！你敢说你没有说？”

兰香沉着地说："我是没有说。"

"你看你看，"马大凤转向陈建军，"这种人啥子德行，屙尿就变！自己想趁浑水摸鱼，还不敢承认。"

"我的身份本来就特殊，哪敢信口雌黄？大家可以想想看，自从我们家搬到甲五栋，我蔺兰香啥子时候东家长西家短地说过别人小话的？除了收水电费，我进过哪家的门？这事可以请工作组调查嘛。"兰香边说边想，这下反正把她得罪了，干脆竹筒倒豆子，全部抖出来。

"还有一件事，我也觉得马委员做得不恰当。"

兰香接着说下去："去年夏天闹干旱，段上组织我们到农村抗旱。当时，马委员安排，老年人没得力气，就留下帮年轻人带娃儿，这是合理的，也是正确的。我家小昊没得人带，我就拜托甘婆婆帮忙照看。后来，马委员娃儿的裤子不见了，她怪甘婆婆没帮她收回来，扭来扭去地吵甘婆婆。吵完心里还是不解气，就去甘家媳妇那里挑拨说：'大妹子，你两口子上班好辛苦哟！你家婆婆呢，啥子事都不做，每顿还要吃一大碗干饭。吃了干啥子？屁股吊在板凳上耍，说你们两口子的坏话，还去帮阶级敌人带娃儿……'"

会场上的气氛紧张起来，大家不时用另样的眼光看着马大凤。

"当时，甘婆婆的媳妇和儿子正争取入党，听说老人家站不稳立场，气得把她拖出门外，喊她滚！"这些不平之事，兰香平日里不能说，但她在心里嚼过无数遍，早已烂熟于胸。

"左邻右舍都有目共睹，甘婆婆带大了她的五个孙子，为甘家尽了力，最后反倒落得恁个下场，我看到眼睛泪水都出来了。促使邻里和睦，尊老爱幼，是每个公民的职责。马委员身为地段干部，不但不担起这种职责，反倒去挑拨人家的婆媳关系，我觉得这太不应该了。"

马大凤脸上青一阵红一阵。她又惊又急，平时她做什么事也不顾忌兰香，认为以兰香的身份，看到什么听到什么都不敢说出去的，没想到她居然在大庭广众之中揭自己的底。

"大家都晓得贺清林师傅家被弄得很惨，具体的来龙去脉我们也搞不清楚。但我晓得一件事……"

马大凤再也坐不住了，她站起来指着兰香说："放屁！放屁！她在张起嘴巴放屁！"

"莫激动，马委员！冷静！冷静！"陈建军赶紧起身劝阻，拉马大凤坐下。

马大凤一屁股坐下，"哇——"一声嚎起来，"天哪——我马大凤是活天冤枉啊！"她边哭边拍着桌子说，"狗嘴里吐不出象牙，她蔺兰香编得活灵活现的。自己沟子①上夹坨屎，还往我脸上糊，她是安起心搞破坏！她这种人都敢提意见了，哪个还敢当这个干部……”马大凤一哭，会场像炸开了锅一样，全乱了。

“陈干事，我要组织上把我男人喊回来！要她给我说清楚！”

马大凤的男人参加工作组到农村去了。她就是仗着男人是干部，自己出生贫农，颐指气使，为所欲为。

“呜呜……好心没得好报，我巴心巴肠为大家做事，结果还遭反革命分子污蔑，我活起还有啥子意思？”

马大凤突然站起来，一脚踢翻凳子，声嘶力竭地吼道：“我不活了！让我去死！死了算了——”她边吼边要往坝子旁边的一棵梧桐树撞去，陈建军一把抓住她，紧紧地抱住。

几个女人也围上来，马大凤借机造势，吼着跳着，和他们推过去拉过来的。正不知如何收场，游户籍来了，马大凤像见到救星一样，一把抓住游户籍说：“游户籍，今天你要给我做主啊！蔺兰香要打翻天印了，你让我哪个活哟……”

“哪有恁个严重？这是共产党的天下嘛！共产党做事讲实事求是，马委员，你冷静点，冷静点！”

游户籍劝了几句，叫人把马大凤送回家去，会场上安静下来。兰香紧闭着嘴，板着脸，铁了心肠等着受处罚。

游户籍和陈建军交谈几句后，转身说：“各位居民，今天的会就开到这里，今后地段上组织提意见时，我们再通知大家。”

兰香说：“游户籍，我不给她当助手了。”

“为啥子呢？”

“地段的工作矛盾多，得罪人，我的处境特殊，承担不了。”

游户籍默默听着，没有表态。

那几天，兰香心里格外舒坦。她这辈子第一次体会到什么叫一吐为快，哎，豁出去的感觉真好。

事过之后，邻居们看兰香的眼光也温和了许多，楼里楼外，有人主动跟她打招呼了。兰香想，不管自己身份如何，说出话来有理有节，有根有据，击中了马大凤的要害，这就是文化的好处。她肯定会报复，管她的，我又没做什么坏事，由她去吧。

---

① 屁股。

第三十八章 >>>

江山美人

周末，家云很晚才回家，他摇摇晃晃地走进屋，咚一声倒在娃娃睡的小床上。

小葵吓坏了，站在床边大声喊“爸爸！爸爸！你啷个了?”兰香从厨房跑回屋，见家云歪着头面朝墙壁，直挺挺地趴在床上，他呼吸沉重，弯曲的脊背随着呼吸大起大落。兰香凑近他闻了一下，没有酒味，她轻声问：“家云，家云，你是不是病了?”家云没有反应。兰香站了一会儿，小声对小葵说：“我去做饭，你就在这儿陪着爸爸。”

弄好饭菜，兰香把小葵叫到厨房说：“等会你去叫爸爸起来吃饭，跟他说我炒了回锅肉。”

兰香母女俩把饭菜端回屋里。小葵凑到家云头边，说：“爸爸，吃饭了，有回锅肉，起来吃饭。”

“我不吃。”

“爸爸，你有哪点不舒服，起来我陪你去医院。”

“姐姐，爸爸啷个了?”小昊不知啥时走进屋来。小葵给他使个眼色，叫他别问。小昊把铁环塞在床下，抹把汗，说：“爸爸，起来吃饭。”

家云拉过被子捂住头，闷在被子里说：“你们各人吃。”

兰香无奈，说：“给他留点，我们吃嘛。”

小葵拿来两个碗，一个盛饭，一个装菜。小葵净挑肉往碗里装，小昊看得眼睛都绿了。兰香从小葵手里接过碗，又把肉拨些回盘子里。

灾荒年刚过，吃饭仍然是件大事，肉一个星期才能吃一次，那肉本来准备第二天吃，见家云心情不好，兰香提前把它做了。他饭都不吃了，回锅肉都不吃了，肯定是遇到了比吃饭还大的事。

小昊吃完饭，呆坐在板凳上，不知道该不该出去耍。兰香说：“出去耍嘛。”小昊如蒙大赦，嗖地跑出门去。小葵吃完饭，又到床边守着家云。兰香也吃不下饭，她收拾了碗筷，端个小凳子，坐在厨房门口胡思乱想。

天已黄昏，路边的泡桐树静静地立着。一阵冷风吹过，几片枯叶离开树枝，轻轻飘落到地上。

前些日子，丁家云回家说，厂里开始搞四清运动，书记说，四清运动先从党内开始，再到党外。见家云紧张的样子，兰香安慰说，管它党内党外，你是个工人，又没得啥子乱七八糟的事，清也清不到你头上。可是，今天家云出啥事了？

兰香想，难道是马大凤的男人在报复？可家云出生贫农，工作踏踏实实，他能把他做个啥？家云嘴笨，有时说话不过脑子，未必是他说错了啥子话？听说反右时有些人就是因为说错一句话被戴了帽子。

兰香想不出个所以然，望着树子发呆。突然，她听见急促的脚步声，转过头，看见家云拉着小葵，叮叮咚咚地穿过巷道，走出楼门口。

兰香稍加思索，赶紧追了出去，她保持一段距离，悄悄跟着他们往农民坡上爬。赶到坡顶时，她听见了家云的哭声：

“呜——呜呜——他们——说——说——我和——和——母　　老虎——在一——起——呜呜……”

兰香绕过三根A字形高压线桩，躲到贺家废弃的猪圈后面。月亮出来了，坡顶白晃晃一片，她看见家云抱着小葵的肩膀，仰着头狼嚎似地大哭，浑身抽搐。小葵仰头看着她爸，也跟着呜呜地哭。高压线杆黑森森地耸立在他们身后，父女俩的身影像一幅剪影，凄凉无比。兰香心如刀割，却又无可奈何。她心里抱怨家云：有啥子话不能跟我说，偏要让娃儿来承受？兰香观察了一会儿，估计不会出大的问题，转身走回家去。

过了很久，家云和小葵才回家。家云抱着枕头到另一头睡下，蜷曲着身体避开兰香。

第二天上午，兰香买菜回来，家里的门还关着。小昊出去了，小葵趴在桌上做作业，家云还蜷在床上。兰香放下菜篮子，实在憋不住了，就对小葵说：“小葵，你出去耍一会。”小葵看一眼兰香，收了本子，怏怏地出去了。

兰香拖把椅子到床边，端坐在椅子上，一字一顿地说：“丁家云，男子汉大丈夫，天塌下来都顶得住。现在，天还没有塌下来，你倒先倒下了。你不吃不喝，睡得像个死人一样，好大个事弄得你成了这样子？说呀！”

家云身子动了一下，仍不吭声。

兰香说：“你哭也哭了，怄也怄了，有事不跟我说，拉着女儿到坡上去哭，你还像个男人吗？这事和我有关系，是不是？”

家云把身子转向墙壁，拉起被子捂住头。

兰香压住嗓子猛喝一声：“丁家云！起来！”

过了一会，家云慢慢坐起来，背抵在墙上，两眼恍惚。

“说嘛，你究竟出了啥子事？是不是因为我？”

家云欲言又止。

“说呀！有啥事你就说！男子汉敢作敢当，哪有像你这样煨不粑煮不熟的，说啊！到底出了啥子事？”

家云满眼含泪，说：“我的党籍要除脱了。”

“啷个会，你又没犯啥子错误？”

“他们说我入党的时候，没有把你的问题交代清楚，说我支持你翻案，说我没有站稳阶级立场，不跟你划清界限，每天回家还要帮你带娃儿。”家云很伤心，也很委屈。

沉默一阵，兰香说：“你入党之前，有两个四十几岁的男人到派出所去调查过，后来你上班的时候又有两个人到我们家，专门问了我的情况，我都一五一十跟他们说了，包括写申诉，我也跟他们说了的。你入党都八九年了，现在才说没有交代清楚，你没为自己解释吗？”

“哼，这种时候哪有我说话的份儿？就像我是个犯人。”

星期六下班时，家云被通知去了四清工作队。

工作队的高队长板着脸示意他坐下。家云坐到高队长对面，眼睛盯着高队长藤椅后面的报架，心咚咚咚地跳。

高队长站起来，在家云面前来回踱步。他是北方人，身材高大，他踱来踱去不开口，家云心里越发恐慌。

“丁家云，你老婆当过国民党，你知道吗？”高队长脚不停步，像是随便问一句。

“晓得。”家云说。

“她是国民党军官，还是个少校，你知道吗？”

“知道，我晓得她是被骗去的……”

“住口！”队长啪地一拍桌子，家云吓得一哆嗦。“都这个时候了，你居然还在为她鸣冤叫屈！她与人民为敌，是历史反革命分子，还坐了三年牢。入党的时候，你遮遮掩掩，没把她的问题交代清楚，后来，你又支持她写信告状，企图为她翻案……”

“不是，队长，不是翻案。她确实没有当军官，她是被骗去当……”

“你的意思是，政府冤枉了她？公安局把她抓错了？镇反运动出了冤案？”

“没有，我……我不是这个意思……”

“那是啥意思？”

“我……我……”

队长一挥手，打断家云说：“你老婆的事，白纸黑字，铁板钉钉的。她胆子忒大，年年喊冤，翻案的证据都在我们手里，今天让你来，不是要你为她申辩的。作为一个共产党员，你本应该和蔺兰香划清界限，孤立她，改造她，可是，这么多年来，你却和她住在一个屋子里。一个共产党员和一个反革命住在一个屋子里，同吃一锅饭，同睡一张床，怎么谈得上孤立她改造她呢？听说你还很勤快呢？下班回家还做饭、洗衣服，帮她带娃娃，你哪里是在孤立她改造她？你这是在伺候她！在共产党领导下的国家，一个共产党员伺候一个国民党军官，这种事居然……”高队长说不出“居然”什么，手抖动着指着家云，回到藤椅上坐下。

家云听得有些迷糊，张着嘴看高队长。高队长端起茶杯喝口水，然后对家云说：

“嗯，不跟你说多了，简单点说吧，今天，我代表党组织的意见，要你在婆娘和党籍之间做个选择。”

家云低下头，腿开始发软，仿佛被抽了脚筋。他鼓起勇气说：“我是跟她结婚以后才入党的。”

“这能说明什么问题？”

“是她鼓励我追求进步，鼓励我入党。”

“这能说明什么问题？恰恰说明了阶级敌人狡猾，她要你成为她的红色保护伞！”高队长转身拿起报纸，敲着报纸说：“你看看，这是什么？‘千万不要忘记阶级斗争’！听清楚没有？千万不要忘记阶级斗争！哼，你脑子里哪里还有阶级斗争这根弦，你完全被她迷住了，被美女蛇迷住了。你知不知道，她是睡在你身边的一只母老虎！”

“没得那么吓人，”家云嗫嚅道。

“吓人？”高队长站起来，走到家云面前，手几乎要挥到家云脸上，“国民党在台湾天天叫嚣反攻大陆，大陆的国民党就死心了吗？如果国民党打回来，她蔺兰香还会要你吗？当然，国民党是打不回来的。丁家云同志啊，你的政治觉悟太低了。我倒没有见过蔺兰香，听有的同志反映，她到现在都打扮得妖里妖气的，完全是一副国民党官太太的派头。是不是？”

家云想说什么，高队长做个手势制止他，“这事没有什么可以解释的，这是个原则问题，国共两党势不两立……”

家云咕噜道：“不是……还讲国共合作吗？”

“放屁！”高队长喝道，“国共合作合作到床上去了？就凭这句话你就不够资格做一个共产党员！今天也不和你多说了，星期一你回答我，要党籍还是要婆娘！”

高队长一挥手，把家云赶出了办公室。

家云结结巴巴地讲了谈话的经过。

来了！来了！来了！终于来了！我不惹哪个撩哪个，它还是来了！这个家要散了！兰香心中升起绝望的悲哀。活生生地就要置人于死地，这些人的心到底是不是肉长的？兰香沉默一阵，抬起头问：

“你打算啷个办？”

“我有打算就好了。”

“你总得有个打算哪，明天你就要答复了。”

“啷个打算？我也不晓得。”

“我郑重其事地给你说，丁家云，这事你必须自己拿主意。要离婚要啥子，我决不说半个不字。我不想拖累你，不想让你将来埋怨我。哼，帮我带娃娃？太笑人太滑稽了，你不觉得吗？娃娃是不是你的？是你的你该不该带？真是欲加之罪何患无辞？如果要讲立场，我们就不该结婚。不过，现在离婚还来得及。”

家云双手抱住腿，把头搁在膝盖上，像个无助的孩子。兰香拿件衣服披在他身上，自言自语地说：“这事是在意料之中的。”

家云抬起头：“意料之中？”

兰香说：“还记不记得？结婚之前，我就对你说过，我的事会影响你的政治前途。”

“那你还叫我入啥子党？”

“我不叫你追求进步，还叫你追求落后吗？”

“那现在啷个办？”

“你自己看着办。”

“我想不通。”

“有啥子想不通的？”

“入个党好不容易哟！我任劳任怨的，脏的累的都是我顶着，加班加点，没要一分钱加班工资，比哪个党员都积极，呜呜……每天累得腰杆都直不起……呜呜……平时小丁小丁的喊得亲亲热热的，啷个突然就翻脸不认人了哦？”

“你不要想不通，想不通也要想通，政治不分好人坏人。我想得通吗？我是坏人吗？我家又穷又苦，我给几个地主当过丫头，啥坏事没做还成了坏人。国民党统治我受苦，共产党领导我受难，唉，啷个办？再苦再难也要活下去。这个冤枉我还要背一辈子。”

兰香叹了口气，戚戚地说：“唉，家云，我看，你还是和我离了算了。我本来就不该结婚，不该生儿育女。你看，现在你受连累，将来娃儿也受连累。离了婚，娃儿归你，你干净了，娃儿些也干净了，你们都有前途了。”

“你啷个办？”

“不要管我，我这人啥子苦没有受过？我会好好生活的，我就不相信后阳沟的瓦片没得翻身的一天！”

“你是说……国民党会打回来？”家云警觉地问。

“你说些啥子！”兰香压着嗓子厉声喝道，“这种事想都不该想！”沉默一会儿，兰香说：“我是说，我的冤案总有一天会澄清。”

“那要等到哪一天？”

“不晓得，不说了，说现在。”

“娃儿啷个办？”

“你给他们找个后妈，一般的，丑一点都不怕，只要对你好，对娃儿些好。”

家云低头啜泣。兰香顺手递块枕巾给他。

“唉，你真是个扶不起的阿斗！”兰香也忍不住流出泪来，她真的后悔自己结了婚。她像得了瘟疫，不仅自己摆脱不了，接触到谁就传染到谁。她知道即使离了婚，子女还是要受她的影响，家云可以克扣自己，管儿女们的吃穿，但他没有文化、简单粗暴，娃儿有错，他除了打就是骂，跟着他……兰香不寒而栗。

近十年的共同生活，兰香只是适应了丁家云，但心里却没有一点爱情。她不是舍不得离开他，但没有他就没有了经济来源，拖着一双儿女生活又怎么过？

兰香理不出个头绪，她起身走到厨房，用毛巾擦把脸，又搓一下转回屋里递给家云，“来，把眼睛水擦干净，不要再哭了。记住，天大的事都不要影响娃儿，不要让他们的心灵受到伤害！啷个办你自己考虑嘛，不要再倒在床上了。”

午饭的时候，家云勉强坐到了饭桌上。小葵把前晚给他留的菜放到他面前，他把菜倒进盘子里。小昊不懂事，几筷子就把回锅肉夹光了。

晚上，家云还是睡在另一头，兰香想，看来他还是要党籍，管他的，要离要分随他去。

家云迷糊一阵又醒来了。他的脑袋痛得厉害。想到离婚以后眼前的一切将不复存在，他的心就像掉进一个无底的黑洞，这么多年来，他已经习惯了这个被窝，习惯了这个女人。他不敢想象，离开了兰香，拖着两个孩子，自己该怎样生活。

夜很静，兰香和娃娃们熟睡的呼吸声此伏彼起，家云在现实和未来中苦苦挣扎。他翻个身，碰到了兰香身体，稍一伸手，摸到了兰香的脚。他从没有摸过兰香的脚，此时，这只脚让他焦躁的心安静了。他顺着脚往上摸，终于忍不住从被窝里爬过去抱住了兰香。

兰香把他推开，问：“你想好没有？”

“有啥想的？”

“你不怕母老虎？”

“我就怕没得你，”家云哽咽着说。

兰香转过身，抱住家云。

兰香坐在写字台前，对着镜子梳理头发。乌黑浓密的长发瀑布般散落在身体四周，她从头后分一半到前面，用梳子把它们一缕一缕梳顺。

她把长发拢向脑后，用一根黑毛线捆成一束马尾，一手握住根部，一手将马尾朝前拧转，而后把它挽成一个大大的发髻，用几颗大号发夹把发髻固定好。

自从出狱以后，兰香开始蓄长发，十年来，她不曾在头上别花夹子，箍压发圈，也从不剪一丝刘海，仅仅是把它们挽成一个发髻。可是，即使这样不动声色的最原始的打扮，也仍然招人嫉妒，成为罪恶。“妖里妖气”“国民党军官太太的派头”，她明白自己没有资格在这个世上招摇。

兰香对着镜子左看右看，看了好一阵子，直看到发呆，看到眼泪哗哗转，终于下定决心站起来，走出门去。

理发店的师傅问：“同志，你想啷个弄？”

兰香解开发髻，说：“剪短头发。”

师傅说：“哎呀，你这长头发剪了好可惜哟！”

兰香说："长头发太难打整，还是剪了好，方便些。"

"剪好短？"

"随便。"

"耳根下面一点，要得不？"

"要得。"

小葵回家，看见兰香，满眼惊诧。兰香用手捋一下头发，笑着问："好不好看？"小葵仰头看一阵，说："多看一会儿，也还可以。"

"那，妈妈也给你剪成短头发，我们两娘母都变一下发型，要得不？"

小葵放下书包，眨巴着眼睛不说话。

"你看，刘胡兰，江姐，还有好多女英雄都是短头发，是不是？你先试一下，如果觉得剪短了不好看，到时候又把头发蓄起来就是，啷个样？"

小葵迟疑片刻，好像悟到了什么，点点头。

兰香让小葵背对窗户坐下，强忍眼泪，拿起剪刀。

组织上对家云作了"劝其退党"处理，并撤销了他的机修组副组长职务。

十个月后，兰香生下老三，取名丁曦。

第三十九章 >>>

参加缝纫组

1965年冬天，厂工会组织家属缝补职工的棉衣，各车间推荐了些困难户，丁家云也名列其中。接到通知，兰香把小曦托付给甘婆婆，说好每月给她些钱，便带着小凳子，针线顶针剪刀等家什，去了大公门。

补衣组设在一间旧工棚，约一百平方米，青砖灰瓦，顶上几根黑乎乎的横梁。一捆捆旧棉衣堆得像小山，衣服上到处是油污、汤渍，大大小小的窟窿。补衣用的包装布条统一染成了铁灰色，打捆堆在墙角。

组长李素珍一个个点名核实，确认谁是谁家的人。家属们来自土湾地区好几个地段，女人占多数，年龄都在三四十岁。李素珍简单地交代了一些注意事项，二三十号人就分散开来。

兰香有些兴奋。能有个工作，是她多年以来的愿望，家里的衣服，像家云的裤子、小葵的裙子、小昊小曦的褂子都是兰香自己做，飞针走线是她的强项。兰香拿起一件旧棉衣，抽出几条包装布，找一个角落坐下，认真比画一番，用心缝补起来。

那些熟络的女人们凑到一起，嘻哈打笑，一边家长里短，一边打补丁。

活儿干到第三天，工会的周干事来了。她在补好的棉衣堆里东看看西翻翻，挑几件扔在李素珍面前："李组长，这样补恐怕不行哦!"

没等李素珍搭话，何金秀说："补个旧衣服还讲究啥子?"

"不说讲究，总该顺眼一点嘛!"周干事说："你们自己看看这些衣服，针脚有的稀有的密，下料有的直有的歪，五花八门的，简直就像旧社会的衣服一样。"周干事指着何金秀的衣袖和领口说："你看，你自己的衣服就补得很好嘛。"何金秀不说话了。

周干事又挑出一件，递给李素珍："你看，这件就补得很好！针脚细，平平顺顺的。"

“我看你们该定个标准，不合格的就要返工。”周干事说，“下次来我还看见这个样子，我说话就没得恁个客气了哈。”

周干事着急是有原因的。本来，厂里规定工人的劳保棉衣五年一换，可是五年已到，厂里却没有棉衣可发。厂有关会议上，有人提议，由厂工会负责组织，统一缝补棉衣，做个姿态，也算是在寒冷的冬天送了点温暖，给工人们解决些实际问题。可是，如果任由婆娘们这样粗制滥造下去，岂不会适得其反？

周干事一走，李素珍就扯着嗓子喊道：“哎，大家都过来商量一下。”

兰香停下手里的活儿，端着小凳子跟着围拢来。李素珍皱着眉头，问大家有啥主意，何金秀摇着头说：“你组长都没得主意，我们有啥子主意哟？”接下来，大家七嘴八舌地扯，半天没扯出个名堂。

李素珍指着兰香说：“哎，蔺兰香，你哪个不说话？周干事说补得好的那件，就是你补的哈？”

兰香说：“我觉得大家都说得有道理。”她用手捋了捋头发，“那件衣服确实是我补的，但我也不敢保证每一件都补成那样子。”

李素珍说：“那就硬是没办法了？”

兰香说：“我想到一个办法，但不晓得行不行。”

李素珍把凳子转向兰香，说：“你说来我们听一下。”

兰香说：“其实，这几天我们都看到了，最烂的衣服补出来最好看。因为烂得越多，贴上去的新布就越多。所以我想，与其恁个东一块西一块地补，不如全部蒙上一层新的，来个以旧翻新，这样又好看又省工。”

何金秀说：“这个主意好。”

李素珍说：“这不是要多费布料吗？人家厂里是要我们补，不是要翻新啊！”

兰香站起来，从破衣堆里捡出一件棉衣，指点着说：“组长，你看，这里，这里，这里，到处都是小洞，你一个洞一个洞地去补吗？还不是找一大块全蒙上。最后补出来，蒙了的地方占多数。”

李素珍说：“你说得有道理。不过……”

“不过啥子？”何金秀打断李素珍的话：“我看就照兰香说的办。反正这种烂布条厂里多的是，又不稀罕。”

李素珍说：“万一厂里头说我们自作主张哪个办？”

兰香说：“你最好先找周干事反映一下，她同意我们就恁个做，不同意再说。”

李素珍从厂工会回来，情绪特别高。工会主席和周干事同意以旧翻新的方案，她把兰香、何金秀、胖二嫂等几个人叫到一起，商量下一步分工。几个人讨论一番，最后将全部工作分为三个程序：

一、拼布，把大大小小的包装布条串成大块布。

二、裁剪，把大块布剪成衣片。

三、缝补，把新裁片蒙到旧棉衣上，用手工把周围缝起来。

她们又根据每道工序的难易和所需时间，商量人员的分配问题。最难的是裁剪这道工序，技术活儿，谁都不会。

兰香说："也有办法，我们大致把棉衣分成几个型号，每个型号拆一件旧衣服，照着旧衣服裁就行了。"兰香举一反三，她给家云做裤子，就是拿旧裁片当模版。

"哎呀，这是个好办法！"李素珍脸上的愁云散开。何金秀一拍大腿，说："那兰香你就来做裁剪，你年轻、有文化，人又聪明。"兰香心里高兴，嘴上却说："让李组长来定嘛，看哪个更合适。"李素珍说："就是兰香嘛，你也不要推了。"短短几天时间，兰香的所作所为，让李素珍和组里的人对她都有依赖了。

李素珍找来厂里修缮队的人，在屋子的亮敞处搭了个案板，又买了裁缝剪刀、尺子、画粉，兰香从此就当上了裁剪师傅。

过了两天，周干事又来了，看到新补的棉衣很是高兴："嗯，不错，打眼一看跟新的一样。"她扭头问李素珍："你们每天能补好多？"

李素珍说："二三十件吧。"

"哦——不对！"

"哪个不对？"李素珍紧张了。

"你算下账算下账。你们平均每个人每天补一件，对不对？"

李素珍说："对啊。"

"哦——太慢了！"

"慢？"何金秀边缝布块边说："又不是机器，都是手工活啊，一天赶一件就不错了。"

周干事笑着说："我不是说你们做得慢。"她找兰香要了笔和纸，自己在案板上写算一番，随后对李素珍说："大公门和模范村两个补衣组加起来大概有五十个人，按每人每天补一件，每个月二十五天算，补一万件棉衣就需要八个月的时间。八个月——"周干事摇着头说，"这要补到明年夏天去了。"

李素珍说："那有啥子办法？要一针一线地缝啊，赶快了质量又不好，还要挨批评。"

周干事笑着说："是啊，既要赶速度，又要讲质量。"

李素珍转向兰香，求救似的说："兰香，你看唧个办呢？"

兰香说："我们都想一下嘛，看能不能做到又快又好。"

胖二嫂说："只有把七仙女请下来了。"

大家七嘴八舌："补个破棉衣还请七仙女？"

"仙女闻到这衣服上的臭味还不晕死过去？"

"那就找孙悟空……"

大家一阵哄笑。

周干事对李素珍说，如果没得办法就只有增添人手，增加到两百人，保证两个月补完。婆娘们听了起哄，说这个烂棚子二三十人都嫌挤，再添人恐怕就只有人重人，叠罗汉了。

何金秀说："周干事，我家里有台缝纫机，打起来比手工快几倍。厂里头不如干脆给我们配几台缝纫机。"

周干事说："厂里头没得缝纫机。"

"那就买噻。"

"说得轻巧，厂里头开支不出这笔钱。"

"捆着绑着不是一样吗？缝纫机打得快，厂里就可以少开工资了呀。"

周干事解释说，买缝纫机是购置固定资产，要上面批，关口多得很，而发工资是用临时工指标，厂里可以自己做主。周干事问："你们哪些家里有缝纫机？能不能借出来用一下？"

何金秀说："不干！"

周干事说："给你付点租金嘛。"

何金秀说："公家都不出，让我私人出，不干。"

周干事说："这事今天就不说了，我明后天再来。李组长，你们也商量一下，想个办法，一定要把进度抓起来！"

周干事提起包，婀娜着走了。

兰香回到案板前，继续剪衣片。李素珍把何金秀拉到兰香后面，说："金秀，我看你也不是个小气的人，让你把缝纫机借出来又不是白借，你为啥子不干？"

何金秀凑在李素珍耳边，压着嗓子说："我不是小气。你想，我把机器借出来，几下把活路干完了，大家又没得事干了。混一天有一天的钱，断了别个的财路，不骂死我才怪!”

这番话兰香听见了，她转过头想说什么，又忍住了。李素珍说：“兰香，我看你好像有主意?”

兰香说：“是有个想法，就怕不合适。”

何金秀说：“你总是怕兮兮的，有话就说有屁就放，熟人熟事的，怕啥子?”兰香不搬弄是非，何金秀对她有好感。

兰香笑道：“我正要说，我们可以用计件的方式。何大姐，请你算一下，五十个人补一万件棉衣，每个人每天补一件，要补好长时间?厂里一共要付好多工资?”

何金秀说：“我马上算。”她念念有词：“五十个人，每个月工资十八块，八个月，一共七千二百块钱，每件衣服投七角二分钱。”

“何大姐脑袋好灵光，”兰香恭维一句，对李素珍说：“李组长，周干事再来，你就跟她说，就按每件衣服七角二分钱定价，实行计件工资。我们借几台缝纫机，大家再加点班，八个月的工作两个月不能完成，三个月也一定能够完成。”

何金秀说：“对对对，大家工资不得少，进度又抓起来了，哎呀，有文化的人就是聪明!”

何金秀老是把“有文化”挂在嘴边，让兰香很受用。

其实，计件的主意不是兰香发明的，刚才她突然想到了孙国雄，他家的铜丝箩底厂采用的就是计件工资。想到孙国雄，兰香有一种恍如隔世的感觉，她对那个在她生活中匆匆走过的男人生出一种悲戚的怀念。

何金秀脑袋一转，说：“李大姐，要报就报七角五，厂里上中班还有两角钱的补助，夜班补助是四角。你看，五十个人两百天的补助是好多?就按中班算嘛，都是两千块钱，一件衣服就该九角二了，还没有算租缝纫机的钱，报一块钱都不算多。对了，就报一块，她肯定还要给我们砍价的，砍下来有个八九角就差不多了。你说呢，兰香?”

兰香笑了笑，没说话。

李素珍挥挥手，笑道：“好了好了，你算恁个精，还不晓得通不通得过哟，说不定空欢喜一场。”

何金秀说：“嘿嘿，空欢喜也是欢喜嘛，管她呢，欢喜了再说。”

李素珍说：“恁个，我们马上去找周干事，金秀、兰香，我们一起去。”

兰香说：“我手头正忙，你们去嘛。”这是推口话，兰香心里清楚，出头露面的事，她不适合。

计件的办法得到厂里的认可，补衣组借到了三台缝纫机，工作又重新开始了。

兰香一天要裁两百件衣服。她在案板前咔嚓咔嚓剪，站得腰酸腿胀，剪得手臂发麻。手指起了泡又磨破了，抵在剪刀上生痛，她剪块包装布条包上，用线缠几圈，继续干活。兰香站在案板前就不挪身，中午吃点家里带来的饭菜，天黑了才回家。兰香身体虽累一点，但终于能够靠自己的能力挣钱了，她满心的欢喜啊！

算着裁片够用了，兰香又学着打缝纫机。脚在踏板上稳稳地踩，手压着布条往压脚板下不快不慢地推，随着嗒嗒的声音，布条带着均匀、密实的针脚从压脚板前面出来。兰香打了直线又打弧线、折线，缝纫机的快速、工整简直让她着了迷。

交接衣服由组长李素珍负责。工人们事先在自己棉衣衣领上缝个布条，写好名字交到车间，再由车间打捆送到缝衣组。取的时候，各自在补好的衣堆里找到自己的棉衣，在登记簿上签个字，凭工作证领走。

每天两三百号人进进出出，补衣组像赶场一样热闹。

转眼就到春节了，棉衣已发出去五千多件，组上的人都喊着把前面工作的账结了，年三十要回家准备团年饭。李素珍八方奔走，腊月二十八结清工资，并宣布提前一天放假。

腊月二十九，兰香干了个通宵，年三十早上七点过才回家。

家云已经上班去了，三个娃娃还在梦乡里。

兰香去厨房洗漱一番，打算好好睡一觉，头刚落到枕头上，突然想起了藏着的钱。她翻身起床，掀开毯子，伸手从床角的谷草中摸出一个纸包，打开纸包，厚厚的一沓钱伸展开来。

这是进补衣组挣的钱，一共是一百二十二元。兰香心里鼓鼓胀胀的。钱币虽旧，却是那么亲切，一块，两块，五块，十块，兰香已清点过几遍。此时，它们静静地躺在床上，似乎与她有着某种默契。

兰香沾着口水又数了两遍，数着数着突然来了精神，便取出一叠钱，去叫醒孩子们。

“莽妹仔、小昊、曦娃，起床！”

小葵睡眼惺忪地爬起来：“妈，你不是不喊我小名了吗？”

“我今天高兴。”兰香说：“你先打整一下，再给曦娃穿衣服。”

"要做啥子?"

兰香说:"进城!"

小昊从另一头坐起来:"进城? 那要坐车哟?"

"你说呢?"兰香粲然一笑。

小昊呼地跳下床,抢在前面去洗漱。

兰香洗了头,脸上擦了百雀灵,换了衣服。棉袄外面罩一件浅灰色暗花对襟,下面配一条深蓝布直筒裤。她非常检点地让自己漂亮地过一回年,想借此机会,让儿女们振作起来。

汽车哼哼向前,兰香抱着曦娃,四个人挤着坐两个座位。车窗外的行人、汽车、房屋和电线杆不断掠过,曦娃高兴得不得了,瞪着一双大眼睛到处看。

小昊说:"妈妈,车子上面的大包包装的啥子?"

兰香说:"装的天然气,那是汽车吃的饭。"

小昊问:"轮子唧个要转呢?"

兰香无解,推说:"问你姐姐晓不晓得?"

小葵说:"我也弄不清楚。"

兰香说:"所以你们要好好读书,把这些事情弄清楚。"她不由想到刘顺涛,他应该解释得清楚。

汽车驶过土湾,开过羊角堡的牛奶场,视野突然变得开阔起来。兰香把曦娃转朝江面。"看,那里有条船。"嘉陵江泛着天光,水面上,一只木船逆水而行。

小葵说:"吔,水唧个变窄了吔?"

兰香说:"这是枯水季节,等开了春,雪山上的冰雪融化了,河水又会涨起来。再等两个月,景色就不会这样灰蒙蒙的了。山坡上的桃花开了,树叶小草也绿了,找个星期天我带你们去踏青,你们还可以在平顶山上放风筝哟。"

到上清寺换乘电车到市中心解放碑。大年三十,人们都来这里置备年货,街上人潮涌动,到处张灯结彩。兰香抱着小曦,让小葵牵着小昊紧跟着她。她到冠生园买了两包杂糖,又花一角钱买了十个水果糖。出了门,一个小贩推着小车沿街叫卖,车架上花花绿绿地挂了各种玩具,小昊的眼睛跟着推车,脚下就不动了。兰香走到推车边,挑选一番,给小曦、小昊买了个孙悟空面具和一辆小汽车。小昊马上给小汽车上足发条,在人行道上哧哧地跑。小昊嘴里含着糖,在人群中跟着车子追。兰香大喊一声"小昊!"小葵赶紧跑过去,先抓住小车,返身拉住小昊,回到兰香身边。兰香惊出一身冷汗,瞪着眼低声训斥小昊："你啷个乱跑！跑掉了啷个办？遭别个踩到啷个办?"又让小葵把小车给她，放手提包里，对小昊说："先放在我这里，回去再给你。"

到了三八商店，小葵接过小曦抱着。兰香给小昊和小葵一人买了件衣服，又买了两段布料，想拿回去给他们做裤子。一转头，看见一匹绿色的绸子，鲜嫩得像春天柳树的新芽。兰香轻轻抚摩着绸料，心里暖酥酥的，问小葵："好不好看?"

小葵说："好看。"

兰香说："热天给你做条连衣裙，上面再绣几朵花。"

小葵说："我不要，你自己穿嘛。"

"我穿?"兰香嘻嘻一笑，"我穿就像个妖精了。"

小葵说："给爸爸买点啥子嘛。"

兰香说："你说买啥子?"

小葵说："我也不晓得，反正我们都买了的，爸爸也该买个啥子噻。"

兰香想一会儿，给家云买了一件棉毛衫。

兰香大手大脚地花钱，好像那钱是捡来的，不知不觉，大包小包地把两手都占满了。下午两点，解放碑的钟敲响，兰香带着孩子往回走，边走边想着找个小馆子，把饭吃了。

路过颐之时餐厅时，他们都闻到了浓浓的香味。小昊放慢脚步使劲吸鼻子，说："好香啊!"

小葵说："嗯，是鸡汤!"

兰香停住脚步，转过头看了一下餐厅大门："你们想不想吃鸡汤?"

"想!"小昊脱口而出。兰香在小曦脸上亲一口，说："那我们就去吃嘛!"

仿佛大白天掉下来个美梦，两个大娃娃战战兢兢跟着兰香走进餐厅。那是一家高级餐厅，里面不用肉票就可以买到肉食。兰香点了一碗鸡汤、一份麻婆豆腐、三碗米饭。鸡汤五元、豆腐二元，饭一元钱一碗，刚好十元钱。

小昊挪着屁股对着装修豪华的餐厅东看看西望望，满脸灿烂地对小葵说："姐，我们好像有钱人哪。"

兰香嘘一声。

小葵悄悄说："我们好久没吃过鸡汤了?"

兰香问："你还记得啥子时候吃过的?"

小葵说："记得，你生小昊的时候。爸爸拿手表到河边船上去换的。"

"哦——"兰香一阵心酸，随后又笑了，"那是块劳力士，你记性真好，那时候你才三岁。"

鸡汤送上来了，兰香用筷子在碗里捞了一下，大大小小有十来块鸡肉。两个孩子刚动了一下筷子，兰香问："小昊，小葵，你们的糖吃完了没有？"

"没有。"

"赶快再吃几个。"

小昊说："我留着慢慢吃。"

兰香说："马上吃了，回去我再给你们买，把糖纸给我。"

"你要糖纸干啥子？"

"我有用处，给我就是了。"

兰香把手绢铺开，又把糖纸铺在手绢上，她从汤里夹出两块大的放进自己的饭碗里，问："现在晓得我要干啥子了噻？"

小昊摇头，一脸茫然，小葵说："包扎包，给爸爸带回去。"

"还是姐姐聪明。"

小昊恍然大悟："哦，拿玻璃糖纸包肉哈？"

"小声点，"兰香制止道："人家看见会说我们是乡巴佬。"

春节过后不久，棉衣全部翻新完毕。厂里解散了补衣组，从中挑选一批人，正式成立了重棉一厂家属缝补组。李素珍当组长，兰香当裁剪师傅，大公门和模范村两个组有缝纫机的人，都带机进组。缝补组主要经营翻新改旧，大改小，锁边，换拉链，挑裤匾等业务，也接裁剪制衣的活儿。

有了一份稳定的工作，兰香就和家云商量，用手中剩下的钱买一台二手缝纫机。家云不大高兴，家里经济一直紧巴巴的，好不容易有点余钱，她又要一家伙用出去。兰香看出家云的心思，敞亮地笑出声来，随即压低嗓子说："你放心，我很快就会把这笔钱给你挣回来。"

家云说："啥子你的我的哟，这个家你当家，你想做啥子就做啥子噻。"

李素珍帮忙联系到化龙桥的一个卖家。星期六下午，兰香和小葵拿了扁担绳子去土湾厂门口，等到家云下班，三人乘车去化龙桥。

看见主人家墙角那台蜜蜂牌缝纫机时，兰香的心里扑通扑通直跳。她坐下来，整理好机线，从衣兜摸出一块布条放在压脚板下，双脚放上踏板，右手把轮耳一拨，机器就嘀嘀咄咄响起来，声音悦耳轻快，脚下起落灵便，针脚均匀，密密直直的。

她又检查梭芯盒，取出梭芯，装上，重新放回线盒，梭芯嗒地弹进去。兰香对主人笑笑，说："好用。"起身对家云说："把机器捆好。"

兰香付钱，家云用绳子捆好缝纫机。两口子各抬一头，三个人打道回府。

抬着这么个大家伙不便乘车，只好步行回家。

暮色苍茫，沿江公路上车少人稀，一家三口的脚步在坚硬的路面上噼里啪啦。走了一阵，家云说：“我累了，歇口气嘛。”

兰香停了脚步。放稳缝纫机后，家云坐到路边的石墩上，点燃一支烟。

兰香乐滋滋地蹲下身看机器的脚架，又站起来围着机器转了一圈，随后摸着台板上的蜜蜂标志说：“这机器起码有八成新呢！你们看这上面的蜜蜂、花儿，漆好好的，一点都没脱。”

小葵说：“那我们赚了哟？”

兰香说：“我是说这钱花得不冤枉，我会用它挣很多的钱，你们信不信？”

家云瘪瘪嘴，不置可否，小葵大声说：“信！”

第四十章

洞子里的好时光

1968年，特殊的时代，由于身份问题，兰香被指派到工人村打防空洞。

兰香和黄晋渝两人一组，被分配在大梯坎防空洞。兰香暗自庆幸，黑五类中，右派是最干净的。大梯坎在村子的边上，是通往三角碑的主道路，一百二十步石梯。防空洞靠楼群一面，洞口很小，用条石水泥砌了一道拱门。

第一天，群专和人防指挥部的几个人进洞检查，安排工作。人防的老刘拿着一只长长的手电筒走在前面，黄晋渝和兰香跟在后面，都戴了藤帽。黄晋渝扛着一个脚手架，手里拿着长长短短几根钻子和一个手锤。兰香挑两个篼箕，手里提一把锄头。

洞子不深，转两个弯就到头了，大约三十来米。老刘从挎包里摸出一个灯泡挂在灯头上，洞里立刻就亮了，昏黄昏黄的。老刘伸手朝着洞壁竖直比画一下，对黄晋渝说："这里打个槽。"

黄晋渝走上前去拿着钻子手锤打石头。他显然没干过这种事，打一下钻子就滑开了，钉上去又打，打几下又滑开了。"给我！"老刘接过钻子手锤，铿铿铿地打起来，边打边说："打个石头都不会，你是啥子成分啰？"

群专说："右派。"

老刘说："哦，这种人只晓得说瞎话，格老子硬是要好好改造一下。"

老刘看来是个熟手，钻子在他手里服服帖帖的，一锤一锤地打得石渣飞溅，说话间就打出一道槽来。他夸张地把手锤钻子往地下哐当一扔，说："再打宽点打深点。老子才不帮你打。"说完转身朝洞外走。

罗夸夸说："跟你们说，老老实实打！我们想起就来检查一下，这里做了记号，偷奸耍滑不得行啰！"说完也跟着走了。兰香随他转过身，看见远处一面洞壁上有洞口投进的亮光。群专黑色的背影在亮光中一晃一晃地走远，消失。

黄晋渝搬过一块石头坐下，从地上捡起钻子手锤，开始打那个标记。

那是六月天，外面热浪炙人，洞里却有些阴冷。兰香说："这倒是个歇凉的好地方。"黄晋渝不搭腔，过一会问："蔺大姐，今天是几号？"兰香说："10号。"黄晋渝"哦"一声，又闷着头打石头。兰香想他心里一定很窝火，刚才那个老刘骂骂咧咧的，她心里也窝火。

兰香没有手锤，就等着出渣，黄晋渝没打出来，她无事可干，又没有地方可坐，就在洞里转来转去看。洞子约两三米宽，两米多高，洞壁七翘八拱，湿漉漉的，从石谷子缝隙渗出的水，顺着洞壁往下流，在地上积成一凼凼水洼。拱顶和侧壁有些石块嵌在石缝里，随时都可能掉下来的样子，兰香就拿着长钻子去挑那些石头。黄晋渝听见响声，说："蔺大姐，我来。"黄晋渝接过钻子，兰香说："我怕那些石头落下来。"黄晋渝说："我晓得。"他拿着钻子在洞顶那些可疑的地方敲敲打打，有些地方就落下一些石子和沙砾，兰香说："小心！"黄晋渝说："晓得。"声音里有了笑意。

第二天，兰香找陈组长要了手锤，提着手锤进洞子。

黄晋渝先到了，还在打那个标记。他打得很专注，钻子在他手里不那么跳了。他很耐心地把石槽修得规整一些，又在旁歪歪扭扭地打了一行字：1968. 6. 10。兰香想他这样做一定有什么含义，神秘兮兮的，却不好问，便说："你对打石头好像还很有兴趣？"

黄晋渝说："在这里除了打石头还能做个哪样？混也是把时间混过去了，不如认真打，说不定还学门手艺。"

兰香说："听说你是大学生，一肚子的学问还学啥子石匠呢？"

黄晋渝说："蔺大姐，一肚子学问不敢当，不过这辈子靠学问吃饭恐怕成问题了，不如学点手艺。"

兰香说："你还会想。"

黄晋渝说："不然搬起石头打天①吗？"

在学习班的时候，兰香从来没有和黄晋渝说过话。其他人是因为彼此戒备而少有交谈，他则是冷漠。现在看来，他也不难说话。

黄晋渝说："你拿个手锤做啥子？"

兰香说："打石头噻。"

黄晋渝说："我打就够了，你放下。"

"完不成任务哪个办？"

---

① 不可能的事。

“我多甩几锤就得行了。”他走到作业面，铿铿锵锵地地敲打起来，“群专来了你装个样子就是了。”

黄晋渝打一会就累了，放下手锤甩几下胳膊，撩起汗衫擦脸上的汗水。他穿件“蒋汗衫”①，背上汗湿了一大块，

兰香说：“你省着点，这才开始。”

黄晋渝说：“没得事，锻炼一下好。”他苦笑一下，“我这个人，有点阿Q精神，死到临头都要把圈圈画圆。”

兰香碰巧读过《阿Q正传》，明白黄晋渝是自嘲，自律惯了，明明是自己不喜欢的事，却没办法不认真去做。便说：“小黄，你说话有意思。”边说边用锄头把打下的碎石刨进篼箕里。

黄晋渝说：“蔺大姐，我对你是说老实话。”

兰香说：“我听得出来。”

“蔺大姐是知音。”

兰香莞尔一笑，挑起篼箕往洞外走。黄晋渝在后面说：“蔺大姐，你那一挑有点重哦。”兰香说：“没得事，我从小就是苦出身。”

出了洞，阳光像针扎在身上，火辣辣的。兰香一手扶着担子，另一只手搭个凉篷，横穿大梯坎。梯坎上有个男人下来，好奇地看着兰香，眼神中带着一丝怜悯。

大梯坎的另一边是一片大斜坡，有稀疏的灌木和杂草，是群专指定的渣场。土石掩埋了树木，野草却星星点点地从弃渣里长出来了。有几丛黄花在阳光下摇曳，在一片灰色弃土中分外娇艳。“野火烧不尽，春风吹又生。”四望无人，兰香在背阴处拣块石头坐下。想起龙山的春夏，漫山遍野的黄花就这样一拨一拨地开。山里人见惯不惊，却又不可磨灭地嵌进心里去了。

兰香看见黄花，不管是油菜花还是野黄花，总要想起龙山。那片贫瘠的土地漫山遍野地绿，漫山遍野地黄，就是不长可以填饱肚子的东西。她想，我如果不逃出龙山，肯定就没有今天这些遭遇了。但是如果不走出来，不见见这个世面，我就还是一个愚昧无知的女人，嫁个愚昧无知的男人，生一群愚昧无知的儿女。想到这里，兰香不寒而栗，心也随之释然了。无论如何，只有愚昧是最不能容忍的。兰香不敢久留，万一有人来检查，她不在岗位就麻烦了。

---

① 白色的针织短袖圆领衫，据说蒋介石常穿这种衣服。

兰香回到洞里，黄晋渝头抵着洞壁，居然睡着了。兰香隐约心痛一下，摇着黄晋渝的肩膀，“小黄，你唧个睡着了!”

黄晋渝抬起头，眼白翻一下，头又垂下去，迷糊地说：“好像该下班了，蔺大姐，你先走嘛。”

“我先走？你在这里睡感冒了唧个办?”又问：“你晚上干啥子去了，大白天的打瞌睡?”

黄晋渝揉着眼睛，“看书。”

“啥子书？熬更守夜地看?”

黄晋渝抬起头，暧昧一笑，说：“好书。”

兰香意会他的表情，肯定不是正经的书，说：“你小心点!”

黄晋渝笑着点头，“谢谢你，蔺大姐！我晓得。”

兰香说：“起来，走了。”

黄晋渝说：“蔺大姐，你先走。”

“你先走，我走了你莫又睡了。”

黄晋渝顺从地笑笑，提了手锤钻子锄头就走。

兰香说：“锄头?”

“我明天帮你拿来。”

“不！我自己拿！你先走嘛。”

他们不能一起走，阶级敌人必须是孤立的，不能成群结伙，他们之间不能有友谊，爱是有阶级性的。兰香看着黄晋渝的身影在洞壁上摇晃着出去了，心里搁下一个谜：值得担了风险熬更守夜看的书肯定很精彩。

黄晋渝休息的时候，兰香拿起手锤和钻子，作势要打石头。

“哎哎你不要打！谨防砸伤了手!”黄晋渝急忙招呼兰香。

兰香说：“有个人换着打轻松点，老是你一个人打，我都过意不去。”

黄晋渝打着手势，“放下放下！有啥子过意不去？这些事本来就不是妇女做的。”

兰香说：“我这个人做惯了事，在一边干瞪眼倒不自在。”

黄晋渝把手伸到兰香面前，“你看你看，才几天！你真的不要打，不然手上打些茧疤，久了骨节都会变形。你这一双手，可惜了。”

兰香心里一颤，笑道：“你倒会怜香惜玉的，你爱人好享福。”

黄晋渝说：“蔺大姐，我还是一个人。”

“一个人？你好大了？还没有结婚?”

“属牛的。”

“哦，”兰香心算一下，说：“那你 31 岁。我可不可以问你？”

“问啥子都可以。对了，蔺大姐，你真的不要打，我们摆下龙门阵多好的。”说着，黄晋渝从屁股兜里摸出一包经济烟和一盒火柴。他抽出一支烟递给兰香，兰香摇摇头，说：“没看见你吃过烟？”

黄晋渝划根火柴把烟点燃，又深吸一口，呼出一口浓烟，说：“我吃得少，吃不起。你爱人吃不吃烟？”

“吃，也吃得少。”兰香淡淡地说，她不想跟别人说起丈夫。

黄晋渝“哦”一声，说：“蔺大姐你想问我啥子？”

兰香说：“不问了，我想你是有你的难处。”

黄普渝笑道：“蔺大姐你问都问了。”

兰香说：“我问了啥子？”

“你是问我的个人问题，是不是？”

“我哪里问了？”

“你说我有我的难处，不是说个人问题又是啥子难处呢？”

兰香嗔笑道：“你这个小弟娃厉害吔，要是你当审判官，还不把人家肠肠肚肚的事都掏出来。好嘛，我是想问，你啷个还没有解决个人问题呢？”

黄晋渝说：“蔺大姐你说对了，我是有我的难处。我说出来你帮我出点主意好不好？”

“你说。”

“要说不想啷个不想，我身上又不缺哪点少哪点？不过我这种处境，随便找个人呢，我觉得对不起自己，我喜欢的人呢，又要嫌我条件不好，我要是喜欢她又不嫌我，我又觉得对不起她。你看你看，是不是哪头都难？”

兰香心想，有知识的人看问题就是不同，会替别人着想。这个问题也触到她的隐痛，就说：“是几头都难。其实我跟你一样，也不该结婚的。不过你是男人，不想结就不结。唉，我不想结婚都不行，不是这个追你就是那个缠你。我就想，砍了皂角树，免得老鸹叫，就把婚结了。”

黄晋渝说：“那你现在还好噻？”

兰香说：“不好！”话一出口自己都奇怪：啷个跟他说这些话？却扎不住口了，“我那个人，没得文化，跟他没得共同语言。结婚之前没有想恁个多，只想随便把自己打发了就算了。现在才晓得打发也不好打发，一天到晚总是磕磕绊绊的，还打不出喷嚏来！”兰香想到最烦的床上的事，却说不出口了。

黄晋渝抽着烟，锁着眉头，眼睛闪着烟头的红光，眼神却不知所踪。

群专和人防老刘来检查，照例挑剔一番，骂骂咧咧地说打得像狗啃的一样，又说他们磨洋工，打的石头还不如吃的米多，浪费国家的粮食。他们走后，黄晋渝恨恨地说："痞子！他那根烂舌头该割下来喂狗！"

兰香说："狗都不吃。"

黄晋渝说："狗才喜欢呢，越臭越喜欢。"

兰香说："狗吃了都要变成疯狗。"又说，"我还是打点，两个人打总比一个人快些，免得给他们话说。"

"大姐你傻的呀？你打得再多他都有话说。"

"我还是打，看你瘦筋筋的，我都不忍心。"

"瘦是瘦，有肌肉。"黄晋渝捋起衣袖，弯着胳膊朝兰香亮二头肌。

兰香坚持要打，黄晋渝也拦不住。手锤很沉，兰香又怕砸了手，不敢扬得很高，敲在钻子上叮叮当当的，像敲麻糖一样。

渐渐地，兰香发现打防空洞是一天中最美好的时光，她和黄晋渝之间的话渐渐多了，顾忌也越来越少了。这个不动声色的年轻人身上似乎有一种精神力量，使兰香心中某些沉睡了麻木了的东西开始活跃起来。黄晋渝的情绪也有所改变，有一天他打石头打出了节奏，嘴里仿佛哼着什么歌，兰香注意听，跟着就哼出来，"我的心上人坐在我身旁……"黄晋渝看一眼兰香，也唱出来，"默默看着我不作声，我想对你讲，但又难为情，多少话儿留在心上……"

唱完，兰香诡秘地笑着说："这是黄歌。"

"瞎说！"黄晋渝不屑地说，"如果说爱情就黄，那黄又哪点不好？没得爱情，男女之间就跟猪狗一样……"

兰香听着心里不舒服，我的婚姻没有爱情，岂不也跟猪狗一样？她知道黄晋渝这话不是针对她的，却戳到了她的痛处。家云是猪，我不是……

黄晋渝没注意兰香的心思，自顾说，"蔺大姐，我跟你说实话，那天你问我看啥子书，我说是好书，还记得不？"

"记得。"兰香点点头。

"其实我看的是车尔尼雪夫斯基的《怎么办？》……"

"车尔尼……"

"车尔尼雪夫斯基，俄国革命民主主义者，列宁都很推崇的。还说马列主义，列宁都推崇的人的书都遭禁了，你说是啥子马列主义？蔺大姐，这几年我看了些马列的书，跟报纸上说的不一样，跟他们做的不一样。马克思恩格斯都是有文化的人，不是痞子……”

兰香听得汗毛发炸，说：“小黄，你说话好危险！”

黄晋渝笑笑，平静地说：“跟你说了危不危险？”

兰香摇摇头，“你跟我说这些是信得过我，我就怕你跟别人说。”

“大姐你放心，我从来不跟别人说这些。我都不晓得啷个回事，在你面前我顺口就说出来了。”

兰香听出黄晋渝对她称呼的变化，两人之间突然就有了点默契，她心中仿佛有个柔软的地方颤颤的，说：“你还是小心点！”声音里不觉就有点亲近了。

黄晋渝点点头。

沉默一阵，兰香问：“那个‘怎么办’说啥子怎么办呢？”

“是本爱情小说。”

“好不好看？”

“好看。”

“哦，肯定好看，不然你熬更守夜地看？给我讲一下？”

“我这个人最不会讲故事了，哪天我再把书借来给你看。”

“书不是你的吗？”

“不是。是我的我哪里会熬更守夜地看。是朋友借的，朋友又是跟朋友借的，都不晓得哪个是书真正的主人。我经常借得到一些那种书，不过到我手上只有一天、半天，所以我只好抓紧时间看。”

“那——可以借给我好久？”

“一天，最多两天。”

“那我就不看了，我看书慢。还怕家里头的人嘴巴不严。”

黄晋渝说：“大姐，我有时候想些稀奇古怪的事。比如说那本书，《怎么办?》，只给我一天的时间，我就在算，那本书不停地转，一年 365 天，至少有三百个人看那本书。有好多人熬更守夜，有好多人不怕担风险？你看，美好的东西总是要流传下来的。‘野火烧不尽，春风吹又生’。”

兰香说：“小黄，你说我们在洞子里头唱歌，外面听不听得到？”

“小声点唱应该听不到。恁个，你在这里唱，我到洞子口去听一下。”黄晋渝走到转弯处，给兰香打个手势，兰香就唱起来：“哎——月亮出来亮汪汪，亮汪汪……”

黄晋渝回来说：“洞口边听不到，要转弯的时候就听得到点了，晓得是唱歌，嗡嗡嗡的听不清楚。”

“那就小声点唱。我年轻时候喜欢唱歌，最喜欢洗衣服的时候唱。”

黄晋渝说：“你现在就是年轻时候，又没有老。”

“老了。”

“没有。”

“真的老了，好多年没唱歌了。”

“真的没老，你一直都是恁个漂亮。其实美不在年龄大小，有些东西是与生俱来的。”

“一直？你以前看到过我？”

“工人村哪个不晓得‘大毛转’？你刚来这里住我就注意到你了，你总是绾个毛转，‘大毛转’就喊出名了。你一出来，总有些眼睛像遭磁铁吸了一样，跟着你转。嘿嘿，我算有眼福，这哈儿天天看。”

兰香听得脸热心跳，嗔道：“小弟娃，你说些啥子！好，不说了，各人打你的石头！”

黄晋渝拿起手锤，在洞壁上使劲砸一下，洞里响起一阵沉闷的回声。

“哎哟！”兰香一声尖叫，钻子从手中滑落。

“啷个！砸到手了？”黄晋渝扔掉烟，一步冲过去。

兰香咬着嘴唇，右手紧捂住左手，蹲到地上。黄晋渝在兰香身边蹲下，掰开她的右手，左手拇指关节被砸破一大块皮，白森森的见了骨头，血看着就渗出来了。黄晋渝问：“有没得手巾？”兰香摇摇头。“你忍住！”黄晋渝唰地一下撕开汗衫，撕下一条布，扎在兰香拇指根部。兰香忍着痛，不吭声。

黄晋渝焦急地看着兰香，说“这样恐怕不行！万一得破伤风啷个办？”

兰香打个寒战，可怜巴巴地望着他，“那啷个办？”

“你等一哈儿，我去一下就来！”黄晋渝站起身，边走边把汗衫塞进裤子。

伤处有强烈的烧灼感，抽一抽地痛。兰香的额头渗出汗水，她咬着牙齿，蜷着身子坐在地上。洞里十分安静，洞壁渗出的水珠在身后滴答滴答响。

不一会儿，黄晋渝气喘吁吁跑回来，一只手打着电筒，另一只手拿着一个酒瓶。他把酒瓶放到地上，把电筒交给兰香，说：“你帮我照着。”他从裤兜里掏出一些布条和一个小瓶子，放到石块上。他在兰香身边蹲下，打开酒瓶，说：“大姐，这是白酒，给你消个毒，会很痛哦，你忍着点。”

“嗯！”兰香点点头。

黄晋渝拿起一块布条，倒酒淋湿了，仔细地擦拭伤口周围的污物。他嘴里嘶嘶地响，好像也感受到疼痛。擦完，他扔掉布条，拿起酒瓶举到兰香眼前，说：“大姐，只有这点酒了，你忍着，千万莫动！”

“嗯！”兰香把头转向一边。

黄晋渝左手捏着兰香的指根，右手慢慢地倾斜酒瓶。酒淋到伤口上，兰香“嘶”一声，本能地缩一下手，又颤抖着控制住。黄晋渝放下酒瓶，松一口气，说：“大姐你好勇敢！”

他又拿一块布折叠成一个三角形，用酒淋湿，把翻开的皮肉合拢。他拿起那个小瓶子，说：“这是云南白药，治生伤最好了。”

兰香说：“听说过，说是多珍贵的，我不用！”

“再珍贵也不如你珍贵！”黄晋渝不由分说，拉过兰香的手放在自己腿上，一只手拿着药瓶凑近伤口，另一只手食指敲着药瓶，把药粉抖在伤口上。

兰香看着他动作，品味着他的话，一股热流在胸腹中涌动。这个小弟娃倒像个大男人，她有一种被呵护的感觉。看他处理伤口程序井然的样子，她想说他像个熟练的外科医生，却开不了口。此时此刻，她需要安静。

黄晋渝包扎好伤口，手托着兰香的手，抬起头轻声问：“还痛不痛？”

兰香摇摇头。

他仍托着兰香的手，凝望着兰香，那眼神让兰香心慌。黄晋渝低下头，慢慢地，嘴唇轻轻地触到兰香的手背。兰香缩一下手，却没有拿开，另一只手在黄晋渝头上轻轻拍一下，娇嗔道：“小弟娃！”

黄晋渝单膝跪地，头叩在兰香膝盖上，颤声说：“大姐，我喜欢你！”

兰香在他头上半拍半摸，说：“小弟娃，乘人之危！”

过一会，黄晋渝抬起头，说：“大姐，你以后千万千万不要打了！”

“嗯！”兰香点头，听话的样子。

“还有，这段时间不要沾生水！”

“嗯”，一股暖流浸入兰香心间。

黄晋渝又铿铿地敲起来，二头肌有力地跳动，岩石怕了他似的垮。

家云见兰香拇指包扎了，问：“啷个，你受伤了？”

兰香轻描淡写地说：“没得事，擦破一点皮。”

小葵跑过来，一只手抚着兰香的背，一只手抚着兰香的手，“妈，痛不痛？”

兰香扬扬手，笑着说：“不痛。”

昊娃在灯下画画，曦娃在床上打玻璃珠，两个不时往这边看。

家云说：“你打石头了？”

“嗯。”

家云埋怨：“你唧个去打嘛，就让那个黄啥子打噻。”

兰香不理他，该做啥做啥。

睡在床上，手热辣辣地胀痛，兰香翻来覆去睡不着。家云问：“你唧个的？”

“手有点痛。”

“我还是睡那头去，你和曦娃睡外边些，免得我的脚蹬到。”

家云在那头响起了鼾声。

闹钟咔嗒咔嗒地响，兰香的手和着节拍一跳一跳地隐隐作痛，她脑子恍惚着，一遍一遍地重放着洞子里的情景，被他亲吻过的手背仿佛还痒痒的……

打扫完片区清洁，兰香赶回家里。家云上班去了，老大老二上学去了，曦娃在甘婆婆家。她赶紧到厨房，打开风门，烧一锅热水。回屋打开衣柜，挑了一件白底蓝色小圆点短褂，一条蓝裤子，一条浅黄色的内裤，都是橡皮筋裤腰。兰香又到厨房，把热水倒进盆里，盖了火，把水盆端回屋里。她脱光衣服，把全身擦一遍，又用了水，赤裸着站到镜子面前。她的心一阵悸动，感觉今天要发生什么事！

兰香提前十分钟出门。她戴个草帽，匆匆穿过楼前的小路，走过一排红色的楼房，走下梯坎，来到防空洞。

黄晋渝先到了，面对洞口坐着抽烟，见兰香进来，丢了烟头站起身，满眼柔情，朝兰香伸出双手，问：“好点没有？”兰香点点头，把手递过去，跟着梦游一般被他带过去，草帽掉在地上。兰香脸靠在黄晋渝胸前，听见急促有力的心跳，自己的心也猛跳起来。她抬起头，他的嘴唇就缓缓地，小心翼翼地压下来了。她张开嘴，他狂吻起来，一只手伸到兰香胸前。她本能地用手护胸，他停了手，唇舌却更使劲了。兰香透不过气来，挣开头，又埋在他胸前，抱紧他，喘息着，“晋渝！晋渝！”

黄晋渝喃喃着，“大姐！大姐！”

“晋渝！晋渝！”

两人又吻在一起。她战栗，喘息。他的手伸到下面，她双手紧抱着他的腰，小腹贴紧他，感觉到他勃发的冲动，禁不住呻吟，挺身迎合。他突然压抑地“嗷”一声，她感觉到一股热乎乎的颤动。

兰香紧紧抱他一下，马上松开手，赶紧整理衣服。

黄晋渝面带羞惭，说："对不起。"

兰香从裤兜里掏出准备好的草纸，"你揩一下。"

兰香屏息听一下洞外的动静，拿起锄头，把碎石刨一些到簸箕里，见黄晋渝转身，说："丢进来。"黄晋渝把纸放进撮箕，兰香又刨些碎石渣盖住。

两人沉默一阵，各自找了一块石头，相对而坐。兰香长出一口气，说："我好紧张，好害怕！"

"我也紧张。"

"万一被人逮到我们就只有死路一条了！"

"我不怕，死得其所。"

"不其所不其所！"兰香趋身捂他的嘴，心感动得要碎了。

黄晋渝轻轻拿下她的手，说："死了我们来世做夫妻。"

"你相信来世？"

"不相信。有来世就好了。"

"嗯，有来世就好了。"兰香拉着他的手，悠悠地说。

黄晋渝托着她的手，轻轻地吻。

兰香水一样化开了。

黄晋渝没有谈过恋爱，完全是小青年的样子，很温情，为一点小殷勤大动干戈。兰香被他感染，好像又回到少女时代。

一天，黄晋渝又带了电筒来。兰香问："你带这个来做啥子？"

黄晋渝坏笑一下，"看你。"他指一下头上的灯泡，"这个灯昏浊浊的。"

"坏蛋！你是个坏蛋！"

"没办法，你太美了！"

"我都老了。"

"不老！真的不老！"

"我女儿都要上初中了。"

"香，你到八十岁都是个美人。"

"哄我？"

"没哄你。你看，宋庆龄七十多岁了还那么漂亮，不不，不是漂亮，说漂亮只是一种外表的东西。像宋庆龄和你这种女人，只能说美。"

"乱说，乱说！"兰香嗔道："我哪里能跟宋庆龄比？"

黄晋渝抓住兰香的手握在手里，一字一句地说："我一点都没有乱说，真的！论出身、论文化、论地位，你确实不可以和她比，但是要说美，我就忍不住拿你和她相比。”他悠悠地说，“其实这种想法我早就有了，当时我自己都觉得奇怪，我哪个会拿你跟宋庆龄相比呢？后来没事我一直就想这个问题，再后来我想通了。”

“你哪个想？”兰香好奇地问。

“我吃根烟要不要得？”

兰香点点头，在石头上坐下。

“形象、气质，”黄晋渝从裤兜掏出烟点燃，“你天天照镜子，有没有发现你的样子像宋庆龄？尤其你过去绾个毛转，像得要命。”

“想都不敢往那方面想。”

“没得啥子不敢想的，想就想。你今天回去就照一下镜子。”

兰香想一下，好像有几分像，“就算样子像，你说气质呢？”

“你有一种贵族气质！”黄晋渝肯定地说，“高傲、雍容华贵，”他双手端在胸前，昂头作高傲状。

兰香“噗”地一笑，“我一天穿个烂衣服，还雍容华贵？”

“你就是啥子都不穿，还是雍容华贵。”

兰香收住笑，说：“狡猾！”

黄晋渝一本正经地说，“真的，你身上看不到一点小家子气。”

“我一天尽操些柴米油盐的心，还不小家子气？”

“两码事！”黄晋渝大手一挥，“油盐柴米，环境所迫，人在矮檐下，不得不低头。有些人低了头，心也虚一截，精神就矮下去了。有些人头是低下去了，精神还是雄起的，永远低不下去。卑，而不自卑。”

“我是恁个的呀？”

“当然。高贵不在于一个人拥有啥子，而在于他追求啥子。表面上看，你就是个普普通通的女人，但是会看的人就看得出，你脸上有一种神采，因为你追求美、追求知识、追求高尚。”黄晋渝挨兰香坐下。“你说，我说得对不对？”

兰香点着头，热泪盈眶，“你是我的知音！”她握紧黄晋渝的手，“你是个真正的男子汉！”

黄晋渝搂过兰香，“你也是我的知音！跟你说话是一种享受，很美好！”

兰香把头埋在黄晋渝膝盖上，陶醉了。

过一会，黄晋渝突然拍拍兰香的背，压着嗓子惊叫；“拐了拐了，正事都搞忘了！”

兰香一惊：“啥子事？”

黄晋渝拿起电筒按亮了，从她脚下往上晃。

兰香推开黄晋渝："刚才还在美呀高尚的，转眼就下流！"

黄晋渝说："不下流不下流。欣赏美女哪里叫下流呢？"

兰香指头在他脸上戳一下，"你这张嘴呀！树上的麻雀都哄得下来。"

黄晋渝说："没得人来。"

兰香嗔道："你脑壳昏的！不要做无谓牺牲！"关键时刻，兰香必须保持头脑清醒。

看着黄晋渝满脸的失望，兰香又不忍心了，她站起身，拍拍他的脸，"就这样看嘛。"

黄晋渝打开电筒，撩起兰香的短褂，光到手到，跟着嘴就到了。光又移到下面，黄晋渝跪在地上，让兰香分开腿。兰香瑟缩着，"不要恁个嘛。"说着还是分开了。心想，这就叫"拜倒在石榴裙下"？

兰香站起身，一边急忙整理衣服一边听外面的动静。没有异常，她长出一口气，说："太危险了！晋渝。"

黄晋渝点点头，说："对不起！好想好好和你亲热一下！"

"我也想，但是太危险了！"兰香颤声说。

黄晋渝咬着牙，走到作业面，拿起手锤。

大概一点钟，兰香回家匆匆弄点吃的，然后赶到缝补组上班。

缝补组属于生产自救性质，已经演变成了裁缝铺。兰香无师自通，很快就成了全挂子①。她裁的裤子开裆好，不吊不紧，又显身材。她做的对襟，袖子不紧不夹，衣领高矮合适，腰收得恰到好处。兰香的手艺渐渐有了口碑，慕名而来的人越来越多，缝补组的生意基本上是围着兰香转，加之兰香为人谦和，所以，组里的人不视她为另类，都叫她蔺师傅。

好几个顾客等在铺子里面，兰香笑着说声："对不起，让你们久等了！"放下包，站到案板前。"哪个先来的？"

"我先！我第一个到！"一个姑娘举着手从门外冲进来。

"你要做啥子？"

"我做条裤子，"姑娘从包里拿出一段黑色布料。"蔺师傅，我第一次来，等了一个多钟头。"

"对不起对不起！"兰香接过布料，拿尺子比量长宽。"你叫啥名字？"

① 技术全面的人。

“田欣怡。田土的田，欣赏的欣，怡是竖心旁加个舞台的台。”

“嗯，名字多好听的。来，我给你量尺寸。”兰香把软尺围到田欣怡的腰部，一边比量一边念：“腰围一尺七，臀围二尺一，裤长二尺八……”

田欣怡扎两条长辫，椭圆脸，杏仁眼，眼珠乌黑发亮，一副机灵的样子。

“蔺孃孃，我要赶着出差穿，呃——麻烦你亲自给我打，要不要得？”

兰香往本子上记尺寸，推口道：“小田，我们车工技术都不错，我们李组长的打工、副工①都比我好。”

“我就要你做！你不干下次我就不找你了！”

李素珍在一旁说：“蔺师傅就帮她赶一下嘛。”

田欣怡走后，兰香又给另外几位顾客比量。兰香手脚麻利，对顾客的需求心知肚明，听顾客叽里呱啦说完后，只需三言两语，约定一个取货的时间，几下就搞定了。

顾客走后，兰香开始裁剪。她注意到何金秀几次抬头看她，便问：“何师傅，看我啥子？”何金秀说：“蔺师傅，这几天脸上红头花色的，吃了好东西吗？”

兰香暗自一惊：心事都写在脸上了？赶紧应付一句：“都一样凭票供应，我哪有啥特别的呢？”

兰香把裁好的裁片交给李素珍，李素珍把活路分配给车工们。

铺子里都是些女人，五点钟下班，赶着回家做晚饭。

兰香把晚饭蒸在锅里，菜理好淘干净放在灶头上，等家云回来炒菜。她回到屋里，想着把田欣怡的裤子赶出来。兰香在铺子里没有缝纫机，只能回家做。

小葵坐在窗户前，聚精会神地看小说。她眼不离书说：“妈，回来了。”兰香“嗯”一声，在缝纫机前坐下。“小葵，看的啥书？”“《暴风骤雨》。”“哪里借的？”“五妹哥哥借的。五妹看完了，借给我一天。”

家云下班回来，在门口站一下，又到厨房去了。不一会，家云在那边扯着嗓子喊：“小葵——小葵——”

小葵放下书站起身，兰香说：“不管他。”

小葵又坐下看书。

“小葵——小葵——”家云拎着酱油瓶一路喊着走进屋，瞪着眼睛对小葵

---

① 过去的制衣工艺中，挑匾，锁扣眼，钉扣子之类的手工活。

吼道："你耳朵聋了啊？"

"吼啥子吼？"兰香说，"没看见她在看书吗？"

家云扬起瓶子说："喊她去打酱油！"

兰香哒哒哒地踩着缝纫机，说："给你讲过好多次了，这些鸡毛蒜皮的事不要打搅娃儿学习。"

家云指着小葵看的书，结结巴巴地说："她，她，她——她这哪里是学习？在看小说！"

小葵起身，"妈，我跑一趟。"

"坐下！"兰香沉下脸对家云说："看小说啷个不是学习？不懂不要乱说。书是借人家的，她不抓紧时间看啷个办？"

"书看得饱吗？"家云有些恼火。

"饭早些晚些吃有好大个不得了？你自己去！"

"你们不饿，老子肠子都饿断了！"家云转身出门，嘟哝道："学习学习，肚子不捞饱你学屁个习？上一天班回来还要服侍你这些大的小的……"

这段时间，家云特别烦躁，兰香一会手痛，一会累了，一会月经来了，总不让家云动她。家云一天天憋得火旺，忍不住当着孩子的面动粗口了。他是故意挑衅，发泄不满。兰香装没听见，狡黠地想：今天又有挡他的理由了。

自从有了黄晋渝，兰香更不想家云碰她，觉得那玷污了她和黄的感情。她该是黄晋渝的，不该是家云的。理上，她又觉得亏欠了家云。他一天厂里家里任劳任怨，图的就是那点盼头。占了他的床又不满足他，兰香觉得自己有点狠心。

但是不狠心又让她伤心，好不容易遇见个有共同语言，让她动情的人，人家还清清白白的。真是剪不断理还乱，心里不禁喟然长叹：问君能有几多愁，恰似一江春水向东流。

其实和黄晋渝有关系以来，兰香从没有得到过生理上的满足，每次都是轰轰烈烈地发动，刚起步就熄火，有时事后还感觉身体不舒服。但是精神的交融弥补了一切。兰香一辈子还没有遇到过一个真正可以说话的人。说话是一件很重要的事，心里话说不出来，她感到很孤独，孤独得发疯，或者麻木，麻木得跟死了一样。这些年，女儿是她唯一可以说话的人。她想说话的时候，就让小葵拿个小板凳坐在她面前，她就跟小葵讲一些过去的事情。但那毕竟是单向的，说不出真正的心事。

陶鸿飞和她说话的时候，她还是个畏畏缩缩的乡巴佬，傻乎乎地听，傻乎乎地信。孙国雄帮她打开一些眼界，说古道今，都是外面的世界。男人的温情让她陶醉，她醉就醉了，却没有品出酒的味道。刘顺涛总是遮遮掩掩，不晓得他肚子里到底装了些啥子货，想他动手他就是君子动口不动手。只有黄晋渝，使她的心可以安家，无论什么时候，她都有一根板凳可以坐下。他在她面前无所顾忌，他颠覆了她的世界。兰香能感觉到，他，可以为她舍命。

兰香决定跟他说说家云。

见了黄晋渝，兰香又觉得说不出口了，她就叹口气，等他来问。果然，黄晋渝虽然打得铿铿锵锵的，还是听见了兰香那一声叹息，歇了手问："姐你啷个了？"

兰香犹豫一下，说："家里的事，想跟你摆一下，又不晓得啷个说。"

黄晋渝转过身，"你跟我还有啥子不好说的呢？"

"我屋老丁那个人，"兰香不说"我丈夫"，也不说"我男人"，听起来像是说家里一件什么东西。

"你们扯皮了？"

"也没扯皮，他就是这段时间火气大得很。"

"为啥子呢？"

"为你。"

黄晋渝一惊："他晓得了？"

兰香摇摇头，沉默不语。

黄晋渝挪过来，靠兰香坐着，环抱着她的腰，"你说嘛。"

"自从有了你，我就不想他挨我。我本来也不喜欢跟他那个的，你想，跟他又没得话说，哪里会有情绪嘛。但是，他又是个男人，不那个啷个不冒火呢？唉！本来我不该给你提这些，只是我实在是太矛盾了，都不晓得啷个办。说起来我又是自己要嫁给他的，又没得哪个强迫。"

黄晋渝深吸一口气，又重重的呼出，沉默得仿佛空气都要凝固了。"太残忍了！我不是说你，是说这种事。你说是自己要嫁给他的，所以你应该对自己的行为负责，你又不想负责，所以你又内疚又矛盾。"

兰香说："我就是恁个的。"

黄晋渝默一阵，字斟句酌地说，"我记得你说过，你本来不想结婚的，但是结不结婚又由不得你，不结婚你就不得安宁。男人难，女人更难，美貌的女人更难……"

"我说的话你还记得？"

"何止是记得。"黄晋渝说，"美貌，说是上帝的安排也好，自然的产物也好，都是珍贵的东西，就像钻石一样。所以女人啥子都可以没得，只要有了美貌就可以拥有一切，也可以毁灭一切，所以中国人形容美女叫‘倾城倾国’，又说女人是祸水。嗨，为女人丢江山的事多得很……”

兰香说，“嗯，老丁为我丢了党籍。”

“我晓得，工人村的人都晓得。你记得不？我们第一次的时候，你说遭人逮到就是死路一条，我说死得其所，我说的是真话。”

“我相信。”

黄晋渝点点头，继续说，“老实说，我是个有野心的人，书上看见历史上有些人因为女色丢了江山，心里还嘲笑他们。遇到你我晓得了，我可能比他们不如。所以不管你有啥子问题，都要遭人抢。抢政权、抢土地、抢资源，抢美女，这个世界就是抢，你不抢就遭人家抢。你说‘砍了皂角树免得老鸹叫’，我当时心就痛了一下，又想，聪明！你不想结婚不行，不如自己先把皂角树砍了。”

“你都记得？”

“字字句句记在心上。”黄晋渝说，“表面上看是你自己的选择，其实就像皇上赐死一样，你可以选择三尺白绫或者喝鸩毒酒，但是生死就由不得你自己了。”

兰香眼里泪花花转，她想这么多年的事，他都说准了！

“残忍！太残忍了！姐，我懂你！你是自己砍了自己的手脚求个心静哪！太残忍了！太残忍了！”兰香看到，黄晋渝眼里一半是火，一半是泪。

“男儿有泪不轻弹，”兰香温柔地说，用手背擦他脸上的眼泪，又把手背在裤子上擦。

黄晋渝抬起头，“其实我也想过，我们两个该不该恁个……”

兰香急切地望着他，等他揭晓。

“该！”他紧搂一下兰香，斩钉截铁地说，“你应该有爱情，却被剥夺了！”

“我恨我是女人！”

“不是你，也不是他，是人，人类！人类是最软弱的动物，比曲蟮[①]还软！成千上万的人哪，亲爱的，像赶羊儿一样，自己乖乖地走去挨刀，比杀个羊儿还容易！羊儿还蹦一下吔！”

“别个对你草菅人命，你倒严格要求自己，做个乖乖羊儿，滑稽得很。我们都追求完美，但是这个世界不完美，差得远。所以，”他亲一下兰香的额

① 蚯蚓。

头：“姐，人要活在这个世界上，就要容得下不完美，容得下自己的不完美。这很矛盾，也要容得下矛盾。我们的文化有问题，编了那么多规矩要人遵守，好让那些不规矩的人来收拾。”

兰香听得心惊胆战，又仿佛豁然开朗，叹口气，说：“真是听君一席话，胜读十年书。”

第四十一章 >>>

我的太阳

兰香刚进屋，小葵迎上来说："妈，给你说个好事情！"

"啥子好事情？"

"我要读三中了！"

兰香愣一下，"真的？"

小葵拉开抽屉，拿出一个牛皮纸信封递给兰香，上面赫然印着"重庆市第三中学校"。

兰香从信封里抽出一张纸片，是重庆三中的入学通知书！她扬起头，冲着天花板说："天哪！我们小葵进三中了！老天爷终于开眼了！"

兰香从来没有进三中里面去看过。从临街那道长长的栅栏望进去，宽阔的草坪绿茵如毯，一垄垄的夹竹桃开着粉红和白色的花朵，远处，两幢灰色的教学楼掩映在一片深绿之中，特别安静，特别神秘。三中是重庆人心中的圣殿。早些年，只有成绩最拔尖的学生和大干部的子女，才能进入这所学校。每个星期六下午，小轿车在学校门前的公路上排成长队，司机和保姆们等候着接首长的孩子，成为沙坪坝区的一道风景。

同一天收到三中录取通知的，还有工人村其他孩子。因为国家进行教育改革，各个学校根据就近原则按居住区域划片入学，不再进行升学考试。

兰香感觉有些失落。凭小葵的成绩，她应该理直气壮地考进去，现在什么人都进去了，她对小葵的苦心培养就像埋进了沙堆，闪不出一点亮光来。

不过，兰香想，无论如何，这是一件值得庆幸的事。一进中学，下一辈就比老一辈强了。兰香和秀蓉都只读过小学，她觉得生活和历史有一种不可遏制的力量在改变一些东西，只要孩子们还在读书，就有希望。

第二天，兰香到沙坪坝百货公司去买了一个军用挎包，一支英雄钢笔，五个红梅软面抄。军用挎包是时尚流行物，挎包翻盖上有个毛主席头像，下面是“为人民服务”五个字。全国人民学习解放军，军衣、军帽、军用皮带都是孩子们梦寐以求的东西。红梅软面抄呢，用来写日记，小葵的作文经常被当作范文，都是坚持写日记的好处。

小葵高兴疯了，她把钢笔软面抄塞进包里，背着黄挎包在小昊小曦面前手舞足蹈：“抬头望见北斗星，心中想念毛泽东，想念毛泽东……”两个弟弟心痒痒的，拉着兰香的手直叫嚷：“我也要军挎包!”

兰香拿点吃的把小的打发走，压着嗓子对小葵说：“小葵，晓不晓得，前些年哪家娃儿要是考上了三中，是个不得了的事，一只脚就跨进大学门槛儿了。你一定要好好珍惜这个机会，好好读书，争取把老师的墨水都倒进自己的肚子里。”

小葵说：“妈，现在哪个还在讲读书嘛。好好读书还要遭嘲笑，说不读不臭，少读少臭，越读越臭。”

“唧个越读越臭呢?”

“书读多了就成了知识分子，知识分子就是臭老九噻，是不是越读越臭嘛?”

“不要去听那些人打胡乱说，都是些愚昧无知的人!”兰香听到这种话就生气。“过去有句话说‘劳心者治人，劳力者治于人。’意思就是，有文化的人支配没文化的人，没文化的人一辈子受人支配，永远生活在社会的最底层。就像你爸爸，一辈子趴在机器下面扎笨①，每天累得半死不活的。‘万般皆下品，唯有读书高’，他们不学你正好学，听见没有?”

小葵说：“妈，你这些话要遭批判啰。”

兰香一愣，“批啥子判？毛主席都说‘好好学习，天天向上’。”兰香拿起《毛主席语录》，翻给小葵看：“你看，‘没有文化的军队是愚蠢的军队，而愚蠢的军队是不能战胜敌人的’。你听他们的话还是听毛主席的话?”

“我是说啥子‘劳心者治人，劳力者治于人’那些话，要遭批判。”

“我只给你说，你不要跟别人讲就是。”

小葵换了副笑脸，“我晓得。”

“晓得就好，我就怕你跟那些娃娃一起恍。光阴似箭……”

“日月如梭。”小葵抢道。

“你个莽妹仔!”兰香嗔道。

---

① 低级劳动。

三中本来是寄宿学校，这几年都没有招生，突然间，从 1966 年到 1968 年三个年级小学毕业的学生呼啦啦一起进校，学校就住不下了，全部改成走读。学生每天十二点钟后回家吃午饭，两点钟出发去上下午的课。

小葵进三中以后，有了些变化。听邻居孩子们讲，男生上课调皮捣蛋，小葵要站起来干涉，有人拿粉笔头掷老师，她要去斥责，更让兰香害怕的是，班上有两个男孩子，学着社会的混混的样儿，出了三中校门就叼起香烟，小葵居然独自去尾随跟踪！

"我跟着他们进了百货公司，趁他们在柜台前面停下来，我冲上去，嚓嚓两下，把香烟从他们嘴上抓下来，甩得老远。"

兰香的心抓紧了。"两个男生啥子反应？"

小葵说："不吭声，傻了。"

"旁边有人没得？他们啥子反应？"

"售货员和那些大人都木了。"

兰香声音有些打战："你不怕他们打你呀？"

小葵梗着脖子说："我是班上的副排长，必须管啊！"那段时期，全国人民学解放军，学校里兴叫某营、某连、某排，学生干部以营长连长排长称谓代之。

"啥时候当副排长了，唧个没听你说过呢？"

"说这些干啥子嘛。"

"你要小心啰，就怕那两个男生报复。"

"老师说了，邪不压正！"小葵满不在乎的样子。

天黑好一阵小葵才回家，外套捆在腰上，衬衫被汗水湿透了，脏得一塌糊涂。家云说："你干些啥子哟，女娃子家家的！"

小葵笑嘻嘻地说："打球。我进球队了。"

兰香问："啥子球队？"

"篮球队。"

"班上的？"

"校队。"

"校队？"兰香一惊，那么大个三中，她居然进校队了！

"嗯。"

"你又不会打篮球？"

"学噻，"小葵说，"这个学期体育课换了老师，姓李，是学校篮球队的教练。他上课的时候教我们打篮球，还分成两边打，嘿好耍。今天下课的时候，他问我想不想进校队，我说想。放了学我就去参加校队的训练了。”

“好哇！那你就好好学！好好打！”

小葵 14 岁，这两年嗖嗖嗖就窜得比兰香高了，圆圆的脸，青春的身体发育得很饱满。兰香觉得生命真是一件奇怪的事情，你播下一粒种子，他就像石头缝里的苞谷一样成长，粗茶淡饭地养着，甚至连粗茶淡饭都说不上，她竟然也长得朝气蓬勃了。

兰香开心地看着小葵，问：“你量身高没有？”

小葵说：“一米六五，在球队不算高的。”

兰香说：“你还要长，起码长到一米七。”

“李老师说，进了校队就要住在学校了，寝室都给我安排好了。吃了饭我就要搬到学校去。”

兰香说：“好好，你就住校嘛。先把衣服换了，吃饭。”

家云说，“菜都冷了”

兰香说：“将就吃。”小昊早就饿得前胸贴后背，听到吃字，说一声：“曦娃，可以吃了！”急忙抓起筷子。

兰香脑子里盘算着小葵住校需要的东西，想起有些东西家里没有多余的，便说：“家云你快点吃，要给小葵买些东西，怕商店关门了。”

家云放下碗说：“钱给我，买啥子？我马上就去。”

兰香拿钱给家云，吩咐他买洗脸盆、毛巾、漱口盅、肥皂盒。家云走到门口，兰香说“等一下！”走过去附在家云耳边说了句悄悄话。

吃完饭，兰香就给小葵收拾东西，被子、毯子都是家里最好的。小葵在一旁收拾自己的衣服。

兰香站在板凳上，从衣柜顶上取下一口皮箱。那是从天水回重庆之前孙家给她买的，她想起孙国雄，心里掠过一丝伤感，前尘往事仿佛就在昨天。兰香把箱子上的灰尘擦干净，把小葵的衣服放进去。想到小葵一个星期才回来一次，不觉有些失落，雏鹰展翅，就要飞了。都说母女连心，在家里，小葵是唯一可以说话的人，甚至不需要说话，看着她就觉得心里踏实。

兰香一边收拾东西，一边和小葵说话，叮嘱她不要冷着了不要饿着了，女孩子娇气，再忙再累都要记着每天用水，最后话题还是落在学习上。

“球要好好打，但不要耽误了学习，球队有些啥有趣的事，有趣的人记下来，打球不是一辈子的事，文化是一辈子的事。你将来还是要当作家，作家是最受尊敬的人，听见没有？”

小葵说："听见了，妈。好文章一个字三分钱，三个字可以买一斤李子和一颗奶油糖——我都记在心头的。"

兰香嘻嘻一笑，"莽妹仔乖。哎，月经带带没有？"

"带了。"

"月经来了要好好打整，不然弄脏裤子好丢人。"

"那是，如果在球场上出洋相就惨了。"小葵说。"妈，你空了给我做两个胸罩嘛，把前面缝平一点。"

"那要根据你胸的大小来做。"

"反正不要太挺了，要缝平一点。"

"那啷个行呢？胸部压着很难受的。"

"难受不怕，只要跑起来不一蹦一跳就行。"

"那不就成了束胸布了？哎，发育好才健康啊！"

"场下那么多眼睛盯着，太难堪了。"

"你还封建呢。嘿嘿，你恁个说让我想起金兰儿银兰儿，我好像给你讲过一点她们的事。"

"嗯，她们帮助你逃跑，从哪……逃到我姨妈家。"

"摩尼。"

"还有地主的枣红马。"

"黄乡长的枣红马。哎——我有时候会想起她们姐妹，可惜这辈子恐怕再也见不到她们了。"兰香说，"好了，时间不早了，你赶紧去洗个澡。"

家云回来，塞给兰香一包东西，兰香把两盒月经纸塞进箱子。

小昊说："我送姐姐。"

小曦说："我也要送姐姐。"

兰香说："昊娃看着弟弟，我送一截。"

小葵说："又不是走多远，哪里用得着兴师动众嘛。"

兰香说："那就昊娃和你爸爸送吧，让他认个路。再过两年，他也该进三中了。"说着提了皮箱递给家云。

兰香牵着曦娃到楼门口，看着三人穿过黑黢黢的小道，心里突然空落落的。

兰香在下班路上碰到游户籍。游户籍说，汉渝路有个退休女工想换房子，问兰香想不想换个地方住。他知道马大凤欺压兰香，但碍于立场问题，他不好主持公道，换房是避开马大凤的一个不动声色的好办法。兰香心知肚明，连声道谢。游户籍给兰香写了个地址，叫他们两口子赶快去打听一下。

汉渝路是从三角碑向下通往中渡口的一条公路，房子位于公路下半段一排平房的尽头，对面是重庆药剂学校。虽然年代久远，但有两个房间，加起来比工人村的房子稍大一点，主人家还利用屋后的堡坎，搭了两间简易棚房，一个作杂物间，一个当厨房。兰香心下暗喜，有自家的厨房，太安逸了！

老太太对兰香两口子说，因为这一带没安装自来水管，要到四方井担水用，上厕所要去街对面的药剂学校，她的丈夫去世，子女又不在身边，觉得生活不方便，所以想换到工人村去住，那里有自来水，每层楼都有公用厕所。

老太太说后面两间房子是私人搭建的，如果换房要给点材料费。兰香两口子当即拍板，和老太太约定了去厂房管科办换房手续的时间。

兰香一到防空洞，就迫不及待地把换房的事对黄晋渝说了。

黄晋渝说："游户籍像是在为你着想。"

"那是个好人。"

"这下马胖子鞭长莫及，只有干瞪眼了！"

兰香叹一口气，说："我觉得那边啥子都好，就是那边归十六段，我不能再来这里打防空洞了。"

黄晋渝拉着兰香的手，说："我们再找机会。"

兰香点点头，瞄着洞口说："那个房子的厨房有个后门，转出去就是马路了，马路边有人卖菜，一点不打眼。"

"好，到时我找机会。"黄晋渝环抱兰香。

"你想我了就到裁缝铺来，假装做衣服。"兰香挣脱黄晋渝的手，"你接着打。"

黄晋渝回到原地，挥动手锤叮叮当当。兰香拄着锄头，望着洞口的方向。自从工人村的孩子们读三中，大梯坎就不安宁了。孩子们上学放学都走这里，上的上，下的下，络绎不绝，有的进来看稀奇，有的躲进洞子藏猫猫，容不得两人放肆。

"嗨，一直忘了问你，你说了一句啥子话遭当了右派？"

黄晋渝放慢节奏。兰香说："我想听，我怕以后没得机会了。"

黄晋渝放下手锤，转身对着兰香，说："我 1955 年进西师，大鸣大放的时候读二年级。我们系里组织开大会，喊学生给党提意见……"

兰香问："你读的啥子系？"

"物理系。"

"看不出来，你还是当科学家的料呢。继续。"

“刚进校的时候，我们寝室有个农村来的同学，叙永人。有次他讲到土改的时候他们村里斗争地主的事，让地主跪煤炭花，跪高板凳，顶水碗，还泼他们的大粪。整女的就更怪了，我跟你都不好说。他讲得津津有味，我听得头皮发麻，气得不好，就杵他一句：‘你晓不晓得？你们那是用私刑，封建社会都不允许的！’他反问我，‘你是说我们斗争地主斗错了吗？’我晓得他想上纲上线，没有理他。嘿，他转个背就把我反映到学校领导那里去了。领导找我谈了一次话，喊我说话要注意阶级立场，也没有给我啥子处分。我以为事情就恁个过去了。没想到反右的时候，那个同学又提起那个事，就把我弄来笼起了。”

“你好幼稚，弄死你都不晓得找哪个申冤。”

“那阵的确幼稚。不光我们学生幼稚，连那些老师都幼稚，几句话就被挑动起来了。不是说‘言者无罪，闻者足戒’吗，大家就有啥说啥，没想那么多。我们觉得执政党敢在自己身上动刀子，就是要痛改前非，还政于民了。一时间群情激昂，有的写大字报，有的讲演，到处都是辩论。我反应慢一点，一是我遭谈过话，受了惊骇，二是新鲜话多，光听都来不及。后来一个急刹车，大家才晓得锅儿是铁倒的……”

“嘘！”兰香看到远处一面洞壁有个黑影，一个庞大的人影慢慢地黑进来。兰香做个手势：“她又来了！”赶紧把碎石刨进篼箕。

马大凤不声不响地走近，一对眼睛在兰香和黄晋渝脸上扫来扫去。兰香把铁钩挂上篼箕，挑起碎石往外面走。经过马大凤的时候，她扶着篼箕绳子，小心避开她的大屁股。

黄晋渝阴沉着脸，钻子敲得铛铛响。

马大凤说：“哪个刚才没得响声呢？”黄晋渝没理她。过一会，黄晋渝说：“口渴了，喝口水。”

“这里哪有水杯子？你喝的空气啊？”

黄晋渝转过身，“马委员未必也想喝哔？”他指着水洼说：“这里，喝嘛。”

马大凤恶狠狠地说：“不要自以为脑壳奸，哪天遭我逮到，有你们好受的！”她鼻子“哼”一声，悻悻地走了。

兰香倒了渣回来，问黄晋渝：“她是不是觉察到啥子，偷偷摸摸来了好几趟？”

黄晋渝说：“管她的！反正你都要搬走了。”

黄晋渝出生在山西，父亲是个热血青年，在抗日战争中参加了国军，死在战场上。母亲带着他逃到重庆，在渝新纺织厂找了一份工作，后来嫁给一个教书先生。先生是个地下党，剿匪的时候在铜梁牺牲了。

黄晋渝说，被划为右派的学生大多被遣送回原籍，因为继父是烈士，他没有被送回老家，被发配到纺织厂子弟校当清洁工。

不到一个星期，兰香一家搬到了汉渝路130号。

搬家以后才发现，除了摆脱了马大凤的欺压，这次搬家还有一个意外的惊喜：这里的住房分得散，住户来自不同的单位，群专不方便监督管理，所以五类分子除了隔天扫一次大街，没有其他强制性劳动。兰香心里说不出的高兴。

“妈，开门！”兰香正在杂物间做衣服，听见小葵的声音，赶紧出去开门。

小葵站在门口，噘着嘴说：“搬家都不通知我一声哈，害得我去甲五栋推人家的门。”

兰香说：“我们都是现说起的，你不是在集训吗，还没来得及通知你嘛。”

小葵进屋转一圈，“这房子好烂哦。”

兰香喜滋滋地说：“这里宽些。曦娃一天天长大，总不能老挨着大人睡嘛。”

小葵“哦”一声，一时还不太适应。

小葵穿一件短袖红色球衣，上面印着三中两个字，背后印一个大大的5号。兰香说：“哟，我们小葵成了女篮五号了！”

小葵提起腿，给兰香看她脚上崭新的白色回力鞋。

小昊汗淋淋地进屋，喊声：“姐，回来了啊！”曦娃跟在后面，喊：“姐姐好！”

小昊围着小葵转一圈。“呀——5号！呀——白回力鞋！我姐姐好得行哟！”眼里满是羡慕的目光。

小葵笑一笑，说：“前两天才发的。”又对小昊说：“我帮你问了，美术组也住校，但进美术组要经过考试，择优录取，这段时间你自己要抓紧练习，招人的时候我给你说。”

小昊说：“要得！”

曦娃眨着眼睛问：“你们都有特长，我又做啥子呢？”

兰香说：“等你再长大一点，学一样乐器，我们家就音体美齐全了。”

曦娃说：“我不会嘞个办呢？”

小葵说：“找个老师教你噻。”

家云摆好碗筷，一家人围着桌子吃饭，小葵讲起球队的事，大家都兴致勃勃地听。

小葵尽拣一些有趣的事情说："罗红英最喜了，回力鞋发下来，她捧着鞋翻来覆去地看，都笑傻了，穿起新鞋睡了一晚上。第二天训练，她把鞋子放在寝室，还是穿凉鞋去训练。李老师把她骂了一顿，她又哭兮兮地回寝室把鞋穿起来了。"两个弟弟听了，嘿嘿直笑。

女篮队员每天早上六点钟起床，训练到七点四十，小葵的同桌叶子就拿两个馒头在球场边等她。训练完了，小葵罩上外衣，两个人边啃馒头边往教室走。

兰香问："你们练些啥子呢？"

"早晨练运球，传球接球，投篮，折回跑，多得很。下午练配合，打比赛，蹲杠铃，结束前还要到田径场跑五圈。"

小昊问："五圈有好远啰？"

"2000 米。"

"呀——"小昊瞪着眼睛说，"姐姐，你得行哪？"

"没得啥子不得行的，咬下牙就都得行。"

家云说："杠铃压了长不长得高哦？"

"压不矮。李老师说打篮球还能长高。"

兰香问："你们有没得粮食津贴？"

"没得，啥子都没得。"

兰香说："照说呢，你们一天到晚地训练，完全等于是重体力劳动，吃不饱啷个得行呢？"她默算一下，说："恁个，你以后每个月多拿五斤粮票去。你爸爸要上班，小昊小曦也都是长身体的时候，算来算去只抽得出五斤。"

小葵说："那就只有你少吃点了，我不要！"

"你放心，我想得出办法。"

"你未必还敢去买黑市？"

"黑市当然不买，我叫你爸爸多端点豆花，端点豌豆汤回来吃。"

"我们又没得恁多钱。"

兰香自信一笑，"吃点豆花的钱还是有，我多熬两个夜就行了。"又对家云说："明天你多端点豆花回来，让他们尽吃够。"

兰香又说："昊娃，我明天腾块地方出来给你画画，换个大点的灯泡，再添点画具和石膏，你看要不要得？"

"要得！"丁昊举起筷子说，"我要个高尔基！"

啊——切，啊——切，何金秀一连打了几个喷嚏，鼻涕眼泪地流，不好意思地说：“妈哟，啷个说冷就冷了呢？昨天还穿短袖，今天穿个长袖都……啊——切……”

前晚下了一场秋雨，天气骤凉。

李素珍说：“快回去加衣服。”

何金秀说：“要下班了，我捱一下。”

李素珍说：“你先走嘛。”

“那——我这个算啥子假呢？”

缝衣组实行的是基本工资加计件的办法，基本工资十八元，事假扣一天，病假扣半天，何金秀一分钱都不愿意被扣。

“不算假！不扣钱！”

“那，我就不好意思了。”何金秀说着就收拾东西准备下班。

兰香拿着划粉和尺子在案板上比画，心里惦念着小葵，天气突然转凉，她记不记得加衣服？会不会感冒呢？

小葵进球队后，一个星期才回一趟家，兰香总是牵挂着她。到裁缝铺来的顾客提到三中女篮，都说很厉害，她想象不出小葵打球的样子。兰香指望小葵当一个作家，从没想过她是不是打球的料，但现在小葵的走向似乎与她的希望南辕北辙。

退一步想，也好，现在各单位的文体积极分子都是些风云人物，被人当宝贝捧着，如果小葵能够打出名堂，也算是给家里争了口气。徐万群和五妹初中毕业去了云南支边，小葵他们高中毕业，除了办病残的，都是去农村插队，大气候如此，有个一技之长招工回城更有优势。这样一想，兰香的心就海阔天空了。

下了班，兰香匆匆回家，拿了几件秋衣赶往三中。

栅栏门开着，一个五十多岁的老头在值班室窗口打量着进出的人。兰香过去，对老头说：“老师，我来给女儿送衣服。”

老头问：“哪个年级几班的？”

“高73级九班。她是篮球队的五号，叫丁小葵。”

“哦，你是五号的妈呀！”老头眼睛一亮。“那妹仔厉害，像个男娃儿一样，擂得！进去嘛，她们正在训练。”

“谢谢！我再问一下，篮球场在哪里呢？”

老头从窗口探出身，抬手往里指，“看见毛主席像没有？那背后的坎下面，就是篮球场。”

兰香再次道谢，朝校园里走去。

踏上宽敞的三合土大道，兰香放慢了脚步。草坪湿润，万年青修剪得有棱有角，一蓬蓬灌木绿得养眼，两旁的大树蓬勃伸展，鸟儿藏在枝叶里，脆生生地鸣啼。兰香呼吸着清新的空气，喉头有种甜丝丝的感觉。

一左一右的教学楼，写着勤俭楼、红专楼字样。正中间的毛主席塑像有十几米高，老人家举着一只手，笑容像观音菩萨一样慈祥，背后的一壁墙上，描着《满江红·和郭沫若同志》，毛字体龙飞凤舞，潇洒飘逸，透着唯我独尊的霸气。

兰香看见右边岔道上有一幢古色古香的小楼，绿色的藤蔓从下往上伸延，挤挤挨挨爬满绛红色的墙壁。兰香暗叹：好漂亮的学校！

诗词墙后面，是一大片开阔的凹地。远处是一个椭圆的田径场，场上有学生跑步，踢足球。一排茂密的夹竹桃，把田径场与篮球场分隔开来，近处的草坪上，一棵老黄桷树像一把巨大的绿伞，为在双杠单杠上翻飞的学生，洒下一片荫凉。

兰香听到咚咚咚的声音，收回目光，循声望去，一群女孩儿正在坎下的篮球场上训练。

小葵抱着球，候在底线。只见她把球传给一个教练模样的人，翻着脚板使劲跑，教练把球扔向另一边，小葵稳稳接住，顺带一个三大步上篮，球进了。她捡了球，传给篮下的一个女队员，又撒腿往回跑，一个接球上篮，又进了。她一连做了三个来回，颗颗进圈。她抱着球走到球场边，张大嘴巴喘气。

兰香心里叫一声“莽妹仔！”不由沾沾自喜：亏得小时候鱼肉鸡汤底子打得好，不然她现在哪会有这股蛮劲？

教练走到中间，绷着脸指手画脚，兰香想，那人大概就是李老师了。兰香看见教练手一指，一群女孩子就丢了球，往田径场去了。

兰香捋一捋头发，下了斜坡，走到教练面前。“请问你是李老师吗？”

“嗯，你是——”教练把交叉在胸前的手放下来。

“我是丁小葵的妈妈。”

李老师展开笑容，伸出手说：“你好，大姐！”兰香愣一下，赶忙伸出手。兰香说：“天冷了，我来给丁小葵送两件衣服。”

“她们下去跑圈儿，一哈儿就上来。”李老师三十岁左右，瘦高个子，肤色微黑。他左右看看，歉意地说：“你看，这里连个坐的地方都没得。只有等一下去她们寝室坐了。”

兰香说："不了，我马上就要走。"

"很近，"李老师抬手指上面："她们就住大礼堂楼上。"

兰香笑道："不打搅你们，我也还忙。"

李老师从裤兜里摸出香烟，点燃一支。"丁小葵这娃儿亡命，能吃苦。呵呵，进来的时候，人家都有几年球龄了，她还啥子都不会，但是，她看见球就像看见猎物，两只眼睛发绿，像匹狼一样！我当初就是冲着她这股狠劲要的她。呵呵，这家伙也争气，特别抗练，进步神速，现在已经是绝对主力了。"李老师禁不住欣赏的口吻。

"都是李老师教得好！她经常说起你，说你把心都放在她们身上，爱人生小孩都没回去照顾。"

"没办法，集训、比赛接二连三的，抽不开身。我爱人住得远，回去一趟坐车坐船就要花大半天，还没走拢就该打倒转了。"李老师嘿嘿一笑，"小葵还给家长说这些，没说我骂她们?"

"都是说的好话。"

"她倒是没有挨骂。她是个有心人，嘴上不像有些娃儿甜言蜜语的，但心头有数。我就喜欢这样的娃儿，踏实，抗练，脑壳好用。不过，你不要跟她说这些，我当面都不表扬她们的。"

兰香听得心花怒放，说："这样好，免得娃儿骄傲自满。李老师，严师出高徒，小葵有不对的地方，你多骂多批评，不要给她留情面。"

"好，好，谢谢你们家长支持。"李老师看看跑表。"应该要上来了，我给她们规定了时间的。"

"那——我就回去了。"兰香说："李老师辛苦了，谢谢李老师。"

"你不见一下她?"

"不了，免得她分心。"

"你把东西放到篮架下面就是。"

兰香把装衣服的布包放到篮架下面的条石上。一转身，心里就盘算屋里的筐子里有些啥材料，盘算着给李老师的女儿做些小棉衣棉裤什么的。

李老师跟兰香的一番对话，简明扼要，突出重点，让兰香心里特别舒畅。兰香感慨：三中的老师有水平，有文化的人就是不一样。

小葵拿回四张球票，说是李老师给的。那场球是沙区女篮冠亚军决赛，重庆三中对重庆无线电厂。

周末，吃过晚饭，兰香一家收拾得整整洁洁，精神抖擞地去沙坪坝区体育场。

体育场周围拥挤着一大群吊票的人，手上捏着钞票露出一个角，眼里流露着期盼。“有多的票没得?”

“分一张?”

那个年代，看样板戏和体育比赛是重庆人的最爱，而篮球，是最爱中的最爱。

体育场的进口处，红色的警戒绳隔出一条长长的通道，两边人挨人站着执勤人员。兰香牵着小曦，一家人从执勤人员中间穿过，看着旁人羡慕的目光，兰香挺着胸膛，心里满是自豪。小昊左顾右盼，寻找熟人，一脸的兴奋。

篮球场内灯火通明，四周看台上人挨人。兰香一家找到位置，坐下。

两支球队正在跑篮，小葵她们排着队，依次展示各自的拿手动作。小昊一一指点着给家人介绍，“这个 8 号是接应，叫黄宇。”“6 号是小猫，10 号是右前锋，任潇潇，打快攻凶惨了。” “4 号就是姐姐说的穿白回力睡觉那个……”

“叫罗红英。”兰香说。

“对头。”

“你对她们恁个熟哇?”

“经常看噻。”

“你不做作业，天天就看姐姐她们打球?”

“没得作业，上课听不听讲都全靠自觉。妈，看球!”

比赛开始了，双方拉开阵势。无线电厂的队员身材高大，攻防有序，十分老到。三中的女孩个子不高，但是冲劲十足，身手敏捷，守个半场盯人，也总能逮着机会。两个队你来我往，展开了扣人心弦的拉锯战。

兰香听见后面有人说，“无线电厂有体工队①下来的，还有几个特招的知青，天天不上班，就是打球，相当于专业队了”。

“我希望三中赢，无线电厂称霸几年了，拽兮了。”

“恐怕不得行，三中那些妹仔拼得太凶了，下半场肯定体力下降。”

兰香心里咯噔一下，看一眼家云，又转头问小昊：“昊娃，姐姐她们打得赢不?”小昊说：“妈妈你莫慌，姐姐她们肯定赢!”

家云问：“你有把握?”

“当然。”

---

① 专业竞技体育机构。

兰香稍微松了一口气。

上半场锣声响了，30∶28，三中只赢了2分。

兰香吐一口气，说："好悬啊，是不是？"家云和曦娃点头。

小昊说："冠亚军决赛嘛，都是有实力的球队，你们放心，姐姐她们的撒手锏还没使出来。"

曦娃问："啥子撒手锏？"

小昊说："你们各人看。"

兰香和家云上一趟厕所，又匆匆赶回来坐下。她惦着球赛，还担心小昊的事。

"昊娃，美术组有几个人呢？"

"十几个。"

"啥子时候画画？"

"晚上。我每天都画到十二点多钟。"

"觉也要睡足。不然上课就没得精神了。"

"我们这周在学校农场劳动，下个月要到小龙坎的铸造厂去学工。"

"嗯，好好劳动。上课也要用心听讲……"

"妈，"小昊指着球场说："我猜，姐姐她们要全场盯人了。"

兰香把眼睛转向球场。三中这边，李老师端着个战术盘在比画着部署阵型，队员们围着他，听得很专心。

上次从三中回来，兰香用边角料做了些小娃娃的穿的，让小葵给李老师带去。小葵死活不肯，说这是讨好老师，自己要凭实力说话。兰香说："小葵，滴水之恩，当以涌泉相报，你懂不懂？李老师为了你们，起早贪黑，寒假暑假都没回家，没得李老师，你哪来的实力？"小葵脖子一扭，说，"反正我不去，要去你自己拿去！"

兰香急了，说："你啷个恁个固执？这东西就出在我手上，又不花一分钱。你不是说，他爱人差点跟他离婚吗，为啥子？还不都是因为你们！我们帮李老师补偿一下他对爱人和娃儿的亏欠，有啥子不妥呢？你还记不记得在贵州李嬢嬢那里，那些学生是啷个对老师的？"

小葵这才勉强从了兰香，抱着一包小棉衣棉裤去学校。

裁判的哨声响了。两边的队员打起了精神。只见小葵跟队友们说了句什么，一群姑娘把手握在一起，齐心协力的样子。小葵整一下衣服，满不在乎地看一眼对方，眼里充满自信。兰香心中一颤，眼眶有些发热。

果然如小昊所料，三中由半场盯人改为全场盯人。这一下，三中的气势就上来了。无线电厂的队员一拿球，就有人扑上去围堵夹击，把拿球的人往边上赶，气势咄咄逼人。球到不了前场，两个中锋也失去了威胁。无线电厂乱了阵脚，频频失误。三中在乱中创造机会。10 号几次突破上篮，加大差距，大概在七八分钟的样子，小葵连续几个飞跃断球，接着快速反攻，运球上篮，唰唰地把比分拉开了。

曦娃拍着手说："赢了 14 分了！"

家云问："他们刚才为啥子不恁个打呢？"

小昊说："满场跑好累嘛，先要省点体力噻。"

兰香说："李老师聪明。"

家云说："不聪明啷个当教练嘛。"

小葵的球风很沉稳，当传则传，快速突破后的两个巧妙分球，引来全场一片叫好声，该投的时候，她横冲直撞连人带球往篮圈上奔，正如李老师所说，小葵有股子天不怕地不怕的狠劲。她每投进一个球，兰香一家子都使劲鼓掌。

李老师在场下大声地喊着，三中的队员围追堵截，气势汹汹。一番硬拼，无线电厂体力下降，扛不住了。"好球，5 号！""10 号，上了！""8 号远投！"三中队员越战越猛。看台上人声鼎沸，三中每进一个球，四周就响起哗哗的掌声。曦娃站起来喊："姐姐，加油！"小昊撮着嘴，打出一声声又长又响的口哨。

兰香端端坐着，想喊，却不敢，她和家云使劲鼓掌，压抑的呼喊哽得喉咙都痛了。

三中女篮没给对方翻身的机会。全场结束，76∶50，三中大比分获胜。

颁奖仪式的音乐奏响，小葵代表三中上台领奖。观众都站起身来，为冠军队欢呼。"三中女篮，好样的！""三中女篮，争取拿重庆市冠军！"

小昊和小曦举起手大声喊："姐姐，这边！""丁小葵——这里！"兰香和家云也一起招手。

小葵仿佛听见了，在台上向家人挥手。

小昊转身对后面观众说："那个 5 号是我姐姐！"

家云泪花花的，兰香喜极而泣，她踮起脚尖，朝三中女篮那边望去。队员们蹦跳着欢庆胜利，李老师抄着手，不动声色。兰香想，不知道他爱人来没有，如果她来了，看到这个情景，应该为自己的丈夫骄傲吧。

小葵给家里惊喜不断，一路打去，居然打出了重庆。1973 年，小葵代表重庆到成都参加四川省中学生篮球比赛。兰香向她交代，一定抽空去看一下姨妈。

四川省比赛打完后，小葵被选入省中学生代表队，去烟台参加全国比赛。省代表团成立之后，小葵回了一趟家，提了一大筐苹果，说是姨爹姨妈送的。

一缕阳光透进兰香的心里，她让家云弄了一桌好菜。全家人喜气洋洋，像对英雄一般款待小葵。

兰香问："重庆选起几个？"

"三个。宜宾也是三个，这就占了一半。"

家云问："好久回来？"

"恐怕要好几个月。爸，这是1949年以后的首届全国中学生比赛，省里面嘿重视。我们先集训两个月，完了还要去青岛、上海。团长说，运动会还要拍成纪录片，在电影院放演哟。"

兰香笑了，"真是千载难逢，小葵为我们家争光了。"

"学校的人都晓得了。"小昊眉飞色舞，"我们老师说，学校的领导也高兴惨了。"

"那——"兰香问："我唧个给你寄伙食费呢？"

"不用伙食费，啥子都是国家包干，你给我点零用钱就是。"

兰香给了小葵10元钱，又帮她找了些应季的衣服。她从柜子里拿出一条新裤子。裤子是咖啡色的，裤腿微微撒开，小葵穿上很是飘逸，腿显得特别长。

小葵低头看，"妈，这是啥子料子哟？"

"一个口袋。"

"口袋？"

"进口的。"

"日本尿素口袋？"

"嗯。"

"我还以为是进口料子呢！"

"人家经济发达，连装肥料的口袋都用料子。这种布料软，有坠性，看着又挺括。我托人在塑料厂买来喊你爸爸染的。"

"好多钱一个？"

"五角。"

小葵跷起拇指，"我妈了不起！"

小葵穿着日本尿素口袋裤子，意气风发地走了。

第四十二章 >>>

别了，亲爱的

裁缝铺刚开门，黄晋渝来了。他穿一件蓝色敞摆夹克，头发刚理过。兰香第一次看到黄晋渝这样神清气爽，暗暗惊奇。她装得若无其事地问黄晋渝：“你要做啥子？”

黄晋渝把一条劳保裤递给兰香，“改条裤子。”

“呃——改大还是改小？”

“腰大了。”

“他上回来改裤子，这回又改裤子。”何金秀说：“年轻人，你要多吃点饭，看你瘦得像根晾衣竿一样！”

黄晋渝笑道：“大姐，我是筋骨人，长不胖。”他撸起袖子弯曲胳膊。“你看，瘦是瘦，有肌肉。”

兰香知道，这是做给她看的。自从他们在防空洞处了一段时间之后，黄晋渝待人不那么冷漠了。兰香把裤子叠好放到案板下，拿软尺给黄晋渝比量。的确，他的腰不但一点没有小，倒更紧实了一些。目光交集的一瞬间，兰香看到黄晋渝眼里灼热的渴望，她假装平静，心里却波涛汹涌。

兰香搬到汉渝路后，虽然思念心切，无奈到处是虎视眈眈的眼睛，两个聪明人都想不出一个好办法。他们最好的机会就是偶尔在兰香家对面的菜市场假装不期而遇，瞅空对一个眼神，小声交流一下彼此的状况，说话都不敢超过十句。

看小葵打比赛的那一年，黄晋渝拿了件衣服来改，取衣服的时候，兰香在他兜里揣了纸条，约黄晋渝第二天两点钟到家里来。

兰香家那排平房有十来户人家，她住在靠边一间。外面一间屋是娃娃的，兰香和家云的床在里屋，再往里走是杂物间和厨房。那天中午兰香早早回家，等家云上班，小昊小曦上学去了，她虚掩后面厨房的门，做好准备在里屋等着。黄晋渝从厨房后面的小路进来，两人见面才刚抱在一起，突然听见外屋的门锁响，有人在开门！兰香吓坏了，急忙让黄晋渝从后门逃走。

原来是小葵饭票用完了，回家拿粮票。

小葵走后，兰香泪流满面，一声长叹：世界这么大，原来除了防空洞，竟没有一个幽会之处。

1971 年坠机事件后，群众操心自己上山下乡的子女，操心短缺的柴米油盐，分不出心来关心五类分子，强制劳动取消了。黄晋渝打了几年防空洞，还真练出一把手艺，在街道修缮队当了石匠，粮食定量提高了。不久他又成了掌墨师傅，工资居然比家云还多。

去年开春，黄晋渝买了个海鸥 135 照相机，他到裁缝铺来，暗号照旧，裤兜装了张字条，约兰香星期天去重庆大学照相。兰香壮起胆子去了重大，走到民主湖，两个人刚隔湖相望，就看见小昊和两个娃娃背着画板朝民主湖走来，兰香赶紧藏到一棵大树后面。

重大后门就在汉渝路，离兰香家只有两三百米，周围的居民都把学校当成自家的后花园，有事无事经常进去溜达一下。兰香隔天扫一次大街，周围的人都眼熟，她不敢造次，给黄晋渝打个手势，胆战心惊回到家里，悄悄哭了一场。

兰香给黄晋渝比量完，说："你过两天就可以来拿。"

黄晋渝"嗯"一声，两手插在裤兜里，有些心不在焉的样子。何金秀的眼睛在黄晋渝身上转。"小伙子，你今天穿得好精神，有啥子好事吗?"

"嗯"，黄晋渝浅笑道："天气凉快了。"

兰香心里赞赏，"机智"，不动声色地说："你放心，我会给你改得巴巴适适的。"黄晋渝"唔"一声，拖着脚步出了门，走下梯坎时，他回头望了一眼兰香。兰香看出他的不舍，还觉察出他眼中有一种从未见过的神情。

下了班，等人们走完，兰香关上门，拿出案板下的裤子，掏出裤兜里的东西，是一封信。兰香抽出信笺，刚看了几个字，便泪如泉涌。

兰香姐：

我要走了。上个月，失散多年的六叔与我们联系上，他现在湖北荆州，能给我安排一份比较好的工作，并提携前程。

是走，还是留？我陷入了哈姆雷特式的困惑之中，几近疯狂。不舍呀不舍！我刚闻到山城的幽兰芳香！但时光不可逆转，昙花一现，只为韦陀，知足吧。我终于做出选择，今晚登船，朝辞渝州，顺流东下。

你是一个美丽、高贵、聪慧、坚强的女人，历尽艰辛而不失天真，难得。

与你相遇，是我有生以来最幸福的事。

上帝对我是公平的，甚至有些偏爱。

高山流水崎岖路，幽兰香韵心深藏。

姐，千言万语一句话：千万珍重！

崇敬你的晋渝

即日凌晨

兰香缓缓抚平信笺，瘫倒在椅子上，任泪水汩汩流淌……

第四十三章 >>>

下乡探女

一大早，兰香坐上去邻水县的长途客车。

两年前，小葵高中毕业，本该随纺织厂子女下乡到巫山，邻水县体委派了两个干部到兰香家里来，说服小葵到邻水落户。巫山隔重庆远，境内尽是大山，一年到头土豆、红苕当主食，生活十分艰苦。邻水挨着重庆的江北县，从红旗河沟坐汽车，四五个小时就到了，各方面条件都比巫山好。体委主任掷地有声地说："两年之后，招工招生，我们优先推荐丁小葵！"为便于打球，小葵被安排在离县城最近的城北公社。

下了车，兰香拎着包袱走了大约一个小时，看到路边有个青砖院墙，门口挂着邻水县城北人民公社的大字牌。

兰香正朝里张望，门口有人问："你找哪个？"

兰香说："我找丁小葵。"

"哦，她在礼堂的。"那人扯起嗓子冲里面喊："丁小葵——有人找！"

兰香进了公社大院，左边办公楼有三层，右边是礼堂，正中间的厨房里正在稀里哗啦炒菜，油烟从窗口喷出来，兰香这才感觉有点饿了。

"妈！"小葵从礼堂跑出来，"你啷个来了？"

"我来了你不高兴？"

"高兴高兴，当然高兴！"小葵接过大布包，"我是说，你该先发个电报，我好去车站接你噻。"

兰香笑道："脚是江湖嘴是路，不要你接。"

"走，妈，我们进去！"

礼堂里热闹非凡，有人在练功，有的在搞乐器，有的在制作道具，有的在吊嗓，看样子都是知青。兰香有些吃惊，悄悄问小葵，"你们宣传队恁多人哪？"她指一下乐队，"看起来还都是些人才。"

“都是重庆知青。邻水是近水楼台，趁上山下乡，到各个学校搜罗了些文体尖子，县球队的，县宣传队的，都是。”

兰香“哦”一声，心里紧一下，想：看来，要想离开此地，竞争太激烈了。

小葵带兰香走到舞台下，把布包放在一张桌子上，喊一声“丽萍，帮我倒杯水来嘛。”

“要得，”墙边一个压腿的女生从窗台一蹁腿，从侧门跑出礼堂。

小葵端个凳子让兰香坐下，笑道：“马上要下大队演出了，公社要求至少要排两个小时的节目，忙得一塌糊涂！”

兰香说：“你信上说你们要演出，我就赶了几套服装，你们应该用得上。”

兰香打开口袋，把东西一样样拿出来，花花绿绿摆了一桌子。

“恁个多？妈，你简直神了！”小葵大喜过望，朝台上招手：“同志们，我们有服装了！”

知青们从台上嘀嘀咄咄地跑下来。“嬢嬢，这是帮我们借的呀？”

小葵得意地说：“这是我妈自己做的。来，拿去试一下。”

大家一拥而上，七手八脚地拿了衣服往后台去。

丽萍端来一个搪瓷盅，“嬢嬢，请喝水。”

兰香接过水盅，“谢谢。”

小葵说“快去试衣服。”

丽萍就挑了一件粉红满襟衣服，一条绿色裤子，跟着跑过去。小葵对兰香说：“这是我们的台柱子，以前在学校跳吴清华的。”

过一会，台上传来歌声：“车水忙，车水忙……”一群人载歌载舞地出现在舞台上，红黄蓝绿一片鲜亮。

小葵说：“这是我们的压轴戏，刚才还排得扯扯绊绊的，一穿上服装精神就来了。”

兰香问：“女的像少一个人呢？”

小葵笑道：“还有我呢！”

突然一个掌声响起，有人喊：“孟书记来了。”

兰香扭头看，一个四十多岁、墩敦实实的男人从大门进来，边走边拍着巴掌。“丁队长，哪里借的服装？好看！漂亮！”

兰香转过身，孟书记已到跟前。小葵介绍道：“孟书记，这是我妈。妈，这是公社孟书记。”

孟书记一脸惊讶，问小葵，“你妈？恁年轻？”

兰香微笑着点头，“谢谢孟书记对我女儿的关心。”

小葵说：“服装是我妈从重庆带来的。”

孟书记说：“哎哟，恁个远！劳烦丁妈妈了！”

说话间，台上台下的人都围了上来。孟书记在丽萍手臂上摸一下，“都是绸子哎！围腰还是金丝绒的！恁好的衣料，嘞个嘞个——租金好多钱？”

兰香说：“孟书记，这是我自己做的，送给你们。”

孟书记一惊一愣，“那——丁妈妈，我要代表城北公社全体社员同志们感谢你了！走走走，丁妈妈，吃饭吃饭，两点多钟了，你恐怕早就饿了！”

兰香说：“不饿不饿！早上出门吃得多！”

孟书记说：“你莫客气，我们农村没得城里吃得好，稀饭还是吃得饱。哦，我去喊灶房加两个菜。丁队长，你把下午的工作安排一下，马上开饭！”

孟书记转身去了厨房。

小葵拍两下手，全班人马围拢来。小葵说：“我妈第一次来邻水，下午我要陪她到生产队看一下，我们商量一下今天下午和晚上的事情。”随后，小葵把服装保管、道具制作，节目排练等等说了一遍，事情具体落实到人头，方方面面都考虑到了。

“没得问题，队长，你把丁妈妈陪好！”

“队长，你各自走就是！”

队员们精神振奋，七嘴八舌地纷纷表态，感谢丁妈妈。

吃过饭，小葵带兰香去生产队。走出公社大门，兰香迫不及待地说：“小葵，妈还不晓得你恁个能干，安排工作井井有条的。”

小葵说：“妈，做事抓重点，抓重点中的重点——还不是你教出来的？”

“还谦虚嗦，”兰香笑道：“嗯，这就叫严师出高徒。”

小葵问：“妈，你在哪里搞到恁多绸子哦？”

“嘻嘻，”兰香轻松一笑，“你不要担心，我没有偷没有抢。你不晓得，这些年，我给好多单位的宣传队做过服装，一厂，二厂，印染厂，丝纺厂，还有塑料厂，没用完的攒起来的。”

小葵狡黠一笑，“嘿嘿，你恁个……”

“料子他们都是一捆一捆地拿来的，有多无少，做得好他们就满意了，多出来的料子也没得人过问。你看，我也没有私贪，也算是废物利用，支援农村了噻。”

母女俩对一个眼神，开心地笑了。

正是三月好风光，麦苗儿青来菜花儿黄。母女俩一路家长里短，不觉就天阴风冷了。爬上一座山梁，走到一个大岩坎，小葵指着岩壁说："妈，这里叫打儿窝。你看，岩壁上有个洞，社员些说，如果想生儿，扔个石头上去，投进那个洞就能生儿。过去就是我们石花大队第四生产队。"

小葵领着兰香先去吴家湾队长家。一只面目凶恶的黄狗冲到晒坝边扒着地汪汪狂吠。一个人走到门口喝道："叫啥子叫？没看到是知青呀？打死你！"黄狗夹着短尾巴往屋后跑了。

"队长——"小葵喊一声。母女两人穿过晒坝，上几步石阶，走到屋前，小葵介绍："队长，这是我妈妈。妈，这就是我们的吴队长。"

"哎哟，稀客稀客！"队长笑脸相迎。他五十多岁，高颧骨，瘦长脸，上唇蓄了胡髭，穿一件洗得发白的蓝布长衫，头上包块白布帕，很精干的样子。他招呼兰香母女进屋。跨进高高的门槛，一位妇女迎上来，"快来坐！""妈，这是吴妈！"吴妈笑着从桌子底下抽出凳子，点亮了煤油灯。

"队长，我给你们带了点礼物！"兰香拿出一包水果糖，一包白糖，两块肥皂。"东西不多，是个意思。"

"哎呀，太客气了。"队长叫吴妈接住，自己从腰带上取下长烟杆，塞进裹好的叶子烟，划一根火柴，吧嗒吧嗒点燃。顷刻间，屋里进来许多小娃娃，叽叽喳喳地挤到兰香面前。"你们莫闹！"吴妈招呼娃娃们，随即一人散一颗糖："来，拿着，都出去！"

看见糖，那些娃娃眼睛放光。兰香看着他们喜滋滋地出门，迫不及待地把糖往嘴里塞，顿时想起自己小时候的模样，心头一梗，眼睛就雾了一层。

娃娃们出去后，吴妈关上门，歉意道："乡巴头的娃儿，不懂规矩！"兰香笑道；"没得关系。"她从包里取出一件蓝布棉背心，双手递给队长，说："队长，我给你做了件背心，你试一下，如果不合适我马上改。"

队长站起来，把烟杆递给吴妈，"哎呀，这啷个好意思呢？"他一边穿背心一边说，"你从城头到我们乡下来，就算看得起我们了，稀客，啷个还带恁多东西来哟！"

"队长这话就见外了，"兰香帮队长扣上纽扣。"小葵每次来信都说队长这样好那样好，她出去打球搞宣传，都是你家里的人帮着她看家，照顾自留地。给你们添了恁多麻烦，我理当谢谢你们。这背心我是估着做的，居然还嘿合身呢！"

"合适，合适！合适得很！"队长乐得小胡髭往上翘。

队长说："知青家长来了，我就给家长汇报一下：你们家丁小葵呢，也不挑肥选瘦，修梯田呀打炮眼呀，和那些男劳力拼起做，是个肯干的人。"

"她是运动员，蛮得。"

吴妈说："哎哟，她也太拼了，那次挑化肥，好危险，差点摔下山去。"

兰香心里一惊，"真的?"

小葵说："哪里嘛，一袋化肥 60 斤，一边一袋，本来挑得起的，就是那个坡太陡了，滑了一下。"

队长说："张家岩那个坡陡，妇女我都不派去挑的。那次不是会计拉你一把，我今天就不好跟你妈交代了。"

兰香瞪一眼小葵，没作声。

队长说："丁妈，你来了就多耍两天，明天，我找人去水库给你们捞点鱼!"

"不了，队长！我就是来看一下你们，我明天就走。再说，小葵也忙。"

小葵说："我明天去大队，联系一下公社宣传队演出的事。"

在队长家吃了鸡蛋挂面，天已经黑尽了。兰香跟着小葵拐弯抹角，穿过一片竹林，爬上一个小坡，来到一间简陋的土墙房前。

小葵开了门，点燃油灯。屋里有一张床，一张桌子，一根木板凳，小葵的木箱子放在一个方凳上。灶膛旁边有一个水缸，一个坛子，一张条桌上放了几个瓶瓶罐罐。昏黄的油灯随风闪烁，兰香感觉仿佛回到了龙山，骤然一阵锥心的痛。

小葵解释说："这里原来是个仓库，队上没得空余的房子。队长说，如果再来知青，就给我们修新房子。"

兰香愧疚地说："我走得急，都没有给你买点儿啥子。"

小葵说："妈，你还跟我客气嗦?"

"你这里啥子都没得，看到我心头……"

"妈，你啷个也婆婆妈妈的了哦。"

小葵到田里舀了一盆水，烧水给兰香洗脸泡脚。"妈，今天将就一下，明天早上我去井头挑水。"

吹了灯，屋里一片漆黑，耗子在屋梁上咭咭唆唆地窜来窜去。

兰香睁着眼睛问："恁个多耗子，你晚上睡得着呀?"

"习惯了，就当它们在开运动会嘛。累了的时候一上床就睡着了。"小葵在床那头说。

兰香翻个身，"早该来看你的，铺子里头活路太忙了，没想到你是这样。

前不久你姨妈又来信，催我来看一下你。”

“姨妈他们啷个样？”

“小玮还在龙泉驿当知青，姨妈正在想办法调他回城，这边还没理顺，小璟又要下乡了，加上这两年带外孙，她都弄出高血压来了。”

“那她还记得管我的事？”

兰香坐起来，“我们家几个娃儿，你姨妈最重视的就是你！她要我给你说，千万不要在农村耍朋友，说招工竞争激烈得很，耍朋友会给人话说，影响你招工。”

“你喊姨妈放心，我不得耍朋友。”

“嗯。小葵，我和你姨妈都是从山旮旯跑出来的，我一想起过去就害怕。唉，今天我看了下，恁多年了，农村也没得啥子变化。你一定要争取早点出去。”

“妈，我晓得，”小葵声音有些疲惫，“睡了哈。”

兰香憋住话，慢慢躺下。

早上，小葵挑了半缸水，到大队联系演出的事去了。队长叫人在水库打了些鱼扯了些菜送来，鱼不大，活鲜鲜的。兰香升火，先烧一瓶开水，然后蒸饭，就着屋里的两三样作料烧鱼，做好饭菜摆在桌上。

兰香走到屋门口，打望四周景色。远处的山梁上一大片树林，鸟儿在上空盘旋。田坎下面的一个小湾，竹林环抱，层层叠叠的青瓦上，一缕缕青烟袅袅升起，随风飘散在村庄上空。

“知青妈妈，你好哇！”

一个小伙子扛着锄头从背后山梁上下来，笑嘻嘻地跟兰香打招呼。

“你是这个队上的？”

“嗯。你是丁小葵的妈妈哈？昨天晚上来的。”

“嗯，嗯”兰香连连应答，“你收工了哇？吃饭没有？”

“还没有哦，才从山那边水库下来。”

“来吃饭嘛，我刚弄好的！”

“我吃了你们呢？”

兰香客气地说：“我又煮就是嘛。”

“那——啷个好意思呢？”小伙子把锄头放到地头边，踩着田埂过来。

兰香赶紧给他盛饭。一会儿工夫，小伙子把鱼吃光了，饭也吃光了。小伙子抹抹嘴，道过谢，扛着锄头走了。

小葵回来，兰香说：“完了，刚才来个小伙子把队长送来的鱼都吃光了！”

“是哪个？”

“不晓得。”兰香懊恼地说：“我随便说了一句客气话，他就真的来了，吃得干干净净的，连鱼刺都没有吐！”

“现在是青黄不接的时候，好多人家都没得吃的了。你主动请，人家还客啥子气呢？没得关系，”小葵笑道，从挎包里拿出一包芝麻饼：“这是刚才在大队供销社买的，我们将就吃。”

兰香拿热水瓶倒出两碗开水，母女两人就笑着吃饼子。

兰香说：“这饼子好吃。”

小葵说：“我是第一次买这个，本来想给你带在路上吃的。”

兰香听着，眼睛就湿润了，从包里拿出十块钱，“我没带多的钱，这个月的生活费顺便给你了，没想到你生活恁个艰苦，我回去再给你寄点钱来。”

小葵说：“妈，我的钱够了，打球演出都有伙食吃。”

下午，小葵把兰香送到汽车站，在就近的旅馆开了间房。回重庆的车每天一班，早上出发。

“妈，对不起，今晚我就不陪你了哈。”

“你赶快回去，宣传队那边莫耽搁了。”

临别前，兰香又叮嘱小葵，千万不要耍朋友，处事要处处小心，千万不要给别人什么把柄，一定要争取早点回重庆。最后，兰香贴着小葵的耳根说：“我有个顾客叫田欣怡，也算是朋友了。去年厂头推荐她去读重师，听她说家头给领导都送了礼。我们要不要像那些知青一样，也给公社和大队的领导送点啥子？”

小葵急了，“不要不要！妈，你们千万不要恁个！我要靠自己的表现出去，如果连我这种人都要靠塞包袱才出得去，这个社会成啥子了？”

小葵的话让兰香感动，她只能听天由命了。

第四十四章 >>>

后阳沟的瓦片见太阳

1978年，小葵从农村考进成都体育学院。这个是一个令人振奋的信号，兰香意识到，历史开始拐弯了，至少子女不再受株连了。

1979年右派平反，兰香想起黄晋渝，暗自为他高兴。昙花一现，只为韦陀。兰香算一下黄晋渝的年龄，42岁，还好，什么都还来得及。但愿他事业有成，婚姻幸福。

1982年春天，丁家云恢复了党籍。兰香想，都说三十年河东三十年河西，看来，我的问题也该解决了。她又写了一份申诉书，亲自交到沙区法院。这么大个国家，这么多人，这么多事，自己的冤屈自己不申诉，谁来管你呢？

1984年秋天，一个星期天上午，兰香家来了身着便装的一男一女，“我们是沙区法院的，来复核一下你1951年的案子。”男人掏出工作证给兰香看。

“哦，请坐！”兰香赶忙拖过椅子。“家云，请给他们倒杯水。”

家云倒了水，到里屋回避。

两人在桌边坐下，女人指着镜框里的运动照问：“这是你女儿？”

“嗯。”兰香点头。“她前年从成都体院毕业，在大学教书。”又指着照片说，“这是我家老二，在美院读书，这个是幺儿，前不久才去成都科技大学报到。”

“蔺老师教子有方啊！”

“蔺老师”？兰香暗自惊心，司法机关的工作人员称她为“蔺老师”，这是几十年来破天荒第一次！

男人从皮包里抽出档案袋，女人在桌子上铺开笔录纸。兰香屏住呼吸，气氛变得凝重。

男人说：“根据上面的指示，我们要调查核实你1949年去泸州的情况。事情过去了35年，回忆起来恐怕有些难，但……”

“我爱人前年恢复了党籍，我就想，我的问题也该解决了。”兰香说：“你们问嘛。这三十多年来，我写了十几份申诉，每一个细节我都……记得清清楚楚。”兰香眼发热，她克制住。

“那就请你讲一下到泸州去的前前后后，实事求是地讲，尽量详细一点。”他们态度和蔼，像拉家常。兰香第一次看见专政机关的人用这种态度跟她说话。那些事，兰香申诉书中写了无数遍，说的都是事实，说一万遍也还是那些话。兰香讲完，他们问了几个问题，完了让兰香在笔录上签了字，两个人便收拾东西离开了。

兰香目送他们走远，转身才发现，谈了一个多小时，他们水都没有喝一口。

十一月初，兰香被通知到沙坪坝区法院，见到了去过她家的那位女法官。她把一页纸递给兰香，“刑事判决书”几个大字赫然闯入眼帘。

兰香腾地一惊：圈套？又要判刑？天哪！兰香的心像被什么东西猛烈地击打了一下，一阵钝痛，脑子里一片空白。

她定一下神，再看下面的内容，画线的地方用钢笔写着：蔺兰香一案现依法改判如下：撤销本院（51）法刑字第139号刑事判决书。

兰香想，改判就是承认判错了，又重新判过？撤销51年的判决，难道这就是平反通知？

兰香觉得应该是的。在过往的日子里，她好多次设想平反时的情景，觉得自己会哭，特别是接过平反通知书的那一刹那，泪水会奔涌而出，因为每次这样想的时候，泪水就充盈心间，止不住地从眼眶溢出。她没想到，撕开伤口会是这么痛，这种痛法，欲哭无泪。

兰香回过神，问女法官：“这个，是给我的？”

女法官点点头，“嗯。这里签个字。”她递过一张回执单和钢笔，对兰香笑笑，“老人家，你的历史问题终于落实了。”

兰香对她鞠躬，说“谢谢你谢谢你！”

“不谢我，你要感谢党和政府。”

兰香又鞠一躬，“对对对，感谢党和政府！”

她把那页纸小心翼翼地装进黑色人造革手提包，问：“我可以走了吗？”

法官点点头，“慢走，老人家。”

兰香挤出一点笑。第一次被人称做“老人家”，女法官一片尊重的三个字在兰香心中唤起一阵悲戚：弹指一挥间，33年过去，自己已从一个妙龄少女变成了垂暮老妇，兰香抬脚出门，心里突然空落落的。

走出大楼，她站住，打开提包，抽出那张纸，一个字一个字地看，确认无误，她把判决书放回提包，拉严拉链。左臂把提包夹在腋下，右手抓紧手提带，走出法院大门。

那是沙坪坝最繁华的街区，百货公司，文化馆，电影院，饭店，糖果店，照相馆都在那一块。人流如潮，小阳春的艳阳高照，微风和煦，法国梧桐树叶满街轻轻地跳。

兰香觉得两腿发软，就像长途跋涉的脚夫卸下重负，扔了拐扒子，身子一下瘫软了。原以为有朝一日还回清白，她可以昂首挺胸地走路，可此时她抬不起头挺不起胸，记忆和思绪决堤似地汹涌澎湃，把她淹没了。她觉得头沉沉的，身子飘飘的，脚仿佛没有踩在地上。

兰香走到三角碑下汉渝路的路口，再也走不动了。再走十来分钟就到家了，但是她不想回家，她想找个人说话。家云上班，她不想一个人在家里再待几个小时。她走过两条马路，绕过转盘，坐上 4 路公共汽车去小葵的家。

1978 年，小葵从邻水县考进成都体育学院，毕业后分到重庆一所中专，后来受聘到位于杨家坪的重庆理工大学。

兰香的女婿叫瞿宗平，川师中文系毕业，分到石柱县中学教书。那是一个土家族人聚居的县城，从朝天门乘船，顺江而下，在高家镇下船，再换乘客车在山路上颠簸三个多小时。结婚以后，小两口聚少离多。

兰香当时并不同意这门婚事。

瞿宗平也是沙坪坝人，比小葵大三岁，小学毕业后被划为超龄生①，没能踏进中学大门，在街道运输队当了七年搬运工，1978 年考上川师的时候，在沙坪坝引起了轰动。小葵说他有才，有韧性，吃过皮肉之苦，懂得珍惜，铁了心要跟他。当妈的想法不一样，小葵在农村苦了四年才跨出农门，刚刚熬出了头，却又把自己的命运和山旮旯联系在一起，兰香觉得小葵太不明智，太委屈了。

兰香见好说不行，就拿脸色给小葵看。小葵也不示弱，来了个先斩后奏，把两个人的铺盖卷搬到学校寝室，买了个巴掌大的蛋糕，自己把婚结了。兰香生了几个月闷气，终于想通了：儿女要走自己的路，哪个管得住？随他们去吧！

---

① 1966 年至 1968 年，重庆处于停课或半停课状态，由于积压的小学毕业生太多，1968 年复课时，重庆市教育局规定：生于 1953 年 4 月 12 日之前者，不得进入中学。史称超龄生。

小葵打开门，满脸惊喜："妈，是你呀！"

"我还怕你不在家呢！"

"今天上午没得课。妈，你啷个想起来了？"

"我一早去了法院，拿到了这个。"兰香坐到床沿上，从提包里取出判决书。

小葵一眼看完，问："这是啥子？"

"应该就是平反书。"兰香神情肃穆。

小葵又看一遍："判决书，蔺兰香一案现依法改判如下：撤销本院（51）法刑字第 139 号刑事判决书。"

"我也没想到。当时拿到这个东西，一看'刑事判决书'几个字，吓了一跳，心想，糟了，又中了圈套，又要遭判刑了！小葵，你不晓得，这几十年我是遭吓怕了，一有风吹草动，我就打摆子。前不久法院两个人到家里来，问了我一些事，我以为又是哪句话遭笼起了。看到最后我才晓得，原来有罪无罪都要判一下。"兰香笑了，释怀的样子。

小葵不甘地说："我以为要写个'平反通知书'之类的，几年的冤案，恁个几个字就打发了！"

"都是些定性的文字，一字值千金。"

"我原来以为，平反书会带点感情色彩，给受冤屈的人表示一点歉意或者安慰呢！我们当老师的说错一句话，冤枉了哪个学生，都要向学生道个歉，说声对不起。"

"我无所谓了，只是连累了你们，我很过意不去。"

"妈，莫恁个说，你本身就是历史的受害者。"

校园的广播响了，楼道里嘈杂起来。小葵说："妈，中午在这里吃饭吧，我去炒几个小炒，我们庆贺一下。"

"不了，不想吃。"兰香把判决书装进包里。"我要赶快回家，把它给你爸爸看。哦，还要给你姨妈写封信，熬了恁个久，总算熬出头了，我们这个家终于安宁了。三十多年了，后阳沟的瓦片儿终于见到太阳了。星期天你回家来，我们一家人好好庆贺一下。"

临走，兰香问："瞿宗平啷个样了？"

"还是那个样。"

兰香幽幽地说："唉，你从农村出来，他又下去了。"

"他说他想辞职回来。"

"那啷个行！好不容易有份工作，慢慢想办法调动嘛，千万不要辞职。熬嘛，我几十年都熬过来了。”

“要得，我再劝他一下，我也不想他冒这个险。”

“记着，星期天回来。”

“肯定肯定！”小葵连连点头。

星期天，兰香夫妇起了个大早，家云把水缸挑满，系着围腰忙厨房的事。兰香扫地抹屋，把摇晃的桌腿用木屑塞稳，桌面上铺一张蓝白相间的格子布。小昊的素描、水彩画昨天就重新布局，挂了满满一墙壁，茶几上摆着新上市的广柑、橘子和糖果瓜子。

兰香把一盘奚秀兰的磁带放进小三洋收录机，揿下按钮，简陋的小屋里洋溢着节日的气氛。

五月的风吹在花上，
朵朵的花儿吐露芬芳。
假如呀花儿确有知，
懂得人海的沧桑，
她该低下头来哭断了肝肠
……

悲凉的歌听着却有一种欢快，仿佛打扫陈年的阳尘，除旧迎新。

兰香焕然一新。她头发烫了波浪，脸上化了淡妆，穿一件宝蓝色平绒上衣，里面白色打底，套一条黑色包臀裙，脚下穿上尘封三十三年的高跟鞋。那是她对美的执着和对生活永不丧失希望的象征。

破四旧那阵，兰香把高跟鞋藏在一个破坛子里，家云怕引火烧身，悄悄把它扔到工人村垃圾场。兰香和小葵趁着夜色，硬是把它从成山的垃圾中刨了出来，现在，它和兰香一起重见天日了。

兰香打扮起自己来轻车熟路。改开搞以来，港台风、东洋风、西洋风渐次吹进沉闷的大陆，兰香的裁缝剪刀随心所欲，紧跟新潮。蔺师傅声名远扬，她那个工人住宅区里简陋的裁缝铺，成了时尚的集散地。兰香边干活边和那些赶时髦的女人们谈发型、谈化妆。有人说“蔺师傅，你恁个会说，哪个不打扮一下自己呢?”兰香总说：“老都老了，还打扮个啥子哦。”这只是一句面子话，其实心在泣血。她是个爱美爱到命里的人，也不觉得自己就老了，无奈头上压着一顶沉重的帽子，她怎么敢招摇呢?

从平反的眩晕中回过神来，兰香要做的第一件事就是找回自我。她压下一个星期的生意，一步跨入时尚前沿。

小葵抱一束鲜花进门，看见兰香，大声叫道：“妈，好漂亮啊！”随即，双手捧花，操着普通话对兰香说：“亲爱的夫人，请允许我把这束美丽的鲜花献给您！”

兰香笑道：“你个莽妹仔，没大没小的！”接过花说，“只有插在瓦罐里了。”

“慢——夫人请看，这是什么？”小葵变戏法似地从她的大挎包里取出一个素雅的玻璃花瓶，兰香喜出望外，“莽妹仔想得好周到！”

小昊从美院回来，看见兰香，愣一下，说：“这哪里是我妈，简直就是总统夫人！”

“是呀，我妈这种风度气质，简直就是港台明星！”

儿女的夸奖，兰香很受用，嘴里却说：“莫夸了，老都老了。”

小昊问：“姐，宗平哥没回来？”

小葵说：“他请不到假。我们在想办法调动。”说完，去厨房插花。

兰香把果盘端到小昊面前。“来，吃橘子，坐下摆哈儿龙门阵。”

小昊说：“妈，等会边吃饭边摆，趁现在光线好，我给你照几张相。”说着从黄挎包里取出照相机。

兰香在门前的苦楝子树下，在屋后的夹竹桃旁边，摆出各种造型。小昊又让她在缝纫机前，老竹圈椅上照。小葵在一旁配送道具，鲜花、折扇、围巾，殷勤侍奉。兰香因物造型，各显风韵。小昊咔嚓咔嚓揿动快门，一副艺术家派头。

小葵说：“昊娃，给我和爸爸妈妈照一张。”又朝厨房喊：“爸，出来照相。”

家云解了围裙出来。兰香说：“可惜了，曦娃今天不在，不然就可以照全家福了。”小昊说：“不急，全家福放到过年照，今天你到位就好。”

照完相，小葵进厨房给家云打下手，小昊到商店去买酒，兰香一身盛装，近不得庖厨，她从小三洋里取出奚秀兰专辑，换了盘《我们的生活充满阳光》。

菜陆续上桌，有炖鸡汤、麻辣鱼、回锅肉，烧腊拼盘。

小葵说：“妈，这么丰盛哪，像过年一样。”

兰香说：“就是要像过年。我还记得小时候你们外婆念的童谣：

人家有年我无年，

割个刀头要现钱，

有朝一日时运转，

朝朝日日都过年。

“今天不是过年胜似过年，比过年还开心。我十九岁以前是家里经济贫困，十九岁以后是政治厄运，真的，我这一辈子还没有开开心心过过一个年。”

小昊搬回一整箱汽酒。兰香问：“买恁多酒哇？”

小昊说：“妈，今天要喝个痛快噻，我们一家人终于扬眉吐气了！”

小葵问：“妈，你给曦娃写信没有？”

“写了，不晓得收到没得。”兰香突然想起什么，扑哧一笑，“我给你们讲个曦娃的事嘛，我都憋了好久了。”

隔壁有个熊孩子叫尹老三，八九岁，爱到兰香家门前挑事，看到曦娃就喊“反革命崽崽”“反革命崽崽滚远点”。曦娃是男娃儿，哪能忍受这种公开的侮辱和挑衅？有一次，就端起一杯开水从窗户泼出去，烫得尹老三嗷嗷地叫。尹家妈上门兴师问罪，兰香故伎重演，关着门把曦娃“打”一顿，然后去尹家赔礼道歉，赔了些医药费，算是把那个事了了。

从那以后，曦娃就叫兰香把请的小提琴老师辞了，不再学习小提琴。几个月以后，兰香察觉到曦娃神出鬼没，行踪十分诡异，就跟踪了他一次，这才发现他在沙坪坝区体育场学习武术，每天晚上，趁兰香家云睡了，他就躲在厨房外面的空地上苦练功夫。

兰香说：“他闷声闷气地练，憋着一股子气打哑拳。我不动声色，躲在厨房门缝悄悄看，他在那里又是拳头又是踢腿，练得认真惨了。”

小昊说：“妈这个信息嘿重要，以后我不惹他了。”

小葵说：“青春叛逆期，必须找个正当的发泄口。难怪曦娃每次见到老师都是一脑门的汗水，原来他根本就不喜欢小提琴，都是我们强加给他的。”

兰香说：“有一次我和他上街，看到树人小学门口有几人打架，他也围上去看，还在旁边捏着拳头，咬着牙，我生怕他惹祸，拉起他就走。”

过去的屈辱变成回忆，兰香的口气十分轻松。

小葵问：“你给姨妈写信没得？”

“写了，那天从你那里回来我就写了。恁个大的事我哪个不赶紧给她说呢？恁个多年，她又担心我，又怕沾到我，哎，我的事也影响了她的子女。要不是因为我，小璟都当空军了。”

小昊说：“妈，这不是你的错，事实证明，是历史错了。”

“唉，真是成也萧何，败也萧何。要不是你姨妈敢作敢为，我现在可能还在龙山那个山旮旯，要不是因为她和姨爹呢，我也不会到泸州去找工作，也不会落到今天这步田地。我这一辈子阴差阳错，那些事编都编不出来。我要写一本书，就写我自己的经历。”

小葵说：“那你就写噻。”

“我要写，我都打了好久的腹稿了。‘我出生的地方叫龙山镇，那是个鸡鸣三省的地方，层峦叠嶂，云遮雾罩，土地贫瘠，故龙山又以三无出名：天无三日晴，地无三里平，人无三分银。镇上只有一条小街，分上街下街，街上罗姓较多，多是地主，有罗半街之说。’”

小昊说：“好，这个开头就嘿有味道，妈，到时候我来给你配插图。”

菜上齐了，全家人围着桌子坐下。家云解了围裙，坐在厨房抽烟。小昊给每个人倒上酒，喊：“爸，快过来坐噻。”

家云说：“我歇会儿，你们吃到。”

小葵说：“爸爸累了，我们等会吧。”

兰香说：“让他歇会儿，我们吃到。”

对于兰香的平反，家云是悲喜交集，喜的是他终于在人前抬得起头了，他不再是和母老虎在一起了，人们会改口说他有眼光，有良心。悲的是兰香一平反，就像童话里的青蛙蜕了皮，天平突然倾斜，他在家里的地位一落千丈，排在了末位。

小葵给兰香敬酒，“妈，你受苦了！”

兰香说：“就当做了一场梦，一觉醒来，太阳又升起来了。”

小昊说：“妈，说得好，大气，我们都当是做了一场噩梦。来来来，不说了，喝酒喝酒。”他红着眼睛，不知是因为喝了酒，还是情不自禁。

小葵说：“让妈说嘛。她心头好多话，想说又不好说，憋了几十年。”

兰香站起身举杯：“好，不说了，但是有一句话非说不可。吃水不忘挖井人，有个人，我们要记一辈子！来，我们敬邓小平一杯！没得他，你们不可能上大学，你们爸爸不可能恢复党籍，我可能要冤死一辈子。”

“唉——”兰香一声长叹，缓了语气说：“人哪，要懂得感恩。邓小平就是邓小平，哪个敢说张小平李小平就跟邓小平做得一样？”

小昊被猛地一呛，眼睛更红了，泛出一层水雾，端起酒杯一仰而尽。

小葵说：“说得对，妈这个水平，真的可以当政工干部了。妈，我敬你！”

兰香喝一口酒，坐下，“不过，这些话也只是在家里说说而已，你们不要到外面去讲。任何时候，都还是小心为好。”

全家人你一杯，我一杯，喝得脸上红霞飞。家云做事像佣人，吃饭像陪客，他插不上话，跟着举杯，喝酒，看上去很失落。

小昊朝家云举杯，说："爸爸，你这些年不容易，我还记得小时候和妈妈、姐姐到三百梯接你的事情。每次我都走得哭，走好久好远哪，姐姐，你记不记得?"

"记得。"小葵说："来，我们敬爸爸一杯。我们能够长大成人，爸爸功不可没！爸，敬你!"家云端起酒杯。

全家人的酒杯碰到一起，发出一片脆响。

第四十五章 >>>

姐妹重逢

星期天上午，兰香正在外屋的窗下挑裤匾，门外传来软绵绵的成都口音："132——131——130——就是这儿！"

没等她反应过来，秀蓉和琳琳拎着大大小小的行李包站在门前。兰香急忙放下手中的活儿，上前迎接，"姐姐！你们哪个来了？"

秀蓉中式棉袄外面罩一件蓝灰色外套，围一条浅灰色围巾，一副知识分子气派，虽然有些发体，却不显臃肿，倒添了几分端庄和慈祥。

"唉——"秀蓉把一个大旅行包递给兰香，长出一口气，说："好难得出一趟门哟！好不容易等到小玮和他媳妇得空来照顾你姐夫和外孙，我才走脱！"

琳琳说："小玮他们防疫站忙得很，检查卫生，预防病毒性流感，小杜组织部呢，又是开会又是出差，更忙。"

兰香一边接包一边喊道："家云，姐姐她们来了！"

秀蓉说："你姐夫虽说退了休，但哪里做得成家务？没得我他就只有喝西北风。"

琳琳说："我妈经常犯高血压，这回出来架了好大的势哦！"

"我给易朗说这次非来不可，我们姐妹三十多年都没有见过面，我都六十岁的人了，再过两年怕是想走都走不动了。"

母女俩一进屋就唠叨个不停，容不得兰香插嘴。

家云从厨房过来，兰香介绍说："姐，这是丁家云。家云，这是我姐姐秀蓉，侄女琳琳。"

第一次见兰香的娘家人，家云有些羞怯。他红着脸寒暄几句，急忙给秀蓉母女泡茶。

这是秀蓉1950年移居成都后，第一次回重庆，她给兰香带来了成都的糖果糕点，茶叶，龙泉驿的水果，西藏的珍稀药材，易朗送给家云一条锦竹香烟，一瓶泸州老窖。秀蓉把礼物从包里取出来，逐一介绍品质和特点，兰香接过礼物，不停地道谢。

琳琳跟着家云进了厨房，“咦，还有水缸，姨爹，你们这儿还担水吃啊？”

“哎！马路对面有个四方井，周围的人都在那里挑水。”

“姨爹，要不要我帮忙？”

“不要不要，你各自休息！”

家云用香皂洗过毛巾，端盆热水出来。“姐，洗把脸。”

秀蓉接过毛巾，说：“谢谢小丁。”

家云憨憨地说：“不谢不谢。”

兰香拿钱给家云，“你去街上买些卤菜，拣好吃的买，快去快回。”

吃过午饭，家云去杨家坪通知小葵，正巧瞿宗平从石柱回来探亲，小两口和家云去杨家坪菜市场买一大篮子菜，一起回娘家。

小两口跟秀蓉母女打过招呼，瞿宗平便到后面帮厨，小葵就陪着秀蓉母女摆龙门阵。

兰香说：“可惜小昊到云南写生去了，要十几天才回来。”

秀蓉说：“莫得关系，以后我们两家要多走动。蔺家我们这一辈就剩我们两姊妹了，再不走动，他们下一辈就生疏了。小曦来成都这么久，才到我们家要过一次，客客气气的，饭都没吃就走了。”

兰香歉意地说：“他脸皮薄。”

小葵拉着姨妈的手说：“我脸皮厚。我在成都读书的时候，差不多每个星期都去姨妈家蹭饭，就像回自己的家一样，有时还带着一帮同学。”

秀蓉拍拍小葵的手背，嗔道：“啥子‘像回自己的家一样’哦？你还是见外了哈！”

小葵忙说：“我说错了，我的意思是‘当’自己的家。”

秀蓉说：“‘当’还是‘不是’噻。”

小葵撒娇说：“哎呀，姨妈，我认错……”

兰香说：“你姨妈对我，对我们一家都是恩重如山，你一定要记住姨妈的好。还记得灾荒年吗，要不是姨妈喊我们到李嬢嬢那里去，我们一家不晓得哪个挺得过去。哎，姐，你晓不晓得玉莲姐现在哪个样了？因为我的处境，我后来一直都不好跟她联系。”

秀蓉说：“她现在好了。你也做了一件好事，她跟刘成生成家了，生了一儿一女。1980年两口子又调到赤水县城去了。”

兰香笑着说：“那就好了。我放心了。”又问琳琳：“安林在西藏哪里上班?”

琳琳说：“地质勘探队是流动的，日喀则，措美到处跑，他现在在林芝。”

秀蓉说：“拿给你那个虫草就是安林带回来的。他每次都要带些珍稀药材回来，有年还带了两个熊掌。”

小葵说：“表哥给我看过，好大两个熊掌，嘻嘻。”她双手做一个熊爪样。

兰香问：“小璟啷个样？结婚没有?”

秀蓉说：“他在部队上就考起电大，学的中文，退伍回来就到《交通报》当记者了。目前正在和一个女娃子接触，教英语的。”

琳琳说：“《交通报》是爸爸他们运输公司办的。”

小葵说：“妈，有次交通系统的篮球比赛，有人喊我去帮忙打，姨爹不准，说人家都认得到我。”

琳琳说：“我爸和小玮两兄弟都是小葵的球迷，他们经常去看她打比赛。我也看过小葵打球，和平时看到的判若两人，完全像个儿娃子一样，猛得很。”

兰香说：“姐夫年轻的时候是篮球队队长，没想到我们家也出了个打篮球的。”

一家人说说笑笑，拉着家常，断裂三十多年的时间不觉就弥合拢来。瞿宗平过来招呼大家开饭，才发现天色已暗。小葵赶紧拉开电灯，和瞿宗平一起把桌子搬到屋子中间，摆好凳子，两人一起去厨房端菜。

兰香打开小三洋，邓丽君柔美的歌声在屋里袅绕：“小城故事多，充满喜和乐，若是你到小城来，收获特别多……”秀蓉和兰香就跟着哼起来。

家云使出浑身解数，做了满满一桌菜：烧白、回锅肉、榨菜肉丝、水煮肉片、豆瓣鲫鱼、炝炒莲花白……

琳琳惊呼：“姨爹好能干哦!”

兰香说：“你姨爹呀，就是茶壶装汤圆，嘴上来不得，肚子里头还是有货，早些年，他搞技术革新得过奖，还当过重庆市的先进生产者呢。”

琳琳：“哇，市级先进，那好了不起哦!”

家云端来一钵萝卜排骨汤，说：“你们先吃到，我再炒两个小菜。”

秀蓉忙说：“够了够了，家云，桌子都摆不下了。”

兰香说：“让他去，来来来，我们先吃，不然菜都冷了。”

音乐伴餐正吃着，忽听有人敲门，一个女人的声音叫着“蔺师傅。”小葵去开门，兰香也跟着起身。来人站在门口，对兰香说：“蔺师傅，你们吃得好热闹哟！不好意思，打扰了，我想来问一下……”

兰香说：“哦，小林，你来取衣服哈？做好了。你吃饭没有？”

“我吃过了。”

“来，请进来。”兰香介绍过秀蓉母女，领着小林走进里屋试衣服。一会儿，小林从里屋走出，在门边摆个姿势，“蔺嬢嬢，琳琳姐姐，你们看我这件衣服怎么样？我穿这个样式，这种颜色合不合适？”

琳琳两眼放光，“哎呀巴适，巴适惨啰！”立马起身走过去。

那是一件中长薄呢大衣，玫瑰红，小尖领，收腰裹臀敞摆。秀蓉不慌不忙走过去，“这个样式，这个颜色择人材哦……”

兰香心中一紧，她生怕秀蓉出言不当，得罪小林。秀蓉退后一步，“这件衣服穿在小林身上呢，可以说是——宝马配金鞍！”

小林大喜，“蔺嬢嬢过奖了，衣服确实做得嘿漂亮，但是我哪里算得上啥子宝马哟。”她转向兰香，“蔺师傅，不好意思，打扰你们吃饭了！你们吃你们吃，我马上走。哦，谢谢蔺师傅了！”

“不客气！”兰香把小林送出门外，回到桌边。

秀蓉说：“你在接私活？”

“这也是没办法，这些妖精都是找到家头来，非要我亲手做不可。”

琳琳说：“姨妈，没想到你手艺这么好，我好想请你帮我做件啥子哟，可惜我们明天晚上就要回去。”

兰香朝着秀蓉问：“姐，啷个恁个急呢？”

秀蓉说：“这两天都是算了又算，好不容易才安排出来的，易朗家务啥子都不会，孙子放学回来还要吃饭，我放不下心，琳琳又只请了一天事假。”

兰香说：“你们只要再多待两天，我就可以给你们两娘母一个做一件旗袍。”

小葵说：“我妈做旗袍是出了名的，南岸、江北的好多人坐船转车都要来找她做。”

秀蓉说：“我现在这个样子，怕不适合穿旗袍了哦。”

兰香说：“有啥子不适合的？你年轻的时候就喜欢穿旗袍，现在只是稍微有点富态，又没得赘肉，穿旗袍照样好看。”

琳琳说：“妈，我们就多留一天嘛，来都来了。假呢，我明天可以打个电话到车站，再续一天。”琳琳大学落榜以后，在成都郊区的一个汽修厂当工人，因工作出色转为以工代干，几经辗转，调到北门汽车站当了调度。

秀蓉嗔道："你这个妹仔，就好打扮，娃娃老爸都不顾了！"

琳琳说："你就是把爸爸惯适[①]了，他开几十年的车，还不是走到哪儿吃到哪儿。我给小玮打个电话，喊他明后天中午晚上都到爸爸那边去关照一下。这儿哪里有电话？"

小葵说："街上有公用电话亭。"

兰香说："要请两天假才够。你看，明天去扯布料，有的料子拿回来还要缩一道水，你们后天下午就要动身，哪里得行？"

小葵说："旗袍很多地方是手工活，特别是盘花扣，最费时间。"

"小葵说得对，请两天假，我保质保量完成。"

秀蓉想一会，说："要得嘛，我们两姊妹恁个久没见面了，也多摆下龙门阵。"

桌上立刻一片掌声。

兰香说："好，明天我陪你们进城，逛一下，选两段料子。"

小葵说："后天，小瞿带你们去白公馆渣滓洞，怎么样？"

秀蓉说："白公馆在歌乐山上，我走不动，我不去。"

琳琳说："算了，小瞿，我妈不去我也不去了。"

秀蓉瞪她一眼，"你各自去！"

吃完饭，瞿宗平说："那我后天一早来接姐姐。我带上相机，给姐姐好好照几张相。姨妈，姐姐，小葵明天还要上课，公交车晚上九点收班，今天我和小葵就不陪你们了。"

家里只有两张床，家云吃过晚饭就去了裁缝铺，睡楼上值班室。他带上工作服和饭盅，早上直接从那里去上班。

第二天一早，三个女人各自精心收拾一番，

秀蓉仍然穿着昨天那套衣服，脸上化了淡妆，显得年轻漂亮了许多。琳琳穿米黄色棉外套，里面搭白色高领毛衣。头发高高盘在脑后，配个黑色发圈，保留着学生时代的清纯，她一手挽兰香一手挽秀蓉，一副乖乖女模样。兰香身穿半长的红呢子大衣，下套黑毛线裙，脚上蹬一双黑皮靴。呢子大衣是新做的，衣领仿日本和服，门襟宽宽的，合拢在胸前，袖子八分长，露出里面的毛衣，衣服上面点缀着深蓝色缎面圆形图案，足够标新立异。

三个女人坐公共汽车进城，洋歪歪地逛了朝天门，较场口，解放碑。

---

① 宠坏。

路上，两姊妹回忆起当年第一次从新桥坐马车进城的情景：沿途没有厕所，车上的人憋尿憋得脸通红，胀痛难忍，只有悄悄把裤子一点一点褪下，挪出小半边屁股，像推针管一样把尿一点点嘘在座位上，那个憋屈那个尴尬呀！马车上大股刺鼻难闻的尿臊味。

秀蓉说："有马车坐还算不错了。那年辰，日本人把重庆炸得坑坑洼洼的，公交车又少又破，去哪儿都得靠两条腿，那些日子都不晓得是咋个过来的。"

"姐，还记得那次我背起琳琳跟你和姐夫逛七星岗不？"

"咋记不得呢？你中暑了，把琳琳吓得哇啦啦哭！"

"我醒来过后，听见你说，'这才四五月份，重庆的太阳啷个恁个毒呢？'嘻嘻。"

两姐妹絮絮叨叨。琳琳那时太小，只记得汽修厂演话剧时，秀蓉为配合剧情，在台上掐得她哇哇大哭的事，其他都没什么印象。

秀蓉一路感慨，重庆比1949年前更气派，交通也方便多了，重庆人好多，重庆女人比成都女人会穿也敢穿。

在八一路旁边的陆稿荐吃了午饭，她们进了三八商店，在衣料柜台驻足。售货员把一捆捆布料搬到柜台上，任几个女人细细看，慢慢选。兰香在一旁当参谋，哪种料子扣门好宽，哪种质地挺括，哪种坠性好，适合做什么，指导秀蓉母女有的放矢地挑选。

两娘母精挑细选一阵，确定了几段衣料。

秀蓉指点着说："我就要这个，这个，这几段，你给我做两套春秋天穿的。"

兰香说："要得，样式我都想好了。"

"这次你给我两娘母一个做一样，开春你抽空来成都，给我们多做点。"

"要得，姐。先给你做一样，另外的，我做好给你们寄来。"

"那我也多选点，"琳琳说。"姨妈，你看我选的这几段呢，颜色和花色适合吗？"

"没错。就照我说的，这床缎子被面做旗袍，缎子被面厚度适中，穿在身上不容易起皱。这两段花绵绸做连衣裙，穿到身上肯定不摆了。"

琳琳乐滋滋地说："呀，我都等不及了！"

走出三八商店，秀蓉一声长叹，"唉——累惨啰。"兰香怕秀蓉累发了高血压，便和琳琳分别提了东西，让秀蓉打空手，带着她们乘车回家。

回到家里，秀蓉一屁股坐下来，闭眼靠在椅背上。兰香问："姐，你……"

秀蓉摆摆手，“莫得事，就是有点累。”琳琳倒一杯热开水，扶着秀蓉喝了。

家云从厨房过来，拿眼问兰香，兰香轻摇一下头。家云小声说：“饭都弄好了。”秀蓉对家云笑笑，“你们先吃，我歇一下。”兰香说：“等一下嘛，不急。”家云便回厨房去了。

过一会儿，兰香对琳琳说：“我先给你把尺寸量了，等哈吃了饭我把料子过水晾起，明天一早开始动工。”琳琳点点头。

兰香让琳琳把大门关上，自己去里屋拿了软尺、纸笔，又随手关上门，对琳琳说：“你把外衣都脱了。”琳琳脱得只剩棉毛衣裤，兰香便给她量肩宽、身长、胸围、腰围、臀围，全部量完后，一一记在本子上。琳琳问：“姨妈，那么多数据，你得不得记错哦?”兰香笑道：“不管高矮胖瘦，都有一定比例，不得错。”秀蓉说：“她要是错了，当不起那个赔匠。”边说边站起来脱衣服，“给我也量了。”量完尺寸，秀蓉说：“你还是给我也做件旗袍嘛。”兰香说；“要得。”便打开里屋的门，吩咐家云开饭。

吃完晚饭，家云去裁缝铺，秀蓉两娘母先睡了。

兰香把布料过一遍水，拧干，晾在绳子上。劳神费力一天，早已疲惫不堪，头一落枕，便睡过去了。

第四十六章 >>>

畅吐块垒

瞿宗平一大早就赶来了，一起吃过早饭，便带琳琳去烈士墓。

秀蓉到附近街上逛了一圈回来，缝纫机已经咔嗒咔嗒地响起来了。秀蓉端个凳子在旁边坐下，对兰香说："好不容易清静下来，我想跟你摆下龙门阵，影不影响你哟。"

兰香站起身，说："不影响，我给你泡杯茶。"

秀蓉说："我自己来嘛。"

兰香给秀蓉沏好茶，拿个凳子在旁边放茶杯，回到缝纫机前坐下。

秀蓉环顾一下四周，说："其实我早就想来看你，没想到你过得恁个样子！"语气中带了怜悯。

兰香笑道："听小葵说过你的家，我这里不能跟你比，不过我倒是习惯了。"

秀蓉说："习惯，我都不好说你。当初让你嫁给张有福，你嫌人家木讷，硬要去跟孙国雄，结果呢……算了，不说了。"

兰香不答话。

"琳琳在我不好问你。你当初究竟咋个跑到泸州去了呢？回来还不给我说。"

"我不是住在孙国雄的师傅家里吗，有一天，山洞的两拨人打架，打伤了好几个人，许师傅就请了刘力民来帮忙调解。那天许师傅家里来了好多人，我一直没敢下楼。到傍晚，下面没有声音了，我才下楼去洗衣服，我一边洗衣服一边哼歌，就引起了刘力民的注意。我不晓得他还在许师傅家……"

"刘力民是个啥子人？"

"一个跛子，抗日战争打的，是个军官。他本来是外省人，不晓得啷个就留在山洞了。刘力民晓得了我的处境，就跟许师傅说，要给我介绍一份工作。

我当时没有在意，没想到过两天他就让许师傅带给我一张委任状。”

“看你天真得！你就不会懂动脑筋想一下，他凭啥子让你当少校？你就读过三年书，有那个资格吗？换了我，会想一下自己究竟有好大个能力，那个少校当不当得下来。”

兰香停下缝纫机，“姐，这些我都想过，也问过楼下杂货铺的一个先生，他给我做了些解释，让我去试一下。最关键的是，当时我真的是走投无路了。你来跟我说，国共两边在打仗，可能还要划江而治，孙国雄来不到了。这边呢，许师傅家头也是坐吃山空，许师母天天跟许师傅吵架，要赶我走。”

“你就不会回家来吗？”

“我不敢，姐夫说要打断我的腿噻。”

“你个瓜娃子，他那不是说的气话嘛！当初我专门跑到山洞来干啥子？你情愿往外面跑，也不回家，你这个人，就是犟！”

“姐，我不是犟，人都有个自尊嘛。”兰香莞尔一笑，“其实，我还是跟你学的，这一辈子，我最尊重的就是你……”

秀蓉抢过话头，“最恨的也是我？”

兰香摇头不语。

“唉——”秀蓉叹口气，“我晓得你不喜欢听，不喜欢我也要说。在陶鸿飞那个事上，你一直记我的仇。兰香，赡养父母不是我当姐姐一个人的事，在婚姻问题上，肯定要考虑周全。这个问题嘿现实，不是遮遮掩掩羞羞答答就过得去的。那个年辰，女人不能挣钱，就只能靠男人。唉——如果当初你听我的话，就不会落到现在这个样子。”

“我觉得这个样子也没得啥子不好，经历也是一笔财富。”兰香平静地说，“我是受了些苦，但是我熬出来了，还把小葵他们都培养成了大学生，就凭这点，我觉得我这一生也不算失败。”

秀蓉说：“娃娃些嘛倒是争气。你刚才说到财富，我还想问：法院给你赔偿点钱没得？”

“没有。”

“啥子都没得，白白冤枉几十年，大半辈子都搭进去了？”

兰香沉默一阵，“这不是我一个人的事，要赔，恐怕国家赔不起。”

秀蓉端起茶杯，呷一口放回凳子上。“我屙泡尿，”起身到布帘子后去坐尿罐。

兰香开动机器。

过一会儿，秀蓉走出来，站在帘子边，一边穿裤子一边说："你恐怕还是没有吸取教训，为啥子那么多人都没有遭，就是你遭了呢？你就没有想一下，你到底错在哪里？"

兰香想一下，停下机器，憋足了气说："姐，现在说马后炮哪个都晓得了，当时的情况有几个人说得清楚嘛？姐，你坐下来说。"

秀蓉回原位坐下，"有话你就说。"

兰香说："这几十年，我一直在想，我到底错在哪里？结果一直都没有想通。上个月，我平反了，我又在想，一下就想通了：这不是我错了，是历史错了。给我平反就是证明：是历史错了！我的平反通知书上就是这个意思，一张新的判决书，判决51年的那个判决无效——你说这是不是历史错了？姐，这一辈子，你打过我一巴掌，你还记不记得？"

秀蓉想了一阵，"记得。在庙堡堡，你们几个姑娘耍，你们吼啥子'日本人打得赢'，吼那门子大声，满学堂都听到了，我就冲出去，甩了你一耳刮子。"

"姐姐记性好。姐姐你晓不晓得，你那一巴掌，我记了一辈子！"

秀蓉沉下脸，"我不晓得你恁个记仇。"

兰香粲然一笑，"姐，我不是记仇，我是记恩：一巴掌打醒了我这个懵虫虫。那个时候，你的话我都是奉为圣旨的哟。"

秀蓉虚怀若谷地说："你不要粉我了，我们两姊妹，你想啷个说就啷个说。"

兰香说："姐，我说的是老实话，没得你，我可能就是在那个山旮旯头，愚昧一辈子。"

秀蓉盯着布料看，生怕兰香走歪了线。

兰香说："你说人哪，都想过平平顺顺、舒舒服服的日子，但是那种日子过了就过了，回过头来连点想的都没得。坎坎坷坷，受苦受难的日子呢，过起来难过，想起来倒有意思了。姐，你说，我这一辈子恁个坎坷曲折，那些事编都编不出来，我要是不写出来，那些苦岂不是白受了？"

"这几年，我看了嘿多小说，就是他们说的'伤痕文学'那种，像卢新华的《伤痕》，张贤亮的《男人的一半是女人》《绿化树》，看着看着心头就发痒，我那些经历，比他们还要精彩。"

秀蓉说："想倒容易，做起来难，你才读好点书，就想写书了？"

兰香说："姐，说到这个，我要真心地谢谢你，刚才说了，你那一巴掌，让我记住了人不可以愚昧。还有就是谢谢你帮我到磨尼小学读书，帮我打下了文化基础。其实，我不止读了三年书，我这一辈子都在读书。我就要试一下，不试哪个晓得行不行？以前我没有想过要当裁缝，结果一摸到就上手了。我这手艺连你和琳琳都看得起了，是不是？”

秀蓉说：“好好好，龙门阵我们二回摆，到成都来我们两姊妹慢慢摆。我们明天就要走，你光跟我摆龙门阵，这个衣服做不做得好哦？”

兰香说：“你放心，我今天晚上加班加点地做，明天保证完工！哦——姐！”

“嗯？”

“一直想问你：那个林宾，林监工，后来有没得消息？”

“听易朗说，他的腿好了以后，就回老家去了。这个人有能力，后来还当了福建省的一个大干部，好像是啥子厅长。哦，恐怕已经退休了哦。”

想到道班房的工人说他是“诸葛再世”，兰香笑了。

秀蓉说：“我躺一哈儿，择铺，这两晚上都没睡踏实。”

兰香服侍秀蓉到床上睡下，回到缝纫机旁。她喝了几口水，坐下来，抡转涡轮。缝纫机轻快地响起来，像在唱一首欢快的歌。知道恩人安好，终于一吐胸中块垒，兰香的心情无比舒畅。

兰香紧赶慢赶，在秀蓉出发之前收工。旗袍 套装一上身，母女两个焕然一新。兰香买了重庆特产作为回礼，和家云一起把她们送到菜园坝火车站，她答应秀蓉，尽快抽出时间去成都。

第四十七章 >>>

疯狂迪斯科

星期六晚上吃过饭，兰香收拾干净桌子，拿出化妆包，摆出粉盒，胭脂，口红，眉笔。

家云问："你要干啥子？"

"化妆噻。"

"这个时候化妆干啥子？"

"去跳舞。"兰香指尖捏着粉扑团往脸上敷粉，妖媚得让家云起火。

"跳舞？跳啥子舞？"

"交际舞。"

"交际舞？你跳交际舞？"家云惊呆了。

"嗯。"兰香拿起眉笔，一副势不可挡的神态。

家云不说话了，走到厨房，点燃一支烟。都是平反惹的祸，交际舞跳了那么久，兰香风平浪静的。帽子一揭，她的奇装异服穿出来了，妖精妖怪地涂脂抹粉了，这又心慌火急要跳啥子交际舞了。在他的心中，交际舞属于资产阶级的东西，跳舞的都不是正经人，男男女女搂搂抱抱的，鬼晓得会弄出些啥子事来。他知道自己挡不住兰香，只好在心里骂，资产阶级那一套又出来了！

家云前不久退了休，整天在家围着锅边转，有些失落。

对于跳交际舞，兰香神往很久了。

到裁缝铺去的女人们常常说到跳舞的事，兰香心痒痒的，总习惯性地克制着，与己无关的样子。改开搞的实质是解禁，但是只要兰香头上反革命的帽子还在，她的脚就不敢越雷池一步。每到周末，纺织厂的灯光球场上举办交谊舞会，刚开始不久，兰香偷偷去看过一次。老远就听见咚恰恰的鼓点，灯光球场一片辉煌，舞池中，美女云集，争奇斗艳，男士们衣冠楚楚，腰板笔挺，拥着女伴滑步、起伏，旋转，激光灯光梦幻般闪烁，高雅而浪漫。兰香站在围观的人群后面，心里感叹：这才是生活！

兰香换好衣服，家云从厨房出来，“你跟哪个一起去呢?”

“没得哪个。”

“那我陪你去嘛，有截路黑黢麻恐①的。”

“要得，谢谢你！那你多穿点衣服，带几张报纸找个地方坐。”

兰香和家云到达灯光球场的时候，舞会已经开始了。球场边有几排连二石砌的看台，家云找个阴暗点的地方，垫了报纸坐下。兰香走到舞池边的灯光下。她穿着红色的蝙蝠袖上装，下装是一条黑色喇叭裙，体态丰满，雍容华贵。一对舞者特别引人注目，在人群中大幅度地进退、穿花、旋转。男士身材魁梧，头发花白，西装革履，风度翩翩。女士穿一件高开衩的翠绿缎面旗袍，身段婀娜。凭那件旗袍，兰香立刻认出她是田欣怡。田欣怡一直是兰香的忠实顾客，重师毕业后，在重庆出版社当编辑。她三十多岁，能说会道，兰香喜欢和她摆龙门阵。

田欣怡在舞池中看见兰香，向她点头打招呼。过一会，她转到兰香面前，“蔺孃孃，你这身打扮好漂亮!”

兰香称赞：“你们跳得好好!”又说，“我不会跳，想来学一下。”

一曲终了时，田欣怡和她的舞伴来到兰香面前。

“邓老师，我给你介绍一下，这是蔺孃孃。蔺孃孃，这是邓老师，舞林高手。”

“你好!”邓老师伸出手，他说的是北方话。

两人握过手，邓老师说：“听小田说，你是大名鼎鼎的高级服装设计师，她的这件旗袍就是你做的?”

“大名鼎鼎不敢当，都是小田她们这些顾客在帮我传名。”

“名副其实名副其实!”

田欣怡说：“蔺孃孃气质恁个好，邓老师你要负责把她培养成舞林高手哦。”

音乐又响起来，邓老师绅士地做了请的动作。

“这是啥子舞?”

“探戈。”

---

① 很黑。

“哦，难了点儿，你先跟小田跳，等会放三步的时候再请你教我，要不要得?”

邓老师征询地看一眼田欣怡。

田欣怡说：“要得，这一曲还是邓老师带我嘛。”

乐队奏响一曲慢三步。“月朦胧鸟朦胧，萤火照夜空……”女歌手开口吟唱时，邓老师带着兰香进了舞池。

“咚—恰—恰—，咚—恰—恰—，”兰香刚才忐忑了半天，一动脚步，踩着音乐的节拍，心就放下来了。

跳了几步，邓老师说：“你跳得很好嘛。”

“不好，我是第一次跳。”

“第一次?”

“嗯。”

“你简直是天才!”

“我喜欢文艺，年轻时跳过舞，不过不是这种舞。”

“天才天才!”

“邓老师你带得好。”

邓老师增加了难度，变向，穿花，旋转。

“你在哪里高就?”

兰香抿嘴一笑，“生产自救。”

“生产自救?”

“你不晓得?”

“晓得。我们厂以前有一个街道运输队，据说就是生产自救组织。”

“对对，我们街道也有运输队，还有修缮队，裁缝铺。我就在裁缝铺搞裁剪。”

“哦，那你一定是个有故事的人。”

“何以见得?”

“我们厂那个街道运输队就有几个非同一般的人物，有南京国术馆的武术教官……”

“是不是姓刘?”

“对对，刘老头儿。你认识?”

“我们一起遭办过学习班。”

“哦——那你现在?”

“平反了平反了，不然我哪敢到这种场合来。”

“好哇！不容易啊！”

“邓老师在哪个厂？啷个认得到刘老头呢？”

“我在探矿厂，是起重工程师，所以总跟搬运工打交道。”

“起重还有工程师？”

“当然。那些大型机械，几十吨几百吨的，安装、拆卸、运输，那玩意儿可不是随便什么人弄得动的。”

两人边跳边聊，一曲接一曲地跳，不知不觉从慢三步、中四步跳到了探戈。

舞会结束时，田欣怡过来了，“好哇！蔺老师你打埋伏哈！跳得恁个好，还说没跳过。”

兰香说：“真的没有跳过！”

“天才天才！”邓老师由衷地赞叹。

田欣怡问：“你一个人来的？”

“不，丁伯伯在那边等我。”

“呵呵，当护花使者啊，我去跟他打个招呼。”

“不用了，你们先走。”

跟田欣怡和邓老师道别后，兰香去找家云。家云头搁在膝盖上，竟然睡着了。

没过多久，兰香果然成了舞林高手。

舞迷们经常走穴，或者舞友邀请，或者是场地，灯光、音响甚至一支舞曲，任何一个原因都可以让舞迷们不辞辛苦地去赶场。

初夏一个周末，兰香到水泵厂参加舞会，正在兴头上，忽然听到有人叫她。兰香远远望去，有两个三十多岁的女人向她挥手，像一对双胞胎。兰香觉得似曾相识，却想不起到底在哪里见过。

音乐结束时，兰香向她们走过去，临到走拢，突然想起来了，“哎呀，是大朱儿小朱儿呀！长恁个大了！”两姐妹是兰香在新桥时，房东马老太的双胞胎外孙女，兰香结婚搬去土湾时，她们才六七岁。

兰香问：“马婆婆还好噻？”

“死了十几年了。”小珠儿说。

“那边房子还有人住吗？”

小珠儿说：“都交公了，现在我们家的人都不在那方了。蔺孃孃，你也经常出来跳舞？”

“有空就出来跳。”

大朱儿说："刚才看你跳舞，我跟小朱儿说，那个女的舞姿好正哟，气质风度不比一般，再看，小朱儿说好面熟，我就试着喊你的名字，哈哈哈，果然是蔺孃孃。"

小朱儿说："你还是恁个漂亮。"

大朱儿说："比那哈儿还漂亮些。"

兰香说："几十年不见，你们居然还认得我！"

小朱儿说："哪个认不得，当年你在宣传队那么风光，新桥街上哪个不晓得你？后来听说你……"

兰香打断道："平反了平反了，不然，我哪敢恁个逍遥？这事说来话长，以后慢慢摆。你们哪个也来这里跳舞？"

大朱儿说："我就在水泵厂上班。"

"小朱儿也是？"

"我在交机厂，"小朱儿说。

"交机厂？"兰香心里一颤，问，"是不是从新桥凤鸣山迁来的？"

"就是，原来叫凤鸣山汽车修理厂。"

"有个叫刘顺涛的，你认得不？"

小朱儿说："认不得。"

"那，有个叫高占勇的呢？"

"哦，高师傅啊，是我们钳工车间的。"

"当真？"兰香喜出望外。

音乐又响起来，是一曲吉特巴。"来，我带你跳！"兰香拉起小朱儿跳吉特巴。"蔺孃孃带得好好哦！"小朱儿说。

"差男角的时候我经常自己带人跳，都习惯了。"兰香带小朱儿转个圈，又问："呃，你说的这个高占勇有好大年纪？"

"五十多岁吧。"

"那是他！是不是缺了半颗门牙？"话一出口，兰香就后悔了：那半颗门牙人家就永远让它缺着？

"高师傅……好像没有吔，他才从外地调回来。厂头给他平了反，还给他老婆娃儿都安排了工作。"

兰香说："小朱儿，请你帮个忙，你帮我找到高占勇，给他说，我请他过来耍！几十年没见过了，那些年我们是好好的朋友哦！"

吉特巴结束后，兰香急忙去找纸和笔。一个舞友将一个空烟盒递给兰香，兰香拿着烟盒奔去乐池，借了支笔，激动地写道：

小高：我是蔺兰香，还记得我吗？1951 年，我蒙受不白之冤，现已昭雪。有空请一定到我家来耍！我住在汉渝路 130 号。

兰香第一次听见“迪斯科”，是在一个熟人的生日舞会上。那人是个舞迷，专门购置了音响设备。他把音响搬到楼下，大家就在院坝里跳。跳了一会儿交际舞，几个年轻人喊“迪斯科！迪斯科！”主人就换了一盘磁带，把音量调到最大。兰香吓了一跳：强劲的打击乐震耳欲聋，脚下的地面随着鼓点的重音颤动，音箱像要爆开了。

兰香像被电击一样，一股热流从脊柱涌向头顶，又迅速扩散到全身。几个年轻人脱了西装，在场子上摇头晃脑地蹦跳，屁股使劲地摆动，身体扭得像蛇一样。

主人高声喊，“上！上！”跳到场子中间。他扭到兰香面前，“蔺孃孃，上噻！”

兰香摆着手说：“我不会。”

“乱跳乱跳，舒服得很！”

兰香便在场子边试着扭起来。

音乐一曲连着一曲，越来越激烈，兰香越跳越自在，扭腰，摆胯，跺脚，旋转，她有一种从未体验过的感觉，仿佛心灵中有块不毛之地被犁头垦了一遍，胸膛热血奔涌，全身的每一个细胞都膨胀起来，她觉得自己像花儿一样在灿烂的阳光下绽放，像鸟儿一样在澄碧的天空中飞翔。渐渐地，兰香进入自由空灵的忘我境界。

兰香从此爱上迪斯科，上瘾了。她买了几盒迪斯科音乐磁带，每天早上提着小三洋去裁缝铺上班，下班后又提着回家，走到哪里，迪斯科音乐就放到哪里。音乐给裁缝铺带去了生气，在裁剪案板后面，兰香一边干活，一边扭着腰肢，旁若无人。车工婆娘们习惯了兰香的我行我素，对这个几十年的反革命帽子都压不垮的不老的女人，她们心悦诚服。

不久，兰香嫌小三洋不过瘾，一掷千金，买了个大三洋。大三洋体积庞大，重了好多倍，从家里到裁缝铺一公里多路，兰香买个大旅行包，照样每天背着上班下班。

小葵和小昊周末回家，兰香把音量开到最大，震得满屋子颤动，她带着小葵小昊从这间屋扭到那间屋，跳得大汗淋漓。站在迪斯科前沿，每有新动作传入，兰香从不放过。太空步，柔姿步、擦玻璃、传电、机器人，她一看就悟出要领，很快就得心应手了。

有一天，一个顾客来裁缝铺，手里拿了张《重庆晚报》。兰香一眼瞥见上面的一则启事。

“乔师傅，借你的报纸看一哈，要得不？”

“你拿去，我不要了。”

兰香接过报纸，看了一遍，放在案板上。乔师傅走后，她收起报纸放进提包。

晚上，兰香坐在床上反复揣摩那则启事。家云问：

“有啥好看的，一张报纸看了一个晚上？”

“市里头要举行迪斯科舞星大奖赛。”

“哦，关你啥子事？”

“我想去参加。”

家云一脸不屑地说：“你想得出来！恁个大把年纪了，还去参加扭屁股比赛！我看你是疯了！”

家云不喜欢兰香跳舞，看着别的男人搂着自己的老婆，他心里酸溜溜的，但是他没有办法，国家允许的事，他无权干涉。他尤其看不惯迪斯科，男男女女搔首弄姿，扭得屁股撞屁股。在他的心目中，迪斯科就是扭屁股，扭屁股还搞比赛，他想不通。

兰香乜一眼家云，“啥子恁个大把年纪？国家都不限年龄，你还来限制我？”兰香振振有词地说：“跟你说，在舞场上，那些年轻人都经常围着看我跳。”

“那当然啰，你屁股比别个甩得圆。”

“无聊！”

“你才无聊，一天到晚想精想怪的！”

兰香烦他这种话，硬顶回去，“你自己不懂生活，也不要我生活？我被人监督改造几十年，夹着尾巴连门都不敢出，你居然还说我想精想怪！把我憋死你就舒服了？”

家云口气软了许多：“我只是想，你不要去跟年轻人凑热闹嘛。”

“除了说风凉话，你还会啥子？”

家云一瞪眼：“去去去！屁股长在你身上，你想做啥子就做啥子。”

兰香哈哈哈大笑，家云眨着眼睛问：“你笑啥子？”

“说得好说得好，幸好屁股是长在我自己身上，我的屁股我做主。”

第二天一早，兰香去市艺术馆报名。负责报名工作的是个优雅的中年妇女，有人叫她金老师。报名的都是些年轻人，有单个来的，有成群结队的，都立着脖子挺着腰，一副志在必得舍我其谁的样子。

金老师看着兰香的报名表，满脸惊奇，“老师，你自己……”

“嗯。”兰香点点头。

“五十五岁！哎呀，我们还没有见过你恁个大年纪的跳迪斯科呢！现在报名的这些人里面还没有超过三十岁的，你恐怕都超过平均年龄一倍了！”

“嗯，不欢迎吗？”兰香随意扭了两下。围观的人鼓起掌来：“欢迎！欢迎！”

金老师笑了，“不错不错！看来你还有点功夫。不过，这次参赛的有很多高手哟！”她翻动着报名表，“你看，市歌舞团的，曲艺团的，还有杂技团的……”

“管他啥子团，我是独立团的。”

“蔺老师还很幽默吔。”

兰香想了想，问：“可不可以两个人跳？”

“你是说两人组合吗？可以呀，随便哪个组合都要得。”

兰香又要了一张表，给小葵报了名。兰香把表递给金老师，说：“这是我女儿，她也跳得好，成都体院毕业的，学过艺术体操。”说起女儿，兰香满脸自豪。

“好好！”金老师握拳做个加油动作，“蔺老师，祝你成功！”

从艺术馆出来，兰香径直去杨家坪重庆理工大学。

小葵的课堂在田径场上，一进大门就到了。每次走进重庆理工大学的校门，兰香心里就特别舒坦。以前看见中学她都心虚，现在女儿不仅读了大学，还教大学，她来这里就好像走在自己的地盘上。她喜欢操场的景象，青春、活力，你追我赶，五月的阳光一直照进她心里。

小葵在教学生跳高。她助跑几步，从竹竿上翻过，跳起的一瞬间，她俯身向下，动作轻松，漂亮。

兰香在操场边的看台上坐下。

“妈，你来了？”小葵擦着汗跑过来。

“我从市艺术馆来。”

“你去那里做啥子？”

兰香说：“市里要举行首届迪斯科舞星大奖赛，我去报了名。”

“好哇！我一定去给你加油！”

“我给你也报了名，我们一起参加!”

“哎呀，妈！你都不先问我一声！我只是跳着耍，又没认真练过。”

“没得关系，还有一个月时间，你基础好，稍微练一下就出来了。”

“两个人要配合，我们隔得那么远，唧个练嘛?”

“不远不远，一趟车就到了。我每天下午过来，我们一起练两个钟头。”排练的事，兰香早就谋划好了。

小葵无奈地说：“好嘛，妈，你想去，我就陪你。”

“唧个是陪我呢?”兰香面带愠色：“我们拿了奖，对你的工作也有帮助，一个体育老师，多学几样特长有啥子不好？上次喊你去学模特儿，你也不愿意，还是我帮你交的学费，结果怎么样?”

小葵无话可说。在市高校举行的时装比赛中，工会让小葵负责组织和编排，结果学校拿了第一名，工会主席和校长都高兴得不得了。

“好好好，我的妈吔，你尽是先斩后奏。好久比赛?”

“6 月 8 号，还有一个月时间。”

这一个月，兰香铆足了劲儿。她把大三洋放在小葵家，下午四点准时收工，从模范村爬坡到沙坪坝，乘 4 路车到杨家坪，和小葵在体育课室排练两个小时，又原路返回。晚饭后，兰香抓紧干私活儿，裁剪、缝纫、挑边、锁扣眼，熬夜到凌晨两三点钟。对顾客的信用，兰香一点儿都不敢马虎。

虽然只睡五六个小时，虽然腰酸背痛，兰香心里高兴。她觉得又回到了年轻的时候，累并快乐着。

星期天小葵小昊回家团聚，谈话的主题左右不离迪斯科大赛。兰香叫小昊设计一下比赛服装。小昊说：“妈，我这段时间忙得很，哪有时间嘛。”

小昊分到长航宣传科，业余时间帮人搞设计。兰香见他情绪不高，心里有些不爽。

“忙忙忙！就忙着找钱，画也不画了，喊你帮我们稍稍想一下，又不要你做，占得到你好多时间嘛!”

小葵在一旁缓和，“妈，人家昊娃还要耍朋友。”一个跟着小昊学画画的幼师的女生很喜欢他。

兰香说：“朋友要他的嘛，又不碍事!”

小昊说：“好好好，妈，我想一下。”

兰香不容置疑地安排工作，“小瞿，你跟小昊好好商量一下，认认真真动下脑筋，搞点独出心裁的出来。”瞿宗平乖巧地答应：“要得，妈，我跟小昊吹一下。”瞿宗平找熟人，通关系，年初调回重庆育仁中学，两口子终于团聚，他的心情特别好。

大家商量一阵，最后采纳了瞿宗平的意见：迪斯科起源于非洲，形象定位为非洲风情，大胆，热烈。小昊画了几张草图，从头到脚全方位包装。

兰香笑了。“我说嘛，两个大学生，一个学美术的，一个学中文的，这点事情还拿不下来？”

比赛在北碚区影剧院进行，预赛开始就对外卖票。市民们热情很高，每场的票都卖出一大半。

兰香和小葵一出场就让人眼睛一亮。

播音员介绍道：“现在出场的53号选手，是来自沙坪坝区的蔺兰香和丁小葵。亲爱的观众朋友们，这是本次大赛中唯一的一对组合型选手，她们也是一对母女搭档。蔺兰香老师已经55岁了，可是在她的胸膛里，仍然跳动着一颗年轻的心……”

全场爆发出热烈的掌声。

兰香浓妆艳抹，橘红色蝙蝠袖上衣，上面点缀着赭色图案，腰上系一条豹纹裙子，仿照兽皮剪成不规则形状，头上包一块绿色头巾。小葵爆炸式卷发上系一根细细的彩色发带，轻扫蛾眉，夸张地突出一张嫣红的厚嘴唇，绘有槟榔树、非洲菊图案的艳丽连衣短裙包裹着凹凸有致的身材，赤脚，脚踝上戴着两串装饰环，显得十分性感。

精心的包装，母女的默契，加上表演中设计的一些颇有情趣的组合，母女组合成了比赛的亮点，预赛、复赛，兰香母女一路过关斩将，顺利闯入决赛。

复赛结束后，兰香叫小葵跟她一起回家，小葵有课，要直接回学校。

兰香说：“我看了一下，参加决赛的都是些高手，我们要认真对付。我觉得我们还有提升的空间。”

小葵说：“妈，记得预赛那个叫高潘的吗，跟我们一场的？”

“瘦高瘦高的那个？”

“嗯。那家伙太厉害了！”

“他动作难度大。”

“不单是难度，他跳得很有味道，头奖应该是他的。”

“你虚了？”兰香责备的口吻。

“妈，你听我说嘛。我从高潘身上得到些启示，我们太注意动作了，可以说是全场花样最多的，一板一眼的完成编排动作，但是我觉得就缺点味道。你看那个胖妹儿，她就闭着眼睛甩头发，那种痴狂的感觉嘿有冲击力。还有那个要去美国读书的学生，太空步走得好美，就像一个从外星穿越过来的精灵。”

“我也受了些启发，本来迪斯科就该是自由奔放，只是想，我们是双人组合，如果各自自由发挥，我怕配合不好。”

“我有个想法。”

“说。”

“还没想清楚。”

“管他清不清楚，说出来再说。”

“你的动作照旧，我的动作变形。”

“啷个变？”

“不为动作而动作，由情绪带动动作。”

“即兴发挥？”

“不，动作大致不变，但打破它的规范和对称，情绪到了偶尔也来点随意发挥，让动作有魂。”

“不要光说，做给我看一下！”

“我现在不想，上台再说吧。复赛的时候我就觉得，心头有团火在燃烧，有时很想张狂一下，但是，固有的编排把我的手脚都束缚了，情绪出不来。”

“迪斯科就该没有束缚，不是因为这个，我啷个会喜欢它？”

“妈，我们就当是去参加一个迪斯科舞会嘛，我想在决赛的时候疯狂一把。”

“要得，就恁个定了。”

决赛时，家云和瞿宗平都去了。两个男人像贴身侍从，紧随其后，家云帮着送水打杂，瞿宗平管理服装、饰品，兼任艺术指导，舞台监督和摄影师。

晚上十一点过，比赛进入颁奖仪式，在振奋人心的音乐声中，主持人让六位获奖者上台领奖。

高潘众望所归，获得一等奖，胖妹和准留学生获得二等奖，兰香母女组合和另外两名选手获得三等奖。大赛组委会特别安排礼仪小姐为兰香献上一束鲜花。主持人激动地邀请全场观众起立，向五十五岁的迪斯科舞星蔺兰香致敬，在雷鸣般的掌声中，市群众艺术馆馆长，北碚区文化馆馆长上台，为兰香和小葵颁发奖牌和证书。

家云和瞿宗平两个男人，眼含热泪，为自己的老婆使劲鼓掌。

刚走下舞台，一位脖子上挂着相机的女人迎上来。“蔺老师，我是《重庆晚报》记者，我想采访您一下。”

兰香兴奋地说：“好哇，你想问啥子？”

记者说：“您现在的心情如何？”

“高兴啊！这次参赛的选手恁个多，都是年轻人，我和他们比赛还得了奖，我当然嘿开心！”

“像您这种年纪的人一般都爱跳交谊舞，您为啥子喜欢迪斯科？”

“迪斯科音乐好听啊！咚咚咚，那个声音就让人有跳舞的冲动。只要合到节奏，你想啷个动就啷个动，自由自在的，感觉很好。过去我被冤枉了几十年，现在国家给我平反了，我心情舒畅。过去只能穿青蓝二色，现在允许穿好看了，过去不准跳舞，说是资产阶级生活方式，现在大家可以跳舞了，生活变好了，我为啥子不享受生活呢？我年轻的时候就能歌善舞。我也会跳交谊舞，但是现在更喜欢迪斯科。”

“蔺老师，你们的服装从色彩到样式都很别致，是你们自己设计的吗？”

“这次比赛，我们家是麻子打呵欠——全体总动员。这身包装是我儿子和女婿设计的。衣服是我自己做的，我是服装设计师。这些布料是我和女儿在新华路的旧货市场淘的。”

“看来你们是个艺术之家哈。你这串项链，还有耳环，舞台效果特别好。”

兰香一串开心地笑，取下装饰品递给记者。“项链是算盘珠子和锡箔纸卷串的，耳环是蚊香架子做的。嘻嘻嘻……”

第二天是星期天，兰香在沙坪坝电影院旁边的红旗饭店摆了一台庆功酒。

兰香很开心，举起酒杯说：“这次比赛，我们是全家总动员，谢谢你们！”

小昊说：“妈妈太了不起了，居然拿了个三等奖！妈，姐，祝贺你们！”

兰香说：“昨天是我一辈子最高兴的一天，简直像得了奥斯卡一样！”

小葵说：“我们就来颁发个家庭奥斯卡噻。我说奖项，你们提名哈。”

小昊说：“放马过来。”

“最佳导演。”

“蔺兰香”

“最佳女演员。”

“蔺兰香。”

“最佳女配角。”

“丁小葵。”

“最佳舞美。”

“丁昊。”

小葵：“还有啥子奖呢？”

兰香说：“小瞿呢，给他个最佳创意奖。”

瞿宗平说：“给我个最佳后勤奖就是了。”

小葵说：“这个奖该给爸爸。”

小昊说：“最佳配音：丁家云。”

家云说：“我又没说啥子话，配啥子音啰？”

小昊说：“沉默是金噻，你是此时无声胜有声。”

瞿宗平模仿播音员的腔调说：“在蔺兰香女士进军迪斯科大赛的征途中，丁家云同志保持了可贵的沉默，体现了一个共产党人的高尚品质，这是什么精神，改革开放精神……”

“哎呀呀，”小葵打断瞿宗平，“你不要绕嘴嘴儿[①]。爸，敬你一杯！”

兰香说：“你爸爸开始反对，后来还是转变态度了，这是进步。家云，你要戒骄戒躁，再接再厉哟。”

“要得要得，屁股长在你身上，甩落了都不关我的事。”

过了几天，剧照洗出来了。兰香把剧照和奖状装上镜框，挂在裁缝铺她身后的墙壁上。那是她艺术修养的证明，是青春焕发的证明。她续上了十八岁的文艺梦。

---

① 耍贫嘴。

第四十八章 >>>

故人故事

星期天上午，有人敲兰香家的门，家云打开门，一个男人问："请问蔺兰香是不是住这里?"

兰香听到声音，赶紧奔到门口，"小高！你来了!"指着家云说，"这是我爱人，丁家云。这是高占勇，我们在新桥时候的朋友。"

"你好!"高占勇跟家云打个招呼，笑容里有些沧桑，又对兰香说，"你还认得我，前几年我回厂来，好多人都认不出我了。"

"我听声音好熟，一下就想到是你。快进屋坐噻，站在那里当门神哪?"兰香热情招呼，心里掠过一丝伤感。眼前这个人，头发花白已经谢顶，完全没有了当年生龙活虎的影子。

高占勇进屋，在靠门边的竹椅上坐下。家云泡了杯砣茶端过来，高占勇双手接过，说："谢谢!"

家云问："小高在这里吃午饭噻?"

"不不，我坐一会儿就走。"

兰香瞪一眼家云，"你这个人，问客杀鸡！小高跟我几十年不见了，啷个会喝杯茶就算了呢？你去买点菜，今天好好招待一下小高。"

"麻烦你们了。"

"不麻烦。"

"不麻烦。"家云拿了钱，提个菜篮子从后门出去了。

高占勇呷一口茶，凄然地说："你还是那个样子，没啷个变，我简直老了。"

"唉，都老了!"兰香感慨地说，"曾记当年骑竹马，转眼就是白头翁。"

"你还是恁个漂亮，风趣，我硬是蔫完了。"

兰香说："小高，不该蔫。那天听小朱儿说起，我才晓得你也遭了。历史是追不回来了，青春也还不回来了，我们不要生活在历史的阴影中。还有几十年，振作起来好好过噻。”

“说倒是恁个说，道理我也懂，就是打不起精神。唉，哀莫大于心死啊。”

“我记得你那时候笛子吹得好，还会吹口琴，现在还吹不吹?”

高占勇不好意思地笑笑，直摇头，“早就不吹了，笛子都当柴烧了。”

“那你现在干啥子呢？我是说业余时间。”

“我现在啥子话都不想说，哪点都不想走。没得事就下棋，一杯老茶，几个老头，一坐就是一天。”

“哦，对对，你会下象棋。你还教我背口诀：‘炮打翻山车直走，象走田来马走日，小卒过河横竖走，士象不离老王边。’”

“你还记得?”

“记得。我还记得你写的诗：

今日元宵节，

提笔欲写诗，

胸中无点墨，

冒充假斯文。

春光无限好，

白水敬知音，

但愿人长久，

不怕诗献丑。”

“嘿嘿——”高占勇笑出了声，“兰香你是有心人，记得恁个清楚。我自己都记不得了。”

“这几年我在写一点东西，有些事慢慢想就想起来了。小高，你清清白白的，哪个也遭了呢?”

“是噻，那些年反正是乱整。刑满出来以后，厂里不要我，没办法，我只好又回到劳改队，要求就业，后来，他们把我弄到川北的一个厂头。平反后落实政策，我才回到厂里来。这事还全靠刘顺涛帮了忙。”

“刘顺涛?”兰香心里一惊。

“他现在不得了哦……”

“啥子不得了?”

“你不晓得？他现在是前进机械厂的党委副书记。”

“我不晓得那个厂，在哪里?”

“在江油，成都上去都还好远呢。”

“他隔恁个远，啷个又帮得到你的忙呢？”

“你晓得官官相护嘛，我们是一个系统的，他跟我们这边说句话，头头还好不买账吗？”

“你本来就该落实政策，啷个还要他帮忙呢？”

“唉，你不在单位上，不晓得。这种事，属于历史遗留问题，哪个都没得责任，多一事不如少一事。再说，我回厂，啷个都要占个指标，你晓得，那两年进个厂好难。他要不说句话，我肯定回不来。”

“恁个说，刘顺涛还是个好人啰。”

“实事求是地说，他这点还是好，还念一份旧情嘛。”

“你现在跟他还有没得联系？”

“没得，人家恁大品官，我哪里好经常去打扰他呢。”

“你是哪年平反的？”

“1984 年。”

“跟我一样。几月？”

“八月。”

“你比我早几个月，我是十一月。”

兰香给高占勇的茶杯里续上水。“哦，沈三里现在在哪里？他究竟是干啥子的？当时问到他，又说我勾结特务，未必是指他？当时要得好的就我们几个人，我跟其他人又没得啥子接触。他好像不是四川人？”

“一点都没得他的消息，人还在不在都不晓得了哦。他好像是浙江人。他的身份呢，是有些值得怀疑。你想，一个知识分子，在我们厂里当个电工。凭他的本事，1949 年前哪个都该混个一官半职的，他啥子都没得。厂里头也没得人晓得他的根底。那时候的人都神经过敏，再加上你这层关系，所以就怀疑他是特务。”

兰香问：“他到底是不是特务？”

“我也不清楚。”

兰香说：“当时我们一起耍的几个人，个个都遭了，只有刘顺涛一个人干干净净的，还一路升官发财，想起来又可悲又可笑。”

“人跟人不一样，他一直都想从政，当官。他三十几岁才结婚，堂客是农村人，姓曹，比他小十多岁。嘿嘿，那些人开玩笑，说他老牛吃嫩草。还有恁个巧，喊老刘老刘，喊他堂客小曹，听起来就像小草。小曹又比老刘小恁个多，刚好是老牛吃嫩草。”

兰香哈哈大笑，心里却有点不是滋味。

高占勇盯着兰香看一下，“嘿！你莫说，他堂客长得跟你有点像！落实政策以后我到他家去过一次，表示下感谢噻，当时觉得唧个有点面熟，这会儿看到你，我想起来了，像你。”

兰香下意识地摸摸自己的脸，“像我?”心中五味杂陈。

“嗯!”高占勇点点头，“样子是有点像，不过味道不一样。”

兰香笑道：“啥子味道?”

“气质、风度噻，不一样。小曹毕竟是农村人。”

“我也是农村人噻，还是古蔺那个山旮旯出来的。”

“不一样不一样，”高占勇直摇头，“她看起来又没得啥子文化。”

“你晓不晓得现在唧个跟他联系呢?”

“我试一下，应该联系得上，有消息我通知你。”

“要得。小高，这事请你一定放在心上!”

“一定一定！你姐姐交代的事，我赴汤蹈火万死不辞!”高占勇话说得爽快，眼神却有点诡异。

“哈哈哈，恁个说就有点像当年的小高了!”

“遭你感染了。”

吃过午饭，高占勇要走，看他瞌睡迷兮的样子，兰香也不留他。

第四十九章 >>>

再见刘顺涛

1989年初冬。一天下午，兰香正在铺子裁剪一套女装，大三洋放在案板一头，播放着迪斯科音乐。

一辆崭新的黑色桑塔纳轿车缓缓停在裁缝铺门前。右前门打开，家云从车里钻出来，“兰香，有人找你。”

兰香从案板后转出来，走到门口。高占勇站在家云后面朝兰香招手。一个男人隔着轿车大声喊：“你好！”仿佛天外来客。

“你好！”兰香不由自主地应一声，心里咯噔一下，脸上的笑容僵住了。

刘顺涛健步走到兰香跟前，平易近人地一笑，伸出手来，“你好！”眼睛在黑框眼镜后面亮了一下。

刘顺涛西装革履，外面套一件米黄色风衣，头发花白，还是那样清瘦，却添了几分儒雅和贵气。

“你好！”兰香伸过手，感觉那只手微凉，皮肤细腻，用劲的方式像传递什么暗示。她很奇怪，几十年的怨恨，一个握手便烟消云散了。兰香解下围裙，用手捋一下头发，说：“走，到家头去坐一会儿。”

刘顺涛说：“不了，我一会儿就走。占勇给我打电话，说见到你了。刚才我到交机厂办点事，顺便就把他拉来了，先认个路。”

兰香拖过一条板凳，“那你们先坐一下，我到对面商店买几瓶饮料。”

何金秀自告奋勇：“蔺师傅，我去。”

家云说：“我去。买啥子？”

兰香说：“好点的噻。”

几个婆娘凑到门口去看桑塔纳，嘴里不住地啧啧。

刘顺涛背着手，饶有兴趣地看着墙上的奖状和剧照，问：“你这跳的是中年迪斯科还是老年迪斯科？”

“哪里有啥子中老年迪斯科比赛哟，跟年轻人一起比的。”

“真的？不简单不简单，跟年轻人比还拿三等奖！”

家云提回几瓶天府可乐，放在案板上，喘息一阵，对兰香说：“我先回去了哈。”

刘顺涛说：“让小陈送你。”他走到门口朝着小车喊：“小陈，送丁师傅回去。”

家云说：“刘书记，不麻烦你了，几步路，我一会儿就走回去了。”

刘顺涛一只手抚着家云的臂膀，一只手跟他握别，“不客气，多远一趟的，就让小陈送一下。”

看着家云上了车，刘顺涛转身回来，若有所思地说：“蔺师傅，跟你打听个人？”

刘顺涛称“蔺师傅”，兰香感到十分诧异，问：“哪个？”

“郭兰香。”刘顺涛不动声色。

兰香一愣，嗔道：“嘿！你吓我一跳！一本正经的，你好久学得不正经了？”

刘顺涛哈哈大笑，高占勇回过神来，也跟着笑起来。裁缝铺的人不知所云，一个个咧着嘴傻瞪眼。

刘顺涛笑着对兰香说：“这些相片让我一下就想起你年轻时候了。”又对其他人说，“你们这个蔺师傅啊，年轻的时候活跃得很，唱歌跳舞样样霸道，嗓子亮汪汪的，所以得了个外号，叫郭兰香。”

“哦——”一个个僵着的脸笑开了。

兰香笑道：“刘书记，喊你来赶场，啷个来抵黄，在这里揭我的老底！”

“哪里是老底，我觉得就像是昨天的事。”

正说着，田欣怡走进门来，“吔，蔺师傅，你这里好热闹哦。”

兰香说：“这是我的几个朋友，从成都那边来。小田，你先坐一会儿。”

刘顺涛说：“你忙，我们就走了。”

兰香说：“没得关系，小田既是我的顾客，也算个朋友……”

田欣怡喊冤道：“蔺孃孃，我才‘算个朋友’啊？你有了新朋友忘了老朋友嗦？”

刘顺涛抢答：“你是新朋友，我们才是老朋友。”

兰香笑道：“都是朋友！算我说错了！你们这些大知识分子，净钻我的字眼。”又向刘顺涛介绍：“这是小田，田欣怡，重庆出版社的编辑，我们嘿谈得来。”

刘顺涛伸出手，自我介绍：“刘顺涛，蔺孃孃的老朋友。”他特别强调“老”字。

兰香说：“干脆，我们一起上楼去坐一会儿。”

刘顺涛说：“不了，我真的还有事。”

“才来恁个一哈儿?”兰香掩饰住失望。

“来日方长，现在找得到路了，有的是机会。”

“好嘛，你现在是日理万机，不敢留你。”

“不敢当不敢当。”

兰香送他们到汽车旁。高占勇对刘顺涛说：“刘书记，你难得来一次，这次还是争取安排个时间，你们两个再好好摆一下?”

刘顺涛说：“我正在想这事。恁个样子，”他问兰香，“你看方不方便，明天麻烦你到我那里去一下。我住在八一宾馆，就在解放碑八一路，很好找。你十一点钟来，我住在二楼，216 房间。占勇你也来哈，我们一起吃个饭。”

高占勇说：“我就不来了，我还要上班。”

“你看呢?”刘顺涛问兰香。

兰香点点头，“要得嘛。”心想，单独见面说话方便。

刘顺涛和高占勇上了车，轿车在前面三岔路口调个头，慢慢驶过裁缝铺。刘顺涛把手伸出车窗，朝兰香挥手。轿车喷出一股白烟，陡然加速。

兰香看着轿车消失，心里泛起波澜。刘顺涛来得突然，去得匆匆。他以前说话一本正经，现在谈笑风生，八面玲珑，既有领导干部的风范，又表示对兰香的尊重。轿车开到裁缝铺门口，既摆了架子，又给了兰香面子。又想，这架子是摆给哪个看的呢?他还记得“郭兰香”，那他啥子都该记得，却又轻轻松松，好像他们之间啥子事都没有发生过，哼，坏成人精了!

想起高占勇说刘顺涛帮忙的事，兰香又否定了自己。恁多年了，又不是他支小高来找的我，是我喊小高找他的。小高不能给他任何回报，他肯帮忙，只能说是义气……新鲜的感觉和往昔的印象模模糊糊地重叠在一起，感觉恍尔惚兮的。

兰香回家，家云问：“他们走了吗?”

“早就走了，人家大干部，忙得很。”

“恁个忙还专门来看你?”

兰香听出家云酸溜溜的，心里冒了火，但她不想激怒他，说：“他今天到高占勇他们厂里办事，顺便过来一下，请我和高占勇明天到他那里去耍。”

"我啷个不晓得你还有恁个个朋友呢？还送恁多礼信。"家云阴阳怪气地说。

"你不晓得的事多！"兰香顶他一句。稍过片刻，又缓了语气问："送了些啥子嘛？"

家云拿出两条红塔山，两瓶剑南春，说："你看嘛，怕要管好几百块钱嘞！"

"管他好多钱，你就玩个格噻。"

"你的朋友，啷个送的东西尽是我的吔？"

兰香笑道："你是一家之主噻。"

第二天上午，兰香起得很早，她慢慢地打扮自己，心里杂念纷呈。她对自己有足够的信心，确信捕捉到了刘顺涛眼镜后面亢奋的眼光，心想，看他啷个表演。我要让他眼馋，这个漂亮女人是别个的老婆。我要让他看见我过得好好的，任何艰难困苦都压不垮我。历史还了我清白，却还不回历史，我的还不回来，你的也还不回去，我要让你后悔一辈子。

兰香拎了一只乳白色皮包，穿了件浅蓝色开衫毛衣，一条齐小腿薄呢裙，在家云的白眼中"科科"地出门。

兰香找到八一宾馆的时候还不到十点钟，她到解放碑附近慢慢逛了一圈，从八一路的另一头走回宾馆。216 房间在走廊的尽头，兰香一敲门，刘顺涛立刻开了门，说："你好准时！"

"刘书记召见我，敢不准时？"兰香打定主意前来兴师问罪，一开口便摆出挑战的姿态。

"兰香，你这就不对了，跟着高占勇酸我。在你面前，我永远只是刘顺涛，"刘顺涛伸出手来，语重心长地说，"顺涛！"

兰香手伸过去，刘顺涛轻轻握住。兰香心里一颤，那只手暖暖的，软软的，仿佛呵护一只受伤的小鸟儿。兰香低下头，慢慢抽回手，心里有些慌乱。

刘顺涛把兰香让进屋，随手关上门，又把它打开。

"请坐。"刘顺涛指着沙发。

兰香把挎包放在沙发上，并不就座，转着观看房间。这是一个套房，外间是一个会客厅，铺着米黄色地毯，中间摆着褚红三件套真皮沙发和茶几，靠卧室的一面墙边，立着一排玻璃门酒柜，靠窗摆着一张宽大的写字台。兰香在卧室门口瞥了一眼，房间显然整理过了，井然有序。

兰香调整好心态，重新披挂，胸膛里吹响冲锋号，说："你这房间好豪华，肯定好贵哟？”

刘顺涛说：“无所谓，反正是报销。用的是国家的钱，宾馆也是国家开的，肉烂了在锅里头。”口气轻松。

兰香笑道：“这个烂在锅里头，那个也烂在锅里头，烂过去烂过来还不一锅肉都烂完了。”说着，在单人沙发上坐下。心想：“拿话来说！”

“深刻，深刻！人家说士别三日当刮目相看，女士别三日更要把眼珠子拉出来看了！呵呵，实话说，我要在这里会见一些朋友，也是为了工作。”刘顺涛走到酒柜面前，“嗯，喝点啥子？”

“随便。”

“茶？咖啡？”

“随便。咖啡嘛。”

刘顺涛背对着兰香，弄得杯子勺子叮叮当当地响。仿佛刘顺涛背上有一双眼睛，兰香不敢正眼看，斜着眼偷偷打量。他穿件深灰色V领毛衣，翻出浅蓝色衬衫领，瘦削的双肩透出一股子沉着。她想起穿工装裤的刘顺涛。他还是当年的他吗？

刘顺涛端着两个玻璃杯过来，一杯放在兰香面前的茶几上。“这是雀巢咖啡，瑞士进口的，你尝一下。”

兰香闻一下，说：“有股牛奶味。”

刘顺涛说：“对，那是咖啡伴侣。”

兰香抿一口，“嗯，好喝。恁个奢侈的东西我还没有喝过。”

刘顺涛问：“还要不要加点糖？”

兰香说：“够了。谢谢你！”再抿一口，把杯子放回茶几，低下头，心想，该说点正事了吧。

刘顺涛说：“对不起，我今天请你过来，本来想好好跟你摆一下，一起吃顿饭。结果昨天晚上吃饭的时候，见到你们重庆市交通局的郭处长，非要请我今天吃午饭。我说我有安排，他问我啥子安排，我说有个老朋友约了吃饭，他就说喊到一起来……”

“我不去。”兰香语气中不留余地。她看一下表，“现在都十一点多了，那我又走嘛。”

“不急，还有一个小时。昨天我看实在推不脱，就只好往后推半个钟头，哪个能让你来了就走呢？”刘顺涛端起杯子，“来，我们以水代酒，为我们的重逢干一下。”

兰香举起杯子和他碰一下，抿一口。刘顺涛说：“多喝点，趁热，冷了就不香了。”兰香又喝一口，把杯子放下。

“你现在还好噻？”

“好。你都看到了。”

“你还是恁个漂亮。不，更漂亮了！”

“老了！”兰香别过脸，她眨几下眼，把泪水挤回去。

“你没有老，人不显老，心也没老。昨天看到你那些相片，我心头很多感慨。你真的不简单！你肯定受了不少的苦，但是现在从你脸上一点都看不出来，倒像是一直都养尊处优的。”

“你是在宽我的心呢，还是想抹杀历史？”

“历史是抹杀不了的，只能掩盖，而且也只能是暂时的。其实这些年我一直想找你。不好打听你的消息，又不敢大张旗鼓地找。”

“那你找我做啥子呢？你走你的阳关道，我走我的独木桥。”

“你还是这句话。记得那年你到兰州去的时候，在成都给我写了一封信，里头就写了这句话。”

“证明我有先见之明噻。你看，这几十年，你走的是一条金光大道，飞黄腾达。我呢……不说你都晓得。”

刘顺涛苦笑着直摇头，“晓得。我晓得你的苦，但是你不晓得我的苦。”

兰香想说“嫌官当得不够大，”话到嘴边又咽回去。她发现他们的对话，就像武侠小说中的两个人比武，自己招招锋芒毕露，对方呢，玩的却是四两拨千斤的太极推手，再说下去就显得自己像个怨妇了。

沉默一阵，刘顺涛说：“兰香，我晓得你对我心头有气，你就是直接骂我打我，我都没得意见。该！其实，恁个几十年，要说认真找你，哪个会找不到呢？唉，我是又想见你，又怕见你。不是怕你打我，骂我，我是愧对自己的良心。跟你说，兰香，我一辈子苦就苦在这点。我没有做过啥子好事，也没有故意做过坏事，但是做了一些昧良心的事。”他说得很慢，好像正使劲地从一片废墟中挣脱出来。

兰香疑惑地看着他，本以为他现在功成名就，该是如愿以偿了，哪想到他还有啥子苦衷。刘顺涛见兰香的神态，说：“我跟你说的是真心话，这辈子除了你，没跟任何人说过。”

“跟你爱人呢？”

“也不说。”

“怕她出卖你？”

刘顺涛苦笑着摇摇头，“她不懂这些。”

电话铃响了，刘顺涛说："对不起，我接个电话。"起身到卧室接电话。

刘顺涛搁了电话出来，无奈地说："郭处长的电话。经常都是这样，像玩接龙游戏，碰到这个又牵出那个，他把朱局长也搬起来了，刚退休的老局长。不晓得今天他要摆个啥子鸿门宴。"

"那我走了。"

"等一下。"刘顺涛看一下表，回到沙发上坐下，"时间唧个过得恁个快？"他看着兰香，眼神流露出不舍。

兰香心里堵得慌，跟他唧个总是磕磕绊绊恁个别扭呢？

刘顺涛又起身走进卧室，拿来一张名片，双手递给兰香。兰香瞥一眼，上面有厂名、姓名、电话号码，没有职务。兰香也不问，打开手提包，把名片放进内侧隔层里。

刘顺涛问："如果我想给你打电话，唧个打？"

"我们铺子头没得电话，对面商店有个传呼电话，我都不晓得电话号码。"

"通信地址呢？"

"我给你写一个。"

"去打听一下那个传呼电话，联系起来方便些。"刘顺涛从写字台上拿来圆珠笔和便笺簿，放在兰香面前，转身进了卧室。他提一个布袋出来，放在茶几上，又在沙发上坐下。

兰香写下家里的地址，写了几个字，觉得不妥，又换成裁缝铺的地址。她把便笺簿推到刘顺涛面前，说："我白天都在裁缝铺，除了星期天。"

刘顺涛看着便笺，说："你字写得更好了，"抬眼看着兰香，"听说你在写啥子东西？"

"嗯，我想写本自传之类的书，毕竟经历了恁个多。"

"对对！你是该写，给子孙留下一笔宝贵财富。有啥子需要我配合的，我一定效劳。"

"谢谢你！"兰香看一下表，站起身，"我走了。"

"好嘛，"刘顺涛跟着站起来，把茶几上的包移到兰香面前，"这点东西你带回去。"

"啥子？"兰香作退避状。

"一点海南特产。"

"不要不要！哦，昨天你送恁个多东西，我都还忘了说谢你！"

"不要说谢，我们两个之间。"

"嗯？"兰香给他一个请解释的眼神。

"你晓不晓得？你是我的救命恩人。"

"救你？未必我拯救了你的灵魂？"

"不仅仅是灵魂，还有肉体。"

"此话怎讲？"

"如果不是你出事，1957 年我可能就会出事。"

"为啥子？"

"我可能就会跟别人一样，口无遮拦，可能就被打成右派了。好嘛，下次给你说，今天没得时间了，我晚上要赶回去。"

刘顺涛把包交到兰香手上，另一只手压上去，"我尽快安排我们再见面，说个痛快！"

兰香仿佛感到一种引力，她手上不敢有任何回应，怕刘顺涛稍一使劲，自己就会倒过去了。

刘顺涛双手使劲摇几下，叹一声"相见时难别亦难！"松开手说："好，你慢走，我不送你了。"

兰香点点头，提着包转身出门，喉咙有点哽。

回沙坪坝的车上，兰香想，他果然出卖了我，我出了事他就不出事了，弄了个反右来糊我。绕来绕去说了那么多话，又好像啥子都没有说，弄得心头七上八下，松一阵紧一阵的。"下次"？下次是好久？"尽快"？打官腔。她想起以前申诉时，总是听到"我们尽快给你答复"，却都如石沉大海。

汽车一个急转弯，兰香身体一晃，差点把腿上的口袋甩下来。兰香一把抓住，她突然想起还没有看一下刘顺涛送了些啥子东西。她悄悄打开口袋看，有腰果、椰子糕、珍珠粉，每样都是两盒。珍珠粉包装精美，兰香知道珍珠是女人饰品，珍珠粉有什么用呢？看一下说明，她明白了刘顺涛的用心，原来珍珠粉可吃可擦，是美容养颜的。

看着这包东西，兰香有些犯难：昨天一大包，今天又是一大包，嘟个跟家云交代呢？刚才在宾馆婉拒不单是怕拿人手软，也怕不好跟家云说话。

第五十章

尘封的爱情

年底，兰香在裁缝铺收到一封挂号信，她瞥一眼寄信人地址，知道是刘顺涛的。其实，不看她也知道，因为她没有给其他人留过这个通信地址。兰香没指望他写信，可现在信到了，她感到有些意外。

信封胀鼓鼓的，想来刘顺涛写了不少，这么多字总该有几句实话吧，这种态度使兰香感到满意。车工婆娘们都用诧异的眼光看着兰香，有人把信寄到裁缝铺，这是缝纫组成立二十几年来从未有过的事。兰香佯作不知，若无其事地把信封面朝下放在案板上，继续做手上的活路。

她发现握剪刀的手有点不稳，她可以克制着不去拆信，却忍不住心痒。过一会，兰香对何金秀说："我去楼上看哈信，我怕有啥急事，不然哪个寄挂号呢。有人来做衣服喊我一声。"她揣着信上楼去了。

信笺用的是刘顺涛单位的红头信笺纸，仍是那样清秀的笔迹。

兰香贤妹：

自从高占勇给我打电话说找到你的下落之后，我就一直盼望有机会和你见面。临到来渝之前，我既兴奋，又不安，那种心情真是难以言表。39 年一晃就过去了，真是弹指一挥间哪。

1952 年凤鸣山汽修厂合并调整的时候，我面临两种选择，留在重庆交机厂，或者支援通往西北的这个川西机械厂。我选择了川西，这对我来说是个解脱的机会。那段时间，重庆对我来说真是个伤心之地，听见别人提起你的名字，经过那些我们曾经一起走过的地方，我就说不出的难受。我为什么会难受呢？写到这里，我不得不承认，我爱你！

你的不幸遭遇让我感到心痛。看着心爱的人受苦，却没有办法挽救，更代替不了，那种痛法我一辈子就那么一次。我现在心脏不好，可能就是那一次落下的病根吧。

想必你还记得我们最后一次见面的情形。你去兰州之前，我说了些不恰当的话，让你生气了，你从成都来信，也写了一些绝情的话，照理说我是不该去你家的。但是，我不能不去。作为一个团员，我们传达了一些上级的保密文件，我知道镇反要开始了。保卫部门找我谈了话，详细地询问我们之间的事，我因此才知道了你有历史问题，知道你将有麻烦。事实上，我去看你是冒了极大的风险。那时你已经处于监视之中，我去你家肯定会被人看见的，所以我编好了理由才敢去。香，你知道我有多难受吗？你那么纯洁，还在傻乎乎地生我的气，而我知道，你的气是因爱而生。明知你将遭遇不幸，我却一个字都不敢给你透露！我在党性、纪律和爱情之间痛苦挣扎。我相信党是英明的，我也相信你是清白的，但是我没有办法证明，我相信我对你的看法，但却实在不了解你的历史。

贤妹，我非草木，怎么会不知道你对我的情意呢？我的内心也深深地爱你，但是我不敢表示，因为我也有我的苦衷。我从没对你讲过，我父亲是以前的伪职员，1949 年后就被停职了，母亲没有工作，生了我们六个兄弟姐妹，生活的艰难可想而知。我大姐嫁给一个伪军官，1949 年前就去香港了，据说现在在美国加州。我们没有通过信，也没有往来。我是老二，大姐一走，家庭的担子全部落在了我身上。我把零用津贴都存起来交给家里，实行工资制以后，我的工资，除了生活费，全部拿去帮助弟弟妹妹读书，他们工作后，我才算得到解脱。那时我已经三十几岁了，勉强解决了个人问题。

你把陈户籍和孙国雄的信给我看，我明白你的心意，但是却无可奈何。我知道你的难处，想帮助你自立，借此挽留你，所以我向军代表推荐你到我们厂工作。但是你说“你只是在想，人家路费都寄来了！”这句话我至今还记得非常清楚，它深深地刺进我心里去了！

香，我说这些话绝对没有责怪你的意思，只是除了你，我能向谁诉说呢？现在，你平反了，我深深地为你感到高兴。但是，我还被囚禁在你的误解和怨恨之中，只有你的理解和宽恕才能把我从内心的牢狱里释放出来。

你能摈弃前嫌，和我重新开始对话，我感到十分欣慰。我真诚地希望能恢复我们之间纯洁而高尚的情谊。

这次去渝见到你，我非常震撼！你太漂亮了！太美丽了！太高贵了！真的，我的每一句话都绝对发自内心深处，你身上那种精神的光辉让我情不自禁地生出无限的崇敬。

兰香早已泪流满面，难以自持。她压抑着抽泣一阵，接着往下看。

还记得吗？当年你亲自执笔编写了四幕话剧《银莲》。1950 年七一演出时，当地驻军也来厂观看并给予好评。你去兰州后，我把本子交给了厂军代表王毅同志，请他转送重庆市文联审查，后来听说文联的同志认为，该剧有真情实感，有很好的阶级教育意义，但文学性不够，还需要加以修改。我看到了希望，虽说你已经离我而去，我还是为你感到由衷的高兴。没想到突然发生了那件不幸的事，我不便继续过问，剧本也不知所踪。太可惜了！你经历了那么多的磨难，仍有志于文学创作，怎不叫人敬佩呢？写作是件呕心沥血的事，你千万保重身体！

想说的话太多了，暂且搁笔吧。恨不能马上又见到你，我一定尽快安排！

祝你：

写作顺利！

心情愉快！

愚兄：顺涛

1989年12月6日

兰香看完信，感觉恍然入梦，好像什么都没抓住，她想再看一遍，却看不进去了。

兰香想起和刘顺涛最后一次见面，他冒那么大的风险来看我一眼，我还写信骂他。兰香觉得又好笑，又惭愧。当时一门心思儿女情长，负气斗嘴，却不知一张恐怖的罗网悄然撒下。想到这里，兰香不寒而栗。

想起陈庆生，兰香愧疚得很。平反以后，她去过新桥派出所，没有打听到他的消息。

“恢复我们之间纯洁而高尚的情谊……”啷个恢复？都老头老太婆了，还到哪里去小桥流水花前月下？眼泪从心里淌出来……

兰香只觉得心中乱云飞渡，万马奔腾，惊涛拍岸卷起千重浪。

随后几天，兰香像在梦游。李素珍关切地问：“兰香你啷个了？”兰香说：“可能是感冒了。”家云疑惑地问：“你啷个了？”兰香说：“感冒了。”

渐渐地，兰香理出了头绪：

刘顺涛终于承认爱过她，这个气质儒雅、功成名就的男人现在总算说了真话，尽管现在说这个已经没有多大意义，但兰香仍有几分欣慰。

她一定要问清楚陈庆生的事，他是不是把陈庆生的信交出去了？为什么要交出去？兰香虽然对陈庆生没有爱情，但他的真情让她感动。如果不是因为我，他应该有一个好前程，至少可以平平安安地当他的国家干部。

其实，兰香早已不恨刘顺涛，尤其是知道高占勇的事之后。高占勇跟他们抗争，结果是把自己也赔进去了。她的遭遇与刘顺涛无关。她计较的不是结果，而是刘顺涛对待这件事的态度和他的人品。

裁缝铺的人晚上轮流值班，以防偷盗，轮到兰香的时候，总是家云代她。这次轮到家云值班的时候，兰香说："今天我去，我给一个出国的人赶件中山服。"

兰香觉得这个晚上有了特殊的意义，她可以安心地给刘顺涛回一封信。

顺涛：

收到你的来信好几天了，到现在才给你回信，请原谅！这几天我想了很多很多。想起那条我们走过无数次的小路，小桥流水，老黄桷树。想起黄昏时分的歌乐山下，你的雄心壮志让我崇拜得五体投地。最让我难忘的是那个元宵之夜，我们那么纯洁，那么浪漫。想到这些我就忍不住落泪。

顺涛，你终于说出了那句话，真是令我悲喜交集。但是我想，你当时不表态，仅仅是因为你自己的经济条件吗？你一点都不知道我的所谓"历史污点"吗？如果你知道，害怕我影响你的前途，我可以理解。并且你知道了还对我那么好，我更要感激你了。如果你真不知道，我就要埋怨你，甚至恨你！你把我蔺兰香看成什么人了？我是追求荣华富贵的人吗？你说你明白我的心，你真的明白吗？我把孙国雄的信给你看，不就是为了得你一句话吗？暂时的贫困和永远失去爱情，孰轻孰重，你难道就不会权衡吗？

你说我误解了你，我误解了什么？你没有向组织交代过我们之间的事？除了你，我来重庆没有骂过任何人，怎么会有"辱骂国家干部"的罪名？为什么他们会问起陈庆生？他后来怎么样了？他会不会像我一样坐牢？你可以帮我解开这些困扰了我几十年的疑团吗？

对于我的政治遭遇，我确实曾经恨过你，现在早已不恨了。高占勇因为我坐了五年牢，陈庆生下落不明，难道我非要让你也坐几年牢心里才舒服吗？说实话，你能不受我的牵连，走好你自己的路，对我来说倒是个莫大的安慰。

你的来信中说到你最后一次来看我的事情，我明白了，谢谢你！

谢谢你对我写作的鼓励。其实，我十几岁就有了当作家的理想，虽然我的水平不能和丁玲、冰心那些大作家比，但我有生活，那是编都编不出来的故事，我要比任何人都写得真实，如果历史能够留下蔺兰香一个小名，我也算没有枉活一世吧。

好吧，今天就写到这里。

我对门商店的传呼电话是：573920

兰香

1989 年 12 月 26 日凌晨 5 时

亲爱的香：

终于盼来了你的信，盼来了你给我的深深情意。

你长长的信，深深的情，熨平了我长长的思念，深深地烙在我的心灵。

四十年前的往事啊，斑斑点点，恍如云烟，此刻却又展现在我的眼前。你不是想知道五一年，你的不幸及其罪状的根源吗？我把我所知道的如实告诉你，看能不能了却你的心病，解开你的疑团。

1950年筹备春节联欢活动，因为厂里女同志极少，你和你姐姐秀蓉，由厂工会筹备委员会主席，地下党员张俊辉同志介绍，来厂参加演出。

我当时是工会宣教委员，是节目的负责人和参与者。你们到厂后，和厂里的青年如高占勇等热情很高，从挑选节目、排练，彩排到演出，所有业余时间，大家都聚在一起，既辛苦也充满乐趣。

当时，你家住在新桥街上，距凤鸣山约有一华里的田野小路，而排练紧张时常到深夜，先是我们好几个，后来多数是我和高占勇送你回家。现在还记得清楚，我在交代时还说了，送你到家后，一般都在你家小歇一会，然后才回厂休息。星期天，我们经常相约去转田坝，采摘些折耳根在你家弄来当菜。编写话剧的那一个多月，我常在汽修厂和你家往返，有时我也一个人去你家玩，谈演出的事或者摆些各自的情况。

这期间，我曾向军代表反映过你的生活困难，请求安排你到厂里参加工作，但对厂里的事情，我绝对没有任何泄密，因为那时我已递交入团申请，知道了作为一名共青团员应该具备的品质。

上面这些情况，是我在民主改革补课期间，一次有三区团委同志参加，在厂里召开的小型的专门会议上，由我所作交代的大致内容。我交代完了后，有人提出我与你的关系，沈三里、高占勇与你的关系。我补充了你离开重庆去兰州那天，我送你到山洞，以及你在途中给我写的信，和我给你写的信的大致内容。至于沈三里、高占勇与你的关系，我在交代中说了，他们是否经常单独去你家，我就不得而知了。会后，我对以上交代，写了书面材料。

当时，有人总怀疑我和你有不正当关系，以至会上老缠着这个话题，我非常气愤。我想，我与你的交往，完全是出于工作需要，我承认我们交往较密切，也有一定感情，但是，我们之间确实没有什么见不得人的事。其实，当时我们都是未婚男女青年，就算谈恋爱，又有什么不正当的呢？我有口难辩，一气之下，会后，我就把你所有的来信，包括陈庆生的信，统统交给了当时的保卫干事——团小组长余文连同志。心想，现在我把不需要公开的私人信件都交出来了，还要我怎样解释说明？

现在才知道，给你罗列的“辱骂国家干部”和“勾结特务”的罪状，都与我的交代和交出的信件有关。所谓勾结特务，无疑是指的沈三里，此人在1951年3月，被送去江北管训队，后来听说在广元荣山煤矿劳改，刑满后，就在煤矿就业了。至于他是不是特务，我至今都不清楚。尽管我的交代绝对没有任何诬陷之词，更没有写过对你的检举，可是，他们就凭借我的交代和信件作为依据，捏造出两条罪状，让你蒙受了奇耻大辱，把你打入了悲惨的深渊。香，我怎么对得起你，怎么对得起我心目中无限崇拜、万般执爱着的你啊！

常言道，“好男有泪不轻弹”，看了你这信，我哭了，现在，我仍然是流着泪在给你写这封信，我的心在一阵阵剧痛。这泪水怎能洗刷我对你的罪孽！我无颜乞求你的原谅，我应该跪在你的面前，让你骂我，打我的耳光，或者你想给予我的任何惩罚。

命运真是作弄人，你在劫难中重生，我却在逃避中沉沦。

写完这封信，我的心情终于平静下来。

新的一年又来了。1950年，1990年，我们相识整整40年了，如果时光能够倒流多好啊！

保重！一切都好！

爱你的涛

1990年元月14日

那段时间，表面上看，一切照旧，兰香的内心却波澜壮阔，盼信和写信成了她生活中的大事。她的灵感被激活，仿佛满山的黄花金灿灿地开了。

兰香把信放在随身携带的手提包里，有机会就拿出来看看，过了好长一段时间，才决定放在家里。她在家里到处打量，发现居然没有一处合适的私密空间。兰香便到街上买了一把锁，找到锤子钉子，把写字台的大抽屉钉上锁扣。

家云看见抽屉上锁，有些诧异，几十年了，除了门上锁，家里的柜子抽屉从来没有上过锁。即使要加锁，这种活也该由他干。便问：“你有些啥子宝贝哟，还要锁起来。”

兰香说：“里面有顾客的发票，还有平反通知、申诉书，还有我写的稿子，怕搞丢了。”

家云眨着眼睛，不再多说。

第五十一章

秀蓉走了

琳琳发来电报：母亲患癌症病危。兰香叫家云给几个娃娃打电话，做好心理准备，自己当晚便去菜园坝，乘九点过的火车去成都。

走出成都火车站，兰香搭了辆三轮车，直奔新南门四川省运输公司家属宿舍。

秀蓉家的门虚掩着，屋里鸦雀无声。兰香推开门，屋里乱糟糟的，一个女人歪在沙发靠背上，头耷在胸前打瞌睡，兰香认出那是琳琳。她头发乱蓬蓬的，腿上搭着一床棉被，沙发扶手上放着一个枕头。听见动静，琳琳睁开眼睛，见是兰香，她赶忙掀开被子站起来，小声说："姨妈，你恁个早就到了哇？"她把被子和枕头挪到沙发一头，请兰香在沙发上坐。

兰香急切地问："你妈情况啷个样？"

琳琳揉揉眼睛。"妈得的淋巴癌，查出来已经是晚期了，住了三个月医院，化疗、放疗都治不住，身上到处鼓起包块，痛得撕心裂肺喊爹叫娘的。"琳琳流下眼泪，"她昨晚上费[①]了一夜，这哈儿刚刚睡着。"

"你爸爸呢？"

"在隔壁。"

"我去看一下你妈。"

"嗯。"琳琳带着兰香轻轻推开隔壁房间的门。屋里很昏暗，有一股浑浊的异味，到处放着衣物、药瓶、纸盒，窗户紧闭着，窗帘拉得严严实实的。

易朗一条腿盘在床上，一条腿搭在床边，给秀蓉按摩肩膀。他勉强笑着朝兰香点点头，用耳语般的声音说："她刚睡着。"

一堆棉被和枕头中间露出一个头，几乎看不出身体。秀蓉的脸似乎小了

① 纠缠。

一半，她紧闭着双眼，眼窝深陷，光秃秃的头上残留着几根白发，灰白的脸上痛苦的表情说明她还活着。兰香感到震撼，如果不是在这个家里，她会完全认不出那就是秀蓉。她靠近床头，小心地伸手，轻轻抚摸秀蓉的额角，秀蓉脸抽搐一下，“过去!”兰香缩回手，心想，她在说梦话。

琳琳有些尴尬，朝秀蓉俯下身，想跟她说什么。兰香拦住琳琳，对她摇头。兰香在床前屏息站了一会，忍不住想哭。她向易朗递个眼神，拉着琳琳退出房间。

回到客厅，兰香掏出手巾擦泪。过一阵，兰香问琳琳，“你们啷个不把窗子打开，透点新鲜空气呢？那个屋恁个捂着，好人都要捂出病来呀。”

琳琳说：“妈不准开。她现在虚弱得很，翻个身都要人帮忙，怕光，一丝丝儿风她都感觉得到，都喊不舒服。”

兰香想到秀蓉头上那几根头发，好像深秋的枯叶，一丝风就会把它们吹走，心中疼痛不已。

一个年轻女子走进屋来，两手端着一缽稀饭，一只手上还勾着一个塑料食品袋。她约莫三十来岁，模样顺眼，长得丰满结实，滚圆的胳膊把衣袖胀得紧绷绷的。琳琳对兰香说：“这是我们请的妹儿，叫文芳。”又对文芳说：“文芳，这是我姨妈，从重庆来。”

文芳笑着对兰香鞠躬，“姨婆婆好!”

“你好，”兰香跟保姆打个招呼，又问琳琳：“你妈晓不晓得自己得的是啥子病?”

“晓得。你晓得妈这个人，啥子都瞒不到她。恐怕她也晓得自己没得办法了，时间不多了，硬是闹起要出院，前几天我们就把她接回来了。我们怕她说走就走了，所以就赶紧给你们发个电报。”

文芳把食品袋里的包子腾在盘子里，摆好碗筷，招呼大家吃饭。琳琳到隔壁换出易朗。兰香这才看见易朗两眼红肿，满脸倦容。易朗朝兰香咧咧嘴，宽慰地一笑，“你来了?”他两手交换捏着指关节，操着几十年不变的山东口音说：“她浑身疼，老要我给她按摩，我真是累得不行了。”

“可以叫文芳给她按摩一下嘛。”

“她只要我，不要任何人碰她。”易朗摇摇头，说：“兰香，你知道，我们夫妻五十年了，她要走了，我可怎么办呐?”易朗说着流出眼泪。

兰香第一次看见姐夫流泪，禁不住鼻子发酸，她不知怎样劝他，口是心非地说：“姐姐身体素质好，说不定熬得过去。”

文芳说：“婆婆一天比一天恼火了，前天我喂了她两调羹牛奶，还吃了几颗葡萄，昨天连牛奶都吞不下去了。”

琳琳过来，神情紧张地说：“姨妈，妈喊你！”

“她醒了？”兰香放下筷子，走到隔壁，易朗和文芳跟在后面。

秀蓉正两手撑着床坐起来。兰香赶紧跑过去扶住她，文芳在她身后垫好枕头。秀蓉不耐烦地瞥着眼睛，示意其他人出去。琳琳拉着文芳出去，顺手带上门。秀蓉头靠在枕头上，看着对面的墙壁，墙上挂着她和易朗年轻时的双人像，两人端坐椅子上，易朗怀里抱着一只卷毛狗。兰香坐在床边，从侧面看到，秀蓉眼睛里晶莹闪光。

喘息一阵，秀蓉开口了，“兰香——跟你说——”她的喉咙咕噜咕噜地响，但话语十分清晰。

兰香怔一下，说：“姐，等一下。”她以为秀蓉有什么遗嘱，赶紧跑到客厅，从包里掏出本子和笔，又跑回来，“姐姐，你想说啥子？”

“你给小玮说，喊他把这个保姆开销了……”

“为啥子呢？”

“她太年轻了，又漂亮……”秀蓉提高了声音，“热天——还穿个袒胸露背的二比褂褂[①]——两个奶子都要蹦出来了，过上过下的——易朗都盯着她那点……”

兰香放下笔和本子，“姐，你好好养病，不要乱想。人家姐夫都七十多岁的人了。”

“你没看见？他哪像七十几岁的人？头发没有白，牙齿还嚼得动麻花、干胡豆，京剧组那些老娘，打扮得花花哨哨的……还跟他开玩笑……兰香，五十年来，我们两个秤不离砣，就是到你重庆来耍几天，我都是想着他的……兰香，我等不到他了……我——舍不得他……”秀蓉渗出一点眼泪，眼里流露出悲哀和留恋。

兰香忍住眼泪，说：“姐，这个保姆年轻，有力气，换个年纪大的，弄得动你吗？姐夫已经几个晚上没睡好觉了，我看他眼睛又红又肿，要是他也病倒了……你还是让保姆来帮你按摩一下嘛，要不，我来？”

“不！非要他不可……把保姆辞了！”秀蓉声音微弱，语气坚决。

“好嘛，我这就给小玮打电话。”兰香无可奈何地说。

秀蓉闭上眼睛，又哼哼起来。兰香问：“姐，你想不想吃点儿啥子？”

“易朗——喊易——朗。”

---

① 肩部约两指宽的短褂。

兰香回到客厅，对易朗说："姐夫，喊你。"

文芳正在跟琳琳和易朗说着什么，很有主见的样子。易朗深吸一口烟，把剩下的半截掐灭在烟灰缸里，长长地吐出一口浓烟，走进隔壁。兰香看一眼文芳，眼里带着疑惑。

文芳说："姨婆婆，饭冷了，要不要我给你热一下？"

兰香说："我不吃了。谢谢你！"

文芳一边收拾桌子，一边对兰香说："姨婆婆，我刚才跟孃孃他们说，婆婆恐怕快了。我们农村人说，人死之前，都有些反常，看样子像好了一样，一哈儿就落气了。婆婆恁个久都是一天不如一天，刚才自己就坐起来了，有点像回光返照。你看是不是该通知晚辈些赶紧过来？"

兰香半信半疑地望着琳琳，琳琳迟疑一下，说："我这就去打电话。"

兰香走到阳台上，漠然地望着远处缓缓流动的锦江水，心中百感交集。

两年前夏天来成都的时候，秀蓉还红光满面的。她穿一身白色练功服，带着兰香在对岸滨江路的树林里练气功和太极剑，气定神闲，招招式式展示着长命百岁的神韵。小玮开车送她们到都江堰去玩，在索桥的桥头上，在宝瓶口、古城墙下给她们照相。两人穿着色彩鲜艳的短袖衬衫，戴着墨镜、雍容华贵，活像来大陆观光的一对香港富婆。

"背挺起……头抬起来……走一字步……脚不要叉开……"兰香想起在毕节的街上，秀蓉教她走一字步的情景。秀蓉凭着她的倔强、勇气和精明，把一家人带出了龙山，带进了大城市。但是，她太要强了。兰香不能自作主张把事情瞒下来，她考虑等会小玮来了该怎样跟他说换保姆的事。

中午时分，小玮和小璟带着家人先后赶到。大家跟兰香寒暄一番，依次去看了秀蓉，又回到客厅。屋里一下来了这么多人，顿时显得十分拥挤，人人表情凝重，连孙子辈小娃娃都没有了笑脸。大家都小声说话，轻手轻脚地做事，生怕惊扰了隔壁的病人。文芳压着嗓子，绘声绘色地给他们讲秀蓉的回光返照，越说越煞有介事。

兰香把小玮叫到一边，把秀蓉要他辞退保姆的事告诉他。小玮轻描淡写地说："我晓得了。"兰香松了一口气。

"秀蓉！秀蓉！"隔壁突然传来易朗一阵惊叫。小玮和小璟一阵风似地冲进屋里。"妈！"琳琳发出一声碎玻璃一样的嘶鸣，趔趔趄趄地摔倒在床前。兰香跟在后面，仿佛一块巨石沉到心底。

"秀蓉——"易朗一声撕心裂肺嚎叫，屋里哭声一片。兰香知道，秀蓉走了。她木然地站在门口的衣柜旁边，一种彻骨的寒冷灌注脊背，藺家就剩我最后一个人了！

一身黑色的寿衣让秀蓉阴阳两隔。

次日，兰香家三个儿女赶来了。琳琳的丈夫罗安林此前回家探望过丈母娘，返回勘探队不久，接到琳琳的电话，急忙又赶回来了。在秀蓉遗像前鞠躬哀悼之后，两家小辈子围坐在兰香身边，回忆秀蓉的好，回忆她和易朗共同生活的点点滴滴，感叹老一辈的不容易。

兰香这家，丁昊在重庆长航装饰设计公司上班，媳妇范嘉利正是当年追求他的那位幼师学生，现在在一所幼儿园当老师，他们的儿子丁亦然两岁。丁曦大学毕业后分到重庆长江电工厂，女朋友叫白玉，长得文静，高挑，是厂财务处的会计。小葵评了讲师，业余时间在外面做主持．瞿宗平当了年级组长，儿子瞿之远刚满一岁。

秀蓉家，琳琳调到省运输公司工会，女婿罗安林进藏二十多年，虽然没能照顾好妻儿，家庭，但事业上进展顺利，高级工程师，与人合写了好几部著作，经常被地质部召唤去北京献计献策，是全家人的骄傲。外孙罗晓航进了飞行学院，长得很像易朗年轻时的模样。老二赵玮，性格沉稳，特别能吃苦，在防疫站当科长，媳妇杜娟从部队转业后，分到市委组织部工作，女儿小雪长得细眉细眼，像古画里的美人儿，小两口宠爱有加。老三赵璟能说会道，前不久从《交通报》辞职下海，开了一家广告公司，专做车身广告，他媳妇温婉是中学英语老师，儿子橙橙三岁。

在陆续来吊唁的人中，兰香看到了两张似曾相识的面孔，听琳琳介绍，原来是易朗在川滇东路的老同事，在毕节时到过秀蓉家。他们说起兰香当年端茶送水的羞涩，回忆起秀蓉的热情好客，爽快，能干，感慨时间的无情，人生的短暂。兰香又想起陶鸿飞，那个在她生命中匆匆走过却记忆深刻的人。

秀蓉出殡时，子女们没让易朗去，让文芳陪着他。

一缕青烟，一匣白骨，亲人们把秀蓉的骨灰送到新都宝光寺。那是一片传说中的风水宝地，佛音袅袅，绿草茵茵。赵家儿女在秀蓉的旁边，给易朗预购了一个墓位。

秀蓉的去世使兰香开始面对死亡：人生无常，万一我没有写完自传就得了绝症哪个办？

一种紧迫感沉重地向她心上压过来。

第五十二章 >>>

婚姻危机

兰香下班回家，发现写字台抽屉的锁扣被撬开了。

修建石门大桥的时候，汉渝路靠中渡口一带设计为引桥，兰香家那排房子的住户迁到了重棉一厂四宿舍。那原本是一栋单工宿舍，经改建后成了家属住房。每户三个房间，呈“目”字结构。家云住进门的一间，是正屋，右边靠墙的地方有几步梯坎，上去是兰香的小屋，最里面是一间厨房。

写字台就摆在兰香的床头。兰香上班的时候，把新写的手稿放进抽屉，搭上锁扣，上了锁，可是现在，锁扣的钉子被拔出，铁锁翘在半空，像被打劫一般。

顿时，一股怒火冲上兰香的脑门：丁家云！好大的胆子！居然敢撬我的抽屉！简直是欺人太甚！兰香拉开抽屉查看，刘顺涛的信不见了。她想，善者不来，来者不善，看来丁家云是安了心的。事到如今，只有跟他拼个鱼死网破了！兰香压住火气走进厨房，直截了当地说：“把东西还给我！”

家云背朝着兰香掐菜，不吭声。

“丁家云！把东西还给我！”兰香厉声喊道。

家云扭头恨恨地瞪兰香一眼，牙齿咬得腮帮子鼓一鼓的。

“你瞪着我干啥子？你撬我的抽屉，偷我的东西！你是个贼！小偷！你侵犯我的自由，侵犯我的隐私权，我要去告你！把信拿出来！你这个卑鄙小人！”

家云猛地把菜往地下一摔，转身朝兰香吼道：“哪个是小偷？哪个卑鄙？我还没有找你算账，你倒还翻天了！”

“哼！算账？要算你各人去算。把东西还给我！”

“不还！”

“是不是不还？”

“凭啥子要还？那是你偷……的证据！”

“偷啥子？你有本事说出来！”

“哼！你硬是以为老子是哈的吗！啥子哥啊妹的，没干啥子写得恁个肉麻嗦？”

“你不要脸！”

“你去跳舞，到处去耍，我都没管你，这下好了，你又和那个姓刘的搞到一起去了！都要六十岁的人了，还不安分守己！”

“少说那些，信还来！”

“你傻了哇？他把你弄进监狱，害得你和一家人都不安生，你还相信他那些鬼话？那种坏人，你理都不该理他！”

“我的事不要你管！你不懂！你啥子都不懂！把东西还给我！”

“你还想跟他在一起，是不是？”

“少扯那些！最后问你一句，还不还？”

“不还！”

“好！我警告你丁家云，你偷我的东西，侵犯我的公民权、隐私权，你已经触犯了法律，我要去告你。我要去找律师，我要跟你离婚！”

兰香说完，摔门出去了。

兰香沿龙泉巷茫然地走着，情绪沮丧。

天早早地黑了，上街的人却烟烟络络。娃娃们在路上追逐，国泰药房，松柏老站茶馆，邮政局的门上挂着红灯笼，沙区政府楼上，彩色的霓虹灯在天空中闪烁。兰香觉得有些异样，突然想起，要过年了。她无暇欣赏节日的夜景，心思纠结在才刚发生的事情中。

多少年来自己小心谨慎，大事小事三思而行，没想到今天还是出事了，而且是大事！兰香心如乱麻，后悔不迭。大意失荆州！大意失荆州！如果这些信落到刘顺涛单位那些人手上，后果不堪设想。为了慎重把抽屉上了锁，没想到此地无银三百两，引起了丁家云的警觉。小看了丁家云，把他当君子了。

平反以后，兰香和家云的反差迅速拉大。兰香春风得意，莺歌燕舞，生意越来越好，收入是家云的两倍多。家云却迅速走下坡路，七年前他摘除了一个肾后，身体日渐衰弱，又得了哮喘，背驼得更厉害了，退休以后，他整天在家里围着锅边转，兰香在家里无可争议地处于支配地位，家云有啥不满，顶多也就是嘟嘟哝哝发几句牢骚，没想到今天他会做得这么绝。

兰香想不出家云会把信藏在哪里，也不知道他会做个啥，但怕就怕他狗急跳墙，拿着信去刘顺涛厂里闹，如果那样的话，刘顺涛就完蛋了。兰香想，我倒是死猪不怕开水烫，要是刘顺涛出了啥子事，这次完全是我出卖了他了。

兰香在沙坪坝转了一圈，走累了，肚子也饿了。她在夜市摊上买了一碗小面吃，完了疲惫地走回裁缝铺。兰香开门的时候，楼上传来一声喝问："哪个？"

兰香一惊，立刻回过神来，是何金秀的男人陈师傅，帮何金秀值班的。

兰香回答："是我，蔺兰香。"

"哪个呢？"

"我是蔺师傅。"

"哦，"陈师傅推开窗户探出身来，"蔺师傅，要过节了，忙哈？"

"呃，忙。"兰香灵机一动，趁势说，"陈师傅，我赶点活路，今天可能做得有点晚，懒得回去了，干脆我帮你值班算了。"

"那啷个好呢？"

"没得关系。不然我等会还只有睡案板了。"

"那就谢谢了。"陈师傅下来打个招呼，回家去了。

兰香关上门，一屁股在凳子上坐下，僵硬的身体一下放松，顿时觉得好受些了。她木着脑袋坐一阵，站起身，随便找了一卷布料在案板上铺开，心却静不下来。她觉得口干舌燥，一提热水瓶，空了，她便拿着杯子到卫生间接了一杯自来水，仿佛听见有人敲门。兰香走出卫生间，咕嘟咕嘟喝了大半杯水，敲门声又响起来。兰香隔着门问："哪个？"

"蔺孃孃，是我，小田。"

兰香听出是田欣怡，换了笑脸打开门。

"小田，你啷个找到这里来了？"兰香热情招呼。

"丁伯伯说你出去了，我就来这里碰下运气。"她从包里拿出一沓料子，在案板上铺开。

兰香说："哎呀，好漂亮哟！这色片，这花形。"

"托人在香港买的。蔺孃孃，我要去美国了。"

"去美国？干啥子？"

"结婚！"

"真的呀？好久走？"

"过了春节就走，签证都办好了。"

"祝贺你，小田！"兰香高兴地说："这也了了我一个心愿。这些年我都帮你盯到的，无奈周围档次高的不多。有的男的相貌可以，但层次不高，有的文化高点，长得又七零八落的，配不上你。”

“你的心最好了，谢谢蔺孃孃！”

“我是跟你两个谈得拢，换个人，话不投机半句多。哎，出版社那边哪个办呢？”

“辞职。”

“恁个好的工作都辞了？”

“为了幸福赌一把。万一有个啥子，随便给哪家杂志写点稿子也活得出来。”

“也是哈。小田，我给你说句心里话，你莫生气哈。”

“我们两个还那么生分？你说，蔺孃孃。”

“结婚以后赶快要个娃儿！你今年都三十八了，拖不得了。”

“有这个打算。他前妻生了个儿，他还想要个女儿。”

“生男生女都没得啥子，只要是自己的亲骨肉就好。他是美国人？”

“台湾人。”

“哎呀！可惜了，你走了我又少个朋友了！”

“海内存知己，天涯若比邻，朋友走到哪里都是朋友噻。我给你写信。”

“恁个说，我还有个海外关系了哦。”

“必须的！蔺孃孃，你看这料子做啥子好呢？”

“做旗袍嘛？现在流行的款式都是国外流进来的，你穿出去到那边说不定早就过时了，就像县份上总是要比我们慢几拍。旗袍是中国特色，哪个都不会过时。”

“蔺孃孃你太英明了！我就是恁个想的。我算了一下，这些料子可以做三样，一件长袖，一件短袖，一件露肩的。”

“好好好，来，我先给你量尺寸。”

兰香闩了门，拉拢窗帘。田欣怡脱掉衣服，只穿一件保暖内衣。

兰香问：“冷不冷？”

“不冷不冷。还脱不脱？”

“好了嘛。”

“还是脱了嘛，给我量巴适点儿。”田欣怡并不停手，脱得只剩下胸罩和内裤。

兰香笑道：“你这是典型的要风度不要温度哟。”说罢赶紧给她量尺寸。

量完，兰香拿出记录本，她记得以前留下过田欣怡的尺寸，果然一下就翻到了，“小田，你瘦了呃。”

“是不是哦?”田欣怡边穿衣服边探过身看。

“你看，现在腰杆小了四厘米。”

“哎呀太好了！我这段时间在跳健美操，体重是减了好多斤，还不晓得减到哪些地方。”田露怡扭了几下屁股。

“这下你爱人更喜欢你了哟。”

“是噻，女为悦己者容噻。”

兰香心动了一下：我为哪个容呢？却说：“也不一定。有时候，女人穿衣服就是为了自己，自己看自己漂亮心里舒服。”

“也是也是，不过有人欣赏就更舒服。”又说，“藺孃孃，这几件衣服你一定要亲自做哦，副工都不要拿给别人做。”

“要得，我给你做成琵琶扣，双耳扣，给你做好就是，也是我的招牌噻。”

“对对对，到了美国，那些人要问我是哪里买的，我就说是定做的，中国重庆沙坪坝土湾模范村藺兰香大师亲手制作。嘻嘻，给你拉点国际业务回来。”

“你啷个恁个晚才来呢?”

“本来想让你在家里做，所以等到晚上才去。哎，丁伯伯好像很不高兴嘞!”

“我们吵架了。”

“为啥子?”

“这是常事，一天到晚疑神疑鬼的，他。”

田欣怡配合着兰香：“藺孃孃你这辈子委屈了。”

“有啥法，摊都摊到了，我一直在忍。”

“未必忍一辈子?”

“都这个年龄了，还有几辈子？有时想，哎，他对我也好，发了工资全部都交给我，也还勤快，我想吃豆花了，他拿起锑锅就往河对门大石坝跑，我想吃豌豆汤，他就去小龙坎的九九饭馆端。别的男人可能就不得行了。”

“呃——像个男保姆。”

“他也遭我牵连，退过党。”

“那是因为你漂亮，他舍不得你。”

兰香说：“我们一起度过了恁个多艰难的日子，像灾荒年，我们一起扯野菜，捡碳花儿，星期天天不亮就起来到歌乐山、大竹林去买红苕买菜，多大一挑……

“哪个都看得出来，藺孃孃，你们的婚姻没得爱情。”

兰香叹口气，说："几十年都恁个过来了。"

田欣怡说："我可不可以说句老实话？"

"说嘛。"

"蔺孃孃，我一直都很敬重你。你忍辱负重，坚守自己的信念，把几个娃儿都培养成了大学生，还写自传，这些，周围的人对你刮目相看。但是我不赞同你的婚姻观念。没得爱情的婚姻好痛苦哟！不要说几十年，让我和一个不喜欢的男人生活一天我都不愿意！我说的是实话，蔺孃孃你不要怄气哈。"

"我晓得，你说得对。你就是不想委屈自己才等到今天。我们这代人，跟你们不一样。"

"也是，说不清楚哈。"田欣怡惋惜地说。

田欣怡走后，兰香没有心思做事了，她上楼脱了大衣躺在床上，迷迷糊糊想了一个晚上。和田欣怡说那些，是她的真心话，是能讲的，更多的事，她只能憋在心里，独自发酵。

兰香两天没回家，家云心慌了，跑去杨家坪找小葵。

家云爬上八楼，喘息一阵，这才敲门。

小葵满脸惊喜，说："爸爸！快进屋坐。"

家云一声不响进屋，灾难深重的样子。

小葵收起笑脸，问："爸，出了啥子事？"

"这个家——要垮……"家云一句话没说完，猛地咳嗽起来。

"爸你不要急，慢慢说。"小葵轻轻给他捶背，隔着厚厚的棉衣，感觉到突出的脊骨。

家云喘息未定，瘪着嘴说："你妈——要——要——离婚！"

"你们两个唧个了嘛？"

"那刘顺涛你晓不晓得？"

"嗯，晓得，他啥子？"

"他来找你妈，又惹些事出来了！"家云把手伸进大衣内袋，摸出两封信递给小葵，"这里，这是他写的信！"

家云坐到沙发上，低垂着的头，像要从肩膀下掉下去。

小葵看信，脸色慢慢沉下来。"该死的！"小葵突然骂一句。

家云抬起头。

"这个杂种，妈妈受苦受难的时候，他不晓得躲在哪里去了。刚刚过几天太平日子，他就冒出来了！"

“我也是恁个想。”

“幸好他住得远……”

“他当了大干部，有车！穿件风衣，带个眼镜，拽得很啰。”家云嘟哝着说：“上回到你妈裁缝铺去过。要是晓得他是那个坏蛋，我直接就撵他走。”

“妈啷个没给我讲过这事呢?”

“她是心头有鬼!”

家云看小葵一眼，支支吾吾地说：“……这些信……是我悄悄在你妈抽屉头拿的，她嘿生气，说——说——说我偷她的东西，要和我离婚。”

“你悄悄拿她的东西是不对噻，她当然要生气哟。不过，离婚可能是说的气话。”

“她两天都没有回家了。”

“嗯！到哪里去了呢?”

“晚上睡在裁缝铺。”

“哦。”

“你看啷个办呢?”

“让我想一下。”

“我本来想给那个姓刘的写封信……”家云说。

小葵赶紧说：“你千万不要写!”

“还没有写。看你妈泼得那个样子，又怕把她惹毛了。”

“不要把事情搞复杂了!”

“啷个办呢?”

小葵想一会儿，说：“你先把信还给妈嘛。”

“还？我这时候给她下了矮桩[①]，她怕越发得意了哦。”

“那啷个办呢？未必你还想让妈给你认个错吗?”

“错倒不要她认，只要她不再恁个就要得了。”

“爸，你不要想恁个多。妈妈可能是一时冲动，说不定过一阵就会好的。”

小葵嘴上安慰家云，心里却七上八下的。事情远非这样简单。误会澄清了就会有新的走向。历史让妈妈蒙冤，失去了应得的爱情，现在，如果能失而复得，那无疑是一种补偿。但凡有良心的人都会说，蔺兰香受苦受难几十年，现在，她有权利得到任何补偿。只是，只是我们这个家呢，未必就这样散了？爸爸不离不弃，陪妈妈过了几十年的苦日子，到头来还落个妻离子散，

① 屈服，妥协。

这又公平吗？

小葵从桌子上抓起几颗话梅放到家云面前，剥一颗递到家云嘴边。家云伸手接住，放进嘴里。

小葵说："哎呀爸，水都忘了给你倒！"边说边拿了杯子到饮水器前接水。

家云说："掺点冷的。"

小葵把杯子递给家云，家云一口气喝了半杯。

小葵说："爸，不要怕，我这里永远都是你的家。到时候，我是说万一……万一妈妈鬼迷心窍，你就住到我们这里来，学校俱乐部啥子都有。"

家云又低了头。

小葵说："不过你现在最好不要激化矛盾。你看恁个好不好，你把信放在我这里，我来转个弯。"

家云闷一阵，哭兮兮地说："要得嘛。我不会说话，你劝下她，她听你的。"

"爸！你莫着急，不管啷个，刘顺涛的自私虚伪，妈应该比任何人都清楚。"

"那我走了。"

"吃了饭再回去嘛。"

"我还是回去，万一你妈今天回来了呢？我怕她没得饭吃。"

"爸，事情总是在变化的。你不要真的动气，要保重身体。"

家云点着头，望一眼桌上的信，转身走了。

家云前脚走，兰香后脚到。

兰香坐在沙发上，沉着脸，很久不说话。

小葵在一旁等着她开口。

"你爸爸可恶至极！他撬我的抽屉！偷我的信！简直像个国民党特务！他以为我还是个黑五类，还像过去一样，应该受他管制，受他监督改造！简直太可恶了！他是个文盲，法盲，又愚蠢又可恶！简直太卑鄙太气人了！"兰香一开口，有如火山爆发。

小葵低着头听，不插话。

"退党的时候，组织上说他站不稳立场。退党以后，他一下就变了，好像突然走火入魔，开始对我进行监督、改造，啥子事都要听他的，不准我教育你们，还武力镇压，简直是变态……"

"真的呀？"

"所以我说你不了解他！他是想控制我！原来是恁个，现在还是恁个！"兰香爆发出多年的积怨。

“最让我气愤的是那次去文化馆。我想打乒乓球，他说，‘你都不认得那些人，去打啥子？’我说，‘公共场所的设施是为大家设置的，任何人都可以享受。’就去排队候着，他黑着脸坐在一边。我刚和一个男的打了几板，他就拉着我回家。”

“他追问我那个男的是哪个，和他讲了啥子话，一口咬定我认得那个男的。我愤怒了，就说，‘那是来跟我接头的特务，想炸你们纺织厂，你去给你们高队长讲，喊他来抓我嘛！’他抓住我就打……”

停顿一阵，兰香幽幽地说：“我就跟他扭打起来。他一个机修工，我哪里打得过他，遭他按在床上。我心灰意冷，停止了反抗，接下去，他就想脱我的衣服……要干那种事，我都不想活了，抓起剪刀放在颈子上，我说，‘你再动，我今天就死给你看！’”

兰香闭上嘴，沉默。

小葵十分震撼。作为女人，她感慨母亲生存的艰难，为她不平，为她悲哀。但是，她又情不自禁地站在另一个角度，为父亲的行为寻找理由，心里十分纠结。她知道他们有矛盾，但以前妈妈都捂着，努力维持现状，现在为什么旧事重提，算老账呢？还不就是那个可恶的刘顺涛搅乱了妈妈的心吗？

“妈，”小葵小心翼翼地说：“爸爸是怕失去你，失去我们这个家。”

“可能——啷个说他还是个——男人——不过，他撬抽屉的事是做得有些过分，该向你道歉。”

“你说些啥子！我不喜欢听你这些不痛不痒的话！”兰香说，“个人隐私是受法律保护的，他的行为是违法的，我可以去告他！”

小葵不说话了。

兰香来这里就是想表明，她不再是原来的兰香，她不再妥协，要豁出去了。

“哼！原来以为平反了，总算可以过一下自己想过的生活了，这个人！这个人！几十年了，我觉得气都喘不过来，要憋死了……”兰香一腔义愤变成了无奈的哀鸣。

过了一阵，小葵说：“爸爸肯定是爱你的。他怕失去你，怕失去我们这个家。”

小葵拿出信，递给兰香。

“他到你这里来过？他还恶人先告状！”兰香怒火又冲起来了。

小葵说：“爸爸不是来告状，他是想跟你和好。”

“你不要劝我！要不是为了你们，我都跟他离了一万次了。”

小葵扑哧一声笑了。

兰香板着脸问："你笑啥子？"

"你要离一万次婚，那就先要跟他结九千九百九十九次婚才行噻。"

"那是夸张，夸张！你懂不懂？"

随后，两人都不说话了。兰香把信装进手提包，问："他跟你说些啥子？"

小葵说："也没有说啥子，可能就是心头不好受，想走一下。妈，我问你一件事，你不要生气哈。"

"说嘛。"

"你以前跟我说，是刘顺涛出卖了你，把你推进监狱，现在他啷个又来找你了呢？"

"你搞错了，是我找的他。这些信你肯定也看了，我也不想瞒你。我们之间有误会，现在弄清楚了。"

小葵不搭话，等着兰香继续解释。

兰香挑衅地看一眼小葵，"跟你说，你现在长大了，该懂事了！我想离婚不是为姓刘的，我只为他，他越来越猖狂了。"

"爸爸身体这个样子，可能受不了刺激。"

"那是他自找的！年轻的时候，他把夫妻之间那些事当饭吃，挨着就硬，硬了就磨皮擦痒的，非要那个，经常害得我觉都睡不好，我最反感了！"兰香突破了跟小葵说话的尺度，"人家都说一滴精，十滴血，他各人把各人的血都放完了，身体啷个不垮嘛。"

"爸爸是爱你噻。"

"爱我？你有小瞿体贴你，你们有共同语言，我和他有啥子？除了耍朋友的时候请我吃过一碗小面，恁个多年从没给我买过东西。简单，粗暴，木讷，一点情趣都没得。他把我当私有财产！我一辈子就是他泄欲的工具！"

小葵张了张嘴想说什么，忍住了。

兰香抿紧嘴，转头望着窗外，不再说话。

看着妈妈心灰意冷的样子，小葵的眼里慢慢渗出泪花。那一时刻，她想清楚了：妈妈忍辱负重，付出了几十年生命的代价，在余下的有限时间里，她有权得到她想要的一切。

沉默一阵，小葵说："妈，我理解你，如果确定了就告诉我，爸爸那里，还有两个弟弟的工作我来做。只是，"小葵拉起兰香的手说，"妈，你不要和爸爸硬扛，不然他豁出去了，跑到刘顺涛的厂里去闹，那就糟糕了。"

兰香看一眼小葵，突然觉得有些气短。

第五十三章 >>>

豪华的“葬礼”

“蔺师傅，电话!”对面小卖部刘二哥隔着马路扯着嗓子喊。兰香赶到门口，刘二哥捏着拳头跷起拇指和小指头朝她打手势，“电话！长途!”

兰香跑到小卖部，拿起话筒，“喂，你是哪位?”

对方问：“你是蔺兰香吗?”

“我是。”

“你好！我是刘顺涛哇。”

“唧个听不出来呢?”

“大概电话有点失真吧。现在听出来没有?”

“还是听不出来。”

那边停顿一会，“高朋满座无佳肴，以水代酒也逍遥……”

“听出来了听出来了!”

“明月门前高高挂，诗歌伴舞度良宵。”

兰香笑了，心里有些感动。

那边问：“你还记不记得?”

兰香说：“嗯，一字不差!”

“跟你说个事。”

“你说。”

“我已经在重庆了。我想请你吃个饭，你看方不方便?”

“好久?”

“你后天中午十点钟到八一宾馆，216，还是上回那个房间，我们先好好摆一下龙门阵，然后再到银河大酒店吃饭，你看好不好?”

兰香略作迟疑，说：“要得，我也想跟你好好摆一下。”

“那就这样定了，后天见!”

“再见!”兰香放了话筒，走出小卖部。

一只小狗在路边走走嗅嗅的，神态可爱极了。兰香“啜啜”两声：“狗狗，来。”小狗摇着尾巴跟到裁缝铺。

何金秀说：“猫来祸狗来喜，兰香，你有好事来了!”

兰香笑而不语，从案板下的饭盒里拿出一个包子，撕一块给狗，小狗叼着包子跑了。

兰香找个由头提前下班，去了沙坪坝理发店，染黑花白的头发，再烫成大波浪。她对家云说，后天要参加一个朋友的生日舞会，所以打理了一下。家云和颜悦色地说：“你去嘛!”

那天在小葵那里拿回信件后，兰香便回了家。她对家云板着脸不理不睬，冷处理了几天。兰香也不知道自己究竟要做什么，所以做足姿态后，也就适可而止。家云呢，重新钉好抽屉锁扣，嘘寒问暖，努力挽回僵局。不能让姓刘的两封信就把家弄垮了，不能让那龟孙子的阴谋得逞。家云想通了，只要兰香回家，其他的事情，睁只眼闭只眼。

兰香下了车，从包里取出墨镜戴上。

她穿一件露肩中式对襟，配一条开叉直筒裙，细长的小腿下蹬一双乳白色高跟鞋，肩上挎一个褐色皮包，婀娜着朝八一宾馆走去。

兰香径直走到二楼尽头，敲门。

刘顺涛开了门。他穿着白衬衫，西裤，十分清爽。刘顺涛笑眯眯地做了一个请的姿态，转身轻轻关上门。

兰香取下墨镜，放了包，刘顺涛向兰香伸过手来。兰香迟疑片刻，把手给他，刘顺涛拉起兰香的手，搂过来。

窗帘合拢来，屋里罩着暗黄色的柔光。温热的气息拂着兰香的面颊，她闭上双眼。分别好像只是在昨天，此时，仿佛是在从新桥到山洞的路边，仿佛在歌乐山下青草丛中，仿佛深夜回家路上的那棵老黄桷树下，仿佛蔺家院坝月光下杨槐的树影中……

兰香头靠在刘顺涛肩膀上，双手紧紧抓着他的背。这就是曾经爱过恨过又怨过的那个人吗？过去的一幕幕还历历在目，转眼间，两人已到垂垂暮年，人间冷暖已尝遍！淤积多年的情感从心底奔涌而出，兰香禁不住哭出声。

“呜——呜——呜呜……”

“呜呜……”，刘顺涛也哭起来。

兰香说：“我不找你……你是不是就……不找我了？”

刘顺涛说："你从红槽坊出来……我到处打听……听说你嫁给纺织厂的一个工人……我天天想……你是过的啥日子……"

"我不信……安心找还找不到吗……我以为……这辈子……再也见不到你了……"

"我看《芙蓉镇》……看好多遍……一个人在电影院哭……"

两人抱头痛哭一阵，心里通畅了。兰香收住声，别过脸说："完了，我的妆花了！"

刘顺涛说："我看看。"

"不不，不要看。"兰香摸出手巾遮住脸。

"这里面有镜子。"刘顺涛走到门边，开了卫生间的灯。

兰香拿着化妆包去卫生间。她对着镜子，用餐巾纸轻轻擦干眼泪，用粉扑沾了粉盖住泪痕，又在整个脸上均匀地铺一层，往脸颊上扫了些胭脂，随后拧开口红，在嘴上涂抹。

兰香出来时，又变得光鲜了。

刘顺涛坐在沙发上，温情地望着兰香，说："来，过来喝茶。"

兰香在刘顺涛旁边坐下，伸手碰一下茶几上的玻璃杯，又缩回来。刘顺涛端起杯子递给兰香，说："可以喝了。我刚泡好你就到了。"

兰香接过杯子放到鼻子下面，抿着嘴吸一口气，说："好香！怪不得我一进屋就闻到一股茉莉花香味。"

"这是特级花茶。"刘顺涛一只手搭在兰香肩膀上，手指轻抚着她裸露的肩头，说："你穿这种衣服嘿漂亮！"

"我自己做的。"

"能干，香！你适合穿这种样式，你的肩膀露出来嘿好看。你皮肤也好，又白，又细嫩。"

"还细嫩？都老了！"

"不老！一点都不老！我都要遭你迷死了！"温暖的气息吹着兰香耳根。

兰香起身到窗户前。"我想透点空气，你不反对嘛？"

"你想啷个就啷个。"

兰香拉开窗帘，把窗户滑开一些。

回来时，她坐得离刘顺涛远了一点。

兰香问："你是请假过来的吗？"

刘顺涛微微一笑，"随便找个事儿就过来了。我还过两年就要退休了，现在在厂里分管工会、厂志，市里头的市志办也挂个顾问，都是些闲事。其他事呢，不管是好同志，管了是多事。我说要到哪里做个啥子事，打个招呼就行了。”

“就你一个人来的?”

“还有小陈，上次开车那个。出去办事去了。”

“哦——，那你这次来好久呢?”

“呃——你要是天天来，我就不走了。”刘顺涛笑嘻嘻地看着兰香。

兰香戚戚然，“你为啥子原来不恁个表白呢?”

“哎，我那时候是有贼心没得贼胆。兰香，这是我一辈子最后悔的事。”刘顺涛拉过兰香的手。“说实话哈，我这个人性格有弱点，遇事总是瞻前顾后的，结果前没有瞻到，后也没有顾到。当时我真该像你说的，跟你把话说明了，我们两个……”

“不说过去了。”兰香笑道：“你现在老牛吃嫩草，妻贤夫贵的，还有啥子后悔的呢?”

“啥子?‘老牛吃嫩草’?高占勇给你说的?”

“这又不是啥子隐私。你莫去问他哈。”

“别个说没得啥子，但他在你面前说这个就是别有用心了。还说了些啥子?”

“说你爱人长得跟我有点像。”

“是不是哦?我咋个不觉得呢。”

“你身上有没得她的照片，我看一下。”

“没得，我们没得合影。等一下，”刘顺涛转过头，盯着兰香看一会，“好像是有点像!我以前哪个没注意到呢?”

兰香莞尔一笑，“你们两个是哪个走到一起的呢?”

“说来算是包办婚姻。我本来都不想结婚了。唉!你的事，不管我是有意还是无意，客观上总是给你造成了伤害。我肯定是有一定责任的。你遭受那么大的不幸，我又于心何安呢?另一方面，我要供几个弟妹读书，条件也不允许。一直拖到三十多岁，兄弟姊妹都工作了，家里经济条件好些了，那时，我也稀里糊涂混了个副科长，用现在的话说算个钻石王老五了嘛。家里的人，周围的人，一天到晚就往我这儿钻，弄得像赶场一样。把我弄烦了，我就想，砍了皂角树，免得老鸹叫。”

“天哪!”兰香心里惊叫一声。兰香突然想到“心心相印”这个词，老天在上，我们本来是心心相印的一对啊!

兰香垂下眼帘，凄凄地问："你晓不晓得我结婚的时候是唧个想的？"

刘顺涛想一会儿，说："不晓得。"

"你使劲想嘛！"

刘顺涛睁圆双眼看着兰香，"未必也是'砍了皂角树……，"

兰香点点头，眼泪夺眶而出。

刘顺涛把兰香拥入怀中，"香，你受委屈了！对不起！对不起！"兰香急忙抓住他的手，别过头说："不要不要！"

刘顺涛抬起身，盯着兰香问：

"你不爱我？"

兰香凄然一笑，"老了，还是雾里看花好。"

"我想！就一次，好不好？"

兰香摇摇头，"我们就摆下龙门阵，多好的。"

尽管兰香盼着和刘顺涛见面，希望跟他推心置腹，内心深处也有着一些难以言说的暧昧，但是，她来之前就下定决心，绝不和他越过最后的界限。

刘顺涛承认爱过，这对兰香来说是个安慰，两人的书信往来也解除了一些疑团，但是，不管怎样解释，不管那些信是主动交出还是出于无奈，刘顺涛都摆脱不了自私、钻营的嫌疑，她感觉自己和他已不是一路人。

两人重新坐下。

兰香问："你那么好的条件，唧个找个农村户口呢？"

"小曹是我们厂曹师傅的女儿，他爱人是农村人，女儿跟他爱人，也是农村户口。他们把小曹两娘母带到我寝室来……"

"你那阵还在住寝室？"

"没结婚就是单身汉，就分不到房子嘛。这也是不得不结婚的一个原因嘛。小曹呢，爸爸在城头当工人，她就想嫁到城头来。她看起来还顺眼，人也还本分。你热吗？我把空调温度调低一些。"刘顺涛拿起遥控板。

"呃——当时双方说好，老曹过几年退休就让他女儿顶替他进厂，没想到临到老丈人退休的时候，他家头变卦了，要把儿子弄进厂。都成一家人了，我也不好把事情弄僵了，小曹的户口问题就一直没有解决。这件事让我有点……耿耿于怀吧。"

"你们现在唧个样呢，有几个娃娃？"

"一儿一女。女儿在厂头上班，儿子在银行工作。"

"那还不错，蛮好的。"

“将就过嘛。”刘顺涛应付一句，蹙着眉头，在思考什么问题，突然拍着脑袋说：“你不说我还弄不懂，说了那么多人，我啷个偏偏把小曹看起了。高占勇说对了，她长得像你——嘿嘿，替身，也只有你的替身才入得到我的眼。”

兰香心颤一下，但不敢答话。

刘顺涛看看手表，“好了，时间差不多了。上次欠你一顿饭，今天好好补起。”

刘顺涛带着兰香走进银河大酒店。兰香看着富丽堂皇的酒店大厅，心想，这个地方吃饭肯定好贵！

身着红色制服的服务生把两人带进包房。房间很大，大圆桌围着十来个座位，都摆着餐具，兰香顿时紧张起来，小声问刘顺涛：“还有人来吗？”

刘顺涛说：“没得了哇。”

服务生问：“先生几位？”

刘顺涛朝他伸出两个手指。

“那我把其他餐具撤了哟？”

“撤。”

兰香把包递给刘顺涛，说：“我先上个厕所。”转身往外走。服务生抬手做个阻拦的姿态，手一转，说：“女士，里面有洗手间。”然后跑过去打开一道门。兰香窘一下，进了洗手间。

兰香出来的时候，服务生出去了。兰香自我解嘲说：“我像刘姥姥进大观园了。”

刘顺涛宽厚地一笑，“莫得事，走两趟就熟了。”说着把一本装帧精美的菜谱递给兰香，“想吃啥子，随便点。”

兰香把菜谱推还他，“你来，刘姥姥不会点菜。”

刘顺涛又推过来，“至少点一个。”

又进来一个服务生，手里拿着菜单。

兰香翻着菜谱，心里咂舌，翻到一半，终于看到一个熟悉的菜名，指着说，“这个。”

刘顺涛探过头来，“鱼香肉丝？”

“嗯，我喜欢。”兰香肯定地说，把菜谱推给刘顺涛。

刘顺涛朝服务生点点头，服务生念道：“鱼香肉丝？”写在菜单上。刘顺涛把菜谱放到桌上。随口说：“一只龙虾，两吃。”

服务生问："刺身、煲粥？"

刘顺涛"嗯"一声，又说："一只膏蟹，姜葱炒。"

"一斤沙虫，炒韭黄。"

"沙虫？"兰香瞪大眼睛。

刘顺涛说："海头的，好吃，嘿脆。"又对服务生说："文哈冬瓜汤。"

服务生写完，又问："先生，来点啥子酒水？"

"人头马。哦，再来听椰奶。"

服务生走后，兰香问："你点恁多菜，要好多钱啰？"

"大概一千多吧，算了才晓得。"刘顺涛说。

兰香大吃一惊，"你想请我吃顿饭就倾家荡产哪！"

"不会倾家荡产，餐票可以报账。"

"好哇，你拿公家的钱请客算啥子请客呢？"兰香半开玩笑地说。

"哪个不算呢？我不坐到这个位置，哪有资格吃公款呢？我坐到这个位置是付出了代价的。再说厂里一年招待费几百万，有好多是因公必要的呢？你不吃，有人吃。就像以前喊我写材料，不想写也要写。你不写，张三李四王麻子会写。"

兰香听着，心中突然像黄昏的暮霭，笼罩下一片莫名的悲凉。

"其实，随便找个馆子吃一顿就可以了，豆花饭，蹄花汤，都可以。"

刘顺涛温柔地看着兰香，"你还是那个单纯的姑娘。不过，这是我第一次请你，也是几十年来我们第一次下馆子，不要想钱的问题，好不好？你好好吃，高高兴兴地吃，啥子都值了，毕竟，我们在一起不容易，你说是不是？"

"好嘛，谢谢你的盛情。"

"有一次我们去新疆出差，在人家里吃烤羊肉，我转到院子后面，看见树底下拴了几只小羊儿，样子多乖的，特别是那双眼睛，温顺得很。隔哈儿听到羊儿叫，晓得是在杀羊儿了，不想看，又忍不住去看了一眼。那样子好可怜！就想，人哪，好残忍！又想，人就是恁个一回事，你要可怜羊儿，就会害了自己，遭饿肚子。兰香，很多事就跟宰羊儿一样，你不宰，有人宰，你不吃，有人吃。羊儿的命运不是你一个人救得了的。"

刘顺涛说得动情，又显得无奈。

兰香无言以对。人还是那个人，情也还在，只是一切都变了味，当年那个有理想的热血男儿变得世故了。兰香的心隐隐作痛。这奢侈的盛宴续不来过去的真诚和美好，倒让刘顺涛的形象一点点坍塌。

菜上得很快，服务生开了酒，给兰香斟酒的时候，兰香说：“我不喝。”

刘顺涛说：“喝点儿。我晓得，你爹是个酒罐，喝酒有遗传，你也该喝得。”又问：“你爹？”

“死了，灾荒年。”

“Sorry!”刘顺涛冒出一句洋话。他从保温桶里拿起夹子，往兰香酒杯里加冰块，对服务生说：“你可以出去了，有事喊你。”服务生退出去了。

兰香问；“这是啥子酒？”

“人头马，洋酒。”

“好多钱一瓶？”

“今天这顿饭，酒钱占大半。”

“酒喝恁个贵的干啥子嘛。”

“你恁个高贵的女士，我还嫌这个酒配不上你。”刘顺涛举起酒杯站起来。“来，为重逢!”

“为重逢!”兰香举着酒杯站起来。

刘顺涛夹起一片水晶样的东西，在兰香的碟子里醮一下，递到她嘴边，兰香偏一下头，问：“啥子？”

刘顺涛说：“龙虾。慢点，有芥末，看你习不习惯。”

兰香张嘴咬住，顿觉一股辛辣冲得鼻腔发痛，令人窒息。她扭曲着脸，忍住眼泪，忍着不把东西吐出来。过了好一阵，她终于把龙虾肉咽下去，一只手扇着鼻子说：“好难吃好难吃！恁个难吃的东西啷个有人吃？”

刘顺涛笑笑，说：“习惯了就好，没得倒还不舒服了。”又朝门口喊：“服务员!”

服务生立刻推门进来，问：“先生，需要啥子？”

“拿点酱油来。”

兰香摆着手说：“不要不要，就恁个。恁多人都可以吃，我为啥子就不能吃呢？”

“拿来!”刘顺涛朝服务生挥手示意他照做，伸出拇指对兰香说：“你是个真正的作家，敢吃螃蟹!”说着，夹一块膏蟹放进兰香碗里。

服务生拿来酱油，刘顺涛把碟子放到兰香面前，把掺了芥末的酱油一滴一滴地倒在里面，说：“稀释一下，循序渐进。”

兰香看着他有条不紊，专注细致像做着一件大事。她突然想起他帮她改剧本的样子，也是这样专注，坐得端端正正，字迹工工整整。也是这样的五月天，温暖的风带着洋槐花的香味。不知不觉间，泪水悄悄地雾了双眸。

刘顺涛用兰香的筷子把酱油和匀，夹一片龙虾肉进去，把筷子递给兰香，“尝一下，合不合适？”

兰香夹起来送进嘴里，轻微的刺激带着爽脆的鲜香，她体验到一种从来没有吃出过的快感。她抿嘴点头，送去肯定的笑容。

刘顺涛仿佛松了一口气，举起酒杯，“来，香，这次见面后，不晓得啥时候才能看到了。这杯酒我干了，你随意！”

兰香端起酒杯抿一口，刘顺涛一饮而尽。

刘顺涛放下杯子，端详兰香一阵，随后，贴在兰香的耳边说：“香，我有点好奇，我在你的书里面，会是个啥子样子的人呢？”

“你说呢？”

“呵呵，我不晓得。”

“嗯——年轻时候的刘顺涛，和我以前认识的男人都不同。有理想，有热情，也不吝惜力气，我能从你那里得到鼓舞，能够进步。中间的几十年我不了解，至于现在的刘书记呢……”

兰香边想边说，“知书识礼，儒雅，干练，可以说是功成名就，我可以炫耀你，蹭你的豪华盛宴——说真的，今天这个酒楼，是我这辈子进过的最高档的酒楼，桌上这些东西，也是第一次尝到，开眼界了。顺涛，谢谢你。”

兰香端起酒杯，对刘顺涛示意一下。“这段时间我想了很多，也想回到从前，但是，唉，过了的，回不来了。”

刘顺涛泪眼迷蒙地看着兰香，无奈地慢慢点头。

第五十四章

家云走了

1992 年，街道企业重组经营，兰香的缝纫组解散，一人发一万块钱了断。

兰香眼睛老花，也不想再接私活。老三丁曦家的小枫从出生就丢在兰香家里，已经满一岁了。兰香拿出当年培养小葵他们的劲头，安心带孙儿，空闲的时间用来写作。

一转眼，十一年过去。这期间，世界进入 21 世纪，重庆成为直辖市，小葵当了副教授，瞿宗平评上正高级教师，出版了一本美学专著，丁曦开了家办公设备公司，小昊又开始捡起画笔。三个娃娃精神抖擞地往前奔，孙子们马不停蹄地往上长，兰香惊异，这日子怎么像翻书一样，一转眼 2003 年就要接近尾声了呢？是的，人过了六十，都会正视这样一个现实：无论是什么样的人生，都会有个尽头。

国庆节过后，秋雨连绵地下，家云的哮喘病又犯了。他脸色发黑，不停地咳嗽，哈着嘴喘气，喉咙里嘘嘘地响，像塞了一个破哨子。家云三天两头往厂医院跑，打针，输水，拿回大包小包的中药西药，仍是不见好转。

小曦见状，把小枫接回自己家。兰香心里不舍，又无可奈何，一边收拾孙子的东西，一边叮咛："小枫，马上就要升初中了，你一点都松不得劲哟！你要争取考三中，你爸爸和姑姑都是从三中出来的……"

小枫是个感情细腻的孩子，他"哦哦"地应着，临走时，红着眼圈说："爷爷，你好好养病哈，等你好了，我又回来住哦！"

天一天比一天冷，家云的病每况愈下。他半躺在床上，长一声短一声的，半是喘息半是呻吟。兰香看着揪心，又有些害怕。

断断续续地撑了两个多月，家云走路都打晃了。兰香紧张了，对家云说："你不能光吃药，应该住院治疗。"

"厂医院没得床位。"

“厂医院恐怕不行，明天我陪你到工人医院去。”

家云轻轻摆手，说：“哮喘是个慢性病，医生说只有将息，熬到开春就好了。”

“万一熬不过去呢?”

“明天再去输点水就是。”家云一阵咳嗽后，探身到床边，对着痰盂淅淅沥沥地吐一阵口痰，抬起身又不断喘气。

第二早上，兰香起了个早。这段时间看病的人特别多，她要早点去给家云排队挂号。她到影剧场旁边的小吃摊买了早点，拎回家放到桌上，用网罩盖住。临出门，兰香对躺在床上的家云说：“你慢慢起来嘛，我去厂医院给你挂号。要不要我回来接你?”

家云说：“不，我自己去。”厂医院不远，几分钟就走到了。

“要不要找个人扶你?”

“不，我走慢点就是。”

“如果走不动，我去叫隔壁蒙老大扶你一把，我拿点钱给他就是。”

家云摆手。

兰香又说：“你要吃点东西，不然等会儿打针要起反应。桌子上有鸡蛋、油条、豆浆，你慢慢吃了来。”

家云嗯嗯地应着，兰香出了门。

兰香觉得天色有些异样，她抬起头，天灰蒙蒙的，平顶山隆起的脊背和天际间透出一抹昏黄的晨曦，好像无力撑开厚重的云层。梧桐树的枯叶挂在树上纹丝不动，空气中有一股沉闷而浑浊的泥腥味。

兰香赶到厂医院的时候，挂号室的窗口前已经排起了长龙。靠前有个年轻女人跟兰香打招呼，“蔺师傅，你也来看病哪?”

“我给我老丁挂个号，”兰香答着话，紧赶几步，站到末尾。

“蔺师傅，”那人又喊，她从队伍里跨出一步，朝兰香挤眉弄眼，示意到她那里插队。

兰香摇头，眼含谢意。她看一下手表，才七点半。厂医院8点钟上班，兰香心想，还有半个小时，家云刚好能到。

家云昏沉沉地从床上爬起来，脚一落地，就觉得腿软绵绵的，使不上劲。他扶着床头上了台阶，歪歪倒倒地走到厨房。他对着水槽撒泡尿，打个尿禁，腿一颤，差点弯下去。他用膝盖顶在盥洗池的砖墩子上，马马虎虎洗漱一下，一路扶着走回桌边。他浅浅地喝几口豆浆，夹起一支油条在豆浆里蘸一下，送进嘴里。他觉得没滋没味的，嚼着有些费劲，便把没沾上豆浆的那一截扯断，放回盘子里。他喘几口气，想起兰香嘱咐他要吃点东西，又喝了一点豆浆，强撑着走出门去。

家云在大巷子门口遇见邻居刘老五。刘老五见家云颤巍巍的样子，问："丁伯伯，你到哪里去？"

"医院。"

"要不要我扶你？"

"不，谢谢。"

"丁妈呢？"

家云抬手指一下医院方向，往梯坎下走。他跨出右腿，左腿一弯，身体猛地往前栽出去。刘老五惊叫一声："丁伯伯！"家云已经滚下十几步高的梯坎。刘老五追下去，喊着："丁伯伯摔倒了！"邻居们冲出来，丁家云摊在地上，已经没有了知觉。

挂号刚刚开始，兰香站在一排挂号队伍中间，慢慢地向前移动。"医生！医生！"兰香听出声音在跑动中。"医生！急救！"兰香听出是邻居刘老五的声音。"丁妈——丁妈——"

"家云！"兰香猛地一惊，朝着声音发出的方向望去。

一群人踢踢踏踏闯过去，抬着一个人。"丁妈！"像被踩了急刹车，那群人一个后挫，停了下来。

兰香冲过去，家云被几个人抬着，双眼紧闭，像一个漏得半空的粮包。

两个医生听到喊声赶过来，叫人把家云抬进急救室，关上门。兰香和刘老五一群人在过道上候着。

"丁妈，丁伯伯好吓人啰！"刘老五给兰香讲家云摔下梯坎和邻居们施救的过程，兰香的心揪成一团。"谢谢你，刘老五！谢谢章小强，谢谢你们！"兰香微微躬身，向邻居些表达谢意，完了把两手握在腹前，掩饰心中的恐慌。围观的人逐渐散去，兰香紧闭嘴唇望着走廊的尽头，表情木然。不知过了多久，医生开门出来。"哪个是家属？"

兰香说："我，我是他爱人。"

"他叫啥子名字？"

"丁家云。"

医生在单子上填了名字，递给兰香。"他死了！去把抢救费交了，一会儿来拿死亡证明。"

“嗡”的一声，兰香脑子里一片空白。

邻居们七嘴八舌嚷成一片：

“丁妈——赶快给火葬场打电话！”

“丁妈，赶快叫人搭灵棚！”

“蔺孃孃，寿衣！有没得寿衣？等会人冷了就不好穿了！”

“蔺孃孃，你还不赶快给娃儿些打电话呀！”蒙妈说。

“哦，我就去，就去。”提到娃娃，兰香顿时清醒了。

刘老五掏出手机，“蔺孃孃，你说，电话号码，我给你拨。”

兰香说了小葵的手机号，电话立刻通了，刘老五递给兰香。兰香接手机，那头说：“请问是哪位？说话！”

“是我，小葵，”兰香的语气出奇的平静，“你爸爸走了。”

“好久？”

“刚才。”兰香把手机递还给刘老五。

刘老五问：“昊哥的电话？”

兰香摆摆手，“小葵会通知他们。”她对蒙妈和邻居们说：“这种事情我不晓得啷个办，你们就帮我操持一下嘛。谢谢你们！”

灵堂搭在楼房外堡坎的坝子上。

小葵姐弟三人守在灵堂，接待前来吊唁的人。灵堂门口，瞿宗平的三个妹妹，一个负责收挽金，一个负责签名，一个见子打子，端茶送水。三个孙辈经历他们人生的第一场死亡事件，心境各不相同。丁亦然和瞿之远哭过一发，不笑不闹地坐在一旁，听候大人调遣。小枫躺在小屋里婆婆的床上，一遍一遍呜呜地哭。从小奶娃开始，爷爷就负责照顾他的饮食起居，送他上幼儿园，给他买玩具，他最喜欢吃爷爷做的烧白和香肠。可是现在爷爷闭上眼睛去了另一个世界，小枫十分伤心。

兰香端坐在屋里的沙发上，看着儿孙们进进出出，保持着平静的姿态。

对于丧葬后事，兰香有自己的看法。她是个彻底的唯物主义者，她认为那些繁文缛节，都是那些没有文化的人无中生有编出来糊弄那些没有文化的人的。那些人做人世的事情一塌糊涂，做阴间的事倒是一套一套的。她在丧事上看够了荒唐，觉得仪式只是个过场，越简单越好。但是这种事情太敏感，说不清楚，她只能装糊涂。她把丧事交给子女和热心的邻居们，听之任之。

侄儿侄女开了两个小车来，三家人在灵堂坐了两个多小时，又连夜赶回成都。小辈要上班，孙辈要考试，年末的事情特别多。兰香向侄子问起姐夫的情况，他们说，易朗的状况不错，有个保姆在照顾他起居，每天两顿酒，每次喝两盅，能吃能喝能睡，只有一件事情令大家头痛又没奈何，那就是用过的东西一件都不准丢，谁想扔他的东西，他就跟谁拼命。几十年来，家里的东西只进不出，结果两间屋就变成了一个垃圾场，除了床上睡人的那一块是空的，到处塞满了东西，

“不过姨妈，”琳琳得意地说：“我爸爸都是快九十岁的人了，居然没得好多白头发，这一点倒是令我们几姊妹多高兴的。”

出殡前夜，一个时髦女人走进屋来。

兰香惊讶：“小田，你啷个回来了？”

田欣怡说：“妈妈住院了，我回来看她。刚拢屋，就听到邻居说起丁伯伯的事，赶紧过来了。”她从挎包里拿出五百元钱，双手递给兰香。

“小田，你收起来，这钱我不能要！”兰香连连摆手。“你妈治病要用钱，再说，从美国往返一个来回，光是路费都不得了。你的心意我领了，谢谢你！”

田欣怡说：“蔺孃孃，我晓得你不看重这些，但是，中国人的规矩我们还是要讲究一下。这点礼金表达了我对你的感情，你必须收下。”

兰香收了钱。“谢谢你，小田！”

在她身边坐下。“蔺孃孃，节哀顺变。”

兰香淡淡地说：“我不悲哀，解脱了。”只有对田欣怡，她才敢说这句话。她转头看着镜框里的家云的像，说：“他也解脱了。”

田心怡说：“丁伯伯老家没来人吗？”

“他父母死得早。大哥年轻时候就死了，就剩一个姐姐，嫁到湖北，几十年都没有来往。前两年见过一面，两个人坐在一起都没得啥子话说。”

田欣怡问：“以后你跟哪个住呢？”

“不跟哪个住，我就住这里。就想一个人清清静静地写书。过去他在的时候，我们经常拌嘴，弄得两个人都不高兴。现在，我可以清静了。”

“对了，你的书写得啷个样？”

“在慢慢写。时间零零碎碎的，心静不下来，有时候是思路打不开。”

“喊小葵他们帮你看一下嘛，你女婿不是学中文的吗？”

“我倒是想，但是看到他们都恁个忙，又不好意思说。”

“干脆，就搬到女儿家去住。”

“在别个家里，总不自在。”兰香浅浅一笑，“你爱人回来没有？”

“圣诞节，正是忙的时候。”

“哦，我还忘了呢。”

田欣怡早先说过，她丈夫开了一家中国餐馆，他们住在俄亥俄州辛辛那提，那是爱迪生的家乡。

“生意还好噻？”

“还行，能养活我们吧。”

“女儿还好噻？”

“越长越乖了，嘴巴也甜，她爸喜欢得不得了。”

“哦，真为你高兴。”

田欣怡说，“蔺孃孃，你晓不晓得，梅艳芳也是昨天走的。”

“那个香港演员啊？”

“嗯，得了子宫癌，才40岁。”

“唉，好年轻。”

“是啊，婚都没有结。风风光光一辈子，临死还孑然一身。”田欣仪说，“蔺孃孃，我就觉得，丁伯伯的运气特别好，在人间有你相伴，去天堂的路上还有梅艳芳作陪，硬是桃花运旺旺……哎，蔺孃孃——你看！”田欣怡指着外面。兰香看见窗子外面，点点白色在黑暗中飘飞。

“下雪啦？”

“嗯，下雪了。蔺孃孃，老天爷都给丁伯伯送白花了！你们后代肯定有福。”

“谢谢老天爷！”兰香双手合十，“谢谢你！”兰香不信鬼神，但是事关子女，她愿意信，什么都信。

料理完家云的后事，儿女们和兰香商量她今后的生活问题。

“妈妈，到我们学校去住……”小葵刚开口，兰香说：“莫给我费口舌了，我哪里都不去，金窝银窝不如自己的狗窝，我就住自己的狗窝。”

小葵说：“妈，你都七十一了，没得人照顾啷个行？”

兰香说，“那又啷个？未必就该等死啦？”

小昊说：“那——我们给你找个保姆。”

兰香说：“莫找啥子保姆哈！有个人在眼前晃来晃去，反倒影响我写作。说不定啥子事都做不好，反倒还要我来服侍她。好了，就恁个。”

兰香油盐不进。小曦说：“那我们给你安一部电话，有事好联络。”

“这个可以。耽搁你们好几天了，赶紧回去吧，各人忙各人的事。”

三姊妹把挽金存在一个银行卡上，交给兰香，商定每月给她卡上打一笔固定生活费。

兰香开始清理家云的遗物。柜子里的羽绒服，毛衣毛裤，棉毛衫，床上的枕头棉絮，床底下的棉鞋拖鞋，送的送，扔的扔。几天以后，家云在她生活中的痕迹似乎消失了，屋子干净空敞了。她望着镜框里刚结婚时两个人的合照，跟家云做最后的告别："老丁，难为你了，我们两个是历史的误会，你解脱了，我也解脱了。"

但是，兰香很快发现，事情并非她所想象的那样简单，她获得了自由，但她的自由似乎不再有什么意义。她想做什么就可以做什么了，可是，她也没有什么需要顾忌的事情做了，也没有人需要她，除了写作，再没有什么能够激起她的兴趣。

即便是写作，她也难以像过去一样精力集中，思路清晰。兰香对自己说：这不过是他刚走，你不习惯罢了，挺住，把这段时间熬过去，把这本书写出来，你这辈子所有的坎坎坷坷酸甜苦辣都有意义了。

时间不能磨灭的记忆，片片断断地出现在脑海，她便想起什么写什么，想起多少写多少。

兰香坐在书桌前，接着前一天"初恋"一章，继续往下写。当写到陶鸿飞跟秀蓉吵架之后，绝情地离去时，那伤心的一幕恍然重现，她不禁泪水涟涟。

"咔嚓咔嚓——那双大头皮鞋走远了，我的心冷了，我多么希望他能停下脚步，回头看我一眼，他只要回一下头，我可能就不顾一切了，可是，他没有。他说走就走，完全不顾我的处境，我的感受……"

记忆在胸中翻滚，兰香趴在桌上，泣不成声。不知过了多久，她撑起身子，擦一帕眼泪，幽幽地说："家云，给我倒杯水！"

话音刚落，兰香清醒过来。

她起身倒水，发现暖水瓶空了。她走进厨房，拿起锑壶接水，看见水槽的盆子里还泡着前一天换下来的内衣内裤。她的心拔凉拔凉的。这个屋里除了自己，没有别人。自己的饭自己煮，自己的碗自己洗，厨房里再也没有那个忙碌的身影，没有乒乒砰砰的声音，那种粗暴、潦草地放置锅碗瓢盆的声音。

窗台上的月季和吊兰已经枯萎了，寒风嗖嗖，枝叶瑟缩。窗外的坡坎上，挂在铁丝上的衣服在风中飞舞。

兰香把锑壶放在灶上，拧开旋钮。

过道里，刘老五家的女儿坐在竹椅上，轻声地哼起琼瑶的歌：

雁儿在林梢啊眼前白云飘，
衔云衔不住啊筑巢筑不了，
那雁儿不想飞，雁儿不想飞，
白云生处多寂寥。
雁儿在林梢啊月儿在林中照，
喜鹊和黄莺啊都已睡着了，
那雁儿睡不着，雁儿睡不着
雁儿雁儿在林梢……

兰香提着篮子去买菜，街上人来人往，都面无表情。街道狭窄，石板路坑坑洼洼。一条大狗不知从哪里窜出，直朝兰香奔来。兰香认出那是罗三娘家的狗，吓得丢了篮子转身往家跑。她一边跑一边喊“妈——”，张开嘴，却发不出声音。

她看见刘顺涛从前面走来，兰香朝他跑过去，刘顺涛一脸冷漠，自顾自地走路。兰香跑回家，但门关着推不开，她使劲捶打门，哭喊着“家云——家云……”

兰香从梦中惊醒，一颗心狂跳不已。暗夜深沉，空气中有嗞嗞的气流声。兰香重新躺下，压着嗓子抽泣。她依稀感觉，“家云”是喊出了声的，不知隔壁邻居听到没有。在梦中，她多么希望家云听见她的喊声，于是来开门，于是，把她从无法呼吸的胶着中唤醒。

那段时间，兰香总是重复做同一个梦，就像在排演一场沉闷的话剧。梦境大同小异，有时候，刘顺涛变成了陶鸿飞，有时候，门开着，家云不在家……

原以为家云走了，能够活得轻松自在，可是，兰香发现，几十年的生活把他们绑在一起，她已经离不开他了。家云活着的时候，兰香是世界的中心，家云绕着她转，就像太阳绕着地球划圆。家云一走，她的生活变成了一个巨大的空洞。

那个佝腰驼背的身影，是她蒙冤受屈的警示标志；那虎视眈眈的一双眼睛，激励着她保持人格自由的斗志。他消失了，没有人可以教训，没有人可以撒气，也没有人帮助她解决生活中意想不到的零七八碎的问题。

风从四面八方吹来，兰香像一粒悬浮的尘埃，没有人在乎她的存在。

清晨七点过，兰香一手撑着拖帕，拨通了小葵的手机，一开口，兰香的眼泪就涌出来了：

“小葵，你爸爸走了我好不习惯！晾衣服的铁丝断了，衣服都没得办法晾。厨房窗户的玻璃也烂了，风吹进屋里冷飕飕的，昨天晚上，不晓得哪个下水道又堵起了……刚才，蒙家老大来帮我弄通了，现在几间屋里都是水，好半天都整不干净。”

小葵在电话那头说：“妈，你不要着急，我下午下了课马上就过来！”

丢了电话，兰香不禁哭出声来：家云，你啷个要比我先走嘛。

此时，她想起家云的好，想起结婚前，家云憨憨的样子，他对她的承诺，不管遇到什么情况都不抛弃她，这辈子，她怎么说，他就怎么做……兰香明白了，即使这辈子自己不爱他，家云也是一个信守诺言撑起这个家的男人。她第一次觉得真的亏了家云，眼泪扑簌簌地流了下来。

下午，小葵带了一个维修工，拎了一大包菜来。工人换了厨房的窗玻璃，在家门口的过道上搭起木梯，把断掉的旧铁丝取掉，换了两根新铁丝。

工人走后，小葵把家里好好收拾了一遍，炖鸡，煮饭。吃饭的时候，小葵再次劝说兰香搬到她家去住，兰香仍是执意不肯。吃完饭，小葵收拾了碗筷，给了兰香一个维修店的名片，忙着去沙坪坝赶末班车。

“男人无妻财无主，女人无夫身无主，”这话听起来没有境界，没有情怀，但是，事实上就是这么个状况。夫妻就像一个坑里的两棵树，长啊长的，根茎和躯干就合二为一，连成一体了，当一棵树倒下，另一棵也皮开肉绽，岌岌可危。那种痛，那种摇摇欲坠的恐慌，没有亲身经历过的人是体会不到的。

第五十五章 >>>

寻找陈庆生

2004年秋天，兰香和小葵去新桥派出所。

所长办公室里坐着一位四十岁左右的男人。兰香敲敲门，所长抬起头，“有事吗?”

兰香说：“我来帮一个户籍申诉。”

“嗯?”所长夸张地瞪大眼睛，“两位请进。”

兰香把平反判决书递给所长，简要讲述了自己的蒙冤经历，最后说到新桥派出所户籍陈庆生。“那个时候，他的编号是126。听说他受我的牵连遭了处分，所长晓不晓得?”

所长一脸苦笑，“都哪一年的事了，我啷个晓得?”

兰香说：“我1985年、1986年都来过，这是跑第三趟了。我希望你们能帮他平反。”

所长说：“刚才你讲的我都听懂了，这个事情应该各了各的，你的案子是冤案，不等于他也是。因为当时你是被定为历史反革命——我这样说你不介意噻?”

“没得啥子。”

“1950年是个非常时期，中华人民共和国刚刚成立，你呢，手上有国民党政工少校的委任状，这个事陈庆生应该清楚。但是他不但不跟你划清界限，还追求你，这肯定是阶级立场不稳，这是个原则性问题，他犯了公安工作者的大忌。”

“那张委任状是假的，陈户籍认为我不是反革命，当然就不存在界线问题。现在，历史证明陈户籍是正确的，那些制造冤案的人错了。”

“不是你这个道理，这是个纪律问题。少数服从多数，下级服从上级。既然组织上有结论，他就该服从组织，他个人的行为就必须和组织保持一致。

如果不讲原则，每个人都按自己认为正确的去做，国家不是乱套了吗？”

“如果一个上级错了，下面的人都跟着错，还不是一样乱套吗？”兰香思路清晰，反应敏捷。

所长怔一下，说：“你要恁个说，麻烦你先去把党章和宪法改了再来说。老人家，你自己也不容易，还是好好地安度晚年嘛。陈户籍的事情我可以跟领导汇报一下，到时候给你个消息，啊，你请回吧。”

兰香缓了语气说：“我虽然不是党员，但是我爱人是党员。我晓得，党的宗旨是好的，为人民服务，解放全人类，但是，具体办事的人，对党的政策，各有各的认识，各有各的动机，各有各的办法，所以难免有偏差。我的问题都解决了，我希望陈户籍的事也能够得到妥善解决。”

“老人家，你政策水平还蛮高呃。”

“我以前不懂政治，吃了恁大个亏，学会关心政治了。当然，水平赶你所长肯定还是差得远啰。”

小葵说：“所长，我们要个陈户籍的住址，我妈上门去道个歉，你能不能帮我们查一下？”

所长说：“对不起，这件事我帮不上你们。”又说：“老人家，你确实是个好人哪，几十年了，自己受累，还操心别人的事。”

兰香指着自己的心口说：“是我自己的事，是我连累了他。所长，摸着良心说，要说我有罪，恐怕就是无意之间出卖了陈户籍，出卖了一个好人——这是我这辈子最大的罪孽。我今年七十二了，这辈子最后的愿望就是找到他，请求他原谅。如果……如果他已经不在人世，我也要到他坟前去烧炷香，向他忏悔……不然我会……死不瞑目。”兰香动情地说。

“妈，你先不要想恁个多。”小葵说：“所长，那就不难为你了，我们再想办法。”

出了派出所大门，兰香满腔怒火喷发出来：“官僚主义，草菅人命！户口管得恁个严，一个大活人，不可能就消失了噻。不说别的，帮我查一下他的地址，费得了好大个事嘛！”

小葵说：“妈，这事不是我们想得那么简单，说不定人家派出所有规定呢。”

“那唧个办呢？”兰香看见不远处有一个花台，走过去坐在大理石台沿上，小葵和她并排坐下。

兰香面向前方，两眼失神，说：“小葵，这段时间我边写边想，所有的事情都过了一遍。我一辈子就做了一件对不起人的事，一写到陈庆生，我心里头就疙疙瘩瘩的拱起一个坎。你晓得，我的冤案让我们一家人受了好多苦？陈庆生和他屋头的人又受了些啥子苦呢？我还不晓得。”

小葵从挎包里取出保温杯。“妈，喝点水。不急，我们再想办法。”

兰香喝一口，还给小葵。

“1951年他们卡我的户口迁移，我想找陈庆生打听一下情况，找不到，就问派出所的人，他们说‘调走了’，没得多余的话。后来审讯我的时候，他们又问到陈庆生，我就想到他可能出事了。前两次来新桥派出所，他们也是‘不晓得’‘找不到’，三言两语，打发了事。说起来，陈户籍还是他们的前辈，为啥子就没得一点恻隐之心呢？”

小葵说：“妈，你也不要太自责了，那些都是历史造成的。”

兰香拉下脸来，“你不要安慰我，如果我不把他的信拿给刘顺涛看，他哪个会出事？我愚蠢！我想逼刘顺涛表态，就把陈庆生写给我的信拿来激他，结果刘顺涛为了自证清白，把他的信交上去了。说他自私，其实我也自私！”

兰香换了语气，“唉，我也恨我自己，这辈子该爱的不爱，不该喜欢的，还绞尽脑汁讨好卖乖。想当初，他看到我和你外公生活困难，把一对祖传的玉镯都卖了，想帮补我们，只是我没要他的钱。小葵，”兰香可怜巴巴地说，“你和小瞿商量一下，看想不想得到办法帮我找到陈庆生。这辈子我没有求过你们任何事情，妈就求你们一次！”

说到这里，兰香眼泪鼻涕禁不住流出来，赶紧打开提包找纸巾擦拭。

小葵抚着兰香的肩膀，说：“妈，你说些啥子哟！为你做事是我们应该的嘛。宗平有个同学在市公安局，我让宗平找下他，看他能不能帮忙。妈，你放心，不管陈户籍还在不在世，就是天涯海角，我们也要把他找到！”

兰香擤一下鼻涕，幽幽地说：“谢谢你！”

小葵正在看电视剧，瞿宗平醉醺醺地进屋：“该死！要做一件好事，必须先做一万件坏事。”

小葵赶紧起身迎过去：“哪个了？”

“你交代的任务，我肯定要办嘛！张劲找的他们局头的一个科长。今天说有消息了，我就喊张劲帮我约他吃顿饭。味老大，钱不贵，菜嘿有特色，酒也喝得很高兴。”

“哎，脚往这里！”小葵帮瞿宗平换拖鞋。

“我刚要开口说事，张劲就给我递眼色，我就忍了。一瓶酒喝完，黄科长就喊结账。我感觉他并没尽兴，又不好劝酒，只好把账结了，心想明天打电话，问一下张劲他是啥子态度。”

小葵在一旁听得心急，“来，到沙发上坐，拣重要的说。”

“说完了!”瞿宗平接过水杯，咕嘟咕嘟一阵牛饮，把杯子放到茶几上。他打开皮包摸索一阵，掏出一张便笺，递给小葵。

小葵接过，坐回沙发上看。便笺上是瞿宗平潦草的笔迹：

陈庆生处理记录：

开除公职，遣返原籍。

四川省江津专区江津县仁沱区支坪乡中山村。

重庆市江津区支坪街道。

手机：13508335203。

小葵问：“哪个两个地址?”

瞿宗平说：“同一个地方，两个地名。”

小葵：“哦——原来竟是咫尺天涯。手机号码是哪个的?”

“陈庆生的噻。”

“陈叔叔还活起在? 太好了! 那个黄科长，居然连电话号码都查到了。”

“现在你晓得啥子叫公安局了哈。”

“问题是……”

“问题是，陈庆生不是普通人，他是当地的名人，一个农业公司的老板，带动一方致富。”

“哦——太好了!”小葵松一口气，在瞿宗平脸上啵一下，“你今天晚上立了大功，这下妈可以宽心点了。”又问：“你跟他打电话没有呢?”

“你也不看哈时间! 恁个晚打电话，骚扰啊?”

小葵和瞿宗平两人商量了一下，确定两条原则：一、明天先给陈庆生打个电话，确认一下，万一弄错了，妈过去找不到人就惨了；二、陈庆生现在应该是有妻室儿女，现在去翻那些陈年旧事，一言不合或者时间没选好，那边就可能挂掉电话，所以，打电话之前，先要把课备好。

小葵说：“你累了，先睡，我这就拟个提纲，明天早晨你再把个关。”

瞿宗平说：“哦，黄科长说，喊妈不要再纠缠给陈庆生平反的事了，绝对不可能。”

小葵问：“为啥子?”

瞿宗平一头歪在沙发上，喷一声：“我也弄不懂，”一闭眼睡过去了。

小葵愣了片刻，到卧室拿出被子给瞿宗平盖上，坐到写字桌前。

小葵一大早起来，到食堂买回早餐，等瞿宗平起床洗漱完毕，把两页 A4 打印纸递给他，标题是：与陈庆生伯伯通话备忘录。瞿宗平一气看完，问："你昨晚好久睡的？"

"三点多吧。"

瞿宗平笑道："哦，看得出你确实下了功夫。没得问题，电话一通，你照着稿纸念就可以了。"

"说得我好弱智。"小葵说，"那，我九点钟给他打电话，但愿他老婆不在身边。"

"聪明。"

"哦，远儿昨晚回来了一趟，"

"做啥子？"

"拿白衬衫，三中合唱团有演出。这个周末也不回家。"

瞿宗平去了学校，小葵又把备忘录反复推敲了几遍。九点整，小葵怀着忐忑的心情拨出电话。语音提示："你所呼叫的用户正在通话中，请稍后再拨……"过了一会儿，小葵又打过去，同样的提示。刚挂了电话，对方打过来了。"喂，哪位给我打电话？"

江津口音，小葵心中一喜，"你是陈庆生伯伯吗？"

"不是，我是他儿子。请问你是哪位？"

"我叫丁小葵，是重庆理工大学的老师。我有事找陈伯伯，你可不可以给我个他的电话。"

"现在公司的业务由我负责，有啥子事你直接跟我说。"

"哦——不是业务，是……私事。"

"哦——等会我喊他给你打过来。"

"好的，我等着。谢谢！"

没过几分钟，小葵的电话响了。"喂，哪位老师找我？"声音沉稳，也不显老。

"请问你是陈庆生伯伯吗？"

"嗯。"

"陈伯伯你好！终于找到你了！我叫丁小葵，是蔺兰香的女儿。蔺兰香，还记得吗？"小葵按捺住激动，把"蔺兰香"几个字压得很小声。

"蔺兰香，"停顿片刻，陈庆生说："哦——小丁，你好你好！"

小葵喉咙发梗，控制住情绪，"陈伯伯好！陈伯伯——你方不方便说话？"

"方便。你们哪个晓得我的电话呢？"

小葵镇定一下，不能说公安局，急中生智，“我妈找了你好多年。”

电话那边停顿一下，依稀听见室外嘈杂的环境声。“呃——你妈还好噻？”语速慢了，柔和了，听得见行走中空气的颤动。“嗯，好好。陈伯伯，你也好噻？”小葵的眼眶热了。

“好，好。”

陈庆生放慢了语速，“原来那个电话号码我拿给儿子用了，我年纪大了，脑壳不灵光了，去年把公司也交给他打理了。现在这个号码是我的，你存一下。唉，蔺兰香，五十多年了啊！她还想得起我！给你妈说，谢谢她！”

小葵说：“我们该谢谢陈伯伯才是！妈妈说，你是个正直善良的人，她想来看你，她要当面向你道歉。”

陈庆生说：“道歉？道啥子歉啰？欢迎你们来耍，来吃樱桃谷鸭。唉，那个时候没有帮到她，我心头还嘿不好受呢，也不晓得她后来啷个样了。请她来，来摆下龙门阵。”

两人在电话里讲了各自的家庭情况和经历，一直到十点过小葵要上课了，才结束通话。

下课后，小葵给瞿宗平打电话，简要地说了和陈庆生通话的情况，约他下班后去妈那里碰头。然后，小葵又给兰香去电话，告诉她晚上请她吃火锅。兰香警觉地问：“有啥子事？”小葵答：“没得啥子，就是想来看你一下。”

小葵想看妈妈意外惊喜的样子。

小葵赶到时，瞿宗平还没到，兰香已经穿扮整齐，坐在桌前写作。听见开门声，兰香没有回头，问：“小葵。”

“嗯，妈。”

“恁个早就来了？”兰香站起身，扭头看小葵一眼，赶紧收拾桌上的稿纸。

小葵看一下手表，“都七点钟了。你平时是好久吃饭啰？”边说边放了手提包，坐到椅子上。

兰香笑道：“说不准，饿了就吃。”她把椅子转向小葵坐下，两手撑在腿上，眼神显得有些疲惫。

“妈，陈伯伯找到了。”小葵装出平静的样子。

“真的呀？他在哪里？”兰香眼里闪出光彩。

小葵拉开手包，取出重新誊写过的地址，递给兰香。兰香看一下纸条，抬起头说：“就在江津啊？这个电话号码是他的？”

“嗯。”小葵点头。

“会不会有错?”

“我上午给陈伯伯打了个电话，确实是他。”

“你跟他说了些啥子?”兰香急切地问。

“你想不想和他通话?”小葵拿出手机。

兰香想一会，把纸条递给小葵，“不，恁个不礼貌。我要当面跟他说，郑重其事地向他道歉。”

小葵说：“地址你收到嘛。”

“不，还是你拿到!”兰香摇头，“我怕我忍不住。你先给我说一下，你们说了些啥子。”

小葵说：“我跟他说我是蔺兰香的女儿，他一下子就想起了。”

兰香笑道：“他追求过我，唧个会搞忘呢?”

“我说我妈找了你几十年。”

兰香直点头，眼里噙了泪花。

“我们摆了嘿久。听声音，他身体还好，中气十足的。陈伯伯说，他当时没有帮到你，心头一直嘿难过。他对过去的事记得相当清楚。他说你拿着一张假委任状去登记，他当时感到嘿奇怪，直觉出有啥子问题。哦——我怕漏掉一些重要的信息，还稍稍记了一下。”

小葵从包里拿出那张备忘录，指点着说：“后来分管你们那个片区，他就想把你的事情搞清楚。他去找外公了解过情况，还去山洞调查过——当然，这一半是假公济私，对你有好感，这是陈伯伯的原话，他找过那个啥子师傅和瘸子团长，大致晓得了你去泸州的真实情况。后来，就把假委任状还给你了。”

“没想到，他对我的事情恁个上心。”兰香心里满是感动，“我年年申诉，几十年都没得哪个理睬，他是唯一一个对我的冤案认真调查过的人。”

“他胆子也大，居然把委任状还给你，这叫销毁证据。”

“是啊，冒好大的风险，结果我恩将仇报。”

“派出所关他禁闭的时候，他还在为你辩解，但是那是个特殊时期，陈伯伯说，哪个都挡不住……陈伯伯还说，五十多年了，本来以为这些事要跟着他进坟墓了，没想到今天还可以对我——兰香的女儿讲出来。”

兰香听着，早已泣不成声。“小葵，现在想起来，他才是我当初最该嫁的人。”

小葵说：“爸爸对你也好嘛，要美人不要江山。”

兰香擦把泪。“我没说他对我不好。你明明晓得我说的是啥子意思。”稍过片刻，又说："不过这些都是马后炮。人这一辈子，要学的东西太多，有些事情年轻的时候看不清，只有到老了才能明白。嗯，说陈伯伯。"

"他遭开除公职，回江津老家。回乡没得好久就去教书，教村小学。"

瞿宗平到了，打过招呼，安静地坐在椅子上。

小葵继续说："陈伯伯 1985 年开始搞养殖，鸡鸭鹅羊啥子都养，后来慢慢做大了，搞成了农业公司，据说还带动一方致富，成了当地的名人了。"

兰香心里宽慰。"他比我大几岁，该有七十五六了。"

小葵说："他已经把公司交给儿子管了，他只是帮着打下杂。他们家和我们家刚好相反，大的两个是女儿，小的一个是儿子。大女儿教中学，二女儿当副镇长。"

兰香笑道："陈户籍能干！这就是老人们说的：老天有眼，好人有好报。"

屋里沉静一会，瞿宗平说："我们去吃饭，边吃边说。"

"等一哈，"兰香朝着小葵，"你跟陈伯伯说下我们家的事情没有？"

"说了说了，说了你坐牢，服装设计师，迪斯科舞星，写作。陈伯伯说，你妈妈是个人才，是个人才！"

兰香笑了，"他当时就晓得我是人才，只可惜我辜负了他。唉！你们硬是找到了，谢谢你们！"说着扯纸巾擦满眼的泪。

吃饭的时候，瞿宗平说，他找了个车，周末去看陈伯伯。

尾　声

妈妈没有再见到陈庆生。

那天早上，我和先生去家里接她，她走了。她坐在写字台前，头枕着臂弯，像是写作中途休息的模样。

床上放着一个旅行包，那是给陈伯伯的礼物。仿佛该做的事都做了，她的脸光洁而平静，嘴角凝结着一个浅浅的微笑。

从未感觉妈妈走远，她无时无刻不在我心中。我们时常提起她，她的坚韧，善良，美丽，聪慧，对生活“意义”的执着追求，还有令她吃尽千般苦头的天真。我保留着她给我做的冬妮娅衣服，我常想起她温暖的神情，清澈的双眸，想起我们在一起的美好时光。

啊伊哎——
恒河与加木纳河哟，多么深阔哟，
我左思右想无可奈何，只好去渡河。
田野到处都在哭号，快快撒下爱情的种子，
光阴飞快地消逝，一去不再来。
……
一路上的花苞啊，为你开放
树枝上的夜莺啊，为你歌唱，
歌唱你的善良。
有谁知道从今以后，能不能还回到这里，
光阴飞快地消逝，一去不再来
光阴飞快地消逝，一去不再来
……

喜欢听妈妈哼唱这首印度电影《两亩地》的插曲，那梦呓般的呢喃总是深深地攫住我的心。歌声里带着宿命的哀伤，带着饱受煎熬却不屈不挠的韧性，带着对美好生活的向往。我仿佛看到广袤的大地上人们劳作的身影，看到妈妈背着行囊，踟蹰在异乡的路上，她所到之处，花儿绽放枝头，鸟儿婉转歌唱。

寂静的夜晚，我会坐在小红凳子上。

仰望星空，心中一片清净明亮。

全书完